中国古典文学名著丛书

西湖二集

[明] 周清原 著

华夏出版社
HUAXIA PUBLISHING HOUSE

图书在版编目（CIP）数据

西湖二集／（明）周清原著. —北京：华夏出版社，
2013.01（2024.09重印）

（中国古典文学名著丛书）

ISBN 978 - 7 - 5080 - 6375 - 1

Ⅰ. ①西… Ⅱ. ①周… Ⅲ. ①话本小说 - 小说集 - 中国 - 明代 Ⅳ. ①I242.3

中国版本图书馆 CIP 数据核字（2011）第 083682 号

出版发行：华夏出版社

（北京市东直门外香河园北里 4 号　邮编 100028）

经　　销：新华书店

印　　制：永清县晔盛亚胶印有限公司

版　　次：2013 年 01 月北京第 1 版
　　　　　2024 年 09 月北京第 2 次印刷

开　　本：670×970　1/16 开

印　　张：26

字　　数：397.9 千字

定　　价：52.00 元

本版图书凡印制、装订错误，可及时向我社发行部调换

前　　言

　　《西湖二集》是明末崇祯年间刊发的一部短篇平话小说集。作者周楫,字清源,另号济川子,杭州人,生于明万历年间,生平事迹已难查考。只是从小说原书前湖海士所作的序中,得知周楫原是一位"旷世奇才,胸怀慷慨,"曾经家贫如洗,生活穷窘,境遇凄惨,屡被侮辱损害,而抑郁愤慨。即便如此,他仍是"闲气所钟,才情浩瀚,博物洽闻,兴世无两。"周楫的著作,据史书所载曾有《西湖一集》《西湖二集》两部平话小说,然而前者久已失传,只有《西湖二集》遗存于世。

　　《西湖二集》共三十四卷,包含三十四篇平话小说。各篇所叙,讲述了古今发生在西湖之地的奇闻故事,有的借赞前朝盛世来表述对当朝社会的忧虑与不满;有的借歌颂忠臣烈士,对谏君王,鞭挞奸佞污吏;有的借因果报应的说教,来揭露贪官恶霸鱼肉百姓;有的借讲述读书人的坎坷遭遇,来反映封建社会知识分子的心态和命运;有的借市井传奇和流风遗韵,来劝恶从善警戒世人等。

　　《西湖二集》中有不少关于杭州之地风俗的历史记录,其众生众相、社会百态,跃然纸上。市井百姓的生活场景记述详细,活灵活现。特别是对西湖景地的描写,其游览之胜,景物之幽,园亭之工,自然之美,如数家珍,无一不到。这部平话小说集的最大特色,是其中的文字功底,其写作技巧高超,文字流利酣畅,讽刺辛辣得体,刻画一挥而就。美中不足的是每篇故事的开端,常常没有必要的对前朝的大段历史回顾,并夹杂着大量因果报应的议论说教,因而无形中冲淡了小说的艺术感染力。

　　这次再版《西湖二集》,我们对原作中的缺失、笔误、疑难之处,做了大量的校勘、更正、补漏和释义,对原书原来缺字的地方用□表示了出来,以便于读者更好地欣赏。因时间仓促、水平有限,难免有些疏漏之处,恳请专家和读者予以指正。

编　者
2011 年 3 月

西湖二集序

天下山水之秀，宁复有胜于西湖者哉！自昔金牛献瑞以来，水有"明圣"之称，宋仁宗诗有"地有吴山美，东南第一州"之句，白乐天之"余杭形胜四方无"，范希文之"西湖胜鉴湖"，苏东坡之"西湖比西子"，柳耆卿之"桂子荷花"，真令人艳心三竺、两峰间也。予揆其致，大约有八：犹夷澹宕，啸傲终日，直闺阁间物，室中单条耳，不闻其有风波之险也；可坐可卧，可舟可舆，水光盈眸，山色接牖①，不闻其有车殆马烦之病也；亦有清音，亦有丝竹，绣毂香轮，朱帘画舫，曳冰纨雾縠②，而掩映于绿杨芳草之间，所谓"红蕖映隔水之妆，紫骝嘶落花之陌"者，触目媚人，不闻其有岑寂之虞也；水光蒟洁，菱歌渔唱，莺鸟交啼，野凫戏水，龙井之茶可烹，虎跑之泉可啜，环堤之酒垆可醉，嫩草作茵，轻舟容与，富者适志，贫者惬心，不闻其有荣枯之异也。春则桃李呈芳，夏则芙蕖设色，秋则桂子拖香，冬则白雪幻景，其雨既奇，其晴亦好，白日固可游览，夜月尤属幽奇，不闻其有不备之美也；梵宇名蓝，龙宫古刹，金碧辉煌，钟磬相闻，可停游屐，可搜隐迹，寻幽或以竟日，耽胜乃以忘年，不闻其一览即尽，索尔无余也；幽人胜士之场，古佛垂教之地，孤山怀其高踪，法相参其遗蜕，永明寿乃弥陀化身，事事可师，天竺东溟之道德隆重，高皇帝称之为白眉法师。亦有宗泐，称为泐翁，迫以官而不受，高僧哉！高僧哉！是以入道场则利名欲弃，缅高风则火宅晨凉，法身长在，历劫不灰，触处可以醒我之昏迷也；入三潭而喁黍不惊，游断桥、苏堤而两公之明德如在，以是知鱼鳖咸若存圣世之风，高贤长者留千秋之泽，彼豪暴之吏，亦复何存？盖前人者，后事之师矣，流芳遗秽，其尚鉴之哉！况重以吴越王之雄霸百年，宋朝之南渡百五十载，流风遗韵，古迹奇闻，史不胜书，而独未有译为俚语，以劝化世人者。苏长公

---

① 牖（yǒu）——窗。
② 雾縠（hú）——轻纱的一种，薄如云雾。

云:"杭州之有西湖,如人之有眉目也。"而使眉目不修,张敞不画,亦如蒹草之湮塞矣。西湖经长公开浚,而眉目始备,经周子清原之画,而眉目益妩。然则周清原其西湖之功臣也哉!即白、苏赖之矣。

予揽胜西湖而得交周子。其人旷世逸才,胸怀慷慨,朗朗如百间屋;至抵掌而谈古今也,波涛汹涌,雷震霆发,大似项羽破章邯,又如曹植之谈,而我则自愧邯郸生也。快矣乎!余何幸而得此?咄咄清原,西湖之秀气将尽于公矣。乃谓余曰:"予贫不能供客,客至恐斫柱刲荐之不免,用是匿影寒庐,不敢与长者交游。败壁颓垣,星月穿漏,雪霰纷飞,几案为湿,盖原宪之桑枢,范丹之尘釜,交集于一身,予亦甘之;而所最不甘者,则司命之厄我过甚而狐鼠之侮我无端。予是以望苍天而兴叹,抚龙泉而狂叫者也。"余曰:"子毋然。司命会有转局,狐鼠亦有败时;且天不可与问,道不可与谋,子听之而已矣。"清原唯唯而去。

逾时而以《西湖说》见示,予读其序而悲之。士怀才不遇,蹭蹬厄穷,而至愿为优伶,手琵琶以求知于世,且愿生生世世为一目不识丁之人,真令人慷慨悲歇泣数行下也。岂非郡有司之罪乎?夫良玉而题碔砆①,则泣下和之血;骏马而驾盐车,则垂伯乐之泪。此亦有心者之所共悲,而有目者之所共悼矣!昔阮嗣宗②好游山,车迹所穷,辄恸哭而返。陈子昂诗文不为人知,时有卖胡琴者,索价百万,豪贵无售,子昂突出,以千缗市。次日,集宣阳里第,具酒肴群饮,置胡琴抚语曰:"蜀人陈子昂,有文百轴,驰走京师,不为人知,此乐,贱工之役,岂足留心?"举而碎之,以其文遍赠座上诸客,声溢都下。唐球好苦吟,捻稿为丸,纳之大瓢中,投于江,曰:"斯文苟不沉没,得者方知我苦心尔。"有识者接得之,曰:"此唐山人诗瓢也。"周子间气所钟,才情浩瀚,博物洽闻,举世无两,不得已而借他人之酒杯,浇自己之磊块,以小说见,其亦嗣宗之恸、子昂之琴、唐山人之诗瓢也哉!观者幸于牝牡骊黄③之外索之。

湖海士题于玩世居

---

① 碔砆——似玉之石。

② 阮嗣宗——即三国魏时文学家、思想家阮籍,字嗣宗。

③ 牝牡骊黄——牝牡,指雌雄;骊黄,黑色、黄色。以此喻事物的表面现象。

西湖秋色一百韵

古来名胜说西湖，数叠青山水一区。
两目飞来钟瑞霭，几朝开就竞欢娱。
时时佳景供玄赏，咄咄奇峰列画图。
共说春深能妩媚，不知秋尽可歌欤。
和风已觉辞林杪，霜气方来敛荸荠。
白帝髯髯驰缦驭，孟婆蹙蹙骋锟锯。
高秋凛冽谁能免，荒草寒蔫尽欲殳。
一片砧声啼素景，三春桃蕊焕当垆。
是谁幻出司花子，若个妆成织锦铺。
点点幽姿撩仄径，林林万谷起精庐。
红霏绿洒飞仙圃，绣暴绡垂帝女姝。
色映清波红玛瑙，光摇响籁巧笙竽。
赵家专宠萦宫掖，王氏和戎灿道途。
斗巧湖滨疑恺石，争妍柳岸说坡苏。
谁移银汉河中水，来染西湖万叶朱。
是处赏心难应接，随他触目可踟蹰。
白蘋红蓼恣登览，紫蟹黄鸡漫酒酤。
醉入湖心频击楫，闲来林下戏樗蒲。
微歌不倩红裙伴，侑酒全凭青女俱。
阳乌叫空空屡应，桃源换景景偏俞。
一围水国胭脂绕，万木青林五彩涂。
策杖幽寻过鹫岭，停杯缓饮泛船舻。
雄心喷薄凌玄汉，侠气嵯峨冠海隅。
独恨琼瑶齐鼠璞，更嗔驽巴驾駬駼。
苍天欹缺那堪问，时事乖睽强欲扶。

羊狠狼贪谁爱鼎，黑文赤武日弯弧。
但闻直北惊烽火，谁道中原献虏俘。
大纛高牙畴秉策，纡金怀紫岂成愚。
匈奴远塞存颇牧，术偶输诚见郅都。
定有元戎歼丑虏，宁无大将死单于。
羽书报急忧频怵，风鹤时惊念屡忬。
三略未逢谁授受，一编自惜叹之乎。
只堪把酒观红树，未许提刀断大轳。
自顾丹心徒耿耿，可怜愁绪更吁吁。
贫寒踏飒侵肌骨，秋气严凝透褐襦。
玉粒桂炊难肉食，颓垣败屋朽门枢。
蠹鱼几时成仙望，铁冶何年铸五铢。
刻骨自能坚项背，苦心唯有拊髭须。
穷来拟逐鲲鹏去，运迫图为愁鬼驱。
姹女难将篱菊数，苍头忽报树花敷。
穷檐借尔能妆缀，愁体因君减病梗。
但有雅怀临浊酒，更无逸味到鳃鲈。
一韦转入花争幔，几屐行穿彩其帑。
步障移来金谷尉，回文织寄窦韬夫。
两峰矗矗情增艳，十景融融色倍殊。
仕女香车纷绮服，王孙宝辔骋名驹。
鱼惊水色终沉藻，虎畏林焚且负嵎。
金甲穿成银杏树，红袍着就锦枫株。
江淹藻笔文能丽，嵇绍忠心血欲输。
到处彩云围远岫，数枝火树映荒芜。
团圉浦溆流苏挂，缥缈烟霞百宝揄。
大树将军红抹额，香尘姬妾绣缠趺。
盈盈一水娇生浪，簇簇千峰绿渐无。
拟欲入山瞻丽景，何妨穿地极途迂。
试观渔子垂钩饵，识取樵人菣荷刍。
欸乃歌声潆曲涧，武陵春色到炊厨。

数湾流水迷归棹，随地秋林乱野凫。
踏叶虑伤红粉色，攀枝恐裂美人繻。
飞来片片皆黄玉，悬望林林尽火珠。
桂子三秋那可俪，荷花十里亦成诬。
晓烟裹就千缇锦，薄日蒸成红甚酥。
黄叶枝头翻白鹭，霜林影里带啼乌。
娇容绰态同西子，秃鬓浓瘤似丑嫫。
只有徐熙堪染素，更兼彦道惯呼卢。
朱帘绣幞龙头艋，牙板金尊雀尾炉。
第恐清霜摧落叶，不辞野饮促提壶。
狂俦怪侣惊游骑，披发横吟类觋巫。
随我英雄竖子叹，笑他龌龊腐儒拘。
嗔来阮籍眼双白，醉后张颠发屡濡。
读史徒能观大略，称诗每欲道计谟。
自嗟不及青箱笔，翻羡他人金仆姑。
室内防身唯蒯剑，杖头惭我是青蚨。
山门澒洞多封豕，举世诪张是野狐。
独喜有心披简册，曾何内顾及妻孥。
古今成败胸中事，世道荣枯分外纡。
黄菊惊心愁节序，丹枫入目逐时趋。
政堪畹晚为欢日，好逐高阳作酒徒。
数韵诗联怀白傅，一杯醽醁奠仙逋。
才临岳墓衔罗织，又过胥山恨镯镂。
怨气已深成碧血，冷心直欲作秋菰。
悲歌泥马思南宁，缅想　夷有越吴。
千载是非留往迹，百年凭吊独存吾。
时逢秋后千林醉，莫放风前万叶枯。
误闯名园惊睡犬，闲将乱石掷鹈鹕。
歌高竞集花深处，酒所时撑野外艄。
远径行来都熠爚，巍峦踏尽总崎岖。
火龙搅地生鳞甲，炎帝腾空捉羽符。

定属水仙开胜事，故教花国献奇裯。
红旗女将红相垺，锦缴夫人锦欲逾。
龙虎丹光耀日月，摩尼宝色映天衢。
韩娘自可题红叶，思妇偏能惹恨痡。
飒飒西风吹紫禁，阴阴朔气动关榆。
几年玉锁离鹦鹉，何日金微免鹧鸪。
共道林端好风景，那知闺内泣屠苏。
行行瘦马穿蓁莽，拍拍饥鸦逐鼠鼯。
衰草参差霜径滑，寒塘咿轧雁声孤。
葱茏平楚流虹气，灏糕波光插彩蒲。
学士桥边频载酒，龙王祠畔屡歌呼。
寒飔水面随漂泊，微雨花枝洗浊汙。
好景难留宜伴唤，更须日日醉扶颅。

武林周　楫清原甫著

友人　蒲国琦敷仙甫
　　　蒲国琛玺书甫　同阅

门人虞　元礼古清甫
　　　　元武景明甫

目　　录

第一卷

吴越王再世索江山

萧条书剑困埃尘，十年多少悲辛！松生寒涧背阳春，勉强精神。

且可逢场作戏，宁须对客言贫？后来知我岂无人，莫谩沾巾。

这首词儿，名《画堂春》，是杭州才子马浩澜之作。因国初钱塘一个有才的人，姓瞿名佑字宗吉，高才博学，风致俊朗，落笔千言，含珠吐玉，磊磊惊人。他十四岁的时节，父亲还不晓得他有才华，适值父亲一个相好的朋友张彦复，从福建做官回来望他父亲，因具鸡酒款待。瞿宗吉从书馆中而归，张彦复就指鸡为题，命赋诗一首。宗吉应声道：

宋宗窗下对谈高，五德①声名五彩毛。

自是范张②情义重，割烹何必用牛刀！

张彦复大加称赏，手写桂花一枝，并题诗一首为赠：

瞿君有子早能诗，风彩英英兰玉姿。

天上麒麟元有种，定应高折广寒枝。

自此，声名传播一时，有名先达之人，都与他为忘年之交。那时第一个有才的是杨维祯，字廉夫，号铁崖先生，闻其才名，走来相访，因试其才学何如，将自己所赋《香奁八咏》要他相和。瞿宗吉提起笔来，一挥而就。《花尘春迹》道：

燕尾点波微有晕，凤头踏月悄无声。

《黛眉颦色》道：

---

① 五德——物类的五种德性。《韩诗外传》谓鸡有五德："首戴冠者，文也；足傅距者，武也；敌在前敢斗者，勇也；得食相告，仁也；守夜不失时，信也。"

② 范张——指《古今小说·范巨卿鸡黍死生交》中的人物范巨卿和张邵。范巨卿在应举途中病倒，得到也是赴选之人张邵的救助，同误试期。二人结拜为兄弟。分别之日，约来年今日范到张家中，张设鸡黍以待。一年之后，范为商务缠身，忘其约会日期，及记起时，已来不及。闻说"人不能日行千里，魂能日行千里"，于是自刎而死，魂魄赴约。张赶赴范灵柩旁，亦自刎而死。

恨从张敞①毫边起，春向梁鸿②案上生。

《金钱卜欢》道：

织锦轩窗闻笑语，采蘋洲渚听愁吁。

《香颊啼痕》道：

斑斑湘竹非因雨，点点杨花不是春。

瞿宗吉一一和完，杨廉夫叹服道："此瞿家千里驹也。"从此声名大著于天下。然虽如此，有才无命，笔下写得千百篇诗赋，囊中寻不出一二文通宝。真是时也，运也，命也，所以感慨兴怀，赋首诗道：

自古文章厄命穷，聪明未必胜愚蒙。

笔端花与胸中锦，赚得相如四壁空。

遂做部书，名为《剪灯新话》，游戏翰墨，以劝百而讽一，借来发抒胸中意气。后来马浩澜读他这首诗，不觉咨嗟感叹起来，做前边这首《画堂春》词儿，凭吊瞿宗吉。

看官，你道一个文人才子，胸中有三千丈豪气，笔下有数百卷奇书，开口为今，阖口为古，提起这支笔来，写得飕飕地响，真个烟云缭绕，五彩缤纷，有子建③七步之才，王粲④登楼之赋。这样的人，就该官居极品、位列三台⑤，把他住在玉楼金屋之中，受用些百味珍馐，七宝床、青玉案、琉璃钟、琥珀盏，也不为过。叵耐造化小儿，苍天眼瞎，偏锻炼得他一贫如洗，衣不成衣，食不成食，有一顿，没一顿，终日拿了这几本破书，"诗云子曰"、"之乎者也"个不了，真个哭不得、笑不得、叫不得、跳不得，你道可怜也不可怜？所以只得逢场作戏，没紧没要做部小说，胡乱将来传流于世。

比如三国时节曹丞相无恶不作，弑伏皇后、董贵妃，汉天子在他荷包儿里，随他扯进扯出，吐气成云，喝气成雷，果然是在当时险夺了玉皇尊，

---

① 张敞——汉代张敞，曾为京兆尹，人称张京兆。传说闺房之内，为妇画眉。

② 梁鸿——东汉人。家贫好学，未做官，与妻孟光隐居霸陵山中，以耕织为业。后避祸去吴。居人廊庑下，为人舂米，归家，孟光为他备饭，举案齐眉。

③ 子建——三国时曹植，字子建。相传为曹丕所逼，七步成诗。

④ 王粲——汉末文学家。先依刘表，未被重用，乃做《登楼赋》，抒发家国丧乱及不得志的郁愤之情。

⑤ 三台——汉代对尚书、御史、谒者的总称。尚书为中台，御史为宪台，谒者为外台，合称三台。

到如今还使得阎罗怕,谁敢道他一个"不"字。却被我朝山阴一个文人才子徐文长先生做部《四声猿》,名为《狂瞽史渔阳三弄》,请出祢正平先生一边打鼓,一边骂座,指手画脚,数数落落,骂得那曹贼哑口无言,好不畅快。曹贼有知,岂不羞死? 真是"踢弄乾坤捉傀儡"的一场奇观,做个千秋话柄,激劝传流。一则要诚劝世上都做好人,省得留与后人唾骂;一则发抒生平之气,把胸中欲歌欲笑欲叫欲跳之意,尽数写将出来,满腹不平之气,郁郁无聊,借以消遣。正是:

　　世事短如春梦,人情薄似秋云。

　　逢场不妨作戏,听我舌战纷纷。

　　看官,你道杭州人不拘贤人君子,贩夫小人,牧童竖子,没一个不称赞那吴越王。凡有稀奇古怪之事,都说道当先吴越王怎么样,可见这位英雄豪杰非同小可。还有一件好笑的事,那宝石山脚边石块之上,凿有斗大的痕迹,说是吴越王卵子痕迹。道当日吴越王未遇之时,贩盐为生,挑了盐担,行走此山,忽然大雨地滑,跌了一跤,石头之上印了两个卵痕。后来杭州作耍之人,故意凿成斗大,天雨之后,水积其中,又捉弄那乡下的愚民道:"这卵池中水将来洗目,其目一年不昏。"乡下愚民听信其说,时将这卵水洗目。杭州人之好作耍如此。你道不是一件极好笑的事么! 然在吴越王未遇之时,安身无处,这个卵袋不值一文钱。及至做了吴越王,保全了几千百万生灵,后世称他英雄,连这个卵袋都凿成模样,把与愚民徘徊瞻眺、玩弄抚摩起来。可见卵袋也有交运值钱的时节,何况其生平事业不啧啧称叹。然吴越王发迹的事体,前人都已说过,在下为何又说? 但前人只说得他出身封王的事,在下这回小说又与他不同,将前缘后故、一世二世因果报应,彻底掀翻,方见有阴有阳、有花有果、有作有受,就如算子一般,一边除进,一边除退,毫忽不差。

　　看官,你道从来得天下正的无过我洪武爷,驱逐犬羊腥膻之气,扫除胡元浊乱之朝,乾坤重辟,日月再朗,这是三代以来第一朝皇帝了。其次则汉高祖,驱除暴秦,灭焚书坑儒之祸,这也是极畅快的事。所以洪武爷得天下之后,祭历代帝王之庙,各帝王神位前都只一爵,独于汉高祖前笑对道:"刘君,今日庙中诸君,当时皆有凭借以有天下,唯我与尔不阶尺土,手提三尺以致大位,比诸君尤为难得,可共多饮一爵。"这是不易之论。然虽如此,汉高祖怎比得洪武爷。若论唐太宗,把宫人侍父而劫父以起兵,这也难算天下之正了。若是宋太祖欺孤儿寡妇,因陈桥兵变,军中黄袍加身,就禅了周朝之位,这也一发难说得天下之正了。所以岳正做首诗道:

黄袍岂是寻常物,谁信军中偶得之?

又有诗道:

阿母素知儿有志,外人刚道帝无心。

这便是千古断案。谁知报应无差,得天下于小儿,亦失天下于小儿。那《报应录》"灭国之报"说得分明,道:

宋太祖以乙亥命曹翰取江州,后三百年乙亥,吕师夔以江州降元。以丙子受江南李煜降,后三百年丙子,帝昺为元所虏。以己卯灭汉,混一天下,后三百年己卯,宋亡于崖山。宋兴于周显德七年,周恭帝方八岁,亡于德佑元年,少帝止六岁。至于讳,显、昺二字又同,庙号亦曰恭帝。周以幼主亡,宋亦以幼主亡。周有太后在上,禅位于宋。宋亦有太后在上,归附于元。

这般看将起来,连年月都一毫不差,可见报应分明,天道不爽①。只因宋太祖免生民于涂炭,宽宏大度,宅心仁厚,家法肃清,所以垂统长久,有三百余年天下。这真如少债的一般,从来没有不还的债。但那《报应录》上只说得明白的报应,不曾说得阴暗的报应。看在下这回《吴越王再世索江山》,便见分晓。正是:

冤冤相报,劫劫相缠。

借他一两,还彼千钱。

何况阴谋,怎不回还?

试观吴越,报应昭然!

话说这吴越王姓钱,单讳一个镠②字,字具美,本贯杭州临安县人,住在石鉴乡。临产之时,父亲走到灶下取斧劈柴烧汤,见一条丈余长的大蜥蜴,似龙非龙之状,抢入室中,父亲老大吃惊,随步赶进,忽然蜥蜴钻入床下,即时不见。随产个小儿下来,满室火光,惊天动地。邻家都来救火,及至走进钱家,又不见一点火光,人都以为怪。父亲说生了一个妖怪,要投

---

① 爽——差失。

② 镠(liú)。

井中淹死,亏得隔壁一个婆婆勉强挽留得住,因此取名为钱婆留。四五岁之时,里中有一株大树,他因与群儿戏耍,便走到大树之下,坐于石上,就像帝王一般,指麾这些儿童,征战杀伐,各有队伍,号令严明,儿童都惧怕他,不敢不遵其约束。临安东峰有块圆石,其光如镜,名为石镜山。钱镠自己照见头上冠冕,俨然王者之状,回家对父亲说了。父亲只道他说谎,同他走到石镜前一照,委是如此,恐惹出是非,就对石镜祷祝道:"倘日后有如此之福,愿神灵不要照见,省得是非。"祝罢,便从此照不见。父亲暗暗欢喜。后来长大成人,相貌魁梧,膂力绝人,不肯本分营生,专好做那无赖之事。有《西江月》为证:

> 本分营生不做,花拳绣腿专工,棍枪呼喝骋英雄,说着些儿拈弄。
>
> 鬻贩私盐活计,贝戎不耻微踪,骰盆六五叫声凶,破落行中真种。

话说钱公贫穷彻骨,鬻贩私盐,挑了数百斤盐在肩上,只当一根灯草一般,数百人近他不得,以此撒泼做那不公不法之事。但生性慷慨,真有一掷百万之意。在赌博场中,三红四开,一掷而尽,他也全不在心上,以此人又服他豪爽。县中一个录事钟起,有两个儿子与钱婆留相好,也是六颗骰子上结识的好朋友,时常与钱公相耍。那钟起是个老成人,见儿子日逐与钱婆留饮博,便大怒道:"贼没种,只怕哄。我两个儿子好端端的,被破落户钱镠引坏了他,好赌好盗,异日须要连累。"遂把两个儿子痛打了一顿,不容他两个来往。正是:

> 教子有义方,不容赌博场。
>
> 匪人①若谢绝,定有好儿郎。

话说钟起禁绝儿子不容与钱公来往,钱公得知,好一程不敢上他的门。且说豫章有个术士,善辨风云气色,能知治乱穷通。因当初晋时郭璞先生有句谶语道:

> 天目山高两乳长,龙飞凤舞到钱塘。
>
> 海门一点巽峰起,五百年间出帝王。

那术士道,此时正是五百年之期,该出帝王之时。况斗牛②间又有王气,斗牛正是钱塘分野,其中必有异人。遂取路到钱塘来,细细占验,那王

---

① 匪人——不是正派人。匪,非。

② 斗牛——指二十八星宿中的斗星和牛星。古代常借星象推测人事。

气又在临安地面。遂走到临安，假作相士，隐于市中。相来相去，并不见有个异人的影儿。那钟起与这术士相好，术士悄悄对钟起道："我占得贵县有个大异人，是未发迹的英雄。今相来相去，并无其人，不知隐于何处。你的相虽贵，却当不起'大异人'三字之称。"钟起心生一计，次日大置酒筵，广招县中有名之人都来家间饮酒，却教术士一一相过，又无其人。术士大以为怪，就宿于钟起之家。一日，占得王气正临钟氏之门，术士暗地留心。

且说那未发迹的英雄，一程不敢到钟家门首，一日赌输了钱，思量他两个弟兄手头活动，戴了顶破网巾，穿了件百衲的绽衣，赤着双脚，蹑脚蹑手走到门首，正要悄悄叫他弟兄两个出来，不期钟起与术士正在庭心里讲话，钱公见了钟起，恐怕他发话，趄转身便走。术士就里打一看时，有《西江月》为证：

两眼如星注射，天庭额角丰隆，一身魁伟气如虹，绕鼻尽成龙凤。

虎体熊腰异相，帝王骨格奇容，时来发迹见英雄，不与常人同用。

话说那术士一见了钱公，即忙大叫道："贵人原来就是此人！"钟起道："先生莫要错了，这是我邻家钱婆留，无赖之人。"术士道："正是此人，速追来我再一看。"钟起即忙赶出门外，唤住钱公道："休得快走，我有话与你说！"钱公方才住了脚。钟起邀他进门，见了术士。术士细细相了，对钟起道："我道你怎么有贵相，你儿子亦有贵相，原来全在此人身上带乞。"对钱公道："子骨法非常，贵不可言，异日半朝帝王之位，好自爱惜。应在三年之内，当渐渐发迹也。"钟起遂留钱公饮酒，并两个儿子都出来陪酒，宾主吃得个畅快。术士遂别钱公道："我特来访求异人，不是日后贪图什么名利，不过要显吾之术法耳。珍重珍重！"次日遂别了钱公，仍到豫章而去。钟起自此之后，方才敬重钱公，任凭儿子与他来往，又时常贷其钱米。后来钱公犯了事，知县要拿他，钟起得知此事，急急报与钱公，教他逃脱了，救其性命。后来钱公封了吴越王，念钟起父子之恩，都拜为显官。此钱公以德报德处。后来差人访求那个术士，竟不能遇，真异人也！这是后话。

且说那时正是唐僖宗乾符六年，黄巢作乱，杀人八百万，血流三千里，反入长安，抢掠玉帛子女，百姓受其荼毒，苦不可言。黄巢遣贼将王仙芝领兵五千，冠掠浙东，势如风雨而来。那时石鉴镇将董昌也是临安人，先前将官王郢作乱，董昌招募乡兵讨贼，晓得钱镠骁勇有谋，遂表奏钱镠为偏将军。钱镠奋勇当先，只一合便把王郢擒下，杀退众贼，此是初出茅庐第一功也。后来王仙芝领大队人马杀来，逢州破州，逢县破县，浩浩荡荡，将到临安地方。董昌面色如土，众兵都面面厮觑，不敢则声。钱公道："如今镇兵甚少，贼兵甚多，难以力敌，须出奇兵方可取胜。"众兵惧怕贼人，谁敢向前。钱公自领敢死之士二十人，预先埋伏在山谷之中。黄巢先锋行于山石险峻之处，只得单骑而行。钱公大喝一声，二十张弓一齐射去，先锋从马上倒坠下地。钱公突出，一勇当先，杀人如砍瓜切菜，共斩五六百首级。钱公对二十人道："我们止得二十人，但可侥幸取胜一次，后面大队人马杀来，怎生抵敌？"急急引了这二十个，走到八百里地方。那"八百里"是地方的名色，对道旁一个老妇人道："后边追兵若来问，你只对他道：'临安兵屯八百里了。'"果然黄巢追兵问这老妇人，老妇人依其所说而对。贼兵大惊道："适才二十人，我们尚且战他不过，被他杀了五六百人，如今屯了八百里，俺们便是死也。"遂拨回军马，急急吹风胡哨而去，钱公见追兵去远，引了这二十人得胜而还。"果是：

　　　　鞭敲金镫响，人唱凯歌回。

　　话说钱镠得胜而回，保全了临安百姓，威名远近。董昌因此有功，升为杭州刺史。中和二年，兖州人刘汉宏始初因黄巢作乱，乘机为盗，后投降朝廷，做到浙东观察使。刘汉宏见董昌渐渐势大，遂起吞并之心。八月间，遣兄弟刘汉宥将兵二万，要杀董昌，并其浙西之地。董昌叫钱公出战，门旗开处，钱公匹马当先，战得数合，刘汉宥气力不加，拨转马头便走。钱镠随后奋杀，杀得刘汉宥大败，亏输而逃。刘汉宏得知兄弟战败，自率精兵七万屯在西陵，要待次日渡钱塘江而来，自决胜负。钱镠得知，半夜悄悄渡江，拔开鹿角①，并不则声，见人便斫。刘汉宏从梦中惊醒，混战到天明，七万人看看将尽，刘汉宏慌张，换了衣服，悄悄要走，被钱镠眼明手快一把拿住，解送董昌营中斩首示众。钱镠克了越州，昭宗遂升董昌为越州观察使，升钱镠为杭州刺史。后来钱镠又擒了贼人薛明，破了徐福，进了苏、杭等处观察使，遂升杭州为镇海军，就进钱镠为镇海军节度使，封开国

---

　　①　鹿角——军事上的防御设备，形似鹿角。用带枝杈的树木植在地上，以阻止敌人的行进。

公。那董昌累拜简较太尉,同中书门下三品,地广志骄,阴怀不臣之心,好神好鬼,就有一班妖人应智、王温等劝他称帝。内中有个山阴老人,诡献谣辞道:"欲知天子名,日从日上生。"因此董昌建造自己生祠,制度都如禹庙,凡百姓祭赛者,不许到禹庙,都要到自己生祠中去祭赛。又山中一个异鸟,毛羽五色,身大,四目,三足,声声叫道:"罗平",因此人就称为"罗平鸟",以为符瑞,献与董昌。董昌大喜道:"此吾之鸑鷟①也,吾必为帝王矣。"遂择日称帝,国号大越,铸印文道"顺天治国之印"。两个忠臣黄碣、吴镣苦口劝他不要作反,董昌大怒,将黄、吴二人杀了,取他的头来,骂道:"贼!负我。三公不肯做,却自寻死!"把二头投于坑厕之内,族灭了两家数百余人口,埋于镜湖之南。人人痛哭:

　　可怜忠臣骨肉,尽作镜湖冤鬼。

　　话说董昌杀戮忠臣,谋反作逆,探事人来报了钱公。钱公大惊,道:"我当日在他部下,破灭黄巢,共扶社稷,不意作此族灭之事。"就恳恳切切写一封书,教他不要造反。董昌执意不回,钱镠遂表奏董昌谋叛之事。唐朝降下诏书,密教钱镠讨贼。即时整点兵士,渡江杀到越州。那越州百姓,日受董昌刑罚惨毒,听得钱镠领兵前来,人人欢喜。董昌心中惧怕钱镠骁勇,连败数阵,被先锋顾全武一刀斩于马下,传首京师,夷其家族。这是作反的结果。

　　先前董昌未败之时,有一狂人屡屡题诗四句于旗亭客舍道:

　　日日草重生,悠悠傍素城。

　　诸猴逐白兔,夏满镜湖平。

　　人不晓其词。董昌败后,方知草重是"董"字,日日是"昌"字;素城是越州城,隋越公杨素所筑也;诸猴者,猴乃钱镠生于申也;白兔者,董昌生于卯也;夏满者,六月也;镜湖平者,董昌六月败死于镜湖也。

　　话说钱镠斩了董昌,昭宗大喜,遂封彭城郡王,加中书令,图画形像于凌烟阁上,以表其忠,赐他铁券道:

　　维乾宁四年,岁次丁巳八月甲辰朔,四日丁未,皇帝诏曰:咨尔镇海、镇东等军节度,浙江东西等道观察,处置、营田、招讨等使,兼两浙盐铁、制置、发运等使,开府仪同三司,简较大尉兼中书令,使持节润、

―――――――――――

①　鸑鷟——凤。

越等州诸军事兼润、越等州刺史,上柱国,彭城郡王,食邑五千户,食实封一百户钱镠。朕闻铭邓骘之勋,言垂汉典;载孔悝之德,事美鲁经,则知褒德策勋①,古今一致。顷者董昌僭乱,为昏镜水,狂谋恶贯,流染齐人。而尔披攘凶渠,荡定江表,忠以卫社稷,惠以福生灵。其机也氛祲②清,其化也疲羸泰。拯吴越于涂炭之上,师无私焉;保余杭于金汤之固,政有经矣。志奖王室,绩冠侯藩,著于旂常,流在丹素。虽钟繇刊五熟之釜,窦宪勒燕然之山,未足论功,抑有异数。是用锡其金版,申以誓词:长江有似带之期,泰华有如卷之日,唯我念功之旨,永将延祚子孙,使卿长袭宠荣,克保富贵。卿恕九死,子孙三死,或犯常刑,有司不得加责。承我信誓,往唯钦哉!宜付史馆,颁示天下。

钱镠遂命钱塘知县罗隐才子代作谢表道:

恩旨赐臣金书铁券一道,臣恕九死、子孙三死者,出于睿卷,形此纶言③。录臣以丝发之劳,赐臣以山海之誓。镌金作誓,指日成文。震动神祇,飞扬肝胆。伏念臣爰从筮仕④,逮及秉旄,每日揣量,是何叨忝!行如履薄,动若持盈。唯忧福过祸生,敢冀慎初护末。岂期此志上感宸聪,忧臣以处极多虞,虑臣以防闲不至。遂关圣虑,永保私门。最臣以功名,申诸带砺⑤,虽君亲嘱念,皆云必恕必容,而臣子为心,岂敢伤慈伤爱?谨当日谨一日,戒子戒孙,不敢因此而累恩,不敢承此而贾祸。圣主万岁,愚臣一心。谨诚惶诚恐,顿首顿首。

后遂封吴越王,并高、曾、祖、父都封了王号。钱王富贵已极,遂衣锦还乡,驾了车辇,省其坟墓。龙旗凤羽,鼓吹箫管,兵士、羽林军、文武百官,两旁排列,振动山谷。凡幼年嬉游钓弋之所,尽造华屋妆点,锦衣覆蔽,并挑的盐笋、扁挑、绳索,都把五彩盖覆,叹息道:"怎敢忘本?"封石鉴乡为广义乡,临水里为勋贵里,安众营为衣锦营,那照见冠冕的石镜山为

---

① 策勋——记功勋于策书之上。

② 氛祲——雾气或预示灾祸的不祥之气。

③ 纶(lún)言——指皇帝的诏令。

④ 筮(shì)仕——古人将出外做官,先占卦问吉凶。后称初次做官为"筮仕"。筮,用蓍草占卦。

⑤ 带砺——比喻长久。言河成衣带,山成砺石之长远。

衣锦山,大官山为功臣山,幼年坐在下的那株大树为衣锦将军,石为衣锦石,都将五彩锦绣披挂,奏乐荣耀。各各封拜已毕,乘着车辇而行。忽然道旁闪出一个白发老妇,手里拿一瓦瓶儿酒、几个角黍,迎着车辇大叫道:"钱婆留,你好长进!"钱王认得是幼年救他性命的婆婆,登时下车,拜倒在地。老妇人那时九十余岁,用手搀起道:"今日恁般长进,不枉了老身救你。"遂斟酒与钱王。钱王跪而饮之,笑道:"怎敢忘了婆婆恩德?"遂以万金酬谢,一壁厢差官建造屋宇,造报恩坊,拔其二子都做显官,以报其救命之德。遂置酒筵,请当年一班熟识之人并高年父老,若男妇八十以上者饮金杯,百岁者饮玉杯,那时饮玉杯者共有十余人。钱王亲自执杯上寿,诸人欢畅,都吃得烂醉。钱王乘一时酒兴歌道:

> 三节还乡挂锦衣,吴越一王驷马归。天明明兮爱日辉,百岁荏苒
> 今会时稀。

钱王歌毕,这些父老都不解其意。原来这些父老不过是与钱王一伙同挑盐担的人,如何晓得"之乎者也",今日钱王做了吴越王,便天聪天明起来,这些父老如何解说得出。钱王觉得欢意不洽,遂换了吴音唱个歌儿道:

> 你辈见侬底欢喜,别是一般滋味子,长在我侬心子里。

歌完,举座赓和①,叫笑震席,满座都有金银彩缎酬谢。遂别了父老,归于杭州,改临安为衣锦军。

那时吴越王共有十四州江山,一时文武将帅之士,都是有名之人。先前有个贯休和尚做一首诗来献道:

> 贵逼身来不自由,几年辛苦踏山丘。
> 满堂花醉三千客,一剑霜寒十四州。
> 莱子衣裳宫锦窄,谢公篇咏绮霞羞。
> 他年名上凌烟阁,岂羡当时万户侯。

吴越王见了此诗甚喜,遣门下客对他道,教和尚改"十四州"为"四十州"方许相见。贯休道:"州亦难添,诗亦难改。闲云孤鹤,何天不可飞耶?"遂不见而去。此以见贯休和尚之高也。

吴越王要造宫殿于江头凤凰山,有个会看风水的道:"如在凤凰山建

---

① 赓(gēng)和——连续唱和。

造宫殿,王气有限,不过有国百年而已;如把西湖填平,留十三条水路以蓄泄湖水,建宫殿于上,便有千年王气。"钱王道:"岂有千年而天下无真主者乎?有国百年,吾所愿也。"遂定都凤凰山。城池高峻,宫阙壮丽,内为子城,南为通越门,北为双门,都金铺铁叶,极其巍峨。又造握发殿,盖取周公握发求贤①之意。每一条柱,围一十二尺,其壮丽如此。筑城自秦望山由夹城东至江干,薄②钱塘湖、霍山、范浦,共七十里,城门共十,城垣南北长而东西缩。后来杨行密将攻杭州,先遣一个识阴阳的来看视城垣,道:"此腰鼓城也,击之终不可得。"又闻鼓角声,道:"钱氏子孙当贵盛,未可图也。"遂不敢攻城而去,这是后话。有六个屯营之处:

　　白璧营(城南上隅)　宝剑营(钟公桥北)　马家营(修文坊内)

　　青字营(盐桥东)　福州营(梅家桥东)　大路营(褚家堂)

　　话说钱王年年修筑城池,工役甚多,百姓未免嗟怨。有人题诗句于钱王门上道:

　　没了期,没了期,修城才了又开池。

钱王出来见了,取笔也题数句于门上道:

　　没了期,没了期,春衣才罢又冬衣。

　　自此之后,百姓嗟怨顿息。

　　钱王尝在军中以钢铃为枕,名为"警枕",未尝贴席而卧。床头置一粉盘,夜间思量得一事,就写于粉盘之中,次日依计而行。或夜半三更,拿起铜丸,抛出宫门之外,以警巡更守城之人,其警戒如此。钱王尝昼卧,一个童子煎汤,汤滚,其声甚响,童子恐惊醒钱王睡梦,掺冷水于汤中,汤便无声。钱王卧醒,见童子如此,暗暗道:"这童子能窥我心事,不可留之。"遂把这童子杀了。童子魂灵忽现形于前,钱王怜其枉冤,遂封为临安县土地之神,童子遂叩头而去。钱王曾到余杭洞霄宫,抚掌而泉涌出,遂有抚掌泉。其妃嫔每岁归临安一次,看省坟墓。钱王以书遗妃嫔道:"陌上花开,可缓缓归矣。"又未尝不风流也。吴人因此便用其语为歌,含思婉转,听之凄然。杭人遂传为《陌上歌》。后来苏东坡易其词为《清平调》三首,

────────────

　①　周公握发求贤——史载周公恐失天下贤才,"一沐三握发,一饭三吐哺,起以待士"。形容为招揽人才而操心忙碌。

　②　薄——接近。

道：

> 陌上花开蝴蝶飞，江山犹是昔人非。
>
> 遗民几度垂垂老，游女长歌缓缓归。

又一首道：

> 陌上山花无数开，路人争看翠軿①来。
>
> 若为留得堂堂去，且更从教缓缓回。

又一首道：

> 生前富贵草头露，身后风流陌上花。
>
> 已作迟迟君去鲁，犹歌缓缓妾回家。

一日，钱王在宫中聚子侄宴燕，命弹琴一曲，便止住道："恐外人以我为长夜之饮也。"从此便止，其谨慎如此。

后开平元年朱温篡位，是为梁太祖，钱王遣使臣进贡，梁太祖问使臣道："尔王于国中所好何物？"使臣道："好玉带骏马。"太祖叹息道："真英雄也！"遂选玉带一条、名马四匹赐之，册封天下兵马都元帅。那时罗隐才子为钱塘知县，劝钱王举兵讨梁太祖。钱王笑道："吾不失为孙仲谋。"不肯举兵，遂受梁太祖之命。

他居宫中，轮差各院敏利老姬守更。忽一夜，有条极大蜥蜴沿在银缸上吸那麻油，吸完便忽然不见。老姬大以为异，不敢对人说。明日，钱王对宫人道："我昨夜梦饮麻油而饱。"老姬在旁听得说，便说昨夜蜥蜴之事，钱王微笑而已。方知是钱王元神。性喜佛法，建造佛刹，金碧辉煌，不计其数。那时江潮极是厉害，潮头有数十丈之高，如山一般拥塞将来，海塘屡筑屡坏。钱王大怒，叫三千犀甲兵士，待潮头来时，施放强弩，摇旗擂鼓，呐喊放铳。又祷于胥山祠，为诗一章道：

> 为报龙王及水府，钱江借取筑钱城。

将诗投于江内。又建六和塔以镇风潮，亲自取铁箭以射潮头，果然潮水渐渐退缩，东击西陵。海塘一筑而就。凡今之平地，即昔时之江也，为杭州千古之利。至今有铁箭巷，为钱王射潮之所，仍有大铁箭出于土上，长四五尺，牢不可拔，其大如杵，真神物也。刘伯温先生有《钱王箭头歌》：

---

① 軿(píng)——古代贵族妇女所乘有帷幕的车。

　　鸱夷①遗魄挹余怒,欲取吴山入江去。

　　雷霆劈地水群飞,海门扶胥没氛雾。

　　英雄一怒天可回,肯使赤子随鲛鲐②?

　　指挥五丁发神弩,鬼物辟易③腥风开。

　　后唐同光初年,赐玉册金印,尊为尚父。后来也竟称帝,改了天宝、宝大、宝正几个年号,行郊天④之礼。直待将薨之时,方教儿子撤去帝王仪从,臣事中国,整整活八十一岁而薨,谥武肃王。传子文穆王元瓘,忠献王弘佐,忠懿王弘俶。那忠懿王是忠献王之弟,名俶,字文德。

　　不说忠懿王嗣位,且说那时朝梁暮晋,四分五裂,百姓好不苦楚,感得上天降生一位真人下来,姓赵讳匡胤,涿州人氏,生于洛阳夹马营中,异香三月不散,人称为"香孩儿营"。生得方面大耳,自幼好使枪棒,一十八般武艺件件精通。逢场作戏,遇博争雄,每每纵酒,路见不平,便拔刀相助,颇好生事。宽宏大量,关之东西,河之南北,不知结识了多少未遇的英雄。累官周朝殿前都点简指挥使,有紫云黑龙之瑞。那时周世宗晏驾,太后临朝,陈桥兵变,因威望素著,人心推戴,便就军中黄袍加身,立他为帝,禅了周朝之位,国号大宋。那时华山有个陈抟仙人,骑驴下山,闻知赵太祖做了皇帝,大笑一声,从驴背上坠将下来,道:"天下自此定矣。"果然做了九朝八帝班头、四百年开基帝主。即位之后,封钱俶"开吴镇越荣文耀武功臣"。钱俶遣臣黄夷简入谢,宋太祖道:"尔归与元帅言,朕已于熏风门外建礼贤宅,以待李煜及元帅,先朝者居之。今煜倔强不朝,吾已遣兵往矣。元帅可暂来一见,慰我延想,即当遣还也。"黄夷简归来,对钱王说了备细。那时还有四国未曾归附,哪四国?

　　南唐李煜,西蜀孟昶。

　　北汉刘钱,吴越钱俶。

　　后来宋太祖遣曹彬下了江南,钱俶恐惧,率领儿子入朝,进宝犀带于宋太祖。宋太祖对钱俶道:"朕有三条宝带,与此不同。"俶请宣示,太祖

---

①　鸱夷——皮口袋。伍子胥的尸体以鸱夷盛之,投入江中。

②　鲛鲐——鲨鱼。

③　辟易——惊退。

④　郊天——祭天。

笑道:"汴河一条,淮河一条,扬子江一条。"钱俶愧服。太祖赐居礼贤宅,剑履上殿,诏书不名。召钱俶宴于后苑,那时只得太宗及秦王侍坐。酒酣,诏钱俶与太宗叙兄弟之礼,钱镠叩头辞让。酒至数巡,食供五套,太祖出内妓弹琵琶送酒,钱俶因献一词道:

> 金凤欲飞遭掣搦,情脉脉,看即玉楼云雨隔。

太祖见这首词儿,甚有哀怜之意,走将下来,拊其背道:"誓不杀钱王。"后钱王辞归,廷臣请留住钱王,不许返国,太祖不纳,竟遣之还,道:"善保汝国,尽我一世足矣。"乃赐一黄包袱,封裹御押,对钱王道:"待尔回家,然后开看。"钱王回到杭州,开来一看,都是众臣劝留钱王之疏,共五十三封。钱王遂泣下道:"太祖真仁德之君也,我何敢负官家?"后来太宗即位,钱王遂将吴越江山尽数纳土归朝。太宗大喜,改封淮海国王。俶弟仪、信,子惟浚等都拜节度使。次日,太宗召苑中饮宴,并儿子惟浚侍席,泛舟宫池。太宗手举御杯赐钱王,钱王跪而饮之。明日,奉表称谢道:

> 御苑深沉,想人臣之不到。天颜咫尺,唯父子以同亲。

话说吴越王自开霸以来,共九十八年江山,只因知天命有归,不忍涂炭生民,今日把土宇尽数纳于宋朝,真所谓顺天者存也。始初晋天福年间,浙中儿童市井,都以"赵"字为语助词,如说"得",便道"赵得";如说"可",便道"赵可",通国如此,不解其意。谣言日盛一日,后宋朝受禅,钱氏纳土,浙中都属赵姓矣。钱俶纳土前一岁,有个疯狂和尚行歌于市上道:

> 还乡寂寂杳无踪,不挂征帆水陆通,
>
> 踏得故乡田地稳,更无南北与西东。

有人问这和尚道:"你这歌是什么意思?"和尚但摇头道:"明年大家都去。"果应其言。

但吴越王原是英雄,经百战而有十四州江山,今日子孙尽数归于宋朝,他英灵不泯,每每欲问宋朝索还江山,无奈太宗之后,历传真、仁数帝,都是有道之主,无间可乘。直等到第八朝天子,庙号徽宗,便是神霄玉府虚净宣和羽士道君皇帝,宠用一干佞臣:

蔡京　王黼　高俅　童贯　杨戬　梁师成

这六人称为"宣和六贼"。又大兴工役,凿池筑囿,号"寿山艮岳"。又用一个朱勔,采取天下异花奇木以进,号曰"花石纲"。害得天下百姓十死九生，人民咨怨，个个思乱。

徽宗一日在于宫中，同郑娘娘游寿山艮岳而回，饮酒醉卧。忽然宫门"呀"地一声开处，闯进一人，但见：

> 头戴冲天冠，身着衮龙袍，腰系白玉带，足穿无忧履。堂堂一表，俨似天神之貌；凛凛一躯，巍然帝王之形。

徽宗大惊道："汝是何代帝王？黄夜①来此，有何话说？"那人开口道："吾乃吴越王钱镠是也。生平苦挣十四州江山，汝祖不劳一支折箭之功，以计取吾之地。以数论之，今日亦当还我。"徽宗道："此是吾祖宗之事，汝何当日不言，今日反来问朕索取，是何道理？"吴越王道："物各有主，吾侯候许久，今日定要还我江山，方始干休。"徽宗无言回答。吴越王大声喝道："吾子孙好好来朝，怎便留我，夺我江山？今日定不相饶！"说罢，便抢入后宫。徽宗大喝一声，撒然惊觉，乃是南柯一梦，冷汗沾身，就与郑娘娘说知此事。郑娘娘道："妾梦亦是如此，不知是何祥瑞。想吴越王英雄，自然有此。"说罢，忽宫人来报韦妃生子，就是异日的高宗。徽宗与郑娘娘大以为奇，暗暗晓得是吴越王转世。三日洗浴，徽宗亲临看视，抱在膝上，甚是喜欢，细细端详了一遍，对韦妃道："怎生酷似浙人之脸？"韦妃大笑。原来韦妃虽是开封籍贯，祖籍原系浙江，所以面貌相同；况且又是吴越王转世，真生有所自也。

看官，你道那高宗却是徽宗第九个儿子，又做不得皇帝，怎生索得江山？不知天下之事，稀稀奇奇，古古怪怪，偏生巧于作合。正是：

> 不有废也，君何以兴？

后来徽宗渐渐无道，百姓离心，变怪百出，狐升御榻，京师大水，妇人生须，男人孕子，黑眚②见于禁中，兵戈起于四方。徽宗全不修省，不听忠臣宗泽之言，以致金兵打破了汴京，徽宗被劫迁而去。那时高宗封为康王，在于磁州，因金兵之乱，走马钜鹿，不期马又死了，只得冒雨独行，走到三岔路口，不知哪一条路去。忽有一匹白马前导，走到崔府君庙前，其马不见，心以为怪。走进庙里，见廊下有白泥马一匹，其汗如雨，方知是崔府

---

① 黄(yín)夜——深夜。

② 黑眚(shěng)——古代谓五行水气而生的灾祸。五行中水为黑色，故称"黑眚"。眚，灾异。

君之灵。因假寐于廊下,梦崔府君以杖击地,催促他行。高宗急急抽身而走,又见白马前导,到斜桥谷,适值臣子耿南仲领一彪人马来迎,白马方才隐而不见。后来即帝位于南京,就是如今的归德府,又被金兵杀得东奔西走,直来到杭州地面。原先太祖陈桥驿之时,从仁和门而进,高宗今日从海道过杭,闻县名仁和,甚喜道:"此京师门名也。"因改杭州为临安府,遂有定都之志,又因吴越王前此建都,也就于江头凤凰山建造宫殿,与汴都一样。他原是吴越王偏安一隅之主,所以并不思量去恢复中原,随你宗泽、岳飞、韩世宗、吴璘、吴玠这一班儿谋臣猛将苦口劝他恢复,他只是不肯,也不肯迎取徽、钦回来,立意听秦桧之言,专以和议为主,把一个湖山妆点得如花似锦一般,朝歌暮乐。所以当时林升并有首诗道:

　　山外青山楼外楼,西湖歌舞几时休?

　　暖风熏得游人醉,直把杭州作汴州!

当时湖南有条白塔桥,印卖朝京路程,士庶要到临安的,定要买来算计路程。有人题首诗道:

　　白塔桥边卖地经,长亭短驿甚分明。

　　如何只说临安路,不数中原有几程?

这般看将起来,南渡偏安之计,信不虚矣。且又当干戈扰攘之际,一味访求法书名画,不遗余力。清闲之时,展玩摹榻,不少厌倦。四方献奉,殆无虚日。其无经国远猷①之略,又何言乎?但吴越王偏安,高宗也偏安;吴越王建都杭州,高宗也建都杭州;吴越王活至八十一岁,高宗也活至八十一岁:恁地合拍,真是奇事。后人有诗为证:

　　吴越偏安仅一隅,宋朝南渡又何殊?

　　一王一帝同年寿,始信投胎事不诬。

---

① 猷(yóu)——计划;谋划。

第二卷

宋高宗偏安耽逸豫

六龙转淮海,万骑临吴津。

王者本无外,驾言苏远明。

瞻彼草木秀,感此疮痍新!

登堂望稽山,怀哉夏禹勤。

神功既盛大,后世蒙其仁。

愿同越勾践,焦思先吾身。

艰难务遵养,圣贤有屈伸。

高风动君子,属意种蠡臣。

这一首诗是高宗在杭州题中和之作。话说宋朝当日泥马渡康王①,来于杭,以府治为行宫,题这首诗于中和堂,思量恢复中原,要范蠡、文种之臣辅佐国家。说便是这般说,朝中有一岳飞而不能用,却思借才于异代,岂不可笑。高宗在宫,好养鹁鸽,躬自飞放,有一士人题首诗道:

鹁鸽飞腾绕帝都,朝收暮放费功夫。

何如养个南来雁,沙漠能传二帝书。

高宗闻得,即召见此人,赐与一官。将官杨存中在建康②,旗上画双胜连环,叫做"二胜环",盖取二圣北还之义;后得美玉,琢为帽环,献与高宗。有一优伶在旁,高宗指示道:"此乃杨太尉所进'二胜环'。"优伶跪接细视,徐徐奏道:"可惜'二胜环'放在脑后。"高宗为之改容。然虽如此,高宗能言而不能行。若是真要报仇雪耻,须像越王卧薪尝胆,日图恢复之志,身率岳飞一班儿战将,有进无退,直杀得金兀术大败亏输而走,夺还两

---

① 泥马渡康王——相传宋徽宗第九子康王从金逃脱,奔窜疲困,在一庙中小睡,梦神人催他快逃,并说在门首已备好马。康王惊觉,跃马南驰。渡河之后马不再动,下马一看,原来是泥马。

② 建康——我国古都之一,即今南京市。

宫,恢复土宇,仍都汴京,方是个有道的君王、报仇雪耻的臣子。高宗不知大义,听信贼臣秦桧和议,误了大事。可怜他父亲徽宗,陷身金鞑子之地,好生苦楚,见杏花开,作《燕山亭》一首词,后有句道:

> 天遥地远,万水千山,知他故宫何处。怎不思?梦里有时曾去,无据;和梦也有时不做。

又遇清明日,作首诗道:

> 茸母①初生认禁烟,无家对景倍凄然。
>
> 帝城春色谁为主,遥指乡关涕泪涟。

又作首词道:

> 孟婆孟婆②,你做些方便,吹个船儿倒转。

你看徽宗这般苦楚,思量回来。那高宗却全不在心上。

绍兴间,和议已成,高宗母亲韦后将还中国,徽宗挽住韦后车轮泣道:"但得与你同归中国,为太一宫主足矣,他无望于九哥也。"韦后不能却,只得发誓道:"我若回去,不差官来迎接,当瞽③吾目。"说毕升车。回来见高宗并无迎接之意,韦后心中不乐,遂两目俱盲。有道士应募入疗,金针一拨,左目豁然。韦后大喜,要道士再医右目,自有重赏。

道士笑道:"太后以一目视足矣,以一目存誓可也。"韦后说着心事,起拜道:"吾师真圣人也,知吾之隐。"倏忽之间,道士不见。所以韦后只得一目能视,盖高宗之过也。不思迎接徽、钦回来,只是燕雀处堂,一味君臣纵逸,耽乐湖山,无复新亭之泪,所以忠臣洪皓从金而回,对秦桧道:"钱唐暂都之地,而宫殿、太庙,土木皆极华侈,岂非示无中原之意乎?"秦贼默然不悦。这误国贼臣岂不可恨。

说话的,不知从来做天子的,都是一味忧勤,若是贪恋嬉游,定是亡国之兆。只看我洪武爷④百战而有天下,定鼎金陵,不曾耽一刻之安闲。夜深在于宫中,直待外边人声寂静,方才就枕,四更时便起,冠服拜天后,即往拜奉先殿,然后临朝。敬天敬祖,无一日而不如此,所以御制一首诗道:

---

① 茸母——草。

② 孟婆——指风。

③ 瞽(gǔ)——眼睛瞎。

④ 洪武爷——指朱元璋。明开国年号为洪武。

百僚未起朕先起，百僚已睡朕未睡。

不如江南富足翁，日高三丈犹披被。

若饮食之时，思量得一事，就以片纸书之，缀于衣裳之上；或得数件事，便累累悬于满身。临朝之时，一一施行。把起兵时盔甲藏在太庙，自己御用之枪置在五凤楼中，以示子孙创业艰难之意。又因金陵是六朝建都风流之地，多有李后主、陈后主等辈贪爱嬉游，以致败国亡家、覆宗绝祀，所以喜诵唐人李山甫《金陵怀古诗》，吟哦不绝，又大书此诗，揭于门屏道：

南朝天子爱风流，尽守江山不到头。

总为战争收拾得，却因歌舞破除休。

尧将道德终无敌，秦把金汤不自由。

试问繁华何处在，雨花烟草石城秋。

圣心儆惕，安不忘危，其创业贻谋①之善如此。后来又亏永乐爷这位圣人，是玄天圣帝下降，所以建都北京之时，有五色瑞光，庆云瑞霭，氤氲流动，烂彻云霄，弥满殿间，庆云内又出五色瑞光，团圆如日，正当御座，终日如此，官军人等万目共见。那时神威远震，九夷八蛮无不臣服，都率领妻子头目，打造金叶表文，虽数千万里之遥，不惮辛苦，梯山航海，尽来朝贡，真从古以来未之有也。共四十余国：

于阗国在肃州西南六千三百里。　渤泥国国王及妃来朝。　满剌加国王妻子陪臣入朝。　吕宋国　西洋古里国　苏门答剌国　榜葛剌国　合猫里国　把力国　碟里国　打回国　日罗夏治国　麻林国　婆罗国　忽鲁母恩国　占里班卒国　甘把里国　彭亨国　小葛兰国　邻鲁国　须文达那国　拂麻国　柯枝国　麻剌国　阿哇国　溜山国　忽鲁谟斯国　沿纳扑儿国　加异勒国　南巫里国　忽兰丹国　奇剌泥国　夏剌北国　窟察泥国　乌涉剌锡国　阿丹国　鲁密国　彭加那国　舍剌国　左法儿国　齐八可意国　坎巴夷替国　墨葛达国　八答黑阳国　日落国　哈烈国东至肃州一万一千里，即汉之大宛也。　火州国东南至肃州一月程，即汉车师前后王地，唐之高昌也。　亦力国在肃州西北三千七百里，即古龟兹国也。

① 贻(yí)谋——指父祖对子孙的训诲。

凡这四十余国,从古来未常曾通中国,今都来屈膝稽颡①,岂不是从前所无之事?永乐爷虽然如此,却又体洪武爷安不忘危之意,率领将士亲征,五出漠北,三犁房廷,捣其巢穴,杀得鞑靼东倒西歪,落荒而走,直至南望北斗,连那元太祖始兴之地斡难河边,都造一行宫于其地,以示神武。又于玄石坡、擒胡山、清流泉都刻铭于其上,以记千秋万世不朽之功。玄石坡铭道:

维日月明,维天地寿。玄石勒铭,与之悠久。

擒胡山铭道:

瀚海为镡②,天山为锷③。一扫胡尘,永清沙漠。

清流泉铭道:

于铄王师,用歼丑虏。山高水清,永彰我武。

直杀得一望数千里沙漠之地,并不见一个鞑靼影儿。又感得神人托梦,再三道"上帝好生",方才班师而回,岂不是万古一帝?所以后来并无房患,真是圣主神谋,可见帝王是断贪不得安乐的。

那宋高宗耽乐湖山,便是偏安之本了。自南渡以来,建宫殿于凤凰山,左江右湖,曲尽湖山之美,沿江数十里,风帆沙鸟,烟霭霏微,一览而尽。不止一日,造成宫殿,非常华丽,与汴京一样。又点缀名山,敕建庙宇。因当初封康王之时,常使于金,兀术每欲加害,夜中常见四个极大之神,身长数丈,手执器械护卫,金兀术遂下手不得。登位之后,访问方士,方士道:"紫微座旁有大将四名,曰天蓬、天猷、翊圣、真武,护陛下者即此四将也。"后来韦太后还自沙漠,高宗大喜,感四将护卫之德,遂敕封四圣延祥观,以沉香刻四圣像,并从者二十人,饰以大珠,备极工巧,为园曰"延祥",亭馆窈窕,丽若画图,水洁花寒,气象幽雅,为湖上极盛之处。从此一意修饰佛刹,不计其数,多栽花柳,广种荷花。朝欢暮乐,箫管之声,四时不绝。又因原先柳耆卿④"三秋桂子,十里荷花"这首词,传播于金,金主完颜亮便起南侵之思,假以通好为名,潜遣画工入临安,图画西湖山

---

① 稽颡(qǐ sǎng)——即稽首。古时礼节。叩头至地。颡,脑门。

② 镡(xín)——古代剑柄的顶端部分。

③ 锷(è)——刀剑的刃。

④ 柳耆卿——即北宋人柳永。字耆卿。

水，裱成屏风，并画自己形像，策马于吴山顶上，题诗屏上道：

　　万里车书合会同，江南岂有别疆封？

　　提兵百万西湖上，立马吴山第一峰。

从此又为战争之端，幸而完颜亮旋遭弑逆之祸，中原方得平靖，所以当时有首诗道：

　　谁把江南曲子讴？荷花十里桂三秋。

　　哪知卉木无情物，牵动长江万里愁。

　　话说高宗即位三十六年，日受西湖之乐，后来禅位于孝宗，退居德寿宫，称为"光尧寿圣太上皇帝"。把这个忧劳辛苦的担儿，交付与孝宗，一发得其所哉了。孝宗不是高宗之子，是太祖七世之孙、秀王之子。高宗无子，育以为子，初封普安郡王，后即帝位，能尽人子之道，极其孝敬。凡奉养高宗之事，无所不至。因高宗酷爱西湖之景，遂于湖上建造几处园亭，极其华丽精洁。那几处：

　　聚景园清波门外　玉津园嘉会门外　富景园新门外　集芳园葛岭　屏山园钱湖门外　玉壶园钱塘门外

　　这几处园亭，草木繁蔚，胜景天成。孝宗每每起请太上皇两宫游幸湖山，御大龙舟，宰相诸官，各乘大船，无虑数百，那时承平日久，与民同乐，凡游观买卖之人，都不禁绝。画船小舫，其多如云。至于果蔬、羹酒、关扑、宜男、戏具、闹竿、花篮、画扇、彩旗、糖鱼、粉饵、时花、泥孩儿等样，名为湖上土宜；又有珠翠冠梳、销金彩缎、犀钿、漆窑、玩器等物，无不罗列，如先贤堂、三贤堂、四圣观等处最盛。或有以轻桡趁逐①求售者，歌妓舞鬟，严妆炫卖，以待客人招呼，名为"水仙子"。至于吹弹舞拍、杂剧撮弄、鼓板投壶、花弹蹴踘、分茶弄水、踏滚木、走索、弄丸、弄盘、讴唱、教水族飞禽、水傀儡、鬻道术戏法、吞刀吐火、烟火、起轮、走线、流星火爆、风筝等样，都名为"赶趁人"。其人如蚁之多，不可细说。太上皇御舟，四垂珠围锦帘，悬挂七宝珠翠，宫姬女嫔，俨如神仙下降，天香浓郁，花柳避其妍媚。太上命内侍买湖中鱼鳖放生，又宣唤湖中买卖人等，内侍用小旗招引，各有赏赐。

　　那时有个宋五嫂，是汴京酒家妇人，善作鱼羹，随南渡来此，侨寓于苏

------

　　① 趁逐——追赶。

堤之上,卖鱼羹为生。太上因是汴京故人,遂召到御舟上访问来历,念其年老,因而凄然有感旧之思,遂命宋五嫂进其鱼羹。太上食而美之,遂赐金钱十文、银钱百文,绢十四。自此之后,每游湖上,必要宋五嫂烹的鱼羹。因此杭人都来买食,其门如市,遂成富媪①。有诗为证:

> 柳下白头钓叟,不知生长何年。
>
> 前度君王游幸,卖鱼收得金钱。

太上每每好游聚景园,以此处景致更胜于他处也。一日,御舟经过断桥,太上见一酒肆甚是精雅,中有素屏风,上书词一首,调寄《风入松》道:

> 一春常费买花钱,日日醉湖边。玉骢惯识西湖路,骄嘶过、沽酒楼前。红杏香中歌舞,绿杨影里秋千。　　暖风十里丽人天,花压鬓云偏。画船载得春归去,余情付湖水湖烟。明日重携残酒,来寻陌上花钿。

太上看了这词,喜动天颜道:“这词甚好,但末句不免酸寒。”因提御笔改“残酒”为“残醉”二字,就问酒保道:“这词是谁人所作?”酒保跪奏道:“是个穷秀才于国宝醉后所作。”太上即时宣召于国宝前来,赐与金花乌幞角头,敕赐为翰林学士之职,即日荣归乡里,惊动了天下。自此之后,歌楼酒馆、庵院亭台粉壁之上,往往有文人才子之笔,也有文理欠通之人,假学东坡姓苏,希图君王龙目观看、重瞳②鉴赏,胡诌乱诌,做几句歪诗句在上,臭秽不堪,只好送与君王一笑而已。

太上一日驾幸灵隐冷泉亭,观风玩景。寺中一个行者捧着茶盘,跪而献茶。太上龙目一看,就问这行者道:“朕观汝意度,不像行者模样,本是何等样之人,可为细说。”那行者叩头泣奏道:“臣本岭南郡守,得罪于监司,因而诬奏臣有赃私,废为庶人,贫无以为糊口之计,只得在此从师舅觅碗粥饭,以苟延残喘耳。”太上甚是哀悯,道:“朕当与皇帝言之,复尔原官可也。”行者叩谢而退。太上过了十余日,又幸灵隐寺,那人仍旧出来献茶,还是本等服色。太上大惊道:“尔怎么还在此间?”那人答道:“并不曾有恩命。”太上默然不悦,随即起驾而去。次日,孝宗恭请太上、太后游聚景园,太上也不言语,也不饮食,大有嗔怪之意。孝宗再三劝进饮食,太上

---

① 媪(ǎo)——年老的妇人。

② 重瞳——眼中两个瞳子。相传舜帝和项羽是重瞳。

只是不理。太后道："孩儿好意招老夫妇饮酒,却为何大有不悦之意?"太上大怒道："朕今年老,人不听我说话。"孝宗惊惧,跪请其故。太上方才说道："灵隐寺中行者,朕已言之而不效,使朕羞见其人。"孝宗答道："昨承圣训,次日便谕宰相。宰相说彼赃污狼藉,免死已幸,难以复用。然此小事,明日一依圣谕便是,今日且开怀一醉可也。"太上方才言笑饮食。次日,孝宗临朝,面谕宰相,宰相还执前说,孝宗道："昨日太上大怒,朕儿无地缝可入,就是大逆谋反,也须放他。"遂尽复原官,仍改一大郡。后数日,太上再往,那人已具冠服叩谢道："臣已得恩命,专候圣驾到此。"遂叩头谢恩而去。太上大喜,从此益隆于父子之情。

八月十八日,孝宗请太上、太后观潮,先期命修内司在浙江亭两旁抓缚席屋五十间,都用五彩绣幕缠挂。十八日清晨,早膳已完,御辇、担儿及内人车马并出候潮门,簇拥而来,驾到浙江亭,好生齐整。太上吩咐从驾百官各自分散,逐队嬉游。先前有澉浦、金山都统司五千人在下江,至是又命殿司新刺防江水军、临安水军并行操演。军船一带雁翅般摆开,在于江口西兴、龙山两岸,共千余只。各军都戎装披挂,戈甲旗帜,耀日鲜明。管军官在江面上分布五阵,摇旗呐喊,飞刀舞槊①,各船进退,如履平地一般,点放五色烟炮,满于江面,及烟收炮息,诸船尽藏,不见一只。太上命管军官以下一概赏赐。

那时自龙山以下,贵邸豪民,彩幕绵亘三十余里,挨肩叠背,竟无行路。连隔江西兴一带,也都抓缚幕次,悬挂锦绣,江面之上,有如铺锦一般。须臾,海门潮头一点将动,那惯弄潮的,共有出色数人:

　　哑八　画牛儿　僧儿　留住　谢棒

其余共有百余人。这几个当先率领余人,手持十幅彩旗,直到海门迎潮,踏浪争雄,出没于波涛之中,并无漂溺。少顷潮来,欢声喧嚷。又有踏滚木、水傀儡、水百戏、水撮弄诸人,各呈技艺。太上尽为赏赐。天颜大悦道："钱塘形胜,天下所无。"孝宗奏道："江潮亦天下所独。"遂宣谕侍宴各官,各赋《酹江月》词一曲,独有吴琚一首做得最妙:

　　玉虹遥挂,望青山隐隐如一抹。忽觉天风吹海立,好似春霆初发。白马凌空,琼鳌驾水,日夜朝天阙。飞龙舞凤,郁葱环拱吴越。

---

①　槊(shuò)——古代兵器,杆儿比较长的矛。

此景天下应无，东南形胜，伟观真奇绝。好是吴儿飞彩帜，蹴起一江秋雪。黄屋天临，水犀云拥，看击中流楫。晚来波静，海门飞上明月。

太上大喜，赏赐无限。月上，放一点红羊皮小水灯数十万盏，浮满水面，竟如千万点星光一般灿烂。说此水灯是江神所喜，非徒事观美也。直至一更，上始还宫内，孝宗亲扶太上登辇，都人倾城称赞圣孝。

自此之后，每每游幸湖山聚景园诸处，便游人簇拥如山如海之多。如有曾经君王宣唤赏赐过的，便锦衣花帽以自异于众人。每至日晚，圣驾进城，诸人挨挤，争前看视，竟至踏死数十人。太上次日闻知，甚是懊恨，自此便不欲出来游山玩水。孝宗便体太上皇之心，差内侍并各官就于德寿宫内造成景致，与西湖一样，凿为大池，引水注之，叠石为山，像飞来峰之景，建一亭，名为"冷泉"。造成，请孝宗看视。孝宗一看，俨然是灵隐飞来峰之景，一毫无二。孝宗大悦，赋首诗道：

山中秀色何佳哉，一峰独立名"飞来"。

参差翠麓俨如画，石骨苍润神所开。

忽闻彷像来宫围，指顾已惊成列岫①。

规模绝似灵隐前，面势恍疑天竺后。

孰云人力非自然，千岩万壑藏云烟。

上有峥嵘倚空之翠壁，下有潺湲漱玉之飞泉。

一堂虚敞临清沼，密荫交加森羽葆。

山头草木四时春，阅尽岁寒长不老。

圣心仁智情优闲，壶中天地非人间。

蓬莱方丈渺空阔，岂若坐对三神山。

日月雅趣超尘俗，散步逍遥快心目。

山光水色无尽时，长将挹②向杯中渌③。

孝宗赋完诗，献与太上。太上看完，龙颜大喜，提起笔来，就书于其后道：

①　岫（xiù）——山。

②　挹（yì）——舀取。

③　杯中渌——杯中美酒。渌通"醁"，醽醁的省称，美酒名。

吾儿自幼歧嶷①，进德修业，如云升川增，一日千里。吾比就宽闲之地，叠石为山，引湖为泉，作小亭于其旁，用为娱老之具，且俾吾儿万几之暇，时来游豫。父子杯酒相属，把山光而听泉流，濯喧埃而发清兴，恍若徜徉乎灵隐、天竺之间，其乐可胜道哉！吾儿乃肆笔成章，形容尽美，虽吟咏之作，帝王之余事，然造语用意，高出百世之上，非巨儒积力可窥其粗，亦有以见天纵之多能。览之欣然，老眼为之增明矣。

书罢，孝宗谢恩。

那园中又有新造一聚远楼，太上御笔亲书匾额，仍大书苏轼"赖有高楼能聚远，一时收拾付闲人"之句于屏风之上。那聚远楼景致清凉，三伏之中绝无暑气，真蓬岛之胜境也。翰林院进首词道：

聚远楼前面面风，冷泉亭下水溶溶。

人间炎热何曾到，真是瑶台第一重。

乾道三年三月初十日，孝宗遣内侍到德寿宫，取出圣旨奏道："连日天气甚好，欲一二日间，恭邀圣驾幸聚景园看花，取自圣意，选定一日。"太上道："传语官家：备见圣孝，但频频出去，不唯费用，又且劳人，本宫后园亦有几株好花，不若来日请官家过来闲看。"内侍领命而来，奏与孝宗。孝宗遵命，次日早膳后，车驾同皇后、太子过德寿宫，起居拜舞二殿已毕，先到灿锦亭进茶。茶毕，同至后苑看花。两廊都是小内侍照依西湖景致，摆列珠翠、花朵、玩具、匹帛、花篮、闹竿、市食等物，许小内侍关扑。次到球场，看小内侍抛彩球、打秋千。看了一会，又到射厅看百戏。孝宗都有赏赐。又到清妍堂看荼䕷花。宫中以水银为池，把金银打成凫雁鱼龙之形，放于水银池中，精光夺目。凫雁鱼龙都有飞动之势。又到牡丹堂看牡丹，牡丹花上都有牙牌金字；别彩好色千朵，安于花架之上，都是水晶玻璃，天青汝窑金瓶，独白玉碾花商尊，高三尺、大一尺三寸，中插"照殿红"十五枝。孝宗看完，就登御舟绕堤闲游。也有小舟数十只，供应杂艺、嘌唱鼓板、鬻卖蔬果，竟与西湖一样。太上倚阑闲看，忽然有双燕掠水飞过，太上便命知阁官进词。当下词臣曾亲奉旨赋《阮郎归》一曲道：

柳荫庭院占风光，呢喃春昼长。碧波新涨小池塘，双双蹴水忙。

萍散漫，絮飞扬，轻盈体态狂，为怜流水落花香，衔将归画梁。

---

①　歧嶷——语出《诗经》。原意为峻茂之状，后形容幼年聪慧。

　　又有张抡进《柳梢青》一曲。太上龙颜大悦，都赐金杯两对、金束带一条。太后把宫中教习女童二人，一名琼华、一名绿华，都会得琴阮、下棋、写字、背诵古文，就赐与官家作耍。那时太上、孝宗都已大醉，孝宗谢恩而出。太上吩咐内侍道："官家已醉，可一路小心照管。"孝宗还宫。

　　后八月十五日，孝宗过德寿宫。太上钓鱼为乐，遂留孝宗赏月，宴于香远堂。堂东有万岁桥，长六丈余，以白玉石妆成，雕栏莹彻。桥上造四面亭，都是新罗白木，与桥一色，盖造极其雅洁。大池十余亩，植千叶白莲。御榻、屏几、酒器，都用水晶。南岸摆列着一班教坊工，近二百人，待月初上，箫韶齐举，八音并作，缥缈相应，如在霄汉。一通乐过，太上宣召小刘贵妃独吹白玉笙《霓裳中序》，孝宗自起执玉杯，奉两殿寿酒。侍宴官曾觌恭进《壶中天慢》词一曲道：

　　　　素飙飏碧，看天衢，稳送一轮明月。翠水瀛壶人不到，比似世间秋别。玉手瑶笙，一时同色，小按《霓裳》叠。天津桥上，有人偷记新阕。

　　　　当日谁幻银桥，阿瞒儿戏，一笑成痴绝。肯信群仙高宴处，移下水晶宫阙。云海尘清，山河影满，桂冷吹香雪。何劳玉斧，金瓯千古无缺。

　　太上看了这词，大喜道："从来月词，不曾用金瓯事，用得甚是新奇。"赐金束带一条、紫番罗水晶碗。孝宗亦赐宝盏数枚。直至一更五点还内。那日连西兴亦闻天乐之声，可谓盛矣。父子欢娱，不可胜计。

　　高宗直活到八十一岁，受孝宗之养共是二十四年，始终如一日。高宗虽然游豫湖山，却都是与民同乐。那时临安百姓极其安适，诸务税息每多蠲免①，如有贫穷之民，连年不纳钱赋者，朝廷自行抱认。还有各项恩赏，有黄榜钱，雪降之时便有雪寒钱，久雨久晴便有赈恤钱米，大官拜命便有抢节钱，病的便有施药局，童幼无人养育的便有慈幼局，贫而无倚的便有养济院，死而无殓的便有漏泽园。那时百姓欢悦，家家饶裕。唯与民同乐，所以还有一百五十年天下，不然与李后主、陈后主又何以异乎！后人诗云：

　　　　高宗南渡极盘桓，嗣主恭承太上欢。
　　　　回首凤凰山下阙，至今犹自五云攒。

　　　　———————————

　　①　蠲（juān）免——免除。

第三卷

巧书生金銮失对

纱笼自可为丞相，金紫难加薄命人。

风送滕王雷碎石，难将天意等闲陈。

话说人生富贵穷通，自有定数。诗中第一句是李藩的故事。李藩初在节度使张建封门下，张建封镇治徐州，奏李藩为判官。那时新罗国有个异僧，善能相人。张建封叫这异僧遍相幕下判官道："这若干判官之中，异日可有为宰相者否？"异僧相了一遍，道："其中并无一人可为宰相。"张建封道："我妙选宾僚，岂无一人可为宰相者乎？"急召李判官来。李判官一到，异僧便降阶而迎，对张建封道："这位判官是纱笼中人。"张建封道："怎生是纱笼中人？"异僧道："阴府中凡是做宰相之人，其名姓都用红色纱笼护住，恐世上人有所损伤。"张建封甚以为异。后来李藩果然做到宰相，这不是天生的贵人！第二句是王显的故事。那王显与唐太宗皇帝有严子陵①之旧，极是相知，幼年曾掣裈②为戏、夺帽为欢。王显年纪大如太宗数岁，一生蹭蹬，再不能做官。太宗未遇之时，尝取笑他道："王显老大，还不结个茧子。"后来太宗做了皇帝，王显谒见，奏道："臣今日可作茧否？"太宗笑道："未可知也。"召其三子到于殿廷之上，授以五品官职，独不加王显爵位。王显不平道："怎不加臣官职，岂臣反不如三子乎？"太宗叹道："卿无贵相，朕非为卿惜一官也。"王显又道："朝贵而夕死可矣。"那时仆射房玄龄在侧，启奏道："陛下与王显既有龙潜③之旧，何不试与之，又何必论其相之贵贱？"太宗只得封他三品官职，取紫袍金带赐之。王显谢恩而出，方才出朝，不觉头痛发热起来，到半夜便已呜呼哀哉了。太宗叹息道："我道他无福，今果然矣。"这不是天生的贱相么！"风送滕王"是

---

① 严子陵——即严光，字子陵。少曾与汉光武帝刘秀同游学。

② 裈(kūn)——古时称裤子。

③ 龙潜——语出《易·乾》："潜龙勿用，阳气潜藏。"指帝王未即位时。

王勃的故事。王勃六岁能文，十三岁同父亲宦游江左，舟泊马当山。忽然见大门当道，榜曰"中元水府之殿"。王勃登殿瞻礼已毕，正要下船，忽遇一老叟坐于石矶之上，与王勃长揖道："子是王勃否？"王勃惊异。老叟道："来日重阳，南昌都督命作《滕王阁序》。子有清才，何不往赋，取彼重礼？"王勃道："此去南昌八百里，今日已是九月八，岂能飞渡？"老叟道："这事甚易，吾当助子清风一阵。"王勃道："叟为何神？"老叟道："吾中元水府君也。"说毕，便起清风一阵，八百里一夜送到南昌，赋了《滕王阁序》，取彼重礼而归。自此王勃才名布满天下，所谓"时来风送滕王阁"者，此也。那"雷碎石"是张镐的故事。张镐与范文正公极其相好，家道贫穷，范文正公每每赠以缣帛金银之物。争奈赠者有限，贫者无穷，钱财到手，如汤浇雪一般消化。张镐要进京，缺少盘费，范文正公思量得一主无碍钱财，却是唐时颜鲁公写的《荐福碑》，每一纸价值数千贯钱。范文正公叫人备了纸墨，要摹拓数千张与张镐为进京之费，先一日打点得端正，不期夜间风雨大作，一个霹雳，将这《荐福碑》打为数段，所谓"运退雷轰荐福碑"者，此也。

据这四个故事看将起来，可见世上富贵贫穷之事，都是上天做主，一毫人力勉强不得。只看宋仁宗事，便知端的。宋仁宗御于便殿，忽有二近侍在殿侧争辩，声闻御前。仁宗召到面前问道："汝二人争辩怎的？"一个说"人生贵贱在命"，一个说"人生贵贱在至尊"，因此争辩。仁宗暗暗道："朕为天下之主，贵贱贫富，都由朕付与。朕若要贵此人，便可位极人臣；朕若要贱此人，便立见原宪、范丹之穷。怎生说由上天做主？将朕这个座位儿，却说得不值钱了。"心中不得意这个说命的人，就把案上二小金盒子，各书数字，藏于中道："先到者，保奏给事，有劳推恩。"封闭甚密，先叫这个说贵贱在至尊的，捧了一枚金盒到内东门司；待这人去了半日，料他已到东门司，方才又叫那个说贵贱在命的，捧了一枚金盒而去。过了半日，那内东门司保奏后来说命的这人推恩。仁宗大惊，问其缘故。原来先前去的这人，到半路上猛然跌了一跤，行走不动，反是后来的先到，因此保奏推恩。仁宗皇帝大加叹异道："果然由命不由人。朕为天子，尚且不能以富贵与人，何况其他！"这般看将来，真是：

　　世上万般都是命，果然半点不由人。

　　说话的，我且问你："设使仁宗再叫此人去，难道不做了不成？"总之毕竟勉强，不是自然之事。在下这一回故事，说"巧书生金銮失对"。未入正回，先说一个意外之变的，做个引子。

话说天顺年间，江西崇仁县一人姓吴，名与弼，字子傅。其人有济世安邦之策，经天纬地之才，学贯古今，道传伊洛①，隐于畎亩②，躬耕自得。宰相李贤知其怀才抱异，奏闻天顺爷。天顺爷好贤礼士，即准其奏，遣行人一员，赍着束帛救书，征聘吴与弼到京，加官晋爵，将隆以伊、傅③之礼。吴与弼同行人到于京师，天顺爷命次日御文华殿召对。吴与弼知圣意隆厚，要把生平怀抱尽数倾沥出来，一则见不负所学之意，一则报圣上知遇之恩。便预拟数事，指望面奏，胸中正打点得端端正正，夜宿朝房之中，将头巾挂在壁上。不期睡熟起迟，正是早朝时候，急急忙忙，壁上除下这顶头巾，也不暇细看，将来戴在头上。走到文华殿，那时文武班齐，专待吴与弼来敷陈王佐之略④。吴与弼拜舞已毕，天顺爷玉音询问再三，吴与弼俯首不能占对，当下宰相李贤在旁催促，吴与弼勉强挣一句，答道："容臣出外草疏奏上。"其声又甚是低小。说完，不过再三叩头而已。天顺爷甚是不满其意，遂命内臣送至左顺门。诸朝士并李贤一齐走来，问吴与弼道："此时正是敷陈之时，如何竟无一言，岂是圣上召对之意？"但见吴与弼面红紫胀，双眉顿蹙，一句话也说不出，急急将头巾除将下来一看，原来头巾内有一个大蝎子，问对之时，正被此物一尾钩螫着，疼痛莫当，所以一句答应不出。

李贤同吴与弼一齐惊叹。你道此物真个作怪蹊跷，可可的钻在头巾之内，正当召对之时，螫上一尾，可不是鬼神莫测之事。况天恩隆重，千古罕见，若一一敷陈，必有可观，岂不为朝廷生色、处士增光？不知有多少济世安邦之策，匡王定国之猷。吴与弼遭此一螫，一言不能答对，自觉惭愧，有负圣主求贤之意、宰相荐贤之心，晓得命运不济，终是山林气骨，次日遂坚辞了左春坊、左论德之命。天顺爷又命李贤再三挽留，吴与弼具疏三

———————————

①　伊洛——指二程理学。宋程颢、程颐二兄弟是洛阳人，讲学伊水、洛水之间，故称。

②　畎（quǎn）亩——田间；田地。

③　伊傅——伊尹和傅说的合称，均为商代的贤相。

④　王佐之略——辅佐帝王创业治国的才略。

辞。天顺爷知挽留不得，赐敕褒美，命有司月给米二石，遣行人送归乡里，一以见圣主之隆贤，一以见吴与弼之知命也。正是：

> 命运不该朱紫贵，终归林下作闲人。

不要说不该做官的，就是该做官的，早不早一日，迟不迟一日，也自有个定数。话说宋朝隆兴年间，永嘉府一人姓甄，双讳龙友，自小聪明绝人，成人长大之后，愈觉聪明无比，饱读儒书，九流三教无所不能，口若河悬，笔如泉涌，真个是问一答十、问十答百。就是孔门颜子见了，少不得也要与他作个揖，做个知己，若是子贡见了，还要让他个先手，称他声"阿哥"。果是：

> 包含天地谓之秀，走笔成章谓之才。

方才不愧"秀才"二字，更兼他诙谐绝世，齿牙伶俐，难他不倒，说他不过，果然有东方朔之才，具淳于髡之智。正是：

> 学成文武艺，货与帝王家。

话说那甄龙友如此聪明，如此才辩，那功名二字，便是他囊中之物，取之有余，用之不穷，早要早取，晚要晚取。争奈那八个字上，甚是不利，家道贫穷，一亩田地也无。果然是：

> 浑身是艺难遮冷，满腹文章不疗饥。

少年有父母的时节，还是父母撑持，不意二十岁外，丧门、吊客星动，两月之间，连丧双亲。甄龙友守着这个空空的穷家恶业，好生难过。亏他挨过三年，丧服已满，幸得父母在日，娶得一个妻子葛氏，这葛氏甚是贤惠。大抵穷秀才，最要妻子贤惠，便可以无内顾之忧，可以纵意读书；若是妻子不贤惠，终日要料理家事，愁柴愁米，凡是米盐琐碎之事，一一都要经心，便费了一半读书工夫，这也便是苦事了。甄龙友妻子贤惠，不十分费读书工夫，也是便宜之处。但家道极穷，究竟支撑不来。你道一个极穷的人，本难过活，又连丧了双亲，岂不是苦中之苦、穷外之穷？始初便勉强撑持，靠着妻子绩麻度日，后来连绩麻也救不及了。从来道，人生世上，一读了这两句书，便有穷鬼跟着，再也遣他不去。龙友被这穷鬼跟得慌，夫妻二人计较道："如此贫穷，实难存济，不如开起一个乡馆来，不拘多少，得些束脩①，将来以为日用之费，强如一文俱无，靠绩麻过日，有一餐没一餐

---

① 束脩——古时送给老师的报酬，脩，干肉。

的。"甄龙友道："吾妻言之甚是有理，但我这般后生年纪，靠做乡学先生过日，岂是男儿结果之场？"葛氏道："目今贫穷，不过暂救一时之急，此是接济之事，岂是结果之场？况做乡学先生，虽不甚尊，还是斯文体面，不曾损了恁的。"甄龙友一生好为戏谑之语，便道："昔老儒陈最良说得好，要'腰缠十万，教学千年，方才贯满'。这斋村学钱不知攒了几年，方才得有受用哩。"遂依葛氏之言，写了一张红纸，贴于门首道："某日开学，经、蒙俱授。"过了数日，果然招集得一群村学童，纷纷而来。但见：

一群村学生，长长短短，有如傀儡之形；数个顽皮子，吱吱哇哇，都似蛤蟆之叫。打的打，跪的跪，哭啼啼，一殿阎王拷小鬼；走的走，来的来，乱嚷嚷，六个恶贼闹弥陀。吃饭迟延，假说爹娘叫我做事；出恭频数，都云肚腹近日有灾。若到重阳，采两朵黄花供师母；如逢寒食，偷几个团子奉先生。

话说甄龙友教了数十个村孩童，不过是读"赵钱孙李"之辈。后来有几个长大些的，读《论语》，甄龙友教他读到"郁郁乎文哉"，那村孩童却读作"都都平丈我"。甄龙友几番要他读转"郁郁乎文哉"，村孩童再三不肯道："原旧先生教我读作'都都平丈我'。"甄龙友只得将他来打了几下。村孩童哭将回去，对父亲道："先生差读了书，反来打我。"父亲大以为怪，说先生不会读书，不曾识字，怎么把"都都平丈我"差读作"郁郁乎文哉"，是一字不识的村牛，怎好做先生误人家儿子？因此叫众学生不要去从这个不识字的先生。这一群学生就像山中猴狲一般，都一哄儿散了。甄龙友大笑，提起笔来，作四句口号道：

"都都平丈我"，学生满堂坐。

"郁郁乎文哉"，学生都不来。

又作四句道：

世情宜假不宜真，若认真来便失人。

可见世间都是假，一升米麦九升尘。

话说甄龙友自失散村学童之后，没得猴狲弄，夫妻二人计较道："不如出外穿州傍府，干谒王侯，以图进取之计。"或去谒见钦差识宝苗老大人，得他些分例钱赞助也好。"探听得兵部尚书宇文价是父亲故交，正在得时之际，尽可吹嘘进步。遂整顿行装，不免将破衫衿彻骨捶挑洗起来，要望临安进发。正是：

欲尽出游那可得,秋风还不及春风。

话说甄龙友别了葛氏,取路到于临安地面,寻个店家,安顿了行李,把破衫整了一整,到兵部尚书门首,投递了名帖。宇文价见是故人之子,又闻他广有才名,心中甚喜,倒屣而迎①,待以茶酒,遂谈论了半日。甄龙友搔着痒处,不觉倾心吐胆,出经入史,词源滚滚,直说得宇文价手之舞之,足之蹈之。甄龙友见宇文价得意,一发说得惊天动地。那宇文价是个重贤之人,见甄龙友大好才学,遂深相敬重,引为入幕之宾,就留他住于宅子之内读诵书史。正是:

酒逢知己频添少,话若投机不厌多。

话说甄龙友有了这个安身之地,便放心放胆,就写封家书回去,寄与妻子免得记念。那妻子拆开书来看了,知得丈夫有了安身之处,放落了这条肠子,自在家间绩麻过日不题。却说宇文价得了甄龙友,言无不合,结为相知契友。那甄龙友与宇文价谈论之暇,便日日游于南北两山之间,凡庵观院宇,无不游览,以畅其胸中之气。有兴的时节,便提起笔来,或诗词赞颂,题于壁子之上。一日,走到大石佛寺观看,那石佛寺像,原是秦始皇缆船之石。宋宣和年间,僧人思净未曾出家之时,见了此石祷祝道:"异日出家,当凿此石为佛像。"后来出家妙行寺,遂凿此石为半身佛像,饰以黄金,构为殿宇,遂名为大石佛寺。甄龙友来到此寺,一进山门,看见四大金刚立于门首。提起笔来集《四书》数句,写于壁上道:

立不中门,行不履阈②,俨然人望而畏之,斯亦不足畏也已。

走进殿上,参了石佛,又提起笔来做四句道:

菩萨低眉,所以慈悲六道;

金刚努目,所以降伏四魔。

寺中和尚因见他写作俱高,就留他素斋延款,谈论些佛法大意。甄龙友又似搔着他的痒处一般,说了《金刚》,又说《楞严》;说了《圆觉》,又说《华严》,却似个积年登坛讲经的老和尚一般。寺僧甚是敬重。正在谈论之际,壁角边忽然走出一只雌鸡来。甄龙友见了,问这和尚道:"怎生寺

① 倒屣(xǐ)而迎——古人家居脱鞋席地而坐,因急于迎客而把鞋子穿倒。后用以形容对来客的热情欢迎。

② 履阈(yù)——走出门槛。

中畜养雌鸡?"和尚道:"是老师父吃药,要鸡子蒸药吃。"

甄龙友道:"我生平不喜吃斋把素,上人何不杀此鸡为馔。"和尚道:"相公高才,若做一篇好颂,贫僧便杀鸡为馔。"甄龙友道:"此亦何难。"因走笔而成一篇颂道:

> 头上无冠,不报四时之晓。脚跟欠距,难全五德之名。不解雄先,但张雌伏。汝生卵,卵复生子,种种无穷。人食畜,畜又食人,冤冤何已!若要解除业障,必须割去本根,大众煎取波罗香水,先与推去头面皮毛,次运菩萨慧刀,割去心肠肝胆。咄!香水源源化为雾,镬汤滚滚成甘露,饮此甘露乘此雾,直入佛牙深处去,化生彼国极乐土。

甄龙友做完这篇颂子,寺僧看了大乐道:"鸡得此颂,死亦无憾矣。"遂杀鸡为供,宾主极欢而散。

那时西湖上有个诗僧,名唤惠崇,自负作诗,有"河分冈势断,春入烧痕青"之句。甄龙友道:"这和尚好偷古人诗句,'河分冈势'是司空曙的诗,'春入烧痕'是刘长卿的诗,尽将古人诗句偷来,还自负作诗,岂不可笑!"遂作诗一首以嘲笑道:

> 河分冈势司空曙,春入烧痕刘长卿。
>
> 不是师偷古人句,古人诗句犯师兄。

又有一个闽人修轸,以太学生登第,榜下之日,娶再婚之妇为妻。甄龙友在宇文价座上饮酒,众人一齐取笑此事。龙友就做首《柳梢青》词儿为戏道:

> 挂起招牌,一声喝彩,旧店新开。熟事孩儿,家怀老子,毕竟招财。　　当初合下安排,又不是豪门买呆。自古人言,正身替代,现任添差。

又有一个孙四官娶妻韩氏,小名娇娘。这娇娘自小在家是个淫浪之人,与间壁一个人通奸。孙四官儿娶得来家,做亲之夕,孙四官儿上身,原红一点俱无,云雨之间,不费一毫气力。孙四官儿大怒,与娇娘大闹。街坊上人得知取笑。甄龙友作首词儿,调寄《如梦令》:

> 今夜盛排筵宴,准拟寻芳一遍。春去已多时,问甚红深红浅。不见,不见,还你一方白绢。

众人闻了此词,人人笑倒。那时圣驾飨景灵宫,太学、武学、宗学诸生都在礼部前迎接圣驾。甄龙友闻知圣驾到来,诸生迎接,特特走去一看风景。那太学中有的诸生,年久岁深,不得出身,终年迎接圣驾,岁靡①朝廷廪禄②。龙友又做了十七字诗以讥诮道:

驾幸景灵宫,诸生尽鞠躬。头乌衣上白,米虫。

此诗传闻开去,人人说甄龙友轻薄,都称他为永嘉狂生。

那时临安有个呆道僧,衣衫褴褛,似疯狂模样,却能未卜先知,始初说一两句话,竟不可解,后来都一一灵验,以此人人尊信他。一日在宇文价座上,宇文价指甄龙友与呆道僧道:"你看此人日后如何?"呆道僧道:"甚好才气,可惜蹭蹬。目下紫微帝星正照本身,当有非常之遇,究竟遇而不遇,直到十二年,那时两重紫微帝星照命,不遇而遇。仍借相公之力,半生富贵到底。"甄龙友闻之,也不将来作准。一日出游西湖,到天竺寺,参拜观音菩萨,一时高兴,就集《诗》四句作赞于东壁上,道:

巧笑倩兮,美目盼兮。彼美人兮,西方之人兮。

赞罢,同二三个朋友,到于酒店之内,饮酒作乐,直至日暮而回。

不说甄龙友题赞于东壁之上,且说孝宗皇帝,好贤礼士,每到大比之年,下诏前一日,便捧诏焚香,祷告天地道:"朝廷用人,别无他路,只有科举。愿天生几个好人,来辅国家!"及进殿试策题,临轩唱名,必三日前精祷于天,所以那时人才甚盛。还有科举之外,另行拔擢,或是德行孝廉,或是诗词歌赋,或是应对得好,或是荐举,或是一才一艺之长,不拘一格。加官晋爵,功名之路宽广,因此人人指望。只有一着,那孝宗天纵聪明,万几之暇,广览诗书,有时召对,或问圣经贤传,或问古今学问事体,若对得来的,便就立刻官爵荣身。那时一个待问官姓木,名应之。孝宗一日问他道:"木姓起于何时?"木应之一时答应不出。孝宗道:"端木,本子贡之姓,后来有木元虚者,去了复字,便单称木,岂非其苗裔乎!"他日又问木应之的丈人待制洪迈道:"木待问是卿婿否?"洪迈道:"是臣之婿。"孝宗道:"卿婿以明经擢高第,而不知祖姓所出,卿宜劝之读书。"洪迈再拜而出,叹道:"圣主万岁,广览如此,士人岂可不研博古今耶?"那时又有一人姓王名过,是西蜀人,宰相荐他有才,上殿之时,孝宗忽然问道:"李融字

---

① 靡(mí)——浪费。

② 廪禄——禄米,俸禄。

若川，此是何谓？"王过答道："天地之气，融而为川，结而为山。李融之字'若川'，如元结之字'次山'也。"天颜大喜，即除翰林院编修。所以对答之时，亦有难处。

一日，孝宗驾幸天竺进香，先到灵隐寺盘桓游览。那时灵隐寺有个和尚，法名净辉，是个得道之僧，随着孝宗皇帝行走。孝宗走到飞来峰，问道："既是飞来，如何不飞去？"净辉答道："一动不如一静。"又看观音手持数珠，问道："观音手持数珠何用？"净辉道："念观音菩萨。"问："自念则甚？"净辉道："求人不如求己。"孝宗大喜，敕赐衣紫以荣其身。净辉谢恩而退。遂到于天竺山，合寺僧众鸣钟擂鼓，排班迎接圣驾。孝宗登殿焚香，参礼观音圣像。

住持献茶已毕，孝宗就取御匣笔砚，作一首赞道：

猗与大士，本自圆通。示言有说，为世之宗。

明环无二，等观以熙。随感即应，妙不可思。

赞完，四下随喜①，见壁上甄龙友那首赞，甚是称叹，笔墨还新。问住持道："这是谁人所作？"住持跪奏道："前日一士人来寺中参礼，题诗壁上而去，不知是甚姓名。"孝宗道："可细细访问此人来奏。"吩咐已毕，仍旧摆列法驾而去。当日住持四下访问明白，奏闻皇帝，皇帝便有用他之意。当下一个侍臣禀道："这甄龙友，外边人都称为'永嘉狂生'，用之恐以败俗。"孝宗道："朕自识拔，卿等勿阻也。"即刻命驾上官四处抓寻进见。这甄龙友骤闻圣旨召对，进得朝门，不觉心头"突突"地跳个不住，进到金銮宝殿，正是：

金殿当头紫阁重，仙人掌上玉芙蓉。

太平天子朝元日，五色云中驾六龙。

那甄龙友来到金銮宝殿，拜舞已毕，俯伏在地，心头只管跳个不住，但见香烟缭绕之处，九重天子开金口、吐玉音道："观音赞是卿作否？"甄龙友道："是臣一时所作，不意上蒙御览。"孝宗又道："卿名龙友，何义云然？"甄龙友日常里问一答十、问十答百之口，滚滚而来，不知此时怎么就像吴与弼被蝎钩螫着一般，竟如箭穿雁嘴、钩搭鱼鳃，头疼眼闷，紫胀了面皮，一句也答不出。孝宗见他不言不语，只得又说一句道："卿名龙友，定

---

① 随喜——佛教用语。游览寺院。

有取义,可为奏来。”

甄龙友一发像哑子一样,心中缭乱,七上八落,摸不出一句话头。孝宗连问二次,并不见答应。两旁近侍官一齐接应催促,甄龙友在地下愈觉慌张,满身战栗,汗出如雨。孝宗见一句答不出,龙颜不悦,就命近侍官扶出朝门。刚刚的扶出朝门,甄龙友头也不疼了,眼也不昏了,面也不胀了,心也不缭乱了,口也不哑了,身也不战了,汗也不出了,便懊恼道:“陛下为尧、舜之君,故臣得与夔、龙为友。这一句有甚难答处?直恁地应不出。”把脚跌个不住道:“遭逢圣主,一言莫展,吾其羞死矣。”看官,你道好笑也不好笑。甄龙友若是个泥塞笔管、一窍不通之人,这也无怪其然。异常聪明伶俐之人,到此顿成痴骇懵懂,岂不是鬼神所使、命分所招?有诗为证:

　　天上碧桃和露种,日边红杏倚云栽。
　　芙蓉生在秋江上,不向东风怨未开。

话说甄龙友出朝之后,好生不乐。宇文价方信呆道僧之言不谬,遂安慰道:“再待十年后,定有遇合。”龙友道:“功名亦自小事,但我自负才名,遭逢圣主,正是披肝沥胆之时,还要敷陈时事,对扬天子休命,上报九重知己,展我生平之志。今一言抵对不来,难道好像府县考童生再续一名不成?吾更有何面目见江东父老!”遂立誓不回,终日在于西湖之上,纵酒落魄。那些西湖上的朋友一味轻薄,见甄龙友是个召对见弃之人,一发不瞅不睬,连“永嘉狂生”四字也不敢奉承了。独宇文价待他始终如一,并无失礼。妻子闻知这个信息,好生凄惨,然亦付之无可奈何而已。

甄龙友每到大比之年,也不过做个应名故事。不觉光阴似箭,日月如梭,捻指之间,已是十二年光景。那时甄龙友年登四十余岁,却好是淳熙八年正月元旦。孝宗率领皇后、皇太子、太子妃到德寿宫,行朝贺之礼。这年是太上皇七十五岁,孝宗进黄金酒器二千两、银三万两、会子十万贯。太上皇道:“宫中无用钱处,不消得这若干。”再三奏请,只受三分之一。太上皇命至萼绿华堂看梅饮酒。忽然飘下一天大雪,正是腊前,太上皇大喜,对孝宗道:“今年正欠些雪,可谓及时,但恐长安有贫者。”孝宗急忙奏道:“已差有司官比去岁倍数支散。”太上皇亦叫提举官在本宫支犒宫会,照朝廷之数。遂命近侍进酒酤歌,宫里上寿。那时宇文价亦随在宫内,太上命百官次日各进雪词。宇文价钦承圣谕,遂命甄龙友代赋一首词儿道:

　　紫皇高宴仙台，双成戏击琼苞碎。何人为把银河水剪，甲兵都
洗。玉样乾坤，八荒同色，了无尘翳。喜冰消太液，暖融鸫鹊，端门晓
班初退。　　　　圣主忧民深意，转鸿钧满天和气。太平有象，三宫二
圣，万年千岁。双玉杯深，五云楼迥，不妨频醉。看来不是飞花，片片
是丰年瑞。

　　次日，孝宗又到德寿宫谢酒，宇文价将着这首词献上。太上皇并孝宗
看了，都大悦道："卿这词甚做得好。"宇文价奏道："此词非臣所作，是永
嘉甄龙友所作。"孝宗记得十年前事，便道："甄龙友甚是有才，朕前度因
天竺观音赞做得好，面召彼来问他取名之义，他却再不能对。"宇文价奏
道："天威咫尺，甄龙友系草茅贱士，未睹天颜，所以一时难对。彼出朝
门，便对道：'陛下为尧、舜之君，故臣得与夔、龙为友。'"太上与孝宗都龙
颜大悦道："毕竟是有才之人，可惜沦落许久。"即授翰林院编修之职。甄
龙友从穷愁寂寞之中，忽然天上掉下一顶纱帽来，感恩不尽。因知呆道僧
两重帝星之言，一一无差，始信富贵功名，就如春兰秋菊，各有时度，不可
矫强，真"运退黄金失色，时来顽铁生光"也。甄龙友一床锦被遮盖，那时
西湖上的人又一齐都称赞他是个才子了，都来呵脬捧屁，极其奉承。世上
人以成败论英雄，往往如此。从此天恩隆重，年升月转，不上十年，直做到
礼部尚书，夫荣妻贵而终。宇文价亦可谓知人能荐士矣。有诗为证：

　　命好方为贵，无才不是贫。

　　试看居官者，几个有才人。

第四卷

愚郡守玉殿生春

人皆养子望聪明，我被聪明误一生。

但愿生儿愚且蠢，无灾无难到公卿。

这一首诗，是宋学士苏东坡先生之作。那苏东坡是个绝世聪明之人，却怎么做这首诗？只因他一生倚着"聪明"二字，随胸中学问如倾江倒峡而来，一些忌惮遮拦没有，逢着便说，遇着便谏，或是诗赋，或是笑话，冲口而出，不是讥刺朝廷政治得失，便是取笑各官贪庸不职之事，那方头巾、腐道学，尤要讥诮。以此人人怨恨、个个切齿，把他诬陷下在狱中，几番要致之死地。幸遇圣主哀怜他是个有才之人、忠心之士，保全爱护，救了他性命。苏东坡晓得一生吃亏在"聪明"二字，所以有感作这首诗，然与其聪明反被聪明误，不如做个愚蠢之人，一生无灾无难，安安稳稳，做到九棘三槐①，极品垂朝，何等快活，何等自在！愚蠢之人，反好过聪明万倍。从来道"聪明偏受聪明苦，痴呆越享痴呆福"，奉劝世上聪明人，切不可笑那愚蠢汉子，那愚蠢汉子尽有得便宜处。

话说我朝洪武爷一统天下之后，每好微行察其事体，凡有一诗一赋、一言一句之长，便赐以官爵，立刻显荣。那聪明有才学的，答应得来，这是本分内事，不足为奇。一日到国子监，一个厨子献茶，甚是小心称旨。洪武爷龙颜大喜，即刻赐以五品冠带。看官，你道一个厨子不过是供人饮食之人，拿刀切肉，终日在灶下烧火抹锅，擦洗碗盏，弄砧板，吹火筒，调盐酱，剁鱼脍，剥葱蒜，蒸馒头，做卷蒸，打扁食，下粉汤，岂不是个贱役？一朝遭际圣主，就做了个大大的五品官儿，可不是命里该贵，自然少他的不得！此事传满了京师。一日，洪武爷又出私行，星月之下，见个老书生闻知此事，不住在那里叹息道："俺一生读书，辛苦数十年，反不如这个厨子一盏茶发迹得快。早知如此，俺不免也去做个厨子，侥幸得个官儿，亦未

_____

① 九棘三槐——也谓三槐九棘，三公九卿之代称。

可知。"因而吟两句诗道：

> 十载寒窗下，何如一盏茶。

洪武爷闻之，随即续吟二句道：

> 他才不如你，你命不如他。

那老书生闻之，遂叹息数声而去。

说话的，你道从古至今，有得几个厨子做官；若是厨子要做官，却不似黄鼠狼躲在阴沟洞里思量天鹅肉吃，不要说日里不稳，就是夜里做梦也还不稳哩。据老书生这般说将起来，人生在世，不要做别的事，但只是腰里插了两把厨刀，手里拿了蒸笼，终日立在人酒案子前，托盘弄盏，准准就有一顶纱帽戴哩。咦！也要有他的命运。正是：

> 命该发迹，厨子拜职。

> 命该贫穷，才子脱空。

总之，人生八个字，弄得你七颠八倒，把人测摸不定。那《巧书生金銮失对》内载那吴与弼正当召对之时，顶门上蝎子一尾钩螫着，这一钩名为"祸钩"。又有一个官被蜈蚣一口咬住，反咬出一个侍郎来。这一咬名为"福咬"。世上江北最多蝎子，江南最多蜈蚣，身长七八寸，头红，身子节节如黑漆有光，其脚甚多，俗名"百脚"，大者长尺余，若满一尺之外，首尾相屈，能乘空而行，专要飞到那龙头上，食龙之脑，以此天雷时常要击死；其两钳如铁之硬，甚是厉害，一口咬住，满身红肿，疼痛难当。江南卑湿之地，所以此物甚多，若阴湿之时，或壁上、床上，都要爬来，以此甚为人害。宋淳熙年间，孝宗皇帝临朝，一个史寺丞适当轮对之时，不提防夜宿朝房，一条蜈蚣钻在史寺丞衣内，孝宗问他以高宗往日之事，恰好被蜈蚣在手臂上着实咬上一口，史寺丞一时疼痛难禁，不觉两泪交流。孝宗问道："卿何故泪下？"史寺丞无可奈何，只得扯个谎道："臣思先帝在日之恩德耳。"孝宗皇帝天性甚孝，见史寺丞之言，感动其心，不觉也流下泪来，即刻起驾进宫。明日，御批史寺丞为侍郎之职。看官，你道同一咬人之物，一个咬出好来，一个咬出祸来，只这一口一尾，贵贱贫穷，天悬地绝，可不是前生命运。有诗为证：

> 蝎子螫成贫士，蜈蚣咬出侍郎。

> 世事千奇百怪，何须计较商量！

在下先说这两个故事，引入正回。这个故事，也就出在宋孝宗朝代，改元淳熙。那时孝宗英明,有恢复中原之意,戒燕安之鸩毒①,躬御鞍马,以习勤劳之事,尝用精铁打为柱杖,行住携持,宦官宫妾,莫敢睨视。一日游于后苑,偶然忘携,命两小黄门取来。小黄门拖之不动,只得用尽力气,两个抬之而来。时召诸将击鞠②殿中,虽风雨亦张油幕,布沙除地。群臣以宗庙之重,不宜乘危,交章进谏,孝宗亦不听。一日亲按鞠,折旋稍久,马不胜劳,遂逸入廊庑之间,檐低触楯,侠陛惊呼失色,亟来奔控,马已驰过矣,上拥楯垂立,徐扶而下,神采不动,殿下都称"万岁"。又于宫中射箭,其志勤恢复如此。以此每每留意人才,凡岁贡士,亲试策问。一日朝见高宗,高宗道:"天下事不必乘快,要在坚忍,终于有成。"孝宗再拜回宫,大书此二句揭于选德殿。乙巳年集英殿传胪③,宰相读到一卷,其首二句道:

> 天下未尝有难成之事,人主不可无坚忍之心。

孝宗见这二句,恰好合着高宗的圣意,心中大喜,遂赐状元及第。这不是极好的了。然就这一榜中,却有一个人,姓赵名雄字温叔,是资州人。这温叔生来不十分聪明,说话又不伶俐,及至长大,就如黄杨树变的,三年长一寸,雷响缩一尺,别人指望儿子成人长大,一日聪明一日,唯有赵雄反缩到泥里去了。父母以此大恨,每每道:"俺家前世怎生不积不幸,生出这个彻骨呆笨儿子。"从来道:"宁养顽子,莫养呆子。"那顽子翻天搅地,目下虽然昊昊,日后定有升腾的日子。呆子终日不言不语,一些人事不懂,到底是个无用之物,却不是悔他的臭气么?七八岁的时节,父母见他性呆,也不叫他到学堂里去读书识字,直到十岁之时,父母见他在家无事得做,两个商量道:"呆子在家无事得做,越发弄得呆头呆脑,真个呆出鸟来,再过几时好送他到古庙做尊泥菩萨,受用些香烟哩。还是送他到隔壁李先生那里去,学识两个字,明日也好书写账簿,终不然把他做废物看不成?"看官,你道一般的人,赵雄恁般呆笨,却是为何,宋时临安风俗,腊月

---

① 燕安之鸩(zhèn)毒——谓沉溺于安逸享乐,犹如饮毒酒自杀。燕安,安适满足。鸩,传说中的一种有毒的鸟,用它的羽毛泡的酒,喝了能毒死人。亦指毒酒。

② 鞠——古代的一种球。

③ 传胪——科举时代,殿试揭晓唱名的一种仪式。

除夜，那街上小孩童，三五成群，绕街叫唤，名为"卖呆歌"。那"卖呆歌"甚为有趣，道：

　　卖痴呆，千贯卖汝痴，万贯卖汝呆，现卖尽多送，要赊随我来。

　　那赵雄想是腊月除夜在临安街上遇着这些小孩子，竟买了几百担，又赊了他几千担回去，所以做了墨屎的元帅、懵懂的祖师。

　　闲话休题，他父母拣个历日上开心的日子，备了一封贽仪①，送到李先生处读书识字，果然是：

　　凿不开的混沌，刮不去的愚蒙。

　　读了几日书，只记得"天地玄黄"四字，到第二句"宇宙洪荒"便挨不去，奈何得先生终日口燥唇干，好生烦苦。

　　贴邻一个张老官说道："这孩子恁般愚鲁，想是心窍中迷塞之故，须一日吃一丸状元丸方好。那状元丸中的茯神、远志、石菖蒲，都是开通心窍之药。"说话的有所不知，若是心窍闭塞，吃了这药，自然灵验，赵家孩童是个无窍之人，吃药去也没用处。就把远志、石菖蒲等样买了数百斤，煎成一大锅，就像《西游记》中五庄观镇元大仙要用滚油煎孙行者的一般，把赵家孩童和头和脑浸在水内一二年，也不过浸得眼白口开肚胀而已，到底心窍只是不通。父母也只得任其自然，不去督责他的功课。看看到了十六七岁之时，人大志大，守着这个书本子，毕竟也读了些书下去。那时方会得对课，你道他对的课是怎么样妙的？李先生道：

　　一双征雁向南飞，

赵雄对道：

　　两只烧鹅朝北走。

李先生道：

　　门前绿水流将去，

赵雄对道：

　　屋里青山跳出来。

　　凡是所对之课，都是如此。后来直到二十岁外，自知愚鲁，发愤攻书，也渐渐通其一窍，虽比不得别人聪明伶俐，学做文字，也晓得写两个"之

---

①　贽仪——旧时初次求见人时所送的礼物，也专指送给老师的礼物、学费等。这里指后者。

乎者也"，不比当日"两只烧鹅朝北走"的对法了。

他虽资性愚鲁，却有一着最妙之事，是敬重字纸，因李先生教他看日记故事，说王曾的父亲一生敬重字纸，凡是污秽之处、垃圾场中，或有遗弃在地下的字纸，王曾父亲定然拾将起来，清水洗净，晒干焚化，投在长流水中，如此多年。

一日梦见孔圣人对他说道："汝一生敬重字纸，阴功浩大，当赐汝一贵子，大汝门户。"果然生出王曾，中了三元。赵雄见李先生讲这一段故事，便牢牢记在心上道："我一生愚蠢，为人厌憎，多是前生不惜字纸之故。今生若再不惜字纸，连人身也没得做了。"遂虔诚发心，敬重字纸，如同珍宝一般，再不轻弃。果然念头虔诚，自有报应。后来父母与他纳了个上舍，不过要他撑持门户而已；将近三十岁，那笔下"之乎者也"一发写得顺溜起来，与原先大是不同。赵雄也觉得有些意兴发动，负了技艺，便要赴临安来科举。你道一个极愚鲁之人，略略写得两个"之乎者也"，便要指望求取功名，场中赴选，十个人笑歪了九个的嘴。这明明是《琵琶记》上道："天地玄黄，记得三两行，才学无些子，只是赌命强。"这样的话，只好作笑话儿说，那有当真之事。就是场中一联要对，也是难做的。不知天下竟有意外之事。比如场中试官，都要中那好举子，谁肯将不好的中出？那有眼睛的，自不必说了，就是没眼睛的试官，免不得将那水晶眼摩擦一摩擦，吃上两圆明目地黄丸。不知暗中自有朱衣神做主，直弄得试官头昏眼闷，好的看做不好，不好的看做好，这都是举子命运所招。若是举子命运不好，就是孔夫子打个草稿，子游、子夏修饰词华，屈原把笔，司马相如磨墨，扬雄捧纸，李斯写字，做成一篇锦绣文字，献与试官，那试官把头连摇几摇，也不过与"上大人，孔乙己"字儿一样。若是举子命运好，且不要说《牡丹亭记》上道"国家之和贼，如里老之和事。天子之守国，如女子之守身。南朝之战北，如老阳之战阴"这样的文字要中状元，就是"之乎者也矣焉哉"七个字颠来倒去写在纸上，越觉得文字花绿绿的好看，越读越有滋味，言言锦绣，字字珠玑。就是那"两只烧鹅朝北走"、"屋里青山跳出来"那般对句，安知没有试官不说他新奇出格有趣？真是不愿文章中天下，只愿文章中试官。就是吃了圣水金丹，做了那五谷轮回文字，有那喜欢的收了他去，随你真正出经入史之文，反不如放屁文字发迹得快。世上有什么清头？有什么凭据？

　　话说那赵雄要来科举,岂不是一场笑话? 况且临安帝都之地,人文凑集之乡,难道偏少你这个"天地玄黄"的秀才不成! 临安人那一个不知道赵雄是资州有名的赵痴,今闻得来科举,临安人的口嘴好不轻薄,就做四句口号嘲笑他道:

　　可怜赵温叔,也要赴科场。文章不会做,专来吃粉汤。

　　那赵雄闻得街坊上人如此嘲笑他,胸中有自知之明,不敢与人争论,只做不知。一日载酒肴到于两山游玩,见树林之下,一具尸骸暴露在地,但见:

　　五脏都为鸦乌啄残,四肢尽属猪狗咬坏。零星白骨,曾无黄土遮藏。碎烂尸骸,那有青苔掩覆? 蝼蚁咂食,蝇蚋群攒。倘庄子见髑髅,当先问其来历。如文王遇枯骨,必然埋以土泥。

　　那赵雄见了这具尸骸,心下好生凄惨道:"不知谁家骨殖如此暴露!"便叫小厮借得锄头一柄,主仆二人将此骸骨埋于土泥之中。埋完,又滴酒浇奠而回。归于旅店,饮酒已毕,伏几而卧。只见一阵冷风逼人,风过处,闪出一个女子,到桌子前面,深深拜谢道:"妾即日间所埋之骸骨也。终朝暴露,日晒风吹,好生愁苦。感蒙相公埋葬之德,又蒙滴酒浇奠,恩同天地,无以为报,愿扶助相公名题金榜。相公进场之日,但于论冒中用三个'古'字,决然高中。牢记牢记,切勿与人说知!"道罢而去。赵雄醒来,大以为怪,暗暗道:"宁可信其有,不可信其无。"进场之日,勉强用了三个"古"字,那文章也不过是叶韵①而已。不意揭榜之日,果然高中。

　　看官,你道是怎么样缘故? 原来这个试官是汪玉山,与个同窗朋友相好,几番要扶持那个朋友做官。今幸其便,预先通一个关节与这个朋友,要论冒中三个"古"字,暗约端正。不意这个朋友忽然患起疟疾病来,进不得场。女鬼将这个关节送与赵雄,做了报德之资。汪玉山在场中见了这个关节,暗暗得意,不论文字好歹,便圈圈点点起来。怎知暗地里被鬼神换了绵包儿,及至拆开名来一看,乃是赵雄,资州人氏,老大惊疑,然也无可奈何。报人报到了寓处,连赵雄也自不信自起来,一连报了数次,方知是真。参了汪玉山之时,汪玉山将错就错,也只得胡乱认了门生。后来

――――――――――

　　①　叶(xié)韵――合韵。叶,相合。

赵雄每见汪玉山之时，不能吐其一词，就像木偶人一般，汪玉山甚是懊悔。又访得是资州有名的赵痴，一发羞惭无地。临安府众多人等见中了赵痴，没一个不笑话，又传出数句口号道：

> 赵温叔，吃粉汤。盲试官，没眼眶。中出"天地玄"，笑倒满街坊。

汪玉山闻得这个口号，几乎羞死。后来细细问赵雄道："贤友论冒中用三个'古'字，却是谓何？"赵雄生性一味老实，遂把埋骸骨、女鬼感恩报德、托梦要用三个"古"字方得中举之事，细细说了一遍。汪玉山默然无言，方晓得场屋之中真有鬼神，不可侥幸，不可作弊。赵雄乃是阴德之报。后来又问那个朋友，始知进场之时发起疟疾病来，摇得床帐都动，进场不得。及至贡院门封锁方完，那疟疾病又就住了。汪玉山闻得，付之一声长叹而已。有诗为证：

> 三个"古"字关节，却被赵雄暗窃。
>
> 非关黠鬼揄揶，"阴德"二字真切。

话说赵雄从睡梦中得了一个举人，父母在家，报事人来报了实信，好生吃惊。夫妻二人都道："怎生有此怪异之事，莫不是我儿子文章原好，我们这里人都不识得？今到了皇都地面，方才撞着识主，便卖了去。早知如此，怎生轻薄他，把他做痴呆汉子看成！"那隔壁李先生、张老官都一齐吃惊，就像哑了的一般，口里却不敢说出他不好来，只将他日常里对的课，并做的文字翻出来，细细一看，实难奉承说个"通"字。资州合城人民无不以为奇。自此之后，人人摩拳，个个擦掌，不要说那识字的抱了这本《百家姓》只当诗赋，袖了这本《千字文》只当万言策，就是那三家村里一字不识的小孩童、痴老狗、扒柴的、牧牛的、担粪的，锄田的，没一个不起个功名之念，都思量去考童生，做秀才，纳上舍，做举子，中进士，戴纱帽，穿朝靴，害得那资州人都像害了失心疯的一般。

闲话休提，那赵雄在于临安，同榜之人因他文理不通，都指指搠搠，十分轻薄，不与他做相知，睬也不睬着他。赵雄晓得自己的毛病，也并不嗔怪人。看看到了会试之时，合天下举子都纷纷而来，赵雄暗暗地道："俺侥幸中举，这也是非常之福了。怎生再敢胡思乱想，不如不进会试场中，到得安稳。"遂绝无进场之念。却亏得自幼身边服侍的一个小厮叫做竭力,一心撺掇他进场,把笔砚衣服,都打点得端正,煮熟了嗄饭①,催他进场。赵雄断然不肯道:"他人便不晓得,你却自小服侍俺的人,怎生也不知道? 俺生平才学平常,侥幸中举,已出望外,怎敢再生妄想,岂有两次侥幸之理?"那竭力道:"相公既侥幸得一次,怎么见得便侥幸第二次不得? 几曾见中进士的都是饱学秀才,只要命好,有甚定规? 休的长他人志气,灭自己威风。"赵雄被竭力催逼不过,只得勉强进场,坐在席舍之中。那时尚未出题,胸中暗暗打算,其实腹中空疏之极,一字通无,难以支吾,反嗔怪那竭力起来,好生不乐。遂与隔壁号舍里那个朋友闲谈,指望出题之后,要那个朋友指教救急。那人姓王,名江,是个饱学秀才。赵雄问了他的名姓,王江也就请问赵雄名姓。赵雄说出名姓,王江知是文理不通之人,口中不说,心下十分轻薄,便不与他接谈。出题之后,赵雄摸头不是,摸脚不是,做不出文章,甚是着忙。直做到下午,不曾做得几行。你道天下有这般凑巧之事,那王江论策做完,甚是得意,正要誊清在卷子上,不期一阵急心痛起来,不住声唤。赵雄正在搜索枯肠之际,闻得王江声唤,一发搅得心中粉碎,连一字也做不出了,巴不得王江住了疼痛,还指望有几句文字写出来。遂不住去问王江道:"王朋友,怎生如此疼痛? 莫不是受了寒气,以致如此!"怎知那王江却也古怪,这一痛,便痛个不住,停了半晌,稍住片时,王江挣扎,提起笔来要写,心中又痛起来。这一痛,直痛得搅肠搅肚,几乎要死,急得那赵雄手足无措,暗暗道:"俺直如此命蹇,侥幸中举,不欲进场,却被竭力催逼,勉强进来,不期撞着这个不凑趣的朋友,叫痛叫疼,一字也写不出,怎生是好?"又去温存那王江数次。这也是事出于无奈,不是什么相厚之意。你道那王江真也好笑,若是心痛稍定,王江勉强要誊清之时,心痛转加,自料薄命,不该中其进士,只得叹口气道:"罢了!"因见赵雄做人甚好,不唯不厌他叫疼叫痛,反几番去温存他,就把这卷子上草稿,付与赵雄道:"小弟做这论策,甚是得意,正要誊清,不期心痛转加,料难终事。今转送与兄誊清卷上,倘得高捷,不忘小弟便是。"那赵雄喜之不胜,乐之有余,暗暗地道:"难得这救命王菩萨,救了俺今日之急。"遂连声作谢道:"小弟借仁兄之力,倘得侥幸,皆系仁兄之赐,异日自当效犬马之报。"说罢,那王江心中愈加痛疼,蹲坐不牢,只得扶病

---

①　嗄(xià)饭——下饭的菜肴。

而出。王江去后，赵雄把他草稿一看，真言言锦绣、字字珠玑，遂做了个誊录生，一笔写完。果是戏文上道："三场尽是倩人做，一字全然匪我为。"出场之后，就去拜望王江。王江在旅店之中，方才病好。赵雄遂与王江八拜为交，结为兄弟，对王江道："此后小弟倘得侥幸，万望仁兄海涵，切勿向人前泄漏此事，自当图报。"王江再三应允。揭榜之日，赵雄果然高中，将论策刊布流传，人人道好，个个称奇，都说赵雄向日是文理不通之人，怎生一变至通如此！报到资州，父母、乡里一发说他是个真正有意思的人了。自此之后，竟洗脱了向日"赵痴"二字，廷试之日，又亏他记得几篇旧策，将那"之乎者也"零零星星凑写将来，中第五甲。那宋时进士唱名规矩：

第一名承事郎　　第二第三名并文林郎
第一甲赐进士及第　　第二甲同进士及第
第三第四甲赐进士出身　　第五甲同进士出身

　　孝宗皇帝亲御集英殿拆号，唱进士名，都赐绿襴袍、白简、黄衬衫。那日赵雄穿了圣人赐的绿襴袍、黄衬衫，执了白简，扬扬得意，出了东华门，于灵芝寺饮宴、题名，参拜汪玉山。那时汪玉山正做大宗伯，素知他文理不通，忽见他会试卷子，好生吃惊，就问他道："贤友前日文字恁般平常，今会场文字甚是高奇，真'士别三日，刮目相待'也。"赵雄悄悄地对道："门生只好瞒着他人，怎敢瞒得老师大人，这会场中文字，实非门生所作。"汪玉山道："是谁人所作？"赵雄又细细述了一遍。汪玉山暗暗点头道："人生真自有命。"因赵雄老实至诚，并无一毫遮瞒之意，反觉喜欢。

　　赵雄先任县尉，次后渐渐升转做到西蜀太守。赵雄因自己从阴德上积来的官位，并不敢做一毫伤天理、害人命之事，做人谦和，不贪赃私，在蜀郡五年，不知做了多少方便的事。那时孝宗皇帝辞朝之法甚严，就在西蜀不远万里，定要来见。赵雄任满来京，将次辞朝，又适有甄龙友对答不来这一件事，好生放心不下，暗暗地道："甄龙友是当今第一个才子，问一答十、问十答百之人，走到圣主面前，一字也说不出，况俺生平学疏才浅，不及甄龙友万倍，口嘴又不伶俐，倘然圣人问些什么，教俺怎生答应？"肚里担上一把干系。次日入朝，心中愈觉忙乱，如小鹿儿撞的一般。上床去睡，连眼也不曾合得一合。将次三鼓，便一骨碌爬将起来，整顿朝衣幞头，穿戴端正。只因太早，遂假寐于桌上，恍惚之间，见一尊天神下降。这神道怎生模样、怎生打扮?

　　龙眉凤目,秀色长髯,面如傅粉,唇若涂朱。上戴软翅唐巾,身上穿五彩嵌金衮龙袍,腰系八宝白玉带,脚踹五云飞凤履。左有天聋,右有地哑,骑白骡子。

　　那尊神道是九天开化文昌梓童司禄帝君下降。赵雄急忙站起,拜跪迎接。那梓童帝君道:“上帝以汝敬重字纸,阴功浩大,做官爱民恤物,今特佑汝。汝入朝之时,皇帝问道:‘卿从峡中来乎?风景如何?’汝但对道:

　　两边山木合,终日子规啼。

　　不得违吾法旨。”道罢,仍旧骑了白骡,天聋、地哑二童子簇拥了登云而去。赵雄惊醒,望空礼拜,隐隐如见。延至五鼓入朝,正是早朝时分。圣天子御殿,静鞭三下响,文武两班齐。当下赵雄出班辞朝,山呼舞蹈已毕,孝宗皇帝果然开金口、启玉音道:“卿从峡中来乎?风景如何?”赵雄急忙奏道:

　　“两边山木合,终日子规啼。”

　　对罢,龙颜大悦,首肯再三。赵雄退朝,暗暗想道:“这两句也不知是什么说话,圣上这般得意。”那时汪玉山已做到宰相了。次日江玉山入朝,孝宗道:“昨日蜀中郡守赵雄入对,朕问以峡中风景如何,雄诵两句杜诗以对,三峡之景,宛然如在目前,可谓善言诗也。可与寺丞、寺簿之官做。”汪玉山出朝来问赵雄道:“汝怎生把这两句杜诗对答,中了天子之意。”赵雄道:“门生并不知道什么叫做杜诗,想是随肚腹中做出便叫肚诗也。”汪玉山道:“这‘杜’字,不是肚腹的‘肚’字,乃是姓杜的‘杜’字。‘两边山木合,终日子规啼’即杜诗也。”赵雄道:“门生一世并不曾读什么杜诗,请问杜诗是何人所作?”汪玉山道:“是唐朝杜甫所作,字子美,官为工部之职,是一代诗人之首,从来称为李、杜之诗,李即是李太白,杜即此人也。”赵雄道:“门生实未曾见。”汪玉山道:“既不曾见,却怎生便对得来?”赵雄又把平生敬重字纸感得文昌帝君之事说了一遍。汪玉山道:“我道你怎生对得出,原来如此!今圣上要与你寺丞、寺簿之官做,如做了此官,不时召见,你学疏才浅,倘再问对,定然败露,反为不美,不如仍归蜀郡安隐。”赵雄道:“门生是无德无能之人,但凭老师指教。”次日,汪玉山入朝,孝宗又问道:“可与赵雄寺丞、寺簿未?”汪玉山奏道:“臣昨以圣意传语,彼不愿留此。"孝宗叹息道:"此人恬退如此,真可嘉也。可与他一个节宪使做。"遂御批为节宪使。圣恩隆重,一连做了数年显宦,渐渐做到宰相。虽然做到宰相,心中常是怀着一肚鬼胎,道:"俺生平都是侥幸之事,难道侥幸到底不成!当初做外官,还可躲闪,如今做了宰相,日近天颜,倘然一差二误,天威谴责,取罪非轻,道不得个'欺君'二字么?"遂屡辞宰相之位。怎当得孝宗见他恬退,不容辞职,天恩日厚。赵雄无可奈何,只得道:"俺左右是靠皇天二字过活一生,眼见得行了一派官运,只得听天由命,索性大胆做去便罢。命中就有跌磕蹭蹬之事,俺前半世受用已够,随皇天吩咐罢了。比那些高才博学之士屈屈陷在泥涂,不得出头,枉埋没了他一生学问,雪案萤窗,不知受了多少苦楚,叹了多少苦气,俺今日强似他万倍,还虑些什么来?"遂放宽了这条肠子,正是:

> 顺理行将去,随天吩咐来。

　　一日,赵雄将次入朝,只见一个息太守辞朝。阁门吏见这个太守的姓,甚是怪异,便问这太守道:"你怎生姓这般一个怪姓?"息太守答道:"春秋时有个息妫①,汉时有个息夫躬,从来有这息姓,怎生说是怪异?"赵雄打从朝房走过,偶然听得了这句话,记在心下。适值息太守辞朝之后,恰好赵雄奏事。孝宗问道:"适才有一个姓息的太守辞朝,世上怎生有这个怪异之姓?"赵雄即奏道:"春秋时有息妫,汉朝有息夫躬,此是从来所有之姓,非怪异也。"孝宗大喜道:"卿学问该博②如此,真'宰相须用读书人'也。"遂赐蟒衣玉带。

　　自此之后,凡有问对,或是梦寐之间影响之际,定有些先兆预报,一一无差,真福至心灵也。尚方珍奇之物,月月赏赐,安安稳稳直做了十二年太平宰相。连那王江,保奏他学问渊博、才识超群,做到三品官职。赵雄因见自己学问不济,极肯荐举人才,十二年之内,荐拔士类,不计其数,都为显宦。妒忌之人,因见他门生故旧布满朝班,说他恃宠专权,人人有不足之意。后来大旱七月,一个妒忌他的官儿,做篇赋讥诮他道:

> 商霖未作,相传说于高宗;汉旱欲苏,烹弘羊于孝武。

　　话说临安天竺观音,如有亢旱之事,每每祈祷,便得雨泽。孝宗因大

---

①　妫(guī)。

②　该博——渊博。也写作"赅博"。

旱,诏迎天竺观音就明庆寺请祷。又一个官儿,做首诗讥诮他道:

　　走杀东头供奉班,传宣圣旨到人间。

　　太平宰相堂中坐,天竺观音却下山。

　　赵雄因见满朝之人都生妒忌,遂上表辞朝而回,归老林泉,整整又活了二十年而死,真人间全福也。有诗为证:

　　聪明每被聪明误,愚蠢翻为宰相身。

　　世事从来多似此,未须轻薄蠢愚人。

第五卷

李凤娘酷妒遭天谴

谗言切莫听,听之祸殃结:
君听臣当诛,父听子当决,
夫妇听之离,兄弟听之别,
朋友听之疏,骨肉听之绝。
堂堂七尺躯,莫听三寸舌。
舌上有龙泉,杀人不见血。

这首诗是劝人莫听谗言之作。然谗言之中唯有妇人为甚。枕边之言,絮絮叨叨,如石投水,不知不觉,日长岁久,渐渐染成以是为非、以曲为直。若是那刚肠烈性的汉子,只当耳边之风,任他多道散说,只是不听。若是昏迷男子,两只耳朵就像鼻涕一般,或是贪着妻子的颜色,或是贪着妻子的钱财,或是贪着妻子的能事,一味"妇言是听"。那妻子若是个老实头便好,若是个长舌妇人,翻嘴弄舌,平地上簸起风波,直弄得一家骨肉分离,五伦都绝灭了,岂不可恨!所以道"妇人之言,切不可听"。又有的道:"昔纣听妇人之言而亡天下,秦苻坚又因不听妇人之言而亡国。难道妇人尽是不好之人? 不可一概而论。"虽然如此,世上不好妇人多,好妇人少,奉劝世人不可就将妻子的说话便当道圣旨,顶在头上,尊而行之。还有一种妒忌妇人,其毒不可胜言。在下这一回说李凤娘酷妒的报应,且说一件故事,做个入话,以见报应难逃,自有定理。

话说宋孝宗宫中有两位刘娘子:一位刘娘子生性极其和平,中年以后便就断了荤血,终日只是吃素、焚香、念佛,礼诵《观音》《金刚》二经,日日限定功课,宫中都称她为看经刘娘子。一位刘娘子是孝宗藩邸旧人,聪明敏捷,烹调得好看馔,物物精洁,一应饮食之类,若经她手调和,便就芳香可口,甚中孝宗之意,宫中都称她为尚食刘娘子。但心性一味阴险奸诈,一片嘴、两片舌,搬弄是非,腹中有剑,笑里藏刀,真叫做长舌妇人、笑面夜叉。有一个小宫人得罪了孝宗,那小宫人只得求救于尚食刘娘子。

刘娘了口中不说，心中思量道："都是你这小贱人，日常里逗引官家夺了我被窝中恩爱。今日犯出来，却要我搭救，正是我报仇之时，教你'无梁不成，反输一贴'。"便随口答应道："我救你则个，我救你则个。"怎知夜叉心肠，害人甚毒，乘着孝宗枕席之间，冷言热语，百般拨弄，反说这小宫人许多可恶之处，火上浇油，惹得那孝宗暴躁如雷，次日反加其罪。小宫人明知是她暗害，无可伸冤，只得多取纸笔焚化道："我被刘娘子暗害，有冤难伸，只得上告玉帝去也。"说罢，便取出宫带一条，自缢而死。宫中无不叹其冤枉。刚刚过得一月，两位刘娘子同日而死，舁尸出阁门棺殓之时，方才把尚食刘娘子的被揭起来，只见尚食刘娘子的头已断，扑的一声，其头坠于地上，在地上打滚不住。众宫人都吃惊起来，仔细视看，原来满项脖已被万千蛆虫攒食，其臭秽非常，不可近。

众宫人都怕受那臭气，登时将尸投于棺木之内，手足异处，脓血淋漓。后揭起那位看经刘娘子的被来，但见颜色如生，一毫不变，香气阵阵袭人。众宫人都合掌念佛道："怎生报应如此分明！"因此宫中人都学做好人。

如今说入正回，看官稳坐，待在下说来：

　　金凤花开色更鲜，佳人染得指头丹。
　　弹筝乱落桃花瓣，把酒轻浮玳瑁斑①。
　　拂镜火星流夜月，画眉红雨过春山。
　　有时漫托香腮想，疑是胭脂点玉颜！

这是《美人红指甲》诗。杭州风俗，每到七月乞巧之夕，将凤仙花捣汁，染成红指甲，就如红玉一般，以此为妙。

那凤仙花，共有五色，还有一花之上共成数色，还有一种花上洒金星银星之异，极是种类变幻，宋时谓之"金凤花"，又名"凤儿花"。因李皇后小名凤娘，因此六宫避讳，不敢称个"凤"字，都改口称为"好女儿花"。

你道那李凤娘是那一朝皇后？宋朝自高宗南渡以来，传位于孝宗，孝宗传位于光宗，改元绍熙，李凤娘是绍熙皇帝的正宫，是安阳人庆远军节度使赠太尉李道的第二个女儿。凤娘初生的时节，忽有一只黑凤飞来，集于李道的营前石上，李道心中大以为奇，黑凤飞去之后，李凤娘即时产下，因此就取名为"凤娘"。李道出帅湖北。那时湖北有个道士皇甫坦，极善

① 玳瑁斑——似玳瑁的花斑。

于风鉴之术。李道延接皇甫坦来于帅府,就叫这几个女儿出来都拜皇甫坦。皇甫坦一见了凤娘,便惊惶无措,不敢受拜,道:"此女之相极贵,当为天下之母。"李道遂把黑凤飞来之事说了一遍。皇甫坦道:"异日断然为皇后无疑也。"后来高宗召皇甫坦到宫中打醮,皇甫坦因而言及李道女儿之相贵不可言。高宗听信其言,遂聘为恭王,就是绍熙皇帝之妃。后来李凤娘生下一子,是为嘉王。但凤娘生性异常妒悍,每每争风厮打,大闹大哄,直闹到高、孝二宫,高喉咙,大嗓子,泼泼洒洒,在高、孝二宫面前,一缘二故,将左右宫人骂个不了,无非是吃醋捻酸之意。高宗心中大是不悦,对吴后道:"这妇人终是将种,吾为皇甫坦所误。"孝宗也屡屡说道:"汝宜以皇太后为法。若再如此撒泼,行当废汝矣。"李凤娘心中甚是怀恨之极。后来绍熙皇帝登基,册立李凤娘做了皇后。那权柄在手,一发放出手段来。真是:

> 一朝权在手,便把令来行。

话说李凤娘自做了皇后之后,威权非常,妒悍更凶,谁人阻挡得她住?绍熙帝畏之如虎,凡事不敢与之争竞。李凤娘见皇帝惧怕他,一发自以为得计,把那个凶泼生性十分做得满足。那时绍熙帝恼着几个黄门官,要将来置之死地。几个黄门官惧死,遂谋离间三宫,搬弄是非。那时高宗居于德寿宫,称为"光尧寿圣皇帝",孝宗居于重华宫,称为"至尊寿皇圣帝",共是祖、父、孙三代。孝宗敬事高宗有如一日,凡事先意而迎,曲尽人子之情,所以谥为"孝宗",到绍熙帝便万万不如矣。

一日,绍熙帝独幸西湖聚景园闲游,正要在荼蘼花下饮酒,那时两制各官都扈从,见绍熙帝独自游幸,不请太上皇来饮酒,两制官都议论道:"当日太上皇每出幸外苑,必恭请光尧寿圣皇帝同来饮酒。今日皇帝独自游幸,不请太上皇,缺于父子之情,成何道理?我们若是不言,是'长君之恶'也。"遂飞章交进,说当日太上皇每幸外苑,必恭请光尧寿圣皇帝,今陛下游幸,何缺此理?绍熙帝阅此表章,正在勃然大怒之际,适值太上皇叫一个黄门官拿一个玉杯宣敕以赐绍熙帝,绍熙帝大怒未解,拿起玉杯,不觉手籁籁的颤动个不住,手拿不稳,"扑"的一声,误坠于地,打得粉碎。那黄门官正是要离间之际,见绍熙帝打碎了这个玉杯,走回重华宫,便把皇帝怒那表章之事瞒过了不说,只说道:"官家才见太上传宣,便面皮紫胀,怒气冲冲,就将玉杯扑碎于地,不知是何缘故。"太上皇大怒。一日，太上皇奉着母亲宪圣吴太后幸于东园阅市。往常旧规，若是太上出游，官家定有一番进劝之礼，以奉太上皇饮酒肴馔，并左右扈从人等。这日东园阅市之时，绍熙帝偶然忘记，失了进劝之礼。那太上皇倒也全不在心上，只因左右要离间二宫，因这一件事，故意将数十只鸡丢将开去，四围乱扑，捉个不住，却又大声叫道："今日捉鸡不着！"原来临安风俗，以俟人饮食名为"捉鸡"，故意将这恶话说来激怒太上皇之意。太上皇只做不知，然虽如此，颜色甚是不乐。

后来绍熙帝患了心疾，精神恍惚，语言无度，就像失心疯的一般。太上皇甚是愁烦，但人子虽有忤逆父母之心，父母绝无弃绝儿子之理。太上皇特特为着儿子购得良药一丸，要待儿子来宫，调与他吃。左右得知此事，又瞒过了这一片好心，向李皇后处搬嘴道："太上皇大怒官家，特特合了一丸毒药，要药死官家。只等宫车一进，便投毒药，万一有变，怎生是好？千万不可过宫。"那李凤娘本是一片忤逆不孝之心，已是要鸡蛋里寻出骨头之人，听了此话，愈发怒从心上起，恶向胆边生，一壁厢叫人探听，果有药一丸，专等驾到即便赐与调服。李凤娘勃然大怒，将银牙咬碎，柳眉倒竖，把御几都敲得一片价响道："这老不贤直如此无礼。虎毒不食儿，他既无慈良之念，我岂有孝顺之情？"遂立止皇帝不要到重华宫去。正是：

> 莫听蒹菲[1]言，骨肉分胡越。

李凤娘儿子嘉王长成，要立为太子，自到重华宫启请太上皇，要立嘉王为皇太子。太上皇见李凤娘悍泼，忤逆不孝，不欲立嘉王为太子。李凤娘便出言不逊道："妾六礼所聘，嘉王是妾亲生之子，怎么不该立为太子？"说罢，面色通红，遂怒目而视太上皇。太上皇大怒，李凤娘也便勃然抽身出宫，一手携了嘉王，一手扯着皇帝，大哭大叫道："嘉王是我亲生之子，太上皇不立我儿为太子，还立兀谁做太子？老不贤直如此无礼，你认他做太上皇，我却不认他做太上皇。"絮絮叨叨，且哭且骂个不住。绍熙帝本是个怕内之人，听了这一片说话，一发信以为真，竟忘了父子之情，从此再不去重华宫朝见，就像没了父亲的一般。有诗为证：

> 李后一言如毒弩，绍熙听之仇如虎。

---

① 蒹菲——语出《诗经》。比喻谗言。亦作"蒹斐"。

可怜父子最恩深，不及枕边一声怒。

话说绍熙帝一日洗手，一个小宫人捧着那个八宝金盆过来与皇帝洗手。小宫人两只手却雪也似白，又光又嫩。皇帝看了那两只白手，不觉淫心动荡起来，竟忘记了李后的妒忌，伸手去把小宫人手上摸了一摸。小宫人知道不好了，急忙捧了金盆走开，早已被旁边宫人瞧见，报与李后知道，李后却也不说出。过了数日，绍熙帝在于至乐宫中观书，李后遣两个宫人送一个食盒来，食盒上着有李后花押。绍熙帝只道是什么珍奇点心食物之类，亲自揭起盒盖来一看，但见大叫一声，蓦然倒地。

未知性命如何，先见四肢不动。

你道为何便惊倒在地？原来那食盒里不是盛的什么珍奇点心食物之类，原来就是那小宫人两只雪花白的手。李凤娘知得他心爱这两只白手，便将刀子割将下来，盛在食盒里。绍熙帝见了，怎生得不惊倒！当下两个宫人搀起，半日始醒，口中却不敢怨怅，只把脚来跌个不住，暗暗道："怎生如此恶毒？是我害了这侍儿性命也。"从此懊悔无及，饮食减少，心病又发。

恶，恶，堪惊，可愕！笑中刀，人中鸩。眉目戈矛，心肠锋锷。杀戮同羊豕，砍剁做肉臛①。　　粉面藏着夜叉，娇容变成鲛鳄。只因这一点妒忌，便砍去两只臂膊。

话说李后自杀死小宫人之后，没一个后生标致小宫人敢到面前服侍，是老宫人方敢近前；就是老宫人，也还要看自己面貌丑陋的方来服侍，若略有一分颜色的，还恐怕官家摸手摸脚，断送了性命。

那时还有一个黄贵妃，是绍熙帝宠爱之人，李后几番要害她性命。因皇帝郊天之时，宿于斋宫，李后便叫几个心腹勇健宫人，将黄贵妃绑缚将来，大骂道："你这贼贱婢！大胆引汉的贱婢！你倚谁的势作娇，夺我恩爱？今日叫你知我手段，不怕你到玉帝殿前告了御状来讨命。"一头骂，一头叫宫人将刀把黄贵妃两眼睛剔出，道："这双骚眼，水一般样，最会得引汉。如今你还引得汉成么？"又叫宫人将舌头割出，道："你这贼嘴舌头，甜言美语，无般不说，勾引得官家一心在你身上，就在我身边，也是半三不四，我恨你切骨，你如今还会得说话么？"又叫宫人将两乳割下，道：

———————————

① 肉臛（huò）——肉羹。

"你夜睡之时,将两乳奉承官家。你这般软嫩的小乳,我怎如得你,且叫你忍些疼痛则个。"又叫宫人将木槌一个从阴门中敲将进去,道:"你生性好淫,官家的却小,你且把这个大木槌快活受用一受用。"遂碎裂其阴门而死,血肉狼藉,苦不可言。

　　毒,毒,最深,极酷!千般骂,百样辱。断手剜心,碎剐零劚①。人间活夜叉,世上狠地狱。枉冤自有天知,鬼神暗中写录。杀人少不得偿命,何苦争这些淫欲!

　　话说李凤娘碎剐了这黄贵妃,一道冤魂不散,绍熙帝正在郊天之时,忽然飞沙走石,风雨大作,显出一场怪异。但见:

　　怨气冲天,变成狂风怪雨。冤魂叫屈,化作拔木扬沙。昏惨惨阴云,似有悲哭之意。烈轰轰震电,如闻号恸之声。玉帝亦怜其无辜,诸神尽恨其作恶!

　　话说李凤娘屈杀了这黄贵妃,登时雷风霹雳,水深数尺,黄坛上灯烛尽灭,昏天黑地,伸手不见掌面,大风拔地,百官尽皆颠仆于地。绍熙帝惊仆,竟不能成礼而回。李凤娘瞒过了皇帝,只说黄贵妃感冒了寒疾,一时昏晕而死。绍熙帝郊天之时,吃了那一惊不小,回来又闻此变,明知贵妃受冤而死,连叫数声,心疾顿发。太上皇得知李后谋死贵妃之事,以致天变非常,大骂泼妇,勃然进宫,将李后大骂了一场而去。李后不敢回言,衔恨在心。绍熙帝心疾日甚一日,竟不能视朝,政事多决于李后。后来心疾渐好,良心复萌,几次要到重华宫去朝见太上皇,李后断然不肯。隆兴四年九月,是太上皇寿日,名为"重明节",宰相、侍从、台谏、文武百官上本,要皇帝到重华宫去朝见太上皇上寿。李后立意阻住了,断然不容皇帝过宫朝见。给事中谢深甫再三奏道:"父子至亲,太上皇四十年抚养陛下,并无闲言,只因郊坛一节,过宫怒詈②,正是父子恩深之处。太上之爱陛下,亦犹陛下之爱嘉王也。今太上春秋高,千秋万岁之后,陛下何以见天下乎?"各官又再三恳请,心中方才明白,即时命排驾朝重华宫。这日,百官文武班齐,专候圣驾出临。绍熙帝已出到御屏之前,那李后走出,一把拖住了袍袖道:"今日天寒,官家不要到重华宫去,且在这里饮酒。"文武

---

①　劚(zhǔ)——砍。
②　怒詈(lì)——怒骂。

百官侍御都大惊，面面厮觑，不敢开口。班部中闪出一个忠臣、中书舍人陈传良，走上前扯住衣裾道："圣驾已备，请勿进宫，即便启行。"就随至御屏之后。李后大喝道："此是何地，尔敢擅入？秀才大胆，要砍头了！"陈传良下殿放声恸哭。

李后大喝道："殿陛之间，放声大哭，是何道理？"陈传良道："子谏父不听，则号泣而随之，此是大礼。"李后又大喝道："腐儒，汝读了这两句臭烂旧话，当得什么事？大胆却在这里胡缠。"遂大声呵斥而下，即传旨还宫。各官无可奈何，不胜伤感而散。

> 只因泼妇一张嘴，做了忤逆不孝人。

从此，一年不朝重华宫。太上皇心中甚是郁郁不乐，一日登于望潮露台之上，听得民间争闹，一人气愤不过，大声叫道："赵官家！赵官家！"太上皇对左右道："朕父子之情，尚且呼之不来，尔百姓叫赵官家何用，枉费口舌叫也！"自此凄然不乐，奄奄成病。百官见太上皇患病，都上本要皇帝过重华宫问病。李后任百官上本，只是不许皇帝过宫。不意太上皇崩了，皇帝又称疾不能亲自执丧，都是李后悍泼主意。及临朝之时，忽然又一交颠仆在地，昏聩之极。举朝人心汹汹①。丞相留正见皇帝不肯执丧，竟自称疾而逃。百官逃散者纷纷。幸得丞相宗室赵汝愚要谋立嘉王为帝，那时只得宪圣吴太后做主，遂同韩侂胄关通了吴太后内侍，密启吴太后立嘉王为帝，是为宁宗。遂尊帝为太上皇帝、李后为太上皇后。那绍熙帝在昏聩之中，一毫也不知其事，心疾发作，或歌或哭，或笑或骂，宫中暗暗称之为"疯皇"。李后见帝如此，把外事尽数都瞒过了。虽然如此，心疾忽醒，又有时知觉一二。宁宗登基之后，郊天礼成，恭谢回銮，御乐之声，叮叮咚咚，达于内廷。绍熙帝偶然闻得，问道："哪里有作乐之声？"李后捉弄道："这是外边百姓作乐之声。"绍熙帝大怒道："怎么尚敢瞒我至此？"骤然走起身来，把李后劈头一拳。李后踉踉跄跄，跌倒在地。左右宫人急急搀起。李后恍惚之间见黄贵妃站在面前，大怒道："原来是你这贱人，逗引官家，大胆如此无礼！"便怒从心上起，恶向胆边生，赶上前揸开五指，把黄贵妃一个巴掌打去，只见黄贵妃一闪，早不见了黄贵妃，反把一个老宫人脸上打了一掌。仔细一想，方知黄贵妃已死，晓得是死鬼出

---

① 汹汹——纷乱不宁。

现,心下慌张,遂从此得病,时时见黄贵妃并那割手的小宫人,及日常里乱杀死的宫婢,血淋淋地都立在面前讨命,好生心慌。只得另造一个佛堂居住,塑了许多佛像。又恐诸鬼缠扰,塑四金刚像立于门首,要他降伏魔鬼之意。自己道衣素服,持斋念佛,焚香礼拜佛像,以求福庇。

　　看官,你道李凤娘忤逆不孝,杀害多命,心肠比虎狼的还狠,今日吃素念佛,烧香礼拜,便要消除前账,世上可有这样没分晓的佛菩萨么?金刚虽然降伏魔鬼,却是降伏天魔外道、败坏佛法之鬼,难道冤鬼讨命也降伏他不成?世上又没有这样没道理的金刚。若是受了你满堂香烛、一坛素菜,便要来护短,与你出色,叫冤鬼不要与你讨命,世上又没这样不平心的佛菩萨、贪小便宜的金刚。这是:

　　　　恶有恶报,善有善报。

　　　　若还不报,时辰未到。

　　那李凤娘随你怎么酬神许愿、烧香礼拜,毕竟无益,开眼合眼,都见黄贵妃立在面前讨命。因此病势日重一日,渐渐危笃,遂于东岳观命道士打醮借寿。那高功是有道之士,极其虔诚。黄贵妃遂托梦于高功道:"我黄贵妃也,生前为李后谋死,恨之切骨。今已于玉帝殿前告了御状,玉帝已准我索命矣。尔虽虔诚祈祷,无益也。"后来黄贵妃冤魂竟附在李后身上大叫大骂道:"你这恶妇!害得我好苦。我今已在玉帝殿前告了御状,玉帝准我讨命。你今日好好还我性命。你前日道'不怕你在玉帝殿前告了御状来讨命',今日教你得知御状!"说罢,便将自己指爪满身抓碎,鲜血淋漓。又把乳头和阴门都自己把指头抓出,鲜血满身。又把口来咬那手指,手指都咬断。左右宫人都扯不住。又作自己声音叫疼叫痛,讨饶道:"饶命,饶命。"又自己说道:"怕人,怕人。一阵牛头马面夜叉手拿钢叉铁索来了。这番要死也!"

　　遂把舌头嚼碎,一一吐出,两眼珠都爆出而死。有诗为证:

　　　　恶毒从来不可当,杀人截手报难偿。

　　　　今朝自己遭磨蝎,马面牛头扯去忙。

　　话说李凤娘被黄贵妃活捉而死,长御宫人要将尸首仍旧迁到椒殿①。掌椒殿的宫人没一个不怨恨切骨,见她这般报应而死,没一个不畅快,念

———————————

　　①　椒殿——后妃居住的宫殿。

声："阿弥陀佛！善哉！善哉！天理昭昭。"都把锁匙来藏过了,不肯开门道："奉兀谁的命,要将这血唬零喇的尸首抬到这里来?"长御宫人无可奈何,只得又把这个血唬零喇的尸首抬到凰仪殿。正抬得到半路,忽然有人讹传道："疯皇来了！"众宫人都一齐把这个尸首抛于地下而走。停了半日,不见"疯皇"走来,方知是讹传,才有人走拢来。那时正是六月,已被火一般的烈日晒了半晌,尸首都变了颜色。及至抬到凰仪殿,放在大寝,尸首已都臭烂不堪。宫人无计,只得放许多臭鱼臭肉之类,以乱其臭,又置莲香数百饼,毕竟遮掩那臭气不过。将入殓之时,蛆虫万万千千已勃勃动,满身攒个不住。人人厌秽,个个掩鼻而不敢近,胡乱将来抛在棺内,竟不成礼。后葬于西湖之赤山,陵墓才盖造得完,大风雷雨,霹雳交加,把那棺木都震得粉一般碎。临安百姓并宫中之人,无有一个不说天有眼睛,后来修好了,又一连震了两次,并骸髅都烧得乌黑,以见天道报应之一毫无差也。果是:

> 黑蟒口中舌,黄蜂尾上针,
> 两般犹未毒,最毒妇人心。

第六卷

姚伯子至孝受显荣

　　终日寻经论史,夜深吸月迎风。一杯清酒贮心胸,长啸数声星动。

　　举笔烟云绕惹,研硃风雨纵横。说来忠孝兴偏浓,不与寻常打哄。

　　这首词儿,名《西江月》,总见世人唯有"忠孝"二字最大,其余还是小事,若在这两字上用得些功,方才算得一个人。如今这回说行孝的报应,但行孝是人的本等,怎生说到报应上去? 只为世上那一种愚下之民,说行孝未必有益,忤逆未必有罪,所以他敢于放肆。不知那个"孝"字惊天动地,从来大圣大贤、大佛菩萨、玉皇大帝、太上老君、阎罗天子,那一个敢不敬重着这一个字? 在下先说几个忤逆的报应,与列位看官一听。

　　话说杭州汤镇一个忤逆之子叫做曹保儿,凶恶无比,凌虐其母,不可胜言。母亲被儿子凌虐惯了,只当小鬼一般畏惧。这曹保儿生下一子,方才三岁,极其爱惜。一日,妻子偶然把儿子跌了一跤,磕损其头,妻子恐怕,对婆婆大哭道:"你儿子回家,必然要把我打死了,不如投水而死,省得死在他手里!"婆婆道:"不要投水,只说是我将来跌坏了,做我老性命不着。我且权躲在小姑娘家里,等他怒过了头,回来便是。"到晚间,曹保儿来家,见儿子跌得头破,大怒之极,把妻子一把揪将过来,只待要杀。妻子说:"不干我事,都是婆婆之故。"次日,曹保儿身边悄悄带了一把刀子,走到中途,将来藏在石下,竟走到小妹妹家,假以温言骗母。母亲不知其意,与保儿同行,行到藏刀之处,保儿取刀要杀母亲,在石下寻摸,早不见那把刀子。但见一条大蛇当道,怒气勃勃,曹保儿心下慌张之极,不觉双足陷入地中,霎时间直陷至膝,七窍流血。自己求告道:"是我不是了,怎生这般忤逆,要杀害母亲!"其母急往前救抱,无计可施,遂急急走回家来,叫媳妇带了锄头同往救掘,随掘随陷,掘得一尺,倒陷下二尺。无可奈何,只得喂以饭食,号泣彻天,三日而死。观者日数千万人,莫不称快。这是元至正甲辰六月之事。

还有一个忤逆子报应之事，是山西平阳府军生周震，始初做得一个秀才，便欺虐闾里①，看得自己如天之大，别人如蚂蚁之小、犬马之贱。不要说是平常人，就是孔子、孟子，他也全不看在眼里。侥幸秋试，便腆起肚子，扬扬得意，对父亲道："我是贵子，恐非尔所能生也。"父亲见家丑不可外扬，只得忍气吞声。后周震患了一场病，久卧床褥，双目俱盲，忽作驴鸣数声而死。始死之时，邻人有与同死者还魂转来，说周震见阎罗天子，命判官查其罪恶，叫周震变驴。周震大声喧辩道："我有何罪，要我变驴？"阎罗天子道："尔悖逆②父母，怎生不该变畜生？"周震慌张，方才哀告道："既变畜生，愿王哀怜，把我托生安逸之处。"阎罗天子道："你眼界最大，把你覆了双目，终日推磨。"周震方才语塞，只觉牛头夜叉将驴皮一张披在周震身上，将铁鞭鞭了数十下，周震变驴跳跃而去。这两个是忤逆子的报应了。

还有忤逆媳妇的报应。唐朝贾耽丞相为滑州节度使之时，滑州百姓一个媳妇极其忤逆，婆婆目盲，媳妇以蛴螬虫作羹与婆婆吃。婆婆觉得其味甚异，留与儿子回家看视。儿子看了，仰天号泣，恍惚之间见空中一个金甲神将把这忤逆媳妇的头截去，换上一个狗头，声音犹是人声，时人谓之"狗头新妇"。贾丞相叫人将绳索牵了这个狗头新妇满城游行，以为不孝之报。

又有福建延平府杜氏兄弟三人，轮供一母。兄弟各出外锄田，叫这三个媳妇供给。三人出外，这三个媳妇便大骂婆婆，终日没得粥饭与婆婆吃。婆婆痛苦，要自缢而死。嘉靖辛卯七月中，青天白日，哗啦啦一个大霹雳响，只见电火通红之中，三个妇人一个变牛、一个变狗、一个变猪，只头还是人头。观看之人，日逐千千万万，众人都画了图样，刊布于世，以警戒人。

看官，你道忤逆之报，昭昭如此，怎么人不要学做孝顺之人，以致天谴！有诗为证：

公姑父母即天神，触忤天神殒自身。

① 闾里——乡里。
② 悖（bèi）逆——违反正道，忤逆不孝。

莫怪小人饶口舌，恐君驴马变成真。

列位看官，你看忤逆之报一毫不差，那行凶作恶之人只道鬼神不灵，不知举心动念，天地皆知。况罪莫大于不孝，若天地饶过了你的罪犯，便不成一个天地了。忤逆的既是这般灵应，行孝的自然灵佑、鬼神感动。从来道："孝通神明"，并无虚谬之理。看官牢坐，待在下慢慢说来。话说这位孝子姚伯华，生在浙江严州府桐庐县，二十未娶，事父母极孝，昏定晨省①，再不肯离父母左右。父母年俱六十余岁，要与伯华娶媳妇，道："吾父母俱老，早娶媳妇，生下孙儿，以接姚门香火，此吾父母之愿。"伯华禀道："儿常见人家娶了媳妇，思量她孝顺服侍；或是娶着一个不贤惠的，三言四语，添嘴送舌，儿子不察，听了枕边之言，反把父母恩情都疏冷了。世上孝顺的有得几个？不如不娶，父子方得一家。若是娶了，父子便分为两家。以此儿心不愿，且待日后细细访得一个贤惠孝顺的行聘未迟。"伯华说了，父母亦不强他。伯华在家，终日孝顺力田，家道颇是温厚，奉养无缺。果是：

万两黄金未为贵，一家安乐值钱多。

话说姚伯华一味行孝，父母年老，膝下承颜顺志，好不快乐。怎知乐极悲生，降下一天横祸。那时正是元顺帝末年，荒淫酒色。哈麻丞相进西番僧以运气术媚帝，帝习为之，号"演揲儿法"。哈麻妹婿集贤学士秃鲁贴木儿又进西番僧伽璘真于帝，行十六天魔舞，男女裸处，君臣宣淫，群僧出入宫中，丑声闻于外，市井之人，莫不闻而恶之。行省大臣日以纳贿赂为事，多者高官厚爵，少者贬降谪罚，顺帝一毫不知。皇子爱犹识理达腊专好佛书，坐清宁殿，分布长席，列坐高丽、西番僧，道："谕德李好文先生教我读儒书，多年尚不晓其义，今听佛法，一夜即晓。"因此愈崇尚佛教。凡百官要求超迁的，都以习佛法为由，求西番僧称赞，即转高官，所以当时有口号道：

若要高官，须求西番。

其昏浊如此。

那时天下也不是元朝的天下，是衙门人的天下，财主人的天下。你道

---

① 昏定晨省(xǐng)——旧时子女侍奉父母的日常礼节。谓晚间服侍就寝，早上省视问安。

怎么？只因元朝法度废弛，尽委之于衙门人役。

衙门人都以得财为事，子子孙孙蟠据于其中。所以从来道："清官出不得吏人手。"何况元朝昏乱之官，晓得衙门恁的来，前后左右尽为蒙蔽，不过只要瞒得堂上一人而已。凡做一件事，无非为衙门得财之计，果然是官也分、吏也分，大家均分，有钱者生，无钱者死。因此百事朦胧，天下都成瞎账之事。以此"红巾贼"纷纷而起，都以白莲教烧香聚众，割据地方，四散抢掳劫掠，杀人如麻，尸横遍野。徐寿辉部下先锋项普略领数千兵蜂拥而来，所过之地，杀人如砍瓜切菜，百姓哭声震天，四散奔走，但见：

乱纷纷烟焰蔽天，哭淘淘悲声动地。刀枪凝一片白雪，旗帜晃十里红云。滚滚烟尘，可怜无数头颅抛满路。凄凄杀气，惜哉几万血肉踏成泥。枪尖上搠着人心，马领下悬挂甲首。干戈队里无复生还，铁马场中只有死去。魂飞天半，男女同作一坑尘。血染山前，老稚并为万壑鬼。

话说这桐庐县在浙江上游，与杭州甚近，那贼兵四散而来，弥山布野，好生厉害。各处人民都纷纷逃窜于深山穷谷之中，若是走不快的，尽为刀下之鬼。姚伯华见百姓纷纷逃窜，父母都六十余岁，家事又颇过得，算得"红巾贼"要来抢掳，性命难存，只得急急携了父母，走到阆原山中避红巾之乱。那"红巾贼"到已吃他避过了，怎知又生出一种假红巾贼来。

那时浙江右丞阿儿温沙差三千兵去杀项普略。那项普略是能征惯战之将，兼之阿儿温沙是个极贪之官，专要的是孔方兄，因此赏罚不明，兵心不服。军士并无纪律，才离了杭州，便四散抢掠。那些百姓吃了"红巾贼"的苦，又吃官兵的苦，真是乱上加乱，苦中生苦。两军相交，战得不上数合，官兵身边各怀重资，并无战心，又被项普略肋罗里撞出一彪贼兵来，杀得个罄尽①。项普略得胜而回。这些败残军兵，剩得不上百余人，没了主将，回来不得，索性假装"红巾贼"，拿了"红巾贼"失落的旗帜，头上也包了顶红巾，就如《水浒传》中李鬼假做李逵相似，脸上搽些黑墨，手里拿了两把板斧，躲在树林里耀武扬威地剪径②，不撞着真正李逵，谁辨他真假。呐喊摇旗，逢人便杀，遇物便抢，把老妇人杀死，少年妇人抢来做压寨

---

① 罄（qìng）尽——尽。罄，尽。
② 剪径——拦路抢劫。

夫人,轮流奸淫。人只道是"红巾贼",谁敢正眼儿觑他? 有诗叹道:

> 中原不可生强盗,强盗才生不可除。

> 一盗既生群盗起,功臣皆是盗根株!

又有诗叹道:

> 红巾原是杀人贼,假说杀贼即红巾。

> 剪径李逵成李鬼,搽些黑墨便为真。

话说那些假红巾贼到处抢掳杀人,姚伯华父亲只道"红巾贼"去远,方才走出招呼儿子。怎知假红巾贼正到,被他一把拿住。他母亲在树林中见丈夫被贼人拿住,登时走出,取出袖中金银首饰,送与贼人,以为买命钱。那贼人收了金银道:"钱财也要,性命也要。"说罢,便把这老两口,从山崖上直撇将下来。

> 山下新添枉死鬼,孝子何处觅双亲。

话说姚伯华父母双双被贼人撇死,那时姚伯华从乱军中失散了父母,各人挨挤,纷纷乱窜。伯华四处寻觅喊叫,并不见影,心下慌张,不顾性命抓寻。当夜在星月之下遍处徘徊顾望,竟无踪迹。次日贼人稍退,伯华心焦,走投无路,大声痛哭,竟至血泪流出。果然孝感天地,那时贼锋未已,谁敢行走? 四野茫茫,并无一人可以问得消息。伯华只得望空祷告天地道:"我父母何在,万乞天地神明指示。"祷告已毕,忽然背后有人则声道:"尔父母在前面山崖之下,速往寻觅。"伯华回头看视,并无一人。有诗为证:

> 旷野茫茫属恁人,有谁指示尔双亲?

> 是知孝德通天地,幻出神明感至人!

话说伯华回头看视,并无一人,急急忙忙走到前面山崖之下,呼叫不见声应。细细寻觅,但见父母尸骸做一堆儿撇死在地,伯华痛哭。那时盗贼纵横,一阵未了,又是一阵。伯华料贼人必然又来,若还遇见,自己性命亦不能保,急将身上衣服脱将下来,扯为两处,裹了父母尸首,每边一个,背在肩上,不敢从大路而行,乘夜从小路而走,用尽平生之力,穿林渡岭。走得数里,却早天色昏暗上来,星月之下,脚高步低,磕磕撞撞好生难走。一步步挨到江口,那时已是二更天气,万籁无声,江边静悄悄的,并无一舟可渡。伯华对天叹道:"这时怎得个船儿渡过南岸去便好,若迟到明日,恐贼兵又来,性命难免矣。"叹息方毕,两泪交流,只听得上流头"咿咿呀呀"，一个渔父掉一只船儿下来。伯华暗暗叫声"谢天地"，叫那渔父渡一渡到南岸去。渔父依言，将船儿撑到岸边，伯华背了两个尸首跳上了船。渔父一篙子撑开了船，问这姚伯华道："这是谁人尸首？"伯华哭诉道："是双亲尸首，被贼人推落崖下而死。无可奈何，恐贼人明早又来，性命难保，只得连夜背了载到祖坟上埋葬。"说罢，号啕痛哭不止。霎时间到了南岸，伯华袖中取出银镯子一只，付与渔父。渔父大笑道："我见你是大孝之人，所以特撑船来渡你，难道是要银镯之人！你只看这兵火之际，二更天气，连鬼也没一个，这船儿从何而来？"说罢，不受其镯，把篙子点开来船，口里唱个歌儿。伯华一一听得明白道：

> 吾本桐江土地神，感君行孝哭江滨。
>
> 城隍命我非闲事，说与君家辨假真。

那渔父歌毕，霎时间便不见了这只船儿。伯华大惊，拜谢天地。背了双亲，那时力气已竭，腿脚酸软，慢慢地一步挣一步，渐渐挣到祖坟左首，解开了衣服，把尸首放在地下端正，采些树叶掩覆，思量要掘地坎将来埋葬，争奈无一件器械可以挖掘，只得寻了一个木锥将来挖土。那时一连三日水米不曾沾牙，饥饿之极，精神困倦，一边挖土，身子已撅仆于土坑之内矣。感得山神化作一个老人扶他起来，与他一碗浆饭吃了，方才挣得起。及至挣起之时，那老人又不见矣，真神灵保佑也。伯华又恐盗贼走来，只得日里躲过，夜里走来掘土，又有大虫前后咆哮，伯华那时已是听天由命，并无畏惧之心。如此两昼夜，十指血流，点点的滴在地上，伯华也不顾疼痛。

方才掘得成穴，深一丈余，将二骸藏于穴内，又负土成坟，筑高三尺，痛哭之极，至于吐血。有诗为证：

> 掘土成坟恨有余，山神送饭助饥虚。
>
> 姚家坟墓非容易，孝子当年手拮据。

话说姚孝子掘土成坟，埋葬了双亲。那时身体羸瘦，已是鬼一般的模样，盗贼正在纵横之际，只得东奔西蹿，没影地逃躲性命，日不成日，夜不成夜。直待我洪武爷成了一统之业，天下方得安宁。姚伯华才走到故基一看，已成了一片荒地，但见苔草青青、狐兔纵横而已。遂砍伐些树木，搭起一间蓬厂居住，渐渐经营起来，方成就得一间房子。那时孑然一身，形影相吊，亲眷之中，已十亡其七八。后来渐复了故业，想起双亲死于非命，今幸得天下太平,人民复业,父母死去已经多年,好生痛苦。只记得遇难之时是二月,也不知父母是何日死亡。所以后来每到二月间,便断绝酒食,不吃荤血,不见宾客,拥炉自泣,手持杖画灰。眼泪滴于灰中,其灰尽湿。又走到父母撺死之处,伏地痛哭,声彻黄泉,山中鸟兽尽助其悲哀,为之徘徊踯躅。泪滴土下,所滴之处,草木不生,人人称其孝感,因名之为"哭亲崖"。凡是三次神灵显圣之地,俱至诚礼拜,叩头感谢,年年如此。又记得逃难之时没有草履,步行不便,几乎性命不保,幸以银钗一只,换得草履一双,方才得救性命,遂终身手织草履以施贫穷之人,不取其钱。后聘钱塘杨氏为妻,那杨氏也是个极孝之人,见丈夫如此痛哭,亦助其悲哀,一月不茹荤血。后生三子,三子也极其孝顺。伯华患病,三子至诚祷告北斗,愿减己寿以益父亲。果是:

　　孝顺定生孝顺子,忤逆还生忤逆儿。

　　三子共生八孙。姚夔字大章,正统七年中进士,做到吏部尚书,赠少保,谥"文敏",人品事业,种种都妙。姚龙做到河南左参政。曾孙姚璧,甲申年中进士,做兵部郎中。子孙男女共有七百多人。伯华活至七十余岁而卒,赠通议大夫、礼部右侍郎。今称孝子者,莫不称姚伯华焉。称孝子有显报者,亦莫不称姚伯华焉。有古风一首单道姚伯华好处:

　　元朝末年耽燕逸,哈麻媚献西番术。

　　天魔十六舞腰身,君臣宣淫在密室。

　　密室宣淫丑不堪,法度废弛官贪婪。

　　蠹种在官苦在民,"红巾贼"起视耽耽。

　　"红巾贼"去又红巾,干戈簇簇杀万民。

　　可怜伯华两父母,推堕山崖跌作尘。

　　伯华夜抱双骸骨,夜渡桐江鬼神惚。

　　载尸渡向南岸去,不取金银见超忽。

　　三日无餐仆不起,自分已作一鬼矣。

　　山神有知馈浆饭,致令孝子终不死。

　　血泪成坟坟土高,随他虎豹乱咆哮。

　　孝德通天非谬语,子孙世代盛宫袍。

第七卷

觉阇黎①一念错投胎

从来三教本同源，日月五星无异言。

堪笑世间庸妄子，只知顶礼敬胡髡。

话说儒、释、道三教一毫无二，从来道："释为日，儒为月，道为星，并明于天地之间，不可分彼此轻重。就有不同，不过是门庭设法，虽然行径不同，道理却无两样。"所以王阳明先生道得好，譬如三间房子，中一间坐了如来，左一间坐了孔子，右一间坐了老子，房子虽有三间，坐位各一，总之三教圣人：戴了儒衣儒冠，便是孔子；削发披缁，便是释迦牟尼佛；顶个道冠儿，便是太上老君。世上一种颠倒之人，只信佛门因果报应，不知我儒门因果报应一毫不差，那书上道："作善降之百祥，作不善降之百殃。积善之家，必有余庆；积不善之家，必有余殃。"难道不是因果报应么？你只看我孔夫子作《春秋》，那称赞的自然流芳千载，那责罚的自然遗臭万年。就扎!佛门的因果报应来论，我孔子代天从事，那一支笔就是玉帝的铁案一般，一称赞决然升于天堂，一责罚决然入于地狱，何消得阎罗天子殿前的判官小鬼、牛头夜叉。可恨世上不忠不孝、无礼无义之贼，造了逆天罪案，却都去躲在佛门，思量做个遮箭牌。这样说将起来，那佛菩萨便是个乱臣贼子的都头、奸盗诈伪的元帅了。既做了孔夫子的罪人，难道佛菩萨偏饶过了你不成？世上没有这样糊涂的佛菩萨。况且从古来决无不忠不孝、无礼无义之贼可以成佛作祖之理。有一等昏迷之人，不论好歹，专好去护那佛门弟子。若是好的，自然该尊礼敬重他，就如我儒门的圣贤一般；若是犯了三皈五戒，扰乱清规，酗酒奸淫，无恶不作，这是佛门的魔头，败坏佛法，最为可恨，他还要去盖护他，这个叫做护魔，不是护法。还要说"僧来看佛面"，不知儒门弟子做了不忠不孝、无礼无义之事，难免笞、杖、徒、流、绞、斩之刑，难道

---

① 阇(shé)黎——梵语。意谓高僧。

还说他是儒门弟子,看孔夫子面上么？比如那黄巢原是个秀才,及至造了反,难道还是儒门弟子？后来事败,削发做了和尚,难道便是佛门弟子？败坏儒门,孔子之所深恶；败坏佛门,如来之所深恶,总是一样。还有没廉耻之人,假以护法为名,与和尚通同作弊,坐地分赃,诓骗十方钱粮,对半烹分,遂将个能言舌辩之僧以为奇货可居,拱在高座,登坛说法,招集妇女,夜聚晓散。就是杨琏真伽那样恶秃驴,他却口口声声称为大菩萨、大罗汉、大祖师,假装贼形,鞠躬礼拜,做成圈套,诓骗愚民。那愚民那识真假！只道是如来出世、弥勒下生,翕然听信,至于出妻献子有所不顾,破坏风俗,深可痛恨。只图佛面上刮金,果然是佛头上浇粪。你只看如来弃了王位出家,还要将身喂虎,割肉啖鹰,雪山修行十二载,野鹊巢于顶上,为法亡躯,难道他是为利不成？初祖达磨为佛法来于东土,思量度世救人,因与梁武帝论说佛法不合,遂折芦渡江,到于少林寺,面壁九载。中国妒忌之人,药死他六次,他都以神通救解,后以传道得人,不复救解,所以他的脸通变做黑漆漆的,遂手持只履西归而去。为法亡躯,难道他是为利不成？二祖神光求佛法于初祖,初祖不肯轻传,二祖恳求,直至洪雪齐腰,初祖也还不传；二祖发极,将左臂割下供于佛前。初祖知是道器,方才传法。为法亡躯,难道他是为利不成？还有长庆祖师坐破七个蒲团,赵州祖师四十年行脚。为法亡躯,难道他是为利不成？在下略说这数位便知端的,那里有贪财利的佛菩萨祖师？何况其余种种恶事！

　　如今佛口蛇心之人,假以信佛为名,无恶不作,坏那佛门多少名头、多少事体,深可痛恨。为臣当忠,那坐在九重金銮殿上、戴冕旒的皇帝,便是丈六金身,紫金佛面,三十二相,八十种好,真正我佛如来世尊。他却不肯尽心尽力,赤胆忠心,一味瞒心昧己,做那误国害民的事。为子当孝,那住在三间草茅屋内、挂竹杖的老人,便是丈六金身,紫金佛面,三十二相,八十种好,真正我佛如来世尊。他又不肯尽心尽力,承颜顺志,一味瞒心昧己,做那贪妻昵妾的事,不知他信些什么佛法来。所以宋朝司马温公《禅门六偈》最做得妙道：

　　忿怒如烈火,利欲如铦锋。终朝长戚戚,是名"阿鼻狱"。
　　颜回甘陋巷,孟轲安自然。富贵如浮云,是名"极乐国"。

孝弟通神明，忠恕行蛮貊①。积善来百祥，是名"作因果"。

仁人之安宅，义人之正路。行之诚且久，是名"不坏身"。

道德修一身，功名被万物。为贤为大圣，是名"菩萨佛"。

言为百世师，行为天下法。久久不可掩，是名"光明藏"。

在下这一回说《觉阇黎一念错投胎》，先说一个大意，意在劝世，所以不觉说得多了些。如今引证一个故事。

话说唐朝一个华严和尚，是个生身的罗汉，在洛都天官寺讲经说法。一生得《华严》三昧，若是讲经之时，便就天花乱坠，地涌金莲。因此，人人称为华严和尚，真个是：

道高龙虎伏，德重鬼神钦！

他弟子共三百余人之多。若是堂上吃斋之时，众弟子一齐上堂，威仪严整，瓶钵必须齐集。门下一个老和尚极有道行，与众不同，只是生性甚是躁急褊小，那时适值身体患病，不能随众上堂赴会。有个小沙弥因自己没有钵盂，见这个老和尚患病不上堂，走来问这老和尚借钵盂。老和尚极是悭惜这个钵盂，道："我生平爱惜这个钵盂，日日擦磨玩弄，受用数十年，只好自用，不肯借人。若借与你，恐有损失。"那个沙弥三回五次，定要借这个钵盂。老和尚只得借与，却从床上爬将起来，双手捧与这沙弥道："我爱这个钵盂，如同性命一般，好好借用。若有一毫损失，便是杀我性命。"说了三次。沙弥接得上手，走入佛堂，同众斋食。方才吃完，正要洗涤，那老和尚已在床上再三催促了。沙弥见老和尚催促，登时洗涤完，正要将来交付，不期老和尚大声催促。沙弥心慌，手忙脚乱，不曾看得地下，一脚踏着一块破砖，一跤跌倒，把这钵盂打得粉碎。沙弥只得走到老和尚床边，跪在地下再三磕头请罪，诉说打碎钵盂之故。老和尚不听便罢，一听听得了这句话，把头摇得疙颤颤的动。在床上大叫一声道："汝杀我也！"登时目睛努出，面色青紫，咽喉气绝而死。沙弥甚是懊悔。后来过了数年，华严和尚登坛讲《华严经》，那沙弥也在座下听讲，忽闻得寺外山谷震动，呼呼的如风雨之声。华严和尚便招这个沙弥立在自己背后。霎时间，只见一条雪花也似大蛇，长十余丈，大七八围，直抢入山门里来，

---

① 蛮貊——古代称南方和北方落后部族。亦泛指四方落后部族。亦作"蛮貉"。

腥臭不可当,目光如火,张开血盆那口,直到讲堂,抬起头来高有丈余,似四围寻觅之状。众僧都惊得汗出,华严和尚拿起锡杖,望地下一震道:"孽畜不得无理!"那蛇遂低头闭目。华严和尚高声说法道:"既明所业,当回向三宝。"遂教满堂僧众齐声念佛,与他说三皈五戒。说完,那蛇遂转头向外蜿蜒而出。那时老和尚有弟子在座,华严和尚对那老和尚的弟子道:"这蛇就是汝之师父,修行有年,将成正果,只因悭恪一个钵盂,恼恨之极,变成蟒蛇。适才来此,要吞唹这个沙弥。若吞了这个沙弥,当坠地狱,再无出世之期。我今与他受戒,他明白前因,当舍此蟒蛇之身矣。你们可出山门外一看此蛇何如。"众弟子一齐走出山门观看,只见此蛇所过之处,草木尽行偃仆,就如车轮推过的路一般。此蛇行到幽谷之间,以头触石而死。众弟子走来回复了。华严和尚道:"此蛇已到裴郎中家投胎作女人身,性甚聪慧,年十八当死。死后复转男身,长大修行,方得成道。"说毕,即吩咐一个弟子道:"汝可入城到裴家访问。此女今欲产下,却甚艰难。可往救其性命。"弟子领命而去,走入城中,来到裴家。那裴宽为兵部郎中,也是华严和尚座下门人。他夫人临产已六七日,再产不下,正在危困之际,闻得师父差人来到,即忙出见,颜色甚忧道:"吾妻临产已六七日,再产不下。甚是危困。"那弟子道:"师父正为此一段缘故,特来救取。"遂教裴宽在堂门外净设床席,焚香击磬,连呼和尚三声;夫人即时产下一女。身体平安,后长至一十八岁而死。死后再转男身,方得成道。看官,你道这个老和尚将成正果之人,只因一念差错,便变成一条毒蛇。若不亏华严和尚点化,稳稳在地狱中不得翻身。从来道"人身难得,至道难闻",奉劝修行之人切不可有一毫贪着之心、衔恨之念,错走了道儿,再救不转。正是:

　　慈悲胜念千声佛,作恶空烧万炷香!

　　如今说西湖上一个故事,也是个得道之僧,只因一念差错,投胎托舍,昧了前因,做了个奸顽不肖误国的贼臣,留与千古唾骂,把前功尽弃,岂不可惜? 话说宋朝南渡以来,孝宗时节,朝中有一个宰相,姓史名浩,是明州鄞县人,辅佐孝宗共理天下。那史浩虽然位列三台,争奈子息宫着实艰难,年登五十余岁,未曾生子,遂广置姬妾,也只生得几个女儿。若是姬妾怀了男孕,每每未曾及月便要小产,随你吃什么保胎丸,究竟无益。史丞相甚是着急。曾听得有人说道:"求子之法,须访求深山中一个修行的老僧,至诚恭敬,与他日日相好,盘桓出入,示他以富贵华丽之景,待他红尘念头一动,起了一点喜好贪慕之心,他便一个筋斗翻将转来,就在你家为子为孙。所以从来道:'山中无好和尚,朝中无好宰相',此是必然之理。"史丞相听了这话,果然在两山之中访了一个老实的觉长老,六十余岁,专一至诚修行,不管闲事,住于一间破茅庵之中,终日念佛。一日两餐之外,便就闭了双目,端坐于蒲团之上,共坐过了二十五个年头,且是有些光景。不期前世业障深重,魔头发动,撞着这个丞相,直教:

　　撷翻了二十年苦功,跌破尽三千劫面目。

　　话说史丞相访着了这个觉长老,便就假做个老秀才闯入他茅庵之中,与他拜佛施礼,舍了些斋米、衣鞋、灯油等样,又与他补盖茅庵破漏之处。觉长老也不知他是何等样人,以后日亲日近,渐渐相好,就如道友一般相处。后来方晓得这个施主是当朝一品宰相,后移居于大寺之内。史丞相一味恭敬,就请觉长老常常来于相府,谈禅问法,素斋供给,异常齐整。又故意把蟒袍、玉带、幞头之类放在面前,金银、彩币、锦绣堆积如山,玉器宝玩、外国珍奇之物,无所不有。丞相自己案桌之上金玉酒器,饮食肴馔,陆珍海错,芳香扑鼻,鼓瑟吹笙,围屏之内,玉佩叮当,兰麝交错,娇声艳语。左右服役之人,喏喏连声,威风凛凛。果是:

　　人间宰相府,天上蕊珠宫。

　　那觉长老是个老实和尚,生平眼睛里何曾看见那世上繁华富贵之事,如今终日在眼睛边晃来晃去。一日,史丞相问觉长老道:"还是和尚好,还是我丞相府这般样富贵好?"那觉长老看了这许多富贵,不觉动了一点尘凡之念,一时拿不住定盘星,失口说道:"丞相富贵好。老僧山中修行清苦,怎比得丞相这般富贵。"那觉长老是个久修行之人,时时有护戒神随着,今见觉长老差错着了魔头,便向耳边报道:"师父差了因果,我去也。"长老听得说,吃那一惊不小,暗暗懊悔道:"此念一差,可惜二十五年工夫废尽,今当堕落火坑矣。"遂急急忙忙别了丞相,归于寺中,念两句道:

　　二十五年摸索,今朝一念差错。

　　念罢,遂闭目而化去。史丞相正在家中饮宴,只见觉长老忙忙地走入内室,史丞相立起身来迎接,早已不见了觉长者的踪影。心中疑惑,即忙差人去寺中探看,方知道适才已圆寂了。史丞相即日第十三个夫人产下一子,史丞相明知是觉长老投胎,心中大喜,因此就取名为史觉,后来改名为弥远。

史丞相从来无子,今亏得觉长老转世与他做了儿子。但这一个筋斗翻得不好,竟忘却了前因。那聪明智慧自不必说,但生性一味歪斜奸险,残忍刻剥,自小生于相府习惯了这些骄奢淫逸之事。又因丞相晚年得子,把他生性都骄养惯了,竟训他不下。又倚着丞相之势,绝无忌惮,专一以作恶为事。后来登第做官,极有恶才,人都服他,又都怕他,遂渐渐做到吏部侍郎。

那时正是宁宗之朝,奸臣韩侂胄专权。后来韩侂胄封了平原郡王,思量立盖世之功,以为固宠之计,遂倡恢复之议,举兵北伐,惹得金兵分道南侵,势如破竹,宋兵大败,死者不计其数。韩侂胄忧惧,遣使请和。金鞑子不许道:“如要休兵,但把那个起衅的首级砍来与俺,俺就休兵罢战。”韩侂胄大怒,用兵益急,蜀口淮汉之民,死者如山,中外忧惧,无可为计。那时宁宗的杨后嗔怪着韩侂胄,你道为何? 杨后颇通书史,性极机警,始初还是贵妃,只因宁宗的正宫恭淑皇后崩了,要立正宫皇后。那时宁宗还有一个曹美人,也有宠于宁宗。韩侂胄忌惮杨贵妃有机巧权术,不肯立她为后,要立曹美人为后;又因杨贵妃不守家法,私通了王瑜,遂禁绝王瑜不许通籍内廷。杨氏甚恨,遂使了一片心机,毕竟做了正宫,遂恨韩侂胄切骨,要报此一箭之仇。那史弥远暗暗于内中打听了这个消息,串通了关节,乘中外愤恨之时,遂上一本请诛韩侂胄。杨皇后正中机谋,从中力赞其事,遂下一道密旨,着史弥远叫殿帅围了侂胄私第,遂将韩侂胄登时杀死于玉津园,呜呼哀哉了。

可怜一代奸臣,化作南柯一梦。

话说史弥远除了韩侂胄,杨后大喜,就进史弥远为丞相之职。那杨后聪明非常,文墨精通,尝有《宫词》数十首道:

瑞日瞳眬散晓红,乾元万国佩丁东。

紫宸北使班才退,百辟同趋德寿宫。

元宵时雨赏宫梅,恭请光尧寿圣来。

醉里君王扶上辇,銮舆半仗点灯回。

柳枝挟雨握新绿,桃蕊含风破小红。
天上春光偏得早,嵯峨宫殿五云中。

溶溶太液碧波翻,云外梅台日月闲。
春到汉宫三十六,为分和气到人间。

晓窗生白已莺啼,啼在宫花第几枝。
烟断兽炉香未歇,曲房朱户梦回时。

一帘小雨怯春寒,禁御深沉白昼闲。
满地落花红不扫,黄鹂枝上语绵蛮。

上林花木正芳菲,内里争传御制词。
春赋新翻入宫调,美人群唱捧瑶卮。

海棠花里奏琵琶,沉碧深边醉九霞。
禁御融融春日静,五云深护帝王家。

后院深沉景物幽,奇花名竹弄春柔。
翠华经岁无游幸,多少亭台废不修。

天申圣节礼非常,躬率群臣上寿觞。
天子捧盘仍在拜,侍中宣达近龙床。

水殿帘钩四面风,荷花簇锦照人红。
吾皇一曲熏弦罢,万俗泠泠解愠中。

绕堤翠柳忘忧草,夹岸红葵安石榴。
御水一沟清澈底,晚凉时泛小龙舟。

熏风宫殿日长时,静运天机一局棋。

国手人人饶着处，须知圣算出新奇。

宫殿帘钩看水晶，时当庚伏炽炎蒸。
翰林学士知谁直？今日传宣与赐冰。

云影低涵柏子迟，秋声轻度万年枝。
要知玉宇凉多少，正在观书一夜时。

琐窗宫漏滴铜壶，午梦惊回落井梧。
风递乐声来玉宇，日移花影上金铺。

凉生水殿乐声游，钓得金鳞上玉钩。
圣德至仁元不杀，指挥皆放小池头。

凉秋结束阃尖新，宣入球场尚未明。
一朵红云黄盖底，千官下马起居声。

秋高风动角弓鸣，臂健常嫌斗力轻。
玉陛才传看御箭，中心双中谢恩声。

思贤梦寝过商宗，右武崇儒治道隆。
总揽乾纲成治理，群臣臧否疏屏风。

用人论理见宸衷，赏罚刑威合至公。
天下监师二千石，姓名都在御屏中。

家传书法学光尧，圣草真行说两朝。
天纵自然成一体，谩夸虎步与龙跳。

泛索坤宁日一羊，自从正位控词章。
好生躬俭超千古，风化宫嫔只淡妆。

击鞠由来岂作嬉？不忘鞍马是神机。
牵缰绝尾施新巧，背打星球一点飞。

宫槐映日翠荫浓，薄暑应难到九重。
节近赐衣争试巧，彩丝新样起盘龙。

角黍水盘饤钉装，酒阑昌歊泛瑶觞。
近臣夸赐金书扇，御侍争传佩带香。

一朵榴花插鬓鸦，君王长得笑时夸。
内家衫子新翻出，浅色新裁艾虎纱。

帘幕深深四面垂，清和天气漏声迟。
中宫阁里催缫茧，要称新蚕作五丝。

岁岁蚕登麦熟时，密令中使视郊圻。
归来奏罢天颜悦，喜阜吾民鼓玉徽。

小样盘龙集翠裘，金羁缓控五花骝。
绣旗开处钧天奏，御捧先过第一筹。

话说杨后极有文才，因此专政，又因史弥远与她除了韩侂胄心腹之
疾，待他极其隆重，三日一小宴，五日一大宴。因此史弥远出入宫闱之中，
绝无忌惮，遂与杨后为乱。那宋朝家法极好，独有杨后不守家法，有人作
《咏云词》讥刺史弥远道：

往来与月为俦，舒卷和天也蔽。

因此史弥远之势愈大，无人敢惹。凡是史弥远要做的，杨后即时准
奏。杨后要做的，弥远即时奉行。表里通同，权势熏灼。若是不中意的，
轻则刺配沙门岛、鬼门关，重则竟为刀下之鬼，谁怕你叫起撞天屈来！不
要说他吐气成雷，就是他放一个屁，也还威行千里。那些奉承他的还要把

这个屁顶在头上，当道救命符篆①；捧在鼻边，只当外国的返魂香；吸在口里，还要咬唇咂舌，嚼出滋味。定要把这个屁自己接得个十分满足，还恐怕人偷接了去，不见得男女孝顺之心。以此威势日旺一日，怎见得：

> 一片虎狼之心，满肚蛇虺②之气。刀枪剑戟，打就一付身躯。锉磨煅烧，炼成百般形性。眉毛皱处，日月无光；怒气挥时，鬼神失色。滚滚头落地，犹存谈笑之形。轰轰血洒空，不见凄惨之色。十八层阿鼻地狱，团团围得不通风。三千柄鬼头刀，烁烁排成赛过日。犹如捉生啖死的狠罗刹，连头嚼骨的鬼夜叉。

话说宁宗无子，选太祖之后贵和立为太子。那贵和太子不十分中意史弥远。弥远心生一计，因见贵和太子最好鼓琴，就费了数千金买了一个会得弹琴绝色的美人，暗暗进与贵和。贵和不知其中就里，受了这个美人，异常宠爱。弥远见贵和中了美人之计，就厚待那美人的父母，金银彩缎珍宝不时馈送，买了他美人一家之心，就悄悄教美人打听消息，凡有些动静尽数传报。贵和见杨后与弥远打成一家，全没些畏忌，心中甚是气愤，把杨后与弥远二人的私事都写在桌上，就像账目一般，一一记得明白。又写道："史弥远当决配八千里。"美人见了暗暗吃惊。一日，与美人观看壁上画的天下舆地图③，把手指着广东、琼崖二处，与美人道："我明日登了位，断然要把史弥远这奸臣充军于此地。"美人故意问道："史弥远无甚过失，怎生便要充军于此地？"贵和道："乱伦误国贼臣，怎生饶得他过！"美人不敢做声，只得答应道："是。"又常常称弥远为"新恩"，说异日不充军到新州，便充军到恩州去也。美人将此事细细来报与弥远知道。史弥远大惊，暗暗的道："风不吹不响，树不摇不动。人无害虎心，虎有伤人意。这样光景，断难两存，不是他，就是我。一不做，二不休，定要废了他，方才安稳，教他这太子做不成，'无梁不成，反输一帖'。"这是：

> 明枪容易躲，暗箭最难防。

话说史弥远要废贵和太子之心，日日在念。他家中一个先生余天锡，也是鄞县人，生性质朴，弥远极其敬重。余天锡要回乡去秋试，辞别弥远

---

① 符篆——道士画的一种图形或线条，称能驱使鬼神，给人带来祸福。

② 蛇虺(huī)——泛指蛇类。比喻凶残狠毒。

③ 舆(yú)地图——地图。舆地，地。

起身。弥远延入书房之中,赶开了左右,悄悄对余天锡道:"皇子心性不纯,不堪负荷重器。先生回到浙东,如有宗室贤厚之子,可密密访来。此是朝廷大事,不可轻易,不可向一人面前漏泄。"余天锡领命而去,渡了钱塘江,来到绍兴地分。有分教:

假太子一朝谢位,真天子即日登基。

你道那真天子是谁?就是理宗皇帝。他原是宋太祖十世孙燕懿王德昭之后希瓐之子。希瓐共有二子,长即理宗,名与莒;弟名与芮,就是度宗之父,家于绍兴。父亲希瓐早死,只有母亲全氏在堂,家道贫寒,伶仃孤苦,不可胜言,同母亲住于外公全保正家过活。那与莒自小生得堂堂一表,龙行虎步。兄弟二人,俱有富贵之相。又有算命先生说他兄弟二人之命贵不可言,因此全保正爱护这两个外孙。那时与莒只得十二岁,与芮十岁。一日秋天炎热,与莒兄弟二人同走到河里洗澡。忽然一阵雷雨起来,二人无处躲避,急急走到一只船侧边避雨,早惊起了船中一个人。这人就是史弥远家先生余天锡,正在船中熟睡,忽然梦见两条黄龙负舟,睡中惊醒,急急起来一看,只见这两个小孩子负在船侧边,心中大惊,问道:"你是谁家儿子?"两个道:"我是赵家儿子,住在全保正家。"余天锡急急叫他两个起来,到于船中,与他些酒食吃了,待天雨住,同他两个走到全保正家,问其详细。全保正知是史丞相府中先生,不敢怠慢,即忙杀鸡具酒奉款,教二子陪酒,因说道:"此吾外甥赵与莒、与芮也,系是宗室,曾有算命先生说他日后贵不可言。"余天锡见这说话恰好与黄龙负舟之梦相符,就有心把些说话问这二子,二子对答详明,并无差谬。余天锡甚喜,酒罢相别。全保正率领二子直送到船边而回。余天锡回乡秋试已毕,仍归相府,就密密把这件事说与弥远知。弥远心中大喜,即日召与莒来一见。史弥远善相,见与莒龙行虎步,果有帝王之相,遂留与莒在京,补为秉义郎之职,改名贵诚。因沂王无子,就立为沂王嗣子,升为邵州防御使。

史弥远因父亲寿诞,遂于净慈寺广斋众僧,与国子学录郑清之同登慧日阁,赶开了左右,悄悄对郑清之道:"皇子不堪负荷,奈何!闻沂王嗣子贵诚甚贤,今欲择讲官,君其善训导之。事成,弥远之座位即君之座位也。然言出于弥远之口,入于君之耳,若一语泄漏,吾与君皆遭赤族之祸矣。"郑清之点头敬诺。弥远回府,就命郑清之为沂王贵诚教授。郑清之遂日日教贵诚读书为文。又把高宗的御书与他日日学习。后来郑清之见史弥远，便将贵诚的诗文翰墨呈览，称赞不容口。弥远尝问郑清之道："吾闻皇侄之贤已熟，大要毕竟如何？"郑清之道："其人之贤，更难尽述，然一言以断之，总曰'不凡'二字而已。"弥远大喜。从此日日在宁宗面前一味称赞贵诚之妙，说贵和太子许多不好之处，思量要宁宗废贵和而立贵诚。正是：

　　　　计就月中擒玉兔，谋成日里捉金乌。

　　后来宁宗患病，渐渐危笃，史弥远先与杨后计较端正，杨后始初也还不肯，史弥远遂把贵和写在桌上之事一一说知。杨皇后大怒，立意要废太子，便道："废了贵和，谁人可做？"史弥远道："沂王嗣子甚是贤良，有龙行虎步之相，此朝廷之福也。"杨后点头应允。弥远见杨后应允，就着郑清之先与贵诚说知要立之意，贵诚默然不应。郑清之道："丞相以清之从游之久，故使布腹心，足下一语不答，何以复命于丞相？"贵诚方才拱手，慢慢说道："老母在绍兴。"郑清之登时把这话说与弥远，弥远一发叹其不凡，即时取他母亲全氏居于沂府。宁宗崩后，弥远在于宫中矫诏①立贵诚为太子，登时着一班快行吩咐道："今所宣是沂王府皇子，不是万岁巷皇子。若少有差错，汝等即时处斩。"一班快行喏喏连声而去。

　　话说贵和太子在万岁巷闻得帝崩，在那里等候宣召，再不见来，心中甚是疑惑，到墙壁间伸头伸脑，东张西望，打听消息。只见一般快行共有百余人，飞也似跑过他府门首而去，却不进来，心中甚疑。霎时间，又见这一班人簇拥一人而来，过其门首，那时天色昏暗，却看不出，不知是何人，胸中慌张之极，又没处打听消息。那一班快行捧了贵诚到于宫中，见了杨后，行礼已毕。杨后拊其背道："汝今为太子矣。"史弥远即时引贵诚至于枢前，命贵诚举哀。举哀已毕，方才召贵和。那贵和见召，只道召去做皇帝，心中甚乐，随至宫门，那管宫门内监只放贵和一人进去，左右从人一个不许放进。史弥远也领了贵和到枢前举哀。举哀已毕，即时引出，却叫殿帅夏震守着贵和。遂召百官立班听读遗诏，仍旧引贵和立于旧班。贵和大惊道："今日之事，我如何还在此班？"当下夏震捉弄他道："未读诏书之前，当在此班，待读诏书之后，方即位也。"贵和太子还只道是真，欣欣有喜色。只听得钟鸣鼓响，文武班齐，遥见殿上灯烛荧煌之中，已有一位头

────────────────

　　①　矫诏——假冒皇帝的命令。

戴冕旒、身披龙袍,端端正正登宝座、受南面之尊了。贵和大惊失色。宣读诏书已毕,两下阁门官高声宣赞,有百官拜舞,贺新皇即位。贵和不肯下拜,夏震把贵和背一把按将下来,不容你不拜。拜贺已毕,遗诏封贵和为济南郡王,即时赶出朝门,不容稽迟,发一支兵送贵和居于湖州。果是:

　　一着不到处,满盘俱是空。

　　话说贵诚太子即了帝位,就是理宗,是南渡来第五朝天子,在位四十年。理宗无子,就立兄弟与芮之子,是为度宗,这是后话。两龙负舟,都有证据。可见帝王自有定数,非可矫强。理宗即位之后,尊杨后为太后,一同听政,封本生父亲希瓐为荣王、母亲全氏为国夫人。全保正一家荣贵,感史弥远立己之功,凡事拱手以听。那时史弥远只当是皇帝了。

　　话说贵和废为济王,居于湖州,郁郁不乐。那个弹琴的美人原是弥远心腹,弥远仍旧取了回去受用。过了几时,湖州有两个反贼潘壬、潘丙,说这济王是个奇货可居,一夜约会了一干无赖之徒,手执枪刀器械,抢入济王府中,口口声声说"举义兵推戴济王为帝"。济王闻变,急急换了衣服,躲于水窦之中。不期被众兵搜将出来,磕头跪拜,称为万岁,一齐簇拥了到于州治之中。潘壬、潘丙叫众兵士到东岳行宫那里取了一张贴金的龙椅,放在堂上,要济王穿了黄袍,坐于那张龙椅之上。济王号泣不从,众兵把刀放在济王项脖之上,济王只得应允道:"切不可伤太后与官家。"众兵许诺。潘壬、潘丙假写淮安将官李全一张榜文,挂于州门之上,称兵二十余万,共举义兵,推戴济王即位。远近震动。及至天明一看,不过是太湖中渔户及巡司弓兵百余人而已,有的有枪刀,有的没枪刀,手中都执着渔叉、白棍。济王知事不成,就与州将勒兵转去,把这一干人剿灭已尽。后来四处调兵前来杀贼,那贼已通杀完了。济王惊惧,因此得病。史弥远遣官来谕慰济王,一壁厢命太医院来看视,暗暗下了一帖不按君臣佐使[①]的药,霎时间,济王九窍流血而死,呜呼哀哉了。那济王死得甚是可怜,冤魂不散,终日披头散发,现形露体,作神作祸。弥远恐惧,只得把济王来改葬,又作佛事超度。后来弥远无人拘管,一发放肆,终日在于宫中与杨后饮酒取乐,外边人通得知。又见济王死得冤枉,满城中播出两句口号道:

――――――――――

　　①　君臣佐使——中医学名词。方剂组织配伍的比拟词。古代医家用以比喻处方中的主药和辅助药等。

杨柳春风丞相府,梧桐夜雨济王家。

杨柳者,杨后也。不好明白说出,故意作此隐语,以讥诮之。

那时弥远手下共有"三凶"、"四木"在于要路,做他的爪牙。"三凶"是哪个?

梁成大　莫泽　李知孝

"四木"是哪个?

薛极　胡榘　聂子述　赵汝述

"四木者",因四人名字都是木字,因此称为"四木"。弥远手下有了这"三凶"、"四木",凡是贤人君子都一网打尽,贬的贬,窜的窜,死的死,谁人敢道一个不字?若是要做高官的,都要呵胕捧屁,异常钻刺,方得官爵。有个宗室气愤不过,却叫优伶搬演戏文,内中扮出一人,手拿一块大石,用大钻去钻,那块石头再钻不进,这个人叹道:"可惜'钻之弥坚'。"一人把这说的人打一下道:"你不去钻'弥远',却来这里钻'弥坚',可知道钻不进也。"弥远得知此事,将这一班优伶尽数杀死,连这个宗室也都结果了。从此箝口结舌,不要说"弥远"二字不敢犯,连"史"字儿也不敢道着了,竟成了一个盲聋喑哑的世界,岂不可叹!果是:

还将冷眼观螃蟹,看他横行到几时!

后封为卫王,威行天下,整整做了二十六年宰相。怎当得害得人多,冤魂日日缠身,被众鬼活捉而去。人人闻之,无不畅快,都滴酒相贺。

弥远死后数月,一日黄昏,家中闻得有敲门之声,却是丞相回家。妻子惊惶,只见披头散发,满身流血,项带铁索铁锁。合家都道:"丞相怎生如此模样?"弥远眼泪直流,再三叹息道:"早知如此,悔不当初!我前生原是觉阇黎,只因一念之差,误投托于此地,昧了因果报应,作恶甚多,害人不计其数。又因济王、杨后之事,今日在城隍处对证拷打,苦不可言。我因记挂家中,暂时回来一说,你们大家齐心学做好人,不可像我在日放心放意作恶,只道神鬼不知,决无报应。谁知今日受这般苦楚,懊悔无及。我今别了你们,便到地府阴司受罪,永无出世之期,亦永无见你们之日矣。"遂放声大哭一场。哭毕,索纸笔题诗一首道:

冥路茫茫万里云,妻孥①无复旧为群。

---

①　妻孥(nú)——妻子和儿女。

早知泡影须史事,悔把恩仇抵死分。

题诗已毕,便慌慌张张出门。举家痛哭,送至门首,只见牛头马面,青脸獠牙,一群鬼使都立于门首,囚执了史弥远,阴风阵阵,冷气逼人,如烟如雾,如飞而去。举家惊得跌跌扑扑,正是:

若不是狠阎罗刑法千条,人只道曹丞相神仙八洞。

遂大作佛事超度,亦何益乎?丞相人家那少钱财?若请了些和尚、道士便能灭罪超生,则人人落得作恶矣。况且那尸山血海上来的钱财,佛菩萨谁来受领!所以史弥远在日,人都叹息道:"怎生觉阇黎做出这般行径?"因作诗规谏道:

身元是觉阇黎,业障纷华总不迷。

此更须睁只眼,好将慧力运金鎞①。

---

① 金鎞——古代治眼病的工具。

第八卷

寿禅师两生符宿愿

羽毛鳞介众生灵，莫任贪饕纵血腥。

好把飞潜勤释放，胜如念佛礼金经。

此一首诗劝人放生之作。天地间极不好的是杀生，阴府唯此罪为最重。极大的功德莫过于放生，若人肯放生，便生生世世永不堕轮回地狱饿鬼畜生之苦，永不受刀兵水火杀害之灾，在世得轮王福，富贵、功名、子息种种如意，寿命延长，死后定生西方极乐国土。佛菩萨绝无说谎诳人之理，一字非虚，信受奉行。但放生的绝不可学那王安石。那宋朝王安石生性极其乖僻自用，执定主意，就是九牛也牵他不转。身上虮子满身，终日不肯洗面。一双白眼，真是奸臣之相。遭际神宗，言听计从。他自做一部《字说》，要朝廷以此取士，竟废了孔子的《春秋》、《孝经》，以至天下乱臣贼子绝无忌惮。又行那新法，害得天下百姓尸山血海，人人欲食其肉。几乎把宋朝天下都断送了，他还不肯转念，狠狠地发三言道："天变不足畏，人言不足恤，祖宗之法不足守。"他又生兵起衅，杀人盈野，以致交趾陷了邕城，屠民五万八千口；灵州一战，死者六十万人。又无故割地七百里与辽，为异日兴兵之端。至于通金伐辽，二帝为虏，皆是贼臣误国作俑，罪大恶极。后来神宗知他误国害民，遂罢了丞相之职。归老钟山，心上有些过意不去，思量放生赎罪，遂多买鱼虾等物放生，做两句诗道：

物我皆畏苦，舍之宁啖茹。

看官，你道王安石一人身上，不知残害了几千百万生灵，父子兄弟妻孥俱不能相保，可怜都为冤鬼。就把王安石的这两块肉剁做肉酱，也还不足以赎罪，堕在地狱里，千万劫也还不能够出世。却将些须鱼鳖来放生，思量遮掩前过，那阎罗老子可是个呆子么？所以当时有诗嘲笑道：

错认苍姬六典书，中原从此变萧疏。

幅巾投老钟山日，辛苦区区活数鱼。

列位看官切不可学王安石的放生，留与后人咒骂。如今小子且泛说两个放生的报应,引入正回。话说唐时一个书生姓韦,名丹,年近四十,虽举五经,未曾及第。尝骑一匹蹇驴,到洛阳桥,见渔翁拿得一鼋,其长数尺。众人围绕观看,都欲买而烹之。鼋见韦丹来,伸头缩颈似求救之状。韦丹心中不忍,问这渔翁道:"你要多少钱?"渔翁道:"二千钱。"韦丹身边并无钱物,要将身上衣服与他换,又是天寒之际,脱不下来,只得把匹蹇驴儿与渔翁抵换,将此鼋放于水中,徒步而去。过了几时,闻得市上有个胡卢先生,不知何所从来,是个稀奇怪异之人,占卜如神。韦丹走到胡卢先生处,问他前程万里之事。胡卢先生迎门而拜道:"我友人元长史日日谈君子之盛德,称赞不绝口,正要求识君子,便可同行一访。"韦丹暗暗道:"我在此并无相识,况又无此官族。"因说道:"先生差矣。但与我一决前程之事便罢。"胡卢先生道:"我如何知君之福寿,元长史即吾之师也,当同往访。"遂与韦丹同行到通利坊,门径甚是荒僻,敲一小门,有人开门接入;走过数十步,有一板门,又走进数十步,见一大门第,如同王者之居,有女鬟数人,极其美艳,先出迎客,甚是敬重。所陈设之物,都极华丽,异香满室。堂中走出一个老人,须眉皓白,身长七尺,服锦绣之衣,两个青衣跟随而出。一见了韦丹,即忙下拜道:"元浚之百拜。"韦丹大惊,随即下拜道:"韦丹贫贱小生,初未相识,丈人怎生如此行礼?"那老人叩拜不止道:"老夫垂死之命,蒙恩人救拔,恩德如山,无可图报。仁者固不以此为念,但老夫受恩既深,每欲杀身报效耳。"韦丹方知是前日所救之鼋,口中不敢说出。老人遂吩咐青衣具珍馐百味进酒,宾客甚是相得。流连数日,韦丹要辞别老人。老人遂于怀中取出一通文字与韦丹道:"知君要问禄命,特特走到天曹录得一生官禄,聊以奉报。有无皆君之命,但贵前知耳。"即命青衣取出数件珍宝相送,道:"此皆稀世之珍,货之可以致富。"遂再拜送出。韦丹一路上问胡卢先生道:"是个鼋,如何有此变化?"胡卢先生道:"非真鼋,乃老龙变化耳。"韦丹道:"既是龙,如何又有网罟之患?"胡卢先生道:"此亦数也。"胡卢先生别去。韦丹拆开文书来一看道:"明年五月及第。又某年平判入登科,受咸阳尉。又某年,登朝做某官。历官十七政,都有年月日。最后迁江西观察使,至御史大夫。到后三十年,厅前皂荚树花开,当有迁改北归矣。"后遂无所言,韦丹宝持此书,先卖一件珍宝,遂得百万钱,竟以致富。后访其居,竟不复见,连胡卢先生也不知去向了。后来及第,历官日月一毫无差。洪州使厅前皂荚树一株,岁月已久,一旦忽然生花。韦丹登时去官，果然至中道而卒。两个儿子，一名宙，做到尚书仆射同平章事；一名岫，做福建观察使。这是一个放生的报应了。

还有一个李进劲，专一卖鱼为生，在彭蠡湖把大船满载了鱼，到维扬贩卖。一日复贩鱼至三山浦，其夕月明如昼，进劲在岸上闲走，闻得船内有千万人诵经之声，甚是清亮。李进劲心疑，走到船上细听，却是诸鱼诵经之声。李进劲大惊道："我自来贩卖众生，怎知鱼都会得念佛？从前罪过，怎生消除？"即忙把船中所买之鱼尽数放之江中，对这些鱼道："汝等既能通灵，他日我若逢难受苦，汝等可共救取。"说罢，遂从此改业，贩卖荻薪。数年间，作大筏载了荻薪到金陵货卖。一日忽然大风，簰筏尽数沉溺，李进劲"扑通"的落于江中，自分必死。不期脚下踏着物件不至沉溺，幸风吹得数竿竹来到于李进劲身边，遂扶了竹竿渐渐近岸。细看脚下所踏之物，尽是大鱼，千百成群，又共拽其竹竿而行，到洲登岸，回顾诸鱼，各已散去。至夜不得渡江，只得蹲坐洲上，更深夜静，独坐愁苦，两泪交流，自叹薄命，一至于此。忽见芦荻丛中有光，伸手一摸，摸得二锭金子，约有三四斤之数，遂藏于怀中。虽然得了金子，却无船可渡。俄见一白衣人从水波中立着，对李进劲道："你今日得保性命，又得了金子，都是你前日所放之鱼特来报恩也。"说罢不见。到得清早，就有数千头鱼共拽一只船来，篙橹都备，李进劲遂得登岸而回，因此竟成富家。这又是一个放生的报应了。有诗为证：

　　黿放知官禄，鱼生救命身。

　　乃知放生者，暗里有明神。

列位看官，只看这两个放生的报应，可见放生是第一件功德事，不可因王安石便废了"放生"二字，那不好的是王安石，好的是放生。奉劝世人只学那好的便是。如今小子说西湖上一个放生的竟至成佛作祖。这一位祖师是永明寿，赐号智觉大师。他讳延寿，字冲玄，号抱一，是余杭县人，俗家姓王，原是西方弥陀古佛下降，唐昭宗天祐元年降生。自幼至孝，才会得说话之时，父母相争，他便跪拜于地。父母甚异之，因此遂相好如初。他一心只好念佛，既冠①之后，便不肯吃荤，每日诵《法华经》，七行俱下，诵经之时，便有群羊跪而听之。到二十八岁之时，吴越王闻他生性公

---

　　①　既冠——行了冠礼。古代男子二十岁行冠礼，以示成年。

平,着他做余杭库吏,管那钱粮出入;后迁华亭镇将,督纳军需。他一生心心念念只好放生,若是袖中有数文钱,一见了鱼鳖之类,也定要买而放之;或无钱钞,便将衣服脱将下来,与渔翁抵换,甚至没有之时,还要借贷将来买放。后来借贷得多,无人肯借,竟将家中田产尽数变卖,以为放生之资。放生愈多,家资已尽,无可奈何,竟将库中钱粮偷盗将来放生。日积月累,所放不计其数。吴越王一日将钱粮一算,竟缺了无穷之数,大怒之极,次日要押付市曹处斩。这夜,吴越王梦见海龙王率领了鱼虾之类千百亿万,在于地下,叩首道:"此亿万生灵,皆是税务官所放,上帝好生,愿王免其死罪。"吴越王应允而去。次日,仍旧押付市曹,一边暗暗吩咐监斩官道:"彼若与众人一同畏惧,便一刀处决了;若不畏刀斧,有何说话,不可加刑,即来奏闻。"监斩官领旨而去。王延寿来到法场,颜色也不变一变,眉头也不皱一皱,就像有人请他吃喜酒相似,但对刽子手说道:"我一生并不曾侵欺库中一文钱将来私用,只为放生缘故,所以受此一刀之罪。但我放了亿万生灵,功德浩大,今日断然往升西方极乐世界。可将我面朝着西方,安安稳稳,竟向西方而去。"说罢,并无他言。监斩官遂命停刑,急将此语奏闻。吴越王即时赦其死罪。王延寿从鬼门上放将转来,遂说道:"我死后尚要到西方去,今日重生,一发该修西方之事了。"遂辞了父母妻子,削发为僧,礼拜翠岩为师。

　　从今削发为僧去,不做人间羁锁身。

　　话说王延寿礼拜翠岩为师之后,日日念佛修行,专习勤苦之行,野蔬、布衲以遣朝夕。尝住天台山天柱峰,九十日打坐,再不走起,就像土木一般,连那斥鷃小鸟也都飞将来巢在他衣袖之中,他一毫也不知觉。那时天台韶国师是个得道的祖师,能知过去未来之事。寿禅师入寺参访,韶国师正在入定之时,看见弥陀进门,急下座道:"吾弟子来也。"寿禅师应声而入,低头下拜,韶国师示以道妙,寿禅师言下大悟。韶国师又道:"汝与吴越王有缘,他日当大兴佛法。惜吾不及见耳。"寿禅师从此在国清寺日日修忏。忽然半夜见一个神人身长丈余,手持方天画戟闯入。寿禅师大喝道:"何得擅入!"那神人稽首道:"久积善业,方得到此,特来护卫我师以驱邪魔外道耳。"寿禅师中夜经行,见普贤菩萨手中所执莲花,忽然授予手中。其奇异不一而足。自己思想道:"怎生修行,方得成佛?还是一心禅定,还是万善净土?"遂写了两个阄儿,虔诚在佛面前祷祝道:"二项修行,不知是那一项容易成就!若该是那一项,愿如来证明,七次拈着。"祷祝已毕,七次拈着"万善净土"这个阄儿,遂一心皈依净土。后于金华天柱山入定,见观音菩萨以杨柳枝洒甘露水灌顶门之上,遂彻骨清凉,经文诗书援笔而成,口中滚滚不休,辩才无碍。做首偈道:

> 孤猿叫落中岩月,野客吟残半夜灯。
> 此境此时谁会意,白云深处坐禅僧。

吴越王闻知他悟了道,心中大喜,遂请他到灵隐寺开堂说法。明年敕建永明禅寺与他居住,就是如今南屏山净慈寺,因此就称为永明寿禅师。他门下弟子共有二千人之多,每日课不论大小,行一百八件善事。但是他念佛之时,众人都闻得空中有螺贝天乐之声,室中有金台宝树之像。吴越王因江潮冲击,屡次筑不起海塘,心中大怒,用万弩射潮。遂问永明寿道:"海塘屡次筑不起,每每潮来,其中有鱼龙鬼怪之物,我今以万弩射之。"永明寿道:"大王虽极威武,海神自当遵旨退缩,还须以佛法扶助方好。我佛门中有金刚、韦驮可以降伏鱼龙鬼怪。"吴越王听信其言,遂于月轮山建造六和塔。永明寿亲自念《楞严咒》以建塔基。果然建塔之后,江潮平靖,海塘一筑而就,以成万世之功。有诗为证:

> 江潮汹涌莫能当,鬼怪鱼龙共作殃。
> 立塔江边能镇压,始知佛法最难量。

寿禅师住于永明慧日峰,著《宗镜录》一百卷,夜施鬼食以度六道①四生②,专一劝人念佛,修西方之事。凡有布施钱财者,尽买鱼鳖之物,放之于西湖三潭之中。杭州人尽行感化,一时放生者不可胜计。但见:

> 鱼鳖点头,鳝鳗摇尾,鱼鳖点头,喜离砧刴之苦。鳝鳗摇尾,幸脱汤火之灾。虾子游行,免得穿红袍,躬躬掬掬。蛙儿跳跃,犹然着绿袄,阁阁喳喳。蛳螺称守门将军,一任他时开时闭。螃蟹名横行甲士,但随彼爬去爬来。腹中有无数子子孙孙,救一物但救万物。穴内有许多亲亲眷眷,放一生即放众生。物小而性命实多,类广而神明如

---

① 六道——佛教语。谓众生轮回的六去处:天道、人道、阿修罗道、畜生道、饿鬼道和地狱道。

② 四生——佛教分世界众生为四大类:一、胎生,如人畜;二、卵生,如禽鸟鱼鳖;三、湿生,如某些昆虫;四、化生,无所依托,唯借业力而忽然出现者。

一。倘我堕彼之内，即冀他人之慈祥。今我救彼之生，便种自身之功德。生生世世，同游他化之天。亿亿千千，尽登极乐之国。

话说永明寿禅师感化得杭州人尽好放生，后来一个人唤做吴念桥得病而死，到于阴府见阎罗殿前悬挂着一幅寿禅师像，花香灯烛，供奉齐整，阎王虔诚礼拜。吴念桥问两旁的鬼判道："这是我杭州寿禅师之像，何故阎王如此至诚礼拜？"那鬼判道："这祖师非同小可，劝化杭州人尽好放生，功德浩大，是救世大菩萨，专修西方净土。人死后都来此地，明日这位祖师死后竟生西方，不来此地，所以阎罗天子日日在此焚香礼拜。你若肯回去放生，便放你复转阳世。"吴念桥合掌发愿已毕，果然复转阳世，到处将此事传说，方知寿禅师之奇。后来吴念桥一心放生，也得享其长寿而终。

道高德重，修行匪懈。

师像高悬，阎王礼拜。

话说寿禅师生平共念《法华经》一万三千部，感得高丽国王遣使赍书叙弟子之礼，奉金线袈裟、紫水晶数珠、金藻罐等，又差彼国僧三十六人来传道法。那时杭州又有一个性真和尚，所到之处，蛇虎避路，百鸟衔花。生得两耳甚长，共长九寸，上过于顶，可于项脖下打结，人称他为长耳和尚。小孩并愚妇人戏把他两耳打结，他也并不恼怒，一味劝人作福可遮百丑。世上人都不晓得他是古佛下降。吴越王生日，遂于永明寺斋僧，那受斋者纷纷而来。吴越王问寿禅师道："寡人在此斋僧，可有真僧降否？"寿禅师道："长耳和尚即定光佛化身也。"吴越王大惊，登时排驾参礼长耳和尚。那长耳和尚便道："此乃弥陀饶舌也。"霎时间就盘膝坐化而去，其状如生，久之皮肤光泽，爪发时生，每月必三次净其爪发，时时有舍利子流出。后到宋朝末年，金兵入犯，见其怪异，一枪刺其身体，有白血流出。金兵畏惧而退。后人遂把漆来涂其身体，供在南山法相寺中，这是后话。当时长耳和尚说破了这一句，方知寿禅师是弥陀化身，所以海外九州无不崇信。到开宝八年坐化而去，那舍利子如鱼鳞一般砌在身上。宋太宗敕赐寿宁禅院，追谥宗照大师。话说寿禅师虽然坐化而去，他却心心念念要度脱众生，仍旧转身做个大智慧男子，戴网儿的和尚，大阐佛门，辅佐圣天子江山。看官，你道他毕竟投托做什么人？且听下回分解。正是：

要来就来，要弃就弃。投胎托舍，如同儿戏。

　　话说寿禅师在西方极乐国端坐于九品莲台之上，一坐七百余年，观见南赡部州正值元朝末年劫杀之运，红巾贼起，杀人如麻。可怜中原百姓夫妻子母不能相保，就如釜中之鱼、汤中之鳖一般，日夕愁苦，呼天叫地。幸遇上帝好生，降下一位真人扫除暴乱，救济生民。那寿禅师觑着这个方便，离了西方极乐世界，来到南赡部州，投胎转世，照见金华浦江宋家，世积阴功，广行善事，该出好子孙光大门户，遂翻一个筋斗投入母腹中。他母亲陈氏怀孕之时，梦见西方一尊古佛，金童玉女擎着幢幡宝盖，到于家庭之间，天乐迎空，那尊古佛手执一部《华严经》对他母亲道："吾乃杭州永明寺延寿和尚，久在西方极乐国土，因见世界阎浮①众生尽遭兵刃之灾，好生苦恼，特持此一部《华严经》来到汝家，上以辅佐圣主，下以救济生民，保佑汝家亦得九族升天也。"说罢，母亲即时怀孕。母亲未曾怀孕之时，终日病苦缠身，到得怀孕之后，觉得身体轻快，真圣胎也。怀孕七月而生，生产之时，母亲并不痛苦，异香满室，俱似旃檀之香，遂取名宋寿。后有人说道："前世因果之事，不可说破，不可重取。"遂改名宋濂，字景濂。自幼便好念佛，声音清亮，又好盘膝而坐。六岁便能诗歌，父亲试把《法华经》与他看，他一遍之后，便背诵得出。十岁之后，文章二字更不必说。性好放生，浦江有个姓郑的人家，一门孝友，自宋朝建炎初年起直至元朝末年，共二百五十余年再不分居，浦江人都称为"孝义郑家"，府、县官赠他牌匾，名为"天下第一人家"。他家中广有书籍，见宋景濂大有文才，请他去做先生教训子弟。宋景濂在他家数年，把郑家书籍尽数都读，又读佛书。

　　有个宗泐②和尚，字季潭，生于台州，同是西方会上一尊古佛，也为世遭劫运，特特下来救世；又恐真人下降，不信佛法，灭除了这一教，故意下来阐扬佛法，簸弄神通，共扶佛教，在径山修行。遂到浦江来见宋景濂，果然一见如故，日日与他谈论佛法。宗泐和尚遂授宋景濂持七俱胝准提佛母咒之法道："若持之久久，其功德灵验，不可胜言。"那准提咒法道：

　　　　每日依法持诵。先须金刚正坐，以右脚压左脚腿上，或随意坐亦得手结大三昧印，二手仰掌展舒，以右手加左手上，二大拇指甲相着

────────

　　①　阎浮——人世间。

　　②　泐(lè)。

安脐轮下。澄定身心，想顶上有一梵书卍字。此字遍有光明，犹如明珠，或如满月。想此字已，复以左手结金刚拳印，右手持数珠，口诵净法界真言二十一遍。

话说宗泐和尚教宋景濂以持准提咒之法，宋景濂遂日日虔诚持诵。后"红巾贼"起，刘福通以白莲教烧香聚众而起，方国珍占了浙东，张士诚占了浙西，那时满眼都是干戈，生民涂炭，不可胜言。宋景濂以持七俱胝佛母准提咒之故，虽然东奔西踽，父子一门骨肉都得完聚。幸而洪武爷起兵取了滁、和、太平、徽、宁等州，进攻浙东，那时宋景濂文章德行之名闻于天下，时浙江共有四人：

> 刘基青田人　宋濂浦江人　章溢龙泉人　叶琛丽水人

大将胡大海闻此四人之名，如轰雷贯耳，即将此四人之名奏闻。洪武爷龙颜大喜，即着使臣孙炎赍了金银彩币到于浙江，征聘四人到于金陵。洪武爷大喜道："吾为天下屈四先生，四位先生何以教我？"当下三人都各有所对，至宋濂道："当今豪杰争雄，并无拨乱反正救生民之志，不过志在子女玉帛，多杀戮以行不道。今有意济世安民，唯有'不嗜杀人'一语，足以安天下于股掌之上。"洪武爷大悦，遂创礼贤馆以居四人：命刘基为国师，专主谋议之事；叶琛、章溢为营田司金事；遂命宋濂为江南等处儒学提举，授太子经。你道一个草茅中穷酸之士，顷刻间做了太子的先生，可不是个非常之遇么？洪武爷时常召来讲经：或与他讲《春秋左氏》，或论黄石公《三略》，或讲《大学衍义》，或论治国大事。洪武爷大喜，真言无不合，似石投水也。

后来洪武爷即了帝位，改元洪武，四海归心，万国臣服，凡是颁行天下诏诰，赐与高丽、交趾、满剌伽、占城等国诏书，俱是宋濂所作。四海九州无不称赞其文章之妙。洪武爷要修《元史》，知非宋濂不可，即命总其事，除翰林学士承旨知制诰。宋景濂遂率领一班儿文学之士，开局于天界寺中，经七月而成。那时甘露降于宫中，洪武爷遂召宋景濂到于宫中，亲将甘露倾于金鼎之中，金勺搅匀，赐与宋景濂饮道："此和气所凝也，能愈疾延年，故与卿共之耳。"宋景濂生平不能饮酒。八月七日，洪武爷遣内臣召宋景濂饮以御酒。宋景濂道："臣量浅不能饮，醉后恐失威仪。"洪武爷道："但饮此一杯，虽醉何妨。"宋景濂举起杯来，欲饮还住者数次。洪武爷大笑道："大丈夫怎生退缩如此？"宋景濂只得一饮而尽，果然大醉，行

步歪斜。洪武爷大喜,遂叫侍臣取过黄绫一方,饱磨御香龙墨,随赋楚词一章道:

> 西风飒飒兮金张,会儒臣兮举觞。目苍柳兮裹娜,阅澄江兮水洋洋。为斯悦而再酌,弄清波兮永光。玉海盈而馨透,浮琼罍兮银浆。宋生微饮兮早醉,忽周旋兮步骤跄跄。美秋景兮共乐,但有益兮于彼何伤!

洪武八年八月七日书。

赋罢,命宋景濂自做一首。宋景濂大醉,下笔不能成字。洪武爷遂以所书赐宋濂道:“卿藏之以示子孙,非唯见朕宠爱卿,亦见一时君臣道合,共乐太平也。”宋景濂叩首以谢。洪武爷遂敕侍臣《赋醉学士歌》以宠之,又道:“朕起布衣为天子,卿自草莱列侍从,为开国文人之首,世世与国同休,不亦美乎!”命太子选良马赐与宋景濂,又为《良马歌》以赐之。又命宋景濂集历代奸臣事为《辨奸录》,分赐太子、诸王。又命序祖训纂《大明日历》,又为《宝训》五卷。洪武爷大喜道:“卿可为丞相,参辅朕之大政。”宋景濂道:“臣无他长,徒以文墨议论事上,但可润饰太平,岂能为丞相参大政乎?”顿首力辞。那时有上万言书者,洪武爷怪其繁多,要问他以违制之罪,问众臣道:“此奏何如?”众臣见洪武爷天颜不悦,都道:“此臣大不敬,宜坐以诽谤之律。”转问宋濂道:“卿以为何如?”宋景濂对道:“彼应诏上疏本效忠无他,不宜坐以诽谤之律。”洪武爷因此复览其疏,亦有一二可采之处,即大悟,骂众臣道:“汝等皆激吾怒。若非宋景濂,朕几乎误罪言官矣。”洪武爷常称为“老宋”而不名。

宋景濂博物多闻,世无与比。洪武爷即帝位之后,感众神明效力,遂建造十庙于南京以报其功,却不曾建立关真君之庙。夜梦长髯赤面之神,身穿绿袍,手执大刀,跪于殿前奏道:“臣汉时关羽也。陛下立庙,何独遗臣?”洪武爷道:“卿于国无功。”关羽奏道:“陛下鄱阳湖大战之时,臣举十万阴兵为助,何得言无功耶?”洪武爷点头应允,关真君叩谢而去。洪武爷感其英灵,遂特建英灵坊。宋景濂道:“诸神皆英灵,何独关羽耶?”洪武爷因建于十庙中。那时急于建庙,其梁柱俱用柏木心为之,极其壮丽。洪武爷因问道:“关羽奇迹盛于何时?”宋景濂道:“臣读天台智者禅师传曰:隋开皇十二年,智禅师至当阳,上金龙池,月夜见二人威仪如王者,一人长而美髯丰厚,少者秀发,前致辞曰:‘予即关羽,汉末纷乱,时事相违,有志不遂，死有余烈，故王此山。圣师何以至此？'智禅师曰：'欲于此地建立道场。'神曰：'愿哀悯我愚，特垂摄受。此去一舍，山如覆船，其土深厚，弟子当与吾子平建寺化供，护持佛法。愿师安禅七日，以待其成。'师既出定，湫潭千丈，化为平陆。栋宇焕丽，巧夺人目。神即受师五戒。师乃致书晋王广，上《玉泉伽蓝图》。晋王广即具奏，赐名玉泉寺，遂塑关羽神像于其侧，以为伽蓝神。至今显灵也。"洪武爷又问道："'真君'之号封于何代？"宋景濂道："封于宋崇宁年间。时蚩尤神坏盐池，帝敕天师张虚靖召关羽战而胜之，盐池复故，遂封羽为'真君'。今所传画壁，尚有战蚩尤故事。陛下乃天授神明，关羽阴兵助战，固其宜也。"

洪武爷尝至淮水，见大铁索系于龟山，访问左右，云是缚水怪者。因问道："水怪是何等形状？还是何人所锁？亦曾见古来经典否？"宋濂道："此事载在古《岳渎经》，大禹治水，三至桐柏山，获淮、涡水神，名曰无支祁，形犹猕猴，力逾九象，人不可视。禹乃摄召万灵，遂命'庚辰'之神制之。是时木魅、水灵、山妖、水怪奔号丛绕，几以千数，'庚辰'悉持戟逐去，遂锁无支祁于龟山之足，淮水乃安。"洪武爷道："古来曾有见之者否？"宋濂道："昔一刺史不信此事，用百牛拽锁而起，果形如猕猴，其大非常。雪牙金睛，目光如电，大吼一声，响若雷霆，而百牛俱沉入于水矣。"洪武爷大异道："朕试一见之，何如？"宋濂道："水神不宜见，见则恐损伤多人也。"洪武爷不听宋濂之言，命军士扯起铁索，遂扯满两船，渐渐铁索将尽，甚是沉重，遂命千人拔之而起，果似猕猴之状，相貌甚凶。其神开目，见了洪武爷，大吼一声，声如霹雳，水波汹涌，仍旧突入水底。军士船只，亦俱无恙。洪武爷急以羊豕祭之。后亦无他，盖圣天子百灵呵护，水神自不敢放肆也。洪武爷方信宋景濂之言果然不诬，自此益敬信之焉。

宋景濂曾患病，六日不进朝，洪武爷问左右道："老宋怎生数日不见？"左右道："有病。"洪武爷甚是忧疑道："老宋纯谨之士，不参以分毫人伪，侍予五年犹一日也。不知何故而有斯疾乎？"隔一日，又问道："病势曾减否？"左右道："病势未曾减。"洪武爷恻然："尔往传命，着他归养金华山中，父子祖孙欢然同聚，疾必易愈。愈后便造朝，国家文翰，庶有赖哉！"遂敕黄门内官赍金银束帛以赐之。皇太子亦遣内臣存问，赐以缯币白金之类。那时都不许乘轿，连丞相也不容。特命中书造安车，给健丁六人以载宋景濂。此真千古宠遇之奇也。

宋景濂归到金华，果然父子祖孙相聚，病势渐好，思量遍游山水，以散心适意，遂住于杭州南屏净慈之慧日峰。那慧日峰原是他前生住居注《宗镜录》之处，到此甚是安适。一见了寿禅师之像，宛然见前生光景，遂作赞道：

> 我闻智觉大导师，进修精明无与等。诵经群羊来跪听，习定鸟巢衣襦中。一旦拨开光明藏，际天蟠地悉开朗。如揭日月照群迷，无有摘埴索途①者。诸法尽从缘生灭，此是佛语非我语，万别千差咸照了。道高非特被真丹，海外之邦犹企艳。金丝伽黎及藻瓶，遣使来施不复吝。我与导师有宿因，般若光中无去来。今观遗像重作礼，忽悟三世了如幻。灵山一会犹俨然，愿证如如大圆智。

话说宋景濂在西湖净慈寺感前世放生功德，尽将家中钱财并洪武爷所赏赐之物，都买飞禽之类、鱼鳖之伦放生，与宗泐和尚并演福寺如玘和尚等终日讲论佛法。那时佛法之盛，殆不可言。一日到虎跑寺闲要。那虎跑寺是唐朝元和十四年性空大师来游此山，见山色秀丽，遂结庵此地。后因无水，要迁居别处，忽然见数个金甲神人禀道："自师父来此，我辈众神都受大师之益。大师若去，我辈何所皈依？若是无水，不必忧虑。南岳童子泉，我辈明日当遣二虎移此一股泉来也。"次日，果然二虎咆哮而来，以爪扒山，山泉涌出，甘洌异常，为南山第一泉。性空大师因此留住，建立寺苑，名"广福定慧禅院"，俗名虎跑寺。苏东坡来做杭州知府之时，有"虎移泉眼趁行脚"之诗，盖纪实也；又有诗题于石碑之上。话说当时宋景濂来游虎跑，主僧定严戒是个有道之僧，闻得宋景濂前生是寿禅师，与佛门大增光彩。见宋景濂来，遂号召众僧都披了法衣，到泉边念咒，那泉果然如珠一般汹涌而出。宋景濂遂做铭一首以见其奇。有诗为证：

> 泉因性空出，又因寿师涌。
>
> 泉水本无心，莲花两足捧。

后来洪武爷知宋景濂病愈召他入朝，龙颜大喜，日与讲陈治道，凡郊庙山川、社稷祠祭、律历、国家大典礼，俱命宋景濂裁定，文名天下。日本国王奉黄金百金，要求宋景濂做一篇文章。宋景濂不肯做，封还原金。洪武爷道："怎生不与日本国做文章？"宋景濂道："堂堂天朝，受小夷之金，

---

① 摘埴(zhí)索途——盲人以杖点地，探索道路。喻盲目的行为。埴，土地。

与他做文字,成何体统?"洪武爷大喜,把御手抚宋景濂之背道:"今四海华夷皆闻卿名,卿不可不自爱。"宋景濂奏道:"皆仰赖陛下之威灵耳。"洪武爷大笑,赐以御宴酒肴,欢饮而罢。自此恩宠无比。后来归于金华山中,洪武爷御制诗二句以饯之,道:

　　　　白下开樽话别离,知君此后迹应稀。

宋景濂续吟二句,道:

　　　　臣身愿作衡阳雁,一度秋风一度归。

　　洪武爷大悦,赐白金锦币文绮,道:"与汝作百岁衣也。"

　　洪武爷始初不信佛法,又因浙西寺院诸僧广有钱粮,不守戒律,饮酒食肉,奸淫妇女,往往做出。洪武爷大怒,因南京造城工役,尽发僧人为役,死者甚多。马皇后谏道:"度僧本为佛法。僧家不守戒律,自有报应。何苦强充役夫,害其性命?"洪武爷虽有几分转念,还不甚回心。后来又因金山寺和尚惠明奸计谋夺良家妇人之事,一发大怒,遂起铲头之令,几乎灭除了佛教。感得一位圣僧簸弄神通,铲了一颗头,又钻出一颗头来。如此三五次不止,方知佛法神奇,不可扫除。遂问宋景濂道:"怎生佛门有如此奇特之事?"宋景濂道:"从来佛教不可除灭。昔日宋太祖定天下之后,想此一门,最为无益,有灭除佛教之意。一日出宫私行,见一醉僧睡于地,呕吐狼藉,臭秽不堪,众人皆绕而观之,人人厌秽。宋太祖大怒,便欲灭除佛门。醉僧骤然走起,从后追来,于僻静之地,奏道:'陛下为天下生灵之主,怎生出宫私行,以贾患害?'宋太祖大惊失色,知是圣僧,急急进宫,命两黄门召此醉僧进见,而醉僧已去,无可寻觅,但见地下所吐之物甚香。两黄门官遂以手扒此土,掬而进之。宋太祖视之,则片片皆旃檀香也。方知果是圣僧显化,遂起崇信三宝之心。从来有王法以治明、佛法以治幽,儒、释、道三教不可偏废。"洪武爷道:"然则佛经何经最佳?"宋景濂道:"《般若多心经》及《金刚》《楞伽》三经,发明心学,实迷途之日月、苦海之舟航。"洪武爷遂命取此三经来看。洪武爷天聪天明,宿世因缘,御目略略披览,便已心领神悟,道:"此等实与儒家言语不异,更有何人可为注解,流布海内,使诸侯卿大夫,人咸知此义。纵未能上齐佛智,若能禁邪思、绝贪欲,亦可为贤人君子矣。"宋景濂道:"浙江径山宗泐和尚与演福寺如玘和尚俱确守戒律,精通经典,可当此任。"洪武爷遂召此二位和尚到京,亲见于奉天殿,问以佛法大意,奏对称旨。遂命住居于天界寺中注此三经。冬十月起到明年秋七月，三经注完投进。那时洪武爷御西华楼，看了此注大悦道："此经之注，诚为精确，可流布海内，使学者讲习焉。"宗泐就将此经刊刻于天界寺中，宋景濂为之作序，流传海内。

洪武爷因元朝末年干戈四起，杀人多如麻，每到天阴雨湿之后，鬼哭神号，其声啾啾，甚是凄惨。洪武爷哀悯众生，遂诏江南有道僧人十人，就于蒋山太平兴国禅寺启建道场，普度众生。洪武爷亲自宿于斋宫，一月不食荤血，先教丞相汪广洋等移书城隍之神。至期洪武爷亲临道场，身登大雄宝殿，礼拜如来世尊。左右各官擎着花香灯烛、幢幡宝盖、明珠宝玉虔诚进献，那奏的佛曲：

《善世曲》《昭信曲》《延慈曲》《法喜曲》

《禅悦曲》《遍应曲》《妙济曲》《善成曲》

洪武爷焚香礼拜已毕，遂听法于径山禅师宗泐，受毗尼界于天竺法师慧日，又命宣咒"施摩伽陀斛法"。是日圣意虔诚，感得云中雨五色子如豆一般。有的说是婆罗子，有的说是天花坠地之所变。初时大风昼晦，雨雪交作，至午忽然开霁。洪武爷大悦，又命秦淮河点水灯万只。及道场已毕，那时已是半夜。洪武爷摆驾还宫，随有佛光五道从东北起直冲至霄汉，贯月烛天，良久乃没。万姓都见，无不欢悦，尽感叹圣德之格天也。宋景濂亲随法驾，遂做一篇文字以纪其胜，名《蒋山广荐佛会纪》。洪武爷见宗泐和尚甚好，遂要他蓄发为官，宗泐再三不愿，遂教他到西域去取经。看官，你道西域取经从来只有唐三藏，宗泐和尚又没有个徒弟像孙行者腾云驾雾这般手段，做个帮手，却怎生去取得经回？他奉着圣天子旨意，大胆放心而去，一心只是持着准提佛母之咒，靠着龙天福庇，绝无退悔之心。走出塞外，茫茫荡荡，不知经了多少险恶山林、豺狼虎豹之处。有诗为证：

昔日唐僧去取经，明朝亦有取经僧。

两僧为法捐躯命，始信禅门龙象能。

话说宗泐来到塞外，一望都是高山峻岭，黄茅白草，终日与豺狼共处，夜夜与妖鬼同眠，好生辛苦。每到危险之时，持着咒语真言，便绝处逢生，死中复活，蛇虎避迹，鬼怪潜形。忽然遇着一个老和尚，白发盈头，牵着一匹黑犬。宗泐上前打个问讯，问他西域取经之路。老和尚摇着头道："随你走到头白，也还不能够走得到哩！"宗泐道："弟子奉着当今皇帝圣旨，要往西域取经，万望老师父指教。"老和尚道："休得自苦，枉自劳心。随你怎么样，莫能得到西域，快可转身。俺有一部《文殊经》，并一封书献与皇帝。"宗泐受了，稽首作礼，早已不见了这个老和尚。抬起头来，见老和尚变成文殊菩萨，黑犬变成青狮，五色祥光围绕，直上西方而去。真持咒之力也。有诗为证：

　　宗泐西方去取经，持咒虔诚现佛灵。

　　妙义无边能广大，劝人作急念醒醒。

　　宗泐大惊，倒地作礼，遂转身而回。渐渐到于南京，进见洪武爷，备述缘故，献上经书。洪武爷先拆开书来一看，却是当年初登宝位做水陆道场御手亲书表文一道也。当年已经炉中焚化，不知怎生纸墨如故，真正神鬼莫测之事。洪武爷大惊，方知真是文殊菩萨下降。因此大弘佛法，皈依三宝①，供奉此经。后来马皇后升天，举殡之日，天大雷雨，洪武爷心中甚是不悦。宗泐随口诵一偈道：

　　雨落天垂泪，雷鸣地举哀。

　　西方诸佛子，同送马如来。

　　宗泐诵罢此偈，但见雷收雨止，天地清朗，日月还光。洪武爷大悦，遂得成礼而回。因此待宗泐甚厚，常称之为泐翁，后住于杭州中天竺。但宗泐虽是佛门，却好说那儒家的话，宋景濂虽是儒家，却又专好说那佛门的话，生平凡做有道僧人的塔铭，共有三十余篇之多，若是无道德的和尚要强求他，一字也不可得。僧家以宋景濂之文如珍宝一般敬重。洪武爷常称赞这两个道："泐秀才，宋和尚。"洪武爷大阐佛法、讲明经典者，虽是天聪天明、宿世因缘，亦因此二人辅助之功也，真不负西来救世之意矣！后来二人都以持准提咒之故，得证西方果位。有诗为证：

　　寿师转世为文人，仍是金刚不坏身。

　　宗泐西来应有意，共扶佛法表来因。

---

　　① 三宝——佛教语。指佛、法、僧。

第九卷

韩晋公人夜两赠

此日人非昔日人，笛声空怨赵王伦。

红残钿碎花楼下，金谷千年更不春！

话说晋朝石崇字季伦，青州人氏，小名齐奴，官拜卫尉之职，极有诗才，与文人才子齐名，富可敌国。尝与贵戚王恺斗富，王恺事事不如。石崇有个园亭，在河阳之金谷，就取名为金谷园，其富丽奢华，世无与比。石崇曾为交趾采访使，以珍珠十斛聘得美妾一人，名为绿珠。那绿珠姓梁，是白州博白县人。绿珠生于双角山下。白州风俗，以珠为上宝，生女为珠娘，生男为珠儿，因此取名为绿珠。绿珠有沉鱼落雁之容，闭月羞花之貌，石崇娶得来家，宠爱无比。绿珠善于吹笛，又善舞明君之曲。石崇遂自作一篇《明君曲》，又作一篇《懊恼曲》，以赠绿珠。石崇美妾共有千余人，都不及绿珠之妙。石崇在金谷园宴客，穷极水陆之珍；每每宴客，必命绿珠出来歌舞数曲，见者都忘失魂魄，因此绿珠之美名闻天下。那时晋帝兄弟赵王伦专权，有个孙秀将军在赵王伦门下，是个贪财好色之徒，酷似三国之时吕布一般心性。他见石崇有此美妾，又见石崇有敌国之富，两项儿心如火热。俗语道："孙飞虎好色，柳盗跖贪财。"这贼牛两般儿都爱。那孙秀遂起贪图之心，遣数个心腹使者到石崇处，索取绿珠为妾。那时石崇正在金谷园登凉台、临清水，与群妾饮宴，吹弹歌舞，极尽人间之乐。忽见孙秀差人来要索取美人，石崇遂出姬妾数百人，任凭使者拣择。那些姬妾都披着罗縠①之衣，兰麝交错，异香袭人。使者看了一遍，道："君侯美人，个个佳丽，但我奉孙将军之命，专要绿珠美人一名，其余一概不要。不知哪一位是绿珠？"石崇大怒道："绿珠是吾所宠爱之人，断不可得，其余便当奉送。"使者道："单单只要绿珠一名，君侯博通今古，深知时务，愿加三思。"石崇只是不肯，数个使者出而又返，说了又说道："与他绿珠罢，休得

---

① 縠（hú）——有皱纹的纱。

固执，以生余事。"石崇坚执再三不肯。使者回去对孙秀说了。孙秀勃然大怒，遂劝赵王伦杀石崇。孙秀领兵前来围了石崇第宅。石崇对绿珠道："我今日为尔死矣，奈何！"绿珠涕泣答道："妾当效死于君侯之前，以明我之心也。"石崇止住绿珠，绿珠不听，遂从高楼上颠倒坠将下来，花容粉碎而死。孙秀见绿珠坠楼而死，甚是恨恨，遂把石崇斩于东市，夷其家族，掳其财宝、姬妾。谁知石崇死后十日，赵王伦作反事败，左卫将军赵泉斩孙秀于中书省，军士赵骏将孙秀的心剖而食之，亦掳其财宝、姬妾。人人知是屈杀绿珠之报，无不快畅，因名其楼曰"绿珠楼"，在步广里。所以后人有诗道：

> 绿珠衔泪舞，孙秀强相邀。

　　这是一个夺美人的故事了。还有一个出在唐朝武后之时，姓乔名知之，官拜补阙之职。有个宠婢名为窈娘，姿色极美，也精于歌舞。乔知之自小教窈娘读书，遂善于诗赋。乔知之爱如掌上之珍。那乔知之不识时务，也将来宴客歌舞，自此窈娘之名与绿珠一样。那时武承嗣权势如天之大，一日宴饮百官，乔知之也在酒席之上。武承嗣取出金银珠钏锦绣，就在席上付与乔知之聘取窈娘。乔知之惊得目瞪口呆，却又不敢违拗，只得应允。武承嗣就着随从人等将聘礼送与乔家，登时抢出窈娘，簇拥了上轿，如飞而去。乔知之好生割舍不得，遂作《绿珠篇》以叙其怨。词道：

> 石家金谷重新声，明珠十斛买娉婷。
> 此日可怜无复比，此时可爱得人情。
> 君家闺阁未曾难，常持歌舞使人看。
> 富贵雄豪非分理，骄矜势力横相干。
> 辞君去君终不忍，徒劳掩面伤红粉。
> 百年离别在高楼，一旦红颜为君尽。

　　乔知之做完此词，悄悄走到武承嗣门首，哀哀恳告门上一个内官，将此词传与窈娘。窈娘见了此词大哭一场，将身投入井中而死。武承嗣大怒，叫人从井中捞起尸首，衣袖中搜出此词，登时把这个内官打死。吩咐刑官将乔知之罗织其罪，致之死地。谁知天理昭昭，后来武承嗣谋反，合门诛夷，都是一报还一报之事。看官，你道石崇、乔知之二人没些要紧把美妾出来献酒，惹得人起贪图之念，连性命也都送在他手里。所以道：

> 慢藏诲盗，冶容诲淫。

有美姬妾的不可不以此为戒。但是那个夺人姬妾的何苦作此恶孽，害人性命，连自己也不得其死。如今听小子说一个人奁两赠的故事，传与后世做风流话柄。

话说唐朝藩镇之权，极是厉害，各人割据地方，兵精地广，那跋扈的藩镇，目中竟不知有朝廷法度，以此终为唐朝之患。那时共分天下为十道：

关内　河南　河东　河北　山南

陇右　淮南　江南　剑南　岭南

内中单表一位藩镇，姓韩名滉，封为晋公，统领淮南、江南二道共十五州地方。这韩滉相貌威严，堂堂仪表，气吞宇宙，力敌万夫。那时正是安禄山、史思明作乱，各处藩镇聚兵保守地方。韩滉积草屯粮，广招勇士，遂聚了十余万精兵，奇材剑客之士不计其数。韩滉见自己兵精粮足，又见四处干戈竞起，朝廷俱无可奈何，他便怀着不良之心，思量独霸一方，又恐人心不服，严刑重罚，少有忤着他意儿的便砍头以示其威，因此人人惧怕。他自己住于润州，凡十五州，各造帅府一所，极其雄壮，不时巡历。所到之处，神鬼俱惊，威势同于王者。各官员人等，唯恐得罪，奉承不暇。

不说韩滉强悍，怀不臣之心。且说一个客商叫做李顺，贩卖丝绵缎绢来于润州，泊船在京口堰下。夜间一阵大风把船缆吹断，如一片小叶相似。李顺天明起来一看，只叫得苦。但见：

波头汹涌，水面汪洋。汹涌波头，显出千寻雪浪。汪洋水面，堆成万仞洪涛。咕嘟嘟无岸无边，白茫茫迷天迷地。蛟龙引缆，鬼怪扳船。时时跌入水晶宫，刻刻误陷夜叉室。

话说李顺这只船被大风吹了几千万里，只待要翻将转来，李顺惊得魂不附体。幸而飘到一个山岛边，李顺合船中人叫声惭愧，且把船来系了。随步上山一观，满路都是荆棘，仔细寻觅，却有一条鸟径可以行走。李顺寻步上山，行够五六里，忽然见一个人戴一顶乌巾，身上穿着古服，不是时世装束，相貌甚是奇古，也与常人不同，见了李顺便叫道："李顺，你来也！"李顺见这人叫出姓名，知是仙人，即忙下拜。那个人道："有事相烦，不必下拜。"就领了李顺走到山顶之上。那山顶上有一座宫阙，琼楼玉宇，宛似神仙洞府。这人领李顺进了数重殿门，来到殿下，李顺望上遥拜，只听得帘中有人说道："欲寄金陵韩公一书，无讶相劳也。"说罢，便有两个童子从帘中传出一封书来，付与李顺。李顺接了这封书，放在袖内，拜而受之。那个人遂领李顺离了重重殿门，送到船边。李顺道："这是何山？韩公倘然盘问是何人寄书，教我怎生抵对？"那人说道："这是东海广桑山，鲁国宣父孔仲尼得道为真官，管理此山，韩公即子路转世也。他今转世，昧了前身，性气强悍，专权自是，今怀为臣不忠之心。孔子恐其受了刑网，坏了儒门教训，所以寄封书与他，教他了悟前因，改过自新之意。"说罢，李顺还到船中。那个人又吩咐道："你今安坐舟中，切勿惊恐，不得顾视船外，便到昨日泊舟之处。如违吾言，必有倾覆之患。"说罢，登山而去。舟中人都依其所言，不敢外顾。只听得刮天风浪之声，船行如飞，顷刻之间，仍旧复在京口堰下，不知所行几千万里矣。

李顺不敢违拗圣意，持了此书，竟到帅府献纳，却不敢说出子路转世并那为臣不忠之意，只说遇着海中神仙，琼楼玉宇，重重宫殿，帝中一位仙官叫两个童子取出一封书来奉寄之意。韩滉生性倔强，似信不信地拆开书来一看，共有古文九字，都是蝌蚪之文，韩滉仔细看了，一字也识不出，遂叫左右文武百官细细辨认，也都看不出。韩滉大怒，要把李顺拘禁狱中，问他以妖妄之罪。一壁厢遍访能识古文篆字之人数个来辨视，也都不识是何等之字。忽然有一老父走进帅府，其须眉皓白，衣冠古怪，自居于客位，高声说道："老夫惯识古文篆字，何不问我？"左右虞侯走来禀了韩公。韩公走到客厅来见这个老父，见老父须眉衣服俱有古怪之意，甚是敬重，遂把这封书与老父辨视。老父视了大惊大叫，就把此书捧在顶上，向空再拜，贺韩公道："此宣父孔仲尼之书，乃夏禹蝌蚪文也。"韩公道："是何等九字？"老父道："这九字是：

　　告韩滉，谨臣节，勿妄动。"

韩公惊异，礼敬这个老父。老父辞别出门，韩公送出府门，忽然不见了这位老父。韩公大惊，方知果是异人。走进帅府，惨然不乐，静坐良久，了然见前世之事，觉得从广桑山而来，亲受孔子之教一般，遂把那跋扈不臣之心尽数消除，竟改做了一片忠心，连那刑罚也都轻了。有诗为证：

　　广桑山上仲由身，一到人间几失真。

　　宣父书来勤诫救，了知前世作忠臣。

话说韩公从此悟了前世之因，依从孔子之教，再不敢蒙一毫儿不臣之念，小心谨慎，一味尊奉朝廷法度，四时贡献不绝。不意李怀光谋反，乱入长安，德宗皇帝出奔。韩滉见皇帝出奔，恐皇帝有迁都之意，遂聚兵修理石头城,以待皇帝临幸。有怪韩滉的,一连奏上数本,说:"韩滉闻銮舆在外,聚兵修理石头城,意在谋为不轨。"德宗皇帝疑心,以问宰相李泌。李泌道:"韩滉公忠清俭,近日著闻,自车驾在外,贡献不绝。且镇抚江东十五州,盗贼不起,滉之力也。所以修理石头城者,滉见中原扰荡,谓陛下将有临幸之意,此乃人臣忠笃之虑。韩滉性刚,不附权贵,以故人多谤毁,愿陛下察之。"德宗道:"外议汹汹,章奏如麻,卿岂不知乎?"李泌道:"臣固知之。韩滉之子韩皋为考功员外郎,今不敢归省其亲,正以谤议沸腾故也。"德宗道:"其子尚惧,卿奈何保他?"李泌道:"滉之用心,臣知之至熟,愿上章明其无他。"李泌次日遂上章请以百口保韩滉。德宗道:"卿虽与韩滉相好,岂得不自爱其身?"李泌道:"臣之上章,以为朝廷,非为身也。"德宗道:"如何为朝廷?"李泌道:"今天下旱蝗,关中之米一斗千钱,江东丰熟,愿陛下早下臣之章奏,以解朝廷之惑。面谕韩皋,使之归省,令滉感激,速运粮储,岂非为朝廷乎?"德宗方才悟道:"朕深谕之矣。"就下李泌章奏,令韩皋谒告归省,面赐韩皋绯衣。韩皋回到润州,说明朝廷许多恩德,韩滉父子流涕感泣,北向再拜,即日自到水滨,亲自负米一斛。众兵士见了,无不踊跃向前争先负米。韩滉限儿子五日即要起身,亲自送米到京。韩皋别母,啼声闻于外。韩滉大怒,把儿子挞了一顿,登时逼勒起身,遂发米百万斛达于京师。德宗大悦,对太子道:"吾父子今日得生矣。"自此之后,各藩镇都来贡米。京师之人方无饥饿之患,皆李泌之策,韩滉之力也。有诗为证:

　　邺侯李泌效贤良,藩镇诸司进米粮。

　　韩滉输忠亲自负,京师方得免劻勷①。

　　不说韩滉一心在于朝廷,且说韩公部下一个官,姓戎名昱,为浙西刺史。这戎昱有潘安之貌、子建之才,下笔惊人,千言立就,自恃有才,生性极是傲睨,看人不在眼里。但那时是离乱之世,重武不重文,若是有数百斤力气,开得好弓,射得好箭,舞得好刀,打得好拳,手段高强,腿脚撇脱,不要说十八般武艺件件精通,就是晓得一两件的,负了这些本事,不愁贫穷,随你不济事,少不得也摸顶纱帽在头上戴戴。或做将官、虞侯,或做都尉、押衙等官,弯弓插箭,戎装披挂,马前喝道,前呼后拥,好不威风气势,

---

　　① 劻勷(kuāng ráng)——动乱不宁。

耀武扬威，何消晓得"天地玄黄"四字。那戎昱自负才华，到这时节重武之时，却不道是大市里卖平天冠兼挑虎刺，这一种生意，谁人来买？眼见得别人不作兴你了，你自负才华，却去吓谁？就是写得千百篇诗出，上不得阵，杀不得战，退不得虏，压不得贼，要他何用？戎昱负了这个诗袋子没处发卖，却被一个妓者收得。这妓者是谁？姓金名凤，年方一十九岁，容貌无双，善于歌舞，体性幽闲，再不喜那喧哗之事，一心只爱的是那诗赋二字。他见了戎昱这个诗袋子，好生欢喜。戎昱正没处发卖，见金凤喜欢他这个诗袋子，便把这袋子抖将开来，就像个开杂货店的，件件搬出。两个甚是相得，你贪我爱，再不相舍。从此金凤更不接客。正是：

> 悲莫悲兮生别离，乐莫乐兮新相知。

自此戎昱政事之暇，游于西湖之上，每每与金凤盘桓行乐。怎知暗中却恼犯了一个人，这个人是韩公门下一个虞侯，姓牛名原，是个歪斜不正之人，极其贪财，见了孔方兄，便和身倒在上面，不论亲戚朋友，都要此物相送，方才成个相知；若无此物，他便要在韩公面前添言送语，搬嘴弄舌。因此，人人怕他狐假虎威，凡是将官人等无不恭敬。那牛原日常里被人奉承惯了，连自己也忘了是个帅府门下虞侯，只当是个节度使一般。韩公恰好差牛原来于浙西，催军器衣甲于帅府交纳。这却不是个重差了？指望这一来做个大大的财主回去，连那纱帽里、将军盔里、箭袋里、裹肚里、靴桶里都要满满盛了银子。不期撞着这个诗袋子的戎昱是个书呆子，别人都奉承虞侯不迭，独有戎昱恃着这个不值钱的诗袋子，全然不睬那牛虞侯。牛虞侯大怒道："俺在帅府做了数十年虞侯，谁人敢不奉承俺？这个傻鸟恁般轻薄，见俺大落落地，并无恭敬之心，甚是可恶。俺帅府门下文武两班，多少大似他的，见俺这般威势，深恭大揖，只是低着头儿。你是何等样的官儿？辄敢大胆无礼如此！明日起身之时，若送得俺的礼厚便罢，若送得薄时，一并治罪。"过了数日，虞侯催了衣甲军器起身，戎昱摆酒饯行，果然送的礼合着《孟子》上一句道"薄乎云尔"。那虞侯见了十不满一，大怒道："这傻鸟果然可恶，帅府门前有俺的座位，却没有这傻鸟的座位，俺怕他飞上天去不成！明日来帅府参谒之时，少不得受俺一场臭骂，报此一箭之仇。"又暗暗道："骂他一场事小，不如寻他一件过犯，在韩爷面前说他一场是非，把他那顶纱帽赶去了，岂不爽快？"正是：

> 明枪容易躲，暗箭最难防。

一边收拾起身,一边探访戎昱过犯,遂访得戎昱与妓金凤相好之事,便道:"只这一件事,足报仇了。只说他在浙西不理政事,专一在湖上与妓者饮酒作乐,再添上些言语激恼韩爷,管情报了此仇。"遂恨恨而去。

到了润州,参见了韩公,交付了军器衣甲。那时韩公不问他别事,牛原虽然怀恨在心,不好无故而说,只得放在心里。渐渐过了数月,将近韩公生日之期,你道那时节度使之尊,如同帝王一般,况且适当春日繁华之景,更自不同。有白乐天"何处春深好"诗为证:

> 何处春深好?春深藩镇家。
>
> 通犀排带胯,瑞鹤勘袍花。
>
> 飞絮冲球马,垂杨拂妓车。
>
> 戎装拜春设,左握宝刀斜。

那十五州各官,那一个不预先办下祝寿之礼,思量来帅府庆寿,都打点得非常华丽,还有的写下寿文寿诗寿意,写于锦屏之上。有那做不出诗文的官儿,都倩文人才子替做。戎昱也随例办了些祝寿之礼,自己做一篇极得意出格的寿文,将来写在锦屏之上。戎昱因浙西官少,事忙不去,着几个随从人役赍了齐整庆寿礼物到帅府庆寿,一壁厢正打发人役起身,尚未到于润州。

且说韩公见自己寿诞将近,各路上部下官,纷纷都来庆寿,旧例都有酒筵,左文右武,教坊司女妓歌舞作乐。那年韩公正是五十之岁,又与他年不同,要分外齐整。因问虞侯牛原道:"你到浙西,可曾知有出色妓女么?"这一句可可的中了牛原之心,随口答道:"有一妓女金凤,颜色超群,最善歌舞。今戎使君与他相好,终日在西湖上饮酒盘桓,因此连公务都怠慢了,所以前日军器衣甲比往常迟了数日。"韩公也不把这话来在心上,只说道:"浙西既有这一名好妓女,可即着人去取来承应歌舞。"说罢,便吩咐数个军健到浙西取妓女金凤承应。那牛原好生欢喜道:"这傻鸟轻薄得俺好,今番着了俺的手,且先拆散了他这对夫妻再下毒手,也使他知轻薄的报应。"这是:

> 只因孔方少,遂起报仇心。

不说牛原满心欢喜,且说戎昱的使人到于润州帅府,投递公文,献了祝寿礼物并锦屏。那韩公看了戎昱的寿文,果然出格超群,与他人做那称功颂德八寸三分头巾的套子说话大是不同,暗暗称赞道:"我一向闻知戎昱是个才子,今日这寿文真正出色。少年生性,与金凤相好又何妨乎!待金凤来时,看这女妓是怎么样一个人品,与戎昱怎生相得?"

不说韩公暗暗称赞戎昱,且说那数个军健领了韩爷之命,火速到于浙西地方。那时正值戎昱在西湖上与金凤饮酒。霎时间,帅府军健抢到面前,取出帅府批文道:"取女妓金凤一名承应。"戎昱看了,吓得面色如土,道:"今日一去,真所云'侯门一入深如海,从此萧郎是路人'也。"两人相对而泣,却无计流连。戎昱道:"我有一计在此。我闻得韩公是英雄慷慨之人,不是贪财好色之辈。他原是子路转世,昔'子见南子,子路不悦'。他今日怎便忘失了前世刚肠烈性!我闻诗可感人,我今做一首诗与你,你到帅府首唱此词,韩公英雄气魄,必然感动。倘或问你,你便乘机哀告,或放你回来相聚,亦未可知也。"遂在亭子上取过笔墨,写了一首诗,付与金凤,却被军健催促起身,不容停留。金凤只得痛哭拜别而去。戎昱直待望不见了轿子,方才收拾回衙,好生凄惨。正是:

　　乐莫乐兮新相知,悲莫悲兮生别离!

不说金凤上路,且说韩公寿日,有一件跷蹊作怪底事。话说庐山有个道士茅安道,是个稀奇古怪之人,修道于庐山之下,学得奇异变化飞腾之术,有二子走到庐山,拜茅安道为师,要学件法术。茅安道遂授二子以隐形之方。那二子学了多时,演习已熟,自谓得了奥妙,辞别师父,要下庐山而去。茅安道对二子道:"汝法术尚未精通,不可下山去见有权位势利之人,恐有疏失,为害不浅。"二子不听师父之言,坚辞下山。二子下了庐山,一路上商量道:"我们法术已成,藏在身上,何有用处,正该去见权位势利之人。今韩晋公招来奇才剑客之士,我们去见他,显个手段与他,等他也知我们道家有如此玄妙之事,替师父增些光彩。他若不尊敬我们,我二人便蒿恼他一场,然后隐形而去,他奈何我们不得,且教他吃我们一惊。"说罢,竟投帅府而来。那日正值韩公生日,文武百官蝇趋蚁附的,都站在帅府门首伺候拜寿,未敢轻进。这二子走到帅府门首,突然要走进去。左右军卒见这二子狂不狂、痴不痴,遂挡住在门首。二子不顾,奋臂直入,见了韩公大叫道:"吾乃庐山有道之士,身怀异术,特来求见。韩公你今高坐堂上,竟不下堂尊礼我二人,是何道理?"韩公见这二子言语放肆,疑心是个刺客,不敢下堂接见。二子便登堂大骂。韩公大怒,叫左右虞侯拿下。二子见韩公叫一声"拿",便暗暗念咒作法,要隐身逃形而去。

果然法术不精,毕竟隐遁不去。二子无计可施,当下被虞侯等拿住,一索捆翻,一毫也动弹不得。韩公叫取夹棍夹将起来,问是何等样人,敢如此大胆放肆。二子痛疼难当,只得招承道:"师父是庐山道士茅安道,惯有飞形变化之术。"韩公最恼的是"妖人"二字,要连他师父一并拿来,杜绝了这些妖人种类。就差账前将官一员,统领兵士一百余名,前往庐山擒拿妖人茅安道,休得疏失。把二子锁了铁索,上了手肘,带去庐山作眼目。

韩公一边吩咐,怎知那茅安道已在门首了。左右虞侯来禀道:"门首有庐山道士茅安道求见。"韩公大喜道:"我正要发兵去擒拿,他却自来寻死,正好。"说罢,那茅安道已昂然而入。韩公见他是个老父,其须眉如雪之白,颜色如桃花之红,衣冠古朴,像个有道之人,未敢便拿。茅安道开口道:"二子不守教训,浪试法术,冒渎威虎,致干刑网,深可痛恨。待老夫先以礼责罚弟子,然后请明公加以刑法,未为晚也。"说罢,便讨净水一杯。韩公恐其兴妖作法,不与他净水。茅安道就走到韩公案前,把砚池中水一口吸了,向二子一喷,二子便登时脱了枷锁,变成二个大老鼠,在阶前东西乱跑。茅安道把身子一耸,变成一只大饿老鹰,每一只爪抓了一个老鼠,飞入云中而去,竟不知去向。韩公大惊失色,连那些门首拜寿的官员没一个不仰面看着天上,寂无踪迹,真奇事也。大家混了半晌,各官方才进门上堂参见,以次拜寿。拜寿已毕,韩公命大张酒筵,礼待百官。辕门之中,鼓乐喧天,花腔羯鼓,好生齐整。但见:

　　瑞霭缤纷,香烟缭绕。帅府门重重锦绣,紫微堂处处笙歌。右栅左厢,花一囤兮锦一簇。回廊复道,鼓一拍兮乐一通。绣幕高悬,上挂着五彩璎珞。朱帘半揭,高控着八宝流苏。金炉内焚得馥馥霏霏,玉盏里斟得浮浮煜煜。酒席上满排紫绶金章之贵客,丹墀畔尽列弯弧挂甲之将军。八仙庆寿,五老献图,金线织成寿意。王母蟠桃,群仙荐瑞,锦屏映出瑶章。乐作营中,吹的是太平歌、朝天乐,指日声名播四海。歌喧庭下,唱的是福东海、寿南山,即今功业焕三台。正是:华堂今日绮筵开,香雾烟浓真盛哉!谁发豪华惊满座,肯将红粉一时回。

话说这日韩公烹龙庖凤宴饮百官。酒斟数巡,食供四套。女乐交作,恰好的浙西金凤取到。那金凤一腔怨恨,暗暗含着泪眼,来到堂上参拜了韩公,又参拜了两班文武各官。韩公举目一观,果然生得不同,有周美成

《佳人》词为证：

> 有个人人，海棠标韵，飞燕轻盈。酒晕潮红，羞蛾凝绿，一笑生春。
>
> 为伊人，恨熏心，更说甚巫山楚云。斗帐香消，纱窗月冷，着意温存。

话说韩公见了金凤生得标致，自将面前玉杯满满斟了一杯香醪，赐与金凤，命金凤歌以侑酒。那金凤承命，不敢推辞，叩首谢了。只得轻敲檀板，缓揭歌喉，韩公细细听那歌词道：

> 好去春风湖上亭，柳条藤蔓系人情。
>
> 黄莺久住浑相恋，欲别频啼四五声。

那金凤歌中甚有哀怨之声。歌毕，韩公道："戎使君与你相好，这首诗是戎使君赠汝邪？"金凤连声道："是。"随又禀道："贱妾身隶乐籍，志慕从良，蒙戎使君抬举，但以乐籍未除，烟花孽重，不能如愿。今蒙韩爷见召，不敢不来。"金凤禀罢，但见：

> 双眉顿蹙春山黛，珠泪纷纷落两行。

文武百官见金凤泪下，都替她捏两把汗，暗暗地道："今日是他寿诞，谁敢在他面前道个'不'字。这娼妓恁般大胆，作如此行径，可不是自取其死？"韩公便唤过虞侯牛原来道："戎使君是个才子，留情郡妓亦不为过。你却在我面前谗言，定是你到浙西去催军器衣甲之时，戎使君怠慢了你，或是送你礼薄，所以妄生事端，几乎成我之过。"便喝左右军健将牛原捆打四十，革了虞侯之职，罚去营中牧马。果是：

> 从前做过事，败落一齐来。

那日常里受牛原气的莫不欢喜，谗口小人又何益乎！真使心用心，自累其身也。

不说众人欢喜。且说韩公打了牛原之后，一壁厢叫金凤更衣，革去了乐籍上的名；一壁厢叫后堂管家婆取出一副数万贯的妆奁，并彩缎三百匹，唤一副鼓乐、一只大船、五十名军健，送金凤一名到浙西与戎使君成亲缴旨。那军健领了韩爷之命，簇拥了金凤，口口声声称为夫人，搬运妆奁下船，大吹大擂，连日来到戎使君任所，笙歌鼎沸，将金凤迎进衙门拜堂成亲。戎使君喜出非常，感恩不尽，厚厚犒劳了军健，遂亲自同军健到于润州帅府拜谢，二人遂成相知。那时哄动了十五州军民人等，哪一个不服韩公宽宏大度,有宰相之量。从此人人归心,文武效力,江南半壁平平安安,并不劳一支折箭之功。德宗皇帝嘉其功,遂拜为宰相,封为晋公。那戎使君诗名亦为德宗所知,擢为显官。有诗为证:

牛原真是小人,韩公真是君子。

使君果有诗才,金凤不虚簪珥。

第十卷

徐君宝节义双圆

晚来江阔潮平，越船吴榜催人去。稽山滴翠，胥涛溅恨，一襟离绪。访柳章台，问桃仙圃，物华如故。向秋娘渡口，泰娘桥畔，依稀是、相逢处。窈窕青门紫曲，旧罗衣新翻金缕。仙音恍记，轻拢漫捻，哀弦危柱。金屋难成，阿娇已远，不堪春暮。听一声杜宇，红般丝老，雨花风絮。

这一首词儿名《水龙吟》，是陈敬叟记钱塘恨之作，盖因宋朝谢太后随北房而去也。那谢太后是理宗皇后，丙子正月时，元朝伯颜丞相进兵安吉州，攻破了独松关，师次于皋亭山，那时少帝出降。是日元兵驻钱塘江沙上，谢太后祷祝道："海若有灵，波涛大作。"争奈天不佑宋，三日江潮不至。先前临安有谣道："江南若破，白雁来过。"白雁者，盖伯颜之谶①也。到三月间，伯颜遂以宋少帝、谢太后等三宫六院尽数北去，那时谢太后年已七十余矣，所以陈敬叟这首词儿有"金屋阿娇，不堪春暮"之句，又以秋娘、泰娘比之。盖惜其不能死节也；况七十余岁之人，光阴几何，国破家亡，自然该一死以尽节，怎生还好到犬羊国里去偷生苟活？请问这廉耻二字何在！当时孟鲗有《折花怨》诗讥诮道：

匆匆杯酒又天涯，晴日墙东叫卖花。

可惜同生不同死，却随春色去谁家？

又有鲍轵一首诗讥诮道：

生死双飞亦可怜，若为白发上征船。

未应分手江南去，更有春光七十年！

那时宋宫中有个王昭仪，名清惠，善于诗词，随太后北去，心中甚是悲苦，题《满江红》词一首于驿壁上道：

太液芙蓉，浑不似旧时颜色。曾记得恩承雨露，玉楼金阙。名播

---

① 谶（chèn）——指将来要应验的预言、预兆。

兰簪妃后里,晕潮莲脸君王侧。忽一朝鼙鼓揭天来,繁华歇。　　龙
虎散,风云灭。千古恨,凭谁说。对山河百二,泪沾襟血。驿馆夜惊
尘土梦,宫车晓碾关山月。愿嫦娥相顾肯从容,随圆缺。

　　王昭仪这首词传播天下,那忠心贯日的文天祥先生读这首词到于末
句,再三叹息道:"可惜夫人怎生说'随圆缺'三字,差了念头。"遂代作一
首道:

　　试问琵琶,胡沙外怎生风色? 最苦是姚黄一朵,移根仙阙。王母
欢阑琼宴罢,仙人泪满金盘侧。听行宫半夜雨淋铃,声声歇。　　彩
云散,香尘灭。铜驼恨,那堪说。想男儿慷慨,嚼穿龈血。回首昭阳
离落日,伤心铜雀迎新月。算妾身不愿似天家,金瓯缺。

又和一首道:

　　燕子楼中,又挨过几番秋色。相思处青年如梦,乘鸾仙阙。肌玉
暗销衣带缓,泪珠斜透花钿侧。最无端蕉影上窗纱,青灯歇。　　曲
池合,高台灭。人间事,何堪说! 向南阳阡上,满襟清血。世态便如
翻覆雨,妾身元是分明月。笑乐昌一段好风流,菱花缺。

　　那王昭仪五月到上都朝见元世祖。你道那一朝见怎生得过,可有甚
干净事来! 十二日夜,幸亏得宋朝四个宫人陈氏朱氏与二位小姬自期一
死报国,不受犬羊污辱。朱氏遂赋诗一首道:

　　既不辱国,幸免辱身。世食宋禄,羞为北臣。
　　妾辈之死,守于一贞。忠臣孝子,期以自新!

　　题诗已毕,四人遂沐浴整衣,焚香缢死。元世祖览了朱氏这首诗,大
怒之极,遂断其首。王昭仪心慌,遂恳请为女道士。虽然如此,怎比得朱
氏四位一死干净。若不亏朱氏四人,则宋朝宫中便无尽节死义之人,堂堂
天朝,为犬羊污辱,千秋万世之下,便做鬼也还羞耻不过哩! 就如那徐德
言、乐昌宫主虽然破镜重圆,那羞耻二字却也难言。从来俗语道:"妇人
身上,只得这件要紧之事,不比其他对象可以与人借用得。"所以那《牡丹
亭记》道:"这件东西是要不得的,便要时则怕娘娘不舍得;便是娘娘舍
得,大王也不舍得;便是大王舍得,小的也不舍得。那个有毛的所在,只好
丈夫一人受用。可是与别人摸得一摸、用得一用的么?"只贼汉李全那厮
尚且捻酸吃醋,一个杨老娘娘兀自不舍得与臊羯狗受用,何况其余学好之
人、清白汉子? 从来有大有小,君臣夫妇,都是大伦所关。此处一差,万劫

难救。如今且说民间一个义夫节妇做个榜样。正是：

　　还将已往事，说与后来人。

　　话说宋朝那时岳州有个金太守，为官清正，一生尚无男子，只生个女儿，取名淑贞，自小聪明伶俐，读书识字。可怜金淑贞十二岁丧了母亲吴氏，金太守恐怕续娶之妻磨难前妻女儿，因此立定主意不肯续弦，只一个丫环在身边，以为生子之计。金淑贞渐渐长成一十六岁，出落得如花似玉，这也不足为奇。只因她广读诗书，深知礼义，每每看着《列女传》便啧啧叹赏道："为女子者须要如此，方是个顶天立地的不戴网儿的妇人。"从来立志如此，更兼她下笔长于诗词歌赋，拈笔便成，落墨便就，竟如苏老泉女儿苏小妹一般。金太守喜之不胜道："可惜是个女子，若是个男儿，稳稳的取纱帽儿有余。休得埋没了她的才华，须嫁与一般样的人，方才是个对手。"访得西门徐员外的一个儿子徐君宝一十七岁，甚有才学，真堪为婿。金太守只要人品，不论门第，就着媒婆到徐员外处议亲。那徐员外虽是个财主，不过是做经纪之人，怎敢与官府人家结亲？徐员外当下回复媒婆道："在下是经纪人家，只好与门厮当、户厮对人家结亲，怎敢妄扳名门贵族，与官宦人家结亲？况且金老爷只得一位千金小姐，岂无门当户对之人？虽承金老爷不弃，我小儿是寒门白屋之子，有什么福气，怎生做得黄堂太守的女婿？可不是折了寒家的福！"媒婆道："这是金老爷自家的主意，情愿与员外结亲，打听得你儿子有文才，所以不论门第高低。从来只有男家求女，那里有女家求男？休的推逊则个！"徐员外见媒婆立意要结亲，只得老实说出真情道："既承金老爷再三主意，这也是不必说的了。但有一桩最不方便之事，不要误了小姐的前程万里。"徐员外口里一边说，一边瞧着内里，恐怕自己婆子听得，便就低言悄语地对媒婆道："我家老妻极是不贤惠之人，系是小户人家出身，生性甚是偏执，嘴头子又极躁暴，终日好絮絮聒聒，骂大骂小。只因我在下让惯了她生性，她便靠身大了。以此耳根整日不得清净，好生耐烦他不得，无可奈何。小姐若嫁到我家来做媳妇，终日姑媳相对，怎当得她偏要絮聒。况且是一位千金小姐，金老爷掌中之珍、心头之肉，一生娇养惯的，怎生好到寒家来受老妻日后怄气？这亲事是别人求之不得的，在下怎敢推阻？只因这一件大事不便，恐明日误了小姐终身之事，反为不美，万万上复金老爷，别选高门对姻则个！"说罢，送媒婆出门。媒婆就将这话与金太守知道。

金太守也在狐疑之间，只恐嫁过去日长岁久，姑媳不和，好事反成恶事，反为不美。只因女婿有文才，日后是个长进之人，不忍轻易舍去，事在两难。遂将此事说与丫环，要丫环在女儿面前体探口风。丫环在小姐面前悄悄将此事说与知道。小姐道："一善足以消百恶，随他怎么絮聒，我只是一心孝顺，便是泥塑木雕的也化得他转。"丫环遂将此事禀与老爷，老爷知女儿一心愿嫁，又着媒婆去徐员外处说。徐员外见金太守立意坚决，自己小户人家，怎么敢推三阻四？只得应允。选择吉日，行了些珠钗彩缎聘礼。金太守遂倒赔妆奁，嫁到徐家。合卺之日，鼓乐喧天，花烛荧煌，好生齐整。但见：

笙簧杂奏，箫管频吹。花簇簇孔雀屏开，锦茸茸笑蓉褥隐。宝鼎香焚，沉檀味捧出同心。银烛光生，红蜡影映成双字。门悬彩幕，恍似五色云流。乐奏合欢，浑如一天雾绕。宾赞齐唱《贺新郎》之句，满堂喜气生春。优伶合诵《醉太平》之歌，一门欢声载笑。挽扶的障着"女冠子"，簇拥"虞美人"，颤巍巍"玉交枝"，走得"步步娇"，满地都成"锦缠道"。撒帐的揭起"销金帐"，称赞"二郎神"，闹烘烘"赏宫花"，斟着"滴滴金"，霎时做就"鹊桥仙"。只听得叮叮当当"金落索"，"玉芙蓉"，一片价热热闹闹"四朝元"、"三学士"。果是门阑多喜气，女婿近乘龙。

话说徐君宝与金淑贞两个成亲捉对，好生一双两美，日日的吟诗作赋，你唱我和。徐君宝倒也不是娶个妻子，只当请了一个好朋友，在家相伴读书。这等乐事，天下罕有。争奈那个婆子娶得媳妇不上一月，她便旧性发作，道儿子恋新婚，贪妻爱，就有些絮絮聒聒起来。幸得徐员外十分爱护，对婆子道："她是千金小姐，与我们小户人家骨头贵贱不同，别人兀自求之不得，我们不求而得之，这是我家万万之幸。我家想当发迹，所以金太守不弃寒贱，肯把我家做媳妇，正是贵人来踏贱地，烧纸般也没这样利市。你不见《牡丹亭记》上杜丽娘是杜知府的女儿，阴府判官也还敬重她，称她是千金小姐，看杜老先生分上。何况于我们？我们该分外敬重她才是，怎生絮聒轻贱她？明日金太守得知了，只说我家不晓事体，不值钱他的千金小姐。"苦苦劝这婆子。这婆子却似害了胎里之病一般，怎生变得转？随这老子苦劝，少不得也要言三语四，捉鸡儿，骂狗儿，歪厮缠的奉承媳妇几声。徐员外一时拦不住嘴，无可奈何，不住地叹息数声而已。亏得金淑贞识破他性格,立定主意,只是小心恭敬,一味孝顺,婆子却也声张不起,渐渐被媳妇感化了许多。

不意一年之外,徐员外丧门、吊客星动,老夫妻两口一病而亡。徐君宝与金淑贞汤药调理之余,身体甚是羸瘦不堪,兼之连丧双亲,苦痛非常,夫妻二人几次绝而复苏。守孝一年,又降下一天横祸来。你道这横祸却是怎生?那时正是度宗之朝,奸臣贾似道当国,封为魏国公,权势通天,人都称之为"周公"。他住西湖葛岭之上,日日与姬妾游湖,斗蟋蟀儿耍子,大小朝政一毫不理,都委于馆客廖莹中、堂吏翁应龙二人之手,各官府不过充位而已。正人端士尽数罢斥,各人都纳贿赂以求美官,贿赂多者官大,贿赂少者官小,贪风大肆,人莫敢说。以致元朝史天泽统兵围了襄阳,阿术统兵围了樊城,两处都围得水泄不通,以示必取之意。京湖都统制张世杰领兵来救,到得赤滩圃,被元人大战而败。夏贵又领一支兵来救,又被阿术新城一战,大败而还。那史天泽好狠,又拨一支兵付与张弘范守住鹿门,断绝宋人粮道并郢鄂的救兵。从此襄、樊道绝,势如累卵之危。岳州与襄、樊相去不远,人心汹汹。徐君宝见襄、樊围困,自知生死不保,夫妻二人计议道:"襄、樊如此围困,其势断然不能保全。况贾似道当国,贪淫不理朝事,日日纵游西湖之上,与姬妾们斗蟋蟀,如此谋国,天下怎生能够有太平之日?元兵若破了襄、樊,乘上流之势,顷刻便到此地,我与你性命休矣。就使奔走逃难,苟活性命,其势亦不能两全,则我夫妻二人会合之日不多,乐昌破镜之事,必然再见,怎生是好?"金淑贞道:"生则同生,死则同死,此是一定之理。乐昌宫主之事,我断不为。若日后有难,妾只有一死以谢君,当不作失节之妇,以玷辱千古之纲常也。"徐君宝道:"死则一处同死。你若能为尽节之妇,我岂为负义之夫?若你死而我不死,九泉之下,亦何面目相见。是有节妇而无义夫也。吾意定矣。"夫妻二人日日相对而泣,以死自誓。有诗为证:

> 平章日日爱游湖,不惜襄樊病势枯。
>
> 致使闺中年少侣,终朝死誓泪模糊!

不说徐君宝夫妻二人以死自誓,再说襄、樊一连围困了五年,事在危急。贾似道只是瞒着度宗皇帝,终日燕雀处堂,在半闲堂玩弄宝货,与娼尼淫媾,十日一朝,入朝不拜,宫中一个妃子在度宗皇帝面前漏泄了襄、樊围困消息,贾似道知了,遂把这妃子诬以他事赐死。自此之后,一发瞒得铁桶相似，竟置襄、樊于度外。荆湖制置使李庭芝见襄阳围急，差统制官二员，一名张顺、一名张贵，率领水兵数万，乘风破浪而来，径犯重围，奋勇争先，元兵尽数披靡，以避其锋，直抵襄阳城下。及至收军之时，独不见了统制官张顺。过了数日，见一尸首从上流而来，身披甲胄，手执弓矢，直抵桥梁，众兵士争先而看，不是别人，却是张顺将军，身上伤了四枪，中了六箭，怒气勃勃如生。众兵士都以为神，遂埋葬于襄阳城外。张贵进了襄阳，守将吕文焕要留他共守。张贵恃其骁勇，要还郢州，遂募二人能埋伏水中数日不食者持了蜡丸书，赴郢州求救。二人到了郢州，郢州将官许发兵五千，驻于龙尾州，以助夹击。二人又从水中暗来，约定了日子。怎知那郢州兵士前一日到，忽然风水大作，不能前进，退了三十里下寨，有几个逃兵走到元人处漏了消息。元人急差一支兵来，先据在龙尾州以逸待劳。张贵哪知就里，统兵前进，鼓噪而前，渐渐摇到龙尾州，遥望见军船旗帜，只道是郢州来救之兵。及至面前，方知是元兵，张贵力战，身被十余枪，遂被元兵拿住。阿术要张贵投降，张贵立誓不屈，一刀结果了性命。元兵把张贵的尸首扛到襄阳城下，守城之人无一不痛哭。吕文焕遂把张贵葬埋于张顺侧，建立双庙以祀之。有诗为证：

忠臣张顺救襄阳，力战身亡庙祀双。

此是忠臣非盗贼，休将《水浒》论行藏。

话说张顺、张贵二将来救襄阳，力战而死，败报到了朝中，贾似道只是置之不理。凡有献奇计的，贾似道都斥而不纳。直待元将张弘范用水陆夹攻之计破了樊城，城中守将都统制范天顺仰天叹道："生为宋臣，死当为宋鬼。"遂自缢而死。都统制牛富率领死士百人巷战，元兵死伤者不可胜计。牛富渴饮血水，转战而进。元兵放火烧绝街道，牛富身被重伤，以头触柱赴火而死。偏将军王福见主将战死，叹息道："将军既死国事，吾岂可独生？"亦赴火而死。襄阳守将吕文焕见樊城已失，襄阳决无可保之理，星夜差人前往求救，贾似道并不发兵救援。吕文焕见元兵四面围困，恸哭了一场，只得投降了元朝。元兵破了襄阳，乘势席卷而来。取了郢州、鄂州、蕲州，攻破了岳州。百姓纷纷逃难出城，徐君宝夫妻二人双双出走。怎当得元兵杀人如麻，人头纷纷落地，男男女女自相践踏而死，不知其数，好生凄惨。但见：

阴云惨惨，霎时间鬼哭神号。黄土茫茫，数千里魂飞魄丧。乱滚

滚人头落地,略擦过变作没头神。咕嘟嘟鲜血横空,一沾着都成赤发
鬼。呼兄唤弟,难见东西。觅子寻爷,哪分南北?挨挨挤挤,恨乾坤
何故难容千万人。奔奔波波,怨爹娘怎生只长两只脚。果是宁为太
平犬,莫作乱离人。

话说徐君宝夫妻二人逃难而走,元兵从后杀来,血流成河,喊声震地。
乱军中金淑贞回头,早已不见了夫主,心下慌张之极。正然四处寻觅,忽
被一支兵来追杀,金淑贞急走忙奔,怎当得鞋弓袜小,当下被元兵拿住,解
到唆都元帅帐下。那唆都元帅是杀人不眨眼的魔君,若是攻破了城池,便
就屠戮城中人民,鸡犬不留。因见金淑贞生得分外标致,与众妇人不同,
便有连恋之意,遂叫帐前管家婆监守。金淑贞自分必死,但不知徐君宝死
活信息,倘或丈夫尚在,还指望一见,苟延残喘;若元帅逼迫,便自刎而亡,
以报丈夫于地下。金淑贞立定主意,唆都元帅屡屡要奸淫他,金淑贞只是
不从。唆都元帅虽好杀人,风月之事亦颇在行,见金淑贞强勉不从,也就
不来十分上紧要她从顺。又恐怕逼迫之极自寻死路,可惜了这个出色的
美人。因此不来强逼为婚,只是吩咐管家婆慢慢地劝解,要金淑贞自己从
顺。正是:

　　得他心肯日,是我运通时。

却说唆都元帅带了金淑贞一路从岳州而来,几次要与金淑贞成其夫
妻之事,那金淑贞一味花言巧语地答道:"妾本是民间妇人,若做得元帅
的姬妾,岂不是天大之福?但妾与夫主甚是恩爱,今乱军之中不知存亡死
活。若丈夫尚在,妾便做了元帅的姬妾,这便是忘恩负义之人。亡恩负义
之人,元帅又何取乎?待过了三五个月,慢慢探听,若妾夫果死于乱军之
中,则妾之愿亦尽矣。妾身无归,便服侍元帅可也。"唆都元帅听了金淑
贞之言甚为有理,遂满心欢喜,再不疑心,也不来逼迫。那金淑贞日夜再
不解带。

唆都元帅携了金淑贞从岳州直到了杭州地面,一路上逢州破州,逢县
破县,杀得尸骸遍地,金淑贞好不心酸,又不知丈夫在哪里。唆都元帅打
破了杭州,降了少帝,屯兵于韩世忠旧宅之中。一路来数千里,都被金氏
巧语花言骗过,再也不曾着手。金淑贞暗暗地道:"昔韩世忠夫妻为宋室
忠臣,他夫人是个娼妇,尚能立志如此。我若失节,何以见夫人于地下?"
唆都偶然捉得一个岳州逃难来的人,恰好是徐君宝的邻人曹天用。唆都

审问来历明白,却吩咐曹天用道:"你若依俺言语,俺便重重赏你。若不依俺言语,俺便砍了你这颗驴头。"曹天用喏喏连声,怎敢不依? 唆都道:"你莫说出是俺主意,只说前日乱军之中,亲见徐君宝被乱军杀死在地,只此是实。"曹天用领了唆都之言。那唆都却只做不知,故意将曹天用暗暗传与金淑贞知道。金氏正要访问丈夫消息,得知曹天用在此,便悄悄访问丈夫细的。曹天用悉依唆都之言,又添上些谎,一发说得圆稳。金淑贞是个聪明之人,早已猜透八九分,只得假意痛哭。唆都一边就着管家婆说要成亲之事,金淑贞一发晓得是假。见唆都渐渐逼将拢来,恐受污辱,又假意对道:"待妾祭过亡夫,然后成亲,未为晚也。"唆都信以为然。金淑贞暗暗地道:"我死于韩世忠宅,韩夫人有灵,当以我为知己,强如死在他处没个相知。"遂焚香再拜,暗暗祷祝,伏地痛哭,痛哭已毕,提起笔来写《满庭芳》词一首于壁上道:

汉上繁华,江南人物,尚遗宣政①风流。绿窗朱户,十里烂银钩。一旦刀兵齐举,旌旗拥、百万貔貅②。长驱入,歌楼舞榭,风卷落花愁!

承平三百载,典章文物,扫地都休。幸此身未北,犹客南州。破鉴徐郎何在? 空惆怅、相见无由。从今后,断魂千里,夜夜岳阳楼。

金淑贞题此词已毕,将身悄悄投入池中而死。唆都知道,不胜叹息。因伯颜丞相率领少帝三宫六院北去,唆都拔寨而起,离了韩世忠宅子。后人因见元兵去了,遂捞起金淑贞尸首,见她衣服层层缝得牢固。众人叹其节义,将棺木盛殓。

不说金淑贞死节,且说当日徐君宝被元兵赶来,几乎难免,只得躲于积尸之中,以尸遮蔽,过了一夜,方才走起来,逃得性命。身上还有包裹一个,撞着一阵败残军兵,那败残军兵杀元兵偏生没用,劫抢行李且是能事,把徐君宝的包裹抢掳而去。可怜徐君宝身边一文俱无,又是个读书之人,那里吃得辛苦? 到此无计奈何,只得沿路乞食,访问妻子消息。有知道的说:"你的妻子被唆都元帅抢掳到杭州去了。"徐君宝两泪交流,暗暗的道:"不知妻子可能践得前日的言语否? 不知还能一见否?"遂一路乞食

① 宣政——宋徽宗年号政和、宣和的并称。亦借指宋徽宗。
② 貔貅(pí xiū)——古书上说的一种猛兽,比喻勇猛的军队。

而来,到于杭州地面,夜宿于古庙之中,思量国破家亡,好生凄楚。蒙眬睡去,只见妻子走来道:"妾义不受辱,死于韩世忠宅池水之中,感得韩夫人结为知己,君可到来一看。"徐君宝大哭而醒,一步一跌,走到韩世忠宅,看见妻子棺木,可怜玉碎珠沉,拊棺恸哭,死而复生。又思国家尚且如此,自己身子亦何足惜?生则同衾,死则同穴,不枉了夫妻一场,也投入池中而死。众人遂把徐君宝尸首同葬于西湖之上。

那金太守城破之日,死于乱军之中。丫环怀孕逃出,也逃于杭州之地。后来生了一子,接续金门香火,年年祭扫徐君宝夫妻坟墓。后坟上生出连理木,人以为义夫节妇之感。有诗赞道:

　　义夫节妇古来难,试鉴清池血欲丹。

　　为问当年离乱事,可无榜样与人看。

第十一卷

寄梅花鬼闹西阁

梅雪争春未肯降,诗人搁笔费平章①。

梅须逊雪三分白,雪却输梅一段香。

这一首诗是梅雪争春之意。世上唯有女人最为嫉忌,那一种妒忌之念,真是出人意料之外,无所不为,无所不至。从来道:"妒忌女人胸中有妒石一块,始初妒石未大,其妒还小,至后妒石渐大,其妒愈不可解。只有黄鹂一名'仓庚',食之可以治妒。此方出在《山海经》上。"说便是这般说,世上妒忌妇人,习与性成,如何可以医治? 她吃那黄鹂只当吃小鸡儿一般,有什么相干?

唐时裴选尚宜城公主,裴选偷了侍儿,宜城公主大怒,将侍儿杀死,剥其阴皮鞯在裴选面上,命其出厅判事。裴选不敢不从,脸上戴了这片阴皮,只得出厅判事。后来皇帝得知,将宜城公主罚治。当时有人取笑道:"不知这片阴皮横鞯在脸上,还是直鞯在脸上。若是直鞯在脸上,露出鼻子;若是横鞯在脸上,露出嘴唇。况且又不端正,阴毛乱丛丛的,又与鬓发髭须相乱,甚是不雅相。"看官,你道好笑也不好笑! 这样的刑法从来没有,就是阎王得知了,也道十八层地狱中并无此刑,还要罚他到十九层地狱里去哩!

临济有妒妇津,是怎么出处? 晋太始中,刘伯玉妻段氏字明光,刘伯玉一日诵《洛神赋》,极其得意,段氏道:"为何恁般得意?"刘伯玉道:"洛神生得标致,吾意甚喜,恨不与之为夫妻耳!"段氏道:"要为洛神何难,吾今即可为之。"其夜遂自沉于河,七日见梦于刘伯玉道:"吾已为洛神矣,汝可来一会。"伯玉惊慌,终身不敢渡此津。后有美貌妇人渡此津者,段氏之神必兴风作浪以阻之。凡美貌者至此,皆毁坏形体以求免其妒。丑妇虽不妆饰而渡,其神亦不妒也。丑妇讳之,莫不皆自毁形容,以塞嗤

---

① 平章——品评。

笑。当时语曰：

> 欲求好妇，立在津口。
> 妇人水旁，好丑自彰。

后唐高宗幸汾阳宫，率妃嫔辈将出妒女祠下，左右道："盛服过者，必有风雷之灾。"并州遂发数万人别开御道。狄仁杰奏曰："天子之行，风伯清尘，雨师洒道，妒女何敢为害？"高宗从之，妒女果然不敢为害。

看官，你道梁皇忏是怎么样缘故？梁武帝皇后郗氏崩后数月，帝常追悼。一夕，寝殿外闻有骚窣之声，视之乃见一蟒蛇蜿蜒上殿，睒①睛呀口向帝。帝大惊曰："朕宫殿严警，非尔蛇类所生之处。"蟒遂口吐人言道："我即昔之郗氏也，生平嫉妒六宫，其性惨毒，怒一发则火焰遍天，损物害人，以是大罪，谪罚为蟒，无饮食可实口，无窟穴可庇身，饥窘困迫，力不自胜。又一鳞甲之中，则有多虫唼啮，肌肉痛苦，有如锥刀。蟒非常蛇，亦能变化，故不以皇居深重为阻。感帝平昔眷妾之厚，托丑形骸陈露于帝，祈一功德，以见拯拔耳。"帝闻之大感，既而求蟒，遂不复见。明日遂问宝志公禅师，禅师道："必礼佛忏悔方可。"帝然其言，搜索佛经，亲洒圣翰撰悔文，共成十卷，大集沙门为之忏礼。郗氏复见梦于帝道："妾乘佛力得脱蟒身矣。"感谢而去。列位妇女看此一段故事，切勿妒忌，斩夫之祀，自堕蟒身，没有宝志公与你忏悔，千万劫不得超生。若是剥阴皮之刑，千万莫作此想，等阎罗王费心，特特造一个十九层地狱做妇女安身立命之处。

说话的，若是丑陋妇人妒忌，不过恣其凶悍而已，唯有一般容貌、一般才艺之人，真是棋逢敌手、将遇良材。自然入宫见妒，两美不并立，两大不并存，定然没有相容之意。你只看唐朝梅、杨二妃子，并是绝世佳人，他那娇妒却也非常。那梅妃姓江，名采苹，是莆田人，九岁便诵得"二南"，父亲因此取名为"采苹"。高力士选入宫中，明皇甚喜，大加宠幸。梅妃聪明无比，下笔成章，自比谢女，淡妆素服，姿态明秀。性喜梅花，凡是栏槛之处，尽种梅花，榜曰"梅亭"，犹爱绿萼梅，道是清标绝俗，真世外佳人。自含蕊之时直到花谢，还不肯舍，终日玩赏徘徊，月影之下，每每相对而坐，至于夜深不睡，啧啧称叹。明皇因她酷喜梅花，就称为"梅妃"，戏指梅妃对诸王道："此梅精也。"吹白玉笛，作惊鸿舞，一座光辉。后杨妃入

---

① 睒（shǎn）——闪烁。

宫。那杨妃小字玉环,是弘农华阳人,生得丰肌腻理,艳媚异常,虽与梅妃体格不同,却都是一双两好、绝世美貌之人。二人彼此嫉妒,竟至避路而行。但杨妃性忌而有智,梅妃生性柔缓,敌她不过。后来梅妃竟被杨妃用智迁到上阳宫而去。虽然如此,明皇时常思量她。一日晚间,着一个小黄门密以戏马一匹召梅妃到于翠华西阁。梅妃数年隔绝,一见天颜,感旧叙爱,悲悯不胜,略饮酒筵,旋入鸾帏,恣其恩宠之乐。这一夜,如蝶恋花枝,缠绵不已,不觉日高三丈。忽然左右侍婢一齐惊报道:"杨娘娘已到阁前,奈何!"明皇慌张无措,急急披衣,抱梅妃藏于夹幕间。方才藏得过,杨妃已到御榻之前,高声喝道:"梅精何在!"明皇道:"在东宫久矣。"杨妃道:"乞宣来,今日同浴于温泉宫。"明皇道:"梅精久已放废,不可并浴。"杨妃再三要明皇宣召,明皇不肯。杨妃向御榻下一瞧,见梅妃遗有金凤绣鞋一双在地。杨妃大怒道:"榻下现有妇人遗履,况榻前肴核狼藉,夜来何人大胆,侍寝欢醉,以致今日日出还不视朝?陛下可出见群臣,妾止此阁以俟驾回。"明皇见杨妃发怒,甚是惭愧,把衾一拽,翻转身向内道:"今日有疾,不可临朝。"杨妃大怒,径归私第。明皇见杨妃去久,方才走起,寻觅梅妃不见,方知适才争论之时,已被一个小黄门送归东宫去矣。明皇大怒,遂斩了这小黄门,将金凤绣鞋并翠钿另差一个黄门封赐梅妃。梅妃对黄门道:"上弃我之深乎?"黄门道:"怎敢弃妃,只恐杨妃恶情耳!"梅妃笑道:"上若怜我,恐动肥婢之情,岂非弃耶?"梅妃因杨妃生得肌肉丰厚,所以嗔怪,称她为肥婢。后来悔妃久弃于东宫,不得沾上宠惠,付千金与高力士,愿求才子如司马相如者为《长门赋》[1],邀回上意。高力士因杨妃有宠,不敢多事,只得答道:"当今并无司马相如之才。"梅妃乃自作《楼东赋》道:

> 玉鉴尘生,凤辇香殄,懒蝉鬓之巧梳,闲缕衣之轻练。苦寂寞于蕙宫,但凝思乎兰殿。信摽梅之落花,隔长门而不见。况乃花心飐恨,柳眼弄愁;暖风习习,春鸟啾啾。楼上黄昏兮,听凤吹而回首;碧

---

[1] 司马相如者为《长门赋》——长门,汉宫名。时孝武皇帝对陈皇后(名阿娇)的宠幸一度衰减,陈皇后退居长门宫,愁闷悲思,听说司马相如工于文章,遂奉黄金百斤,请司马相如写解释之辞。相如为作《长门赋》,帝见而感伤,陈皇后又得亲幸。

云日暮兮,对素月而凝眸。温泉不到,忆拾翠之旧游;长门深闭,嗟青鸾之信修。忆太液清波,水光荡浮,笙歌赏宴,陪从宸旒。奏舞鸾之妙曲,乘画鹢之仙舟。君情缱绻,深叙绸缪,誓山海而常在,似日月而无休。奈何媸色庸庸,妒气冲冲,夺我之爱幸,斥我乎幽宫。思旧欢之莫得,想梦著乎朦胧。度花朝与月夕,羞懒对乎春风。欲相如之奏赋,奈世才之不工。属愁吟之未尽,已响动乎疏钟。空长叹而掩袂,步踟蹰于楼东。

杨妃闻梅妃作《楼东赋》,遂大怒,诉明皇道:"梅精久贬,今以谀词宣言怨望,乞陛下赐之以死!"明皇满面通红,不敢则声。后明皇宴坐花萼楼,心念梅妃,又恐杨妃酷妒,不敢宣召,适外夷贡珍珠一斛,明皇密赐梅妃。梅妃不受,赋诗一首,对黄门道:"为我进达御前。"诗道:

柳叶双眉久不描,残妆和泪污红绡。

长门镇日无梳洗,何必珍珠慰寂寥!

明皇看诗,心中不乐,令梨园子弟以新声度曲,就号《一斛珠》。这是嫔妃争宠的。

还有西湖上一个故事,是妻妾争宠的。虽然娇妒得有趣,不比村妇大哄大闹,却又有意外之变,妆点得更妙。话说这个故事出在宋朝高宗南渡之后,这人姓朱名端朝,字廷之,昭庆人氏,父母双亡,娶得妻子柳氏,生得玉琢成、粉捏就的身躯,更兼描鸾刺凤,绣将出来就如活的一般,曾有诗单道刺绣的妙处:

日暮堂前花蕊娇,争拈小笔上床描。

绣成安向春园里,引得黄莺下柳条。

柳氏女工精巧过人,这也不足为奇。自幼聪明,读书识字,吟得好诗,作得好赋。朱廷之娶得来家,甚是相得,行则同肩,寝则叠股,说不尽两人恩爱之处。夫妻共是二十三岁,再不相离。然虽如此,柳氏却有一种病痛,是犯了"女旁之石",这病却也再解不得。柳氏胸中这块妒石,虽然没有斗大,却也有升大,若是发作将起来,就像害痞块疾的一般,一连数十日不得平静。

从来道,妒妇胸中有六可恨。那六可恨?第一恨道,一夫一妇,此是定数,怎么额外有什么叫做小老婆。我却嫁不得小老公,他却娶得小老婆,是谁制的礼法,不公不平,俺们偏生吃得这许多亏。这是第一着可恨之处了。第二恨道，妇人偷了汉子便道是不守闺门，此是莫大之罪，该杀该休。男儿偷了妇人，不曾见有杀、休之罪。俺们若像宜城公主，剥了阴皮鞭在驸马面上，便道俺们罪大恶极而不可赦。又有傻鸟、信佛法的书呆子，造言生事，说谎弄舌道，有什么阎罗王十八层、十九层地狱，安排锻炼，吃苦不尽，恐吓俺们。这是第二着可恨之处了。第三恨道，男子娶小老婆，偷妇人，已是异常可恨之事了，怎生又突出一种"男风"①来，夺俺们的乐事，抢俺们的衣食饭碗。这一件事，你道可省得么？所以那《牡丹亭记》内李猴儿好男风，冥府判官罚他做蜜蜂，屁窟里长拖一个针。就是这件东西，也是俺们身上所有之物，你若上紧时，俺也肯一揽包收，难道俺们倒不如他不成？那不知趣的男儿，偏生耽恋着男风，就像分外有一种妙处的一般，我断断解说不出。这是第三着可恨之处了。第四恨道，妇人偷了汉子，便要怀孕，生出私孩子来，竟有形迹，难以躲闪，就如供状一般，所以妇人不敢十分放手，终久有些忌惮。男子偷了妇人、小官，并无踪影可以查考，所以他敢于作怪放肆，恣意胡为。这是第四着可恨之处了。第五恨道，男儿这件东西，只许见了自己婆子方才发作、方才鼓弄便好，若是自己婆子不在面前，这件东西便守着家教，一毫不敢作怪，依头顺脑使唤，随别人怎么引诱，断然不为非礼之事，这便是守规矩的东西。偏是他见了生客，分外峥狰峥狞，分外胆大，及至交战之时，单刀直入，再也不肯休歇，就像孙行者的金箍棒一般，好不凶勇，还要头面紫胀，粗筋暴露，磊磊魄魄，如与人厮打模样。若是见了熟客熟主，便就没张没智，有采打没采，狠狠獾獾，塌塌撒撒，垂头落颈，偷闲装懒，有如雨打的鸡儿一般，全然不肯奉承，不肯着力。这是第五着可恨之处了。第六恨道，俺们杜绝了他的小老婆、小官儿，使他不敢乱走胡行，这也算放心的了。但他随身还有那五个指头，也还要作怪，又有夜壶，活似俺们那件模样，一出一入于其间，也是放肆之事。还有竹夫人、汤婆子这样的名色，也要引坏了他那不良的心肠。这是第六着可恨之处了。从来的妒妇，怀了这六可恨，怎生肯放一着空与丈夫？柳氏虽不全然怀这六可恨，却也微微有些意思，若是略有颜色的丫环，不甚精致的妓女，这柳氏也都不在心上，若是一个绝色的妇人，或是能吟诗作赋、颇通文理的妓者，朱廷之若去破了此戒，柳氏便就放下面皮，与

———————————

① 男风——指男色。

丈夫终日聒噪个不了。有时柳眉倒竖,杏眼圆睁。以此,朱廷之心中又爱她,又怕她。爱的是聪明标致,怕的是妒忌天成。后来朱廷之因柳氏与他大哄了几次,原是恩爱夫妻,不忍触忤,也遂收心,不敢破坏妻子的教训,从此规规矩矩,遵着孔子大道而走,踏着周公礼法而行,不敢恣意胡为。柳氏见丈夫做了君子行径,因此也变了些性格。朱廷之要到帝都来肄业①上庠②,收拾起身,柳氏安排酒肴,一杯两盏,与丈夫饯别。朱廷之别了柳氏,同一个朋友杨谦到帝都而来。

那时宋高宗南渡已二十年,临安花锦世界更自不同。且把临安繁华光景表白一回,共有几处酒楼:

　　　熙春楼　三元楼　五间楼　赏心楼　严厨　花月楼

　　　银马杓　康沈店　日新楼　虼蟆眼只卖好酒

　　　翁厨　任厨　陈厨　周厨　巧张　沈厨

　　　张花　郑厨只卖好食,虽海鲜、头羹皆有之。

话说这几处酒楼最盛,每酒楼各分小阁十余,酒器都用银,以竞华侈。每处各有私名妓数十人,时妆艳服,夏月茉莉盈头,香满绮陌,凭槛招邀,叫做"卖客";又有小鬟,不呼自至,歌吟强聒,以求支分,叫做"擦坐";又有吹箫、弹阮、息气、锣板、歌唱、散耍等人,叫做"赶趁";又有老妪以小炉炷香为供,叫做"香婆";又有人以法制青皮、杏仁、半夏、缩砂、荳蔻、小蜡茶、香药、韵姜、砌香橄榄、薄荷,到酒阁分俵得钱,叫做"撒暂";又有卖玉面狸、鹿肉、糟决明、糟蟹、糟羊蹄、酒蛤蜊、柔鱼、虾茸、鳆干,叫做"家风";又有卖酒浸江瑶、章举、蛎肉、龟脚、锁管、蜜丁、脆螺、鲎酱、虾子鱼、鳖鱼诸海味,叫做"醒酒口味"。凡下酒羹汤任意索唤,就是十个客人,一人各要一味,也自不妨。过卖、铛头,答应如流而来,酒未至,先设看菜数碟,及举杯则又换细菜,如此屡易,愈出愈奇,极意奉承。或少忤客意,或食次少迟,酒馆主人便将此人逐出。以此酒馆之中歌管欢笑之声,每夕达旦,往往与朝天车马相接。虽暑雨风雪,未尝少减。

话说那妓馆共有几处:

　　　上抱剑营　下抱剑营　漆器墙　沙皮巷　清河坊

---

① 肄(yì)业——修习课业。

② 庠(xiáng)——古代的学校。

清乐茶坊　八仙茶坊　融和坊　太平坊　巾子巷
珠子茶坊　潘家茶坊　后市街　新街　金波桥
连三茶坊　连二茶坊　荐桥　两河　瓦市
狮子巷

这几处都是群妓聚集之地。内中单表一个妓者，姓马名琼琼，住于上抱剑营，容貌超群，才华出众，误落风尘，每思脱其火坑，复做好人妇女，以此性爱幽闲，不肯与俗子往来，随你富商大贾，金钱巨万，不能博其破颜一笑。果是：

谈笑有鸿儒，往来无白丁。

话说朱廷之同杨谦到于上庠，肄业余闲，走入赏心楼，两人对酌豪饮，吃了些醒酒口味。那杨谦是一个风流性格，遂访问过卖说："那一家妓者最好？"过卖道："只有上抱剑营马家最盛。"杨谦切记在心。从来道诗有诗友，酒有酒友，嫖有嫖友，赌有赌友，真是"物以类聚"。杨谦要到妓者家去戏耍，就有那一班帮闲之人簇拥了到马家去。那时适值马琼琼不在，马琼琼的姐姐马胜胜出来相见。那马胜胜虽不比得琼琼标致，却也毫无俗韵，清雅过人。杨谦就看上了马胜胜，破费了些珠钗之费，与胜胜相处一程。朱廷之守着妻子的教训，花柳丛中不敢胡行乱走。杨谦因廷之的妻子妒忌，也不敢挈朱廷之到马家去。只因杨谦在马家相处长久，未免朱廷之也几次到马家去同饮杯酒。不期天赐良缘，婚姻簿上注了定数，马琼琼见朱廷之生性醇和，姿性超群，文华富丽，因此就看上了朱廷之，几次央浼①姐姐与杨谦说，要与朱廷之相处。杨谦因廷之妻子有吃醋拈酸之病，恐明日惹柳氏嗔怪，说他拖人落水，因此不敢兜揽。争奈被琼琼央浼不过，只得与朱廷之说知。那朱廷之原是一个真风流、假道学之人，只因被妻子拘束，没奈何做那猴狲君子行径。今番离了妻子眼前，便脱去"君子"二字，一味猴狲起来，全不知有孔子大道周公礼法，就如小学生离了先生的学堂，便思量去翻筋斗、打虎跳、戴鬼脸、支架子的一般恣意儿玩耍，况且又是一个绝色妓女招揽，怎生硬熬得住？因此一让一个肯，便明目张胆起来，与马琼琼相处。琼琼见朱廷之胸怀磊落，并无半点遮掩，倾心陪奉，真真如胶似漆，异常欢好。琼琼因是盛名之下，积攒金银绫锦不

① 央浼（měi）——央求。

计其数，今番死心塌地在朱廷之身上，不唯不要朱廷之一文钱，反倒赔钱钞出来，与朱廷之做衣服巾履之类。日用之费，尽取给于琼琼，凡请客宴宾，都是琼琼代出。

不期肄业之期已满，杨谦苦促廷之回家，恐日后廷之妻子风闻此事，伤神破面，坏了朋友之情。廷之与琼琼两个正打得火一般热，怎生割舍？却被杨谦苦劝不过，只得告归。临别之际，琼琼再三叮嘱道："妾堕落风尘，苦不可言，如柳絮误入污泥之中，欲飞不得。每欲脱其火坑，仍做好人风范，数年以来，留心待个有情有意之人，终不可得。妾见郎君，气宇不凡，定是青云之客，又非薄幸之人，愿托终身，不知可否？"廷之心中虽然晓得妻子有吃醋之意，实难兼容，口里只得勉强应承道："承娘子相爱，解衣衣我，推食食我，此恩没身难报。在他人求之而不得，我不求而自来，实出望外。异日倘得侥幸，断不敢寒盟，有乖恩德。终身之事，自当做主，不必过虑。"琼琼不胜欢喜，遂作别而去。正是：

> 难将心里事，说与眼前人。

话说廷之回到家中，见了柳氏，咬住牙管不敢说出此事。连随身小厮，廷之狠狠吩咐，不许一言泄漏，遂瞒得铁桶相似。过得不上一月，此事渐渐露将出来。你道是怎生露出？原来廷之在家，夜夜与柳氏同床叠股而睡，每每行其云雨之事。自从贪恋了马琼琼，那精神便全副用在琼琼身上，不觉前去后空，到柳氏身上便来不得了。始初勉强支撑，不过竭力以事大国。后来支撑不来，渐有偷懒之意，苦水滴东，扯扯拽拽而已。柳氏是个聪明之人，早猜有个七八分着，遂细细盘问朱廷之道："你向日在家间精神甚好，今在外许久，精神反觉不济，定有去头，或是与妓女相处，休得瞒我！"朱廷之本是个怕老婆之人，今日被柳氏一句道着，就如阎王殿前照胆镜一般一一照出，心胆都慌，满脸通红。自料隐瞒不过，只得一一说出，却又胸中暗暗自己安稳道："律上一款道是自首免罪，或者娘子谅我之情，不十分罪责，也未可知。"胸中方才暗转。怎知那位娘子不能有此大雅，方才得知，早已紫胀了面皮，勃然大骂道："你这负心汉子，薄幸男儿，恁地瞒心昧己，做此不良之事，真气死我也！"说罢，便蓦然倒地。正是：

> 未知性命如何，先见四肢不动。

廷之慌张无措，一手揪住头发，一手掐住人中，忙叫丫环将姜汤救醒。

柳氏醒来，放声大哭个不住，廷之再三劝解，只是不睬。只得央浼柳氏的兄弟柳三官到来苦劝，廷之又几次赔个小心，柳氏方才回转意来。廷之自知无礼，奉承无所不至，又毕竟亏了腰下之物小心服侍做和事老，方才干休。廷之自此之后，并不敢胡行乱走，又做起假道学先生来了，在家谨守规矩，相伴过日。

不觉光阴似箭，转眼间又是秋试之期，府县行将文书来催逼赴试。柳氏闻知这个信息，好生不乐，若留住丈夫在家，不去赴试，恐误了功名大事，三年读书辛苦，付之一场春梦；若纵放丈夫而去，恐被马琼琼小淫妇贱人勾引我官人迷恋花酒，贪欢不归。这一去正如龙投大海、虎奔高山，他倒得其所哉，我却怎生放心得下？以心问口，以口问心，好难决断。果然：

　　好似和针吞却线，系人肠肚闷人心。

那柳氏主意，若是男人这个鸡巴或是取得下、放得上的，柳氏心生一计，定将丈夫此物一刀割下，好好藏在箱笼之中，待丈夫归来，仍旧将来装放丈夫腰下，取乐受用，岂不快哉！只因此物是个随身货，移动不得的，柳氏也付之无可奈何了。却又留丈夫不住，只得听丈夫起身。临行之际，再三叮嘱道："休似前番！"廷之又猴狲君子起来，喏喏连声道："不敢！不敢！"柳氏因前番与杨谦同去，惹出事端，此行不许丈夫与杨谦同走。杨谦知柳氏嗔怪，也并不敢约廷之同行。廷之独自一个来到临安，争奈偷鸡猫儿性不改，离了妻子之面，一味猴狲生性发作，就走到马琼琼家去。琼琼见廷之来到，好生欢喜，即时安排酒肴与廷之接风。廷之把妻子吃醋之意，一毫不敢在琼琼面前提起。廷之遂住于琼琼家中，免不得温习些经史。琼琼甚乐，一应费用都是琼琼代出，不费廷之一毫。廷之心中过意不去，甚是感激，因而朝夕读书不倦。幸而天从人愿，揭榜之日，果中优等，报到家中，柳氏大喜。细访来人消息，知丈夫宿在琼琼家中，一应费用都出琼琼囊橐，虽怜琼琼之有情，又恨琼琼之夺宠。毕竟恨多于怜，然亦是无可奈何之事。

谁料廷之廷试之日策文说得太直，将当时弊病一一指出，试官不喜，将他置于下甲，遂授南昌县尉，三年之后始得补官。廷之将别琼琼而回，琼琼置酒饯别，手执一杯，流涕说道："妾本风尘贱质，深感相公不弃，情投意合，相处许久。今相公已为官人，古人道'一贵一贱，交情乃见'，岂敢复望枕席之欢，但妾一身终身沦落，实可悲悯。愿相公与妾脱去乐籍，

永奉箕帚,妾死亦甘心也!"说罢,廷之默然不语。琼琼便知其意,说道:
"莫不是夫人严厉,容不得下人,相公以此不语耶?"廷之闻得此语,不觉
流下泪来道:"我感娘子厚意,一生功名俱出娘子扶持,岂敢作负义王魁
之事。但内人实是妒忌,不能相容,恐妨汝终身大事,以此不敢应允。"琼
琼道:"夫人虽然严厉,我自小心服侍,日尽婢妾之道,不敢唐突触忤。贱
妾数年以来日夜思量从良,积攒金银不下三千金,若要脱籍,不过二三百
金,余者挈归君家,尽可资君用度,亦不至无功食禄于尔家也。"廷之沉吟
半晌道:"此事实难,前日到家,因知与尔相处,便一气几死。暂处尚不相
容,何况久居乎? 幸亏舅舅相劝,方才回心转意。今过得几时,便能作此
度外之雅人乎?"琼琼道:"相公何无智之甚也! 世事难以执一而论,君知
其一,未知其二。昔日相公为穷秀才之时,百事艰难,妇人女子之见,往往
论小,今日做了官人,势利场中自然不同。她前日若不放你出来赴选,这
吃醋意重,自然做不成了;既放你出来赴选,这便是功名为重之人。既然
成名而回,她心亦喜。况她明明晓得有我在此,便大胆放你出来,这便是
娇妒之人,与一概胡乱厮闹、吃醋妒忌之人自然不同,此等女人尽可感格。
况前日既听兄弟解劝得,安知今日又不听兄弟之言娶得我乎? 相公休得
胶柱鼓瑟①。事在人为,不可执迷。"廷之听了这一席话,如梦初醒道:"娘
子之言,甚是有理,吾妻不听他人说话,只听舅舅言语,这果有机可乘。须
要用一片水磨工夫在舅舅面前,方才有益。"果是:

　　　　安排烟粉牢笼计,感化深闺吃醋人。

　　琼琼又再三叮嘱道:"须要宛转小心,不可有误。妾在此专候佳音,
烧香祈祷。"拜别出门。

　　廷之到得家间,合家欢喜,且做个庆喜筵席。不则一日,廷之赔个小
心,到舅舅面前,一缘二故,说得分明,又道:"琼琼为人极其小心,情愿伏
低下贱,断不敢唐突触忤。况彼囊橐尽有充余,我之为官,皆彼之力。今
三年之后,方得补官,家中一贫如洗,何不借彼之资,救我之急,此亦两便
之计也。昔王魁衣桂英之衣,食桂英之食,海誓山盟,永不遗弃。后来王
魁中了状元,桂英连寄三首诗去,极其情深,王魁负了初心,竟置之不理。

――――――――――

　① 胶柱鼓瑟――柱,瑟上调弦的短木。柱被粘住,就不能调音。比喻固执拘
　　　泥,不能变通。

桂英惭恨，自缢而死，王魁在于任所，青天白日亲见桂英从屏风背后走出，骂其负义，日夜冤魂缠住，再不离身。后用马道士打醮超度，竟不能解，遂活捉而去。尝看此传，甚可畏怕。我今受琼琼之恩，不减桂英，今千辛万苦得此一官，岂可为负义王魁，令桂英活捉我而去耶？乞吾舅成人之美，则彼此均感矣。"那个舅舅是个好人，说到此处，不觉心动，就走到姐姐面前，说个方便，又添出些话来，说得活灵活现，说"王魁昔日负了桂英，果被桂英活捉而去，此是书传上真真实实之事，并非谬言。今姐丈千难万难，博得此官，万一马琼琼怀恨，照依像桂英自缢而死，活捉姐夫而去，你我之心何安！不如打发姐夫前去，脱其花籍，娶彼来家。况彼情愿小心服侍，料然不敢放肆。倘或放肆，那时鸣鼓而攻，打发出去，亦不敢怨恨于你我矣。"大抵女人心肠终久良善，听得"活捉而去"四字，未免害怕起来，只得满口应承，就教廷之前到临安脱其花籍而回。正是：

　　　得他心肯日，是我运通时。

　　廷之领了妻命而来，就如捧了一道圣旨，喜喜欢欢来到琼琼家间，琼琼出见，说了细故。琼琼合掌向空礼拜，感激不尽，点了香花灯烛，烧了青龙福纸，出其囊橐，脱了乐户之籍，谢了日常里相厚的干爷干娘、干姊干妹，辞别了隔壁的张龟李龟、孙鸨王鸨，收拾了细软物件，带领了平头锅边秀，一径而来。到于家间，琼琼不敢穿其华丽衣服，只穿青衣参见柳夫人，当下推金山、倒玉柱，拜毕起来，柳氏抬头一看，但见：

　　　盈盈秋水，不减西子之容；淡淡蛾眉，酷似文君之面。不长不短，
　　出落得美人画图；半瘦半肥，生成得天仙容貌。丰神袅娜，似一枝杨
　　柳含烟，韵致翩翩，如几朵芙蓉映水。看来天上也少，愈觉尘世无多。

　　柳氏不见便休，一见见了，不觉一点红从耳根边起，登时满脸通红，好生不乐，暗暗道："原来这贱人恁般生得好，怪不得我丈夫迷恋，死心塌地在她身上，异日必然夺我之宠，怎生区处？"只因始初应允，到此更变不得，只得权时忍耐，假做宽容之意。那琼琼又是个绝世聪明妓女，见柳氏满脸通红，便晓得胸中之意，一味小心，一味朴实，奉承柳氏，无所不至。就于箱中取出数千金来献与柳氏，以为进见之礼。廷之从此家计充盈，遂修饰房屋，中间造为二阁，一间名为东阁，一间名为西阁。柳氏住于东阁，琼琼住于西阁，廷之往来于其间，大费调停之意。

　　不觉已经三载，阙期已满，南昌县衙役来迎接赴任。廷之因路远俸

薄，又因金兀术猖獗之时，东反西乱，不便携带家眷，要单骑赴任，却放琼琼不下，恐柳夫人未免有摧挫之意。临别之时，遂置酒一席，邀一妻一妾饮酒，而说道："我今日之功名，皆系汝二人之力。今单身赴任，任满始归，今幸汝二人在家和顺，有如姊妹一般，我便可放心前去。如有家信，汝二人合同写一封，不必各人自为一书。我之复书亦只是一封。"说罢，因一手指琼琼道："汝小心服侍夫人，休得傲慢。"又一手指柳夫人道："汝好好照管。"吩咐已毕，含泪出门而别。果然：

　　流泪眼观流泪眼，断肠人送断肠人。

　　话说廷之出得门，毕竟一心牵挂琼琼，时刻不离，然事已至此，无可奈何，只得大胆前去。到于南昌，参州谒府，好不烦杂。那时正值东反西乱、干戈扰攘之际，日夜防着金兀术，半载并无书信。一日接得万金家报，廷之甚喜，拆开来一看，只东阁有书，西阁并无一字附及。廷之心疑道："我原先出门之时，吩咐合同写一书，今西阁并无一字，甚是可虑，莫不是东阁妒忌，不容西阁写书思念我否？"随即写一封回书，书中仍要东阁宽容、西阁奉承之勤的意思。谁知这一封回书到家，东阁藏了此书，不与西阁看视。西阁因而开言道："昔相公临去之时，吩咐合同写书。前日书去之时，并不许我一字附及。今相公书来，又不许我一看。难道夫人有情，贱妾独无情也？"东阁听得此言，大声发话道："你这淫贱妇人，原系娼妓出身，人人皆是汝夫，有何情义，作此态度？前日蛊惑我家，我误堕汝计，娶汝来家。汝便乔做主母，自做自是，今日还倚着谁的势来发话耶？就是我独写一书，不与尔说知，便为得罪于汝，汝将问我之罪多！"说毕，恨恨入房。西阁不敢开言，不觉两泪交流，暗暗叫自己跟来平头寄封书信到任所，不与东阁说知。书到南昌，廷之拆开来一看，并无书信，只有扇子一柄，上画雪梅，细细题一行字于上面，调寄《减字木兰花》，道：

　　雪梅妒色，雪把梅花相抑勒。梅性温柔，雪压梅花怎起头？
　　芳心欲诉，全仗东君来做主。传语东君，早与梅花做主人。

　　廷之看了此词，知东阁妒忌，不能宽容，细问平头，备知缘故，好生凄惨，遂叹道："我侥幸一官，都是西阁之力，我怎敢忘却本心，做薄幸郎君之事。今被东阁凌虐，我若在家，还不至如此，皆此一官误我之事。我要这一官何用？不如弃此一官，以救西阁之苦。"那平头却解劝道："相公，虽只如此，但千辛万苦博得此一官，今却为娘子而去，是娘子反为有罪之人。虽夫人折挫,料不至于伤命。等待任满回去,方为停妥。"廷之因平头说话有理,就留平头在于任所。不觉又经三月余,那时正是九月重阳之后,廷之在书房中料理些文书,平头煎茶服侍,至三更时分,几阵冷风,呼呼的从门窗中吹将入来,正是:

> 无形无影透人怀,四季能吹万户开。

> 就地撮将黄叶起,入山推出白云来。

这几阵风过处,主仆二人吹得满身冰冷,毫毛都根根直竖起来,桌上残灯灭而复明,却远远闻得哭泣之声,呜呜咽咽,甚是凄惨。主仆二人大以为怪,看看哭声渐近于书房门首,门忽呀然而开,见一人抢身入来,似女人之形。二人急急抬头起来一看,恰是马琼琼,披头散发,项脖上带着汗巾一条,泪珠满脸,声声哭道:"你这负义王魁,害得我好苦也!"主仆二人一齐大惊道:"却是为何?"琼琼道:"前日我寄雪梅词来之时,原不把东阁知道。东阁知平头不在家,情知此事,怨恨奴家入于骨髓,日日凌逼奴家。三个月余,受他凌逼不过,前日夜间只得将汗巾一条自缢而死。今夜特乘风寻路而来,诉说苦楚,真好苦也!"说毕,大哭不止。廷之要上前一把抱住,琼琼又道:"妾是阴鬼,相公是阳人,切勿上前!"主仆二人大哭道:"今既已死,却如何处置?"琼琼道:"但求相公作佛法超度,以资冥福耳。"说毕,又大哭而去。廷之急急上前扯住衣袂,早被冷风一吹,已不见了琼琼之面。廷之哭倒在地。正是:

> 夜传人鬼三分话,只说王魁太负心。

话说廷之跌脚捶胸,与平头痛哭了一夜,对平头道:"东阁直如此可恨,将我贤惠娘子活逼而死,早知如此,何苦来此做官!若在家间,量没这事。"说罢又哭。次日遂虔诚斋戒,于近寺启建道场,诵《法华经》超度。因《法华经》是诸经之王,有"假饶造罪过山岳,不须《妙法》两三行"之句。又买鱼虾之类放生,以资冥福。有《牡丹亭》曲为证:

> 风灭了香,月倒廊,闪闪尸尸魂影儿凉,花落在春宵情易伤。愿你早度天堂,愿你早度天堂,免留滞他乡故乡!

话说三日道场圆满,又见琼琼在烟雾之中说:"我已得诵经放生之力,脱生人间。"再三作谢而去。主仆二人不胜伤感。廷之遂弃了县尉,欲归家间将琼琼骸骨埋葬,告辞了上官,收拾起身。正是:

> 乘兴而来,败兴而返。

看看近于家间,行一步不要一步,凄凉流泪不止。走得进门,合家吃其一惊,鼎沸了家中,早惊动了东西二阁,都移步出阁来迎。主仆看见西阁仍端然无恙,二人面面厮觑,都则声不得,都暗暗的道:"前日夜间那鬼是谁? 却如此做耍哄赚我们! 莫不是眼花,或是疑心生暗鬼? 怎生两度现形? 有如此奇怪之事!"二阁都一齐开口道:"怎生骤然弃官而回,却是何故?"廷之合口不来,不好将前事说出,只得说道:"我侥幸一官,羁縻千里。所望二阁在家和顺相容,使我在任所了无牵挂之忧。今见西阁所寄梅扇上书《减字木兰花》词一首,读之不遑寝食,我安得而不回哉?"遂出词与东阁看。东阁道:"相公已登仕版,且与我判断此事,据西阁词中所说梅花孰是孰非?"廷之道:"此非口舌所能判断,当取纸笔来书其是非。"遂作《浣溪纱》一阕道:

梅正开时雪正狂,两般幽韵孰优长? 且宜持酒细端详。　　梅比雪花多一出,雪如梅蕊少些香。花公非是不思量!

书完,二阁看了,意思都尽消释,并无争宠之意,遂置酒欢会,方说起前月假鬼现形之事,盖借此以骗佛法超度耳,这鬼亦甚是狡黠可恶也。东西二阁甚是吃惊,因此愈加相好。廷之自此亦不复出仕于朝,今日东而明日西,在家欢好而终。有诗为证:

宫女多相妒,东西亦并争。
鬼来深夜语,提笔付优伶。

又有诗道:

世事都如假,鬼亦幻其真。
人今尽似鬼,所以鬼如人。

第十二卷
吹凤箫女诱东墙

楚山修竹如云，异材秀出千林表。龙须半剪，凤膺微涨，玉肌匀绕。木落淮南，雨晴云梦，月明风袅。自中郎不见，桓伊去后，知辜负、秋多少？　　闻道岭南太守，后堂深、绿珠娇小。绮窗学弄，《梁州》初遍，《霓裳》未了。嚼徵含宫，泛商流羽，一声云杪。为君洗尽，蛮风障雨，作《霜天晓》。

这一首词儿调寄《水龙吟》，是苏东坡先生咏笛之作。昔轩辕黄帝使伶伦伐竹于昆溪，作笛吹之，似凤鸣，因谓之"凤箫"。又因秦弄玉吹箫引得凤凰来，遂此取名。这一尺四寸之中，可通天地鬼神。

话说唐时有个贾客吕筠卿，性好吹笛，出入携带，夜静月明之际，便取出随身的这管笛吹将起来，真有穿云裂石之声，颇自得意。曾于仲春夜，泊舟于君山之侧，时水天一色，星斗交辉，吕筠卿三杯两盏，饮酒舒怀，吹笛数曲。忽然一老父须眉皓白，神骨清奇，从水上荡一小舟而来，傍在吕筠卿船侧，就于怀中取出三管笛来，一管大如合拱，一管就如常人所吹之笛，一管绝小如细笔管。吕筠卿吃惊道："怎生有如此大笛，老父幸吹一曲，以教小子。"老父道："笛有三样，各自不同，第一管大者，是诸天所奏之乐，非人间所可吹之器；次者对洞府诸仙合乐而吹；其小者是老夫与朋友互奏之曲。试为郎君一吹，不知可终得一曲否？"道罢，便取这一小管吹将起来，方才上口吹得三声，湖上风动，波涛汹涌，鱼龙贲跳，五声六声，君山上鸟兽叫噪，月色昏暗，阴云陡起；七声八声，湖水掀天揭地，龙王、水卒、虾兵、鬼怪，如风涌到船边，那船便要翻将转来。满船中人惊得心胆都碎，大叫："莫吹！莫吹！"一阵黑风过处，面前早已不见了老父并小舟，人人惊异，顷刻间仍旧天清月白，不知是何等神鬼。自此吕筠卿出外再不敢吹笛。正是：

　　弄玉吹箫引凤凰，筠卿吹箫引鬼怪。

再说一个吹箫引得仙女来的故事。是我朝弘治年间的人，姓徐名鏊，字朝楫,长洲人,家住东城下,虽不读书,却也有些士君子气。丰姿俊秀,最善音律,年方十九,未有妻房。母舅张镇是个富户,开个解库,无人料理,却教徐鏊照管,就住在东堂小厢房中。七夕,月明如昼,徐鏊吹箫适意,直吹到二鼓,方才就寝。还未睡熟,忽然异香酷烈,厢房二扇门齐齐自开,有一只大犬突然走将进来,项缀金铃,绕室中巡行一遍而去。徐鏊甚以为怪,又闻得庭中切切有人私语,正疑心是盗贼之辈,倏见许多女郎,都手执梅花灯沿阶而上。徐鏊一一看得明白,共分两行,凡十六人,末后走进一个美人来,年可十八九,非常艳丽,瑶冠凤履,文犀带,着方锦纱袍,袖广二尺,就像世上图画宫妆之状,面貌玉色,与月一般争光彩,真天神也。余外女郎服饰略同,形制微小,那美貌也不是等闲之辈。进得门,各女郎都把笼中红烛插放银台之上,一室如同白昼。室中原是小小一间屋,到此时倍觉宽大。徐鏊甚是慌张,一句也做声不得。美人徐步就榻前,伸手入于衾中,抚摩徐鏊殆遍,良久转身走出,不交一言。众女郎簇拥而去,香烛一时都灭,仍旧是小小屋宇。徐鏊精神恍惚,老大疑惑,如何有此怪异之事。过得三日,月色愈明,徐鏊将寝,又觉香气非常,暗暗道:"莫不是前日美人又来乎?"顷刻间,众女郎又簇拥美人而来。室中罗列酒肴,其桌椅之类,又不见有人搬移,种种毕备。美人南向而坐,使女郎来唤徐鏊。徐鏊暗暗地道:"就是妖怪,毕竟躲他不过,落得亲近他,看他怎么。"整衣冠上前作揖,美人还礼,使坐右首。女郎唤鏊捧玉杯进酒,酒味香美,肴膳精洁,竟不知是何物。美人方才轻开檀口道:"妾非花月之妖,卿莫惊疑!与卿有宿缘,应得谐合,虽不能大有所补益,亦能令卿资用无乏。珍馐百味,锦绣缯素,凡世间可欲之物,卿要即不难致,但忧卿福薄耳。"又亲自酌酒以劝徐鏊,促坐欢笑,言词婉媚,口体芳香。徐鏊不能吐一言,但一味吃酒食而已。美人道:"昨听得箫声,知卿兴致非浅,妾亦薄晓丝竹,愿一闻之。"遂教女郎取箫递与徐鏊。徐鏊吹一曲,美人也吹一曲,音调清彻,高过于徐鏊。夜深酒阑,众女郎铺茵①褥于榻上,报道:"夜深也,请夫人睡吧。"美人低面微笑,良久,乃相携登榻,帐帏衾褥,穷极华丽,不是徐鏊向时所眠之榻。美人解衣,独着红绡裹肚一事,相与就枕,交会之际,宛然处女,宛转于衾褥之间,大是难胜。徐鏊此时情志飞荡,居然神仙矣,然究竟不能一

---

① 茵——垫子或褥子。

言。天色将明，美人先起揭帐，侍女十余人奉汤水妆梳。妆梳已完，美人将别，对徐鏊道："数百年前结下之缘，实非容易。自今以后，夜夜欢好无间。卿若举一念，妾身即来，但忧卿此心容易翻覆。妾与君相处，断不欲与世间凡夫俗子得知。切须秘密，勿与他人说可也！"言讫，美人与侍女一齐都去。徐鏊恍然自失，竟不知是何等神仙。次日出外，衣上有异常之香，人甚疑心。从此每每举念，便有香气；香气盛，则美人至矣，定有酒肴携来欢宴。又频频对鏊说天上神仙诸变化之事，其言奇妙，亦非世之所闻。徐鏊每要问她居址名姓，见面之时却又不能言语，遂写在一幅纸上，要美人对答。美人道："卿得好妻子，适意已足，更何须穷究。"又道："妾从九江来，闻苏、杭名郡最多胜景，所以暂游。此世间处处是吾家里。"美人生性极其柔和，但待下人又极严，众女侍在左右，不敢一毫放肆，服侍徐鏊如服侍自己一样，一女侍奉汤略不尊敬，美人大怒，揪其耳朵，使之跪谢而后已。徐鏊心中若要何物，随心而至。一日出行，见柑子甚美，意颇欲之。至晚，美人便袖数百颗来与徐鏊吃。凡是心中要吃之物，般般俱有。徐鏊有数匹好布，被人偷剪去六尺，没处寻觅。美人说在某处，一寻即有。解库中失去金首饰几件，美人道："当于城西黄牛坊钱肆中寻之，盗者已易钱若干去矣。"次日往寻，物果然在，径取以归，主人俱目瞪口呆而已。徐尝与人争斗不胜，那人回去或无故僵仆，或因他事受辱。美人道："奴辈无礼，已为郎君出气报复之矣。"如此往还数月，徐鏊口嘴不谨，好与人说。人疑心为妖怪，劝徐鏊不要亲近。美人已知，说道："痴奴妄言，世宁有妖怪如我者乎？"徐鏊有事他出，微有疾病，美人就来于邸中，坐在徐鏊身旁，时时会合如常，虽甚多人，人亦不觉也。常常对徐鏊道："断不可与人说，恐不为卿福。"当不得徐鏊只管好说，传闻开去，三三两两，渐至多人都来探觑，竟无虚日。美人不乐。徐鏊母亲闻知此事，便与徐鏊定了一头亲，不日之间便要做亲，以杜绝此事。徐鏊不敢违拗母亲之意。美人遂怒道："妾本与卿共图百年之计，有益无损。郎既有外心，妾不敢靦颜相从！"遂飘然而去，再不复来。徐鏊虽时时思念，竟如石沉海底一般。正是：

> 恩义既已断，覆水岂能收？

话说徐鏊自美人去后，至十一月十五夜，梦见四个鬼卒来唤，徐鏊跟着鬼卒走到萧家巷土地祠。两个鬼卒管着徐鏊，两个鬼卒走入祠唤出土地。那土地方巾白袍，走将出来同行，道："夫人召，不可怠慢。"即出胥门①，渐渐走到一个大第宅，墙里外乔木参天，遮蔽天日。走过二重门，门上都是朱漆兽环、龙凤金钉，俨似帝王之宫，数百人守门。进到堂下，堂高八九丈，两边阶级数十重，丹墀有鹤、鹿数只。彩绣朱碧，光彩炫耀。前番女侍遥见徐鏊，即忙奔入报道："薄情郎来了。"堂内女人，有捧香的，调鹦鹉的，弄琵琶的，歌的舞的，不计其数。见徐鏊来，都口中怒骂。霎时间，堂门环佩叮咚，香烟如云，堂内递相报道："夫人来。"土地牵徐鏊使跪在地下，帘中有大金地炉，中烧兽炭②，美人拥炉而坐，自提火箸簇火，时时长叹道："我曾道渠③无福，今果不错。"顷刻间呼："卷帘！"美人见鏊，面红发责道："卿太负心，我怎生叮咛，卿全不信我言语。今日相见，有何颜面？"美人掩袂欷歔泣下道："与卿本期始终，岂意弃我至此。"两旁侍女都道："夫人不必自苦。这薄幸儿郎便当杀却，何须再说。"便叫鬼卒以大杖击鏊。击至八十，徐鏊大叫道："夫人，吾诚负心，但蒙昔日夫人顾盼，情分不薄。彼洞箫犹在，何得无情如此！"美人因唤停杖，道："本欲杀卿，感念昔日，今赦卿死。"两旁女侍大骂不止。徐鏊遂匍匐拜谢而出，土地仍旧送还，登桥失足而醒，两股甚是疼痛，竟走不起。卧病五六日，复见美人来责道："卿自负心，非关我事。"连声恨恨而去。美人去后，疼痛便消。后到胥门外访寻踪迹，绝无影响，竟不知是何等仙女。遂有《洞箫记》传于世。有诗为证：

> 口是祸之门，舌是斩身刀。
>
> 只因多开口，赢得棒来敲。

如今小子说西湖上也因一曲洞箫成就了一对好夫妻，不比那徐郎薄幸，干吃大棒，打得叫苦叫屈。话说宋高宗南渡以来，传到理宗，那时西湖之上，无景不妙，若到灯节，更觉繁华，天街酒肆，罗列非常，三桥等处，客邸最盛，灯火箫鼓，日盛一日。妇女罗绮如云，都带珠翠闹娥，玉梅雪柳，菩提叶灯球，销金合，蝉貂袖项帕，衣都尚白，盖灯月所宜也。又有邸第好事者，如清河张府、蒋御药家，开设雅戏烟火，花边水际，灯烛灿然。游人

---

① 胥门——城门名。即今江苏省苏州市城西门。

② 兽炭——做成兽形的炭。亦泛指炭。

③ 渠——他。

士女纵观，则相迎酌酒而去。贵家都以珍馐、金盘、钿盒、簇钉相遗，名为"市食合儿"。夜阑灯罢，有小灯照路拾遗者，谓之"扫街"，往往拾得遗弃簪珥，可谓奢之极矣，亦东都遗风也。

话说嘉熙丁酉年间，一人姓潘名用中，是闽中人，随父亲来于临安候差。到了临安，走到六部桥，寻个客店歇下。宋时六部衙门都在于此，因谓之"六部桥"，即今之云锦桥也。潘用中父亲自去衙门参见，理会正事，自不必说。那时正值元宵佳节，理宗皇帝广放花灯，任民游赏，于宣德门扎起鳌山灯数座，五色锦绣，四围张挂。鳌山灯高数丈，人物精巧，机关转动，就如活的一般。香烟灯花熏照天地，中以五色玉珊簇成"皇帝万岁"四大字。伶官奏乐，百戏呈巧。小黄门都巾裹翠蛾，宣放烟火百余架，到三鼓尽始绝。其灯景之盛，殆无与比。潘用中夜间看灯而回，见景致繁华，月色如银一般明朗，他生平最爱的是吹箫一事，遂取出随身的那管箫来，呜呜咽咽，好不吹得好听。一连吹了几日，感动了一位知音的千金小姐。有诗为证：

> 谁家横笛弄轻淽，唤起离人枕上情。

> 自是断肠听不得，非关吹出断肠声。

你道这一位千金小姐是谁？这小姐姓黄，小名杏春。自小聪明伶俐，幼读书史，长于翰墨，若论针黹女工，这也是等闲之事，不足为奇。那年只得十七岁。未曾许聘谁家。系是宗室之亲，从汴京扈驾而来，住于六部桥，人都称为黄府。广有家财，父母爱惜，如同掌上之珍、心头之肉。十岁之时，曾请一个姓晏的老儒教读，读到十三岁，杏春诗词歌赋落笔而成，不减曹大家①、谢道韫②之才。杏春小姐会得了文词，便不出来读书。一个兄弟，长成十岁，就请老晏儒的儿子晏仲举在家教读。真个无巧不成话，这杏春小姐也最喜的是那箫，是个女教师教成的。月明夜静之时，悠悠扬扬吹将起来，真个有穿云裂石之声。因此小姐住的楼就取名为"凤箫楼"，虽然引不得凤凰，却引了个箫史。

那杏春小姐之楼，可可的与潘用中店楼相对，不过相隔数丈。小姐日

---

① 曹大家——指东汉史学家班昭。史学家班彪之女、班固之妹。以其夫为曹世叔，被称为曹大家。

② 谢道韫——东晋女诗人。谢安侄女、王凝之之妻。聪慧有才学。

常里因与店楼相对,来往人繁杂,恐有窥觑之人,外观不雅,把楼窗紧紧闭着,再也不开。数日来一连听得店楼上箫声悠雅,与庸俗人所吹不同,知是读书之人。小姐往往夜静吹箫以适意,今闻得对楼有箫声,恐是勾引之人,却不敢吹响,暗暗将箫放于朱唇之上,按着宫商律吕①,一一与楼外箫声相和而作,却没有一毫差错之处。声韵清幽,愈吹愈妙。杏春小姐一连听了数夜,甚是可爱,暗暗地道:"这人吹得甚好,不知是何等读书之人卖弄俊俏,明日不免瞧他一瞧何如。"次日,梳妆已毕,便将楼窗轻轻推开一缝。那窗子却是里面雕花,外用木板遮护,外面却全瞧不见内里。小姐略略推开一缝瞧时,见潘用中是个美少年,还未冠巾,不过十六七岁光景,与自己年岁相当,丰姿俊秀,仪度端雅,手里执着一本书在那里看。杏春小姐便动了个爱才之念,瞧了半会,仍旧悄悄将窗闭上。在楼上无事,过了一晌,不免又推开一缝窗子瞧视。过了数日,渐渐把窗子开得大了,又开得频了。

潘用中始初见对面楼上,画阁朱楼,好生齐整,终日凝望。日来见渐渐推开窗子,又开得频数,微微见玉容花貌之人,隐隐约约于朱帘之内,也便有心探望,把那只俊眼儿一直送到朱帘之内。那小姐见潘用中如此探望,竟把一扇窗子来开了,朱帘半揭,却不把全身露出,微露半面。花容绰约,姿态妍媚,宛然月宫仙子。略略一见,却又闪身进去,随把窗子闭上。潘用中心性欲狂,随即下楼问店中妇人吴二娘道:"对楼是谁?"吴二娘道:"此是黄府,原是宗室之亲,从汴京而来,久居于此。"潘用中道:"这标致女子是谁?"吴二娘道:"是黄府小姐,今年只得十七岁,尚未曾吃茶。这小姐聪明伶俐,性好吹箫,每每明月之夜,便有箫声。今因我们客店人家来往人杂,恐人窥觑,再不开窗。今日暂时开窗,定因相公之故。相公却自要尊重,不可伸头伸脑,频去窥伺,恐惹出事端,连累不细。我客店家怎敢与黄府争执。"潘用中喏喏连声道:"不惹事,不惹事!"说罢,暗暗道:"原来这小姐也好吹箫,怪得要启窗而视哩。"正是:

　　律吕中女伯牙②,凤箫楼钟子期③。

————————

① 律吕——古代用竹管制成的校正乐律的器具,后作为音律的统称。
② 伯牙——古代传说人物,相传生于春秋时代,善弹琴。
③ 钟子期——相传春秋时楚国人。伯牙鼓琴,意在高山流水,钟子期听而知之。子期死,伯牙谓世无知音,乃把琴摔碎,终身不再弹琴。

这日潘用中手舞足蹈,狂荡了一夜。次日早起,那小姐又开窗而望。如此几日,渐渐相熟,彼此凝望,眉来眼去,好不热闹。连那窗子也像发热的一般,不时开闭。潘用中恨不得生两片翼翅,将身飞到小姐楼上,与她说几句知心话儿,结为夫妻。果是:

身无彩凤双飞翼,心有灵犀一点通。

如此一月余,彼此都如热锅上的蚂蚁一般。潘用中无计可施,不免虚空模拟,手势指尖儿事发。一日,一个朋友来访,是彭上舍在店中闲谈了半日。潘用中胸中甚是郁闷无聊,便拉彭上舍到西湖上游玩散心。那时正值三月艳阳天气,好生热闹。但见:

青山似画,绿水如蓝。艳杏夭桃,花簇簇堆成锦绣;柔枝娇蕊,香馥馥酿就氤氲。黄莺睍睆,紫燕呢喃,柳枝头,湖草岸,奏数部管弦;粉蝶低徊,游蜂飞舞,绿柳畔,红花梢,呈满目生意。紫骝马被银鞍宝辔,驮着白面郎君,向万树丛中,沫月嘶风,不觉光生绮陌;飞鱼轩映绣帏珠箔,驾着红颜少妇,走千花影里,摇珠簌彩,自然云绕《霓裳》。挟锦瑟瑶筝,吹的吹,唱的唱,都是长安游冶子;擎金卮玉液,饮的饮,歌的歌,尽属西湖逐胜人。采莲舟,彩菱舟,百花舟,百宝舟,载许多名妓,幽幽雅雅,鱼鳞般绕着湖心,寻芳楼,寻月楼,两宜楼,两胜楼,列数个歌童,叮叮咚咚,雁翅样泊在两岸。挨挨挤挤,白公堤直闹到苏公堤,若男若女,若长若短,接袵而行;逐逐烘烘,昭庆寺竟嚷至天竺寺,或老或少,或忄或俏,联袂而走。三百六十历日,人人靠桃花市趁万贯钱;四百五十经商,个个向杏林村饮三杯酒去。又见那走索的,金鸡独立,鹞子翻身,精奇古怪弄虚头;跑马的,四女呈妖,二仙传道,超腾倏忽装神怪。齐云社翻踢斗巧,角觝社跌扑争奇,雄辩社喊叫喳呼,云机社搬弄躲闪。又有那酬神许愿之辈,口口声声叫大慈大悲大观音;化米乞钱之流,蹼蹼镔镔求善人善女善长者。

话说那潘用中同彭上舍两个,在西湖苏堤上游玩多时,忽然有十数乘女轿簇拥而来,甚是华丽。那时游人如蚁,轿子一时挨挤不开,窄路相逢,潘用中一一看得明白,恰好就是黄府宝眷。看到第五乘轿子来时,正是楼上这位知音识趣的小姐。两个各各会心,四目相视,不远尺余。潘用中神魂如失,就口吟一诗道:

谁教窄路恰相逢,脉脉灵犀一点通。

最恨无情芳草路，匦兰含蕙各西东。

那时正值前后左右都是俗人，没有斯文士子在侧，所以潘用中得纵其吟咏，岂不是天使其便。吟罢，小姐在轿中微微一笑，那轿子也往前去了。潘用中紧跟一程，却是不上，只得转来，与彭上舍同行，踽踽凉凉，如有所失。闲步了半日，向绿杨深处沽饮三杯，心心念念系着小姐，连别个妇人也再无心观看，急急同彭上舍回来，彭上舍自分路作别而去。潘用中急急到于楼上，等那知音识趣的小姐。时月色如昼，潘用中取出那管箫吹将起来，便向空祷祝道："愿这一管箫做个媒人，等我定得这一头好亲事，我便生生世世不敢忘你恩德。若得侥幸成就了此亲，花烛之夕，夫妻二人恭恭敬敬拜你八拜。"祷祝了又吹，吹了又祷祝，果然箫声有灵，一阵顺风吹到小姐玲珑剔透、粉捏就、玉琢成知音的耳朵内。那时小姐还在楼下与母亲诸眷闲谈白话，虽然如此，却一心记挂着轿前吟诗之人，心心念念，蹲坐不牢，本欲上楼，无奈众女眷都在面前，不好抛撇竟自上楼，只得勉强挣挫。忽闻箫声聒耳，心中热痒，假托日间辛苦，要上楼去睡。怎当得一个不凑趣的姨娘，那姨娘年方二十三岁，极是一个风流之人，出嫁牛氏，称为牛十四娘，偏要上楼与外甥女闲耍，杏春小姐无可奈何，只得与牛十四娘闲耍了一会。幸而牛十四娘下楼去了，小姐轻轻推开了窗，潘用中见小姐开了窗，就住了箫。那时月光射在小姐面上，与月一同光彩，真如月里嫦娥一般。潘用中朗吟轿前所吟之诗，不住地吟了数遍。小姐映着月光点头微笑，两个恨不得飞做一团、扭做一块。彼此正在得意之际，不期潘用中的父亲回来，彼此急急将窗闭上。潘用中只得去睡了。是夜翻来覆去，好生难睡。这是：

只有心情思神女，更无佳梦到黄粱。

话说黄府馆宾晏仲举是建宁人，原与潘用中是相识，闻得用中在对门，遂到店中楼上拜望。潘用中遂留住晏仲举在于楼上饮酒，极其酣畅。潘用中只做不知，故意指对面高楼问道："前面这高楼谁家宅子？"晏仲举道："就是吾之馆所。"潘用中道："此楼窗终日不开，却是何故？"晏仲举道："此楼系主翁杏春小姐在上，因与这里客店对门，恐有人窥伺，外观不雅，所以不开。杏春小姐即吾父所教读书者也。聪明艳丽，工于诗词。父母钟爱之极，不欲嫁与俗人，愿归士子。今年方十七岁，正欲托吾父选一佳婿，甚难其人。"潘用中笑道："不知弟可充得此选否？"晏仲举道："如吾

兄足当此选，真佳人才子也。惜吾兄为外方人耳。"潘用中大笑道："若得
成亲，定住于临安，断不回去矣。"晏仲举道："恐不可必。"遂作别而去。
潘用中愈觉神魂飞动，凭栏凝望。小姐微微开窗，揭起朱帘，露出半面。
潘用中乘着一时酒兴，心痒难熬，取胡桃一枚掷去，小姐接得。停了一会，
小姐用罗帕一方，裹了这一枚胡桃仍旧掷来。潘用中打开来一看，罗帕上
有诗一首，笔墨淋漓。诗上道：

阑干闲倚日偏长，短笛无情苦断肠。

安得身轻如燕子，随风容易到君旁。

潘用中看了这首诗，喜跃欲狂，笑得眼睛都没缝，方晓得晏仲举说小
姐工于诗词之言不差。又见小姐属意深切，感谢不尽，也用罗帕一方裹了
胡桃掷去。小姐接得在手，解开来一看，也有一首诗道：

一曲临风值万金，奈何难买玉人心。

君如解得相如意，比似金徽更恨深。

那小姐读完了诗，停了一会，又换一方罗帕照旧裹了胡桃掷来，不意
纤纤玉手，力微掷轻，扑的一声，坠于檐下，却被店妇吴二娘拾得。那吴二
娘年登四十余岁，是个在行之人，正在柜身子里，见对楼抛下汗巾一条，知
是私情之物，急急起身拾了，藏于袖中。潘用中见罗帕坠于楼下，恐旁人
拾去，为祸不浅，急急跑到楼下，在地下打一看时，早已不见罗帕下落，心
下慌张，四围详视，并无一人。料得是吴二娘拾得，就问吴二娘道："可曾
见我一条罗帕坠下来么？"吴二娘含笑说道："并不曾见什么罗帕。"潘用
中见吴二娘带笑而言，明知是吴二娘故意作要，便道："吴二娘休得作要，
若果拾得，千万还我，在你身边，终无用处。常言道'与人方便，自己方
便。'"吴二娘故意"咄"的一声道："潘相公说的是怎话，我老人家要人方
便怎的？还是你们后生要我方便哩。"潘用中晓得吴二娘是个在行之人，
料道瞒她不得，便实对她说道："适才这一方罗帕，实是对楼小姐掷来之
物，其中还有诗句在上，千万还我，不敢忘你好处。"说罢，吴二娘伸手去
袖中取出，笑嘻嘻地说道："早是我老人家拾得，若被别人拾去，可不厉
害！"潘用中千恩万谢，解开罗帕来看，上有诗一首道：

自从闻笛苦匆匆，魄散魂飞似梦中。

最恨粉墙高几许，蓬莱弱水隔千重。

潘用中看了诗句，方知小姐情意深重，以身相许之意。只得与吴二娘

细细计较道:"蒙小姐十分垂念,始初见我吹箫,启窗而视。前日在西湖上,正值小姐出来游山,我在轿前相遇,吟诗一首,多蒙小姐在轿中微笑。晚间回来,又蒙小姐顾盼。今日她家先生晏相公来拜我,我问她家细的,方知小姐小名杏春,会做诗词,我就托晏相公为媒,晏相公说我是外方人,恐黄府不肯。我适才用胡桃一枚掷去,不意小姐用罗帕一方写一诗掷将过来,我也做一诗掷去,小姐又写一诗掷来。多蒙小姐如此厚意,誓不相舍。万乞吴二娘怎生做个方便,到黄府亲见小姐询其下落,做个穿针引线之人。事成之日,多将媒礼奉谢何如?"吴二娘点头应允。

次日,潘用中走到黄府回拜晏仲举,书馆中看见小姐的兄弟,亦甚生得俊秀,暗暗道:"与他结为郎舅,诚佳事也。"书馆中小厮进去取茶,小姐见了问道:"兀谁在馆中要茶?"小厮答应道:"是对门潘相公来回拜晏相公,要茶。"小姐口中不说,心下思量道:"我夫主上门也。"一男一女,两两各有会心之处。这都是不说出的意思。潘用中在书馆中盘桓了半日,吃了茶,作别而回。遂恳请吴二娘到黄府去。那吴二娘原与黄府对门对户,时常进见小姐,穿房入户之人。又且吴二娘生性软款温柔,口舌便利,黄府一门都喜。这一日踱将进去,假以探望为名,见景生情,乘机走到小姐楼上,袖中取出小姐所题罗帕之诗,并潘相公央浼晏①相公做媒,说若得成亲,定住于临安之意,絮絮叨叨说了一会。小姐遂厚赠了吴二娘,再三叮嘱切勿漏泄。吴二娘回来,与潘用中说了。潘用中甚是手舞足蹈起来。

怎当得好事多磨,姻缘难就,潘用中父亲定要迁去,与一个乡里同住于观桥。潘用中闻知,惊得目瞪口呆,罔知所措,不肯搬移。怎当得父亲吩咐小厮即时移动,用中有力无处用,只得白着一双眼睛瞧视,敢怒而不敢言,胸中不住叫苦叫屈。正是:

哑子谩尝黄柏味,苦在心头只自知。

渐渐行李搬完,将次起身。潘用中只瞧着对面楼上,只指望小姐在窗口一见,以目送别。那小姐事出于不意,怎生得知?潘用中不见小姐,好生苦恼。又因父亲在面前,不好与吴二娘一说,只得怀恨,随了父亲出门,眼巴巴还望着楼上,含泪而去。果是:

白日消磨肠断句,世间只有情难诉。

———————————————

① 浼晏——央求,拜托。

　　话说这潘用中恨恨地跟了父亲离了这条六部桥，有一步，没一步，连脚也拖不动，搭搭撒撒，就像折翅的老鸦一般，没奈何来到观桥饭店之中。恨杀这个乡里，一天好事，正要成就，好端端的被这天杀的乡里牵累将来，杏春小姐面也不曾见得一见，连吴二娘要他传消寄息的话，也不曾与他说得一句，好生烦恼。有董解元《弦索西厢》曲为证：

　　　　莫道男儿心如铁，君不见、满川红叶，尽是离人眼中血！

　　只把小姐的诗句终日吟咏观玩，从此饮食少进，竟夜无眠，渐渐地害下一场相思病症。

　　　　当日"观灯十五"，看遍了"寒雀争梅"。幸遇"一枝花"的小姐，可惜隔着"巫山十二峰"。纱窗内隐隐露出《梅梢月》，懊恨这"格子眼"遮着"锦屏风"。终日相对似"桃红柳绿"，罗帕上诗句传情；竟如"二士入桃源"，渐渐"樱桃九熟"。怎生得"踏梯望月"，做个"紫燕穿帘"，遇了这"金菊对芙蓉"。轻轻的除下"八珠环"，解去"锦裙栏"，一时间"五岳朝天"，合着"油瓶盖"，放着这"宾鸿中弹"，少不得要"劈破莲蓬"。不住的"双蝶戏梅"，好一似"鱼游春水"，"鳅入菱窠"，紧急处活像"火炼丹"，但愿"春分昼夜停"，软款款"楚汉争锋"。毕竟到"落花红满地"，做个"钟馗抹额"，好道也胜如"将军挂印"。怎当得不凑趣的"天地人和"，挨过了几个"天念三"，只是恨"点不到"，枉负了这小姐"一点孤红"。苦得我"断幺绝六"，到如今弄做了"一锭墨"，竟化作"雪消春水"；陡然间"苏秦背剑"而回，抱着这一团"二十四气"，单单的剩得"霞天一只雁"；这两日心头直似"火烧梅"，夜间做了个"秃爪龙"。不觉揉碎"梅花纸帐"，难道直待"临老入花丛"？少不得要断送"五星三命"，这真是"贪花不满三十"。

　　话说潘用中害了这相思病症，日轻夜重，渐渐面黄肌瘦，一夜咳嗽至于天明，涎痰满地。父亲不知是甚病症，接了几个医人医治。那些医人都是隔壁猜枚①之人，哪知病原？有的说是感冒了，风寒入于腠理，一时不能驱遣，就撮了些柴胡、黄芩之药，一味发表；有的说是气逆作痰之故，总

①　猜枚——一种游戏，多用为酒令。其法是把瓜子、莲子或黑白棋子等握在手里，让别人猜单双、数目或颜色，猜中者为胜，不中者罚饮。

是人身精气顺则为津液,逆则为痰涎,若调理得气顺,自然痰涎消除。遂撮了些苏子、半夏、桔梗之药;又有一个道:"这是少年不老成之病,要大补元气方好。"一味用那人参、黄芪之药。正是人人有药,个个会医,一连鬼混了几时,一毫也没相干。从来道:

医杂症有方术,治相思无药饵。

潘用中一日病重一日,父亲无法可治。一日,彭上舍来,问他道:"汝怎生一病,郎当至此? 莫不是胸中有隐微之事,可细细与我说知。"潘用中道:"实不瞒吾兄说,吾病实非药石之所能愈。"遂把楼上小姐之事,前缘后故,一一说明。又道:"即吾与兄西湖堤上轿中所见之美人是也。不意吾父骤然搬移来此,遂有此病。"彭上舍遂将此话一一与他父亲说知。父亲跌足叹息道:"就是仍旧移去,也是枉然。况她家怎肯与外方人结亲? 就是这小姐心中肯了,她父母怎生便肯?"彭上舍道:"前日曾央店妇吴二娘进去探问小姐心事,那小姐慨然应允,情愿配为夫妻,又赠吴二娘首饰,嘱她切勿漏泄。如今去见吴二娘,便好再作计较。"说罢,二人正欲出门,抬起头来猛然间见吴二娘踱将进来,二人喜从天降。

看官,你道吴二娘为甚踱进门来? 原来当日潘用中搬来之后,小姐推窗而看,绝不见潘用中踪迹,又见动用之物,尽数俱无,情知搬移而去,却如脑门上打了一个霹雳一般。又恨潘用中薄幸,怎生别都不曾一别,连一些消息也不知,竟自搬移而去,好生懊恨。也有董解元《弦索西厢》曲为证:

譬如对灯闷闷的坐,把似和衣强强的眠。心头暗发着愿,愿薄幸的冤家梦中见。争奈按不下九回肠,合不定一双业眼。

闷上心来,一刻也蹲坐不牢。这一腔愁绪,却与谁说知! 真如万箭攒心的一般。从此不茶不饭,这相思病症比潘用中更害得快,比潘用中更害得凶。

这小姐生得面如"红花",眉如"青黛",并不用"皂角"擦洗、"天花粉"傅面,黑簇簇的云鬟"何首乌",狭窄窄的金莲"香白芷",轻盈盈的一捻"三棱"腰。头上戴几朵颤巍巍的"金银花",衣上系一条"大黄""紫苑"的鸳鸯绦。"滑石"作肌,"沉香"作体,还有那"荳蔻"含胎,"朱砂表色",正是十七岁"当归"之年。怎奈得这一位"使君子",聪明的"远志",隔窗诗句酬和,拨动了一点"桃仁"之念,禁不住

"羌活"起来。只恐怕"知母"防闲，特央请吴二娘这枝"甘草"，做个"木通"，说与这花"木瓜"。怎知这秀才心性"芡实"，便就一味"麦门冬"，急切里做了"王不留行"，过了"百部"。懊恨得胸中怀着"酸枣仁"，口里吃着"黄连"，喉咙头塞着"桔梗"。看了那写诗句的"藁本"，心心念念的"相思子"，好一似"蒺藜"刺体，"全蝎"钩身。渐渐的病得"川芎"，只得"贝"着"母"亲，暗地里吞"乌药"丸子。总之，医相思"没药"，谁人肯传与"槟榔"，做得个"大茴香"，挽回着"车前子"，驾了"连翘"，瞒了"防风"，鸳鸯被底，漫漫"肉苁蓉"。搓摩那一对小"乳香"，渐渐做了"蟾酥"，真个是一腔"仙灵脾"。

　　话说这杏春小姐害了这相思病症，弄得一丝两气，十生九死，父母好生着急，遍觅医人医治。还又请和尚诵经，石道姑钗符解禳，道士祈星礼斗，歌师茶筵保佑。牛十四娘闻知外甥女儿患病，特来探望，看见这病患得有些尴尬，早已猜够了八分，只是不好启口细问。一日，坐在杏春床头，看见枕底下有罗帕一方，隐隐露出字迹，心里有些疑心，将手去扯将出来。杏春看见姨娘来扯，心性慌张，急忙伸手来夺。姨娘一发疑心，将罗帕着实一扯，扯将出来一看，见上面有情诗一首。杏春见姨娘念出情诗，一发满脸通红。姨娘遂细细盘问此诗何来，何人所赠。杏春料道隐瞒不得，又且身体患病，只得老老实实、一五一十细细说与姨娘知道。姨娘遂将此事说与她母亲知道。母亲闻知此事，恐怕错断送了女儿，遂与丈夫计较，情愿招潘用中为婿，因此就要吴二娘做媒，来到观桥店中，说与潘小官并他父亲得知，谁知这边潘小官也患此病，正在危急之间，恰好吴二娘进得门来，备细说了小姐患病之故，今黄府情愿招赘为婿之意说了一遍。那潘小官病中闻知此事，喜得非常，相思病便减了一半，从床上直坐将起来，真心病还将心药医也。父亲与彭上舍都大喜。

　　正喜得个满怀，又值黄府先生晏仲举来望，也是为小姐亲事之故，恐吴二娘女媒传言不稳，像《琵琶记》上道："脚长尺二，这般说谎没巴臂。"所以特特又挽出晏仲举的父亲原旧先生来为男媒，故此先着晏仲举来通个消息，随后便是晏仲举的父亲来望，约定了日期，招赘为婿。一个男媒，一个女媒，议定了这头亲事，择日行礼。黄府倒赔妆奁，大张花烛，广延亲友，迎接潘用中入赘，洞房花烛，成就了一对年少夫妻，拜谢了男女二位媒人，上了那凤箫楼，说不尽那繁华富丽之景、古董玩器之珍。夫妻二人合卺之后,取出那几方罗帕,并小姐日常里壁上所吹之箫,摆列在桌上道:"若不亏此一曲凤箫,怎生成就得一对夫妻?"遂双双拜谢。因此风流之名播满临安,人人称为"箫媒",连理宗皇帝都知此事,遂盛传于宫中,啧啧称叹。那时夫妻都只得十七岁。后来潘用中登了甲科,夫荣妻贵,偕老百年。至今西湖上名为"凤箫佳会"者,此也。有诗为证:

　　凤箫一曲缔良缘,两地相思眼欲穿。

　　佳会风流那可再? 余将度曲付歌弦。

第十三卷

张采莲来年冤报

一带江山如画，风物向秋潇洒，水浸碧天何处断？霁色冷光相射。蓼屿荻花洲，掩映竹篱茅舍。　　云际客帆高挂，烟外酒旗低亚，多少六朝兴废事，尽入渔樵闲话。怅望倚层楼，寒日无言西下。

话说从来冤冤相报、劫劫相传，徐文长《四声猿》道："佛菩萨尚且要报怨投胎，人世上怎免得欠钱还债？"在下这一回专要劝人回心向善，不可作孽，自投罗网。那作孽的不过是为着"钱财"二字，不知那人的钱财费了多少辛勤苦力、水宿风餐、抛妻撇子、不顾性命积攒得来，你若看见了他银子便就眼黄地黑，欺心谋骗，甚至谋财害命，那阴魂在九泉之下怎肯甘休？少不得远在儿孙近在身，自有报应，或是阴报，或是阳报，定然不差。也有那冤魂就投托做你儿子的，也有自己不知不觉说出来的。在下先说那冤魂投托做儿子的报应。

当日镇江一个龚撰，在扬子江中打鱼为生，终日在金、焦二山、北固等处撒网取鱼。正值六月六日之期，清早风浪大作，龚撰的渔船泊在瓜洲渡口。忽然岸上一个老子，肩上背着褡裢顺袋，来寻渡船，要过镇江。龚撰就招揽他下船，与老子接着褡裢顺袋，放在舱里。那惯走江湖的都有旧规，若是囊中有物，恐人识破，一应行李都自己着叠，并不经由艄公之手。只因这个老子不是惯走江湖之人，这些厉害通不知道。那龚撰倒是个《水浒传》中截江鬼张旺之辈，行李拿上手一提，见甚是沉重，又见是个单身客人，况且年老，不怕他怎的，就是做了鬼，在阎王那里告了状，也只如闲。心中一篇文章草稿早已打算端正。扶这老子下了船，一路荡桨，特特摇到水面开阔之处，风波正大，四顾无人，放下了桨，赶入舱中，将这老子连腰胯一把提起，做个倒卷帘之势，头在下、脚在上，"扑通"的一声响，摔于水内，眼见得这老子做扬子江心中鬼了。龚撰大喜，叫声"聒噪，你这老人家的好意思，送我这些东西；来年这日，准准与你羹饭做周年。"说罢，打开顺袋一看，都是白银，大锭小锭，约莫有二三百两之数。龚撰眉花眼笑,把船摇到镇江,悄悄带了这个顺袋,走到家中,关上了门,叫声:"嫂子,你来瞧!"嫂子走近前来一看,看了这一顺袋放光白银,连嫂子也都晃得眼花,道:"这东西从哪里来?"龚撰道:"好叫嫂子得知。"一缘二故,细细说了一遍。嫂子道:"可知道是喜,连夜梦见满身脏巴巴累了粪,那灯又不住地结个花,可可的有这一主横财,够我们夫妻二人一生发迹了。你且去买些三牲福礼,烧烧利市牙纸则个。"龚撰道:"嫂子说得有理,敬神敬佛,天可怜见,自然救济我二人之贫。"说罢,就拣几块散碎银子,走到市上,买了三牲果酒之类,打点端正。夫妻二人感谢天地,双双拜谢,化完了神马,弄了酒饭,是夜夫妻二人开怀畅饮。吃了几杯酒,就把那银拿一锭出来瞧一瞧,又吃几杯酒,又换一锭出来瞧一瞧。日常里没银时,夫妻二人冷脸冷嘴,没说没道,今日得了横财,夫妻二人就相敬厮爱起来,多说多道,你斟我饮,我斟你饮,二人吃得个烂醉,上床而睡,就把那顺袋当做枕头。是夜夫妻二人极是高兴,行起云雨之事。可可这嫂子终年不怀身孕,这一次云雨之后,就怀了六甲。龚撰就弃了那一只渔船,另做别样生意。自此之后,日旺一日,渐渐财主起来。嫂子十月满足,产下一个儿子,甚是乐意。

后来家道愈好,十余年间,长了有数千金之家,买了一所房子在四条街上,龚撰取了个号叫做龚继川。龚撰虽是个渔户出身,今日有了几千金家事,谁人叫他做龚渔户?都称他为"龚继川"。他有了几分银子,也便居移气、养移体①,摇摇摆摆,猕猕戴网儿,学人做作起来。但他儿子出十岁之外,便就异常忤逆不孝,不住"老贼"、"老狗"地骂。及至见了别人,又是好的。只是见了父母,生性凶恶,并无父子之情。一年大如一年,生性愈加凶暴,恨恨之声不绝,直要拖刀弄杖,杀死父母二人。到了十六七岁,好嫖好赌,破败家事,无所不至。见了父母影儿,口口声声道:"我定要杀死这老贼,报这一箭之仇。"终日闹吵打骂,日夜不得安宁。几番要告他忤逆,又道年纪幼小,只此一子,护短不舍,还恐儿子日后有回心转意之日。只是夫妻二人,日日跌脚捶胸,怨天怨命,鼻涕眼泪流个不住。一日,里中有人召仙,却是许真君下降,百灵百验。龚撰走到坛前,暗暗祷祝

---

① 居移气、养移体——指人随着地位、环境、待遇、营养的变化,气质、体质都得到变化。

道："弟子龚撰，怎生有此忤逆不孝之子，不知日后还有回心转意之日否？"那许真君批下四句道：

六月六日南风恶，扬子江心一念错。

老翁鱼腹恨难消，黄金不是君囊橐。

龚撰见了这四句，惊得目瞪口呆，走回家对妻子说："这儿子就是江心老人转世，所以日日要杀、要报仇。"夫妻二人懊恨无及，龚撰在那壁缝中瞧着儿子时，宛似江心老人之状，还在那里咬住牙管，大叫大骂。龚撰自知无礼，恐遭毒手，只得弃了家业，抛了这个冤家，同妻子逃到别处去了。后来这儿子败尽家私而死。这是冤魂投托做儿子的报应，你道差也不差？

还有一个自己说出来的报应。浙省台州一个赵小乙，出外做生意，路上遇着一个李敬泉，同伙而走。那李敬泉本钱却多，被赵小乙瞧见了。二人走得倦，同到兴善庙中坐地。那赵小乙是个不良之人，见四面无人，李敬泉走路辛苦，把银子包袱枕在头下，齁齁睡去。赵小乙就地拾起大石一块，在李敬泉头上着实几下，打得脑浆迸流而死。拖了尸首，抛在一个深坑之内，面上扒些浮土掩盖了，银子取而有之。正要出庙门，只见庙上坐的那尊神道就像活的一般，眼睛都动。赵小乙大惊，浑身打个寒噤不住，即忙下拜道："今日之事，只有神道得知，万望神道莫说。"祷祝已毕，只听得神道开口说话道："我倒不说，只怕你自说。"赵小乙慌张而出。

自此之后，并无人知此事，连李敬泉的家眷也不知怎么缘故再不回来。后来赵小乙与同里蒋七老相合伙计，同做生意，终日三杯两盏。一日，赵小乙同蒋七老到这兴善庙前经过，坐在门槛上。蒋七老看见这个庙甚是冷落，道："这庙中多年想是没香火。"赵小乙道："虽然多年没香火，这尊神道却异常灵应。"蒋七老道："怎地见得灵应？"赵小乙被阴魂缠身，不知不觉口里一五一十，不打自招承，细细将前事说了一遍。蒋七老道："如今李敬泉尸首在哪里？"赵小乙将手指着那答儿道："那坑坎之中却不是？"蒋七老浑身打个寒战，暗暗心惊，嗟呀不已。又恐赵小乙放出前番手段弄在自己身上，却不是李敬泉来捉替身了？遂急急离了兴善庙那冤魂藏身之处，却也再不敢说出。后来二人共做一主生意，赵小乙打了个偏手，蒋七老气不忿，与他争论，赵小乙揪翻蒋七老在地，毒打一顿，满身伤损。蒋七老忿恨，一口气赶到官府面前出首此事。官府即刻将赵小乙拿来，活人活证，怎生躲闪？——招承杀死李敬泉之事，就于庙中掘起尸首，遂将赵小乙问成死罪，家事尽数给与李敬泉家属，秋后一刀处决，偿了性命。正是：

> 从前做过事，败落一齐来。

话说秦桧当年专权弄政，宋朝皇帝在于掌握之中，威行天下，毒流寰宇。那时他门下共有十客，那十客：

门客曹　冠	亲客王　会	逐客郭知达	骄客吴　益
羽客李　季	庄客龚　金	狎客丁　祀	说客曹　泳
刺客施　全	吊客史叔夜		

内中单表那个刺客施全，忿恨秦贼屈杀了忠臣岳飞父子，手执利刃，暗暗伏于望仙桥下，待那秦贼喝道而来，就从桥下赶出劈心便刺。不意天不佑忠义之士，可可秦贼骑的那匹恶马，见施全赶到面前，突地往后连退数步，因此施全下手不得，当被秦贼从人拿住。施全大骂："奸臣秦桧，吾恨不得砍汝万段，以报岳飞爷爷之仇！"千贼万贼，骂个不绝口而死。从此秦贼心胆都碎，特选衙兵精壮有勇之士五百人，围绕第宅，夜夜刀枪巡逻。日间分一半人簇拥在马前后，街上赶得鸡犬俱尽，方才出来。传呼在三四里之外，马前后遮得铁桶一般，望不见秦贼影儿。

> 只为冤家众，所以防护严。

却说那五百衙兵中一人姓王名立，且是有力气，堂堂仪表，在相府巡绰之时，使着相府威势，谁人敢说他一个"不"字。后来秦贼死了，这叫做"树倒猢狲散"，连相府也冰清鬼冷起来，何况衙兵！众兵士尽数散了，只留得王立数十人更番值宿守门而已。这王立先前积攒得些钱财，手头甚是好过，怎奈犯了一个赌字。看官，从来赌字不可犯，若犯了这个赌字，便是倾家荡产的先锋、贫穷叫花的元帅了。王立好这六颗骰子，与他结为好友，亲亲热热，终日与那一班赌友喝"三红"、叫"四开"，把积攒的钱财尽数都干净输了去。后来无物可赌，只得床中棉被一条，王立还指望将这一条棉被做个孤注一掷，掷将转来。不意财星不旺，掷了一个"么二五"，那人抢了棉被便跑。王立瞪出两只眼睛，气得就似邓天君一般，只得看他拿了去，好生不舍。有好赌的曲儿为证：

> 好赌的你好贪心，思量一锭赢人十锭。你要赢人的钱财，人也要赢你的钱财。谁知道赢的是假，输的是真？又说道赌钱不去翻，谁肯

送将来？直待棉被儿输了也，还只是怨怅着命。

　　话说王立赌输了这条棉被，好生不乐。到得晚间，正是要用之际，看看床上只得一条破草荐，想起半夜怎生得过，况且又是冬至后数九之天。杭州人每以冬至后数"九"：

　　一九二九，相唤不出手。三九二十七，篱头吹觱篥①。四九三十六，夜眠如鹭宿。五九四十五，太阳开门户。六九五十四，贫儿争意气。七九六十三，布袄两头担。八九七十二，猫狗寻阴地。九九八十一，犁把一齐出。

　　话说王立输被之后，正值数九之天，晚间寒冷不过，几阵冷风吹来，身上的寒栗子竟吹得馉饳②儿一般大，思量得几文钱买壶黄汤吃，且做个裹牵绵，浑身热烘烘，好过这长夜。争奈日间赌完了，身边并无一文钱，里外没了这床棉被，怎生支撑，便就怨天怨地起来道："俺堂堂一表，两臂上下有千百斤气力，空有一身本事，怎生棉被也没一床遮盖？好生可恨！这天道恁般没分晓！俺可是做什么好人，思量留名千载不成？"从来道："近奸近杀，近赌近贼。"此是一定之理。王立只因好那"贝"边之"者"，便就思量做那"贝"边之"戎"，暗暗的计较道："俺不免到哪一家去试一试手。"想得府侧首望仙桥开香烛杂货铺周思江家生意甚好，银钱日日百数十两兑出兑进，货物又多，"俺不免明日走到他家门首，细细看他出门入户，转弯抹角之处，夜间走进一试，好道满载而归，做他个财主，不强如今日棉被也没得盖么？"思想了一夜，次日走到周思江门首，假以闲耍为名，就坐在周家揽凳之上，看他卖东卖西，天枰上兑得当当地响，一发心中热闹，眼里火出，一边看他卖货，口里假说些闲话。那周思江因是相府值宿之人，屋前屋后时常来往，也并不疑心到做贼上。王立看他银钱一主主都落于柜身子里，暗暗道："银钱虽落于柜里，晚间必定取入内室。"一眼瞧将进去，店面之后就是三间轩子，各项货物都堆积在轩子之内。轩子后一带高墙，石门之内三间大厅，厅上也都堆积着货物，楼上却是他内室。王立道："银钱必藏于楼上，若到得他楼上，方才着手。"又想一想道："前面甚是牢固，店面中货物甚多，夜间定有人守宿看视，难以进步，且看他后门何

────────────

①　觱篥(bì lì)——簧管乐器。亦作"筚篥"、"悲栗"，又名"笳管"。

②　馉饳(gǔ duò)——古时一种面制食品。

如。"遂踅身到后门一看。那后门虽有一带墙垣,苦不甚高,王立探头探脑,在门缝里瞧时,见进后门是几间拉脚小房,小房后便是灶,看那楼上胡梯,就在灶边相去不远。王立暗暗道:"后门墙低,尽可爬进。那小房中可以藏身。"遂把出门入户之路细细算计定了,思量夜间做此一篇文字。正是:

> 计就月中擒玉兔,谋成日里捉金乌。

话分两头。且说镇江府一个姓张的人,开个六陈行①,且是好过,生下一双男女,男名张泰,女名张采莲,张泰年十三岁,张采莲年十一岁。不意这一年夫妻二人双亡,遗下这一双男女。张泰的叔叔混名叫做"随手空",生平也专好的是"赌"之一字,先前家事原好,只因好赌,家事尽废,凡有所得,只是走到赌博场中一掷而空,因此人取他个绰号叫做"随手空"。后来赌穷了,只来看相哥哥。争奈贪心无厌,哥哥如何赈济得许多,竟去人家掏摸物件起来,被人拿住,累了哥哥几场官司。不意其年哥嫂双双死了,这"随手空"走来顶了哥哥这个六陈行。从来道,偷鸡猫儿不改性,好赌之人就是胎里病一般带将出来。那六颗骰子,真像他的骨头做成,所以拿住骰子入骨入命,再不肯放。"随手空"前日因手头无钱,只得硬熬住了。如今骤然发迹,便是他赌运重兴之象、骰盆复旺之年,忘记前日苦楚,旧性发作,仍旧"三红"、"四开"叫个不了。那些赌友当日靠他过活,一向冷落了这个主顾,今日见他有了钱,大家都道:"我们又有得酒吃了。"遂烧一陌利市纸,重新整点起来,照顾这个积年交运的老主顾。这"随手空"左右是输惯的,那里在他心上,始初还出小注,那些赌友道:"你一向生性慷慨,怎生今日发迹了,倒恁般悭吝起来。小注小赢,大注大赢。休得小气。""随手空"见他们奉承,便道:"说得有理。"那些赌友始初假意输些与他,"随手空"见一连赢了几注,便出大注。众赌友见"随手空"出了大注,做成圈套,故意买些破绽,连输几注。"随手空"只道是真有彩头,把注数越出得大了。众赌友同心合力,一鼓而擒之。不上半年,把这个六陈行尽数赌完,连家伙什物并房子,也作注数赌输与人,还说这房子只值得五百金,如今作了一千之数,便宜多了。后来无物可赌,竟把

---

① 六陈行——旧以米、大麦、小麦、大豆、小豆、芝麻等六种粮食可以久藏,叫做"六陈",因称粮食行为"六陈行"。

两个侄男女张泰、张采莲卖与人将来作赌钱,把张泰卖到平江府,把张采莲卖到临安府,与望仙桥周思江做丫环,后来"随手空"沿街叫化,冻饿死于坑厕之内。这是好赌的收梢结果。有戒赌诗为证:

> 好赌有赌友,赌友尽皆丑,
> 既非道义交,人心亦何有!
> 三五庄圈套,来饮这杯酒:
> 先以小注诱,佯输诈败走,
> 骗尔出大注,拿住不放手,
> 一掷一回输,金银不论斗。
> 家业亦已空,妻孥难保守,
> 请君看此编,可以回心否?

话说这张彩莲卖到周思江家做丫环已经八年,暗暗地道:"我是好人家儿女,误被这个没地埋的恶叔卖在这里做丫环,怎能够得复回故乡,再见天日?"日日如此存想。那时她哥哥张泰卖在平江府,也与人家做小厮,学做梳掠,想兄妹二人失身好苦,遂走到临安府望仙桥来探望妹妹。周家问了来历,与他妹妹相见。兄妹二人见了,抱头而哭。张彩莲遂暗暗与哥哥计较,要逃回镇江之事。哥哥道:"身边并无钱钞,一路上怎生得有盘缠回去?"张彩莲道:"我的主母甚是托我,凡是箱笼都要我开闭,金银珠宝,一一都知。我今晚不免将她锁匙开了,偷她些金银首饰,打作一个包裹,到二更尽天气,你在后门等候。我与你一同逃走到镇江去,且在娘舅家过活,再作区处。"正是:

> 金风未动蝉先觉,暗送无常死不知。

话说兄妹二人暗暗约得端正。是夜张泰不敢到饭店里去,且在古庙里存身,等待二更尽天气来做事。噫!你道世间有这般凑巧的事?再接前话,话说王立这厮因赌输了棉被,无计可施,要做那"贝戎"之事,那日恰好是下番之日,不该是他值宿。日间走到周思江后门相了脚头端正。那时正是十一月廿八,天上并无星月。从来做贼的有句口号道:"偷风不偷月,偷雨不偷雪。"你道为何,若是有月去偷,星月之下,怎生躲闪?准吃捉了。若是有雪去偷,雪上踏着脚踪,手到奉承。独有风雨之夜,滴滴答答,风吹得门窗户闼都"咿咿呀呀"地响动,尽可躲闪。王立这厮虽不是久惯做贼之人,但是动了一点贼心,自然生出贼智。这夜黄昏时节,便发起大风，王立暗暗道："老天甚是知趣，助我生意。若是做得这主好生意回来，烧陌利市纸答谢天地则个！"等到二更将尽，蹑手蹑脚轻轻地走到周思江后门。正要爬墙而进，一边侧耳听声，只听得后门"呀"的一声开处，王立慌张，急忙闪过，黑漆漆中，更不辨是何人。王立虽然躲过，那时微有星光，黑影里早已被那人瞧见了，只听得隐隐地道："哥哥，一个包裹在此，快些接去，我同你走。"王立方知是个女子，却不敢应，急忙伸手接这个包裹，向前便走。那女子轻轻叫道："该往北去，怎生错走了路，倒往南走？"王立竟要跑去，又要贪图这个女人，掉转身子往北而走。那女子从背后一直赶来，朦胧之中，认得不像哥哥形状，便道："你是何人？夺我包裹，快快还我便罢。"王立暗暗道："是你来寻俺，不是俺来寻你。"一不做二不休，口里假说道："还你包裹。"这女子伸手去接，被王立这厮就势按倒在地，一把勒着喉咙。女子做声不得。王立一只手把腰间布搭膊解下，用力勒住项脖，打个死结扣紧，把这女子背在身上，一手提着包裹，一直走到三圣桥，放下这女子一看，已是咽喉气绝、舌出数寸而死。王立走到河边，揭起岸上一块石板，把布搭膊解下，缚这一块石板在女子背后，沉在河中，料这女子有几年不得翻身哩。可怜：

　　镇江府无还乡女子，三圣桥有枉死孤魂。

　　话说王立勒死的这个女子不是别人，就是张采莲。她偷了些金银首饰，正要出来与哥哥逃走，不意撞着这个催命鬼，断送了性命。不说王立这厮勒死了张采莲，且说张泰躲在古庙中，到二更将尽时分，轻轻地走到后门，摸着后门半开，不见妹妹出来，且躲在后门侧首等候。等了一会，已是三鼓，门里并不见一些响动；又不敢挨身进去，不住地在门首摸来摸去。从来做贼的道："不怕你铜墙铁壁，只怕你紧狗健人。"早惊动了守门的犬，哮哮的着实吠将来。张泰慌张，料道决撒，抽身前走，那犬一直追将出来。周思江情知家中有贼，急忙叫喊，率领多人出来捉贼。见后门半开，犬直追将出去。张泰心慌，又是人生路不熟的人，绊了一跤，跌倒在地，当下拿住，棍棒乱下，打个不亦乐乎。及至住了手时，仔细一看，认得是日间来的张采莲的哥哥。便问道："你怎生来做贼？"一把头发揪将进来，仔细审问，一边寻张采莲，早已不见踪影。把灯火楼上一照，只见箱笼都开，细细查点，不见了许多金银首饰。周思江大怒，当时喊叫起地方邻舍，将张泰着实拷打，道："你把张采莲并我这许多金银首饰都偷在何处?"连张泰也合口不来,只得实说道:"日间来探望妹妹,妹妹原约定要偷些东西同逃回镇江,约定二更尽时分走到后门来接。不期走来之时,后门半开,并不见一毫踪影,却被狗叫捉了,其中情由,我实不知。"周思江道:"休得胡说。你今将妹妹、首饰都寄囤①在哪里? 好好还我便罢。"张泰道:"我实不知下落。"并不招承。众人一齐动手,打得这张泰叫苦叫屈,号啕痛哭道:"妹妹,是你害我了。"众人见张泰不肯招承,等到天明,把张泰解到临安府尹处审问。府尹问张泰道:"你将这妹妹并金银首饰藏匿何处? 定有同伙之人并窝家,可一一招来,免受刑法。"张泰将前缘后故之事诉说一遍。府尹见张泰不招,叫皂隶将夹棍夹将起来。可怜这张泰年纪只得二十岁,哪里经得起夹棍,口里只得胡乱应承,东扯西拽,其实张泰并不曾走临安府路,说的话都一毫不对,连熟识的人一个也无,只招承道:"前日曾在饭店中宿一晚,有包裹一个。"正是:

　　若将夹棍为刑罚,恐有无边受屈人。

府尹即时差皂隶拿饭店主人并包裹来审。拿到饭店主人,细细审问,并无同伙之人。及至打开包裹看时,只得破被一条、梳掠一副、盘缠数百文,并无他物。府尹细细看了张泰年纪后生,也不是惯做不良之事的人,赃证俱无,难以定罪,暗暗道:"他既得了妹子并金银首饰,怎生不与她同逃走,还在后门做甚? 若有同伙窝家,怎生肯将妹子、金银反与别人去了,自己在此受苦? 其中必有缘故。或者时候不对,有剪绺之人乘机剪去,亦未可知。"只得把张泰打了二十,下在狱中,限十日一比②,比了几"卯"③,竟无踪影。府尹只得行一纸缉捕文书,四处缉访张采莲下落。那时张泰已打过五十余板矣。

不说张泰在狱中受苦,且说王立这厮勒死张采莲之后,奔还家里,正是五鼓天气,打开包裹一看,都是金银首饰。王立满心欢喜,便道这主生意做得着,先买些三牲福礼烧纸,遂将金银首饰好好藏过,慢慢受用。列位看官,你道王立谋财害命勒死这女子,那冤魂难道就罢了? 况且日游神、夜游神、虚空过往神明时时鉴察,城隍土地不时巡行,还有毗沙门天

────────────

① 寄囤——藏匿。

② 比——定期催逼。

③ 几卯——几期。

王、使者、太子考察人间善恶,月月查点,难道半夜三更便都瞎了眼睛不成? 少不得自然有报,只是迟早之间。果是:

乾坤宏大,日月照鉴分明。宇宙宽洪,天地不容奸党。举心动念,毫发皆知。作恶行私,纤微必报。

话说这厮得此横财之后,意气扬扬自得,相貌比前更觉奇伟。军中队将杨道元见王立仪表堂堂,又有千百斤气力,甚是爱惜,就优免了王立值宿的差役,叫他充赤山衙操。王立自此不去更番值宿,终日在赤山衙演武厅操演武艺,比较枪刀弓箭,抢拳使棍,比前升了一级,意气更自不同。比较武艺之后,便取出张采莲的包裹中首饰金银,换些散碎银两,终日饮酒使用,任情作乐。

一日,王立吃得烂醉如泥,过赤山衙,忽然见酒店中一个四十余岁妇人,坐在柜身子里,叫声道:"王长官,多时不见!"王立醉中抬起头来一看,认得是旧日邻舍彭七娘,便作揖道:"彭七娘,几年不见,却原来搬在这里开酒店。"彭七娘道:"便是,一向搬来在此处,连旧日邻舍通不知道。王长官,你为何在此?"王立醉眼睒睒地答应道:"近日侥幸,蒙本官好生心爱,豁免了俺更番值宿的差役,叫俺充了赤山衙操,吃了月粮,不过三六九操演,省得日日捏了笔管枪,终日挑包寻宿处。彭七娘,你道俺可不好么!"彭七娘嘻嘻地笑道:"王长官怎地恭喜,原来比往先发迹了。怪道得发身发财,越长得堂堂仪表,连老身通不认得了。"两个闲言碎语,说了半日。彭七娘问道:"你今发迹了,可曾娶过娘子?"王立道:"曾没有娶妻。"彭七娘大笑道:"男子不娶妻,可也不成个家。况且你如今比原先不同,怎生把人取笑做光棍不成? 老身有个女儿,也不十分粗丑,王长官你若不弃,我将来配你可好么?"王长官连声道好。彭七娘就叫女儿出来相见,只见斑竹帘儿里走出那个花枝般女儿来。王长官不见时便休,一见见了:

头顶上飘散了三魂,脚底下荡尽了七魄。

话说那女儿从斑竹帘儿里袅袅婷婷走将出来,向王立面前深深道个万福。王立已是八分魂消,向她身上下打一看时,更自不同。但见:

淡白梨花面,轻盈杨柳腰。

两眉侵翠润,双鬓入云娇。

窄窄金莲小,尖尖玉笋妖。

风流腰下穴,难画亦难描。

王立这厮看了这般一个出色女子，把那笑脸儿便飞到三十三天之上，连酒醉也都醒，就吃橄榄汤也没这般灵应。便对彭七娘深深唱喏道："谢老娘做成小子，你今日便是俺的嫡亲丈母也，休的揩勒！"彭七娘道："休说这话！老身见你堂堂仪表，日后不是个落薄之人。我将女儿嫁你，连老身日后有靠，怎说'揩勒'二字。如今结了亲，便是邻上加邻、亲上加亲也。"王立道："俺便择吉行聘，先告过本官给假成亲。"说罢，谢了岳母便去。那女子以目留情，甚有不舍之意，王立弄得魂出颠倒。走到家里，把那张采莲的包裹打开，取些金银首饰出来。你道王立好贼，恐怕人认得出，都拿来捶碎了，走到银匠店里，另打造一打造过。选个吉日，立出自己队里一个媒人，行了聘礼，在本官处告了几日假，到彭家酒店里结起花烛，拜堂成亲。本军队里与王立相好的都来吃喜酒庆贺，看王立娘子果是生得绝世无双，满堂中没个不喝声彩道："好对夫妻！"大家吃得烂醉如泥而散。这夜王立好生欢喜。

软苗条的女娘，款款柔柔；骨崚嶒的汉子，长长大大。弯弓插箭，直透红心；对垒麾戈，尽染血迹。长枪鼓勇，哪怕他铁壁铜墙；铳炮争强，一任彼草深水灌。几番鏖战，何愁娘子之军；一味攻坚，方显英雄之汉。

这一夜王立直弄得骨软筋麻，死心塌地在这妇人身上。清早起来，便作谢岳母之恩，一连在岳母家过了几日。假日已满，王立遂将娘子搬到寨中居住，出门之时，岳母又再三吩咐道："好生看我女儿！"王立喏喏连声道："这是小人自己身上的事，休得记念。"说罢，携了娘子自到寨中居住。夫妻且是相敬斯爱，百依百随，王立欢喜不胜。

满了月余，寨中墙垣被雨淋坏，那个队将杨道元要修理墙垣，亲自到寨中踏勘。走到王立门前，那时王立已到赤山衙操演去了，这王立新娶的娘子正在那里洗锅，把锅子中的水泼将出来，可可的溅了杨道元一身齷齪水。杨道元大怒，问是什么人的妻子，左右随从人禀道："是王立的妻子。"杨道元道："王立怎生有这个妻子，可是旧日的，可是新娶？"左右禀道："正是新娶的，一月余了。"杨道元疑心，就走进王立房中来看这个妇人。杨道元不见时便罢，一见见了，吃那一惊不小，急忙退步出来，悄悄吩咐左右道："王立操演回来，不要许他到家里去，可速押来见我。"众军都道王立的娘子泼水污了本官衣服，本官恼怒，要将王立来责治了。看官有所不知，原来杨道元有一身奇异的本事：

> 善识天下怪，能除世间妖，
>
> 行持五雷法，魔鬼一时消。

话说杨道元行持太乙天心五雷正法，善能驱神遣将，捉鬼降妖，曾以符水鸥枭眼目洗眼，练就一双神眼，那鬼怪到他面前，她便一一识得。因此见了王立的妻子一团黑气遮着，所以突然吃那一惊不小。众军领队将之命，见王立操演回来，不容他到家，径自押来见队将。那时已将晚，众军押王立来见队将。杨道元赶开了众军，问王立道："你可曾做什么负心的事么？"王立道："小人并没有什么负心事。"杨道元道："你休得胡赖！我看你有冤魂缠身，你瞒得他人，瞒不得我。快快实说，俺还有救你之处。若再迟延薄命休矣。"说罢，王立大惊，浑身冷汗。果是：

> 日间不干亏心事，半夜敲门不吃惊。

王立被队将说着海底眼，怎生躲闪？只得把前前后后谋死妇人之事说了一遍。杨道元道："是了。今你新娶的妻子并不是人，就是死鬼。如今你的精神尚强，未便下手，待吸尽汝之精气，她便取你性命。"王立方才省得彭七娘已死了六七年，如何还活着，有女儿嫁我，都是一群死鬼，捉身不住抖将起来，连三十二个牙齿都捉对儿厮打，就像发疟疾病的一般，话也咯咯的说不出，磕头道："怎生救得小人性命？"杨道元道："邪魔妖鬼可以驱遣，这是冤鬼，一命须填一命，怎生救解？"王立只是再三磕头求救。杨道元焚起一炉香，提起笔来行五雷正法，默运元神，口中念念有词，书符一道，付与王立道："如今回去不可泄漏，照依如常。待这妇人睡后，将这道符粘在妇人额上，便见分晓。"王立领了这符回去，进得门，好生恐怕，不住战兢兢的抖个不住。妻子道："你怎生如此？"王立假意道："冒了寒。"只得勉强支吾，与床一同饮食。待这妇人先上床睡了，急急将符来粘在额上，就地起一阵狂风，风过处显出一尊神道，却是伏虎赵玄坛，手执钢鞭，驱这妇人起来。尸长丈余，舌头吐出，直垂至地，阴风冷冷，黑气漫漫，忽然不见。王立即时惊倒在地。一边杨道元已知就理，着几个军兵搀扶王立到点名厅上，令人守住。次日王立方才苏醒，只是痴呆懵懂，口发谵语①。杨道元着人到赤山彭家酒店看视，早已连酒店通不见了，众军吃

---

① 谵（zhān）语——胡话。

了一惊。杨道元吩咐左右道："你们在此守候，不容他下阶。过了一个月，便无事矣。"众军守了二十余日，因都去仓前请粮，失了守候，王立下阶行走，又见那妇人尸长丈余，舌头吐出直垂至地。王立见了，大叫一声，蓦然倒地。众军请粮回来，见王立跌倒阶下，情知是着鬼，正要搀扶他起来，那妇人阴魂便附在王立身上，走到众军面前，做妇人形状，倒身下拜道："妾是望仙桥周思江家张采莲，原是镇江人，恶叔好赌，将奴家卖与周思江家做义女，偷了些金银首饰，要与哥哥张泰同回到镇江娘舅家过活。旧年十一月二十八二更天氯，却被王立这厮来做贼，谋财害命，将搭膊把奴家勒死，石板一块，沉奴家尸首在三圣桥河中，害得哥哥监禁牢中一年受苦。奴家冤魂不散，日夜啼哭，上告列位，替奴家做主，定要偿我性命。"说罢，哽哽咽咽大哭了一场。王立晕倒在地，久而方醒。那时事体昭彰，遮掩不得，府尹知道，叫人在三圣桥河中捞起尸首，果有石板一块压在身上，尸体无损。遂将王立打八十板，问成死罪，张泰释放还乡，追出原物，给还本主。王立秋后处决，偿了张采莲性命。不过隔得一年，一命填一命，何苦作此等事乎？有诗为证：

欠债尚且还钱，杀人怎不偿命？

自作终须自受，劝人莫犯此病。

第十四卷

邢君瑞五载幽期

深愿弘慈无缝罅①，乘时走入众生界，窈窕丰姿都没赛，提鱼卖，堪笑马郎来纳败。　　清冷露湿金栏坏，茜裙不把珠璎盖，特地掀来呈捏怪，牵人爱，还尽几多菩萨债。

这一首词儿是寿涯禅师咏鱼篮观音菩萨之作。看官，你道鱼篮观音菩萨是怎生一个出处？莫要把《西游记》上之事当做真话。那《西游记》上一片都是寓言，切莫认真。这个故事出在唐朝元和十二年，那时陕右并不晓得佛、法、僧三宝，只好杀生害命，赌气争财，贪其酒色而已。金沙滩上是个财物繁华、民居稠密之地，其贪酒好色、杀生害命比他处更甚。忽然一日，不知哪里来了一个绝色女子，年纪不过十七八岁之数，云鬓堆鸦，丹霞衬脸，唇若涂朱，肌如白雪，手里提着一个篮子，走到市上卖鱼为生。卖完了鱼，又不知到哪里去了。如此一连卖了几日鱼，那金沙滩上之人见了这个绝色女子，惹得大家七颠八倒，风风势势，都来问这女子买鱼。有的故意争论，说多说少，有的竟不争论，多加她些价钱，故意在女子身边捻捻呢呢、挨挨挤挤，不过是贪这女子姿色，与她饶嘴饶舌调弄之意，那里是真心要买她鱼。那女子却有一种妙处，随你怎么贪看，她也不全在心上，以此每每走到市上，众人都围绕着她买鱼。还有没钱的，空口白话与她论量钱价。有的说这个女子定是来历不明之人，故意在此行奸卖俏、勾引男儿。有的说这女子假以卖鱼为名，特来拣寻丈夫之意。及至问她姓名，她又道："若有做得咱丈夫的，咱方与他说知。"因此人人愿婚，个个求娶，便拿了金银彩币来做聘礼。女子道："咱并无父母，谁收咱聘礼，咱流落江中，打鱼为生，只住在一间破茅屋之中，这金银彩币要她何用？"众人道："你的住处也待咱们认一认，明日好来成亲。"女子就往前走，众人随后跟去，来到江边，系着一只

---

①　缝罅(xià)——缝隙。

小小渔船,女子咿咿呀呀棹到江中一个所在,果然住在一间破茅屋之中,景致却也幽雅,前后都是参天蔽日的紫竹林。众人道:"此处咱们一生没有到。你既不收聘礼,教咱怎生好娶你为妻?"女子道:"妾自幼敬信三宝,最好持诵经卷。若是列位众人之中,今日回去,肯将《观世音菩萨普门品经》细细读熟,明日妾到市上,如有背得出的,就与他结为夫妻,并不要一文聘礼。"说罢,女子仍旧载了众人到江边上岸。女子又咿咿呀呀自荡入江心去了。众人都说道:"怎生这位小娘子又无父母眷属,独自一个在这江心冷落之处?"各人急急回家,都要去念《普门品》,有的要自己做新郎,不肯与人说知此事。有的不识字的,料得新郎没分,便就对人说了,霎时间传满了金沙滩村上之人。有那没《普门品》的,向人家去借来读诵。那人又专靠此一部《普门品》将来作聘礼之资,如何肯借,只说没有。把这些要做新郎的人,读的读,背的背,忙忙碌碌辛苦了一夜,并不曾合眼。有背得出的欣欣自以为得计道:"这头亲事,准准是咱上手了。"清早就走到市上,等那女子来定亲。谁知才到市上:

　　夜眠清早起,又有不眠人。

　　又有一个背得出的已立在市上等候了。少顷之间,共来了十个,都是背得出《普门品》之人,十人都齐齐等着。那花枝般女子来了,一个背过,又是一个,就像学堂里小学生背"赵钱孙李"的一样,虽然生熟不同,却也都背得出。女子又着手对列位道:"妾只一身,难以分配列位。若有一夜背得《金刚经》出的,妾便结为夫妻。明日早来。"说罢,袅袅婷婷而去。这十人道:"《普门品》还好读,《金刚经》如何一夜读得熟?这是她出难题目,故意来耍咱们了,这头亲事定不成了。"有的道:"也未可知,倘是天缘,前世该是夫妻,一缘一会,一时间天聪天明读得出,也未见得。"这十个人回去,都把《金刚经》来读,硬记硬背,记一分,背一分,这一夜比昨日更忙。读了一夜,到清早,又有三个背得出的。那花枝般女子道:"妾只一身,难以分配三位。诸经之中,唯有《法华经》为诸经之王,佛以大事因缘出世,特说此经,所以道:'六万余言七轴装,无边妙义广含藏。'若见三日之内,有人背得《法华经》出的,妾誓不相舍。"三个人把头一摇、把舌头一伸道:"这亲做不成了。"遂一哄而散。独有一个马小官资性极好,读了三日,把这七卷《法华经》从头至尾背与这女子听,女子便笑容可掬道:

"此真吾丈夫也。妾有言在前，不嫁与郎君，却嫁与谁？"遂跟了马小官家去。马小官父母见这位绝色女娘来做媳妇，怎生不喜？遂广接邻里亲眷，结起花烛，置办酒筵，叫了宾相，雇了乐人，叮叮咚咚作起乐来，把这位新娘子打扮得纨扇圆洁，腰儿下束带，矜庄起来，分外标致。宾相念动礼文，满堂中花烛荧煌，香烟缭绕，男女老少没一个不喝声彩。新郎新娘齐齐立在红毡上，喝礼赞拜。忽然这位新娘一跤跌倒在地，连挽扶婆也扶不住。众位女娘急急把这位新娘挽入香房，把姜汤来灌，还不曾下喉，早已气绝而亡了。满堂人无不惊叹。

　　　谁知成亲宴，翻作送丧筵。

　　话说那位新娘一死之后，霎时间尸骸臭烂，就有千千万万蛆虫攒食，满堂会筵之客登时掩鼻而散。马氏一门见臭秽难当，蛆虫四散爬开，即将衾褥包裹而出，掘土成坎，埋于沙滩之上，合门好生不乐，道："哪里走出这个没爷娘的怪物，走到咱家作神作怪，弄出这场没兴没头的事。"遂把花烛礼筵一齐收拾起。众人都道："怎生有如此怪事？好端端一位女娘，霎时间变出这场怪异，好道不明白。咱们且到她前日住居之地瞧一瞧，委是何等怪物。"走到江边，不见前日系的那只小小渔船，遂另觅了一只船，依前日那女子棹的路，荡来荡去，并不见前日那间破茅屋并江心紫竹林之处。众人寻了一通，只得回来道："咱们前日白日见鬼了，拟定是个妖精鬼怪出来迷人，幸得马家香火旺，妖怪迷他不得，反自死了。若着了他手，再迟几时，马家一门性命休矣。"马小官听得此说，心中着实慌张，一则是空做了一番新郎，受用了一个臭尸首，好生羞惭；一则听了此话，恐这妖精鬼怪，日后还有不可知之祸。终日忧愁，反生出一场病来。独欢喜杀了那十个读《普门品》三个读《金刚经》的人，道："又是咱们造化高，不去读《法华经》，若读熟了时，这臭尸首准定是咱们受用了。幸得马小官消除灾障，顶缸捉代，替咱们出了这一番丑，如今又生出一场病来，这是白手求妻的饶头、做假新郎的利市哩！"

　　不说这一干人自得其得，话说马小官病了一场，后来也渐渐好了。一日，同一干人出外，打从这女子坟前走过。众人都取笑道："这是你妻子哩！"马小官满面羞惭道："说她怎的？"只见一个西域老僧，梵相奇古，在这女子坟上磕头礼拜个不住。众人向老僧道："你怎生如此至诚礼拜这个女子坟墓?"老僧道:"檀越①道她是个女子么? 你们肉眼凡胎,不识异人,她本是南海落迦山紫竹林中大慈大悲救苦难观世音菩萨。她见你们不信三宝,杀生害命,好酒好色,忘了本来面目,特翻身变个女子,故意以卖鱼为生,化度你们,劝你们皈依三宝,念经念佛。你们却迷而不悟,错认她做女子,她所以脱胎而去,即时臭烂,以见女色不可贪恋,四大不能久长之意。你们还说她是个女子!"众人道:"你们出家人专好捏怪,说神说佛。有何凭据说她是观世音化身?"老僧道:"若是佛菩萨显化,其骨是锁子连环骨,骨节都勾连不散。檀越不信,老僧试挑与列位看。"老僧不打诳语,就把手中锡杖将面上一堆沙土细细拨开,挑出那一副骨头来,果是一具锁子骨,节节勾连,玲珑剔透,如黄金之色,异香袭袭。众人方信其言。那老僧把这一具黄金锁子骨将锡杖横挑在肩上,耸身驾云,腾空而去。众人方知是罗汉临凡,合掌向空礼拜,始信前日紫竹林就是南海之像。自此之后,陕右多皈依三宝、诵经念佛之人。马氏一家笃信佛法,都成正果。因此,有人仿佛那日形容,画成"鱼篮观音"之像,流传于世。我朝金华宋景濂学士作《鱼篮观音赞》道:

唯我大士,慈悯众生,耽着五欲,不求解脱。乃化女子,端严姝丽,因其所慕,导入善门。一刹那间,遽尔变坏;昔如红莲,芳艳袭人;今则臭腐,虫蛆流蚀。世间诸色,本属空假,众生愚痴,谓假为真。类蛾赴火,飞逐弗已,不至殒命,何有止息! 当知实相,圆同太虚,无媸无妍②,谁能破坏? 大士之灵,如月在天,不分净秽,普皆照了! 凡皈依者,得大饶益,愿即同归,萨婆若海。

列位看官,那观世音菩萨只因世上人贪财好色,忘记了自己本来面目,故意化作女子劝化世人,况且观音菩萨原是男身女相,岂有要嫁丈夫之理! 但有一种欲界女仙,未证大罗天仙地位,不免也要下嫁人间,寻个丈夫,亦是冥数使然。若是西湖之上,团团秀气,奕奕灵光,常有水仙出现,不则一事,就如苏小小与司马才仲做了西湖水仙,这是一个水仙了。还有一个水仙,也与苏小小不甚差远,听在下慢慢说来。

话说西湖之上有一座此君堂,修竹数万竿,萧疏可爱。因晋人王子猷

① 檀越——佛教名词,意为施主。
② 无媸(chī)无妍(yán)——无丑无美。媸,相貌丑;妍,美丽。

爱竹,有"何可一日无此君"之语,后人因此遂名竹为"此君"。堂中万竹林立,就建堂名为"此君堂"。苏东坡来杭州做太守,最爱此处幽雅,曾有《此君堂》诗道:

> 卧听谡谡碎龙鳞,俯看苍苍立玉身。
>
> 一舸鸱夷浮海去,尚余君子六千人。

话说此君堂有了苏东坡这一首诗,更觉增重,流传到苏东坡之后,太原有个诗人姓邢名凤字君瑞,是个少年英俊之辈,丰姿不群,典雅出格。邢君瑞因见白乐天也是太原人,曾来杭州做太守,每每作诗称赞西湖之妙,日日游于湖上,笙箫歌妓,时常不辍。后来离任西湖,竟害了相思之病,恋恋不舍,做了千古风流话柄,传流于世。他是前辈人,恁般如此妙,难道俺是后辈,便不如他不成,不可把他一个人占尽了"风流"二字,俺不免也到西湖上一游,虽比不得他是官人,奢华豪爽,有妓女箫管之乐,但古诗有云:

> 何必丝与竹,山水有清音。

俺穷秀才自有穷秀才的乐事,何必与他一样。说罢,便收拾了琴剑书箱,上路行程。不则一日,来于杭州游玩。走到西湖之上,看得这此君堂水竹清幽,分外有趣,出奇争胜,就将行李搬入此中,与了管事人些房租,将来坐下,水光山色,尽在面前,竟如图中蓬莱三岛一样。邢君瑞好不乐意,日日游于南北两山之处,遂题"西湖十景"诗——

《苏堤春晓》：

> 孤山落日趁疏钟,画舫参差柳岸风。
>
> 莺梦初醒人未起,金鸦飞上五云东。

《断桥残雪》：

> 望湖亭外半青山,跨水修桥影亦寒。
>
> 待泮痕边分草绿,鹤惊碎玉琢阑干。

《雷峰夕照》：

> 塔影初收日色昏,隔墙人语近甘园。
>
> 南山游遍分归路,半入钱塘半暗门。

《曲院风荷》：

> 避暑人归自冷泉,埠头云锦晚凉天。
>
> 爱渠香阵随人远,行过高桥方买船。

《平湖秋月》：

> 万顷寒光一夕铺，冰轮行处片云无。
>
> 鹫峰遥度西风冷，桂子纷纷点玉壶。

《柳浪闻莺》：

> 如簧巧啭最高枝，苑柳青归万缕丝。
>
> 玉辇不来春又老，声声诉与落花知。

《花港观鱼》：

> 断汲唯余旧姓传，倚阑投饵说当年。
>
> 沙鸥曾见园兴废，近日游人又玉泉。

《南屏晚钟》：

> 涑水崖碑半绿苔，春游谁向此山来？
>
> 晚烟深处蒲牢向，僧自城中应供回。

《三潭印月》：

> 塔边分占宿湖船，宝鉴开奁水接天。
>
> 横笛叫云何处起，波心惊觉老龙眠。

《两峰插云》：

> 浮图对立晓崔嵬，积翠浮空霁霭迷。
>
> 试向凤凰山上望，南高天近北烟低。

话说邢君瑞游于南北两山之间，到处题咏，自得其得。那时正值清明节序，西湖之盛，莫盛于清明。清明前两日名为"寒食"，杭州风俗，清明日人家屋檐都插柳枝，青茜可爱，男女尽将柳枝戴在头上。又有两句俗语道得好："清明不戴柳，红颜成皓首。"小孩子差读了道："清明不戴柳，死去变黄狗。"甚为可笑。

杭州此日，家家上坟祭扫，南北两山，车马如云，酒樽食笋，山家村店，无处不是饮酒之人。有湖船的，雇觅湖船；没湖船的，借地而坐，笙箫鼓乐，揭地喧天。苏堤一带，桃红柳绿，莺啼燕舞，花草争妍，无一处不是赏心乐事。还有那跑马走索、飞钱抛钹、踢木撒沙、吞刀吐火，货郎贩卖稀奇古怪时新玩弄之物，无所不有，香车宝马，妇人女子，挨挨挤挤，好生热闹。邢君端看了这般繁华景致，分外高兴。有柳耆卿词为证：

> 折桐花烂熳，乍疏雨，洗清明。正艳杏烧林，湘桃绣野，芳景如

屏。倾城，尽寻胜去，骤雕鞍、绀幰①出郊坰②。风暖繁弦翠管，万家齐奏新声。盈盈，斗草踏青。人艳冶，递逢迎。向路旁，往往遗簪珥，珠翠纵横。欢情，对佳丽地，任金罍③竭，玉山倾。拚却明朝永日，画堂一枕春醒。

话说邢君瑞在苏堤上挨来挤去，眉梢眼底，不知看了多少好妇人女子。晚间到此君堂中，甚是寂寞不过，只得取出随身的那张金徽玉轸④焦尾琴来，按了宫商角徵羽⑤，弹《汉宫秋月》一曲。那时春景融和，花香扑鼻，月满中庭，游鱼喷跳，邢君瑞悠悠扬扬，正弹到得意之处，忽然间万竹丛中有人娇声细语地赞道："妙哉《汉宫秋月》之曲，此非俗人之所能弹也。"邢君瑞大异，便放下了手，遥望见一女子穿花度竹而来，淡妆素服，果是：

遮遮掩掩穿芳径，料应小脚儿难行。

这女子缓步弓鞋，轻移罗袜，渐渐地走到面前。邢君瑞打一看时，与日间见的妇人女子更自不同，怎见得这女子的妙处：

淡淡丰姿，盈盈态度。秋水为神玉为骨，见脂粉嫌他点染；芙蓉如面柳如眉，看百花兀自娇羞。香雾云鬟，蕊珠宫仙子下降；朱唇玉貌，瑶台畔帝女临凡。

邢君瑞见这般出色女子，疑心是贵家宅眷，起身正欲走避。你道这女子好怪，启一点朱唇，露两行碎玉，轻轻地道："君瑞幸毋避我，妾有诗奉闻。"遂吟诗一首道：

婷婷少女踏春阳，无处春阳不断肠。

舞袖弓腰浑忘却，罗衣虚度五秋霜。

那女子的歌声真如骊珠一串，百啭黄鹂。邢君瑞暗暗地道："这女子怎生知道俺表字君瑞，忒煞奇怪。莫不是东墙之东、西楼之西。那里曾相见过来？端的奇异，俺眼里曾没有见这等出色女子。"便风发了一个邢君

① 绀幰——张着天青色车幔的车驾。绀幰，天青色车幔。

② 坰（jiōng）——野外。

③ 金罍（léi）——古时盛酒的器具，形状像壶。

④ 轸（zhěn）——通"纼"，指弦乐器上用来调声的轴。

⑤ 宫商角徵（zhǐ）羽——中国五声音阶的名称，相当于现行简谱的1、2、3、5、6。

瑞,高兴勃勃,那里按捺得住,也接口吟一首诗以挑之道:

　　意态精神画亦难,不知何事出仙坛!

　　此君堂上云深处,应与萧郎驾彩鸾。

邢君瑞吟完,那女子面上喜滋滋一笑生春,深深地道个万福道:"予心子意,彼此相同。我与君子本有宿缘,当为配偶,奈缘分尚远,当期五年,君来守土,相会于凤凰山下。君如不爽,千万相寻。"道罢,香风一阵袭人,忽然不见。邢君瑞大喜道:"这明是仙女临凡,所以预知俺的名姓,又说五年君来守土,相会于凤凰山下,这事甚奇。但一别五年,甚是遥远。古来道:'有情哪怕隔年期。'古人相期,不过一二年,这仙女一约却就整整约了五年,想是仙家日月与人间不同。从来说'山中方七日,世上已千年',教俺怎生宁耐。俺不免像小孩童书房中读书'图夜散书堂',快做个手势,车水纺砖儿的光景,速速的把这日月催趱将过去,便转眼间是五年,少不得有相逢之日。"说罢,暗暗自笑,从此甚是得意。

　　一日,与一个杭州朋友贾元虚饮酒,酒席之间,邢君瑞自以为侥幸有此奇逢,细细诉说此事。那贾元虚是个老成之人,说道:"我们这西湖之上或有仙女临凡,亦未可知。也有鬼魅害人,假说神仙,或假托邻近女子,迷惑外方之士。那少年不老实之人,往往只道真是仙女,真是邻近女子,与他淫媾,不上几时,精神都被摄去,只剩得一副枯骨。如此等事甚多。我小弟试说一件事与兄听,这是不多几年之事:

　　有一个姑苏吴秀才,也是个少年有才之人,来游西湖,就寓在钱塘门真觉院中。黄昏时候,忽有叩门之声,这吴秀才开门一看,却是一个女子,容貌标致无比,雅淡梳妆,时新衣服。吴秀才问这女子来历,她便道:'是邻近女子,只因郎君日日在奴家门首经过,丰姿俊秀,奴家私心甚是爱慕,要与郎君结为夫妻,不嫌自献,深夜来奔。又恐家人惊觉,只得暂回,改日再来探望。'说罢,便欲转身而去。那吴秀才淫情勃勃,怎生上门来的买卖,肯放回去。'现钟不打,却又等铸。'便把这女子一把扯将进来,闭上了门,与她解带脱衣,上床而睡,行其云雨之事。五更之时,辞别吴秀才出门而去,就像《牡丹亭记》道'秀才休送,以避晓风。'每每戌时而来,寅时而去。

　　那吴秀才是个傻的,自以为巫山之遇,放出生平精神,夜夜奉承这个女子不迭。一连过了数月,院中和尚看得吴秀才精神憔悴,面貌清瘦,语言举动失张失智,像着鬼着魅的一般。遂细细盘问,那吴秀才怎生肯说,还恐怕和尚不是好人,乘机奸骗了这个女子,甚是吃酸,再三不肯说出。合院和尚见他瘦得不好,恐日后连累,只得苦苦盘问。吴秀才方吐真情。众和尚大惊道:'果然有此事。前者有一官员带了一个女子才色艳丽,要选充内廷,不意一病而死,就权殡在西廊,已经三年,往往出来迷惑外方之人。相公所遇,定是这个怪物,所以说日日在门首经过。况且此处并无隐居女人,相公快快避去,方保性命;若少迟延,这性命必然休矣!'吴秀才还疑心不是鬼,牵情割爱,不肯起身。到夜晚于窗间得女子一首诗道:

　　西湖着眼事应非,倚槛临流吊落晖。

　　昔日燕莺曾共语,今宵鸾凤叹孤飞。

　　死生有分愁侵骨,聚散无缘泪湿衣。

　　寄语吴郎休负我,为君消瘦十分肌!

　　吴秀才看那字墨色惨淡,方知是鬼写的字,满身冷汗,遂急急起身。怎知那女鬼夜夜梦中不舍,后来毕竟呜呼哀哉了!岂不可惜!所以说西湖之上,时有鬼魅假名冒姓哄人。前车既覆,后车当戒,仁兄不可便信为仙女,坠其术中,迷而不悟,只看吴秀才便是榜样。

　　邢君瑞道:"虽有鬼魅,亦有仙女,但要看有缘无缘。小弟曾看书上载得一事,甚为有趣,说唐时王轩极有诗才,游西小江,泊舟在于苧萝山,想西施当日在此浣纱,不知怎生样妙,痴痴呆呆想个不住,因题诗于西施石上道:

　　岭上千峰秀,江边细草春。

　　今逢浣纱石,不见浣纱人。

　　王轩题罢,一片精诚感动那当年西子。忽然见西子袅袅婷婷、烟云缥缈,扶石笋而歌道:

　　妾自吴宫还越国,素衣千载无人识。

　　当时心比金石坚,今日为君坚不得。

　　西子歌罢,便从石边走将出来,邀请王轩入洞房深处。珠宫贝阙,好生华丽,就如天台仙女留刘晨、阮肇一般。恩恩爱爱,美美满满,做了一月夫妻。后来因冥数已完,只得送王轩出来,涕泣相别而散。此事流传已久。后来萧山有个郭凝素,只道西施还肯嫁人,也学王轩走到苧萝山题两句诗在石上,思量打动西子之心。怎当得西子睬也不睬,一毫没有影响。那郭凝素还东瞧西望,盼了一回,不见形迹,好生没兴,只得踽踽凉凉而归。当时有人做首诗儿嘲笑道：

> 三春桃李本无言，苦被残阳鸟雀喧。
>
> 借问东邻效西子，何如郭素学王轩！

据这二人看将起来，可见只要有缘。小弟看这女子宛似西子模样，况她说五年相会，此语一定非虚。安知弟非昔日之王轩乎？"贾元虚道："但愿仁兄为王轩，不愿仁兄为吴秀才也。"二人遂大笑而别。

后邢君瑞游赏西湖已毕，归于太原，却心心念念思量来赴五年之约。果然"窗外日光弹指过，席前花影座间移"，不觉早是五年光景，邢君瑞的哥哥恰好来杭州做太守。邢君瑞拍手大叫道："真仙女也。鬼魅只知过去，不知未来。'当期五年，君来守土。'她早已知道了，岂不真是女仙？俺这遭与她准准结为夫妻，同其衾而共其枕，颠其鸾而倒其凤，岂不乐哉！"遂同哥哥到于杭州。哥哥自去行做官之事。君瑞自具一只小舟游于西湖之中，心心念念思量会遇着仙女。那时正值初秋，十里荷花盛开，香风扑鼻，曾有仲殊荷花《念奴娇》词，单道西湖荷花好处：

> 水枫叶下，乍湖光清浅，凉生商素。西帝宸游，罗翠盖，拥出三千宫女。绛彩娇春，铅华昼掩，占断鸳鸯浦。歌声摇曳，浣纱人在何处？
>
> 别岸孤袅一枝，广寒宫殿冷，寒栖愁苦。雪艳冰肌，羞淡泊，偷把胭脂匀注。媚脸笼霞，芳心泣露，不肯为云雨。金波影里，为谁长恁凝伫。

话说邢君瑞月明之下，正在荷花中荡来荡去，忽闻得湖浦咿咿呀呀之声，遥见一美人领一青鬟，驾小舟映月而来，举手招这君瑞道："君瑞真信人也！"邢君瑞惊喜之极，急忙叫两舟相并了。那美人道："妾西湖水仙也，与郎君有宿世之缘，该为夫妇。千里不违约，君情良厚矣。"邢君瑞等候了五年，今日相见，怎生不分外高兴！急忙跃入美人舟中，美人叫青鬟开了船，荡入湖心，顷刻之间，人舟俱没。舟子并小厮大惊，忙报与邢太守。太守叫舟人在西湖中遍处打捞尸首，十数日并无踪迹。后人常见邢君瑞与采莲女子小舟游荡于清风明月之下，或歌或笑，出没无时。远观却有，近视又无。方知真是水仙，人无不羡慕焉。有诗为证：

> 苏小当年为水仙，水仙又见此君缘。
>
> 西湖明月留千古，何处相逢不可怜！

第十五卷
文昌司怜才慢注禄籍

塞翁得马未为喜，塞翁失马未为忧。

须知得失循环事，自有天公在上头。

话说世上目前事体未足凭据，直要看收梢结局，方才完全。世上眼界小之人，见目下富贵，便就扬扬得意，只道这富贵是长生不老香火，不知一朝跌磕，那富贵还是个虚体面；见目下贫贱，便牢骚感慨，跌脚捶胸，不知一朝发迹，那"贫贱"二字不唯磨难我不倒，还受用这二字的好处。奉劝世上的人大着眼孔，开着心胸，硬着脊梁，耐着性气，切莫把目下之事认做真实，只看塞上翁得马失马之说，一毫不错。真是：

福兮祸所倚，祸兮福所伏。

且说一件好笑的事，做个入话。却说周世宗末年，有个陶谷学士。这陶谷少年时节，生性便极其悭吝，不肯轻用一文钱钞。一日夜间，被阴府勾摄去，众鬼使对陶谷道："奉命与你换一双眼睛，你肯出多少钱？我这里眼睛都有定价，你肯破些悭吝，与我百万钱么？"那鬼使用手望地下一指道："这一堆眼睛都是百万钱之价。你若肯与我百万钱，我便与你这一等的眼睛。"那陶谷素性悭吝惯了，怎生肯出百万钱买这一双眼睛，便半日不做声。这鬼使见陶谷不做声，便又道："你出百万钱买我这双眼睛去，不亏负你，休得悭吝！"陶谷又不做声。侧边又走过一个鬼使来道："你既不肯出百万钱买他这一等眼睛，只出十万钱买了我这一等眼睛去吧。"一把扯陶谷过来，指着地下一堆眼睛道："这一堆眼睛都是十万钱之价。"陶谷打一看时，见满地一堆都是眼睛，骨碌碌的都有光彩。陶谷暗暗地道："我自有双眼睛，好端端的，没些紧要破费十万钱，买这一双眼睛去做甚，难道面上要四双眼睛不成？留下这十万钱好做人家。"遂又不做声。这边又有一个鬼使道："他既不肯破费钱财，我只得将这一等眼睛白白送一双与他吧。"道罢，众鬼使一齐走过来道："是。"只见一个鬼使就这一堆里拾起一双弹丸，双手把陶谷旧眼一齐抠出，把这一双弹丸纳将进去。陶谷疼痛莫当，大叫一声，撒然惊醒，伸手去摸，双目都肿。次日起来对镜一照，变了一双碧绿色琉璃眼睛，与旧时大是不同。人人都道："这双眼活像庙中小鬼一样。"过了几时，路上遇着相士陈子阳道："好一身贵相，骨气都好，却怎生有这一双鬼眼，终身不得显达。"陶谷懊恨无及。后来宋太祖受了周禅①，朝班已定，未有禅诏。陶谷学士将禅诏出诸袖中，宋太祖心中薄其为人，遂终身为翰林学士，再不迁其官爵。陶谷甚是怨恨，所以有"年年陶学士，依样画葫芦"之诮。

看官，你道一个极贵之相，只因"悭恪"二字换了一双鬼眼，终身受累。我浙江也有一个人，只因一句话上说得不好，昧了心田，却被紫府真人拿去，换了一身穷贱之骨。亏得后来改行从善，洗净骄傲之性，学做好人，文昌帝君爱其才华，重新奏闻玉帝准与禄籍，宛宛转转，又有许多妙处，以耸天下听闻，待在下慢慢说来，便知端的。有八句诗为证：

抛掷南阳为主忧，北征东讨尽良筹。

时来天地虽同力，运去英雄不自由。

千里山河轻孺子，两朝冠剑恨谯周。

唯余岩下多情水，犹解年年傍驿流。

这八句诗是罗隐才子题诸葛亮筹笔驿之作。那罗隐在唐朝末年是东南第一个才子，怀才不遇，终身不能中得一个进士。后来将就做得一官，于他生平志愿，十分不能酬其一分，以此每每不平，到处怨叹。过诸葛亮庙，有感而作这一首诗，说诸葛公这般才华，可以平吞天下，混一中原，只因遭时不济，有才无命，不能成其一统之志，却又年命不永，营中星殒。这样一个顶天立地的汉子，究竟与命抵敌不过，哪怕共工氏②发恼，头撞倒了不周山；巨灵神奋威，斧劈碎了华山石。所以他有感而作。看官，你道这罗隐是哪里人氏？他是浙江杭州府新城县人，字昭谏，别号江东生。他与吴越王同时降生。未生之前，有两条紫气冲天：一条紫气降于临安，生出吴越王，一条紫气降于新城，生出罗江东。这罗江东生将出来，学贯天人，才兼文武，聪明颖悟，出口成章，有曹子建七步之才，李太白百篇之赋。只是一着：生性轻薄，看人不在眼里。一味好嘲笑人，或是俚语，或是歌

---

① 禅——以帝位让人。

② 共工氏——传说中古代部族首领。

谣,高声朗诵,再也不怕人嗔怪,遭其讪笑者不一而足,因此人人称之为"轻薄罗隐"。但是他说出来的话,又有些古怪,或好或歹,都有灵应,就像神仙的谶语一般。远在数百年之外,近在目下,声叫声应,至今千来年,浙江人凡事称为"罗隐题破"者,此也。以此人人忌惮他那张嘴,不敢惹他。

不要说世上人怕他,连那鬼神也都怕他这张嘴,凡庵观苑寺之中,那些泥塑木雕的神道,他若略说一二句,准准应其所言:若是说好,便就灵通感应,香火繁盛起来;若说不好,便就无灵无感,香烟冰冷,连鬼也通没得上门来了。罗江东初年不信鬼神,一日走到祠山张大帝庙里,见殿宇雄壮,心上不平,取出那支百灵百应、光闪闪、寒簌簌、判生死的笔来,题二句于壁上道:

走尽天下路,平生不信邪。

方才写得这二句,还未完下文,忽然背后一尊神道夺住手中这支笔,大声喝道:"汝把下文这二句做得好便罢,若做得不好,我便击死汝矣!"罗江东回转头来一看,就是黑脸胡子张大帝。这一尊神道,身长数丈,威风凛凛,电目岩岩。罗江东惊得一身冷汗,慌慌张张,只得续写二句道:

祠山张大帝,天下鬼神爷。

写完,那尊神道方才放手而去。自此之后,庙中香火更盛。后来走到乌江项王庙内,见项王相貌狰狞,手中执剑而坐,怒气不消,犹似昔日与汉王争天下之势。罗江东服他是个好汉,题一首诗于壁上道:

英雄立庙楚江滨,叱咤风云若有神。

对剑不须更惆怅,汉家今已属他人!

此诗题罢,泄了项王千余年不平之气,手中宝剑即时坠地。罗江东见其灵异,作礼而出。

罗江东诗才神速,点韵便成。少年之时,手中戏拿一个小磬,卖诗为名,限定磬声完为度。有人要他做新月的诗,以"敲、梢、交"三字为韵,一边击磬,一边吟道:

禁鼓初闻第一敲,卧看新月出林梢。

谁家宝镜新磨出?匣小参差盖不交。

磬声完而诗已就矣,其敏妙如此。又长于对句,凡人有对不得的,到他口中无有不对之句。药中"白头翁",他便对"苍耳子";"玉玲珑"他便对"金跳脱"。那"金跳脱"就是女人手上金镯子是也。又有句道"近比赵公,三十六年宰相"这句,人再对不来。罗江东道:"何不对'远同郭令,二十四考中书'?"这就是郭子仪故事,他在中书历二十四考。其对句之精妙如此,真奇才也。但他生于穷寒之家,生计甚是寥落,家中一亩田地也无,又兼唐朝乱离之后,德宗好货之主,田地上赋税极多,人家一发不敢有那田地。罗江东自小只带得这几亩书田来,济得甚事?真个饥不可食,寒不可衣。果是:

　　聋盲喑哑家豪富,智慧聪明却受贫。

　　他早年丧了父亲,守着母亲过活。那母亲不过织布度日,好生艰苦,罗江东只得呆着脸向亲友家借贷。谁知世上的人甚是少趣,若是罗江东那时做了官人,戴了乌纱帽,象简朝靴,那人便来呵胕捧屁,没有的也是有的;如今是个穷酸,口说大话,不过是赊那"功名"二字在身上,世人只赌现在,不讨赊账,谁肯预先来奉承?俗语道:"若说钱,便无缘。"罗江东向亲友一连告了几十处,大家都不睬,以后见了他的影儿,只道他又来借债,都把他做白虎、太岁一般看待,家家关门闭户起来。罗江东与母亲二人,甚是愤恨之极。正是:

　　十叩柴扉九不开,满头风雪却回来。

　　话说罗江东母子二人正在愤恨之际,忽然遇着一个风鉴相他道:"子天庭高耸,地阁丰隆,鼻直口方,伏犀贯顶,目若明星,声如洪钟,顾盼英伟,龙行虎步,有半朝帝王之相,切须保重!"说罢而去。这个风鉴却是豫章人,识得风云气色,见王气落于斗牛之间,那斗牛是杭州分野,特特走到杭州观看气色,见气色两支,一支落于新城,一支落于临安。遂扮作风鉴到新城,遇见了罗江东是个帝王之相,好生欢喜。那时罗江东母子二人闻得此话,正愤恨这些亲友不肯借贷,便忿忿地发愿道:"可恨这些贼男女恁地奚落,若明日果有帝王之分,有冤报冤,有仇报仇,定要把这一干人碎尸万段,方雪我今日之忿。"母子二人忿忿地说了几日,果然"人间私语,天闻若雷"。一日晚间,罗江东吃了晚饭缓步出门,忽然见四个黄巾力士走到面前,对罗江东道:"吾奉紫府真人之命奉请。"道罢,便把罗江东撮拥而去,来到一处。但见:

　　烟云缭绕,琉璃瓦上接青霄;瑞气缤纷,白玉殿横开碧汉。门前排几对白象青猊,两旁列千百天丁力士。当殿中坐着一尊活神道,事事无差；丹墀下伏着许多横死鬼，缘缘有错。日游神，夜游神，时时刻刻来报正心邪心、善心恶心；速报司，转轮司，慌慌忙忙去推天道地道、人道鬼道。有记性的功曹、令史，一支笔，一本簿，明明白白，注定某年某月某日某时，尽是尊来报往、报重尊深；没慈心的马面、牛头，两股叉，两条鞭，恶恶狠狠，照例或杀或剐或舂或磨，总之阳作阴受、阴施阳转。正是人间有漏网，天府不容针。

话说四个黄巾力士撮拥罗江东到于殿前，暴雷也似唱喏道："奉命取罗隐来到。"那真人便开口道："罗隐，汝本当有半朝帝王之分，与钱镠一样之人。汝怎生便生好杀之心，辄起不良之念，要将借贷不与之人尽数碎尸万段，以雪胸中之忿？借贷不与，此是人之常情。况此数十家人俱是汝之亲友，有何罪过，便要杀害。如此小事，恨恨如此。上帝好生，汝性好杀。明日做了帝王，残虐刻剥，伤天地之和气，损下界之生灵，为害不浅。连日值日功曹将汝恶心奏闻上帝，上帝大怒，天符牒下，将汝所有帝王福分尽数削籍。说罢，就唤四个黄巾力士过来吩咐道："可将此人帝王之骨尽数换过。"黄巾力士喏喏连声，把罗隐扳翻在地，如哪吒太子拆骨还父、剔肉还母一般，根根骨头抽将出来，一一换过，独留得上下牙齿不换。紫府真人仍着力士送罗隐回去。罗江东回家，已是五更时分，倒在床上，大声叫痛，似梦非梦，早已惊醒了母亲，备述缘故。急急起来，对镜子一看，竟改变了一个人。但见：

天庭偏，地阁削。口歪斜，鼻子塌。皮肤粗，猴狲脚。吊眼睛，神气撒。远观似土地侧边站立的小鬼，近看一发像破落庙里雨淋坏滴滴点点的泥菩萨。

母亲吃了一惊，罗江东见自己丑陋不堪，跌倒在地。母亲慌张，急急把姜汤灌醒，搀扶而起。母子二人懊恨无及，大哭了一场，真一言折尽平生之福也。自此罗江东躲在家内，不敢出门。过了一个月方才出门，左右邻舍都吃了一惊。罗江东却再不敢说出，只说病患如此。一日，又遇着前番相士，见了吃惊道："汝怎生相貌一朝改变至此？定是心术不端，以致阴府谴责。"罗江东只得把前事说了一遍，相士跌足道："可惜半朝帝王之相。"又把他仔细一相，道：

虽是一身贫贱骨，犹然满口帝王牙。

罗江东道："一念之差，折福至此，怎生是好？"相士道："举头三尺有神明,举心动念,天地皆知。汝若举一点杀心,便毒雾妖氛弥漫宇宙,天昏地暗,日月无光,上天怎么得不知道? 相随心生,心既不好,相亦随变,此是必然之理。但自今以后一心忏悔,改行从善,步步学好,还好救得一半。"说罢,再三叹息而去。后来访到临安,见了钱镠,许他以帝王之事,果应其言。

罗江东自此之后,一味学做好人,再不敢存一毫不肖之心,真个行不愧影、寝不愧衾。但是他那张口仍旧百灵百应,那支笔仍旧烟云缭绕。人虽然憎他丑陋,却又爱他才华。四方之士,但得他一言半句,就声名赫赫起来。若是到东南地方,扇头上没有罗江东一首诗,便人人以为羞耻,因此名闻天下,愿交者众,金钱彩币,不时馈送。

那时宰相令狐绹重其诗文,儿子令狐滴登了进士,罗江东赠诗一首。令狐绹大悦道:"吾不喜汝登第,喜汝得罗江东之诗为贵也。"其见重于当朝如此。宰相郑畋有个千金小姐,性通文墨,酷爱罗江东之诗,自己抄写成帙①,圈上加圈,点上加点,朝夕吟哦不辍,遂害了相思之病。父亲见女儿钟情在罗隐身上,暗暗地道:"我女儿虽爱罗江东之诗,却不曾见其貌。我相府女儿嫁与贫士,虽然不妨,但罗江东相貌极其丑陋,女儿未必中意。我试邀他来饮酒,待女儿帘中一观,若不嫌他丑陋,我便嫁与他吧。"一日炮凤烹龙,陆珍海错,极其华丽,请罗江东来饮酒,特特与女儿知道。女儿知是请罗江东,心中暗暗欢喜,早医好了八九分相思病症,遂轻移莲步,缓拖玉佩,悄悄走到珠帘边一望,看见罗江东猥獥②丑陋,三分像人,七分像鬼,吃了一惊,暗暗地道:"怎生恁般丑陋? 若嫁与他,枉了一生。我相思差矣。"遂移步而进,再不出来观看。从此连诗帙都抛过一边,竟不吟其诗句,把"相思"二字遂轻轻放下。有诗为证:

日夕吟诗酷爱才,及观标格叹难哉。

从来女子多皮相,一笑须从射雉③回。

话说罗江东被郑小姐选退了这头亲事,人人传闻开去,都不与他结亲。后来有一富人有个女儿,名为"赛珍珠",是个爱才不爱貌的,情愿嫁

---

①　帙(zhì)——量词。一套为一帙。

②　猥獥——丑陋难看。

③　射雉——指因才学博得妻室欢心。典故内容后文中有涉及。

与罗江东。富人遂倒赔妆奁,罗江东得了这个美妻,又得了若干嫁资,家道充足,恰好遇着钱镠。那时钱镠正在卖盐之时,破衣破裳,蓬头赤脚,罗江东与他三杯两盏,结为相知。又时时把钱物去周济他,钱镠感激无尽,真结交当于未遇之时也。谁知日后富贵功名,就在钱镠身上,这是后话。

罗江东自数年改行从善以来,端的无一毫非礼非义之事,善念虔诚,果然文昌帝君托梦道:"子数年洗心易虑,事事可与天知。吾既重汝之改过,又爱汝之才华,已将汝近日之行止尽数奏闻玉帝,玉帝准奏。但今天下多事,未可骤与汝功名,待我慢慢注汝之禄籍可也。"说罢而醒。罗江东自此心中少稳,日行善事,但口嘴轻薄惯了,随你怎么防闲,终有失错。只因一句话上触犯了当朝宰相,直害得二十余年不中进士。你道这宰相是谁?就是先前说的令狐绹。那令狐绹本是极爱罗江东之人,但令狐绹学问不济,罗江东酒醉后大笑道:"中书堂上坐将军。"讥他不能做得文章之意。令狐绹一日把一件学问来问罗江东,罗江东道:"这个学问出在庄子《南华经》第二篇上,不是什么怪僻之书,愿相公燮理①阴阳之暇,更宜博览古书,以资学问。"令狐绹大怒,说他以己之长形人之短,文人无行,宰相之前尚且放肆如此,何况以下之人。若与他中了一个进士,便看人不在眼里,以此每到科场,就吩咐知贡举官,不得中罗隐进士。郑畋几番要中罗隐,因令狐绹恼了,也便不敢。罗隐甚是懊恨。做二句诗道:

> 早知此恨人多积,悔读南华第二篇。

罗江东既恼犯了宰相,进长安科举之进,又恼犯了一个朝官。这朝官姓韦名宣,两个同遇于饭店之中。罗江东生性轻薄,凡事不肯让这个官儿。左右喝道:"这是朝官韦爷,休得轻薄!"罗江东大怒道:"什么朝官,敢在我才子罗江东面前说,我把一只脚提起笔来写了数十篇文字,也还敌得过数十位朝官哩!"韦宣闻得,切骨之恨,又添上几分不要中罗隐进士之意。因此罗隐这个进士位儿一发不稳了。后来访得不中进士因此二人之故,然亦付之无可奈何矣!只说:"文昌帝君也会得说谎,原说慢慢注我禄籍,怎生二十多年尚然不中?我今已是半百之年,何年方成进士?难道活到七八十岁时戴顶寿官纱帽不成?"遂寄一首诗与朋友道:

> 廿载辛勤九陌中,却寻岐路五湖东。

---

① 燮(xiè)理——调理。

名惭桂苑一枝绿，脸忆松江满箸红。

浮世到头须适性，男儿何必尽成功！

唯应鲍叔深知我，他日蒲帆①百尺风。

罗江东作诗叹息，谁知文昌帝君果是有些妙处。那时唐朝法纪零替，贿赂公行，关节潜通，有多少怀才抱异之人无由出身。及至出身的，又多是文理不通，白面书生胸中那里晓得"经济"二字，并无一个老成持重之人，以此把唐朝天下都激乱了，士人都愤愤不平。所以黄巢因屡举不第，乱入长安。后来黄巢诛灭，他手下将官朱温投降，唐朝封为梁王，渐渐威权日盛，杀害百官，天子拱手听命。朱温手下有一个文臣李振，虽比不得罗江东的才华，也是一个才子，少年自负其才，思量取功名如拾芥子一般，不意遭此浊乱之时，谁问你有才无才，只问你有贿赂无贿赂、有关节无关节，因此罗江东二十余年不中，李振也二十余年不中。那李振忿恨这些害民贼道："当日三国时节，督邮倚势欺诈刘玄德钱，却被张飞缚在柳树上，口口声声骂为害民贼，鞭打数百，千古快心。若在今日，一刀砍为两段，方才心满意足。俺明日做得张飞便好！"如此发念，不一而足。又因进士裴枢、独孤损数十余人自称名士，摇唇播舌，结党成群，日常屡屡轻薄李振，说他是伏土蚯蚓，怎能够得出头飞腾变化？像俺们有才之人，自然黄金横带、白马任骑，那李振有何德能，敢与俺们一同发迹！李振闻知，咬牙切齿，定要报复此仇，便将一把宝剑磨得锋快，道："俺定要将此剑砍取诸贼人之头，等他得知名士结果，方才罢休。"如此磨了多次。后来投在朱温帐下做了他的谋士，言听计从，遂将日常仇恨的各官并裴枢、独孤损三十余人绑缚起来，取出那二十余年磨得风也似快的那把宝剑，一剑一个，尽数杀之于白马驿中，又对朱温道："此辈日常高言阔论，自谓清流，可投之黄河，使为浊流。"朱温知李振报复前仇，遂笑而从之，把诸人尸首扑通的都抛在黄河之内，呜呼哀哉！李振报了诸人之仇，甚是得意，做首诗道：

廿载磨一剑，今年始报仇。

自谓清流客，今姑付浊流。

罗江东闻知大惊道："使我当日早中了一个进士，已与裴枢、独孤损三十余人同作无头之鬼，为浊流中物矣。岂非塞上翁得马未足为喜、失马

---

① 蒲帆——用蒲草编织的帆。

未足为忧之说乎？今日这颗头尚在颈子上，真文昌帝君之赐也。"遂感叹不已，做首诗道：

> 逐队随行二十春，曲江池畔避车尘。
>
> 如今赢得将衰老，闲看人间得意人。

后来朱温竟篡了唐朝天下，改国号为"梁"，都是李振之计。在位七年，淫了子妇，被儿子友珪所弑；并李振也杀了，都是一报还一报之事。这是后话。

却说钱镠那时已起兵破走黄巢，诛了叛臣越州观察使刘汉宏、杭州刺史董昌，有了十四州天下，唐昭宗封为镇海军节度使，在于杭州凤凰山建造宫殿，自置文武官僚，都极一时之选。却念罗江东故人，未曾中得进士，当日受他好处，至今未报，遂遣官数员赍了金银书币，鼓乐喧天，到新城聘他为官，便鼎沸一了个新城，连当日借债不肯借的都一并来庆贺送礼，人情势利如此！当下迎接罗江东到于杭州，钱镠王倒屣而迎道："本是故人，不敢相屈幕下，一以宾礼奉待，或任凭采择何官亦可。"自此罗江东代书记之任，后为钱塘令。唐昭宗加封钱镠为吴王，钱镠上表称谢，却命沈嵩草表。那沈嵩是钱王幕下一个极会得做文字之人，表完，钱镠王付与罗隐一看，罗隐看了道："此表虽是，但其中说得杭州甚好，此自求征索之媒也。"钱王遂命罗隐另做一篇，其中二句做得甚妙，道：

> 天寒而麋鹿来游，日暮而牛羊不下。

表到唐朝，满朝人都道谁有此好文字，定是罗隐之笔，惜乎天下第一个文人却被钱镠用了，此是朝廷大差错处。后来唐昭宗改名为晔，钱王表贺，又是罗隐代作道：

> 左则昌姬之半字，右则虞舜之全文。

满朝文武均识得是罗隐之笔。那时诸镇都有贺表，以此篇为第一。谁知后来朱温竟篡了唐朝天下，钱王上表称臣，朱温大喜，加封为吴越王，赐以玉带名马。罗隐甚是不服，劝钱王起兵道："朱温逆贼，篡夺唐朝天下，弑君之贼，人人得而诛之，即当兴兵十万以讨逆贼，复立唐室子孙，名正言顺，何愁不胜！就使不胜，我据有江东吴越十四州天下，不失为东帝。怎生上表称臣，以为终古之羞乎？"钱王道："我若兴兵，毕竟要荼毒生灵。我爱养斯民，岂忍置之锋镝之地？况朱温贪淫之极，不久必有内变！我静以观其变，自不失为孙仲谋也。"遂不肯起兵。钱王听罗江东这篇说话，心中甚是敬重,暗暗地喝彩道:"罗隐在唐朝屡举不第,心中不知该怎么样怨恨唐朝,今反劝我起兵兴复唐室,唐朝虽负罗隐,罗隐却不负唐朝,可谓忠心贯日,唐朝之义士矣!'文人无行',此言谬也。"自此更加礼敬,凡事听信。

钱王英雄生性,怒发之时,未免有些偏颇。那时桐庐有个才子章鲁风不愿仕于钱王幕下。钱王大怒,就把章鲁风来杀了。又有关中一个才子吴仁璧,钱王聘他为官,吴仁璧做首诗辞官。钱王恼他,将吴仁璧沉之江中。罗隐心中甚是不服,饮酒之间,做首诗规谏道:

一个祢衡①容不得,思量黄祖谩英雄。

钱王见这首诗,甚是懊悔,遂将此二人尸首埋葬之以礼。那时西湖上渔户日纳鱼数斤,名为"使宅鱼",若不及正数,必另买来补数,颇为民害。一日,钱王与罗江东饮酒,壁上挂幅姜太公鸳溪垂钓图,钱王要罗江东题诗,遂题诗以寓意道:

吕望当年展庙谟②,直钩钓国更谁如?

若教生在西湖上,也是须供使宅鱼。

钱王见诗大笑,遂蠲免了"使宅鱼"这主征税。罗江东随事讽谏,钱王无有不听,都是有益于国家、有利于民生的事。钱王发怒之时,无人阻拦得住,独罗江东三言两语便拨得转。因此吴越十四州都蒙其福德,后来直做到谏议大夫,母亲与妻子赛珍珠都受了诰命,晚景荣华,受用了下半世。罗江东足足活至八十余岁而终,他所著有《湘南甲乙集》、《淮海寓言》、《谗书》六十篇行于世,有诗为证:

莫为危时便怆神,前程往往有期因。

须知海岳归明主,未必乾坤陷吉人。

道德几时曾去世,舟车何处不通津?

但教方寸无诸恶,狼虎丛中也立身!

---

① 祢衡——汉末文学家。有才辩,性刚傲物。因触怒曹操,终被杀害。
② 庙谟——即庙谋、庙算。指朝廷的重大决策。

第十六卷
月下老错配本属前缘

晚山青，一川云树冥冥。正参差烟凝紫翠，斜阳画出南屏。馆娃归吴台游鹿，铜仙去汉苑飞萤。怀古情多，凭高望极。且将樽酒慰漂零。自湖上爱梅仙远，鹤梦几时醒？空留在六桥疏柳，孤屿危亭。

待苏堤歌声散尽，更须携妓西泠。藕花深、雨凉翡翠；菰蒲软、风弄蜻蜓。澄碧生秋，闹红驻景，采菱新唱最堪听。一片水天无际，渔火两三星。多情月为人留照，未过前汀。

这首词儿是石次仲西湖《多丽》一曲。天下有两种大恨伤心之事，再解不得。是哪两种？一是才子困穷，一是佳人薄命。你道这两种真个可怜也不可怜？在下未入正回，先把月下老故事说明。唐朝杜陵一人姓韦名固，幼丧父母，思量早娶妻子，以续父母一脉，不意高卑不等，处处无缘。韦固甚是心焦。贞观二年将游清河，寓于送城南店。韦固求婚之念甚切，就像猪八戒要做女婿相似，好不性急，到处求亲。适有一个人道："此处恰好有一头亲事，是前清河司马潘昉的女儿，正在此要寻一好女婿，你来得正好，明日与你到他家去议亲。"约定明早在店西龙兴寺门首相会。这一夜韦固只思量一说便圆，巴不得即刻成亲，在床上翻来覆去好生睡不着。未到鸡鸣，早起梳洗，戴了巾子，急忙出门，三脚两步，早已到龙兴寺门首。不意去得太早，哪里有起五更说亲的媒人？并不见所约之人，那时斜月尚明，但见一个白须老父倚着一个巾囊，坐在龙兴寺门首阶上，向月下翻书。韦固暗暗道："这老父好生怪异，怎生这般勤学，在月下观书？不知所观何书？"遂走到老父身边，看这书上之字都是篆、籀之文，一字也识不出。韦固甚是诧异，问这老父道："老父所看何书？小生少年苦学，无不识之字，怎生这字恁般奇异？"老父道："此非世间之书。"韦固道："既非世间之书，请问老父果是何人？"老父道："吾乃幽冥之人也。"韦固惊异道："既是幽冥之人，何以到此？"老父道："你自来得太早，非我不当来也。凡幽吏都主人生之事，生人既可行，幽冥独不可行乎？今道途之行人，人与鬼各半,人自不识耳。"韦固道:"请问老父所主何事?"老父道:"主天下婚姻之事,这便是婚姻簿籍。"韦固见老父说"主天下婚姻事",正是搔着痒处,便问道:"今我十年以来,遍求婚姻,处处无缘。今潘司马的亲事还成否?"老父道:"非也。君之妇方三岁,到十七岁方与君成亲。"韦固道:"怎恁般迟?"老父道:"此是冥数使然,不可早也。"韦固道:"囊中何物?"老父道:"这是赤绳子。"韦固道:"要它何用?"老父道:"凡是婚姻,及其相坐之时,潜用赤绳系其足,随你贵、贱、穷、通、远、近、老、少、中国、夷狄、冤、亲,再不走开。今君之足,我已与你系于彼矣。"韦固道:"吾妻安在?其家何为?"老父道:"此店北卖菜家陈妪的女儿。"韦固道:"可见否?"老父道:"可见。彼常抱来卖菜,郎君若能随我同行,我当指示。"说话之间,不觉天明,那所约之人尚未来。老父把手中之书藏于囊中,遂负囊而行。韦固跟随在后,走入菜市,果然见一眇目老妪,手中抱着一个三岁女孩,且是生得丑陋。老父指道:"此君之妻也。"韦固大怒道:"杀之可乎?"老父道:"此女子明日有子有福,当食大禄,因子之贵,当封夫人,又可杀乎?"说罢,老父便不见了。韦固明知其异,毕竟怪那女子丑陋,遂磨快一把小刀付与小厮道:"你若与我杀了卖菜的女儿,我赏你万钱。"小厮次日袖中藏了这把快刀,走到卖菜场中,看定这眇妪的女儿,一刀刺之而走。一市鼎沸起来,大叫:"捉杀人贼!"这小厮落荒而走,幸而得脱回来。韦固问道:"曾刺得杀否?"小厮道:"咱看定了要刺其心,不意中眉,但不知死活何如?"

　　后来潘司马亲事究竟不成,连求数处,都似鬼门上占卦一般。直到十四年,韦固以父荫参相州军,刺史王泰命韦固摄司户椽。韦固大有才能,王泰甚是得意,遂把女儿嫁与韦固为妻。那女子年可十六七,颜色艳丽,眉间贴一花钿。韦固问道:"你怎生眉间贴这花钿?"女子不觉泪下道:"妾非郡守之亲女,乃其侄女也。父亲曾为宋城知县,卒于任所。妾时尚在襁褓,母兄相继而亡,只有一庄在宋城南。乳母陈氏怜妾幼小不忍弃妾,养于宋城南店,日日卖菜,供给朝夕。妾时只得三岁,被贼人所刺,幸而不死,但眉心伤痕尚在,故贴花钿以掩其丑。七八年间,叔父从事卢龙,哀妾孤苦,遂认以为女,因而嫁君也。"韦固道:"汝之乳母陈氏眇一目乎?"妻道:"果眇一目,君何以知之?"韦固道:"刺汝者非他人,即我也。"妻子惊问,韦固细细说缘故道:"汝当日甚丑,我心嗔怪,所以要刺死。若像今日这般颜色,断不刺也。"夫妻遂惊叹冥数之前定如此。后妻果生男名韦鲲,做雁门太守,封太原郡太夫人,与月下老人之言一毫无异。后宋城宰闻知此事,题此店为"定婚店"。如今说媒人为"月老"者此也。有诗为证:

> 急急求婚二十年,谁知婚在店门前。
>
> 有刀难断赤绳子,徒使伤痕贴翠钿。

古来道:"红颜薄命。"这"红颜"二字不过是生得好看,目如秋水,唇若涂朱,脸若芙蓉,肌如白雪,玉琢成,粉捏就,轻盈袅娜,就随你怎么样,也不过是个标致,这也还是有限的事,怎如得"佳人"二字? 那佳人者,心通五经子史,笔擅歌赋诗词,与李、杜争强,同班、马出色,果是山川灵秀之气,偶然不钟于男而钟于女,却不是个冠珠翠的文人才子,戴簪珥的翰苑词家? 若说红颜薄命,这是小可之事,如今是佳人薄命,怎么得不要痛哭流涕! 从来道:

> 聪明才子无钱使,龌龊村夫有臭钱。
>
> 骏马每驮痴汉走,巧妻常伴拙夫眠。

话说那朱淑真是钱塘人,出在宋朝,她父母都是小户人家出身,生意行中不过晓得一日三餐、夜眠一觉,如此过日便罢,哪里晓得什么叫做"诗书"二字? 那朱淑真自小聪明伶俐,生性警敏,十岁以外自喜读书识字。看官,譬如那汉曹大家,她原是班固之妹,所以能代兄续成《汉书》;蔡文姬是蔡中郎的女儿,所以能赋《胡笳十八拍》;谢道韫是谢太傅的女儿,所以能咏柳絮之句;苏小妹是三苏一家,所以聪明有才:毕竟近朱者赤、近墨者黑。那朱淑真是何人所生,还是何人所教,不知不觉渐渐长大,天聪天明,会得做起诗来,真叫做"诗有别才,非关学也"。曾有《清昼》一绝做得最妙,道:

> 竹摇清影罩幽窗,两两时禽噪夕阳。
>
> 谢却海棠飞尽絮,困人天气日初长。

朱淑真一法通时万法通,会得做诗,又会得做词。从来做词的道:"要宛转入情,低徊飞舞,惊魂动魄。"朱淑真偶然落笔,便与词家第一个柳耆卿、秦少游争雄,岂不是至妙的事么? 她因春光将去,杜宇鸣叫,柳絮飞扬,爱惜那春光不忍舍去,遂作《送春词》一首道:

> 楼外垂扬千万缕,欲系青春少住春还去。犹自风前飘柳絮,随春

且看归何处。　　　　满目山川闻杜宇,便做无情莫也愁人意。把酒送春春不语,黄昏却下潇潇雨。

朱淑真虽然做得甚妙,却没一个人晓得她。就是做了,也没处请教人,不过自得其得而已。那时年登十七岁,出落得更好一个模样。怎见得好处,有《鹧鸪天》词儿为证:

盈盈秋水鬓堆鸦,面若芙蓉美更佳。十指袖笼春笋锐,双莲簌地印轻沙。　　　神情丽,体态嘉。蝤首蛾眉更可夸。杨柳舞腰娇比嫩,嫦娥仙子落飞霞。

不说这朱淑真聪明标致,且说她一个娘舅叫做吴少江,是个不长进之人,混名"皮气球"。你道他专做的是哪一行生意?

踢打为活计,赌博作生涯。

一生无信行,只是口皮喳。

这吴少江始初曾开个酒店在天瓦巷,后来一好赌博,把本钱都消耗了下去,借了巷内金三老官二十两银子,一连几年再也没有得还。金三老官问他讨了几十次,吴少江只是延捱。那金三老官前世不积不幸,生下一个儿子,杭州人口嘴轻薄,取个绰号叫做"金罕货",又叫做"金怪物"。你道他怎么一个模样?也有《鹧鸪天》词儿为证:

蓬松两鬓似灰鸦,露嘴龇牙额角叉,后面高拳强蟹螯,前胸凸出胜蛤蟆。　　　铁包面,金裹牙,十指擂槌满脸疤。如此形容难敌手,城隍门首鬼拿挝。

金三老官生下这样一个儿子,连自己也看不过,谁人肯把女儿与他做妻子?除非是阴沟洞里掏臭的肯与他结亲。金三老官门首开个木屐雨伞杂货铺。这金罕货也有一着可取,会得塌伞头、钉木屐钉,相帮老官做生意。吴少江少了银子,无物可以抵偿,见金三老官催逼不过,要将这外甥女儿说与金三老官做媳妇,哪里管他是人是鬼,是对头不是对头,不过是赖债的法儿。那金三老倒有自知之明,见自己儿子丑陋不堪,三分像人,七分像鬼,也再不与他说亲,恐苦害人家女儿。今日见吴少江说要将外甥女儿与他做媳妇,便是一天之喜,那二十两银子竟不说起,反买些烧鹅、羊肉之类,请吴少江吃起媒酒。杭州风俗,请人以烧鹅、羊肉为敬。吴少江见金三老官买烧鹅、羊肉请他,一发满怀欢喜,放出大量,一连倒了十来壶黄汤,吃得高兴,满口应承,不要说自己外甥女儿,连隔壁的张姑、李姑、钱姑一齐都肯应承。倒是金三老官过意不去，道："难得少江与我作伐①，但我儿子十分丑陋，恐令亲未必肯允。"吴少江道："我家舍妹，凡事极听我的说话，就是人家儿子相貌丑陋些何妨，只要挣家立业赚得钱，明日养得老婆儿女过活，便是成家之子。若是那少年白面郎君，外貌虽好看，全不中用，养娇了性子，日后担轻不得、负重不得，好看不中吃，反苦害了老婆儿女。你儿子实是帮家做活之人，说什么丑陋不丑陋！"金三老官连声称谢道："全要少江包荒②。"吴少江道："这头亲事全在于我。"金三老官甚是感激，就走进去箱子里寻出那二十两借票，送还了吴少江，道："事成之后，还有重谢。"吴少江喏喏连声，收了这纸借票作谢回家。有诗为证：

> 皮球做怪事全差，岂有嫦娥对夜叉？
>
> 二十两头先到手，乱将甥女委泥沙。

话说那吴少江一心只要赖他这一主债，哪里管外甥女儿？果然一席之话，先骗了这一纸借票过来，满心欢喜道："亲事说成了，还有谢礼在后。只不要说出相貌丑陋，自然成事。事成之后怕翻悔怎的来？"遂走到妹夫家里，见了妹夫妹妹，说了些闲话的谎。说谎之后，便道："我今日特来替你女儿做媒。"妹妹道："是哪一家？"吴少江道："就是我那天瓦巷内金三老官的儿子。金三老官且是殷实过当得的好人家，做人又好，儿子又会帮家做活，你的女儿嫁去，明日不愁没饭吃、没衣穿，这也不消得你两个老人家记挂得的了。况且又在我那巷内，只当贴邻间壁相似，朝夕相见的，又不消得打听。我绝无误事之理，也不必求签买卦，那些求签买卦都是虚文。只是你知我见，便是千稳万稳之事。只要那里拣日下礼便是。"那皮气球的嘴，好不伶俐找绝，说的话滴溜溜使圆的滚将过去，就在别人面前，尚且三言两语骗过，何况嫡亲骨肉，怎不被他哄了？若是朱淑真的父母是个有针线的人，一去访问，便知细的，也不致屈屈断送了如花似玉的女儿。只因她的父母又是蠢愚之人。杭州俗语道："飞来峰的老鸦，专一啄石头的东西。"听了皮气球之言，信以为真，并不疑心皮气球是惯一要说谎之人，即时应允。

那皮气球好巧，得了妹妹口气，实时约金三老官行聘。恐怕夜长梦

---

① 作伐——作媒。

② 包荒——原意为度量宽宏，后引申为宽容原谅或掩饰。

多,走了消息,妹妹翻悔,趁不得这一主银子,遂急忙行了聘礼。行聘之后,父母方才得知女婿是个残疾之人,怨怅哥哥做事差错。那皮气球媒钱已趁落腰,况且已经行聘,便胆大说道:"律上只有女人隐疾要预先说过,不然,任凭退悔。哪里有女家休男之理? 若是女人丑陋,便为不好,如今是男人丑陋,有甚妨事? 男人只要当得家,把得计,做得生意,赚得钱来养老婆儿女,便是好男子。若是白面郎君,好看不中吃,要他何用? 稂不稂,莠不莠,日后反要苦害儿女。况且你女儿是个标致之人,走到他家,金三老官夫妻自然致敬尽礼,不到轻慢媳妇,你一发放心得下,怨怅怎的? 你的女儿只当我的女儿一般。我曾看《西游记》,那猪八戒道得好:'世上谁见男儿丑,只要阴沟不通通一通,地不扫扫一扫。'那猪八戒是个猪精,尚且菩萨还要化身招赘他做女婿,何况金三老官儿子,又不像猪八戒那般丑头怪脑之人,清清白白,父精母血所生,又不是怎么外国里来的怪物东西,为什么做不得你家的女婿?"皮气球说了这一篇话,父母也不知《西游记》是何等之书,只道猪八戒是真有的事,况且已经行聘,无可奈何,怨怅一通,也只得罢了。有皮气球诗为证:

八片尖皮砌作球,水中浸了火中揉。

原来此物成何用,惹踢招拳卒未休。

那时只苦了朱淑真,听得皮气球这一篇屁话,恨得咬牙切齿,无明业火高三千丈。只因闺中女孩儿,怎生说得出口? 只得忍气吞声,暗暗啼哭不住,道:"我恁般命舍,不要说嫁个文人才子,一唱一和,就是嫁个平常的人,也便罢了。却怎么嫁那样个人,明日怎生过活? 只当堕落在十八层阿鼻地狱,永无翻身之日了。空留这满腹文章,教谁得知!"终日眉头不展,面带忧容。一日听得笛声悠扬,想起终身之苦,好生凄惨,遂援笔赋首诗道:

谁家横笛弄轻清,唤起离人枕上情。

自是断肠听不得,非关吹出断肠声。

次年红鸾天喜星动,别人是红鸾天喜,唯有朱淑真是黑鸾天苦星动,嫁与金罕货,那时是十八岁。朱淑真始初只道还是三分像人,七分像鬼,及至拜堂成对之时,看见金罕货奇形怪状,种种惊人,连三分也不像人,竟苦得她两泪交流,暗暗地道:"这样一个人,教奴家怎生承当! 这皮气球害我不浅,我前世与你有甚冤仇,直如此下此毒手? 只当活活地坑死我了。"有董解元《弦索西厢》曲为证：

　　觑了他家举止行为，真个百种村。行一似栲栳①，坐一似猢狲。
甚娘身份，驼腰与龟胸，包牙缺上边唇。这般物类，教我怎不阴唝？
是阎王的爱民。

　　说话的，你只看《水浒传》上一丈青扈三娘嫁了矮脚虎王英，一长一
短之间，也还不甚差错。那潘金莲不过是人家一个使女，有几分颜色，嫁
了武大郎这个三寸钉谷树皮，她尚且心下不服，道错配了对头，长吁短叹。
何况这朱淑真是个绝世佳人，闺阁文章之伯、女流翰苑之才，嫁了这样人，
就是玉帝殿前玉女嫁了阎王案边小鬼一样，叫她怎生消遣，没一日不是愁
眉泪眼。那金三老官夫妻见媳妇果然生得标致，貌若天仙，晓得吃亏了媳
妇，再三来安慰。你道这桩心事，可是安慰得了的么？只除不见丈夫之
面，倒也罢了，若见了丈夫，便是堆起万仞的愁城，凿就无边的愁海，真是
眼中之钉一般。无可奈何，只得顾影自怜，灯下照看自己的影子，以遣闷
怀。有《如梦令》词为证：

　　谁伴明窗独坐？我和影儿两个。灯尽欲眠时，影也把人抛躲。
无那，无那，好个凄惶的我。

　　朱淑真自言自语道："昔日贾大夫丑陋，其妻甚美，三年不言不笑。
因到田间，丑丈夫射了一雉，其妻方才开口一笑。我这丑丈夫只会塌伞
头、钉木屐钉，这妇人又好如我万倍矣。古诗云'嫦娥应悔偷灵药，碧海
青天夜夜心'。若嫁了这样丈夫，不如嫦娥孤眠独宿，多少安闲自在！若
早知如此，何不做个老女，落得身子干净，也不枉坏了名头。"你看，她一
腔愁绪，无可消遣，只得赋诗以写怨怀：

　　静看飞蝇触晓窗，宿酲②未醒倦梳妆。
　　强调朱粉西楼上，愁里春山画不长。

又一首道：

　　门前春水碧如天，座上诗人逸似仙。
　　彩凤一双云外落，吹箫归去又无缘。

又一首道：

---

①　栲栳——用柳条编成的盛物器具，亦称笆斗。
②　酲（chéng）——喝醉了神志不清。

　　鸥鹭鸳鸯作一池，须知羽翼不相宜。

　　东君不与花为主，何事休生连理枝？

　　那朱淑真看了春花秋月，好风良日，果是触处无非泪眼，见之总是伤心。你叫他告诉得哪一个，不过自己闷闷。倏忽之间，已是正月元旦。曾有《蝶恋花》词记杭州的风俗道：

　　　　接得灶神天未晓，炮仗喧喧催要开门早。新褙钟馗先挂了，大红春帖销金好。　　炉烧苍术香缭绕，黄纸神牌上写天尊号。烧得纸灰都不扫，斜日半街人醉倒。

　　话说杭州风俗，元旦五更起来，接灶拜天，次拜家长，为椒柏之酒以待亲戚邻里，签柏枝于柿饼，以大橘承之，谓之"百事大吉"。那金妈妈拿了这"百事大吉"，进房来付与媳妇，以见新年利市之意。朱淑真暗暗地道："我嫁了这般一个丈夫，已够我终身受用，还有什么'大吉'？"杭州风俗，元旦清早，先吃汤圆子，取团圆之意。金妈妈煮了一碗，拿进来与媳妇吃。淑真见了汤圆子好生不快，因而比意做首诗道：

　　　　轻圆绝胜鸡头肉，滑腻偏宜蟹眼汤。

　　　　纵有风流无处说，已输汤饼试何郎。

　　那诗中之意无一不是怨恨，错嫁了丈夫之意。不觉过了一年，次年上元佳节又到，灯景光辉。朱淑真看了往来看灯之人，心想："纵使未必尽是佳人才子，难道有我这样一个丈夫不成？我前世怎生作孽，受此苦报？"做首词儿名《生查子》道：

　　　　去年元夜时，花市灯如昼。月上柳梢头，人约黄昏后。　　今年元夜时，月与灯依旧。不见去年人，泪湿春衫袖。

又题诗一首道：

　　　　火树银花触目红，极天歌吹暖春风。

　　　　新欢入手愁忙里，旧事惊心忆梦中。

　　　　但愿暂成人缱绻，不妨长任月朦胧。

　　　　赏灯哪得工夫醉？未必明年此会同。

　　话说那朱淑真愁恨之极，日日怨天怨地，无可告诉，只得写一张投词，在家堂面前日日哭诉道："我怎生有此不幸之事？上天，你怎生这般没公道？你的眼睛何在？怎生将奴家配了这般人？"拜了又诉，诉了又拜。那投词上写道：

诉冤女朱淑真诉为冤气难伸事：窃以因材而笃，乃天道之常；相女配夫，实人事之正。以故佳人才子，适叶其宜；愚妇村夫，各谐所偶。半斤配以八两，轻重无差；六画共成三爻，阴阳有定。念淑真生无一黍之非，配有千寻之谬，虽面目肌发具体而微，乃籧篨①、戚施②较昔而甚。春花秋月，谁与言哉？良夜好风，啜其泣矣！断肠有分，瞑目何嫌？缱绻司乃尔糊涂，赤绳子何其贸乱？恨纤手不能劈华嵩之石，怨绵力无由触不周之山。实天道之无知，岂人心之多瞋？试问淑真以何因缘而受此苦！谨诉。

那朱淑真怨恨冲天，日日拜告天地，从春间拜起拜至深秋。

一日晚间，正在那里焚香拜告，只见两个青衣女童请他到一个所在。重重宫殿，中有金字额，题"缱绻之司"四字。左右皆锦衣花帽之人，威仪齐整。黄罗帐内，中间坐着一尊神道，眉清目秀，三绺髭须，带紫金冠，束红抹额，穿红锦袍，系白玉带，开口道："吾乃氤氲大使是也，主天下婚姻簿籍。汝怨气冲天，日日告拜天地，玉帝将汝投词敕下缱绻司，吾今阅汝投词上有'生无一黍之非，配有千寻之谬'，汝但知今行无'一黍之非'，不知前世有'千寻之非'哩！汝听我道，汝前世本一男子，名何养元，系读书之人。里中有一女子名奚二姐。那何养元一日在楼下走过，见奚二姐生得标致，遂起不良之心，勾引奚二姐身边一个丫环，名为玉兰，传消递息，将奚二姐奸骗了，誓有夫妻之约。一年之后，何养元中了进士，嫌奚二姐是小户人家，又嫌她是失节之人，不肯成其夫妻。奚二姐遂嗔怪那玉兰道：'是他传消递息，坏了我身体！'奚二姐遂含恨而死，玉帝殿前告了御状，要索取何养元性命。从来阴府之罪以负心杀生为重，幸何养元生平不食牛肉，曾有戒杀之功，功德广大。又曾诵观世音菩萨《普门品》三年，头上火光冲天，鬼使不敢近身。因此官高爵显，位列三台，寿余七十，福报已尽。命终之日，玉帝敕我缱绻司行报，我遂把奚二姐为汝之夫。因她不守闺门，淫奔失节，有伤风化，所以罚她丑头怪脑，愚蒙不识，为人世所贱。因何养元破败奚二姐女身，又害她性命，所以罚汝转身为女子。因有不食牛肉戒杀诵经之功，所以使汝标致聪明，能为诗文，亦罚你五年含恨而死，

---

① 籧篨（qú chú）——有丑疾不能俯身的人。

② 戚施——本是蟾蜍，四足据地，无颈，不能仰视。因此比喻貌丑驼背之人。

以偿其负心之罪。玉兰转世为皮气球，当日是汝叫她传消递息，害了奚二姐性命。如今亦是他做媒说合，害汝性命。但玉兰是罪之首，皮气球死后罚作粪中之蛆，永绝人身。总是一报还一报之事，并无一毫差错，你待埋怨谁来？不要说你一人，俺这婚姻簿上就如算子一般，一边除进，一边除退，明明白白，开载无差。"遂命帐前判官取簿籍过来，一一指与朱淑真道："我细说与你听，昔日西子倾覆吴王社稷，我嫌她生性狠毒，把她转世为王昭君，吴王转世为毛延寿，点坏了昭君容貌，使她有君不遇，有宠难招，直罚她到漠北苦寒之地，与胡虏为妻，死葬沙场，至今有青冢之恨。卓文君乃王母玉女，蟠桃会上拍手惊了群仙，玉帝牒我缱绻司注她有再嫁之过。蔡文姬前世为妒妇，绝夫之嗣，上帝大怒，遂罚她初适卫仲道，被胡虏左贤王虏去十二年，又嫁屯田都尉董祀，一生失节，极流离颠沛之苦。潘贵妃、张贵妃、孔贵妃等俱以骄淫惑主，败国亡家，罚她二十世为娼妓。薛涛、苏小小前世俱为文人才子，只因生性轻薄，不信三宝，转世罚做妓女。晋绿珠有坠楼之忠，田六出有投河之烈，正气凛凛；绿珠转世为刘令娴，嫁与徐悱，田六出转为关氏，嫁与常修，都为佳人才子，诗词唱和。苏若兰织锦回文以邀夫主，后世仍托身苏氏门中为苏小妹，窦韬为秦少游，依旧夫妻相得，小妹微妒，所以先少游而死。原姜赵阳台，为长沙义娼以终其志。赵阳台生前不信三宝，亦罚为娼女。其他夫妻俱有因缘报应，一一都载有这簿籍上，尽是前世之事，不止于今生也，我缱绻司断不糊涂。汝五年限满，偿了奚二姐之命，若仍旧戒杀诵经，命终之日当转世为男子，投托好处，休得怨恨！"说罢，仍命青衣女童送回。朱淑真从殿门而出，一路上回来，还至身边，青衣女童大叫数声，遂欠伸而醒，恍惚之间，如有所见，都一一记得明白。自此之后，怨恨少减，因而戒杀诵经，以保来世。

　　那时有个魏夫人，也会得做诗，但她的夫主不似金罕货这般粗蠢。魏夫人闻知朱淑真做得好诗，自己不信，道："世上既生周瑜，难道又生诸葛亮不成？我不信还有好如我的哩！"遂置办酒肴以邀淑真，命丫环队舞，因要淑真面试，以辨其真伪，遂以"飞雪满群山"五字为韵。淑真乘着酒兴，磨得墨浓，蘸得笔饱，依韵赋五绝句。

"飞"字韵道：

　　　　管弦催上锦茵时，体态轻盈只欲飞。

　　　　若使明皇当日见，阿蛮无计恍杨妃。

"雪"字韵道：

> 香茵稳衬半钩月，往来凌波云影灭。
>
> 弦催紧拍促将遍，两袖翻然作回雪。

"满"字韵道：

> 柳腰不被春拘管，凤转鸾回霞袖缓。
>
> 舞彻《伊州》力不禁，筵前扑簌花飞满。

"群"字韵道：

> 占断京华第一春，清歌妙舞实超群。
>
> 只因到晓人星散，化作巫山一段云。

"山"字韵道：

> 烛花影里粉姿闲，一点愁侵两点山。
>
> 不怕带他飞燕妒，无言逐拍省弓弯。

朱淑真走笔题完，文不加点，不唯词旨艳丽，连那飞舞之妙一一写出。魏夫人见了大惊道："真既生瑜又生亮也！"从此敬服，结为相知之契。朱淑真生平没人知她诗词，今日遇见了魏夫人，方有知己，每每诗词往来，互相谈论古今文义，极其相得，竟如女夫妻一般。虽然，女夫妻怎比男夫妻，毕竟郁郁而死，只得二十二岁，果应缲缫司五年限满之言。淑真死后，皮气球亦立刻而死，人说他被淑真活捉而去，足以为说谎做媒者之戒。那蠢父母又信和尚之言，把朱淑真的尸首清明前三日一把火烧化了。杭州风俗，小户人家每每火葬，投骨于西湖断桥之下。白骨累累，深为可恨。她那蠢父母不唯火葬了朱淑真的尸首，又并生平所做诗文也拿来火葬了，今所传者不过百分之一耳，岂不可惜！后来王唐佐为之立传，魏端礼为辑其诗词，名曰《断肠集》，刊布于世，人人脍炙，朱淑真之名方才惊天动地，人人叹息其薄命。至今杭州俗语道："大瓦巷怨气冲天"者此也。有诗赞道：

> 女子风流节义亏，文章惊世亦何如！
>
> 苹蘩时序宁无预，诗酒情怀却有余。
>
> 愁对莺花春苑寂，苦吟风月夜窗虚。
>
> 丈夫莫美多才思，宋女不闻曾读书。

第十七卷
刘伯温荐贤平浙中

附戚将军水兵篇

口角风来薄荷香,绿荫庭院醉斜阳。

向人只作狰狞势,不管黄昏鼠辈忙。

这一首诗是钱塘才子刘泰咏猫儿的诗。在下这一回书为何把个猫儿诗句说起?人家养个猫儿,专为捕捉耗鼠,若养了那偷懒猫儿,吃了家主鱼腥饭食,只是齁齁打睡煨灶,随那夜耗子成精作怪,翻天搅地,要这等的猫儿何用?所以岳爷爷道:"文臣不爱钱,武臣不惜死,天下太平矣。"这两句说得最妙,就如国家大俸大禄,高官厚爵,封其父母,荫其妻子,不过要他剪除祸难,扶持社稷,拨乱反正。若只一味安享君王爵禄,贪图富贵,荣身肥家,或是做了贪官污吏,坏了朝廷事体,害了天下百姓,一遇事变之来,便抱头鼠窜而逃,岂不负了朝廷一片养士之心?那陶真本子上道:"太平之时嫌官小,离乱之时怕出征。"这一种人不过是要骗这顶纱帽戴,及至纱帽上头之时,不过是要广其田而大其宅,多其金而满其银,标其姬而美其妾,借这一顶纱帽,只当做一番生意,有甚为国为民之心?他只说道"书中自有千钟粟,书中自有黄金屋,书中有女颜如玉",却不肯说道"书中自有太平策,书中自有擎天笔,书中自有安边术",所以做官时不过是"害民贼"三字。若是一个白面书生,一毫兵机将略不知,没有赵充国、马伏波老将那般见识,自幼读了那些臭烂腐秽文章,并不知古今兴亡治乱之事,不学无术,胡做乱做,一遇祸患,便就惊得屁滚尿流,弃城而逃,或是思量伯嚭①渡江,甚为可恨。这样的人,朝廷要他何用?那"文人把笔安天下,武将挥戈定太平"这二句何在?所以刘泰做前边这首诗讥刺。然

---

① 伯嚭(pǐ)——春秋时吴国大臣。自楚奔吴,以功任为太宰。因善逢迎,深得吴王夫差宠信。吴亡后,降越为臣。

这首诗虽做得好,毕竟语意太露,绝无含蓄之意,不如刘潜夫一诗却做得妙:

> 古人养客乏车鱼①,今尔何功客不如。
>
> 食有溪鱼眠有毡,忍教鼠啮案头书!

刘潜夫这首诗,比刘泰那首诗语意似觉含蓄。然亦有督责之意,未觉浑化,不如陆放翁一诗更做得妙:

> 裹盐迎得小狸奴,尽护山房万卷书。
>
> 惭愧家贫策勋薄,寒无毡坐食无鱼。

陆放翁这首诗,比刘潜夫那首诗更觉不同,他却替家主自己惭愧,厚施薄责,何等浑厚!然这首诗虽做得妙,怎如得开国元勋刘伯温先生一首诗道:

> 碧眼乌圆食有余,仰看蝴蝶坐阶除。
>
> 春风漾漾吹花影,一任东风鼠化鴽②。

刘伯温先生这首诗,意思尤觉高妙,真有凤翔千仞之意,胸怀豁达,那世上的奸邪叛乱之人,不知不觉自然潜消默化,岂不是第一个王佐之才!他一生事业,只这一首猫儿诗便见他拨乱反正之妙,所以他在元朝见纪法不立、赏罚不明、用人不当、贪官污吏布满四方,知天下必乱。方国珍首先倡乱东南,他恐四方依样作反,便立意主于剿灭,断不肯为招抚苟安之计,道:"能杀贼之人方能招抚,不能杀贼之人未有能招抚者也。纵使要招抚,亦须狠杀他数十阵,使他畏威丧胆,方可招抚。若徒然招抚,反为贼人所笑,使彼有轻朝廷之心,抚亦不成。如宋朝宗泽、岳飞、韩世忠皆先能杀贼而后为招抚,不然,乱贼亦何所忌惮乎?"遂一意剿杀,方国珍畏之如虎。争奈元朝行省大臣,都是贪污不良之人,受了方国珍的金珠宝货,准与招安,反授方国珍兄弟官爵。那方国珍假受招安,仍旧作乱,据有温、台、庆元等路,渐渐养得势大,朝廷奈何他不得。后来各处白莲教盛行,红巾贼看了样,人人作反,兵戈四起,遂亡了天下。若是依刘伯温先生"剿

---

① 古人养客乏车鱼——语出《战国策》冯谖弹铗故事。齐人冯谖为孟尝君门客,不受重视。冯谖三弹其铗而歌,一曰:"长铗归来乎!食无鱼!"二曰:"长铗归来乎!出无车!"三曰:"长铗归来乎!无以为家!"

② 鴽(rú)——鹌鹑之类的小鸟。

灭"二字,那元朝天下华夷毕一,如铁桶一般牢固,怎生便得四分五裂!后刘伯温归了我洪武爷,言听计从,似石投水,遂成就了一统天下之业,岂不是擎天的碧玉柱、架海的紫金梁!只是一个见识高妙,拿定主意,随你千奇百怪,再跳不出他的圈子,所以为第一个开国功臣,真真是大有手段之人。那时还有魏国公徐达,他是关爷爷转世,生得长身、高颧、赤色,相貌与关真君一样。常遇春是尉迟恭①转世,后来遂封为鄂国公。沐英是岳爷爷转世,所以相貌与岳少保一毫无二。又有李文忠为文武全才。邓愈、汤和、傅友德等,一时云龙虎风之臣、鹰扬熊貔之将,都是上天星宿,一群天神下降,所以旗开得胜,马到成功,攻城略地,如风卷残云,辅佐我洪武爷这位圣人,不数年间,成就了大明一统之业。虽然如此,识异人于西湖云起之时,免圣主于鄱阳炮碎之日,运筹帷幄之中,决胜千里之外,元朝失之而亡天下,我明得之而大一统,看将起来,毕竟还要让他一着先手。《西湖一集》中《占庆云刘诚意佐命》,大概已曾说过,如今这一回补前说未尽之事。

　　从来道:"为国求贤",又道是"进贤受上赏",大臣第一着事是荐贤。况天下的事不是一个人做得尽的,若是荐得一个贤人,削平了天下之乱,成就了万世之功,这就是你的功劳,何必亲身上阵,捉贼擒王,方算是你的功劳。从来"休休有容②"之相都是如此。小子这一回书,就与为国求贤之人一看。

　　话说方国珍倡乱东南,僭了温、台、庆元等路,这是浙东地方了。只因元朝不听刘伯温之言,失了浙东一路,随后张士诚也学那方国珍的榜样,占了浙西一路。那张士诚他原是泰州白驹场人,为盐场纲司牙侩③,与弟士德、士信都以公盐夹带私盐,因为奸利④,生性轻财好施,颇得众心。士诚因乱据了高邮,自称为王,国号"周",建元"天佑"。元朝命丞相脱脱统大军讨之,攻城垂破,元主听信谗言,下诏贬谪脱脱,师大溃,贼势遂炽,占了平江、松江、常州、湖州、淮海等路。果是:

------

① 尉(yù)迟恭——唐初大将。
② 休休有容——形容君子宽容而有气量。休休,宽容,气魄大。
③ 牙侩——牙商的旧称。买卖双方的中间人,从中抽取佣金。
④ 奸利——以非法手段求得的利益。

一着不到处，满盘俱是空。

那时江浙行省丞相达识帖木迩是个无用的蠢材，张士诚领兵来攻破了杭州，达识帖木迩逃入富阳，平章左答纳失里战死。达识帖木迩无计可施，访得苗军可用，遂自宝庆招土官杨完者，要来恢复杭州。那杨完者是武冈绥宁之赤水人，其人奸诈惨毒，无所不至。无赖之人，推以为长，遂啸聚于溪洞之间，打家劫舍。只因王事日非，湖广陶梦祯举师勤王，闻苗兵杨完者，习于战斗，遂招降之，由千户累官至元帅。陶梦祯死后，枢密院判阿鲁恢总兵驻淮西，仍用招纳。杨完者得了权柄，便异常放肆，专权恣杀。达识帖木迩因失了杭州，召杨完者这支兵来，遂自嘉兴引苗军及万户普贤奴等杀败了士诚之兵，复了杭州。达识帖木迩从富阳回归。杨完者复了杭州，自以为莫大之功，遂以兵劫达识帖木迩升为本省参知政事，其作恶不可胜言。他的兵是怎么样的？

　　所统苗、僚、侗、瑶答剌罕等，无尺籍伍符，无统属，相谓曰"阿哥"、曰"麻线"，至称主将亦然。喜着斑斓衣，衣袖广狭修短与臂同，幅长不过膝，裤如袖，裙如衣，总名曰"草裙草裤"。周脰①以兽皮曰"护项"，束腰以帛，两端悬尻后若尾，无间晴雨，被毡毯，状绝类犬。军中无金鼓，杂鸣小锣，以节进止。其锣若卖货郎担人所敲者。士卒伏路曰"坐草"。军行尚首功，资抄掠曰"简括"。所过无不残灭，掳得男女，老者幼者，若色陋者杀之，壮者曰"土乖"，少者曰"赖子"，皆驱以为奴。人之投其党者曰"入伙"。妇人艳而皙者畜为妇，曰"夫娘。"一语不合，即劗②以刃。

话说杨完者生性残刻，专以杀掠为事，驻兵城东菜市桥外，淫刑以逞，虽假意尊重丞相，而生杀予夺一意自专。丞相无可为计，只得听之而已。正是：

　　前门方拒虎，后户又进狼。

那杨完者筑一个营寨在德胜堰，周围三四里，凡是抢掳来的子女玉帛，尽数放在营里，就是董卓的眉坞一般。杀人如麻，杭人几于无命可逃，甚是可怜。有梁栋者，登镇海楼闻角声，赋绝句道：

---

① 脰（dòu）——颈项。

② 劗（zì）——用刀刺入。

听彻哀吟独倚楼，碧天无际思悠悠。

谁知尽是中原恨，吹到东南第一州。

后来张士诚屡被我明朝杀败，无可为计，只得投降了元朝，献二十万石粮于元，以为进见之资。达识帖木迩亦幸其降，乃承制便宜行事，授士诚太尉之职。士诚虽降，而城池甲兵钱粮都自据如故。后来达识帖木迩气愤杨完者不过，遂与张士诚同谋，以其精兵，出其不意，围杨完者于德胜堰，密匝匝围了数重。杨完者奋力厮杀不出，遂将标致妇女尽数杀死，方才自缢而死。达识帖木迩自以为除了一害，甚是得计。怎知张士诚专忌惮得杨完者，自杨完者诛死之后，士诚益无所忌，遂遣兵占了杭州，劫了印信。达识帖木迩亦无如之何，眼睁睁地看他僭了杭州，只得饮药而死。过得不多几时，连嘉兴、绍兴都为士诚所据，而浙西一路非复元朝之故物矣。正是：

后户虽拒狼，前门又进虎。

说话的，若使元朝早听了刘伯温先生之言，那浙东、浙西谁人敢动得他尺寸之土？后来虽服刘伯温先见之明，要再起他为官，而刘伯温已断断不肯矣。果然是：

不听好人言，必有凄惶泪。

话说刘伯温举荐的是谁？这人姓朱名亮祖，直隶之六安人，兄弟共是三人，亮祖居长，其弟亮元、亮宗。朱亮祖字从亮，自幼倜傥好奇计，膂力绝人，刘伯温曾与其弟亮元同窗读书。刘伯温幼具经济①之志，凡天文、地理、术法之事无不究心。亮元的叔祖朱思本曾为元朝经略边海，自广、闽、浙、淮、山东、辽、冀沿海八千五百余里，凡海岛诸山险要，及南北州县卫所，营堡关隘，山礁突兀之处，写成一部书，名为《测海图经》。细细注于其上，凡某处可以避风，某处最险，某处所当防守。亮祖弟兄，因是叔祖生平得力之书，无不一一熟谙在心。亮元曾出此书与刘伯温同看。刘伯温见其备细曲折，称赞道："此沿海要务经济之书也。子兄弟既熟此，异日当为有用之才。"

后元朝叛乱，亮元、亮宗俱避乱相失，独亮祖后为元朝义兵元帅。时诸雄割据，亮祖率兵与战，所向无敌。我洪武爷命大将徐达、常遇春攻宁

---

① 经济——经世济民，治理国家。

国,朱亮祖坚守,日久不下。洪武爷大怒,亲往督师。会长枪军来援,我兵扼险设机,元守臣杨仲英出战大败,俘获甚众。数日后,仲英与我师通谋,计诱亮祖绑缚来降。洪武爷喜其骁勇,赐以金帛,仍为元帅之职。其弟亮元因兄叛了元朝,不义,遂改名元璟,以示所志不同之意,遂与之绝。亮祖因弟弃去,每以书招之不至,数月后复叛归于元,常与我兵战,为所获者七千余人,诸将俱不能当。后平了常州,洪武爷乃遣徐达围亮祖于宁国,常遇春与战,被亮祖刺了一枪而还。洪武爷大怒,亲往督战,阴遣胡大海敢死百人,衣饰与亮祖军士一同,合战之时,混入其军,及至收兵,先入夺其门,徐达同常遇春、郭子兴、张德胜、耿再成、杨璟、郭英、沐英追后,亮祖军见城上换了我兵旗帜,惊散溃乱,亮祖与八将混战不过,遂被生擒而来。洪武爷道:"尔将何如?"亮祖道:"是非得已,生则尽力,死则死耳。"洪武爷命常遇春捶三铁简而未杀,会俞通海力救得释。随使从征,宣、泾诸县望风归附;又同胡大海、邓愈克绩溪、休宁,下饶、广、徽、衢。洪武爷授亮祖广信卫指挥使、帐前总制亲兵、领元帅府事,后升院判。鄱阳湖大战之时,亮祖同常遇春拼命力战,手刃骁将十三人,射伤张定边,虽身中矢被枪,犹拔矢大战,汉兵披靡。后吴将李伯升统兵二十余万寇诸暨、新城围之,守将胡德济督将士坚守,遣使求援,李文忠同亮祖救之,出敌阵后,冲其中坚,敌列骑迎战,亮祖督众乘之,敌人大溃。胡德济亦自城中率领将士鼓噪而出,呼声动地,莫不一以当百,斩首数万级,血流膏野,溪水尽赤。亮祖复追击余冠,燔①其营落数十,俘其同金韩谦、元帅周遇、总兵萧山等将官六百余名、军士三千余人、马八百余匹,委弃辎重铠仗弥亘山丘,举之数日不尽,五太子仅以身免。张士诚自此气夺势衰。洪武爷大喜,召亮祖入京,赐名马、御衣,诸将各加升赏。

后来大将胡大海知刘伯温之贤,荐于洪武爷,言听计从,鱼水相投,每与密谋,出奇制胜,战无不克,攻无不取,洪武爷信以为神而师之。丙午年十月,洪武爷要下浙江,刘伯温备知朱亮祖之才,荐道:"朱亮祖胆勇可任,可为副将军也。"洪武爷遂命李文忠统领水陆之师十余万,朱亮祖为副。亮祖对李文忠道:"杭州民物丰盛,攻陷则杀伤必多,守将平章潘原明与我为乡里,当先遣人说之以降,如其不降,亦当有以摇动其心,心摇则

---

① 燔(fán)——焚烧。

守不固,然后多方以取之。"李文忠甚以为是。亮祖遂遣婿张玉往说,选锐士三十人与俱杂处城中,俟戒严五日而后见之。潘原明大骇,自恃兵精粮足,效死以守,张玉多方开谕。潘原明道:"归谢而①翁,吾与张王誓同生死,委我重地,何忍弃之?"张玉道:"张王国蹙,何似汉王? 君之亲信,孰与五太子哉? 今吴亡在旦夕,而君且执迷不悟,一时变生肘腋,献门纳师,身家戮辱,欲求再见,难矣。"潘原明终不忍背,谢而遣之,然而其心自此动矣。朱亮祖定计与李文忠道:"此城不烦一矢,保为君取之。"乃提兵驻于皋亭山,以威声震惊城中,先与耿天璧竟攻桐庐。时张士诚的元帅戴元陈兵江上,朱亮祖分遣部将袁洪、孙虎围富阳,从栖鹤山坑进兵,联界四府,出其不意,诸郡震动。戴元力不能支,开壁出降。亮祖单骑入抚其民,复与袁洪合围富阳,擒了同金李天禄。遂引兵围余杭、临安、于潜等县,守将谢清等五人都望风归顺。潘原明势孤,知不可为,乃遣员外方彝请见约降,亮祖迎至军门。李文忠道:"师未及城,而员外远来,得无以计缓我乎?"方彝道:"大人奉命伐叛,所过秋毫无犯。杭虽孤城,生齿百万,择所托而来,尚安有他意乎?"文忠见其至诚,引入卧内,欢笑款接,命条画入城次第,翌日遣归。潘原明遂封府库,籍军马钱粮。文忠与亮祖入居城上,下令敢有擅入民居者斩。有一卒下借民釜,即磔②以殉。由是内外帖然,民不知有更革事。凡得兵五万、粮二十万石、马六百匹。文忠与亮祖复攻萧山、绍兴路,克之。从此浙西一路尽为我明朝有矣。洪武爷以潘原明全城归顺,民不受锋镝,仍授浙江行省平章,遂开浙江等处行中书省于杭州,升右丞李文忠为平章政事。丁未年,升朱亮祖中奉大夫、中书省参知政事,代李文忠守浙。那时,亮祖弟亮宗自怀远来,以功入侍。亮元仍避迹山野,不肯归于我明,亦奇人也。亮祖后同徐达、常遇春等破灭了张士诚,洪武爷敕加御史大夫,赐金三十锭、彩二十四。

　　那时独有浙东一路为方国珍所据。始初洪武爷攻婺州之时,遣使往庆元,就是如今的宁波府,招谕方国珍。国珍与其下谋议道:"方今元运将终,豪杰并起,唯江左号令严明,所向无敌。今又东下婺州,恐不能与抗。况与我为敌者,西有张士诚,南有陈友谅,宜莫若姑示顺从,借为声

----

① 　而——你。同"尔"。

② 　磔(zhé)——古代把肢体分裂的一种酷刑。

援,以观其变。"遂遣使奉书币以温、台、庆元三郡来附,且以其次子关为质。洪武爷道:"古人虑入不从,则为盟誓,盟誓变而为交质,皆由未能相信故也。今既诚信来归,便当推诚相与如青天白日,何自怀疑而以子为质哉?"乃厚赐其子关而遣之。洪武爷后察其意终是阳附阴叛,心怀二端,乃遣博士夏煜、陈显道谕方国珍道:"福基于至诚,祸生于反复。大军一出,不可以其言释也,尔宜深思之!"国珍始惶惧,对使者谢道:"鄙人无状,致烦训谕。"使者归国,遂遣人谢过,且以金玉饰马鞍辔来献。洪武爷却之道:"吾方有事四方,所需者文武材能,所用者布帛菽粟,宝玩非所好也。"庚子年,洪武爷以方国珍虽以三郡来附,不奉正朔①,又遣人谕之。国珍道:"当初奉三郡时,尝请天朝发军马来守,交还城池,不至。今若奉正朔,实虑张士诚、陈友谅来,救援若不至,则危矣。姑以至正为名,彼则无名罪我。况为元朝首乱,元亦恶之,不得已而招我四兄弟授以职名,我弱则不容矣。要之从命,必须多发军马来守,即当以三郡交还。"洪武爷知其心持两端,道:"且置之,俟我克苏州,彼虽欲奉正朔迟矣!"

　　始初国珍约降之时,原说俟下杭州即当入朝献地,及降了杭州,破灭了张士诚,他仍据境自若;又累假贡献,觇我虚实,又北通扩廓帖木儿,南交陈友谅,图为掎角之势。洪武爷累书责其怀奸挟诈,阳降阴叛,且征其贡粮二十三万石,国珍不报。洪武爷遂遣汤和率师讨之,国珍遁入海岛,师劳无功。刘伯温奏道:"方国珍倚海保险,狡黠难制,苟不识沿海形势、港泊浅深、礁巉②突兀、避风安吞、藏舟邀击之处,难以避敌扼险、设奇出伏决胜也。臣昔与朱亮祖弟亮元共学,曾出其叔父朱思本《测海图经》示臣,自粤抵辽东边海险要皆注图说,其关阶捷径计里画方,确有成算。亮元能熟谙之,此人不可不招致。亮祖亦颇知之。浙东主将,非亮祖莫可任使。"洪武爷复以亮祖为浙江行省参知政事,统领马、步、舟师三万人,开府浙东。有诗为证:

　　　　万里波涛万里山,山礁突兀千水湾。

　　　　图经测海千秋事,亮祖当时镇百蛮。

---

①　正朔——谓帝王新颁的历法。正为年始,朔为月始。古代帝王易姓受命,必改正朔,以示从我开始,改故用新。

②　巉(chán)——山势高险的样子。

话说洪武爷听刘伯温之言,命朱亮祖统领马、步、舟师三万人讨方国珍于庆元,弟国瑛、国璋于台州。亮祖领兵攻关岭山寨,一鼓破之,乘胜至天台,县尹汤槃以城降,遂统水陆二军进向台城。方国瑛率劲兵出战,前锋击却之,遂乘山攻打,焚其东门,士卒溃乱不守。国瑛自料抵敌不过,夜从间道出兴善门,以大船载了妻子奔于黄岩县。亮祖入城抚安其民。始初国瑛要遁入海岛,适值国珍入庆元,治兵为城守之计,使都事马克让来谕国瑛坚守地方,国瑛遂据住黄岩县。国珍见势事危急,复结海中大盗来援,又分遣人引日本岛倭入寇。探事人来报了亮祖。亮祖遣儿子朱暹同朱忠邀其来路,各领舟师二百人伏于牛头、钓崩两岙。时贼船十余只过昏山,朱暹舟突出占住上风,出其不意,贼船惊散。朱忠兵船四面合围夹攻,标枪毒矢,毙其篙师,又用善伏水之人凿其船底,上攻下凿,贼莫能支。火箭火炮乱施,贼船火发,船底之水又滔滔的滚将入来,再无逃避之处,溺死千余人,生擒二百余人,贼首陈敬、陈仲被我兵拿住,叩头乞命。朱暹责问道:“我父子兵取绍兴,至台州,所向无敌,方国珍兄弟父子不日便要授首,尔敢助贼以挠我师,此是何意?”陈敬、陈仲道:“方殿下以重币金银器皿约我兄弟共退大兵,取台州、绍兴,画江以守,许封我侯爵。”朱暹笑道:“尔等也要图封拜?方国珍剽劫小寇,仅得三州,欲抗王师,若釜中鱼耳。我朱殿下圣文神武,四海属心,应天顺人,舆图并有大半。尔在海上劫掠犹为未足,复党叛贼,欲图侥幸,自来送死,还思求活耶?”敬、仲二贼哀求免死,后当捐躯报德。朱暹叱道:“叛贼逆天,罪宜族灭!”令朱忠领兵押其党,捣彼海岛巢穴,俘其家属,悉来就戮。朱忠至彼,焚毁其巢,械其妻子家属,并房中积聚,载之以随。敬、仲与妻子对泣,朱暹亦怜之,送父军前,乞赦其死。亮祖谕之道:“胡元乱华,群雄并起,虽海陬奸宄亦蓄异志。尔所从非人,败则为虏。今日至此,万无生理。按军法当分尸枭示方是。我今体上天好生之心,推吾主不嗜杀人之念,当请之主上,待尔不死。”乃亲释其缚,以妻子财物还之。敬、仲二人叩首,愿将财物献上,以完军费。亮祖不受道:“尔得此改心易虑,为浙东布衣,能不负保全之意否?”敬、仲复叩首道:“愚民抗犯王师,自甘天诛。将军有再生之恩,即令赴水火,当捐躯以报,敢再反耶!”亮祖推心以待之。敬、仲感激思奋,对朱暹道:“闻方氏遣使臣厚资礼物,往结海岛,通市倭主,大小琉球、萨摩州五岛,伊岐、对马、多艺等岛借兵,各船集泥湖礁,约定分踪往取苏、杭、常、太、建康等府,夺朱殿下地方。今约日将至,将军须早为之计。"朱暹道:"吾家为元朝经略边海,自广、闽、浙、淮、山东、辽、冀,延海八千五百余里,凡海岛诸山险要,及南北州县卫所、营堡关隘御敌处,各有方略,何惧倭夷百万? 我主帅周知地利险夷,各岛出没皆有常处,备御多方,用兵如神,百胜百战。倭夷乌合之众,吾当以计尽剿灭之。"陈仲道:"我等蒙再生之恩,当效死力。"亮祖因问道:"岛中倭主未必齐来,若来,尔有何计待之?"敬、仲对道:"我兄弟往来海岛二十余年,各岛倭主相识信任,且知我为方王所用。若以十船带善驾识海之人,假方王旗帜,多备牛酒充犒师之物,愿为前驱往献,可知各倭消息。主帅可设应敌之方。"亮祖大喜,抚其背道:"此言正合我意。方欲为此,无可遣者。公怀此忠义,殆非降虏可比也。"遂与之同饮甚欢,刺血为盟,以心腹委之。十月小汛,亮祖令朱暹、朱忠同陈敬、陈仲并其党能知倭情、通夷语及我兵善驾舟识海道者,通共千余人,统领十舟,下叠芦苇,上列牛酒水米,尽用方王旗号,自海门出洋,过大陈山而去。有诗为证:

> 假张旗帜混方王,夷狄攻夷计策良。

> 自是伯温能报主,荐贤为国靖封疆。

话说亮祖得夷狄攻夷狄之法,以陈敬、陈仲做了心腹,装载船只,假张方王旗号,开出海洋,果遇方国珍遣人迎倭船四只而来。陈仲通了倭话,跳上倭船,尽将倭夷杀死;并以其所赍物往迎,直抵五岙,有八岛倭船主先集约八千余人。陈敬、陈仲呈上国珍所送书礼,盛陈犒劳供馔,群倭甚喜。陈仲道:"方王望救甚急,令我弟兄来迎。"各许即日开洋,我船与倭船间行而来。

先是十月朔,亮祖简阅精锐之士,陈兵龙王堂,祭了海神及前代经略海防功烈祠宇,统战船两百艘,督兵两万,驾出海洋,抵陈钱下八山,哨船连报瞭见倭船。亮祖命我兵避匿安岙,远远瞭见倭船近温州洋下碇。至于将暮,亮祖与儿子暹合船进发,号炮三声,出其不意,突占上风,杂施火铳,长短标枪,弓弩齐发。群倭束手,不能出舱,驾舟舵公都被击伤。烟焰障天,倭被我兵围拢,窜水者俱被挠钩搭起,杀死八千余倭,一鼓而尽擒之,岂不畅快也哉! 生擒倭酋哈日郎、萨多罗真、古欢昔容、夜郎孟哮罗等数十人,朱暹都绑缚到黄岩城下,一刀一个,斩了这些倭奴驴头。那时哈儿鲁守黄岩,心胆俱丧,即时迎降。亮祖入抚其城,遂取了仙居、宁海等县。亮祖与儿子暹道:"方氏出没海岛,擅鱼盐之利,富甲天下,自谓闽、粤、浙、淮、燕、齐滨海之地,可分据以争天下,计难卒破。"亮祖善察地理,每夜登高望山,见有一方王气在杨氏山,遂发其地以破之。亮祖又同吴祯袭取明州,方国珍子明善知亮祖难与抵敌,急急浮海,奔于乐清之盘屿。亮祖身先士卒,追至海门口与战,自申至夜三鼓克之,大获其战舰士马,乘机进兵温州,扎兵马于城南七里。明善对父亲道:"朱亮祖父子智勇绝伦,若至围城,难以为备。今乘其初来疲困,以逸待劳,将锐兵三道击之,可挫其锋。"明善统领劲兵万余突出,与朱暹交战良久。亮祖遣人束刍扬草,出其不意,从旁夹攻,明善大败而走,破其太平等寨,余兵溃奔入城。亮祖遣部将张俊、杨克明攻打西门,徐秀攻打东门,柴虎领游兵策应,四面攻打,遂破了温州,拿其员外刘本易。方国珍父子急携妻子遁去。朱亮祖入城抚安居民,分兵徇瑞安,守将同金喻伯通亦降。国珍仍遁入海岛。洪武爷复命廖永忠会汤和兵追之,海道郡县相继都下。汤和遣张玉持书招降国珍,谕以朝廷威德,及陈天命所在。国珍计穷力竭,甚是惶惑,乃遣子明善奉表乞降。亮祖迎之军门,汤和乃遣使送国瑛于建康,得器械舟楫以万计。亮祖乃抚定温、台、明三郡,从此浙东悉平矣。遂进平章,后又同大将军平山东,平陈友定,平两广。三年十二月,大将军徐达征西,副将军李文忠平沙漠,俱班师凯旋。丙申,诏封功臣。赐金书铁券,略云:

> 朕观古昔帝王创业垂统,皆赖英杰之臣。削平群雄,戡定暴乱。然非首将仁智勇严,何能统率三军、弼①成伟功哉?我朝副将军亮祖宗臣有识,首应义旗,为朕将兵十有五年,池、泰转战,鄱阳援翊,灭汉歼吴,平方诛定,开拓南北浙、闽、江、广、山、陕,席卷中原,威振塞外,擒王斩将,不可胜数。顷者诏令班师,星驰来赴。朕念尔勤劳既久,树绩尤多,今天下已定,论功颁赏,宜进高爵。尔辞疏属,愿就列侯,足昭谨厚。是授尔开国辅运推诚宣力武臣,特进荣禄大夫、柱国少傅、中书右丞同平章事、永嘉侯、参军国事,食禄一千五百石,俾②尔子孙世世承袭。朕本疏愚,咸遵先代哲王成宪,兹与尔誓:除逆谋不宥,其余若犯极刑,尔免二死,子免一死。于戏!高而不危,所以长守

---

① 弼(bì)——辅佐。

② 俾(bǐ)——使。

贵;满而不溢,所以长守富！尔当慎守斯言,谕及子孙,世为宗臣,与国同休,顾不伟欤！

诰赠三代绮帛百匹,免其田土赋税五十顷。朱亮祖之所以能如此者,皆因刘伯温知其才而荐之也。

始初方国珍倡乱之时,啸聚诸无赖之众据于谈洋,其地僻远险阻,南抵福建界,名曰"三魁",盖私盐盗贼出没之地,方国珍因此而作乱。刘伯温深知其弊,遂奏欲于谈洋处立巡简司以治其险恶,命儿子琏上奏,而不先白中书省。丞相胡惟庸大怒,遂欲药死刘伯温。盖知无不言、言无不尽,刘伯温真可谓忠于洪武爷者矣。所以在元朝目击当时之乱,遂赋诗道:

> 群盗纵横半九州,干戈满目几时休?
> 官曹各有营身计,将相可曾为国谋！
> 猛虎封狼安荐食,农夫田父困诛求。
> 抑强扶弱须天讨,可怪无人借箸筹。

愚按:东南之患,莫甚于倭奴。承平日久,武备都轻,倘仓促有变,何以御侮。今将戚将军《纪效新书》水兵篇并海防图式,附列于此,亦借箸之一助也。

相寇情

小舟数往来者,谋议也。迟而审顾者,疑我也。欲进而复退者,探我也。既退而卒进者,袭我也。鼓噪而矢石不下者,兵器少也。却而顾者,欲复来也。先急而复缓者,整备也。促鼓而不战者,惧我也。泊而扬帆者,欲出不意也。既退而不速者,谋也。火夜明而呼噪者,恐我袭彼也。掷缆而即起者,欲择其利也。火数明而无声者,备器也。夜泊而趋于涯涘者,乡道欲往也。促缆而不呼者,急欲逃也。促缆及流、悬灯于途者,夜逸而溃。久而不动者,偶人也。鼓而无韵者,伪响也。近岸连村而不登劫者,怯也。不久困,请和投降者,诈也。

谨行治

我舟在洋出哨,追赶贼船,天欲昏黄,潮时将尽,不可贪程一意前往。须防今夜自安泊处,恐无收呑风至之虞。过龙潭神庙,不可放铳吹打呐喊,或有惊动起风作浪之失。早晚占看日月星云、气色飞鸟,预知风雨。未到晚黑,便收呑宕,高登四瞭,恐隔山先泊贼船,而我不防也。

行船观日月星云风涛

一、日晕则雨,月晕主风。何方有阙,即此方风来也。一、日没胭脂红,无雨也有风。须看返照,日没之前,胭脂红在日没之后,记之记之。一、星光闪烁不定,主有风。一、夏秋之交大风及有海沙云起,谓之风潮,名曰"飓风"。此乃飓四方之风,有此风,必有霹雳大雨同作。一、凡风单日起,单日止;双日起,双日止。一、凡风起早晚和须防明日再多。一、有暴恶之风,尽日而没。一、防夜起之风必毒。一、凡东风急,风急云起,愈急必雨,起雨最难得晴。一、凡春风易于传报,一日南风,必还一日北风。虽早有此风,向晚必静。一、防南风尾、北风头,南风愈吹愈急,北风吹起便大。一、春南夏北,有风必雨。一、云若炮车形起,主大风。一、云起下散四野,满目如烟如雾,名曰"风花",主风起。一、云若鱼鳞,不雨也风颠。一、凡雨阵自西北起者,必云黑如泼墨,又必起作眉梁阵,主先大风雨,后雨急易晴。一、水际生靛青,主有风雨。一、秋天云际若无风,则无雨。一、海燕忽成群而来,主风雨。乌肚雨,白肚风。一、海猪乱起,主大风。一、夜间听九逍遥鸟叫,卜风雨,一声风,二声雨,三声四声断风雨。一、虾笼张得鲜鱼,主风水。一、水蛇蟠在芦青高处,主水。高若干,涨若干。回头望下,水即至,望上,稍慢。一、月尽无雨,则来月初必有大风雨。俗云"二十五六若无雨,初三四日莫行船"。"春有二十四番花信风","梅花风打头,楝花风打末"。

逐月风忌

正月忌七八日风,乃北风也。二月忌初二北风。三月忌清明北风。五月忌雪至风,以正月下雪日为始,算至五月,乃一百二十日之内,主此风。六月十二日忌彭祖风,在前后三四日。七八月若有三日南风,必有北风报之。九月九日前后三四日内,忌九朝风。十月忌初五风,在前后三四日内。十一月冬至风。腊月二十三四,扫尘风。

浙东潮候

初一初二十三十四寅申长,巳亥平。

初三初四十五十六卯酉长,子午平。

初五初六十七十八辰戌长,丑未平。

初七初八十九二十巳亥长,寅申平。

初九初十廿一廿二子午长,卯酉平。

十一十二廿三廿四丑未长,辰戌平。

二十五二十六寅申长,巳亥平。

二十七二十八卯酉长,子午平。

二十九三十辰戌长,丑未平。

一、朝生为潮,夕生为汐,晦朔弦望①潮汐应焉。故潮平于地下之中,而会于月。潮生于寅,则汐于申;潮生于巳而汐于亥。阴阳消长,不失其时,故曰:"潮信"。

战船器用说

夫水战于舟火攻,为第一筹,固然也。其火器之属,种目最多,然可以应急用者甚少。何则? 两船相近,立见胜负,其诸器或有宜于用而制度繁

---

① 晦朔弦望——晦,农历每月的末一天。朔,农历每月初一。弦,农历每月初七、初八,叫上弦;农历每月二十二、二十三,叫下弦。望,农历每月十五。

巧,一时仓忙,不能如式掷放,致屡发而无用;或精巧宜用,而势不能遍及一舟;或重赘而不能发及贼船,最不宜者,是见行火器,安药线在口,如若候点入口,则发在我手,若方燃即掷,则掷下又为贼所救。又有所谓灰瓶者,内用石灰。盖舟上惟利滑,使人不能立脚。一说用鸡鸭卵掷下,或掷滑泥者尤可。今乃用灰瓶,是又涩贼之足而使之立牢也,不可不可。今屡试屡摘,合以众情共爱而数用无异者,只有二种,一远一近至矣足矣。愈淫巧繁多,愈无实用。记之,记之。一、旧用火药倾下,此固长策。然又别用火器,或炭火,再倾掷,使之发药,每每或连桶掷入水中,或被贼乘药桶及伊舟,以水沃湿,亦皆未中肯綮①,可以必发。所谓二种者,远则只用飞天喷筒,近则只用埋火药桶。至易至便,万用无差。除此之外,所谓火箭神机、火砖喷筒之类,皆远不及此。苟具此二种,则他种又皆不必用也。

埋火药桶

桶盖

用粗碗一个先将炭火三四块用温灰培于碗内不见,平放在药面,以盖盖之。

此火药半桶,铺火砖四个、蒺藜一百个,切不可满,若满则内实而掷下药不泛火以出碗也。

右约贼船在远,先将炭火烧红,盆盛一处。约贼舟相近百十步,以火入粗碗,灰培;再俟贼近三二十步,以碗平放在药桶内,盖了。俟两舟相逼,将桶平平掷下至贼船。桶被磕动,碗内火跌泛而出,与药相埋,即发。时刻不失,较之别器克线不燃及线湿放早之病,皆可无矣。

满天烟喷筒

截粗径二寸竹布箍,用硝磺、砒霜、班毛、刚子、襕沙、胆矾、皂角、铜绿、川椒、半夏、燕粪、烟煤、石灰斗、兰草、草乌、水蓼、大蒜,得法分两制度磁沙、玉田沙,炒毒系枪杆头。顺风燃火,则流泪喷涕,闭气禁口。守城

---

① 肯綮(qǐng)——筋骨结合的地方。比喻最重要的关键。

用,战船只用飞天喷筒,烧帆为第一妙器。此又不足用也,此乃各处见用兵船者。

飞天喷筒

硝黄、樟脑、松脂、雄黄、砒霜,以分两法制打成饼。修合筒口饼两边取渠,一道用药线拴之,下火药一层,下饼一个,用送入推紧。可高十数丈,远三四十步,径黏帆上如胶,立见帆燃莫救。此极妙万分效策。

大蜂窠

筑大炮纸糊百层,间布十层。内藏小炮,半入毒,半入火。又间小炮,入灰煤地窜头带火磁沙、炒毒铁、蒺藜、粪汁、毒炒、包松脂、硫磺毒、人发角屑等件。此一火器,战守攻取,水陆不可无者。夺心眩目,惊胆伤人,制宜精妙,此尤兵船第一火器。

火砖

用地鼠纸筒炮各安药线,每五个排为一层。上下二节各二层,以薄篾横束。合酒火药松脂硫磺毒烟。用粗纸包裹成砖形,外用绵纸包糊,以油涂密。另于头上开口,下竹筒以药线,自竹个穿入。

火妖

纸薄拳大,内荡松脂入毒火,外煮松脂、柏油、黄蜡,然火抛打烟焰蒺藜戳脚。利水战、守城、俯击、短战。

火器之法,制度甚多,其实大同小异,皆不甚利于用,只此数种,尽其妙矣,故不繁载。至如弓射箭头用火之类,又不如火箭。除水陆通用者,先附陆兵技艺之后;凡陆所不用,只可用于水者,故备于此。以上药线各处制者,俱用一二尺长浮于外。每点掷之际,一掷闪风,其药线便灭。或掷至别船,如贼见其尚长而拔之,或反掷我舟。今用子母铳药线法,凡火器一件,其药线之处,用细竹管一个,直插于腹内至底,药线安于竹腹之内,待外点火燃线,已入竹管之内不见,方才掷下,则线在竹内,燃至竹底方透。火器掷下之时,则药线在竹内燃,并无闪灭之事。且掷于贼舟,只见凝然一物,并不知点燃何处。就掷在水内,则线燃于腹,火气冲于口,水为气所逆,亦不能入,虽在水底,尤能燃放而后已。此极妙极验,万无一失者。其法附陆兵器艺之后,子母铳信是也。如要速燃,则不必缠盘,但止入竹管腹内亦可。

第十八卷

商文毅决胜擒满四

花则一名,种分三色:嫩红、妖白、娇黄。映清秋佳景,雨霁风凉。郊墟十里飘兰麝,潇洒处旆旌非常。自然风韵,开时不惹蝶乱蜂忙。

携酒独泛蟾光①。问花神何属?离、兑②中央。引骚人乘兴,广赋诗章。几多才子争攀折,嫦娥道三种清香:状元红是,黄为榜眼,白探花郎。

这一首词儿是西湖诗僧仲殊赋桂花之作,调寄《金菊对芙蓉》,将三种桂花比着状元、榜眼、探花三及第,然状元居首,尤为难得,所以将红色桂花为比,独有中三元者,更难其人,宋朝却有三个。哪三个?

王曾　冯京　宋庠

这三个都是忠孝廉节、光明正大、建功立业、道高德重、学问渊源、真正不愧科名之人。我朝共有二人,一是南直隶池州贵池县许观,后复姓黄,字澜伯,洪武爷二十四年辛未,御笔亲赐状元及第,官为礼部侍中,是个赤胆忠心之人,建文年间与兵部尚书齐泰、御史大夫练子宁、文学博士方孝孺一班儿忠心贯日之人,一同辅佐。不期永乐爷靖难兵起,黄观草诏,极其诋斥。谁知永乐爷是北方玄武真君下降,每每出阵,便有龙神来助,十战九赢,就到危难之时,定有龟、蛇二将从空显灵救护。以此从北平直杀将过来,势如破竹,无人抵敌。看看将近南京,事在危急存亡之间,建文爷慌张,草下诏书,命黄观募兵上游,并督诸郡勤王,前来救驾。黄观急急领诏而去,到得安庆地方,谁料靖难兵已打破了金川门。黄观闻变,大声痛哭,对人道:"吾妻翁氏德贞行淑,素有节操,断不受辱。"即时招魂,葬于江上。明日,家中一人从京师奔来,说打破京城之日,翁夫人与二位小姐一家俱被象奴拿住,夫人脱头上钗钏付与象奴,叫象奴去买酒肴。待

① 蟾光——月光。
② 离、兑——八卦的名称。

象奴去后,夫人急急携了二位小姐并合家十余人口,一齐投在通济门桥下而死。黄观闻了痛哭道:"我道吾妻必然尽节而死,今果然矣。"后来永乐爷登了宝位,黄观到得李阳河,被使臣一把拿住,要黄观入朝面圣。黄观徐徐对使臣道:"吾久失朝仪,今既入朝,必先演习礼文。"就把朝衣幞头穿得端正,东向再拜,向着罗刹矶急流之中,踊身跃入河中。使臣大惊,急急把钩子捞救,只钩得金丝幞头起来,只得把这顶金丝幞头献与永乐爷。永乐爷因前草诏诋斥之故,大加震怒,束草为黄观之像,把这顶金丝幞头戴在上面,碎剮其身,以示凌迟之意,抄没其家,并及姻党。因此把《登科录》上削去了名姓,反刊第一甲一名韩克忠、第二名王恕、第三名焦胜,所以人不知黄观中三元。过后三十年,清江县尹龚守愚念其忠义,在黄观旧居之地建祠堂祭祀,至今南京赛工桥侧亦有翁夫人及二位小姐祠墓。看官,你道黄观一家十余口人尽忠尽节而死,这样一个三元,岂不是为我明增气、为朝廷出色的人么?有诗为证:

合门尽节从来少,若此三元事更奇。

为子为臣真大节,经天日月姓名垂。

又有诗为证:

靖难师来不可当,黄观捧诏督勤王。

谁知大数皆前定,赢得声名到处香。

这黄观是国初第一个三元了。第二个便是商辂。国初科甲之盛无过于江西,所以当初有个口号道:"翰林多吉水,朝内半江西。"自商辂中三元之后,浙江科名遂盛于天下,江西也便不及。此是浙江山川气运使然,非同小可之事。在下未入正回,且把两个争状元的故事一说。两个争状元的究竟都中了状元,世上有这样稀奇的事!譬如别样可以人力谋求,若是"状元"二字为天下之福,圣主临轩策士,御笔标红,此时前生宿世种下之因,亦是神鬼护佑之事。两个争状元究竟都做了状元,那"状元"二字却就像在他荷包里一般的东西,随他意儿取将出来。可见人定胜天,有志竟成,富贵功名可以力取,何况其余小事。在下做这一回小说,把来与有志人做个榜样。

话说杭州钱塘县一人姓李名旻,字子阳,号东崖,他原不是李家的子孙,他是于忠肃公之孙、于冕之子。于冕侍妾怀孕,正当忠肃公受难之时,举家惊惶逃窜,于冕侍妾怀孕出逃,后来遂嫁于李家,生出李旻。李旻的父亲是个穷人,李旻自幼读书之日,每每出其大言要中"三元",李旻母亲亦每每帮助儿子,共有此志。成化十六年庚子,李旻考科举,正试见遗。李旻拥住提学道轿子禀道:"宗师老大人,若不取李旻科举,场中如何得有解元?"提学道立试果佳,遂取李旻科举。钱塘县学起送科举之日,有五色鸟飞来,毛羽可爱,栖于明伦堂梁上。众秀才群聚而观之,并不惊惧。李旻胸中暗暗地道:"此是文明之兆,吾当中解元无疑。"遂赋诗自负:

　　文彩翩翩世所稀,讲堂飞上正相宜。

　　定应览德来千仞,不但希恩借一枝。

　　羡尔能知鸿鹄志,催人同上凤凰池。

　　解元魁选皆常事,更向天衢作羽仪。

　　果中解元。那第二名却是绍兴余姚王阳明先生之父王华。那王华也是要中三元之人,因李旻中了解元,便气愤不过,对李旻道:"子阳兄,我今年让你中了解元,来科状元准定是我小弟了,断不敢奉让。你今休得要上京会试。"李旻道:"明年状元让你,下科状元又准定是我小弟了,便让你做明年状元罢。"说罢,彼此大笑。李旻果不进京会试,王华遂中了辛丑状元。李旻大笑道:"王年兄的状元是我让与他做的,我若进京会试,这状元如何到得他手里?"癸卯冬天,李旻将进京会试。他一个朋友锁懋坚,是西域人,长于诗赋,知李旻大才,自负不凡,有中状元之志,做只词儿饯行:调寄《正宫谒金门》,云:

　　人叙画船,马鞍上锦鞯。催赴琼林宴,塞鸿里暮秋天。绿酒金杯劝。　　留意方深,离情渐远,到京廷中选。今秋是解元,来春是状元,拜舞在金銮殿!

　　李旻果中状元,官拜翰林院修撰,后来做到南京吏部侍郎。那浙江志书上,载他做祭酒的时节,能振起师模,不负所学。住在吴山下,环堵萧然,死之日家无余财,是有德有品之人。那王华做到吏部尚书。两人声名人品,都可谓不愧科名者矣。有诗为证:

　　富贵可以力求,功名夺得头筹。

　　说与有志男子,何须美彼王侯!

　　话说那中三元的商辂,字弘载,号素庵,谥文毅,是浙江严州府淳安县人。他的父亲是严州府一个提控,住于公廨之中,在衙门数年,一味广积阴德,力行善事,那舞文弄法的事,不要说不去造作,就是连梦也都不曾做，甘守清贫。他母亲也是个立心平易之人，若是那没天理枉法钱财，夫妻二人断然不要。大抵在衙门中的人，都要揉曲作直，以是为非，以非为是，上瞒官府，下欺百姓，笔尖上活出活人，那钱财便就源源而来。商提控一味公直，不要那枉法的钱财，自然家道清贫。夫妻二人常对天祷告道："我不愿枉法钱财，但愿生个好儿子足矣。"正是：

> 公庭里面好修行，不受人间枉法钱。

话说淳安府一个人姓吉，排行第二，被仇家诬陷。那仇家广有势力，上下都用了钱钞，将吉二下在牢里，要置之死地。商提控怜吉二无辜，一力扶持出来，保全了性命。正是：

> 当权若不行方便，如入宝山空手回。

话说商提控救出了吉二，那吉二感恩无地，无力可报。一日，商提控从吉二门首走过，吉二一把拖住商提控衣袖，再不肯放，邀到家里坐地吃茶，商提控苦辞不要。怎当得吉二抵死相留，吉二一边走去买些酒肴回来，叫妻子孙氏整治。那孙氏颇有几分颜色，吉二叉手不离方寸，对孙氏说道："我感商提控之恩，无力可报。今日难得大恩人到此，我要出妻献子，将他饮到夜深时分，你可出去陪宿一宵，以报他救我性命之恩，休嫌羞耻则个。"孙氏只得应允。安排酒肴端正，吉二搬将出来，请商提控吃。商提控甚是过意不去，一杯两盏，渐渐饮到夜深时分，吉二托说出去沽酒，闪身出外，再不回来。商提控独自一个，却待起身，只见门背后闪出那个如花似玉的孙氏来，深深道个"万福"。商提控吃了一惊，孙氏便开口道："妾夫感恩，无地可报。今日难得大恩人到此，妾夫情愿出妻献子，叫奴家特地出来劝提控一杯酒，休嫌奴家丑陋则个。"说罢，便走将过来斟酒。商提控惊慌，急急抽身出外而去。回来对妻子说了，以后再不敢打从吉二门首经过。三日之后，夫妻二人都梦见本府城隍之神对他说道："子累积阴功，广行方便，上帝命我赐汝贵子，以大汝门户。"就把手中一个孩儿送与他夫妻二人，遂腾云而去。从此妻子怀孕，生下商辂，那时是永乐甲午二月二十五日。生下之时，满室火光烛天，合衙门中人都见有火，尽来救应。太府亦见火光遍室，衙役禀说公廨失火，太府急急收拾紧急文书，一壁厢叫人救火，一壁厢叫人防守库狱。顷刻间来报道："并无火烛，只是商某家生下一个孩儿。"太府大惊道："此子必然有异。"就吩咐左右道："待此子满月之日，可抱来一见。"满月之日，商辂父亲抱见太府。太府看他目秀眉清，神气轩豁，啼声响亮。太府抱在膝上，欢喜非常，对他父亲道："尔子上应天象，必非尘凡之器，他日必为朝廷大瑞，与国家增光者也，岂徒科名而已哉！尔好为看视教训，待其成立，断能大尔门户也。"就命将黄凉伞罩送之而出。后来渐渐长大，读书识字，便出口成章，一目数行，下笔磊磊惊人。宣德十年乙卯中解元，那时只得二十二岁。进京会试不中，李时勉做祭酒，一见商辂，便知他是个非常之人、公辅之器，异常敬重，就教他读书于东厢之后。到正统九年乙丑会试中会元，廷试状元及第，那时年三十二岁，官拜翰林之职。后来他父母都受了诰命，真是阴德之报。在下先将他父母的阴骘①报应说过了，方才下文说商辂本身的立朝事业，为朝廷柱石，千载增光。有诗为证：

阴德昭昭报不差，三元儿子实堪夸。

山川灵异俱闲事，只是《心田》二字嘉！

不期己巳年，正统爷幼冲之年，误听王振之言，御驾亲征鞑虏也先，失陷于土木地方。败报到来，满朝文武惊惶无措。幸得兵部尚书于谦力主群议，请景泰爷监国，以安反侧。商辂竭力辅佐于谦，共成此议。有个不知厉害的徐珵，创为南迁之计。商辂与于谦，并内臣全英、兴安共为唾斥，方才人心宁定。商辂因于谦在山西河南做了十九年巡抚，熟于兵机将略，凡事有老成见识，故事事听他说话，遂协同于谦文武等臣，经略战守。后来正统爷回朝，商辂奉命到居庸关迎接回来，居于南城。锦衣卫指挥卢忠上奏，妄说南城事体有不可知之变。景泰爷大怒，穷治不已。商辂对司礼监王诚说道："卢忠本是个疯子，岂可听信他胡言乱语，坏了大体，伤骨肉之情。"王诚将此言禀与景泰，景泰爷方才大悟，将卢忠杀死。后来景泰又要易正统爷东宫，众臣共议。商辂道："此国家大事，有皇太后在上，臣下谁敢轻议？"景泰不听商辂之言，毕竟易了东宫，升商辂兵部左侍郎兼左春坊大学士。景泰五年，礼部章纶、御史钟同，因景泰爷所立东宫遘疾而死，遂上本要复立正统爷太子。景泰大怒，要将二臣置之死地。商辂力救，免得章纶一人。后景泰爷正月病重，商辂同阁老陈循议请复立正统爷太子，商辂遂于奏疏上增二语道："陛下为宣宗章皇帝之子，当立宣宗章皇帝之孙。"正要明日奏进，不意石亨、徐有贞一干人；斫进南城，迎接正

---

① 阴骘（zhì）——阴德。

统爷复登宝位,遂将兵部尚书于谦诬致死地,深可痛惜。次日正统爷召商辂并阁老高谷到于便殿,慰安道:"朕在南宫,知尔二人心无偏向。如今正要用尔,宜用心办事,且计议改元年号。"就命商辂草诏。石亨私自对商辂道:"今年赦文须一抹光,不须别具条款。"商辂道:"自有旧制,孰敢擅改?"石亨大怒,遂诬奏商辂,要与于谦一同处死。内臣兴安要救商辂,乘机禀道:"当时此辈附和南迁,不省将置朝廷何地。如今恃着夺门之功,便敢如此大胆放肆。"正统爷方才解了怒气,止削商辂官爵,原籍为民。商辂免得做无头之鬼,归来道:"今日之余生,皆天之所赐也,怎敢干涉世事?"因此纵游于西湖两山之间,终日杯酒赋诗,逍遥畅适。后来正统爷在宫中每每道:"商辂是朕所取三元,可惜置之闲地。"屡欲起用,怎当得左右排挤之人甚多,竟不起复,在林下①十年。

成化爷登基,追念商辂当日之功,遣使臣驿召到京。那时还未有复职之命,朝见之日,方巾丝绦,青布圆领,自己称道:"原籍为民臣商辂,行取到京陛见。"成化爷龙颜大喜,仍复原职,入内阁办事。那时皇庄甚为民害,商辂奏道:"天子以天下为家,何以庄为?"后因地震,上疏乞休,不准所奏。一个御史林诚,又因星变,诬奏商辂不职,因说景泰间易储之事,商辂因而求退。幸得成化爷是个圣主,不听林诚之言,反加林诚之罪,遂批下旨意道:"朕用卿不疑,何恤人言?"商辂又恐伤了言官,有负圣主之意,随上一本道:"臣尝劝上优容言官,已荷嘉纳②。如修撰罗伦等,皆复收用。今因论臣而反责之,如公论何?"成化爷就从其言,仍复林诚之职。又召商辂到御榻前,勉慰再三,遂升为兵部尚书,仍兼学士,又改户部尚书。十一年,兼文渊阁大学士。一日召见,议及景泰爷监国之事。商辂恳恳奏道:"昔景泰有社稷功,当复帝号。"兴安遂流下泪来。成化爷亦流泪,因而遂复了帝号。后来成化爷深知于谦有保社稷之功,被石亨、曹吉祥冤枉而死,后石亨、曹吉祥俱以谋反诛死。于谦之子于冕上疏白父亲冤枉。成化爷深怜其忠而复其官,赐祭。商辂遂作制辞道:

　　当国家之多难,保社稷以无虞;惟公道而自持,为机奸之所害。
　　在先帝已知其枉,而朕心实怜其忠。

---

① 林下——幽僻之境。引申退隐。

② 已荷(hè)嘉纳——已承赞许而采纳。

金英、兴安读了道："唯吾与尔亲见其事，深知其功，他人不能知也。于谦有灵，死亦瞑目矣。"天下因诵而称之。自此之后，于谦之冤始大白于天下。

且不说商辂随事有补衮之忠，再说嘉兴府一个具经济之才出色的人，这人姓项，名忠，字荩臣，谥襄毅，是正统七年进士，为刑部员外郎。随正统爷亲征，失陷土木，鞑靼着他牧马于沙场，剥去了衣服，胡服胡衣，囚首垢面，蓬头跣足。项忠受这苦楚不过，骑了他一匹好马，潜地逃归，从间道而走，远远望见胡骑出没，又恐被他拿去，只得昼伏夜行。争奈不识路径，望北斗南走，走过四夜，不知经了多少路程，连马都走不动了。项忠自觉心下慌张，只得弃马步行，渐渐走到一条死路，是插天的高山。这山名为石城山，团团似个城子一般，悬崖峭壁，有数千丈之高。项忠叹息道："吾死于此地矣。走到天尽头，却怎生去处？"彷徨四顾，却似有路可登，只得攀藤附木，一步步挨将上去，渐至山顶，周回一看，原来这山四围都高，竟像城墙模样，山顶宽平，可容数千人之多，独中间有路一条可上。项忠看了形势，暗暗道："此地甚险，若屯数千人于其中，虽千军万马不能攻也，但无水泉耳。"说罢，肚中饥渴之极，脚跟肿痛，行走不牢，一跤跌倒在地。倚石叹息，看看垂死。恍惚之间，见一个金甲神人扶他起来道："此尔异日发迹之地也。"说罢不见，但见一大块物遗弃地下，项忠近前一看，却是一大块肉干。项忠取而食之道："怎生得一口泉水救命方好？"遥望见山下一股清泉，项忠一步步探将下来，走到泉水边，吃了数口，方才神清气爽道："今番有命了。"那泉水离山有数里之遥，项忠暗暗地道："若断绝了这股泉水，此山之险，亦无所用之矣。"遂放开脚步逃命，共走了七夜，才到得宣府。关吏来报了御史张昊、巡抚罗亨信，传令放进关内。进得关内，一交便跌倒地下，晕死多时，用姜汤灌下，方才苏醒，一步也走不起。看其脚下有刺蒺藜数百，罗亨信叫人与他拔去，拔了数日方才拔完，共有一升之数，满脚红肿，皮肉裂开，血流不止，病卧了三个多月，方才走得起。有诗为证：

> 吉人自有天相，临危自有神扶。
>
> 若非功名不朽，准准死在穷途。

话说项忠自病好之后，渐渐做到都御史之职。那时陕西固原土鞑满四，聚众作反。只因都指挥刘清、守备指挥冯杰二人剥削军兵，又逼索各土鞑贿物,各土鞑怨恨入骨,满四因此遂纠聚数千人作反,就屯据于石城地方。刘清领兵与战,大败亏输而走。陕西镇巡抚遣都指挥邢端、申澄率领各卫军兵与战,只一合,满四将申澄杀于马下,邢端率领军兵逃回本阵,远近震骇。朝廷差陕西巡抚都御史陈介、总兵宁远伯任琦、宁夏总兵广义伯吴琮、延绥都御史王锐、参将胡恺,各统所部军兵会讨。宁夏兵先到,陈介、吴琮二人不等延绥兵到,麾兵直捣石城。不期被满四先伏数支兵在于石城远处,等得宁夏兵到,先前一队诈败佯输,诱引宁夏兵深入重地,数支兵一齐掩杀将来,众兵劳困饥渴,大败而走,杀死数千人,贼势甚是猖獗。朝廷遣都督刘玉总兵、都御史项忠提督军务,前来剿除满四。项忠前次曾到石城,备知形势险隘,只有坐困一法。遂分兵七路,恐有埋伏,一路斫削草木,烧之而进,使贼人不能伏兵,渐渐逼近贼巢,团团围住,先锋伏羌伯毛忠奋勇当先,登山仰攻,不期被贼人当头飞下一个炮石而死。众军心慌,一齐退后。项忠就马上把一个当先退后的千户斩首示众,众军方才扎得脚住。满四见官军退后,正欲乘机追杀,见官军一齐扎住,号令严明,便不敢追杀过来。远近闻得毛忠战死,人心汹汹。兵部尚书道:“满四骁勇,今屡次战胜,倘与北虏连兵,则关、陕危矣。”遂交章请益兵赴援。朝廷遂遣抚宁侯朱勇领京兵四万前往助战。抚宁侯遂奏定赏格:如生擒贼首一人,与世袭指挥使,赏银五百两,数人共擒得者,赏亦如之。

不说朝廷要再差援兵救应,再说项忠备知贼巢只靠此一股泉水救命,必有重兵防守,遂差一支兵摇旗擂鼓,虚张声势,前来搦战①;却另拨一支精兵伏于泉水左侧,待守水口贼人出战,就着这支精兵夺他水口。那守水口贼人听得战鼓齐鸣,一齐杀出,官兵略战数合,便弃甲而逃,贼人渐渐追远,追之不及,回归水口,早被官兵大队占住水口。贼人奋勇厮杀,怎当得项忠自领一队劲兵而来,势如风雨,贼人四散奔走,生擒活捉者不计其数,余贼逃回石城山。项忠直逼贼巢,围得铁桶相似。满四见官军夺了水口,自觉心慌,几番奋勇杀下山来要夺水口,怎当得项忠亲自披着甲胄立于矢石之下,那矢石如雨点般射将下来,项忠身自督战,再不退步。露宿六十余日,先后共战二十余阵,自叹道:“奉命讨贼,久无成功,死所甘心。”众军见项忠如此,人人鼓勇,个个争先。

---

① 搦(nuò)战——挑战。

　　不说项忠在此与满四苦死厮战，且说朝廷差使臣来问项忠道："事体何如？"项忠备细奏上一本。朝廷还不知胜负如何，命司礼监怀恩、许安、黄赐三人到阁下召兵部尚书计议道："京军决然要去救援。"内阁彭时是正统十三年状元，甚有见识，同商辂一齐道："前日贼若四出攻劫，诚可骇惧。今入山自保，我军围守甚固，不一两月必然困穷成擒。况项忠自土木归来之后，曾经石城山过，地理熟识，与他人悬断者不同。今观其奏疏，情理曲折，如指诸掌，定有成算，京军何用再行？"兵部尚书因商辂不听他言，忿忿地道："项忠若败，必斩一二人，然后发兵去救。"众官都不信商辂二人之言，恐未免有失。果然项忠一连围困了三月，水草都尽，人马饥饿而死者不计其数。贼将有个杨虎狸，骁勇有谋，是满四的谋主，见势头有些决撒，私走下山，到军门投降。项忠便极意招安，就解身上金钩为赠。杨虎狸感恩图报，项忠教他擒满四来献。杨虎狸领命而去，果然诱满四出战。次日，项忠领兵当先，伏兵东山口，杨虎狸从贼巢中反杀起来，生擒满四，余党溃散，斩首七千余级，俘获者不计其数。将满四献俘处死，文武百官方服商辂见识之高。果是：

　　　　运筹帷幄之中，决胜千里之外。

　　话说成化爷的嫡母慈懿太后钱氏崩了，那时生母太后在上，不欲将钱太后与正统爷合葬，遂命司礼监传旨，命大臣另议葬所。众臣都不敢发言，独商辂与彭时两个开口道："此是一定之礼，无可别议。梓宫当合葬裕陵，神主当祔庙①。"内监夏时道："钱太娘娘无子，又有疾病，怎生好入山陵？只该另葬为是。"商辂、彭时两个齐声道："太后母仪天下近三十年，为臣子者岂宜另议葬所。况且此事关系非小，一或乖礼，何以示天下后世乎？"夏时大声道："你们休得固执，此是太娘娘主意，怎敢抗违？"两个又道："虽是太后主意，臣子自当力争，不可使上有失德。"夏时又大声发话道："你们抗违，只怕明日体面不好，休得懊悔！"说罢，愤愤而进，众官都各面面失色，商辂二人道："明日不可畏惧，断要力争。"次日，成化爷御文华殿，召内阁各官面谕道："慈懿太后当如何？"彭时对道："只合依正礼行，庶全圣孝。"成化爷道："朕岂不知依正礼行是好，但与太后有碍，故令尔等合议，务要处得合宜。"商辂对道："外议汹汹，若不合葬，则人心不

---

　　①　祔（fù）庙——祭于祖庙。

服,且于圣德有损。虽圣母有言,亦不可从也。"成化爷半日不言语,良久方道:"合葬固是孝,若因此失圣母之心,亦岂得为孝乎?"商辂二人都道:"皇上大孝,当以先帝之心为心。昔先帝待慈懿太后始终如一,今若安厝于左而虚其右以待后来,而两全其美矣。"后来者,指太后也。成化爷虽未应允,而玉色甚和,绝无怒容。二人又道:"臣等意未尽,欲具本言之,乞皇上再三申劝圣母,以终大事。"成化爷把头略点了一点。这日晚间,商辂二人具奏备言:"祔葬①祔庙,所以体先皇笃夫妇之懿,昭今上全子母之情,断不可有异议。"又谓:"夫有出妻之礼,子无弃母之道,此事关系纲常,不可有失,贻万世讥议。"辞极恳切。成化爷内批,仍欲别寻葬地。商辂遂同彭时并礼部尚书姚夔,率领百官伏文华门,号哭不起,声闻于内。成化爷方才感动,太后亦悟,即传旨宣谕道:

卿等昨者会议,大行慈懿皇太后合祔陵庙,固朕素志。但圣母有碍,事有相妨,未即俞允②。

朕心终不自安,再三据礼祈请,圣慈开谕,特赐允诺。卿等其如前议施行,勿有所疑。故谕。

商辂、彭时与各官遂呼万岁而退。看官,你道这一件大礼,若不是二位状元宛转力争,可不是陷君父于有过之地么? 有诗为证:

朝廷大礼事非轻,慈懿娘娘合葬成。

全赖大臣调护力,方知圣主藉贤卿。

成化爷欲建玉皇祠于宫中,商辂又力言其非礼,再三劝诫,因而遂止。

时万贵妃有宠。弘治爷是纪贵妃所生。纪贵妃怀孕之时,万贵妃得知大怒,将纪贵妃百般凌虐,百般下药,要打堕身孕。谁知弘治爷是个圣主,当有十八年天下,自有鬼神呵护,就像生铁铸母腹中的,怎生打堕得下? 成化爷知万贵妃妒忌,只得托言纪贵妃有病,出居安乐堂,假说纪贵妃生了痞块,并非身孕,瞒过了万贵妃。一壁厢却暗暗叫门官照管,遂生下弘治爷。纪贵妃乳少,内监张敏使女侍以粉饵哺之,百般保护。后来万贵妃生了一子,立为皇太子,未及一年,患痘而死。万贵妃后来亦竟无身

---

①　祔葬——同附葬。合葬。

②　俞允——允诺。本指帝王的许可,后来书函中亦用为称对方许诺的敬词。此为前者。

孕。那时弘治爷年长六岁,张敏因厚结万贵妃王宫内监段英,乘机转说,万贵妃大惊道:"怎生不早教我知道?"遂具服进贺,厚赐纪贵妃,择吉日召皇子入昭德宫,次日迁纪贵妃于永寿宫。中外各官一喜一惧,喜的是立太子,惧的是尚有不可知之事,要请皇太子与纪贵妃同处,才脱虎口;又恐反因此激变,事在两难。商辂因独对奏上道:

> 皇子聪明岐嶷,国本攸系,天下归心。重以昭德宫贵妃抚育保护,恩逾已出;百官万民皆谓贵妃贤哲,近代无比,此诚宗社无疆之福也。但外议皆谓皇子之母因病别居,久不得见,揆①之人情事体,诚为未顺。伏望敕令就近居住,皇子仍令贵妃抚育,俾朝夕之间,便于接见。庶得遂母子之至情,惬朝野之公论。

商辂这一本奏进,遂立为皇太子,方保无虞。有诗为证:

> 我朝弘治圣明君,谁是携持保抱群?
>
> 内臣张敏外商辂,国本无亏天下闻。

后来纪贵妃薨了,商辂又引宋仁宗之母李宸妃故事,遂殡殓都如皇后之礼。十三年,升吏部尚书兼谨身殿大学士。那时汪直新坐西厂,威势汹汹权同人主,害人无数,满朝文武百官畏之如虎。巡边之时,都御史尽戎装披挂,直至二、三百里之外迎接,望尘跪伏,等候马过,方才走起。若驻馆驿之中,便换小帽一撒,趋走唯喏叩头,无异奴婢。所以当时有谣道:"都宪叩头如捣蒜,侍郎扯腿似烧葱。"商辂遂奏汪直十罪,并奏百户韦瑛、王英道:

> 陛下委听断于汪直之一人。而汪直者,转寄耳目于群小。汪直之失,虽未为甚,而韦瑛、王英同恶相济,擅作威福。官校捉拿职官,事皆出于风闻,暮夜搜简,无有驾帖②;或将命妇剥去衣服,用刑辱打,被害之家,有同抄扎③。人心汹汹,各怀疑畏。如兵部尚书项忠当早期鼓响伺候之时,汪直令校尉就左掖门下呼叫项忠不得入朝。朝罢,被校尉拥逼而去。其欺凌大臣如此。使大小臣工各不安于其位,商贾不安于市,行旅不安于途,庶民不安于业,太平之世,岂宜有

---

① 揆(kuí)——推测揣度。

② 驾帖——明代,秉承皇帝意旨,由刑科签发的逮捕人的公文。

③ 抄扎——查抄没收。

此腹心之患？

成化爷看了这本大怒道："用一内臣，怎生便系国家安危？"命司礼监怀恩传旨责问。商辂正色答道："朝臣无大小，有罪都该请旨收问。他敢擅抄扎三品以上京官。大同、宣府是京师北门，守备不可一日缺，他敢一日擅自擒械数人。南京根本重地，留守大臣他敢擅自收捕。诸近侍他敢擅自改易。此人不去，国家安乎危乎？"那怀恩是个大圣大贤之臣，知汪直倚势作威，害人无数，遂将此言密密禀与成化爷。成化爷大悟，即将韦瑛、王英充军，汪直革职到于南京而去。从此朝野肃清，天下太平，商辂、怀恩二臣之力也。

那怀恩果系大圣大贤之臣，千古罕见，妙处不能尽述。当时成化爷宠着一个僧人，名为继晓，通于药术。成化爷试其术有应效，遂赐予无算，恩宠无比。成化爷尝以手抚其肩，继晓即袖御手于衣袖间，见客止用一手为礼，因此恃恩放肆，无恶不作。忠臣刑部主事林俊要斩继晓，奏妖僧继晓猥挟邪术，惑乱圣聪。成化爷大怒，下林俊于狱中，要将杀死。怀恩叩首净道："自古未闻有杀谏官者。我洪武爷、永乐爷时大开言路，故底盛治。今欲杀谏臣，将失百官心，将失天下心，臣不敢奉诏。"成化爷大怒道："汝与林俊合谋讪我，不然安　知宫中之事？"说罢，便将御砚掷将过去，怀恩以首承砚不中。成化爷又将御几推仆于地，怀恩脱帽解带，伏地号泣道："臣不能事陛下矣。"成化爷命扶出东华门。怀恩叫人对镇抚司典诏狱的道："你们合谋倾害林俊，林俊若死了，你们亦不能独生！"遂径归卧家中，道"中风矣"，不复起视事。成化爷心知其忠，命太医救治，不时遣人看视，林俊方得不死。后林俊做到兵部尚书，剿平流贼有功，为当代名臣，皆怀恩力救之所致也。其爱护忠臣不顾性命如此。

后又有个章瑾，以宝石贡进，谋为锦衣卫镇抚，命怀恩传旨。怀恩道："镇抚掌天下之狱，武臣之极选也。奈何以货得之？"成化爷怒道："汝违我命乎？"怀恩道："非敢违命，恐违法也。"成化爷只得命他人传之。怀恩私自说道："如外廷有人谏净，吾言尚可行也。"那时俞子俊为兵部尚书，怀恩对他道："汝当执奏，我从中赞之。"俞谢不敢。怀恩浩然叹息道："我固知外廷之无人也。"其刚正守法如此。

时都御史王恕，屡屡上疏论事，言甚切直，不怕生死。怀恩叹道："天下忠义，斯人而已。"怀恩亦知商辂是个铁铮铮不怕死的好汉，遂深相敬重,朝廷大事,每每相计而行。凡所做的事,都是有利于朝廷、有益于生民之事。真"宫中府中,合为一体"也。商辂后加少保,驰驿①而回,在林下逍遥共十余年,活至七十三岁,无疾而终。后赠太傅。我朝贤相,称商辂为第一,其余都不能及。他在朝廷,笔下并不曾妄杀一人,所以子孙繁盛,亦是阴德之报。在朝唯与于谦、项忠、彭时、姚夔、林俊、王恕、金英、兴安、怀恩、张敏数人相好,盖忠臣识忠臣、好汉识好汉也。他儿子名良臣,做翰林侍讲。商辂生平:二十二岁中解元,三十二岁中会元、状元,三十四岁以修撰入阁,四十一岁卸兵部侍郎而回。回来十年,五十岁又入阁,六十岁做了少保而回。在内阁共十八年,回来又享了十余年清福而死,道德闻望,一时并著,岂不是一代伟人!史官有诗赞道:

　　大节纯忠是许观,三元端不负三元。

　　三元更有商文毅,一代芳名万古刊。

---

　　①　驰驿——驾乘驿马,兼程疾行。

第十九卷

侠女散财殉节

送暖偷寒起祸胎，坏家端的是奴才。

请看当日红娘事，却把莺莺哄得来。

这首诗是说坏法丫环之作。人家妇女不守闺门，多是丫环哄诱而成。这是人家最要防闲的了。又有粗使梅香亦为可笑，曾有诗道：

两脚鏖糟①拖破鞋，啰乖像甚细娘家？

手中托饭沿街吃，背上驮拿着处挨。

间壁借盐常讨碟，对门兜火不带柴。

除灰换粪常拖曳，扯住油瓶撮撮筛。

这首诗是嘲人家鏖糟丫环之作，乃是常熟顾成章俚语，都用吴音凑合而成，句句形容酷笑。看官，你道人家这些丫环使女，不过是抹桌扫地、烧火添汤、叠被铺床，就是精致的，在妆台旁服侍梳头洗面、弄粉调朱、贴翠拈花、打点绣床针线、烧香薰被、剪烛熏煤、收拾衣服、挂起帘钩，免不得像《牡丹亭记》道："鸡眼睛用嘴儿挑，马子儿随鼻儿倒"，这不十分凑趣的事，也时常要做一做。还有无廉耻丫环，像《琵琶记》上惜春姐道："难守绣房中清冷无人，别寻一个佳偶。要去烧火凳上、壁角落里偷闲养汉，做那不长进之事，或是私期逃走。"曾有刘禹锡《诮失婢》诗为证：

把镜朝犹在，添香夜不归。

鸳鸯拂瓦去，鹦鹉透笼飞。

不逐张公子，即随刘武威。

新知正相乐，从此脱青衣。

话说宋时有个陆伯麟，其侧室生下一子，那侧室原是丫环出身。因是正妻无子，陆伯麟欢喜非常，做三朝弥月，好生热闹。他一个相好的朋友

---

① 鏖糟——脏，不干净。

陆象翁戏做一首启①以贺道：

　　犯帘前禁，寻灶下盟。玉虽种于蓝田，珠将还于合浦②。移夜半鸳鸯之步，几度惊惶；得天上麒麟之儿，这回喝彩。既可续诗书礼乐之脉，深嗅得油盐酱醋之香。

　　看官，你道这首启，岂不做得甚妙！临了这句"深嗅得油盐酱醋之香"，却出于苏东坡先生《咏婢》谑词，有"揭起裙儿，一阵油盐酱醋香"之句。苏东坡之巧于嘲笑如此。在下要说一回侠女散财殉节的故事，千古所无，所以先把丫环这些好笑的说起。从来道三绺梳头，两截穿衣，大家妇人女子，尚且无远大之识，何况这些粗使梅香，他晓得什么道理、什么节侠？从古来读书通文理之人尚且不多几个，你只看《西厢记》，那红娘不过硬调文袋，牵枝带叶说得几句，怎如得汉时郑康成家的女婢。那郑康成风流冠世，家中女婢都教他读书识字。一日，郑康成怒一个丫环，把他曳去跪在泥中，又有一个丫环走来见了，就把《诗经》一句取笑道："胡为乎泥中？"这个跪的丫环也回他《诗经》一句道："薄言往诉。逢彼之怒。"这两个丫环将《诗经》一问一答，这也是个风流妙事了，却不比得晋中书令王珉之婢谢芳姿。那谢芳姿是王珉嫂嫂身边丫环，王珉偷了这谢芳姿，与他情好甚笃。嫂嫂得知此事，将这谢芳姿日日鞭挞，打得谢芳姿痛苦难当，罚他蓬头垢面，不容他修饰。这谢芳姿虽不修饰，那天生的玉容花貌并不改变，且素性长于诗歌，出口便成。王珉见这谢芳姿吃苦，甚是心酸。一日手中持着白团扇一把，就要谢芳姿作白团扇歌，谢芳姿随口作歌以赠道：

　　团扇复团扇，许持自障面。

　　憔悴无复理，羞与郎相见！

　　你看这谢芳姿出口成章，写出胸中之意，可不是千秋绝少的女子、天上瑞气所钟，生将出来，怎敢与粗使梅香一般看待？须要另眼相看，方不负上天生彼之意。所以元朝关汉卿才子曾续《北西厢》四出，他当时曾见人家一个出色聪明女子，做了从嫁女婢，关汉卿再三叹息道："这样一个聪明女子，做了从嫁女婢，就如一个才子，屈做了人家小厮一般，岂不是有

---

　　①　启——旧时一种文体，较简短的书信。

　　②　合浦——郡名（今广东）。海中产珠，称合浦珠。

天没日头之事?"意甚不舍,戏作一小令道:

　　鬒鸦脸霞,屈杀了将陪嫁,规模全似大人家,不在红娘下。巧笑
迎人,文谈回话,真如解语花。若咱得他,倒了蒲桃架。

　　就这关汉卿的词儿看将起来,也不过是诗文标致而已,不足为奇。还
有一种出色女子,具大眼孔,与英雄豪杰一样,尤为难得。

　　日唐朝柳仲贤,官为仆射之职,一生豪爽,出镇西川,尝怒一个丫环,
遂鬻①于大校盖巨源宅。这盖巨源生性极其悭吝,一日临街见卖绢之人,
自己呼到面前,亲自一匹匹打将开来,手自揣量厚薄,酬酢多少价钱。柳
家丫环于窗缝中看见,心中甚有鄙贱之意,遂假作中风光景,失声仆地。
盖巨源因见此婢中风,遂命送还这丫环。既到外舍,旁人问道:"你在柳
府并无中风之病,今日如何忽有此疾?"这丫环徐徐答道:"我并无中风之
病,我曾服侍柳家郎君,宽洪大度,一生豪爽,怎生今日可去服侍这卖绢牙
郎?我心惭愧,所以假作中风,非真中风也。"柳仲贤知此婢有英雄之识,
遂纳为侧室,生子亦有英雄之慨。看官,你道此婢不胜如谢芳姿数倍乎?

　　若强中更有强中手,与妃子尽节而死,更是千秋罕见、万载难逢之事,
名为田六出。这田六出是王进贤的侍儿,那王进贤是晋愍太子之妃。胡
王石勒攻破洛阳,掳了王进贤,渡孟津河,要奸淫王进贤。那王进贤大骂
道:"我皇太子妇、司徒公女,汝羌胡小子敢犯我乎?"言毕投河而死。田
六出见妃主已死,便道:"大既有之,小亦宜然。妃主为国而死,我为妃主
而死,两不相负。"言毕亦投河而死。这田六出数言,说得铁铮铮一般,可
不是个晋室的忠臣么!

　　古来还有一人,更为巧妙,是周大夫之婢。那周大夫仕于周朝,久不
回家,他妻子生性极淫,遂与邻人通奸。周大夫一日回来,妻子恐怕事发,
与奸夫暗暗计较端正,酒中放了毒药,要药死丈夫,教这丫环进酒。这丫
环暗暗地道:"若进这盅药酒,便杀了主父,若是对主父说明,便杀了主
母。主父、主母都是一样。"眉头一纵,计上心来,故意失足跌了一跤,将
这药酒泼翻在地。周大夫大怒,将这丫环笞了数十。妻子见这丫环泼翻
了酒,其计不成,恐怕漏泄消息,遂因他事要活活笞死,以绝其口,这丫环
宁可受死,再不肯说出。可怜几次打得死而复生,毕竟不肯说出,以全主

―――――――――

　　①　鬻(yù)――卖。

母之情。后来周大夫的兄弟细细得知情由,将一缘二故对周大夫说了,周大夫遂出了这淫妇。见这丫环全忠全孝,要纳他为妾,那丫环立意不肯,便要自刎而亡。周大夫遂以厚币嫁与他人为妻。噫!

　　巾帼有男子,衣冠多妇人。

　　贤哉大夫婢,一说一回春。

　　列位看官,你道强中更有强中手,丫环之中,尚有全忠全孝、顶天立地之人,何况须眉男子,可不自立,为古来丫环所笑?话说元朝年间,那时胡人入主中国之后,蒙古种类尽数散处中国,到处都有元人,又因在中国已久,尽染中国之习。那时杭州有伟兀氏,也是蒙古人,住于城东,其妻忽术娘子。忽术娘子身边有个义女,名为朵那女。朵那女到了十三岁,忽术娘子见朵那女有些气性,不比寻常这些龌龊不长进的丫环,忽术娘子遂另眼相看。丈夫伟兀郎君有个小厮叫做剥伶儿。这剥伶儿年十六岁,生得如美妇一般。伟兀郎君见剥伶儿生得标致,遂为龙阳①之宠,与他在书房里同眠睡起。曾有《瑞鹧鸪》词儿为证:

　　　　分桃断袖绝嫌猜,翠被红裈②兴不乖。洛浦乍赐新燕尔,巫山云雨左风怀。　　　　手携襄野便娟合,背抱齐宫婉娈怀。玉树庭前千载曲,隔江唱罢月笼阶。

　　不说这伟兀郎君宠这剥伶儿,且说这朵那女渐渐长至一十六岁,生得如花似玉,容貌非凡。这剥伶儿见朵那女生得标致,遂起奸淫之心,几番将言语勾引朵那女。朵那女使着刮霜一副脸皮,再也不睬。剥伶儿在灶边撞着了,要强奸朵那女。朵那女大怒,劈头劈脸打将过去道:"你这该死的贼囚,瞎了眼,俺可是与你一类之人?瓜皮搭柳树,你做了春梦,错走了道儿。"千贼囚,万贼囚,直骂到忽术娘子面前。

　　那忽术娘子正恼这剥伶儿夺了宠爱,又因他放肆无礼,叫到面前,将剥伶儿重重打了一百棍。那剥伶儿愤愤在心,要报一箭之仇,日日在伟兀郎君面前搬嘴弄舌,说是说非,指望伟兀郎君毒打这朵那女一顿,以报前日之仇。

　　伟兀郎君只因拐了剥伶儿,忽术娘子每每吃醋,今因剥伶儿有了此

————————

①　龙阳——指战国魏时魏王男宠龙阳君。后以"龙阳"指男色。

②　裈——古指裤子。

事,一发不好寻事头伤着朵那女。见朵那女果然生得标致,反有几分看上之心。又见朵那女生性贞烈,不肯与剥伶儿做不长进之事,晓得不是厨房中杂伴瓜和菜之人,倒有心喜欢着朵那女的意思,思量夜间偷偷摸摸,做那前边的词儿道"移半夜鹭鸶之步,几度惊惶"之事。一日与忽术娘子同睡,听得忽术娘子睡熟,鼾鼾有声,轻轻偷出被外,走将起来,要去摸那朵那女。

世上传有偷丫环十景,说得最妙道:

　　野狐听冰　　老僧入定　　金蝉脱壳　　沧浪濯足

　　回龙顾祖　　渔翁撒网　　伯牙抚琴　　哑子厮打

　　瞎猫偷鸡　　放炮回营

看官,你道这十景各有次序。始初"野狐听冰"者,那北路冬天河水结冰,客商要在冰上行走,先要看野狐脚踪,方才依那狐脚而走,万无一失。盖野狐之性极疑,一边在冰上走,将耳细细听着冰下,若下面稍有响声,便不敢走。所以那偷丫环的,先审察妻子睡熟也不睡熟。若果睡熟了,轻轻披衣而起,坐将起来,就如老僧打坐一般,坐了一会,方才揭开那被,将身子钻将出来,是名"金蝉脱壳"。然后坐在床上,将两足垂下,是名"沧浪濯足"。"沧浪濯足"之后,还恐怕妻子忽然睡醒,还要回转头来探听消息,是名"回龙顾祖"。黑地摸天,用两手相探而前,如"渔翁撒网"相似。不知那丫环睡在头东头西,如"伯牙抚琴"一般。钻入丫环被内,扯扯拽拽,是名"哑子厮打"。厮打之后,则"瞎猫偷鸡",死不放矣。事完而归,只得假坐于马桶之上,以出恭为名,是名"放炮回营"。话说这夜伟兀郎君要来偷这朵那女,轻轻的走到朵那女睡处,"伯牙抚琴"之后,正要钻身入朵那女被内,怎知这个朵那女是个尴尬之人,日日不脱衣裳而睡,却又铁心石肠,不近"风流"二字,并不要此等之事。若是一个略略知趣的,见家主来光顾,也便逆来顺受了。谁料这朵那女是命犯孤辰寡宿的一般,一些趣也不知。伟兀郎君正要做"哑子厮打"故事,怎当得这朵那女不近道理,却一声喊叫起来,惊得这伟兀郎君登时退步,急急钻身上床。忽术娘子从睡中惊醒,伟兀郎君一场扫兴。当时有老儒陈最良一流人做几句《四书》文法取笑道:

　　伟兀郎君曰:"娶妻如之何? 宁媚于灶。"朵那女曰:"其犹穿逾之盗也与,难矣哉!"伟兀郎君曰:"钻穴隙相窥,古之人有行之者。"

朵那女曰："羞恶之心,如之何其可也!"

次日,忽术娘子悄悄审问朵那女道:"家主来寻你是好事,别人求之不得,你怎生反叫喊起来?"朵那女道:"俺心中不愿作此等无廉耻之事,况且俺们也是父精母血所生,难道是天上掉下来的、地下长出来的、树根头塌出来的,怎生便做不得清清白白的好女人? 定要把人做话把,说是灶脚根头、烧火凳上、壁角落里不长进的龌龊货。俺定要争这一口气便罢!"因此忽术娘子一发喜欢,如同亲生之女一般看待。

后来伟兀郎君做了荆南太守,与家眷同到任所。这朵那女料理内外,整整有条,忽术娘子尽数托他。不意伟兀郎君害起一场病来,这朵那女日夜汤药服侍,顷刻不离。患了一年症候,朵那女辛苦服侍了一年。郎君将死,对忽术娘子道:"朵那女甚是难得,可嫁她一个好丈夫。"说毕而死。朵那女日夜痛哭,直哭得吐血。剥伶儿见家主已死,恐主母算计前日之事,又见朵那女一应家事都是他料理,恐怕在主母面前添言送语,罪责非轻,席卷了些金珠衣饰之类,一道烟走了。忽术娘子同朵那女扶柩而归,来于杭州守孝,不在话下。

伟兀郎君遗下一双男女,忽术娘子照管自不必说,朵那女又分外爱护。忽术娘子见朵那女赤胆忠心,并无一毫差错,遂把土库①锁匙尽数交与朵那女照管,凡是金珠宝货之类,一一点明交付。那伟兀氏原是大富之家,更兼做了一任荆南太守,连荆南的土地老儿和地皮一齐卷将回来,大的小的、粗的精的,尽都入其囊橐之中,便可开一个杂货店相似。贪官污吏横行如此,元朝安得不亡? 有诗为证:

> 荆南太守实贤哉,和细和粗卷得来。
>
> 更有荆南老土地,一齐包裹也堪哀!

话说朵那女自从交付锁匙之后,便睡在土库门首,再也不离土库这扇门。一日二更天气,朵那女听得墙边有窸窸窣窣之声,知是贼人掘墙而进,悄悄走起,招了两个同伴的丫环,除下一扇大门放在墙洞边,待那贼人钻进一半身子,急忙把大门闸将下来,压在这贼人身上,三个一齐着力,用力紧靠着那门,贼人动弹不得,一连挣了几挣,竟被压死。遂禀知主母,将灯火来一照,认得就是邻舍张打狗。忽术娘子大惊道:"是邻舍,怎生是

---

① 土库——贮藏财物的私人库房。

好?"朵那女道:"俺有一计在此,叫做自收自放。"急忙取出一个大箱子,将这张打狗尸首放在箱子里,外用一把锁锁上了,叫两个小厮悄悄把这个箱子抬到张打狗门首,轻轻把他的门敲了几下,竟自回家,悄悄闭门而睡,再不做声。那张打狗的妻子名为狗婆,见门前敲门,知得是狗公回来,开门而瞧,不见狗公,只见一个大箱在门首,知是狗公所偷之物,觉得肥腻,急忙用力就像母夜叉孙二娘抱武松的一般,拖扯而进,悄悄放在床下。过了两日,不见狗公回家,心里有些疑心;打开箱子来一瞧,见是狗公尸首,吃了一惊,不敢声张,只得叫狗伙计悄悄扛到山中烧化了。果是有智妇人赛过男子。有诗为证:

　　朵那胆量实堪夸,计赛陈平①力有加。

　　若秉兵权持大纛,红旗女将敢争差。

　　话说朵那女用计除了此贼,连地方都得宁静。此计真神鬼不知,做得伶伶俐俐,忽术娘子愈叹其奇。后来忽术娘子因苦痛丈夫,害了一场怯弱之病,接了许多医人,再也医不好。那些医人并无天理之心,见那个医人医好了几分,这个人走将来,便说那个医人许多用药不是之处,要自己一鼓而擒之,都将来塞在荷包里;见那个人用暖药,他偏用寒药;见那个人用平药,他偏用虎狼药;不管病人死活,只要自己趁银子。伟兀氏原是大富乡宦之家,凡是医人,无不垂涎,见他家来接,不胜欣幸之至。初始一个姓赵的来医道:"我如今好造房子了。"又是一个姓钱的道:"我如今好婚男了。"又是一个姓孙的道:"我如今好嫁女了。"又是一个姓李的道:"我如今有棺材本了。"温凉寒燥湿的药一并并用,望闻问切一毫不知,君臣佐使全然不晓,王叔和的《脉诀》也不知是怎么样的,就是陈最良将《诗经》来按方用药,"既见君子,云胡不瘳","之子于归,言抹其马"等方也全然不解。将这个忽术娘子弄得七颠八倒,一丝两气,渐渐危笃。这朵那女虽然聪明能事,却不曾读得女科《圣惠方》,勉强假充医人不得。见病势渐危,无可奈何,只得焚一炷香祷告天地,剪下一块股肉下来,煎汤与娘子吃。那娘子已是几日汤水不下咽,吃了这汤觉得有味,渐渐回生,果是诚心所感。有诗为证:

---

　　① 陈平——汉刘邦谋臣,足智多谋。

只见孝子刲①股，那曾义女割肉？

朵那直恁忠心，一片精诚祷祝。

话说这朵那女割股煎汤，救好了主母，并不在主母面前露一毫影响，连忽术娘子也还只道是医药之效，用千金厚礼谢了赵、钱、孙、李四个医人。那赵、钱、孙、李得了厚礼，自以为医道之妙，扬扬得意，自不必说。

不觉光阴似箭，捻指间三年孝满除灵，忽术娘子念郎君临死之言，不可违背。那时朵那女已是二十三岁了。遂叫一个媒婆来，要与朵那女说亲，嫁他一个好丈夫。虽然朵那女在家料理有余，只当擎天的碧玉柱一般，忽术娘子甚是不舍得嫁她出去。争奈这朵那女是个古怪之人，料得当日家主偷偷摸摸，尚且不肯承当，何况肯为以下之人，只当亲生女儿一般，嫁他一个有体面的人去。正要叫人去寻媒婆来与他议亲，朵那女得知了，坚执不要道："俺生为伟兀氏家中之人，死为伟兀氏家中之鬼，断不要嫁丈夫。况且家主已死，只得主母一人在家，正好陪伴终身，服侍主母，俺怎好抛撇而去？ 生则与主母同生，死则与主母同死。"发誓一生一世不愿出嫁丈夫。忽术娘子道："你既有主母之心，不愿出嫁，我寻一个女婿入赘在家可好？"朵那女咬住牙管摇得头落，只是不要丈夫。忽术娘子大笑道："世上哪里有终身不愿嫁丈夫的？ 俺眼里没有见。你休得说这话，误了你终身大事。从来道'男大须婚，女大须嫁'，这是中国的孔夫子制定之礼，况且那石二姐是个石女儿，她的母亲还说道：'是人家有个上和下睦，偏你石二姐没个夫唱妇随。'少不得也请了个有口齿的媒人'信使可复'，许了个大鼻子的女婿'器欲难量'。前日你不愿随你家主，想是你见他鼻子不大，心里有轻薄之意，俺如今不免寻一个大大鼻子就像回回国里来的，与你作个对儿便罢。"朵那女坚执不愿。忽术娘子道："你休得口硬心肠软，一时失口，明日难守青春。一时变卦，猛可里要寻丈夫起来，俺急地没处寻个大鼻头与你作对。"说罢，大笑不住。此事传闻开去，有人做只曲儿嘲笑道：

朵那女，生性偏，怎生不结丈夫缘。莫不是石二姐，行不得方和便？ 故意是女将男换。若果是有那件的东西也，这烈火干柴怎地瞒？

话说朵那女立定主意，断然不要丈夫。那年二十五岁，是至正壬辰

---

①　刲(kuī)——割。

年,杭州潮水不波。昔宋末海潮不波而宋亡,元末海潮不波而元亡,盖杭州是闹潮,不闹是其大变也。那时元朝君臣,安于淫佚昏乱,全凭贿赂衙门人役为主,官也分,吏也分,四方冤苦,民情不得上闻,以致红巾贼起,杀人如麻,都以白莲教倡乱,蕲、黄徐寿辉的贼党率领数千人,攻破了昱岭关,直杀到余杭县。七月初十日,杭州承平日久,一毫武备俱无,怎生抵敌? 兼城中人都无数日之粮,先自鼎沸起来,被贼人乘机攻破了杭州城。贼将一支兵屯于明庆寺,一支兵屯于北关门妙行寺,假称弥勒佛出世,眩惑众人。三平章定定逃往嘉兴,郎中脱脱,逃往江南,独有浙省参政樊执敬投于天水桥而死,宝哥与妻子同投于西湖而死。贼兵抢掠府库金帛一空。杭州城中鼎沸,其祸甚是惨酷。刘伯温先生有《悲杭城歌》为证:

> 观音渡口天狗落,北关门外尘沙恶。
> 健儿披发走如风,女哭男啼撼城郭。
> 忆昔江头十五州,钱塘富庶称第一。
> 高门画戟拥雄藩,艳舞清歌乐终日。
> 割膻进酒皆俊郎,呵叱闲人气骄逸。
> 一朝奔迸各西东,玉罂金杯散蓬荜。
> 清都太微天听高,虎略龙韬缄石室。
> 长风夜吹血腥入,吴山浙河惨萧瑟。
> 城上阵云凝不飞,独客无声泪交溢。

话说那乱贼杀入杭州城,沿家抢掳过去,抢到伟兀氏家中,忽术娘子正要逃走,恰被乱贼一把拿住,背剪地绑在庭柱上,将那雪花也似钢刀,放在忽术娘子项脖之上,只待下刀。合家丫环小厮都惊得魂不附体,四散逃走。内中闪出那个铁铮铮不怕死的朵那女,赶上前一把抱住主母身体,愿以身代主母之死。果是:

> 岁寒知松柏,国乱显忠臣。

朵那女口口声声对那乱贼道:"将军到此,不过是要钱财,何苦杀人? 家中宝贝珠玉,尽是俺家掌管,主母一毫不知。将军若赦主母之死,俺领将军到库中,将金珠宝玉尽数献与将军。"那些乱贼都一齐道:"讲得有理,讲得有理。"把忽术娘子即忙解了绳索,押着朵那女。朵那女领了乱贼到于库中,将金珠宝玉任凭乱贼搬抢。那些乱贼一边搬抢,又有数人见朵那女生得标致,要奸淫朵那女。朵那女就夺过一把刀来,对乱贼大骂道:"俺主贵为荆南太守,我发誓不嫁丈夫,不适他姓,以尽俺一生忠孝之心。况你是何等样人,俺肯从你?宁可自死,决不受辱!"说罢,便将刀要自刎。乱贼惊异,又因得了重宝,遂放舍而去。乱贼出得门,朵那女涕泣跪告主母道:"一库宝货都教俺掌管,为救主母,只得弃了财宝,以救主母之命。俺既失了财宝,负了主母教俺掌管之意,俺有何面目活在世上?断然今日要死了。"忽术娘子大叫道:"物轻人重,怎生要死?"急急要夺住她的刀,说时迟,那时快,朵那女已一刀自刎而死矣,鲜血淋漓,喉管俱断。主母抚尸大哭不住,只得将好棺木盛殓。忽术娘子因吃了惊,又见朵那女殉节而亡,没了这个心腹之人,好生痛苦,哭了一月,那怯弱病复发,遂吐血而亡。家中就将朵那女合葬于一处。义女殉节,他何曾读《四书》上"虎兕①出于柙②,龟玉毁于椟中③"这两句来,不知不觉率性而行,做将出来掀天揭地,真千古罕见之事,强似如今假读书之人,受了朝廷大俸大禄,不肯仗节死难,做了负义贼臣,留与千古唾骂,看了这篇传,岂不羞死。当时有诗一首,单赞此女妙处:

> 谁读玄黄字,能知理道深。
> 守财殉死节,刲股吁天心。
> 颈拼苌弘血,心同伯氏箴。
> 千秋应未陨,岂与俗浮沉?

---

① 虎兕(sì)——虎和犀牛。比喻凶恶残暴的人。
② 柙(xiá)——指关野兽的笼子。
③ 龟玉毁于椟中——龟甲和宝玉这些贵重的东西在匣中被毁坏。

第二十卷

巧妓佐夫成名

野狐变幻及奸臣,亦有衔冤堕落身。

谪降神仙并古佛,就中人品不同伦。

话说妓女之中,人品尽自不同,不可一律而论。第一句"野狐变幻及奸臣",那野狐变幻是李师师,就是宋徽宗与他相好的。李师师是汴京名妓,容貌非常艳丽,果然是宋宫中三千粉黛、八百娇娥,也比她不得标致。秦少游曾有赠李师师的词儿道:"看遍颍川花,不似师师好。"此词传播于宫禁之中,因此徽宗动念,不是从地道里走将出来,就是载李师师进宫,与他日逐盘桓淫戏。徽宗最喜道教,敬重一个道士林灵素,精通道法,能知天上地下、神仙鬼魅之事。一日雪天,在宫中与徽宗同在火炉边向火,林灵素忽然闻得一阵异香袭人,惊起向空作礼道:"天上九华玉真仙子过。"少顷之间,却是安妃走来。停了一会,林灵素闻得一阵狐臊臭,大惊道:"怎么宫中有野狐精?"急起搜索,少顷之间,却是李师师走来。林灵素大骂道:"怎生野狐精敢大胆在宫中作怪?"急忙取火炉中铁火箸,要把李师师刺死。徽宗慌张,急忙抱住,不容下手。后来人方知李师师是野狐精,所以能媚人如此,所谓"野狐变幻"者此也。惠州曾有一个娼女,被天雷震死,身上有朱书一行字道:"李林甫以毒虐弄权,帝命震死,七世为牛九世娼。"所谓"奸臣"者此也。

第二句"亦有衔冤堕落身",那衔冤的是玉通长老,在临安竹林峰水月寺修行二十年,且是至诚。柳府尹只因玉通不来参谒,心中着恼,暗暗叫营妓红莲假装寡妇,清明祭扫,挨进水月寺,要他坦腹磨脐。那玉通生平不曾见此物之面,怎生便熬得住? 霎时间不觉磨出那好事来。柳府尹做首诗来嘲笑道:

水月禅师号玉通,十年不下竹林峰。

可怜数点菩提水,倾入红莲两瓣中。

玉通见了,甚羞甚恨,道:"我好端端在此修行,何苦设计赚我,却怎

生饶得他过?"遂写八句偈道:

> 自入禅门无挂碍,五十三年心自在。
>
> 只因一点念头差,犯了如来淫色戒。
>
> 你使红莲破我戒,我欠红莲一宿债。
>
> 我身德行被你亏,你家门风被我坏。

写罢,遂翻一个筋头投入柳府尹浑家胞内,做个女儿,长大为娼,就名柳翠,居于抱剑营。但一灵不迷,性好佛法,极喜施舍,造桥万松岭下,名柳翠桥;凿井营中,名柳翠井,感得道兄皋亭山月明和尚为说佛法因果、本来面目,柳翠言下大悟,遂沐浴端坐而化,归骨皋亭山,所谓"衔冤"者此也。宋时有个妓女,聪明无比,名满长安,口中时时出青莲花之香。学士欧阳修道:"这女子前世定是诵《法华经》之人,只因一念之差,误落风尘。那诵《法华经》者,口中方吐青莲花香。"特召这个妓女来问道:"你曾诵《法华经》否?"妓女道:"不曾诵。"欧阳修即取一部《法华经》与她诵,诵过一遍之后,就背得出,果像平日惯诵之人。但投胎之时,一点色情不断,误堕风尘,所谓"堕落"者此也。

那"谪降神仙"是唐时女妓曹文姬,工于翰墨,为关中第一,号为"书仙"。凡求为伉俪者,先投诗一首,以待其自择。那投诗之人,堆山积海而来,文姬只是不理。岷江有任生者,投首诗道:

> 玉皇殿上掌书仙,一点尘心谪九天。
>
> 莫怪浓香熏腻骨,霞衣曾惹御炉烟。

文姬得诗,大喜道:"他知我来历。"遂结为夫妻。五年后因歌送春诗,乃对任生道:"妾本上界司书仙,以情爱谪居人世,今当升天,子宜偕行。"遂见朱衣吏持玉版而至道:"李长吉才子新撰《白玉楼记》,召汝书碑。"任生方悟文姬为天上仙女,遂同拜命,举步腾云而去,世因名此地为"升仙里"。那"古佛"是唐朝庆历年间延州一个女妓,专与无赖贫穷之人交合,不接钱钞,如此几年而死。后来一个西域僧绕墓礼拜。众人都笑道:"这是淫娼,怎生礼拜?"西域僧道:"此是舍身菩萨化身,因见贫穷无赖之人无力娶妻、无钱得嫖,所以化身为娼,以济贫人之欲。"说罢,掘出骨头来看,果是一具黄金锁子骨,节节勾连。众人大惊,遂建塔设斋,极其弘丽。

看官,你道妓女之中,种种不同如此。唐、宋、元都有官妓,我国初洪

武爷时也有官妓,共建十六楼于南京:

来宾　重译　清江　石城　鹤鸣　醉仙

乐民　集贤　讴歌　鼓腹　轻烟　淡粉

梅妍　翠柳　南市　北市

只因后来百官退朝之暇,都集于妓家,牙牌累累,悬于窗棂,终日喧哗,政事废弛,因此庶吉士解缙奏道:"官妓非人道所为,可禁绝之。"后都御史顾佐特上一疏,从此革去官妓。但娼妓之中,从来有能事之人,有男子做不来的,她偏做得。

话说嘉靖年间,京师有个女妓邵金宝,与口西戴纶相好。这戴纶后为京营参将,因与咸宁侯往来带累,犯在狱中,将问成死罪。戴纶自分必死,况且家乡有数千里之远,若不死在刀下,少不得要死在狱中,遂取出囊中三千余金,付与邵金宝道:"俺今下狱,生死不可知,你若有念俺之情,可将此三千金供给我,以尽俺生前之命罢。"邵金宝大哭,遂收了这三千金,暗暗计较道:"若只把这三千金将来供给,有何相干?须要救得他性命出,方才有益。"遂先把些银子讨了几个标致粉头,将来赚钱。看见财主之人,便叫粉头用计,大块起发他的钱财,将来送与当事有势力之人。凡是管得着戴纶并审问定罪之人,都将金银财宝买嘱其心,并左右前后狱中之人,要钱财的送与钱财,要酒食的赠以酒食,并无一毫吝惜之心,只要救得戴纶性命。若到审问之时,邵金宝不顾性命,随你怎么鞭挞交下,她也再不走开一步,情愿与戴纶同死同生。一边狱中供给戴纶,再无缺乏;一边用金银买上买下,交通关节。直到十年,方才救得戴纶性命,渐渐减轻罪犯,复补建昌游击。邵金宝还剩得有四千多金,比十年前还多一千,尽数交与戴纶。那戴纶的妻子听得邵金宝救出丈夫性命,仍做游击将军,好生感激,从家中来探望丈夫,请邵金宝坐在上面,叫左右丫环挽扶住了,不容邵金宝回礼,当下推金山、倒玉柱,拜了八拜,对丈夫痛哭道:"丈夫受难,妾身有病不能力救。今邵氏替我救得,妾身甚是惭愧,怎生报得邵氏之恩?你当同邵氏到任所而去,妾自回归。"遂大哭而去,邵氏再三挽留不得。戴纶遂与邵金宝同到任所。看官,你道这样一个妓女,难道不是古来一个义侠么?有诗为证:

解纷排难有侯嬴,金宝相传义侠声。

若使男儿能似此,史迁端的著高名。

这邵金宝不是西湖上人。话说西湖当日也有一个妓女,与邵金宝一样有手段之人,出在宋高宗绍兴年间。高宗南渡而来,装点得西湖如花似锦,因帝王在此建都,四方商贾无不辐辏,一时瓦子勾栏之盛,殆不可言。内中单表一人曹妙哥,是个女中丈夫,真拳头上立得人、胳膊上走得马,年登二十五岁,最喜看那《汧国李夫人传》,道这李亚仙真有手段,那郑元和失身落局,打了莲花落,已到那无可奈何之地,她却扶持丈夫起来,做了廷对第一人。若不是李亚仙激励,那郑元和准准做了卑田院①乞儿,一床草荐,便是他终身结果之场了。果是有智妇人胜如男子。这样一个人,可不与我们争气!我若明日学得她,也不枉了做人一场。自此之后,常存此念。

有个吴尔知,是汴京人,来临安做太学生,与曹妙哥相处了几晚。曹妙哥见这人是个至诚的君子,不是虚花浮浪的小人,倒有心看上了他。争奈这吴尔知是个穷酸,手里甚是不济,偶然高兴走来,几晚后便来不得了。曹妙哥心中甚是记念,叫招财去接了两次。吴尔知手头无物,再不敢上曹妙哥之门。三月初一日,曹妙哥一乘轿子抬到上天竺进香,进香已毕,跨出山门,恰好吴尔知同两三个朋友在那里游戏。曹妙哥就招吴尔知过来,约定明日准来。说罢,曹妙哥自回。次日,吴尔知本不要去,因见曹妙哥亲自约定日子,只得走到她家。曹妙哥出来见了道:"你怎生这般难请,莫不是有什么怪我来?"曹妙哥是个聪明之人,早已猜够八分。吴尔知道:"没有工夫走得出。"曹妙哥道:"没有工夫,却怎生又有工夫到天竺闲戏?你不必瞒我,我早已猜定了,总是客边缺少盘费,恐到我这里要坏钱钞,所以不来。我要别人的钱钞,断不要你的钱钞。银子也要看几等要,难道一概施行?我知你是窘乏之人,不必藏头露尾。你自今以后竟在我这里作寓,不要到厦处去,省得自己起锅动灶,多费盘缠。"吴尔知被曹妙哥说着海底眼,又有这一段美意,便眉开眼笑起来。从这日起,就住于曹妙哥处。曹妙哥道:"你可曾娶妻?"吴尔知道:"家寒哪得钱来娶妻?"曹妙哥道:"你这般贫穷,怎生度日?你可有什么技艺来?"吴尔知道:"我会得赌,喝红叫绿,颇是在行。"曹妙哥道:"这便有计了。你既会得赌,我做个圈套在此,不免叫几个惯在行之人,与你做成一路,勾引那少年财主子

① 卑田院——本作"悲田院",为古代佛寺救济贫民之所。

弟。少年财主子弟全不知民间疾苦,撒漫使钱。还有那贪官污吏做害民贼,刻剥小民的金银,千百万两家私,都从那夹棍拶子、竹片枷锁,终日敲打上来的,岂能安享受用? 定然生出不肖子孙,嫖赌败荡。还有那衙门中人,舞文弄法,狐假虎威,吓诈民财,逼人卖儿卖女,活嚼小民。还有那飞天光棍,装成圈套,坑陷人命,无恶不作,积攒金银。此等之人,决有报应,冤魂缠身,定生好嫖好赌的子孙,败荡家私,如汤浇雪一般费用,空里得来巧里去,就是我们不赢他的,少不得有人赢他的。杭州俗语道:'落得拾蛮子的用。'若有人来落场时,你休得说出真名姓,今日改姓张,明日改姓李,后日改姓钱,如此变幻,别人便识你不出。我将本钱与你,专看势头,若是骰子兴旺,便出大注,若是那人得了彩头,先前赢去,须要让他着实赢过,待后众人一齐下手,管取一鼓而擒之。你若积攒得来,以为日后功名之资,何如?"吴尔知喜从天降,便拍手道:"精哉此计! 吾当依计而行。"曹妙哥便去招那十个惯赌之人,来与吴尔知结为相知之契。那十个人都有诨名:

　　白赢全　金来凑　赵一果　伍万零　到我家
　　屈杀你　咱得牢　王无敌　宋五星　锁不放

　　话说这曹妙哥画出此计,把这十个人与吴尔知八拜为交,从此为始,招集那些少年财主子弟、贪官污吏子孙,做成圈套局赌。那吴尔知原是赌博在行之人,盆口精熟,又添了这十个好弟兄相帮,好不如意。看官,你道那些惯赌之人,见一个新落场不在行的财主,打个暗号,称他为"酒",道有一盅酒在此,可来吃,大家都一哄而来,吃这盅酒,定要把这一盅酒,饮得告干千岁、一覆无滴,方才罢休。哪怕千钱万贯,一入此场,断无回剩之理,定要做《四书》上一句道是"回也其庶乎,'屡空'二字。"这一干人真是拆人家的太岁凶神,奉劝世人岂可亲近! 曾有赌博经为证:

　　　　赌博场中,以气为主。要看盈虚消息之理,必熟背孤击虚之情。三红底下有鬼,断要挪移;劈头就掷四开,终须变幻。世无长胜之理,鏖战久而必输;我有吞彼之气,屡取赢而退步。衔红夹绿,须要手快眼明;大面狭骰,定乘战酣人倦。色旺急乘机而进,少挫当谨守以熬。故知止便尔无输,苟贪多则战自败。若识盆中巧妙,定然一掷千金。

　　话说吴尔知得了这几个帮手,赚了许多钱钞,数年之间,何止三五千金,连帮手也赚了若干银子,只吃亏了那些少年子弟。曹妙哥见积攒了这许多银子，便笑对吴尔知道："我当日道，若积攒得钱来，以为日后功名之资。"吴尔知道："我这无名下将，胸中文学只得平常。《西游记》中猪八戒道得好，'斯文斯文，肚里空空'，我这空空之肚，只好假装斯文体面，戴顶巾子，穿件盛服，假摇假摆，将就哄人过日。原是一块精铜白铁的假银，没有什么程色，若到火上一烧，便就露出马脚，怎生取得'功名'二字？"曹妙哥道："你这秀才好傻，那《牡丹亭记》说得好，'韩子才虽是香火秀才，恰也有些谈吐。'你怎么灭自己的威风？你只道世上都是真的，不知世上大半多是假的。我自十三岁梳笼①之后，今年二十五岁，共是十三个年头，经过了多少举人、进士、戴纱帽的官人，其中有得几个真正饱学秀才、大通文理之人？若是文人才子，一发稀少。大概都是七上八下之人、文理中平之士。还有若干一窍不通之人，尽都侥幸中了举人、进士而去，享荣华，受富贵。实有大通文理之人，学贯五经，才高七步，自恃有才，不肯屈志于人，好高使气，不肯去营求钻刺，反受饥寒寂寞之苦，到底不能成其一官。从来说，'一日卖得三担假，三日卖不得一担真。'况且如今试官，若像周丞相取那黄崇嘏做状元，这样的眼睛没了。那《牡丹亭记》上道：'苗舜钦做试官，那眼睛是碧绿琉璃做的眼睛，若是见了明珠异宝，便就眼中出火，若是见了文章，眼里从来没有，怎生能辨得真假？'所以一味糊涂，七颠八倒，昏头昏脑，好的看做不好，不好的反看做好。临安谣言道：'有钱进士，没眼试官。'这是真话。如今又是秦桧当权，正是昏天黑地之时，'天理人心'四字，一字也通没有。你只看岳爷爷这般尽忠报国，赤胆包天，忠心贯日，南征北讨，费了多少辛苦，被秦桧拿去风波亭，轻轻断送了性命，连一家都死于非命，谁怕你那里去叫了屈来？又不曾见半天里一个霹雳，把秦桧来打死了。如今世道有什么清头、有什么是非？俗语道：'混浊不分鲢共鲤。'当今贿赂公行，通同作弊，真个是有钱通神。只是有了'孔方兄'三字，天下通行，管甚有理没理，有才没才。你若有了钱财，没理的变做有理，没才的翻作有才，就是柳盗跖那般行径、李林甫那般心肠，若是行了百千贯钱钞，准准说他好如孔圣人、高过孟夫子，定要保举他为德行的班头、贤良方正的第一哩！世道至此，岂不可叹？你虽读孔圣之

---

① 梳笼——同梳拢，旧指妓女第一次接客伴宿。妓院中处女只梳辫，接客后梳髻，因称"梳拢"。

书,那'孔圣'二字全然用它不着。随你有意思之人,读尽古今之书,识尽圣贤之事,不通时务,不会得奸盗诈伪,不过做个坐老斋头、衫襟没了后头之腐儒而已,济得甚事? 你可曾晓得近来一个故事么?"吴尔知道:"咱通不知道。"曹妙哥道:"近日有一个相士与一个算命的并一个裁缝,三人会做一处,共说如今世道变幻,难以赚钱,只好回家去。这两个问这相士道:'你相面并不费钱,尽可度日,怎么要回去?'相士道:'我先前在临安,相法十不差一,如今世道不同,叫做时时变、局局迁,相十个倒走了九个。'这两个道:'怎生走了九个?'相士道:'昔人方头大面者决贵,今方头大面之人不肯钻刺,反受寂寞。只有尖头尖嘴之人,他肯钻刺,所以反贵。'那个算命的也道:'昔人以五行八字定贵贱,如今世上之人,只是一味财旺生官,所以我的说话竟不灵验。'那个裁缝匠道:'昔做衣因时制宜,如今都不像当日了。即如细葛本不当用里,他反要用里,绉纱决要用里,他偏不肯用里;有理的变做无理,无理的变做有理,叫我怎生度日?'据这三个人看将起来,世道都是如此。况且如今世上戴纱帽的人分外要钱,若像当日包龙图这样的官,料得没有。就是有几个正气的,也不能够得彻底澄清。若除出了几个好的之外,赃官污吏不一而足,衣冠之中盗贼颇多,终日在钱眼里过日,若见了一个'钱'字,便身子软做一堆,连一挣也挣不起。就像我们门户人家老妈妈一般行径,千奇百怪,起发人的钱财,有了钱便眉开眼笑,没了钱便古董了这张嘴。世上大头巾人多则如此,所以如今'孔圣'二字,尽数置之高阁。若依那三十年前古法而行,一些也行不去,只要有钱,事事都好做。有《邯郸记》曲为证:

　　有家兄打圆就方,非奴家数白论黄。少了它呵,紫阁金门路渺茫,上天梯有了它气长。

　　从来道,家兄极有行止,若把金珠引动朝贵,那文章便字字珠玉矣。此时真是钱神有主、文运不灵之时。我如今先教你个打墙脚之法。"吴尔知道:"咱汴梁人氏,并不知道杭州的市语。怎生叫做'打墙脚'之法?"曹妙哥道:"譬如打墙,先把墙脚打得牢实端正后,方加上泥土砖瓦,这墙便不倾倒。如今你素无文名,若骤然中了一个进士,毕竟有人议论包弹着你。你可密密请一个大有意思之人做成诗文,将来装在自己姓名之下,求个有名目的文人才子做他几篇好序在于前面,不免称之赞之、表之扬之,刻放书版,印将出去,或是送人,或是发卖,结交天下有名之人,并一应戴纱帽的官人，将此诗文为进见之资。若是见了人，一味谦恭，只是闭着那张鸟嘴，不要多说多道，露出马脚。谁来考你一篇二篇文字，说你是个不通之人，等出了名之后，明日就是通了关节，中其进士，知道你是个文理大通之人，也没人来议论包弹你了。你只看如今黄榜进士，不过窗下读了这两篇臭烂括帖文字，将来胡遮乱遮，熬衍成文，遇着彩头，侥幸成名，脱白挂绿，人人自以为才子，个个说我是文人，大摇大摆，谁人敢批点他'不济'二字来。"吴尔知听了这一篇话，如梦初醒，拍手大叫道："精哉此计！"即便依计而行。

　　妙哥果妙哥，尔知真尔知。

　　话说吴尔知自得此法之后，凡是有名之士来到临安科举，或是观风玩景来游西湖之人，吴尔知即时往拜，请以酒肴，送以诗文，临行之时，又有赆礼奉赠。那些穷秀才眼孔甚小，见吴尔知如此殷勤礼貌，人人称赞，个个传扬。他又于乌纱象简、势官显宦之处，掇臂奉屁，无所不至。因此名满天下，都堕其术中而不悟。但见：

　　目中仅识得"赵钱孙李"，胸内唯知有"天地玄黄"。借他人之诗文张冠李戴，夸自己之名姓吾著尔闻。终日送往迎来，驿丞官乃其班辈；一味肆筵设席，光禄寺是其弟兄。翻缙绅之名，则曰某贵某贱；考时流之目，且云谁弱谁强。闻名士笑脸而迎，拜官人鞠躬而进。果是文理直凭居人后，钻刺应推第一先。

　　话说秦桧有个门客曹泳，是秦桧心腹，官为户部侍郎。看官，你道曹泳怎生遭际秦桧，做到户部侍郎？那曹泳始初是个监黄岩酒税的官儿，秩满①到部注阙上省。秦桧押敕，见曹泳姓名大惊，即时召见，细细看了一遍道："公乃桧之恩人也。"曹泳再三思想不起，不知所答。秦桧又道："汝忘之耶？"曹泳道："昏愚之甚，实不省在何处曾遭遇太师。"秦桧自走入室内，少顷之间，袖中取出一小册子与曹泳观看。首尾不记他事，但中间有字一行道：某年月日，得某人钱五千、曹泳秀才绢二匹。曹泳看了，方才想得起，原先秦桧未遇之时，甚是贫穷，曾做乡学先生，郁郁不得志，做首诗道：

　　若得水田三百亩，这番不做猴狲王。

———————————

　　①　秩满——官吏任期届满。

　　后来失了乡馆,连这猴狲王也做不成了,遂到处借贷,曾于一富家借钱,富家赠五千钱,秦桧要再求加,富家不肯。那时曹泳在这富家也做乡学先生,见秦桧贫穷,借钱未足,遂探囊中得二匹绢赠道:"此吾束脩之余也,今举以赠子。"秦桧别后,竟不相闻。后来秦桧当国,威震天下,只道另有一个秦丞相,不意就是前番这个秦秀才也。曹泳方才说道:"不意太师乃能记忆微贱如此!"秦桧道:"公真长者。厚德久不报,若非今日,几乎相忘。"因而接入中堂,款以酒食,极其隆重。次日,教他上书改易文资,日升月转,不上三年之间,做到户部侍郎,知临安府。

　　那时曹泳为入幕之宾,说的就灵,道的就听,凡丞相府一应事务,无不关白。曹泳门下又有一个陆士规,是曹泳的心腹,或是关节,或是要坑陷的人,陆士规三言两语,曹泳尽听。那时曹妙哥已讨了两个粉头接脚,自己洗干身子,与吴尔知做夫妻,养那夫人之体。一日,陆士规可可的来曹妙哥嫖她的粉头,曹妙哥暗暗计较道:"吴尔知这功名准要在这个人身上。"遂极意奉承,自己费数百金在陆士规身上。凡陆士规要的东西,百依百随,也不等他出口,凡事多先意而迎,陆士规感激无比。曹妙哥却又一无所求,再不开口,陆士规甚是过意不去。一日,曹妙哥将吴尔知前日所刻诗文送与陆士规看,陆士规久闻其名,因而极口称赞。曹妙哥道:"这人做得举人、进士否?"陆士规道:"怎生做不得? 高中无疑。"曹妙哥道:"实不相瞒,这是我的相知。不识贵人可能提挈得他否?"陆士规日常里受了曹妙哥的恭敬,无处可酬,见是他的相知,即忙应道:"卑人可以预力,但须一见曹侍郎。待我将此诗文送与曹侍郎看,功名自然唾手。"曹妙哥就叫吴尔知来当面拜了。陆士规就领吴尔知去参见曹侍郎,先送明珠异宝、金银彩币共数千金为贽见之礼。曹泳收了礼出见,陆士规遂称赞他许多好处,送诗文看了。曹泳便极口称赞吴尔知的诗文,遂暗暗应允,就吩咐知贡举的官儿与了他一个关节。辛酉、壬戌连捷登了进士,与秦桧儿子秦熺爌、侄秦昌时、秦昌龄做了同榜进士。那时曹泳要中秦桧的子侄,恐人议论,原要收拾些有名的人才于同榜之中,以示公道无私、科举得人之意,适值陆士规荐这个宿有文名的人来,正中了曹泳之意。那秦桧又说曹泳得人,彼此称赞不尽。看官,你道这妓女好巧,一个烂不济的秀才,千方百计,使费金银,买名刻集,骗了世上的人,便交通关节,白白拐了一个黄榜进士在于身上,可不是千古绝奇绝怪之事么? 吴尔知遂把《登科录》上刊了曹氏之名。有诗为证：

> 十载寒窗未辛苦，九衢赌博作生涯。
> 八字生来凭财旺，建安七子未为嘉。
> 六月鹏搏雌风盛，身跨五马极豪华。
> 四德更宜添智巧，三星准拟照琵琶。
> 二人同心营金榜，一天好事到乌纱。

　　话说吴尔知登了进士，选了伏羌县尉，曹妙哥同到任所而去。转眼间将近三年之期，乙丑春天。怎知路上行人口似碑，有人因见前次中了秦桧的子侄，心下不服，因搬演戏文中扮出两个士子，推论今年知贡举的该是哪个。一个人开口道："今年必是彭越。"一个人道："怎生见得是彭越？"这个人道："上科试官是韩信，信与彭越是一等人，所以知今岁是彭越。"那一个人道："上科壬戌试官何曾是韩信？"这个人道："上科试官若不是韩信，如何取得三秦？"众人大惊。后来秦桧闻知大怒，将这一干人并在座饮酒之人，尽数置之死地。遂起大狱，杀戮忠良不计其数，凡是有讥议他的，不是刀下死，就是狱中亡，轻则刺配远恶军州，断送性命。秦桧之势愈大，遂起不臣之心。秦桧主持于内，曹泳奉行在外，其势惊天动地。那时吴尔知已经转官，曹妙哥见事势渐渐有些不妥，恐日后有事累及，对丈夫道："你本是个烂不济的秀才，我勉强用计扶持，瞒心昧己，骗了天下人的眼目，侥幸戴了这顶乌纱。天下哪里得可以长久侥幸之理，日久必要败露，况且以金银买通关节，中举中进士，此是莫大之罪。明有人非，阴有鬼责，犯天地之大忌，冒鬼神之真恨，冥冥之中，定要折福折寿。如今秦相之势惊天动地，杀戮忠良，罪大恶极，明日必有大祸。况你出身在于曹泳门下，日后冰山之势一倒，受累非轻。古人见机而作，不如休了这官，埋名隐姓，匿于他州外府，可免此难。休得恋这一官，明日为他受害！"吴尔知如梦初醒，拍手大叫道："贤哉吾妻，精哉此计！"即便依计而行，假托有病，出了致仕①文书，辞了上官，遂同夫人赍了些金银细软之物，改名换姓，就如范蠡载西子游五湖的光景，隐于他州外府终身，竟不知去向。果然，秦桧末年连高宗也在他掌握之中，奈何他不得。幸而岳爷有灵，把秦桧阴魂勾去，用铁火箸插于脊骨之间，烈火烧其背，遂患背疽，如火一般热，如盘

---

　　① 致仕——辞官，交还官职。

子一般大，烂见肺腑，甚是危笃。曹泳却又画一计策，待高宗来视病之时出一劄子，要把儿子秦熺代职。劄子写得端正，高宗来相府视病，秦桧被岳爷爷拿去，已不能言语，但于怀中取出劄子，要把儿子秦熺代职。高宗看了，默然无言，出了府门，呼干办府事之人问道："这劄子谁人所为？"干办府事之人答道："是曹泳。"秦桧死后，高宗遂把曹泳勒停，安置新州，陆士规置之死地。若当日曹妙哥不知机，吴尔知之祸断难免矣。曾有古风一首，单道这妇人好处：

　　世道歪斜不可当，金银声价胜文章。
　　开元通宝真能事，变乱阴阳反故常。
　　赌博得财称才子，乱洒珠玑到处扬。
　　悬知朝野公行贿，不惜金银成斗量。
　　曹泳得贿通关节，谬说文章筹策良。
　　一旦白丁列金榜，三秦公子姓名张。
　　平康女士知机者，常恐冰山罹祸殃。
　　挂冠神武更名去，谁问世道变沧桑！

第二十一卷

假邻女诞生真子

古冢①狐，妖且老，化为妇人颜色好。

头变云鬟面变妆，大尾曳作长红裳。

徐徐行傍荒村路，日欲暮时人静处。

或歌或舞或悲啼，翠眉不举花颜低。

忽然一笑千万态，见者十人八九迷。

这首诗是白乐天《古冢狐》歌，说古冢的妖狐，变作美貌妇人眩惑男子，其祸不可胜言。看官，你道这狐怎么能变幻惑人？此物原是古时淫妇人所化，其名"紫紫"，化而为狐，亦自称"阿紫"，在山谷之中，吸日月精华之气，夜中击尾出火，便就能成精作怪；在地下拾起死人髑髅，顶在头上，望北斗礼拜，若髑髅不坠，便化形为美妇人。彩草叶以为衣，或歌或泣于路旁；又其媚态异常夺人，所以从来道"狐媚"，路人不知，往往着他道儿；又身上狐臊之气，男人皆迷，但觉遍体芳香，若知他是野狐，便腥臊不堪闻矣。曾有一人走入深山古冢之间，忽见美女数十人，香闻数十步，都走将来，携了这人的手，同入深僻之处。这一群美人拖的拖、扯的扯，要他淫媾。这人知道定非人类，念起《金刚经》来，忽然口中闪出一道金光，群美人踉跄化为妖狐而走，但闻得腥臊之气扑鼻，遂寻路而归，免其患难。原来狐口中又有媚珠，迷人之时，将此媚珠吐出，其人昏迷，不知人事，便为彼迷惑。此物北方甚多，南方还少，所以道南方多鬼，北方多狐。狐千岁化为淫妇，百岁化为美女，为神巫，为丈夫，与女子交接，能知千里外事，即与天通，名为"通天狐"。昔日吴郡一人姓顾，名旃②，与众打猎深山，忽闻有人说话道："咄咄，今年时运衰！"顾旃同众人看视，并不见有人。众人都惊异道："深山之中，这是谁说话？"四下寻觅，见一古冢之中，坐着一个

---

① 冢（zhǒng）——坟墓。

② 旃（zhān）。

老人，面前有簿书一卷、朱笔砚一副，老人对书观看，把手指一一掐过，若像算数之意，口里不住叹息道："今年时运衰，奸得女人甚少。"正在叹息，一只猎犬闻得狐臊臭，唿喇一声钻入冢内，将老人一口咬杀，却是一个野狐精。众人赶入冢内，看其簿书，都是奸淫女人姓名，已经奸过的，朱笔勾头，未经奸过的，还有数百名在上。众人翻看，顾旆的女子名字已在上面，众人女子亦数名在上，还有已经奸过的。众人忿怒，将此野狐砍做肉泥，簿书实时烧毁，除此一害。你道这狐岂不可恶？

在下未入西湖上的故事，且说唐朝元和年间，青、齐地方一个许贞秀才，年登二十余，未有妻房，为人磊落聪明，春榜动、选场开，收拾起琴剑书箱，带了两个仆从，上路行程，向长安进发。许贞平生性好放生，凡一应网罟①之人捉捕狐兔，许贞一见便赎取而放之。不则一日，放舍物命也不知多少了。此时向长安进发，渐渐到于陕中。那陕中一个从事官，与许贞是金兰契友，见许贞到来，不胜欢喜，安排酒筵畅饮。许贞再三要别，出得门来，看看日落西山，烟迷古道，一连行了十余里，许贞大醉，就在马上梦寐周公起来。那马走得快，扑簌簌一声响，许贞一个倒栽葱，从马上坠将下来，就在荒草地上放睡。一觉睡醒，挣起来一看，但见月影微茫，草木丛杂，竟不知是何处，连马也通不见了。两个仆从预先担了行李望前奔走，也不知去了多路。许贞自言自语道："四下无路，又无村店，倘遇虎狼，怎生是好？"只见月影之下一条小路，还有马尿足迹，遂依路径而去。

走得数里，忽然见甲第一区，甚是华丽，槐柳成行，许贞只得上前叩门。一个小童出来，许贞说了缘故，并问道："这是谁家宅子？"小童道："李员外宅子。"小童就邀许贞进于客座之内。那客座极其清整，壁上名画，桌上都是经史图籍，坐榻茵褥也都华丽。小僮转身进去，禀了李员外。员外出见，年五十余，峨冠博带，仪容文雅，与许贞相见，分宾主而坐。许贞道："因与故人痛饮，不觉坠马失路，愿借一宿。"李员外鞠躬而敬道："久慕高谊，天赐良会，请之尚不能来，今幸见临，是老夫之幸也。"就叫小童整理酒肴，霎时间摆列整齐，又叫守门人役四处追寻许相公仆马，一壁厢与许贞谈说，言语清妙，宾主甚是畅适。少刻，守门人役寻得仆马都到，直饮到夜深而罢。次早，许贞辞别要行，李员外苦死强留，许贞感其厚意，

---

①　罟（gǔ）——捕鱼的网。

又留一宿。明日始行。

到得京都,将及月余,忽有人叩门,许贞开门出看,见一丈夫并仆从数人,称进士独孤沼来拜访。许贞见了礼,独孤沼道:"某在陕中,前日李员外谈说足下妙处,非常之喜,他有爱女要与足下结姻。足下不论功名利与不利,明日还到陕中,就访李员外,谢其雅意。"许贞甚喜。独孤沼见许贞应了亲事,出门作别而去。许贞不期下第,胸中郁郁不乐,收拾东归,就到陕中访李员外。李员外满心欢喜,遂着独孤沼为媒,成就了洞房花烛之事。许贞娶得妻子,标致出群,甚是相得。

过了数月,许贞带了妻子还归青、齐,双双拜见父母。众人见李氏标致,都啧啧称赞。从此与李员外家中往来,担了酒肴美物,时时不绝。许贞素喜道教,每日清晨,便诵《黄庭内景经》一卷,李氏劝道:"你今好道,宁知当日秦皇、汉武乎?彼二人贵为天子,富有四海,竭天下之财以求神仙,终不能得,一个崩于沙丘,一个葬于茂陵。今君以一布衣思量求仙,何其迂远耶!"许贞也不听李氏之言,日日诵读不辍。经三年之后,又上京求取功名,得中进士,授兖州参军。许贞带了李氏到任,数年罢官,仍归齐、鲁。又过了十余年,李氏共生七子二女,虽然生了许多男女,标致颜色,仍旧不减少年。许贞更觉欢喜,说她自有道术,所以颜色终久不变。许贞与她共做了二十余年夫妻,恩爱有加。一日,忽然患起一场病来,再不得好。许贞极力延医调治,莫想挽回得转,渐渐垂危,执了许生之手,呜咽流泪而告道:"妾自知死期已至,今忍耻以告,幸君哀怜宽宥,使妾尽言。"遂执手大哭不住。许生再三问其缘故,李氏只得实说道:"妾家族父母感君屡蒙救拔之德,无可恩报,遂以狐狸贱质奉配君子,今已二十余年,未尝有一毫罪过,报君之恩亦已尽矣。所生七子二女,是君骨血,并非异类,万勿作践。今日数尽,别君而去,愿看二十年夫妻之情,不可以妾异类,便有厌弃之心,愿全肢体,埋我土中,乃百生之赐也。"说罢大哭,泪如涌泉。许生惊惶无措,涕泪交下,夫妻相抱,哭了半日。李氏遂把被来蒙了头面,转背而卧,顷刻之间,忽然无声。许生揭开被来一看,却是一狐死于被中。许生感其情义,殡葬一如人礼。过了几时,自己到于陕中访李员外,但见荒蒿野草,墟墓累累而已。遍处访问,并无李员外家眷,惆怅而归。方知果是狐族,因屡次救其种类,所以特来报恩耳。过了年余,九个儿女死了四个,尸骸亦都是人,这五个俱长大成人,承了宗祀。你道狐狸感德,变成妇人,与男人生子,这不是一件极异的事么? 然不是西湖上的事,如今说一个西湖上的事,与看官们一听。

　　从来狐媚不可亲,只为妖狐能损人。

　　试看搽脂画粉者,纷纷尽是野狐身。

　　话说这个故事,出在元世祖登基之后,临安海宁县一个儒生,姓罗名哲字慧生,年登十八岁,父母双亡,未有妻室,遂读书于临平山谷中,书室甚是幽雅。谷口有一方姓之家,系是世家,邸第宏丽,烟火稠密。罗慧生因是父母亡后服制未满,又不好便议姻亲,无人料理家事,遂隔十余日回家去看视一次,催督小厮耕其田园。春日打从方家门首经过,垂杨夹道,门径萧疏,见一女子侧身立于门首,生得如何? 但见:

　　鬓染双鸦,颜欺腻雪。湛湛秋水拂明眸,馥馥红蕖衬两颊。玉天仙子,隐映乎蟾宫;人世王嫱,缥缈于凤阙。就使老实汉,也要惹下牵肠割肚之债;何况嫩书生,怎不兜起钻心彻骨之情。

　　话说罗慧生看见了这个美貌女子,好生做作。那女子见这书生俊雅丰姿,也不免以目送情,似有两下流连之意。忽然远远一起人将来,女子急移莲步,闪身入去。罗慧生只得退步前奔,到得了书房之内,好生放心不下,害了几日干相思的病症。过得十余之日,又要回去,这一次去,明明是要再见女子之面,饱看一回之意。不期三生有幸,果然走到门首,那美貌女子又立出在门首。今番比前次更自不同,因是见过一面之后,倍觉有情。见罗慧生来,把门闭其一扇,开其一扇,隐身门内,真如月殿嫦娥,隐隐约约于广寒桂树之间。惹得那罗慧生捉身不住,定睛看了许久,又不好立住脚跟,光溜溜只管看着,只得移步前行,回转头来又看了几眼,扬扬而去,就像失魂的一般,走一步不要一步。罗慧生自从两见娇姿之后,揽了这个相思担儿,日重一日,再三抛撇不下。有只《海棠春》词儿为证:

　　越罗衣薄轻寒透,正画阁风帘飘绣。无语小莺慵,有恨垂杨瘦。

　　桃花人面应依旧,忆那日擎浆时候。添得暮愁牵,只为秋波溜。

　　话说罗慧生相思这女子时刻无休。这日到书馆中伏枕而卧,一念不舍,遂梦至方氏门首,四顾无人,渐渐走至中庭,只见桃李满径,屋宇华丽,罗慧生也无心观看景致,从东轩转至深闺,恰好女子在房中刺绣,一见罗慧生便离却绣床,笑迎如旧相识。两人低低说了几句知心知趣的话儿,遂携手入于兰床,成其云雨之事。事毕,那女子好好送罗慧生到于门首,再三叮嘱道:"夜间早来,勿使妾有倚门之望。"说罢,女子转身进去,罗生缓步而回,到其书室,醒将转来,却是南柯一梦。罗慧生再三叹息道:"可惜是梦,若知是梦,我不回来,挨在女子房内,这梦不醒,便就是真了。多了这一醒,便觉是梦,甚为扫兴。若以后做梦,我只是不回来,梦其如我何哉!"次日,罗慧生打点得念头端正,到晚间上床,果然又梦到女子之处。那女子比昨日更觉不同,房中满焚沉速①,其香氤氲异常,床中鸳鸯枕褥都换得一新,笑对罗慧生道:"昨日郎君匆匆而去,妾好生放心不下,知郎君是有情之人,决然早来赴约,所以凡事预备。"就在房中取出酒果,与罗慧生对饮。饮得数杯,女子面如桃花,红将起来。慧生淫心大动,就搀女子入于床上。女子道:"郎君何须急遽如此?妾与君正有卜夜②之欢,从来道'慢橹摇船捉醉鱼',今日之谓矣。"罗慧生与女子解带脱衣,衾枕之间,极尽淫乐。两人就如颠狂的柳絮一般,绸缪了一夜,忽然金鸡喔喔而叫,那女子急急推罗慧生起来道:"恐父母得知,受累不浅。"慧生只得踉跄而归,醒来甚是懊悔。作两句道:

　　恨杀这鸡儿叫,把好事断送了。谁与我赶开这只鸡儿也,直睡到日头晓。

　　话说这罗慧生精神牢固,虽然梦中两夜与女子交接,真元一毫也无漏泄。这日晚间,黄昏将尽,罗慧生又思量去伏枕而卧,做个好梦。那时书馆中僮仆俱已熟睡,忽闻得有叩门之声,静听即止,少顷又叩,果然是:

　　敲弹翠竹窗棂下,试展香魂去近他。

　　话说罗慧生听得连叩数次,自起执烛开门。打一看时,不见万事俱休,一见见了捉身不住。你道是谁?原来就是方家美女。怎生模样?

　　淡妆素服,羞杀调脂傅粉之人;雾鬓云鬟,娇尽踽齿折腰之辈。弓鞋窄窄,三步不前,四步不后,如风摆花枝;媚眼盈盈,一顾倾城,再顾倾国,似香萦蛱蝶。举体有袅娜态度,浑身尽绰约丰神。

　　话说罗慧生见是方家美女,喜出望外,那女子一见了,反觉娇羞,有退步欲走之状。罗慧生梦中尚然寻他,何况女子亲身下降,怎肯放舍?便上前深深作揖道:"难得小娘子深夜见临,是小生三生有幸之事。怎生反欲

----

① 沉速——由沉香和速香合成的香料。
② 卜夜——这里是尽情欢乐整夜不止之意。

瞥然而去？请进书房,细谈衷曲何如？"女子只得含羞轻移莲步,慢摇玉珮,缓步而入,深深向罗慧生道个万福,每欲启齿,又微笑不言。罗慧生见她娇羞宛转,欲言又止者数次,遂对她道:"既蒙小娘子枉顾,有话即说,何为再三隐忍？况此处夜静人幽,正好说其衷曲。"那女子方才微微开口道:"前日郎君两过荒舍,感君顾盼之情,不能自定,遂两夜频频梦见。今伺父母睡熟,乘夜至此,欲与郎君夜话。又念桑中①之奔,有玷于闺门,又恐郎君未鉴奴心,为郎君所外,所以既至而彷徨,欲言而隐忍也。"罗慧生道:"承小娘子不弃,感佩实深,何敢见外？况小娘子瑶台阆苑之仙女,小生乃一介之寒儒,将天比地,求之不得。小娘子既云两夜梦见,小生亦两夜相逢。不唯登其堂而入其室,且同其衾而共其枕矣。两人情重,所以见之梦寐,岂非五百年前结下之缘乎？又何言桑中之约耶！"女子道:"君有妻未曾？"罗慧生道:"小生因父母双亡,尚在服制之中,所以还未曾议亲。"女子道:"妾亦未曾许字谁家,深闺处女,岂肯向人轻结私期？郎君有心,若不弃陋质,异日勿使妾有一马负二鞍之辱,但聘则为妻,奔则为妾,所以妾虽至而尚踌躇也。"罗慧生遂于炉中满炷名香,搂过女子,双双拜倒,指天矢日,永不相舍,拜完,便欲同睡。女子道:"幸近君子清光,可不闻清韵乎？"罗慧生道:"小生幼牵举业,其于诗句未尽所长,试强为之,幸勿笑哂。"遂提起笔来做一首道:

　　蟾宫此昔谪仙人,夜静风生幽谷春。

　　胜会未逢先有梦,良情已洽更加真。

　　事如人合皆天合,莫遣真心幻爱心。

　　满祝姮娥归阙去,桂花好把一枝分。

罗慧生诗完,女子击节叹息道:"真天才也,不负为君之妻矣。"罗慧生便邀她入帐共寝。女子道:"妾亦有句奉和,"也随笔续一首道:

　　他时金屋贮佳人,不识淇园别有春。

　　坐后犹疑朱户梦,灯前认取墨花真。

　　柳条始拂东风困,葵萼终坚赤日心。

　　先腊孤芳和靖见,清香更许属谁分。

诗完,罗慧生再三叹道:"佳而且捷,岂非佳人也哉！"两人淫兴如狂,

---

①　桑中——语出《诗经》,指男女私奔幽会之处。

双双携手,入于帏帐之中。这场风流,非同小可。但见:

> 怯怯娇姿,未谙云情雨意;纤纤弱质,那禁露折风吹。始初似稚柳笼烟,在若远若近之际;继之如残花着雨,在欲低欲坠之间。星眼微曚,几番开而复闭;柳腰乍转,顷刻定而还摇。絮絮叨叨,说的是知心知趣之话;翻翻覆覆,做的是快情快意之图。

话说罗慧生与女子颠鸾倒凤了一夜,那罗慧生就像吃了久战不泄之丹,系了金枪不倒之药的一般,再不泄漏,直到五鼓,方才兴阑。女子不觉失声叫道:"噫,五百年工夫,坏于今夕矣。"罗慧生问道:"怎么缘故?"女子道:"君只道妾果是方氏女乎?"罗慧生道:"然则汝为谁家女子?"女子道:"妾非人也,乃深山之老狐也。妾炼形以求仙,始初吐故纳新,昼伏深林以吸其气,夜走高山之顶,吞月华,饮天露,继则广采诸人之精以加益焉。凡采男女之精,俱于梦寐之中得之,前见郎君与方氏女门首相会两次,彼此俱属有情,所以夜间特来幻惑君身,冀采君之精,以助我修炼之资。不意君精牢固,梦寐之间,竟不可得。故复变成方氏女子,亲身引诱。不意君精神强旺,坚闭已甚,适君之阳方施,而妾已不觉阴精漏溢。俗语道:'无梁不成,反输一帖。'此之谓矣。今妾已怀娠,他日生子,则妾身死,而五百年苦身修炼之仙业毁矣,岂非天之绝我哉?"说罢,大哭不止。罗慧生亦觉歔欷。女子道:"妾与君诞生一子,亦是宿缘,勿以妾为异类而有厌秽之心。方家女子甚是贤惠有德,妾当托梦与彼父母,以成就君之姻事,异日方氏抚字我子,当如亲儿也。"说罢,遂欲起身作别而去。又道:"去此十四月,明年十月矣。是月十五日巳候,妾当诞育子于灵隐山上之塔后。君幸念我今日之情,勿嫌异类,收瘗①妾尸,葬于土中。此子是君之骨血,可为收取,付与方氏抚养成人。此子异时必成进士。进士录中可书母名曰令狐氏。妾虽在九泉之下,亦感德也。至嘱至嘱。"说罢,大哭而去。罗慧生亦甚是不忍。

那狐精果然于梦中变成九天玄女,五色霞光灿烂,吩咐方氏父母道:"汝女与罗慧生有宿世之缘,应为夫妇,当有贵子降生,不得违吾法旨。"道罢,驾云而去。方氏父母信以为真,只道是真正是九天玄女下降,怎敢有违?罗慧生随叫媒人到方家议亲,父母颇信梦中之言,一说一成,遂嫁

---

① 瘗(yì)——掩埋。

与罗慧生,倒赔妆奁,极其华丽,合卺之夕,喜不可言。灯下细看女子模样,宛似前日狐精一毫无二,慧生不甚惊异,将前缘后故,一一对女子说知。女子大怒道:"以吾深闺守礼之女,几同桑间淫奔之妇,幸尔败露,不然吾为妖狐所污,受累多矣。"慧生道:"妖狐虽有害于尔,亦有助于尔,为我结百年鸾凤姻缘,亦非细事。况且说尔甚是贤惠有德,欲以己子奉托,亦岂可谓无情者哉?"女子方才释然。正是:

> 雪隐鹭鸶飞始见,柳藏鹦鹉语方知。

话说罗慧生与女子成亲之后,甚是相得。女子果然贤惠有德,不虚妖狐之称。不觉光阴似箭,看看到了明年,是日罗慧生急急到于西湖灵隐塔后,未至数步,果然闻得小儿啼声,急走至前,但见鲜血淋漓,婴儿啼哭于血中,一狐死其侧。仍有一首诗题于纸上,墨渍犹新。那诗道:

> 君不见天地有成毁,万物亦难留。我盼仙炼资人益,不道之人反吾收。我思蜕凡骨,凌驾天衢游,沧桑与蓬岛,来往应同休。此事于今良已矣,依然枯骨葬荒丘。五百精英萃一子,明时却预登瀛州。贤书标母令狐氏,赢得声名遍九州。

罗慧生见之大哭,遂抱狐体埋葬于山后,抱了儿子而归,与自己面貌一毫无二。果然方氏爱如己出,抚养成人长大,教他读书,聪明无比,弱冠遂登科第,官至翰林学士。后亦敕葬其母,尽人子之道,春秋祭祀不绝,题其墓曰"精灵冢"。此系杭城老郎流传。有诗为证:

> 假作精英幻慧生,有情有意笑相迎。
>
> 子生特欲标名姓,何事妖狐酷好名!

第二十二卷

宿宫嫔情殢①新人

昔日东坡好说鬼,我今说鬼亦如之。

青灯夜雨黄昏后,正是书斋说鬼时。

话说昔日括苍有个儒士,颇好吟其诗句,一日远出探望亲眷,走到蒋家岭过,忽然天上洒下一阵雨来,儒士口里微微吟一句诗道:

山前山后雨濛濛。

吟得诗完,岭旁忽然见一宅子中一个女子,极有颜色,隔帘做绣作,接口吟一句道:

才入桃源路便通。

儒士大以为异,又吟一句道:

偶向堂前逢绣女。

那女子在帘中,也接一句道:

岂知帘外有诗翁。

儒士又吟一句道:

三春杨柳家家绿。

女子也接一句道:

二月桃花处处红。

儒士又吟道:

欲问今宵端的事。

那女子也吟道:

想来只在梦魂中。

儒士大喝道:"你莫不是鬼么?"忽然宅子并女子一齐通不见了。儒士打一看时,但见一个孤冢,草木荒凉而已,惊得一身冷汗。自此之后,便不敢打从这条岭上经过。

---

① 殢(tì)——困扰,纠缠。

再说唐朝广州押衙官崔庆成，辖香药纲解于内库。到于皇华驿舍，崔庆成不知这个馆驿是个凶地，夜晚忽然见个美妇人走到面前，深深道个万福，娇声细语地道："妾今夜来见郎君，郎君毕竟疑心妾是个淫奔女子，不肯与妾成其婚姻之事。今日妾若舍弃郎君而去，好风良月，怎生虚度了韶光？妾心甚是牵挂。等待郎君再来，那时成其配偶，郎君切勿作负心人可也。"说罢，袖中取出一张纸来，送与崔庆成看，上面写有十二个字：

　　川中狗　　百姓眼　　马扑儿　　御厨饭

崔庆成不解其意。那美妇人道："君再来时，解说与妾听便是。"说罢，轻移莲步，袅袅婷婷而去。崔庆成情知是个鬼怪，不敢声言，次早急急整顿了香药纲，往前路进发。不则一月解到内库，交割了公事，缓辔而回，仍旧经于此地，好生心惊胆战，遂不敢宿于皇华驿舍，另觅民居借宿。到得黄昏后，想起前番妇人，暗暗地道："妖精妖精，今番寻不着我矣。"胸中方才道罢，怎知那个妖精是有千里眼、顺风耳的，就在屏风背后徐徐踱将出来，道个万福道："郎君别来数十日，教妾好生牵挂，魂梦不安，怎生不到妾跟前来，成其好事？却要妾远远寻候，郎君真是薄情人也。十二字可曾解得出否？"崔庆成默然无言。那妇人叫声："青衣何在？"青衣应声走出。妇人吩咐道："速办酒肴来，我与郎君成其亲事。"青衣应声而去。霎时间，青衣将着酒肴盘盏放在桌上，劝崔庆成饮酒。崔庆成就如泥塑木雕的一般，怎敢沾唇？那妇人放出千般袅娜、万种妖娆之势，撒妖撒痴，倒在怀里，搂住崔庆成身体，定要行其云雨之事，就像《西游记》中陷空山无底洞金鼻白毛老鼠精，强逼唐三藏成亲一样。崔庆成却有老主意，断然不肯。缠缠绵绵，直到四更时分，缠得那妇人怒起，写一首诗道：

　　妖魄才魂自古灵，多情心胆似平生。

　　知君不是风流物，却上幽原怨月明。

写诗已罢，怒叫一声："众鬼使何在？"屋角边闪出百十个鬼使，或青或红，或有角或无角，都是獠牙露嘴、奇形怪状之相，一齐道："俺娘子天上神仙，看这打脊魆魆、馄饨浊物，怎生有福消受俺娘子，俺娘子不如去休！"正是：

　　留得五湖明月在，何愁无处下金钩。

看那美人目如火星爆将出来，众鬼使并青衣一齐簇拥而去，打灭了灯火，冷风彻骨逼人。崔庆成惊得魂不附体，幸而不伤性命。后来与宰相裴度说知此事,裴度详此十二字道:"川中狗,蜀犬也,是个'独'字。百姓眼,乃民目也,是'眠'字。马扑儿,爪子也,是个'孤'字。御厨饭,官食也,是个'馆'字,乃'独眠孤馆'四字,淫鬼求配之意。"崔庆成方悟。后来人再不敢经过此驿。果是:

> 精气为物,游魂为变。

> 夜中说鬼,如见其面。

话说天顺中庆元县,有个书生,姓邹名师孟,字宗鲁,年登二十一岁;丰姿秀雅,长于诗词歌赋,博学高才,无所不能,无所不会,排行第六,人称他为"邹六郎"。素闻杭州山水之美、西湖之胜,遂带僮仆二人到于杭州地方,寓居候潮门外,凡是胜迹名山、琳宫梵宇,无日不游、无日不玩,真真把一个西湖胜景,满满装在胸中。游了一年有余,不胜神情飞动,意气鼓舞,异日做个山水闲人。又想会稽山水为天下第一奇观,当日王羲之、谢安石酷爱山阴山水,又说"山阴道上应接不暇",不知怎生妙处,但游西湖而不游山阴,毕竟是件缺典。遂渡江而来,寻了寓处,终日往来于镜湖、兰亭、禹陵之间,真是"千岩竞秀,万壑争流",看不尽的胜迹名山。邹师孟一日独自一个信步往来,走入宋朝陵寝之地,不胜再三叹息道:"昔宋朝累代俱是宽仁爱民之主,并无失德,怎生遭杨琏真伽这个恶秃驴酷暴之祸,臭鞑子恁般可恨,真是犬羊禽兽,深可痛恨!不知宋朝与他前世怎生结下冤仇,受此惨毒之苦。幸亏得唐义士救取,不然,三百余年仁爱之君被此贼污秽,岂不可恨?"说罢,不胜恨恨。

> 偶然感慨前朝事,可胜歔欷凭吊深。

话说邹师孟一边想,一边走,不知不觉渐渐走至一处。但见:

> 高山峻岭,峭壁层峦。高山峻岭,有遮天蔽日的大树危松;峭壁层峦,有生云起雾的奇峰怪石。万木欹斜偃蹇,似百千鬼魅伸出拿龙捉虎之形;千峰突兀崔嵬,如亿万修罗张开吞人啖兽之口。藤萝屈曲,蛟蛇蟠挂枝头,好生怕恐;瀑布湍飞,雷霆震响岩下,怎不惊惶!鸦拍乌啼,种种疑为伏魅,狐行兔窜,萧萧尽属愁魂。

话说邹师孟不知不觉渐渐走入这个险恶山林,好生惊恐,进前不可,退后不能,又无童仆随身,又无樵人可问,只得信步而行。看看晚烟笼野,宿鸟归巢,草木之中窣窣,又似有人行走之声,一发惊恐起来,也不知是虎狼,也不知是鬼魅,顷刻之间,咫尺昏迷,不能进步,心中甚是懊悔。忽然见丛林之中隐隐有一点灯光,暗暗地道:"谢天地,此处有个人家,不免上前借宿一宵,再作去处。"望着这一点灯光,一径走将上去,脚高步低,跌跌蹭蹭,约摸走了半里路,忽然见个高门大第,这一点灯光从大门缝里射将出来。邹生近前仔细抬起头来一看,门前苍松翠柏,成行排列,石狮石虎,分列两旁,好生齐整。邹师孟轻轻把门叩上数声,听见呀地一声,门开处走出一个青衣童子,大声喝道:"你是何等样之人,半夜三更在此叩门?"邹师孟只得赔个小心,低声下气地道:"在下系游山玩水之人,贪看景致,不觉夜深迷路,前不巴村,后不巴店,只得大胆仰叩潭府,借宿一宵。"那童子便转口道:"既是游山玩水之人,怎生得有房子顶在头上走哩!但我是以下之人,作不得主,须进去禀过娘娘,方敢应承。"说毕,转身进去,半晌出来道:"适才禀过娘娘,娘娘已允,请相公进内相见。"童子执烛前行领路,转弯抹角,走过了几处,都是画栋雕梁,高堂大厦,竟似帝王家宫阙一般。到得中堂,但闻兰麝馥郁,玉佩丁当,堂上数个女童,簇拥着一个少年美貌妇人。邹师孟抬起头来一看,怎生模样?但见:

形颜似玉,姿态如珠。乌鬓巧结云鬟,峨然高髻;绿帔绣成凤彩,艳尔宫装。淡淡蛾眉,新月初生可掬;盈盈星眼,秋水点注堪怜。金凤斜飞,玉钗横挂。太真何故再来尘苑?西子新时降下瑶台。

那美人降阶而迎,分宾主而坐。青衣女童捧过茶来,茶味甚是芳香。茶罢,美人开唇露汉署之香,启齿出昆山之玉,悠悠地问道:"先生何处人氏?何故深夜见临?"邹师孟答道:"小生邹师孟,系庆元县人氏。生平宿耽山水之趣,因来贵地访山阴道,贪观景致,不觉日暮途穷,措身无地,特叩仙府,但宿一宵,实出唐突,万勿见罪!"美人道:"耽山玩水,此是高人雅致。妾僻处深山,猿鹤为邻,松柏为友。不意高贤深夜见临,是妾之幸也,勿以深山荒僻鄙亵为罪。"邹师孟再三致谢。美人就命侍女设酒肴款待,顷刻之间,酒筵罗列,肴馔芳香。邹师孟饥饿了一日,酒到竟不辞让,接杯便饮。美人见邹生量高,就命侍女取过巨杯来相劝,那杯是黄金琢成,异宝镶嵌,宝色辉煌,可容一升之酒。邹生酒量颇高,一饮而尽。美人坐于下席,只用小杯相陪。叫二个美女唱曲,一穿锦绣彩衣,一穿杏红花服,走将过来,手执牙板,缓揭歌喉,唱一曲以侑酒道:

金屋银屏畴昔景,唱彻鸡人眠未醒。故宫花草夜如年,尘掩镜,笙歌静,往日繁华都是梦。

天上晓星先破瞑,明灭孤灯随只影。翠眉云鬓麝兰尘,空叹省,
成悲哽,无数落红堆满径。

二美女歌完,美人蹙眉道:"勿歌此曲,徒增伤感。"不觉扑簌簌滴下
几点珠泪,落于衫袖之上。邹师孟起坐问道:"卑人深夜唐突,过蒙雅爱,
实出望外。不敢请问仙娥高姓,阀阅①何郡,郎君何人,又不识何以伤感,
乞道其详。"美人含泪而言道:"妾本姓花,贱名春丽,临安府人也,世居于
此二百余年。先夫赵禥,表字咸淳,与妾为夫妇,不幸十年而亡。妾今寡
居在此,誓若有人能咏四季宫词者,不论其门第高下,即与成婚。寻之数
年,杳无其人。妾见先生丰姿秀丽,言词典雅,既系耽山恋水之人,定有文
人才子之笔,试为妾一吟何如?"邹师孟道:"但恐鄙俚,有尘清听耳。"那
两个侍女即时捧过一幅花笺,却是莺凤金花笺纸,极其光彩华丽;捧过一
枝笔来,又是墨玉管一枝;细看那墨,又是双龙捧日,墨上有"龙香御制"
四字,香气喷溢,精光夺目;砚又是铜雀台瓦砚。邹师孟见了种种稀奇之
物,心花顿开,不觉技痒,即挥《春词》一首道:

  花开禁院日初晴,深锁长门白昼清。

  侧倚银屏春睡醒,绿杨枝上一声莺。

《夏词》一首道:

  荷风拂鬓鬓鬅影,粉汗凝香沁臂纱。

  宫禁日长人不到,笑将金弹掷榴花。

《秋词》一首道:

  桂吐清风满凤楼,细腰消瘦不禁愁。

  朱门深闭金环冷,独步楼台看女牛。

《冬词》一首道:

  金炉添炭烛摇红,碎剪琼瑶乱舞风。

  紫禁孤眠长夜冷,自将锦被傍熏笼。

话说邹师孟立刻题宫词四首,文不加点,左右侍女都啧啧称赏。花春
丽不胜赞叹道:"咏出宫词,若身处其地者,真才子也。即使李太白、李益
二人操笔,想亦不过如此矣。妾今芳年无主,形影相依,幸遇君子才华出
众,风流文雅,妾不违昔日盟誓,愿托终身。郎君亦不可异心,从此偕老,

———————————

 ① 阀阅——本指有功勋的世家,这里是敬词,犹称贵府。

永效于飞,不知郎君不见弃否。"那邹师孟是年少无妻之人,说到此处,便眉开眼笑,满脸堆下笑来道:"小生湖海飘零之人,幸遇仙娥,不弃尘凡,愿谐伉俪,是小生之幸,岂敢有负于仙娥乎? 但恨鄙贱,不足以仰配金屋佳人耳。"说罢,彼此挑情,淫思如火。左右侍女急撤酒筵,忙整鸾衾凤褥,两人携手入室。邹师孟看不尽那房中繁华,金玉古玩器皿,遂解衣就寝,云情雨意,两相交会,口送丁香,腰摆杨柳。云雨初完,美人就枕上咏诗一首道:

> 一别深宫几度秋,妆台尘锁不堪愁。
>
> 故园冷落凌波袜,尘世烘腾海屋筹。
>
> 阴伉俪谐阳伉俪,新风流是旧风流。
>
> 追思向日繁华地,尽付湘江水上沤。

那邹师孟正在酣美之际,亦不详他诗中之意,但与美人尽情取乐,竭尽生平之力奉承美人,美人亦乐此不为疲也。次日早起,美人就留邹师孟住于院中,不令邹生外出,行则同肩,寝则叠股,如鸳鸯一般,时刻不离。怎见得他两人乐处?

> 邹生年少无妻,今日乍尝滋味,吃一顿,又要一顿。花氏青春缺偶,夜来拾得宝珠,采一颗,又要一颗。师孟岂肯孟师,犹如柳絮颠狂。春丽正当丽春,一任游蜂扑撷。邹生道:"看汝风流性情,怎生硬熬得数年凤离鸳只?"花氏道:"觑恁坚强力量,可惜虚做了半世鹄寡鸾孤。"邹生道:"倘元红若在,可喜的更胜今宵。"花氏道:"虽含苞已破,现在的再留明日。"

说不尽那两人恩爱之情。且说邹师孟的两个童仆,经日不见相公回来,好生着忙,四处抓寻,并不见一毫踪影,遍问山人樵子,并无消息。只得各处贴下招子,也无影响。一连寻了三月,竟无动静,连报信的通没一个。两人疑心落了虎狼之口,或被盗贼杀死,或擦死在山崖之间,只得痛哭收拾而归,取路回庆元,报与家中父母知道。父母闻知,一哭几死,无可奈何,只得招魂葬于山中。

> 浑如刘阮天台去,直至如今竟未归。

不说他父母在家招魂之事,且说邹师孟因游山游出好处,无妻的忽然有了个妻子,且又生得绝世无双。比如世上的人,无妻的要寻个妻子,千难万难,就是破费了珠钗花朵、金银彩币,常常婆不出一个好妻子。如今邹师孟不费一文钱，忽然得了个好妻子，又做起入赘女婿来，头顶她的瓦，脚踏她的地，穿她的，吃她的，受用她的，睡的是牙床锦帐，动用的都是金银琉璃器皿，邹师孟便乐而忘返，不觉将及一年有余。忽然一日，花氏叫侍女安排酒肴，极其丰盛。邹师孟道："何故今日如此盛设？"花氏道："灯前对酌，尽此一日之欢。"说完了这一句，不觉涕泪交下。邹生大加诧异道："深蒙不弃，俯赐姻缘，美人今日何出此言？莫不是小生有什么得罪之处么？"花氏道："非也，妾本欲与郎君共期偕老，不料上天降罚，祸起萧墙，今日尽此一欢，明朝便当永别。郎君速宜远避，如其不然，祸且及君矣。"邹生大惊，再三问其缘故，花氏只是不说，一味悲恸而已。邹生再三与她拭泪，只是不解。虽然上床云雨，花氏只是叹息，连邹生亦无意兴。花氏吟诗一首道：

> 倚玉偎红甫一年，团圆却又不团圆。
>
> 怎消此夜将离恨，难续前生未了缘。
>
> 艳质将成兰蕙吐，风流尽化绮罗烟。
>
> 谁知大数明朝尽，人力如何可胜天！

花氏吟一句，悲哭一句，直至天色微明。花氏急急起来，又与邹生抱头而哭。哭毕，天已大明，遂慌慌张张催促邹生出外。邹生不忍，尚有留恋之意，不肯出门。花氏道："郎君速走，祸就来矣。"急急把邹生推出门外，邹生还立住着脚，不肯行走，花氏大声叫道："郎君速走，若少迟延，性命不免！"邹生只得踉跄而奔，不上半里之程，忽然阴云四合，白昼有如黑夜。邹生慌张，急急走入树林中躲避。少顷之间，雷雨交作，霹雳数声，火光遍天，已而云收雨散。邹生疑心，再往前村看视，并无华屋美人，但见树林之中，有一古墓，被雷震坏，枯骨交加，髑髅震碎，遍流鲜血。邹生惊得瞪目口呆，罔知所措。有诗为证：

> 狂风霹雳电交加，震碎骸骨可叹嗟。
>
> 华屋美人竟谁在，始知山鬼弄叉丫。

话说那邹师孟见了，慌张之极，遂急走忙奔，依稀还认得旧路，寻路而归于寓所。主人惊问道："相公哪里去了这一年？尊管家一连寻了三月，不见下落，疑心被虎狼所伤，或死于盗贼之手，痛哭了一场，收拾回去久矣。相公怎生去了一年方回？"邹生喘息少定，方才一一说出缘故，如此如此。主人惊道："是了是了，此处相传有花春丽，是宋度宗的嫔妃，其墓在此山之侧。相公所遇，想是此鬼无疑。"邹师孟想了一会道："度宗姓赵，名禥，咸淳是当时年号，宋之陵寝都在此山。自宋朝咸淳年间至今，实是二百余年，断然是宫妃无疑。所以屋宇华丽，金碧辉煌，更兼服食器皿、文房四宝，都是帝王家物。但我在此一年有余，恐家童奔回家去，错报我已死，惊惶我父母，怎生是好？"遂急急走还故乡。父母一见，只道是鬼，细细说出缘故，方知是真。后父母要为他娶妻，邹师孟自受用了花春丽之后，世上一切美貌妇人，都看得不在眼里，又感花氏之情，坚执不肯，时时萦其怀抱。后来父母亡过，邹生亦无心恋家，看得世缘甚轻，遂修炼出家，云游各省，不知其所终。有诗为证：

　　　死鬼恋生人，生人贪活鬼。

　　　死鬼尚有情，无情不如鬼。

第二十三卷

救金鲤海龙王报德

长忆西湖湖水上，尽日凭阑楼上望，三三两两钓鱼舟，岛屿正清秋。　笛声依约芦花里，白鸟成行忽飞起。别来闲想整纶竿，思入水云寒。

这是潘逍遥忆西湖《虞美人》词。话说西湖之妙，更不必言，还有稀奇古怪之事，以资听闻。且说张生煮海一事做个头回。话说当先有个张羽字伯腾，潮州人氏，在海边石佛寺读书。夜静月明，无以消遣，将七弦琴抚弄一回。那时适值东海龙王第三个女儿名琼莲小姐，同梅香翠荷到海边游玩，听得寺中弹琴之声，甚是悠扬好听，感动了琼莲小姐一片怀春之念，缓步而来，到于书窗之下，细看那张羽仪表非俗，强似那水晶宫张牙舞爪、披鳞带角之辈，便有心来亲近，要与张羽结为夫妻。遂轻轻叩门三下，张羽出来开门，见了这么一个绝世美人，轻盈袅娜，貌若飞仙，先已魂消七分，急急叩问姓氏。只见那女子破朱唇一点，慢慢答道："妾身龙氏三娘，小字琼莲，见秀才弹琴，因听琴至此，敢问秀才高姓尊名？"那张羽喜之不胜，乐之有余，一口气地读将出来，便道："小生无妻。"琼莲小姐与翠荷都微微地笑将起来。张羽见她两个笑，便道："此是小生真实之话，休得取笑。敢问小娘子有夫无？若是无夫，不弃寒微，嫁了小生如何？"琼莲道："奴家父母在堂，怎生自做得主？若是秀才不弃之时，须到亲庭，问婚于父母。奴家有冰蚕①织就鲛绡②帕一方，权为信物。秀才执此为信，到八月中秋之日，到龙宫来，招你为婿。"说罢，将鲛绡手帕投与张羽，便撇然而去。张羽走到书房外细觅，并无踪迹，但见手帕其白如雪，异香扑鼻，知非世间之物。却又想道："她在龙宫，怎生飞得去？适才心慌缭乱，不曾问得个细的。俺与她有尘凡之隔、水陆之分，毕竟怎么缘故方才渡得到龙

---

① 冰蚕——古代传说中的一种蚕。
② 鲛绡——传说中鲛人（人鱼）所织的绡。亦泛指薄纱。

宫,与她相会,就如当日柳毅传书到洞庭去,要寻大橘树叩三下,方才进得洞庭宫殿。俺不曾问得琼莲小姐进龙宫之方,怎生是好? 难道俺承她这般美意,与了信物,好撇了这头亲事不成?"走到海边,想:"小姐既许了俺为妻,一定有个方儿,教俺进去。"遂一直地跟寻到沙门岛,也不管是中秋不是中秋,预先思量通个信息。怎知走到海边,但见波涛滚滚,白浪滔滔,并无小姐踪迹,连翠荷也不见个影儿。你道那张羽好傻,终日在海边叫天叫地地道:"琼莲小姐,你与俺鲛绡手帕,许俺为妻,叫俺中秋来成亲,怎生不见影儿? 小姐,你休得失信!"叫完又拜,拜完又叫,不则一日,这分明是痴想、妄想、呆想。怎知心坚石穿,虔诚拜祷之极,果然感动了一位神仙。这神仙是蓬岛芝仙,正赴瑶池大会,打从半空中过,只听得海岸边有个傻秀才在那里叫拜连天,哀哀怨怨,数数说说,蓬岛芝仙哀其痴情,按下云头,与他三般法宝:

银锅一只　金钱一文　铁杓一把

蓬岛芝仙吩咐张羽道:"可将铁杓取海水舀在锅儿里,放金钱在水内,煎一分此海水去十丈,煎二分去二十丈,若煎干了锅儿,海水见底,龙王慌张,必然招你为婿也。"道罢,驾祥云而去。张羽望空磕头礼拜。有诗为证:

任他东海滚波涛,取水将来锅内熬。

此是神仙真妙法,姻缘有分见多娇。

话说张羽得了蓬岛芝仙这三般法宝,便用三角石头把锅儿支起,将铁杓舀取海水,放下金钱,下面烧起火来。只见火气十分旺相,那海水滚沸起来,海水渐渐减少,把个水晶宫煎得像香水混堂一般热,满宫中口鼻生烟。慌得那虾兵蟹将、鲛怪鱼精只叫干燥难过,连那《西游记》内的奔波儿灞、灞波儿奔身上都烧得燎浆大泡。海龙王慌张,不知是什么缘故,差巡海夜叉四围探视,只见这个秀才在那里滋滋地作用。巡海夜叉急忙问道:"你这秀才,俺龙宫与你没甚冤仇,你怎生煎俺龙宫?"张羽道:"你宫中琼莲小姐来石佛寺听琴,把鲛绡手帕赠俺,许俺中秋夜成亲。你快些禀知龙王,招俺为婿便罢,若道半个不字,俺便煮干这海,叫你一窝儿都是死。"巡海夜叉道:"你哪里得这几件物事,在此兴妖作怪?"张羽道:"俺蒙蓬岛芝仙付与三件法宝,教俺如此作用。"巡海夜叉慌张,急忙奔入水晶宫禀知此事。龙王龙婆逼问琼莲小姐,小姐不敢做声,梅香翠荷在旁,一一说了备细。龙王只得遣鳖相公、鱼夫人为媒,迎接张羽做女婿。张羽遂收拾起这三般法宝,海水如旧,同入水晶宫。红遮翠拥,高结彩楼,洞房花烛,成其夫妇之乐。遂有两句口号流传道:

　　石佛寺龙女听琴,沙门岛张生煮海。

　　话说元朝第一个才子,姓杨讳维桢,字廉夫,号铁崖,又号铁笛道人,是浙江绍兴诸暨县人。父亲杨宏,母李氏,曾梦见月中一个金钱闪闪有光,坠怀而生。杨廉夫长大,胸中曾读数千卷书,诗词歌赋,落笔惊人,以此名闻天下,四方之士,慕名求见者,不计其数。得他片纸只字,便以为宝,若到江东,不见得杨廉夫一面,即以为缺典。就是王公贵人,也没这般贵重。姑苏一个姓蒋的人家,敬重杨廉夫的才名,其儿子只得八岁,便以千金来聘杨廉夫去做先生,教儿子读书。旁人都道:"你儿子只得八岁,如何要这个好先生来教书? 若用了三五十两银子,请一个先生训诲,未必无益,怎生要费千金请个天大的先生在家? 不过是务名而已。从来有才之人,有名无实,哪里肯真真实实地训诲?"那姓蒋的人道:"兄长只知其一,不知其二。人家儿子初读书起,就如小孩子初生出来吃开口乳一般,吃了这娘母的乳,便一生像这娘母光景。所以开口乳第一要吃得好,若开口乳吃得好时,毕竟到底无差。若以千金教子,异日儿子好时,岂止千金值钱? 若是儿子不好,千金之费不过纵儿子数月嫖赌之用。千金不为过也。"众人方以为是。姓蒋的人来请杨廉夫,杨廉夫道:"但能依我三件事便来,若不依这三事,绝不来也。"即说三事道:

　　一不拘日课　二资行乐之费　三须十别墅以贮家人

　　杨廉夫说了这三事,蒋主人一一都依从,遂请杨廉夫到于吴淞书房居住。杨廉夫生性豪奢,不比穷秀才行径,跟了数十个家人而去。主人恭敬杨廉夫如恭敬父母相似,凡有所欲,无不如意。若有四方之士来求见的,蒋主人即以美酒佳肴款待,并无厌倦之心。凡是名胜之处,俱以名妓陪侍,饮酒作乐,纵杨廉夫嬉游玩耍。杨廉夫教学生亦不拘常格,只教他读古书,并不教他习一毫括帖①之学。如此三年,主人几费万金。

　　杨廉夫选刻诗集,那些慕名之士俱要挨身进来,求选一首在集内,以为光荣,都以金帛投赠,甚至跪而求选。杨廉夫亦断然不肯徇情,以此人

----

①　括帖(tiě)——亦即"帖括",泛指科学应试文章。明清时也指八股文。

人大恨。杨廉夫一日出游市上，见渔翁网一尾金色鲤鱼，有三尺多长，不住泼泼剌剌地跳，遂以三百文钱赎而放之湖中，那金色鲤鱼徘徊顾望久之，方才鳞竖鬣张而去。有诗为证：

> 物命须当惜，金鱼更可怜。
>
> 劝人宜买放，时有老龙焉。

话说那金色鲤鱼之中，时有神龙变化，就如那孙思邈因救了金色鲤鱼，后来遂证神仙之位。又有一个书生因井中打水，打上一尾金色鱼，遂杀鱼做羹醒酒，是夜忽天上降下一尊金甲神，立于庭中道："上帝以子擅杀龙王，功名富贵寿算克减已尽。"书生因此遂死。杨廉夫救了这金色鲤鱼，也不在话下，后自有应。

泰定年间，杨廉夫以《春秋》登进士第，做赤城知县，后转钱清、海盐知县，做到江西等处儒学提举。但生性一味刚直，不肯苟且求合于人，兼之素有才子之名，一发人多忌刻，以此不得直伸其志。适值元末红巾贼起，四方都有干戈，杨廉夫叹息道："天下乱矣，做官何为？"遂弃官而归。那时只得四十岁，遂遍游天下名山胜景，登天目、霅溪①、九龙山，涉洞庭缥缈七十二峰，东抵于海，登小金山，遍穷山水之趣。尝说道："天地间的山水，此是从来第一部活书，人不读这部活书，却去读那几句纸上的死书，怎生有益？"素爱西湖山水之美，挈妻子住于吴山之铁崖岭，遂号为"铁崖"，人都称为杨铁崖先生。种绿萼梅数百株于其上，建层楼积书数万卷，日日在西湖游玩，无春无冬、无日无夜不穷西湖之趣，竟似西湖水仙一般。因赋《西湖竹枝词》道：

> 苏小门前花满株，苏公堤上女当垆。
>
> 南宫北使须到此，江南西湖天下无。

> 鹿头湖船唱报郎，船头不宿野鸳鸯。
>
> 为郎歌舞为郎死，不惜真珠成斗量。

> 家住西湖新妇矶，劝郎不唱《金缕衣》。
>
> 琵琶元是韩朋木，弹得鸳鸯一处飞。

---

① 　霅（zhà）溪——浙江吴兴的别称。

　　湖口楼船湖日阴，湖中断桥湖水深。
　　楼船无柁是郎意，断桥无柱是侬心。

　　病春日日可如何？起向西窗理琵琶。
　　见说枯槽能卜命，柳州巷口问来婆。

　　小小渡船如缺瓜，船中少妇《竹枝歌》。
　　歌声唱入箜篌调，不遣狂夫横渡河。

　　劝郎莫上南高峰，劝侬莫上北高峰。
　　南高峰云北高雨，云雨相催愁杀侬。

　　石新妇下水连空，飞来峰前山万重。
　　不辞妾作望夫石，望郎或似飞来峰。

　　望郎一朝又一朝，信郎信似浙江潮。
　　浙江潮信有时失，臂上守宫无日消。

　　杨廉夫这首《竹枝词》传播出去，一时文人才士倡和的共数百家之多。还有钱塘女士曹妙清、张妙净，吴郡薛兰英、惠英姐妹二人，都赋竹枝词奉和，诗词倾动天下，抄写传诵的纷纷，遂刻板成集，西湖因此纸价顿贵。

　　杨廉夫极有声色之癖，尝娶三妾，一名柳枝，一名桃花，一名杏花，这三个妾都有姿色。他那姓蒋的门生也中了甲科，成其名士，因先生有声色之癖，常要买个绝世美人以备洒扫。恰好广陵人携一个美人来，姿色无比，兼且长于诗词，妙于歌舞，索价千金。那门人道："此闺阁中之钟子期也，不买与先生却买于谁？"遂以千金买之，送与杨廉夫为妾。杨廉夫一看，与这三妾果自不同。但见：

　　目如秋水，色似明霞。两鬓乌云染成，双靥桃花生就。口中含两行白璧，唇上衬一点琼瑛。春笋纤纤，无情参玉版；金莲窄窄，有意踏香尘。若耶①人遇若耶人，西湖子怜西湖子。

杨廉夫看这美人出色，因赋《西湖竹枝词》，就取名为"竹枝娘"。这竹枝娘服侍杨廉夫极其勤敏，与这三个柳枝、桃花、杏花甚是相得，又绝无一点专宠之念，因此这三个爱她如姐妹相似。竹枝诗词之余，又好做那奇巧女工，在手指上结成方锦，五色炫烂，众人都以为奇。竹枝道："这何足为奇？若是龙宫锦绣用冰蚕丝织成，水火不能坏也。"众人道："世上有此，亦为奇矣，况龙宫乎？"

杨廉夫精于音律，曾游洞庭山中。猴氏掘地得一块古莫耶之铁，铸为笛，长一尺九寸，上铸九窍，其声非常清越。猴氏遂将此笛献与杨廉夫，杨廉夫甚喜，因改号为"铁笛道人"。每每夜静月明吹将起来，真有穿云裂石之声。杨廉夫尝对竹枝道："尔亦能吹此笛否？"竹枝道："妾虽能，然不敢吹。"杨廉夫道："怎生不敢吹？"竹枝道："妾闻笛有《君山古弄》，海可养，蛇龙可呼，不可轻易奏也。"廉夫道："你既知《君山古弄》，必能奏此曲，试为我一奏，何如？"廉夫再三强之，竹枝只微笑而不言。从此载了这四个美姬到处遨游，廉夫吹笛，四姬应声而舞，风流之名彻于都下。他一个相好朋友叶居仲寄首诗道：

> 闻道西湖载酒还，飞琼弱翠拥归鞍。
> 可无私梦登金马，剩有春声到玉銮。
> 异国顿消乡井念，小堂新作画图看。
> 野人未纳彭宣履，独向清溪把钓竿。

只因杨廉夫负了冠世的才名，看人不在眼里，凡是做那张打油诗句的人，杨廉夫都把他做奴仆一般看待。遂人人怀忿恨之心，个个起嫉妒之意，因他纵情声酒，故意做首口号取笑他道：

> 竹枝柳枝桃杏花，吹弹歌舞拨琵琶。
> 可怜一代杨夫子，化作江南散乐家。

杨廉夫闻之，也全不在心上道："此等人亦何足与语，只当驴鸣犬吠而已。"不觉光阴似箭，日月如梭，竹枝服侍杨廉夫已经十四年，异常聪明，异常小心，一旦无疾而终。死之日，有白气一道从顶门而出，贯于碧空

---

① 若耶——亦作"若邪"。此应为溪名。相传西施浣纱于此，故一名浣纱溪。也指山名，在浙江绍兴市南。

之间，久而方散。众人都以为异，方知不是寻常之人。廉夫不胜叹息，遂葬于西湖之上。正是：

世间好物不坚牢，彩云易散琉璃脆。

话说竹枝死后已经三年，杨廉夫八月中秋因荷艳桂香，月光如洗，水天一色，遂倚阑吹笛而歌道：

小江清，大江清，美人不来生怨愁。吹笛水西流。

又歌道：

东飞乌，西飞乌，美人手弄双明珠。几见乌生雏。

杨廉夫歌毕，心中甚是不乐，想起竹枝死经三年，竟无知音之人，不觉闷上心来。忽然见一个青衣童子走上船来禀道："恩主有请。"杨廉夫并不相识，问道："怎生称为'恩主'，汝主还是何人？"童子道："请恩主前行，便知端的。"童子在前引路，廉夫随步而行。行至一处，竟如王者宫殿，门首都是锦衣花帽之人，童子先入宫门去禀。霎时间，鼓乐喧天，开门迎接，走出二位龙王来迎。怎生打扮？

头戴通天之冠，身穿衮龙之袍，腰系碧玉之带，足践步云之履。

话说这二位龙王鞠躬迎杨廉夫而入，口口声声称："大恩人有请。"杨廉夫不知所谓。走至正殿，抬起头来一看，却见"水晶宫"三字。二位龙王再拜谢道："暂屈恩人至此，欲伸陈谢。"谢毕，遂逊杨廉夫坐于上席，二位龙王自分宾主而坐，那宾是东海龙王，主是西湖龙王。先是东海龙王作谢道："吾乃东海龙王是也。二十年前，三小女变成金色鲤鱼出游，不意误遭渔人之网，几死非命，幸蒙恩人赎放。凡今日之余生，皆恩人之所赐也。一家感德，无以为报，特遣小婢假做人间女子，服侍十四年，少报万一之德，以尽吾父子之情。本欲多侍数年，奈冥数已尽，只得取之而归。今三小女年长，遂缔婚于西湖龙王，为其子妇，今当于归之期，是两家儿女骨肉至情，皆出恩人垂救之余，特屈恩人至此，少伸报谢之意。老夫子数年前，曾将恩人垂救之德，并一生宦迹，刚直不阿之志，具表奏闻昊天金阙玄穹高上帝。"即口诵表文道：

伏以德莫大于好生，行莫先于直气。臣女鱼服，误入余且之网，自分必死，无可回生，臣举家号恸，率属悲怜。幸有好生君子、不忍高人杨维祯，解钱而赎命，释死而就生，虽蚍蜉微忱，不敢上尘天听，而寸草衔结①，思报洪恩，况维祯生当乱离之际，劲同百炼之钢，贞似千秋之柏，一生宦迹可嘉，到处行藏不愧。伏乞特旨隆佑，以章下界好德之风。臣不胜惶恐之至。

东海龙王诵完表文，西湖龙王便道："西湖自白乐天归海山院，苏东坡为上界奎星之后，这西湖便十分减色。今幸恩人称扬赞叹，备极表章，作《竹枝词》耸动天下，使西湖气色为之一新。老夫管辖西湖，颇受荣施，山水有功，自当报德。即会同敝亲具表奏闻。"也口诵表文一通道：

伏以开浚泉源，利泽最溥②，表章山水，功德弥长。臣管辖西湖，历有年载。白乐天返海山之驾，而湖水无光；迨③坡仙登奎宿之躔④，而山灵削色。兹有杨维祯者，锦心绣口⑤，在其笔端。山色湖光，储其胸次。《竹枝词》甫倡，四海裀同调之歌；桂楫轻摇，千里把偕游之侣。虽复裙歌扇，无玷圣明，乃至玉骨冰肌，倍增眉目。抉开鲛室宝，处处生光；探取骊龙珠，颗颗欲舞。臣受恩非浅，感德弥深，特叩龙楼，仰祈凤诏。

二处表文奏上玉帝，玉帝览表，即命太白星官颁下诏书道：

览表具省，下界杨维祯秉刚直之心，怀好生之德，表章西湖山水，厥功懋焉。敕所在六丁侍卫，无染干戈，康强福履，以成高士。命终之日，敕署蓬莱都水监，以代陶弘景之职。钦哉！

二龙王诵定，即忙起贺，杨廉夫不胜感激称谢。二龙王即命龙子龙女出来拜谢，鼓乐喧天，笙歌鼎沸。杨廉夫不肯受拜，二龙王命左右搀扶住了，定要受拜。杨廉夫无可奈何，只得受拜。却见那龙子、龙女果是一对少年夫妻，光艳无比。龙女命侍女取出自己织的鲛绡二匹为赠，杨廉夫不肯受。东海龙道："此系小女自织之锦，卿表孝顺之情。然是至宝，水火不能坏也。"廉夫方才肯受。龙子、龙女谢了，自入宫而去。一壁厢命

---

① 衔结——即衔环结草，喻报恩之情。

② 溥(pǔ)——广大。

③ 迨(dài)——等到。

④ 奎宿(xiù)之躔(chán)——奎星所居之处。奎宿，星宿名。古人多因其形似文字而认为它主文运和文章。

⑤ 锦心绣口——形容文思优美，词藻华丽。

排筵席,陆珠海珍,非常华盛,女乐交作,有《龙宫宴》诗为证:

> 龙宫之宴不寻常,水晶宫殿玳瑁梁①。
>
> 明珠异宝锦绮张,黄金屋瓦白玉堂。
>
> 珊瑚之株七尺长,虹流霞绕光气扬。
>
> 金炉馥郁焚异香,锦瑟鸾笙歌凤凰。
>
> 陈尊列俎气芬芳,云劈麟脯刲红羊。
>
> 东海奇珍西海姜,琼厄玉液罗酒浆。
>
> 长鲸巨蛟忙两厢,左右嫔御盛明珰。
>
> 惊龙游鸿舞飞翔,中有一人美趋跄。细看却是竹枝娘。

杨廉夫细看舞女中一人,宛似竹枝状貌,却不敢做声。东海龙王道:"恩人识此人否?此即竹枝也。奈冥数当终,只得取之而归,非老夫有吝也。"即命竹枝捧碧玉杯为寿。杨廉夫道:"汝死经三年,吾日夕忆念,今却在此,汝亦忆念否?"竹枝道:"彼此俱然,但冥数有不可耳。"杨廉夫道:"汝既已死,如何又得在此?"竹枝道:"妾乃龙女也,龙能变化,前日脱身而来,非死也。明日开棺而看,便知端的。"说罢,觥筹交错,筵宴已毕。二龙王仍命童子捧此鲛绡二匹,鼓乐鼎沸,送出宫殿拜别。杨廉夫到得船上,失足坠于水中,欠伸而醒,恍惚是南柯一梦。见鲛绡二匹在于桌上,腹中甚是饱胀,酒气冲人,耳中隐隐闻得音乐之声,二龙王言语光景,历历如在目前。知是身游水府,与梦寐不同。细看鲛绡上面,隐起龙凤之形,试以水洒之,云气氤氲,以火试之,并不焦灼。方知真是神物,始信前日竹枝之言一字非虚,遂宝而藏之。后开竹枝棺木来看,果是一具空棺而已。

后来杨廉夫身体康强,肌肤光润,并无一日之疾。八十余岁,强健如少年之人,天下都称之为神仙。所到之处,豪门巨室无不邀请。后张士诚占了浙西地方,慕杨廉夫才名,以厚币来聘,使者催逼甚急。杨廉夫无可奈何,只得勉强上路。行到姑苏,张士诚一见,待以上宾之礼。适值元朝赐张士诚以龙衣御酒,杨廉夫因饮御酒,作首诗道:

> 江南岁岁烽烟起,海上年年御酒来。
>
> 如此烽烟并御酒,老夫怀抱几时开。

杨廉夫吟完此诗,张士诚默然,遂不强留。后我洪武爷削平了群雄,

---

① 玳瑁梁——画染。

一统天下,征聘杨廉夫。廉夫戴了一顶四四方方之巾来见,洪武问是何巾,杨廉夫对道:"这是四方平定巾。"洪武爷大悦,遂命士庶悉依其制,因欲赐之以官爵。杨廉夫以自己系元朝臣子,不肯臣仕,遂作《老妇吟》以见志。人说杨廉夫倔强,劝洪武爷何不杀之。洪武爷道:"老蛮子正欲吾成其名耳。"遂不杀而遣之。一时颇高其事,人因称之为高士,学者称之为铁崖先生,整整活至八十九岁,恍惚之间见天使来召,并二龙王而来,遂无疾而终,合家俱闻天乐之声从近而渐远。死后那鲛绡二匹忽然失之。杨廉夫生平与刘伯温、宋景濂二人最好。他一生著述有《四书一贯录》、《五经钤键》、《春秋透天关》、《礼经约》、《历代史钺补》、《三史纲目》、《富春人物志》、《丽则遗音》、《古乐府》、上皇帝书、劝忠词、平鸣、琼台、洞庭、云间雅吟传于世。后来才子聂大年有诗赞道:

文章五色凤凰雏,酒债诗豪胆气粗。

白发草《玄》杨子宅,红妆檀板谢家湖。

金钩梦远星辰坠,铁笛风寒海月孤。

知尔有灵应不死,沧桑更变问麻姑。

第二十四卷

认回禄①东岳帝种须

德可通天地,诚能格鬼神。

但知行好事,何必问终身。

从古来只有阴骘之报一毫不差,果是种瓜得瓜,种豆得豆,不过在迟早之间。若不于其身,必于其子孙,冥冥之中,少不得定然还报,绝无一笔抹杀之理。若是人命,更为不同,从来道:"救人一命,胜造七级浮屠②",何况救荒救乱救千万人之性命乎?世上人只算小处,不算大处,岂不好笑?在下不免说一个故事引入正回。话说楚霸王乌江自刎之后,土人怜其英雄,遂立庙于江边,甚是灵应,凡舟船往来,都要烧纸祭献,方保平安,若不祭献,便有覆溺之患。有一狂士过此,不信其说,不肯烧纸,未及半里,风波大作,樯橹倾摧,狂士大怒,返舟登庙,大书一诗于壁道:

君不君兮臣不臣,缘何立庙在江滨?

平分天下曾嫌少,一陌黄钱值几文?

题毕而行,竟无他故,祭献之例,从此而息,至今往来者利焉。近有一个会戏谑之人,因做一段笑话以赎此事,说楚霸王见此诗亦怒,也答诗一首道:

楚不楚兮汉不汉,古今立庙在江畔。

平分天下曾嫌少,我偏是大处不算小处算。

这段笑话极说得妙。世人只顾目下,不顾终身,不肯行阴骘方便之事,枉自折了福德,折了官位,岂不是大处不算小处算乎?在下要说一回阴德格天的故事。且说两件事,做个头回。

话说唐朝丞相贾耽,是个稀奇古怪之人,他原是神仙转世,精通天文地理、鬼魅神奇之事。凡事未卜先知,所做的事,真有鬼神不测之妙。曾

---

① 回禄——传说中的火神。

② 浮屠——佛教用语。指佛塔。

为滑州节度使。一日间,忽然叫左右去召守东门的兵卒来吩咐道:"明日午时,若有稀奇古怪之人要进城门,断然不可放他进城,定要着实打得他头破血出,就是打死无妨。若放他进城,就中为祸不小。"贾丞相吩咐已毕,众兵卒喏喏连声而去。一路上商量道:"说什么稀奇古怪之人,难道是三头六臂的不成!"一个兵卒道:"世上哪里得有三头六臂之人? 不过是相貌稀奇古怪,或是言语、衣服与寻常人不同便是。"又一个兵卒道:"只是午时来的,有些稀奇古怪便是,除出午时,便不相干涉了。"众人道:"只看午时。"次日,众兵卒谨守东门,渐近午牌时分,众兵卒目不转睛,瞧着来往行人。只见远远的百步之外,两个少年尼姑从东而来,指手画脚。众兵卒有些疑心,一眼瞧着两个尼姑渐渐走近,脸上搽朱敷粉,举目轻盈,笑容可掬,就如娼妇之状,身上外边穿着一领缁色道袍,内里却穿衬里红衣,连下面裙子也是红色。众兵卒一齐都道:"怎生世上有这样两个尴尬尼姑? 这是个稀奇古怪之人了。"众兵卒团团围拢,把这两个尼姑打得鲜血直冒。尼姑叫苦连天,众兵卒只是不放,直打得一个脑破,一个脚折,鲜血满地。众兵卒见她哀哀求告,只道是人,方才放手。那两个尼姑,求得众兵卒住了手,走出圈子,一个掩着打破的头,一个拖着一条腿,瘸脚跛手,高高低低,乱踏步而逃。走得数十步,到一株树边,两个尼姑钻入草丛之中,忽然不见。众兵卒大惊,急急赶到树边草里,细细搜索,并不见影,急忙报知贾丞相。贾丞相道:"俺吩咐你打死无妨,你怎生放了她去?"众兵卒都道:"小的们只道她是个人,因见她带重伤,一时放去,怎知她是两个妖怪。若早知是个妖怪,小的们自然打死了。"贾丞相道:"你们都不知道,这是火妖,若一顿打死便无后患,今虽带重伤而去,毕竟火灾不免。"霎时间,东市失火,延烧有千余家,众人方知贾丞相之奇。这是一个火的故事。

　　还有一个火的故事。建康江宁县廨之后,有个开酒店的王公,一生平直,再无一点欺心之事。若该一斗,准准与人一斗酒,若该一升,准准与人一升酒,并不手里作法短少人的。又再不用那大斗小秤,人都称他为王老实。癸卯二月十五日黄昏之夜,店小二正要关门闭户,忽见朱衣幞头将军数人,带领一群人马,走到门首下马,大声喝道:"可速开门,俺要在此歇马!"店小二急忙走进对王老实说知此事。王老实出来迎接,那数个将军已走进来矣。王老实甚是恭敬,就具酒食奉请,又将些酒食犒劳马下。顷刻间，一群从人手里拿了一大捆绳索，长千万丈，又有几十个人，手里拿着木钉签子百枚，走到朱衣将军面前禀道："请布围。"朱衣将军点头应允。这些从人喏喏而出，都将木签子钉在地下，又将绳索缚在上面，四围系转，凡街前街后、巷里巷外坊曲人家，并窝窝凹凹之处，尽数经了绳索。这些从人经完了，走来禀道："绳索俱已经完，此店亦在围中。"朱衣将军数人议论道："这王老实，一生无欺心之事，上帝所知，今又待俺们甚是恭敬，此一店可以单单饶恕。"众将军道："若俺们不饶恕这一店，便不见天理公道之事了。可将此店移出围外。"从人应允，急忙拔起木签，解去绳索，将此店移出在围外。朱衣将军对王老实道："以此相报。"说罢，都上马如飞而去。王老实并店小二即时看那四围钉的木签并绳索都已不见，甚是惊骇。恰值夜巡官儿走来，看见酒店门开疑心，遂细细审问其故，王老实一一说知。夜巡官将此事禀与上官，上官说他妖言惑众，遂将王老实监禁狱中。方才过得二日，建康大火，自朱雀桥西至凤台山，凡前日绳索经系之处，尽数焚烧，单单留得王老实一个酒店，遂将王老实释放。这又是一个火的故事了。

可见火起焚烧，真有鬼神。在下为何先说这两个故事？只因世上的人无非一片私心，个个怀着损人利己之念。若是有些利的，便挺身上前，勉强承当。若着那虼大的干系，他便退步，巴不得一肩推在别人身上。谁肯舍了自己前程万里，认个罪犯？岂不是把别人的棺木抬在自己家里哭？那一时哪个不说他是痴呆汉子、懵懂郎君？谁知道上天自有眼睛，把那痴呆汉子偏弄做了智慧汉子，懵懂郎君偏变作个福寿郎君。奉劝世人便学痴呆懵懂些也不妨。这正是：

　　人算不如天算巧，天若加恩人不愚。

话说杭州多火，从来如此，只因民居稠密，砖墙最少，壁竹最多，所以杭州多火，共有五样：

　　民居稠密，灶突连绵；板壁居多、砖垣特少；奉佛太盛，家作佛堂，彻夜烧灯，幢幡飘引；夜饮无禁，童婢酣倦，烛烬乱抛；妇女娇惰，簏笼①失简。

话说宋朝临安建都以来，城中大火共二十一次，其最厉害者五次。绍

---

　　① 簏笼——竹笼。

兴二年五月大火,顷刻飞燔六七里,被灾者一万三千家。六年十二月又大火,被灾者一万余家。嘉泰元年辛酉三月二十八日宝莲山下大火,被灾者五万四千二百家,绵亘三十里,凡四昼夜乃灭;那时术者说"嘉"之文,如三十五万口,"泰"之文,如三月二十八也;又都民市语,多举"红藕"二字,藕有二十八丝,红者火也,谶语之验如此。嘉泰四年甲子三月四日大火,被灾者七千余家,二昼夜乃灭。绍定二年辛卯大火,比辛酉年之火加五分之三,虽太庙亦不免,城市为之一空。

不说杭州多火,且说宋高宗末年,有一位贤宰相,姓周双讳必大,字子允,庐陵人,后封益公,与唐朝宰相裴度一样。看官,你道他怎生与裴度一样,只因一件救人功德上积福,俨似香山还带①之意,遂立地登天,直做到宰相地位,巍巍相业,不减裴度。后来出镇长沙,享清闲之福十有五年,自号"平园老叟",又活像裴度绿野堂行乐之事。看官,你好生听着。话说周必大的相貌,长身瘦面,脸上只得几根光骨头,嘴上并无一根髭须,身上又伶伶仃仃,就如一只高脚鹭鸶一般。当时人人称他为"周鹭鸶",有四句口号嘲笑道:

周鹭鸶,嘴无髭,瘦脸鬼,长脚腿。

那周必大常自己照着镜子,也知不是十分富贵之相。高宗绍兴丙子年间,周必大举进士,做临安府和剂局门官。才做得一年,他那时的年纪将近五十岁,初生一子,寻个姚乳娘乳这个儿子。不意姚乳娘患起一场感寒症来,儿子没得乳吃,昼夜啼哭,周必大甚是心焦,巴不得姚乳娘一时病好,特占一卦,那谣词说得古怪道:

药王蹫嵲,财伤官磨。

困于六月,盍祈安和!

周必大占得这一爻,心中甚是不乐,已知姚乳娘是个不起之症。过得数日,姚乳娘果然呜呼哀哉了。周必大见谣词灵应,恐六月深有可忧之事,心中不住忐忐忑忑,担着一把干系,日日谨慎。直守到六月三十日,周必大对同僚官道:"我前日占得谣词,有'困于六月,盍祈安和'之句,心中

---

①　香山还带——唐朝裴度一日游香山寺,有一妇人借得三条玉带、一条犀带,准备贿赂权贵,营救获罪的父亲,结果遗失寺中,裴度得而还之。后以"还带"表示归还珍贵的失物。

甚是不宁,尝恐有意外之变。如今已守到六月三十日,眼见得今日已过,灾星退度,过了今晚,明日便是七月,准准不妨事矣。"同僚官道:"你志志忑忑了这一个月,真是寝不安席,食不甘味,一般好生提防。今日灾星退度,俺们具一杯酒与你庆贺。"说罢,同僚官各出分金一封,置酒到周必大宅子中,开怀畅饮。

不说这壁厢饮酒作乐,且说周必大住居在样沙坑,与间壁运属王氏恰好是同梁合柱之居。那王家的妻子马氏,马氏的弟弟是马舜韶,新升御史,其威势非常之重。王家有了这个御史的舅舅,连王家的光景也与旧日不同起来了。从来道:

> 贫时垂首丧气,贵来捧屁呵臀。

这王家倚托御史之势,凡事张而大之,况且新升御史,正是诸亲百眷掇臀捧屁之时,何况嫡嫡亲亲舅爷,王家怎敢怠慢了他?少不得接那舅爷来家,肆筵设席,鼓瑟吹笙,亲亲热热,恭恭敬敬,奉奉承承,以尽姐丈之情。惹得前前后后,左左右右之人,都来探头探脑、东张西望,不免迁邻舍之迁,阔邻舍之阔,这都是世情如此,不则一家。恰好六月三十之日,那王家舅爷马舜韶,扯起乌台旗号,穿着开口獬豸绣服,乌纱帽,皂朝靴,马前一对对摆着那吓人的头踏,威风凛凛,杀气腾腾,来到王家探望姐姐与姐夫。姐夫因而设席款待,直饮到黄昏而散。周必大与同僚官知间壁王家有贵客,怎敢声张?只得低声而饮,只待马舜韶去了,方才能够畅饮。饮到三更天气,同僚各官散去。怎知王家的丫环因日间服侍舅爷茶茶水水、酒酒饭饭,忙了一日,辛苦睡着,把灯插在壁上,那丫环放倒头一觉睡去,两个鼻子孔朝天,就像铁匠扯风箱之声,再也不醒。那灯火延在板壁之上,首先烧着周必大的宅子,一时间便延烧起来,刮刮杂杂,好生厉害:

> 夫火者,禀南方丙丁之精,木生于火,祸发必克,燧人以之利物,火德将此持权。神名回禄、祝融、宋无忌,部下有焱火使者、持火铃将军、捧火葫芦童子、骑火龙火马神官。天火非凡火不燎,始初逼逼剥剥,继则烕烕烘烘,骨嘟嘟烟迷宇宙,刮刺刺焰震乾坤,果然势如燎毛之轻,诚哉烈若红炉之铸,可想周郎赤壁,宛似项羽咸阳。

这一场火起,延烧数百家,周必大从睡梦里醒来,急急救得家眷人口;衣服家伙之类,烧得个馨尽。

那临安帅韩仲通明知这火从王家烧起,因王家舅爷有御史之尊,谁敢惹他？俗语道："欺软怕硬，不敢捏石块，只去捏豆腐。"便拿住周必大并邻比五十余人，单单除出王家。诸人尽数在狱中，奏行三省官勘会。周必大在狱中问狱吏道："失火延烧，据律该问什么罪？"狱吏道："该问徒罪①。"周必大道："我将一身承当，以免五十邻比之罪，我还该何等罪？"狱吏道："不过除籍为民耳。"周必大叹息道："人果可救，我何惜一官？况舍我一顶纱帽，以救五十余人之罪，我亦情愿。那谣词上道'财伤官磨'，数已前定矣，怎生逃避？"狱吏道："你这官人甚是好笑，世上只有推罪犯在别人身上的，哪里有自己去冒认罪犯的？如今世上哪里还有你这等一个古君子？便是点了火把，也没处寻你这个人，怎生肯舍自己前程万里，捉生替死，与他人顶缸受罪。"说罢，大笑不止。周必大认定主意，不肯变更，直至勘会之时，他自己一力承当，只说家中起火，并不干邻比诸人之事。三省官都有出脱周必大之意，要坐在邻比诸人身上，因见周必大自己一力承当，三省官无可奈何，只得将文案申奏朝廷。倒下旨意，削了周必大官爵，释放五十余人出狱。那五十余人磕头礼拜，谢天谢地，只叫："救命王菩萨，愿你福寿齐天，官居极品，位列三台，七子八婿。"周必大也付之不理。临安府诸人，也有道周必大是千古罕见之人，怎生肯舍了自己前程，救人性命？却不是佛菩萨转世，日后断然定有好处。也有道周必大是个呆鸟，怎生替人顶缸，做这样呆事？也有道周必大是个极奸诈之人，借此沽名邀誉。总之，人心不同有如其面，不可以一律而论。有诗为证：

　　舍却乌纱救别人，旁人相见未为真。

　　救人一念无虚假，必大何曾问细民？

　　话说周必大救了五十余人之命，只因火起贴邻，烧得寸草俱无，周必大只领得骨肉数口而出；又因削了官爵，安身无地，将就在临安挨了五六个月，没及奈何，只得思量寄居于丈人王彦光之处。他夫人王氏也是个贤惠之人。大抵妇人家并无远大之识，只论目下。他夫人见丈夫冒认罪名，削去了官爵，也全不怨恨着丈夫，并无一言说丈夫做了这场呆事，反宽慰丈夫，遂同丈夫到父亲家居住去。

　　不说周必大同夫人要到王家去住，且说那王彦光住在广德，始初闻得女婿因救了邻比五十余人，冒认罪名削去了官爵，好生怨怅道："半生辛

---

① 徒罪——古代五刑之一，即徒刑。指被判处有期徒刑而服劳役。

苦,方才博得一个进士,怎生有这个呆子? 世上的人,利则自受,害则推人,却比别人颠倒转来做了,岂不好笑杀人? 好端端的一个官,正是前程万里,不知要做到什么地位方才休歇。就是他要休歇,我还兀自不肯休歇,不知自己何故自己作孽抛去了。明日清清冷冷,却带累我女儿受苦。世上只有要官做的人,再没有有官自去削的人,可不是从古来第一个痴子么? 明日见这痴子时,好生奚落他一场。"那王彦光忿忿不已。不则一日,到于冬天,一日大雪,王彦光夜间得其一梦,梦见门前有许多黄巾力士在门前扫雪,王彦光问道:"怎生在我门前扫雪?"那些黄巾力士道:"明日丞相到此,扫雪奉迎。"说罢而醒。王彦光大惊异道:"不知明日有什么人来,来的便是宰相也。"次日午时,恰好是女儿女婿来到。王彦光暗暗地吃个惊道:"难道这丞相就是这个痴子不成,世上可有痴子做丞相之理?况且除籍为民。俗语道'家无读书子,官从何处来?'难道可有天上掉下来的现成丞相? 大抵不是他,或是别人亦未可知。"这日到晚,并无一人。王彦光暗暗地道:"今日并无一人,只得这个痴子。这个梦有些古怪,准准要应在周必大身上了。我本要奚落他一场,今既如此,不好奚落得,只得翻转脸来且奉承他一番,不要他明日做了丞相之时,笑我做苏秦的哥嫂。我如今不免做个三叔公,再作理会。"果然翻转脸来,欢容笑面,一味慰安,并无奚落之念,实有奉承之心。怎知王彦光的儿子王真通是个极势利的小人,见姐夫削了官爵,好生轻薄,又见父亲一味恭敬姐夫,便如眼中之钉一般,便道:"一个罢官之人,与庶民百姓一样,直恁地恭敬,却是为何? 将我家的钱粮,去养着这个呆鸟做怎?"若是父亲与周必大酒食吃,他便在旁努嘴努舌,斜眼撇角,冷言冷语,指指搠搠地道:"可是奉承这位尊官哩。"正是:

> 只有锦上添花,哪曾雪中送炭。

话说王真通轻薄自不必说,那周必大在丈人家,转眼间已过了数个年头,那时已五十余岁,高宗诏下开博学弘词科。王彦光因梦中之事,勉强要周必大赴博学弘词科。周必大道:"岂有已举进士,失了进士,又欲奔赴博学弘词科者乎? 况此事久不料理,怎好冒冒失失而去?"王彦光再三催促起身,周必大只得勉强前至临安。一日,梦到东岳天齐圣帝之处,左右判官小鬼,牛头马面,列于两旁,鬼使拿的罪人披枷带锁者不计其数。东岳帝君冕旒端坐上面拷鬼,号叫之声,所不忍闻。

东岳天齐圣帝者,乃天地之孙,群灵之祖。巍巍功德,职掌四大部州;浩浩崇阶,辖管三天率属。天道、地道、人道、鬼道,莫不由其变通;胎生、卵生、湿生、化生,一切凭其鼓铸。试看两廊棚扒吊拷,无非是恶官恶吏、贪残酷虐之小人;细察殿前剉磨烧舂,哪有个为孝为忠、仁慈朴实之君子?变驴的,变马的,变猪的,变犬的,世上众生,都受罪犯耿耿;化莺的,化燕的,化蜂的,化蝶的,花间四友,难逃业报昭昭。称发竿丝忽无差,照胆镜毫厘不爽。光明正大者,尽从金银桥化生;黑暗狡猾的,咸向恶水河堕落。重重地狱,都自人生;渺渺天堂,悉凭心造。

话说周必大到了东岳天齐圣帝之处,看见变牛变马之人无数,但是十分之中倒有六七分是和尚,因吃了十方钱粮,不守戒律故也。又见牛头鬼使勾到一人,却是周必大同榜进士赵正卿。其人广有钱财,遂好交结天下名士,原系一窍不通、文理乖谬之人,假装体面,烂刻诗文,欺世盗名,花嘴利舌,后来侥幸中了进士,一味贪酷害民,欺压善良,损人利己。周必大见是赵正卿,遂用心看视。只见东岳帝君大声震怒道:"赵正卿,汝在世上,并无阴德及于一民一物,妄尊自大,刻剥奸险,一味瞒心昧己。欺世盗名,假刻诗文,哄骗天下之人,障天下之眼目,不过借这几千万臭钱诓骗世人。那世上无眼目之人被汝骗过,汝还能骗得我否?"遂叫数个鬼使将赵正卿绑于柱上,将双眼一齐抠出;又将赵正卿劈破其腹,滚汤洗涤其肠。赵正卿号叫之声甚是凄惨。东岳帝君喝骂道:"汝一肚皮奸诈害人,人受汝之荼毒,苦不可言,亦知今日自己疼痛否?奸淫室女,破败寡妇,罪大恶极而不可赦。欺世盗名,天下之人,皆为汝巧言利舌所骗,所不能骗者独鬼神耳。盗取朝廷名器,恣汝胡为,以济其不仁不义之念,朝廷官职岂为汝贪酷地耶?欺压善良,损人利己,无恶不作。汝又假以崇信佛法为名,实于佛法一字不通,不过借佛门以为逃罪之计,还要去欺那佛菩萨,使人不信三宝,皆汝之故,其罪与诽谤三宝尤甚。"命押入"无间地狱"受罪,兼追其三子,斩绝后嗣。道罢,数个鬼使囚执而去。果是"千年铁树花开易,一入丰都出世难。"

欺世盗名瞒鬼魅,假依佛法念菩提。

难逃东岳天齐圣,地狱无边始惨凄。

东岳帝君判断赵正卿已毕,开口道:"周必大阴德通天,当为人间太平宰相,惜骨格穷酸,难登显位。"即吩咐小鬼判官道:"可速与周必大种帝王须一部。"两个判官小鬼即取一绺须过来,根根种在周必大嘴上。种须已毕,周必大欠伸而醒,嘴边甚是疼痛,把手一摸,其两腮都肿。那时周必大也生了些髭须,与当年没髭须时不同,这一夜便添出许多髭须,黑而且劲,又长又有光彩。周必大暗暗惊异,并不说出。遂访问赵正卿,果于是日死矣,其果报如此。看官,你道事有凑巧,物有固然,功名富贵,果是鬼神护佑,不由一毫人力计较。

那时周必大来到临安,寓在一个孙班直家里。这孙班直一日从外归来,手里拿着一个小小册子。周必大偶然坐在门槛上,看见班直手里这个小小册子,便取来一看,却是皇帝出来的驾前仪从卤簿①图,器具名色一一写在上面。周必大甚是得意,便将班直这个小小册子细细抄录,一一无遗。这也是偶然好耍子之事,岂知这富贵功名就在上面,真时来福凑也。

话说那时秦桧已死,高宗将已往之事尽数翻转,命汤鹏知贡举。汤鹏奉命考议,因高宗更化之始,试法极严,出的题目,可可是卤簿图。周必大记得烂熟,一字无差。汤鹏看这一卷考核精细,若有神助,遂取为首卷。周必大从此在翰林院九年,文章之名布满天下。高宗皇帝几番要拜周必大为宰相,因他相貌长身瘦面,孤形野鹤,恐怕他福薄,做不得宰相,尝燕坐叹息道:"好一个宰相,但可惜福薄耳。"旁边走过一个老太监,徐徐奏道:"官家所虑,莫不是周必大乎?"高宗道:"你怎生便知是周必大?"老太监奏道:"臣见所画先朝司马光像,其相貌甚是清癯,亦如周必大之长身瘦面也。"高宗为之大笑,遂拜周必大为宰相,果然做了二十年太平宰相,就造相府在样沙坑。那时督造相府的就是韩仲通,甚是惭愧,其恰好如此。后高宗传位于孝宗,周必大与闻揖逊之盛,进少保,封为益国公。后来出镇长沙,又享清闲之福。有个风鉴先生走到周必大府中,要见宰相。周必大自己出来。那周必大不好奢华,只穿布袍出来相见,那个风鉴先生道:"我要见你家宰相,谁要见你?"周必大道:"看我便是。"风鉴先生道:"休得取笑,岂有你这等一个人做得宰相?"周必大道:"难道我做不得宰相?"风鉴走近前来,把须髯一捋道:"此一部帝王须也。"周必大方才敬

---

① 卤簿——古代帝王出外时在其前后的仪仗队。

服。盖当日东岳帝君种须之事,周必大就在夫人面前也并不曾说出,今日风鉴识得是帝王须,恰好与东岳种须之事相合,岂不是个异人?从来道,人臣得龙之一体,当为公相。曾公亮得龙之脊,王安石得龙之睛,周必大得龙之须,所以都做到宰相。后来周必大整整活至九十余岁而死,谥文忠。儿子周纶也为筠州太守。阴德之报,一毫不差如此。有诗为证:

　　裴度香山能积德,益公认罪代穷民。

　　为人须放心田好,留取他年宰相身!

第二十五卷

吴山顶上神仙

佛法曾经孔子传，由余石佛识前缘。

法兰僧会通中国，洪昉禅师见帝天。

这一首诗第一句"佛法曾经孔子传"是怎么说？从来道，佛法自汉明帝始入中国。明帝夜梦金人飞空而至，乃大集群臣以占所梦。通事傅毅奏曰："臣闻西域有神，其名曰佛，陛下所梦，将必是乎？"帝遣郎中蔡愔、博士弟子秦景等，使往天竺，寻访佛法，于是释摩腾始入中国，此汉地有沙门之始也。虽然如此，佛法不始于汉明帝。唯我孔圣人，前知千古，后知千古，已早知西方有佛矣。商太宰见孔子："丘，圣者欤？"孔子曰："圣则丘何敢？"商太宰曰："三王，圣者欤？"孔子曰："三王善任智勇者，圣则丘弗知。"曰："五帝，圣者欤？"孔子曰："五帝善任仁义者，圣则丘弗知。"曰："三皇，圣者欤？"孔子曰："三皇善任因时者，圣则丘弗知。"商太宰大骇曰："然则，孰者为圣？"孔子曰："西方有圣人焉，不治而不乱，不言而自信，不化而自行，荡荡乎民无能名焉。"据这说看将起来，西方圣人不是佛菩萨是谁？又道："周穆王时，西极之国有化人来，入水火，贯金石，千变万化，不可穷极，穆王敬之如神。"那化人便是文殊菩萨、目连尊者，二位来化，穆王从之。

第二句"由余石佛识前缘"。秦穆公时，抚风获一石佛，穆公不识，弃马坊中，污秽此像。护法神嗔怒，令公染疾。公又梦游上帝，极被责罚，觉来问侍臣由余。由余答道："臣闻周穆王有化人来此土，云是佛神，穆王信之，于终南山造中天台，高千余尺，基址现在。又于仓颉台造神庙，名三会道场。公今所患，得非佛乎？"公闻大怖，语由余曰："吾近获一石人，衣冠非今所制，弃之马坊，得非此是佛神耶？"由余往视之，对曰："此真佛神也。"公取像澡浴，安清净处，像遂放光。公又大怖，谓神嗔怒，宰三牲以祭之，护法神将三牲擎弃远处。公又大怖，以问由余，答曰："臣闻佛清净，不进酒肉，爱重物命，如护一子，所有供养，烧香而已；所可祭祀，饼果之属。"公大悦,欲造佛像,并无工匠,又问由余,答曰:"昔穆王造寺之侧,应有工匠。"遂寻得一老人,姓王名安,年百八十,自云:"曾于三会道场见人造之,臣今年老,无力能作。所住村北,有兄弟四人,曾于道场内为诸匠执作,请追其造。"依言作之,成一铜像,相好圆备。公悦,大赏赍之。

第三句"法兰僧会通中国。"那法兰是中天竺人,汉明帝时与摩腾同来中国,共译《四十二章经》等共五部,深知佛法。昔汉武帝穿昆明池以习水战,池底掘出黑灰。武帝问东方朔,方朔答曰:"此非臣所能知,可问西域梵人。"那时并无西域梵人,直至明帝之时,法兰至于中国,众人将此事追问。法兰道:"世界终尽,所谓天翻地覆之时,劫火洞烧,尽成灰土,此黑灰是也。"众人方知东方朔之言信而有征,那时东方朔已知有佛矣。那僧会原先是康居国人,因曰康僧会,世居天竺,后入中国。那时孙权已制江右,而佛法未行。僧会欲使道振江左,兴立图寺,乃杖锡东游,以吴赤乌十年来于建业,营立茅茨,设像行道。吴国竟以为怪。有司奏曰:"有异人入境,自称沙门,容服非常,事宜省察。"孙权曰:"昔汉明帝梦神,号称为佛,彼之所事,岂其遗风耶?"即召康僧会诘问有何灵验,作此怪事。僧会曰:"如来仙迹,忽逾千载,遗骨舍利,神曜无方。昔阿育王起塔及八万四千。夫塔寺之兴,以表遗化也。"孙权以为夸诞,乃谓会曰:"若能得舍利,当为造塔。苟其虚妄,国有常刑。"会请期七日,乃谓其属曰:"法之兴废,在此一举。今不至诚,后将何及。"乃共洁斋静室,以铜瓶加于几上,烧香礼请,七日期毕,寂然无应;更求二七,亦复无应。孙权曰:"此欺诳也。"将欲加罪。会更请三七日,遂以死誓。三七日暮,犹无所见,莫不震惧。既入五更,忽闻瓶中铿然有声,会自往视,果获舍利。明旦,孙权自手执瓶,泻于铜盘,舍利所冲,盘即破碎。孙权大惊曰:"真稀有之瑞也。"会进而言曰:"舍利威神岂直光相而已哉?乃却烧之火不能焚,金刚之杵不能碎。"权命试之,会更暗祷以祈威灵。乃置舍利于铁砧磓上,使力士击之,于是砧磓俱陷,舍利无损。权大嗟伏,即为建塔。以始有佛寺,故号"建初寺"。因此江左大兴佛法。至孙皓即位,性极苛暴,废弃淫祠,并欲坏此寺,诏会诘问。皓曰:"佛教所明,善恶报应,何者是耶?"会对曰:"夫明王以孝慈训世,则赤乌翔而老人见;仁德育物,则醴泉涌而嘉苗出。善既有瑞,恶亦如之。故为恶于隐,鬼得而诛之;为恶于显,人得而诛之。《易》称'积善余庆',《诗》咏'求福不回',虽儒典之格言,即佛教之明训。"皓曰:"若然,则周、孔已明,何用佛教?"会曰:"周孔所言,略示近迹,至于释教,则备极幽微。故行恶则有地狱长苦,修善则有天宫极乐,举此以明劝沮,不亦大哉?"皓无以折其言。皓虽闻正法,而昏暴不减。后于地中得一金像,高数丈,皓使放不净处,以小便浇之,共诸群臣笑以为乐,遂举身大肿,阴处尤痛,呼叫彻天。太史占,言犯大神所为。因迎像置殿上,香汤洗数十遍,烧香忏悔,叩头于地,自陈罪状,方才痛止。遂遣使至寺,请会说法,皓即就会受五戒,旬日疾瘳。至晋,平西将军赵诱,不信三宝,入此寺,谓诸道人曰:"久闻此塔屡放光明,吾不自睹,不足信也。"言讫,塔即出五色光明,照耀堂刹。赵诱肃然敬信,于寺东乃更立小塔焉。

第四句"洪昉禅师见帝天。"那洪昉戒律精严,一毫不苟,是一尊活罗汉,地狱天堂都请去讲经。他于陕中建造一个龙光寺,又建病坊,养病者数百人,自行乞以救诸人。远近道俗,归者如云。一日清晨,忽有一夜叉至其前,左肩头上负五色毡而言曰:"释迦天王请师讲《大涅槃经》。洪昉默然。夜叉遂挈绳床置于左臂膊曰:"请禅师闭目。"因举其左手,而伸其右足,倏忽之间,便道:"请禅师开目。"视之,已到天上善法堂矣。禅师即到天堂,那天光眩目,开之不得。天帝曰:"禅师可念弥勒佛。"禅师遂念之,于是目开不眩,然而人身卑小,仰视天形,不见其际。天帝又曰:"禅师又念弥勒佛,身形便大。"禅师如言念之,三念而身三长,遂与天帝一样。天帝与诸天合掌作礼道:"弟子闻师善讲《大涅槃经》为日久矣。今诸天钦仰,敬设道场,特请大师讲经听受。"禅师曰:"此事诚不为劳,但病坊之中,病者数百人都倚老僧为命,常行乞以给诸人之食。今若流连讲经,人间动涉年月,恐病人饿死,不能如命。"天帝曰:"道场已成,斯愿已久,固请大师,勿为辞也。"禅师不允,忽空中有大天人身,又长数倍,天帝敬起迎之。大天人言曰:"大梵天王有敕!"天帝抚然曰:"本欲留师讲经,今梵天有敕不许。然师已至,岂不能暂开经卷,少讲经旨,令天人信受。"昉许之。于是命左右进食,食器皆七宝,饮食香美异常。昉食毕,身上诸毛孔皆出异光,毛孔之中尽能观见诸物,方悟天身腾妙也。既登高座,敷以天衣。那时善法堂中诸天数百千万,兼四天王各领徒众同会听法,阶下左右则有龙王、夜叉诸鬼神非人等,皆合掌而听。禅师因开《大涅槃经》,首讲一纸余,言词典畅,备宣宗旨。天帝大称赞功德,开经已毕,又令前夜叉送至寺。那时在天上不上顷刻之间,寺中失禅师已二十七日矣。那佛经上道："善法堂在欢喜园,天帝都会,天王之正殿也。其堂七宝所作,四壁皆白银,阶下泉池交注,流渠映带,其果木皆与树行相直,宝树花果,亦皆奇异。所有物类皆非世人所识。阶下宝树,行必相直,每相表里,必有一泉黄缘枝间,自叶流下,水如乳色,味如于乳,下注树根,洒入渠中。诸天人饮树本中泉,其溜下者众鸟同饮。以黄金为地,地生软草,其软如绵。天人足履之没至足,足举后其地自平。其鸟数百千,色名无定相,入七宝林,即同其树色。其天中物皆自然化生,若念食时,七宝器盛食即至。若念衣时,宝衣亦至。无日月光,一天人身上自有光明,逾于日月。要至远处,飞空而行,如念即到。"洪昉禅师既睹其变,备言其见,乃请画图为屏风,凡二十四扇,观者惊骇。禅师初到寺,毛孔之中尽能见物,既而弟子进食,食讫,毛孔皆闭如初。乃知人食天食,精粗之分如此。洪昉既尽出天中之相,人以为妖。时武则天在位,为人告之。则天命取其屏,兼召洪昉。洪昉即至,则天问之而不罪也,留昉宫中。则天手自造食,大申供养。留数月,则天谓昉曰:"禅师遂无一言教弟子乎?"昉不得已言曰:"贫道唯愿陛下无多杀戮,大损果报。"则天敬信之。

列位看官,世上有一种迂腐不通之儒,专好谤佛,只因终身读了这几句臭烂文字,不曾读三教古今浩渺之书,不曾见孔子之言,所以敢于放肆如此。只是眼界不大,胸中不济,这也无怪其然。若说因果报应,尤为灵验。当时赫连勃勃①,画佛于背,迫僧礼拜,天雷震死;子昌灭佛教,身死国灭。魏太武除僧毁寺,见弑人手。周武帝除佛法,次年晏驾,子衮国死。唐武宗去塔寺,亦以次年崩,无子。宋徽宗改佛为金仙,约僧留发,遂为金人所掳。报应昭然,岂可不信?如隋文帝、唐太宗、宋太祖无不归心于释教,难道这几位聪明神武的帝王,不如你这些臭烂腐儒不成?至如我洪武爷、永乐爷这二位圣人,尤与前代帝王不同,真是不世间出之帝,却也尊信三宝,异常虔敬。

梁时宝志公禅师原是菩萨化身,他涅槃时作偈道:

若问江南事,江南事有冯;

乘鸡登宝位,跨犬出金陵;

子建司南位,安仁秉夜灯;

① 赫连勃勃——僭称大夏天王。

东邻家道阙,随虎遇明兴。

这八句偈是怎么说?"江南事有冯",冯者,诸冯也。圣人生诸,即朱,寓其姓也。酉属鸡,"乘鸡"者,压鸡之上为戊申,太祖登极之年也;戊属犬,即以其年幸汴梁,又明年为庚戌,是"跨犬"也。"司南位",自南而北,抵于子位也。"秉夜灯",元主夜遁,开建德门以去,建下为安、德为仁也。"东邻",指张士诚,阙者,灭也,灭士诚则取中原也。"随虎",金陵龙盘虎踞,神龙盘结而虎为之先,若随其后也。"遇明兴",显然是建国大号也。这八句偈,是我洪武爷之谶。宝志公族姓朱,塔于钟山下,洪武爷卜其地为孝陵,欲迁宝志冢,卜之不受,乃曰:"假地之半,迁瘗微偏,当一日享尔一供。"乃得卜,发其坎,金棺银椁。因函其骨,创造灵谷守卫之,建浮图于函上,覆以无梁瓦殿,工费巨万,仍易赐庄田三百六十所,日食其一,岁而周焉,以为永业,御制文树碑纪绩。一夕,霹雳震其碑,再树再击,乃曰:"志不欲为吾功耳。"乃寝不树。有的说洪武爷就是那宝志公再世,了却江南一大事因缘,所以没示其兆,葬即其地,因此笃信佛法,弘护三宝,都是宿世之事。

那敬信三宝之事,宋景濂传中已曾说明。永乐爷原是真武临凡,笃信三宝,与洪武爷一样。五年二月,曾命西僧尚师哈立麻,于灵谷寺中启建法坛,荐祀洪武爷、马皇后。尚师率天下僧伽举扬普度大斋科十有四日,庆云天花,甘雨甘露、舍利祥光、青鸟白鹤,连日毕集。一夕,桧柏生金花,遍于城都,金仙罗汉化现云表,白象青狮,庄严妙相,天灯导引,幡盖旋绕,种种不绝。又闻梵呗空乐自天而降,群臣上表称贺。学士胡广等献《圣孝瑞应歌颂》。又有腐儒不通之人,说这是西僧的幻术;就有幻术,但可以幻他人,岂有永乐爷神武不杀之帝,可以术幻者乎?这等的说话,真是胡说乱道而已。后于十七年七月御制佛曲成,并刊佛经以传。九月十二日,钦颁佛经至大报恩寺,当日夜本寺塔见舍利光如宝珠。十三日,现五色毫光,卿云捧日,千佛、观音、菩萨、罗汉妙相毕集。续颁佛曲至淮安给散,又见五色圆光,彩云满天,云中见菩萨、罗汉、天花、宝塔、龙凤狮象,又有红鸟、白鹤盘旋飞绕。续又命尚书吕震、都御史王彰赍捧诸佛世尊、如来菩萨尊者称歌曲,往陕西、河南颁给,神明协应,屡现卿云圆光宝塔之祥,文武群臣上表称贺。难道这也是幻术不成?就是幻术,只好幻一处,难道合天下四方都为幻术不成?总之,迂腐之人一字不通,又何足与言乎？大抵异人自有异事，圣帝自有圣征，真从古所无之事也。且不要说这二位圣人，就是二位圣母，都是佛菩萨临凡。那《观音经》上道："应以妇女身得度者，即现妇女身而为说法。"马皇后诚心好善，专一好救人性命，不知保全了多少生灵，难道不是现世救苦的大佛菩萨么？永乐爷的徐皇后，亲见观世音菩萨，授《第一稀有大功德经》，圣母亲自作序，刊布流传于世，我圣母岂有打诳语之理？

仁孝皇后梦感佛说第一稀有大功德经序：永乐元年正月初八。

洪武三十一年春，正月朔旦，吾焚香静坐阁中，阅古经典，心神凝定。忽有紫金光聚，弥满四周，恍惚若睡，梦见观世音菩萨，于光中现大悲像，足蹑千叶宝莲花，手持七宝数珠，在吾前行，吾不觉乘翠云辇，张五色宝盖，珠幡宝幢，纷陈前迎，飘摇悠扬，莫知所底。少焉行至一门，高敞弘丽，非人间有，黄金题额，曰："耆阇崛境"。入门，群山环拥，翠色凝黛，苍崖丹壁，巉然峭削，嵌岩嵚崟①，参差嵯嵘。一溪萦回，盘绕山麓，沿溪曲折，数十余里，溪流澄湛，泓渟寒碧，洞见毫发。琼花瑶草，芝兰芙蕖，牡丹芍药，荼蘼丽春，含滋发晖。路渐穷，转度一桥，堿②以青金玻璃，珲璖③白玉，有屋数十楹，覆于桥上，沉香为柱，旃檀④为梁，彩色绘画，极其华美，上榜曰："般若之桥。"黄金大书。桥长数十丈，其高称是。度桥，纤折数十里，遥见二峰靓秀，屹立相向，上摩云霄。树林蓊蔚，烟霞掩映。楼殿隐隐，迥出林杪。更行数十里许，复见一门，其上题金字曰："耆阇崛第一道场。"入门布路，皆琉璃黄金、珊瑚玛瑙，杂诸宝贝。丛篁茂树，枝叶繁盛，婀娜敷荣，葳蕤蔽荫，异葩奇卉，秾艳绰约。芬芳条畅，嘉果美实，殷红青紫，的烁下垂。孔雀鹦鹉，鸂鶒鸿鹄，飞舞锵鸣，复有异鸟，音作梵声，清韵相和。路旁有广池，涌出五色千叶莲花，大如车轮，香气浡浡。其下有凫鹥鹭雁鹜，鸳鸯鸥鹭，鸡鹑鸂鶒，游泳翱翔。渐至山半，有群女衣杂彩缯衣，分列两行，前秉幡幢，后列鼓吹，法乐具奏，韵钧铿锽。青

---

① 嵚崟(qīn yín)——山高貌。下"嵯嵘"同。

② 堿(cè)——台阶。

③ 珲璖(chē qú)——生活在热带海底的软体动物，介壳可做饰物。

④ 旃檀——指檀香。

狮白象，跄跄率舞，香花童子，金盘彩篮，参献徘徊。上至山顶，观世音导吾升七宝莲台，台上宫殿巍峨，廊庑深邃，层楼叠阁，万户千门，金碧辉煌，华彩鲜丽，雕甍①绣闼②，珠拱镂楹，窦窗玲珑，宝网羃历③，栏杆柱础，皆罗众宝，种种宝华。装饰绚丽，缨珞幡幢，璇玑错落，天花轻盈，乍坠乍扬，异香馥郁，熏蒸播溢，宝光凝聚，煌然炫烂，成百千色。远览太空，浩无端倪，俯陵倒景，群山在下，睹兹胜妙，叹未曾有。"吾自念德本菲薄，积何善因，而得至此。"观世音微笑而言："此佛说法菩提场。经恒河沙俱胝劫，无有能至者。惟契如来道者，方得登此。后妃德禀至善，凤证菩提，妙登正觉，然今将遇大难，特为接引，以脱尘劳。如来常说第一稀有大功德经，为诸经之冠，可以消弭众灾，诵持一年，精意不懈，可得须陀洹果④；二年，得斯陀含果；三年，得阿那含果；四年，得阿罗汉果；五年，成菩萨道；六年，得成佛果。世人福德浅薄，历劫未闻，后妃为天下母，福器深厚，觉性圆明，妙堪付嘱，以拔济生灵。"乃以净瓶甘露水，起灌吾顶。但觉身心清凉，万虑俱寂，忆念明了，无所遗忘。遂出经一卷，令吾随口诵之，即第一稀有大功德经也。吾诵一遍，大义粗通；诵二遍，了然开悟；三遍，记忆无遗。观世音言："后十年更相会。"对吾犹若有所言，吾耸耳而听。忽闻宫中人声，遽焉警寤，且喜且异。悚然叹曰："此梦何其神耶！"亟取笔札，书所受经咒，不遗一字。但觉口中有异香，阁中香气氤氲，七日不散，天雨空花，三日乃止。由是日夜持诵是经不辍。三十二年秋，难果作。皇上提兵御侮于外，城中数受危困。吾持诵是经益力，恬无怖畏。皇上承天地眷佑，神明协相，荷皇考太祖高皇帝、皇妣孝慈高皇后盛德大福之所垂荫，三十五年平定祸难，奠安宗社，抚临大统。吾正位中宫，揆德薄能鲜，弗胜赞助，深惟昔日梦感佛说第一希有大功德经，一字一句，皆具实理，奥义微妙，不可思议。盖旷劫来人未得，佛以慈悲济度，显示密因，有待其时。三藏十二部之玄

---

① 甍（méng）——指屋檐。

② 闼（tà）——门。

③ 羃（mì）历——分布，覆盖。

④ 须陀洹果——梵语音译，意为预入圣者之流。

言，无非所以开群迷而宣正教，今不敢自秘，用锓梓①广施，为济苦之津梁②，觉途之捷径，作广大方便，利益世间。夫道不远人，人自离道，有志于学佛者，诚能于斯究竟妙旨，则心融万法，了悟真乘，超般若于刹那，取泥垣于弹指，脱离凡尘，即登正觉。姑述为序，翼赞流通，以示妙道于无穷焉。

在下这回说吴山顶上神仙，为何先把佛法说起？只因佛法深微，佛力广大，所以先把佛教说起，以见人不可不尊信之意。我洪武、永乐二位圣人，原是三教宗师，不唯信佛，又且信仙。洪武爷御注《道德经》、永乐爷御制《列仙传序》，难道不是三教的宗师么？那时有周颠仙、张三丰、张金箔、冷启敬，都是一时的仙人。话说吴山顶上，原有两位神仙，一位神仙是丁野鹤，原系箍桶匠出身，住于装驾桥北。只因一个相好的朋友一日暴疾死了，他便再三叹息道："人生寿命如此迅速，人人都道寿命有六七十岁活，怎知这般一个铁铮铮的汉子，从无疾病，却骤然得病，便就付阎王阴府去了？好生历害！安知这场病不害到我身上？安知我的性命准准有六七十岁活？谁与你写得这张包票？他也死得，我也死得，果然是石中之火、电中之光，有得几时长久？不如抛此薄业，弃了家室，寻一个长生不老之方，自在受用，强如做个短命汉。"说罢，便就弃了箍桶生意，走到吴山瑞石山，礼拜徐弘道为师。那徐弘道号"洞阳子"，曾遇张紫阳仙人传以修行之诀。张紫阳曾作《悟真篇》传流于世，专以度人为事，曾住于吴山，因此就取名为"紫阳庵"。徐弘道传了张紫阳修行之诀，得了道法，年八十三岁，沐浴更衣，书颂而化，有"不离本性即神仙"之语，丁野鹤传了徐弘道的诀法，积年修行，人也不知他的本事。每月一下山，沿门诵经，受少许米，名为"月经"。然他并不多要米来积攒，不过只得官巷口杜氏数十家施主而已。一年，适当元宵之期，这杜氏数十家施主走到他庵中，布施他斋粮，丁野鹤叫庵中人设斋款待这些施主。斋食已毕，众施主都闲口说闲话道："我们这里灯不过如此，闻说苏州灯景最盛，不知怎生样盛的？"丁野鹤道："你众施主要看苏州灯有何难？你们只要依我说，便好去看。"众人都道："丁师父你又来取笑，从来只有叶天师带了唐明皇空中去看灯，

---

① 锓(jiān)梓——刻版印刷。

② 津梁——桥梁。

难道又出你个丁天师不成？"丁野鹤道："我有个缩地之法，昔日费长房神仙传流缩地之法，千里万里如在目前。我曾学得此法，你们只闭了目，但闻得呼呼风声，切不可开目，若一开目，便坠下矣。"众人都闭了目。丁野鹤口中念念有词，喝声道："疾！"众人果然都耳中闻得呼呼之风，顷刻之间，住了风声，丁野鹤喝声道："开目！"众人一齐开目，果在苏州阊门之内，霎时间面前便不见了丁野鹤。丁野鹤即时翻身飞回，走到各施主家说道："各施主都到苏州去看灯去了，三更天气，我仍旧同他们回来，不必记念。"各施主家都一一说了，仍旧从空飞到苏州阊门，寻着了各施主，于灯景最盛之处看了一遍，又买了苏州许多吃食之类，仍旧叫众人闭了眼目而回。众人回到家里，各家都说道："适丁师父来说，你们都到苏州看灯，可有此事？莫不是丁师父的鬼话？"众人都道："千真万真。"家家都一一同如此说，众人方知丁师父真是腾云驾雾的神仙，人人吃惊，都道："我们久相处一位活神仙，却不知道，真是肉眼凡胎。"次日都备了礼物，愿拜他为师，要学他那神仙法儿，道："丁师父，你真是活神仙下降。怎生藏头露尾，一向不与我们说知？我今愿拜你为师，可传我这神仙法儿。你还有什么奇特之事，可做一做与我们看。"丁野鹤道："我还会得化鹤。"众人都道："怎生化鹤？请做一做与我们看。"丁野鹤就将剪刀剪成数十只纸鹤，口中念念有词，吹口仙气，叫声"变"，都变成真鹤，盘旋飞舞，鸣叫满空。众人都一齐捕鹤，及至捕下，尽纸鹤也。丁野鹤乘鹤鸣人喧之际，即时抱膝坐化而去，众人大惊。先数日前，曾寄一首偈与他妻子王氏，道：

懒散六十三，妙用无人识。

顺逆两俱忘，虚空锁长寂。

始初他妻子王氏也还不信有神仙之事，及至丈夫变鹤坐化而去，方知丈夫真是神仙。遂到吴山之上，把丈夫真身用布漆漆了，端坐如生，终日香火供奉。自己取名王守素，也做了女道士，二十年不下吴山，亦成仙而去。萨天锡赠诗道：

不见辽东丁令威，旧游城郭昔人非。

镜中人去青鸾老，华表山空白鹤归。

石竹泪干班雨在，玉箫声断彩云飞。

洞门花落无人到，独坐苍苔补道衣。

据这般看将起来，吴山顶上也不止两位神仙，那徐弘道、张紫阳、丁野鹤与王氏一脉渊源,共是四位神仙了。还有一位是冷启敬。这冷启敬是杭州人,名谦,父母梦见一位仙官骑着一只仙鹤而来,入于室中,因而怀孕。生来果然仙风道骨,一尘不染。凡是成神仙的,必然两鬓边有秀骨插天,名为"山林骨起",必是神仙之侣。冷启敬既具了这神仙之相,便心心念念只思量去学那长生不老之方,后便于吴山火德庙做了黄冠。他原是仙官谪降,精于音律,凡是人所不知者,他无不究其精微。善于鼓琴,就是从来会得弹琴的那嵇叔夜也不足为奇。又善于绘画,略略落笔,便有出尘之韵。他曾遇着一个胡日星,这胡日星是金华人,精于星算之术,知过去未来之事,见冷启敬有仙风道骨之相,便道:"子神仙中人也。"便起一算,将来书于纸上道:

甲午年七月十三日午时,玄妙观有吕洞宾下降,乃汝之师也。当传汝道法。

冷启敬藏了此书,切切记于心上不题。

且说那胡日星尝推洪武爷之命当为天子。后洪武爷登极,遂召胡日星来,要与他官做,胡日星不要;予他金银,他又不要。问欲何如,胡日星对道:"第欲求一符以游行天下耳。"洪武爷遂题诗一首于扇上:

江南一老叟,腹内罗星斗。

许朕作君王,果应神仙口。

赐官官不要,赐金金不受。

持此一握扇,横行天下走。

遂将御宝印于其上,从此游行天下。数载回来,对妻子道:"我命要被杀死必然要覆命,死于京中。"妻子再三劝阻道:"既是要死,何不就死于家里,怎生定要死于京中?"胡日星道:"数已前定,不可逃也。"遂到南京见洪武爷,洪武爷温慰遣回。适都督蓝玉克云南而回。胡日星道:"公当封国公,但七日中,某与公同被难,数不可逃矣。"不数日,蓝玉果封国公,极其骄傲,同列因奏其心怀不轨,临刑自叹道:"早依胡日星不受封,或免此祸。"洪武爷召胡日星,问曾与蓝玉推命否,答道:"曾言其祸在七日。"洪武爷又问道:"汝亦曾自推命否?"对道:"臣命终在今日酉时。"果于酉时戮死。死后数日,有人于三茅山见之,嬉游自如,方知他是兵解而去,非真死也。这是后话。

话说冷启敬记了胡日星之言,果然到于甲午七月十三日清早,便于玄妙观等候吕洞宾下降。日中午时，果然见一个全真走进玄妙观来。但见：

　　身上穿一领百衲道袍，腰系一条黄绵丝绦，脚下端一双多耳麻鞋，头上包一顶九华仙巾。飘飘须鬓，是唐朝未及第的进士。洒洒仪容，系朝游北海暮苍梧、三醉岳阳楼的神仙。

那吕纯阳走入门来，见有芭蕉一株，就取案上之笔题诗于蕉叶上道：

　　午夜君山玩月回，西邻小圃碧莲开。

　　天风香雾苍华冷，名籍因由问汝来。

又一诗道：

　　白雪红铅立圣胎，美金花要十分开。

　　好同子往瀛洲看，云在青霄鹤未来。

吕纯阳题诗完，冷启敬即时走过去，跪在地下，叩首道："弟子冷谦，愿求我师道法。"吕纯阳道："子名列丹台，已登仙籍。我今日之来，亦专为传道法于汝而来也。我师正阳子道：'汝两口当传两点。'我遵师命而来此。今见一缕青气，出于吴山顶上，果是汝有仙缘。"遂把修行秘密之诀、七返九还炼丹之法，并五假天遁剑法，一一传授，化云而去。冷启敬得吕纯阳传授了口诀，遂依方修炼。怎见得炼丹妙处？

　　原夫金丹之法，本元产坤种乾，全要取坎填离。天根月窟，垢夬剥复循环；尾闾泥丸，艮震屯蒙并用。汞龙铅虎，节损渐渐有恒；白雪黄芽，开革井井相比。上鹊桥，下鹊桥，升的，随的，遁的，晋的，尽是为丰为益为贲。天应星，地应潮，否的，泰的，蛊的，萃的，都要为解为豫为谦。若不是巽风吹动，兑泽和鸣，怎能够未济证成既济，归妹配作家人。要几番师旅交加，睽涣互讼，方才得小畜改换大畜。同人根乎大有实履着中孚无妄，变化做姹女婴儿。戊己庚申，参观其大小过；晦朔弦望，全需乎噬嗑颐。顶聚三花，何曾困蹇。元朝五气，妙在咸临。炼精还气，岂有明夷之差；炼气还神，久矣大壮之化。①

冷启敬自炼成金丹之后，便就出幽入冥，飞行变化，分形出神，无不巧妙。那时冷启敬已得了仙道，便有那一班仙人与他往来，就是那张金箔、

---

　　①　这段文字用《易经》卦象的阴阳相互转化规律来说明炼丹从后天返先天的修炼过程。

张三丰。怎么叫做张金箔？他原是山西平阳府人。山西并不晓得造金箔之法，张氏走到杭州，学了造金箔之法回去，因此就出名为"张金箔"。张金箔曾遇异人授以秘法，极骇听闻。一日，有一老道人来见张金箔道："我也有些小法术，要把与你一看，明日当遣小童来迎。"明日果有二童子来，各骑着一条龙，又手里牵着一条龙，请张金箔骑。张金箔骑上之时，那条龙甚不伏骑。童子取出一条皮鞭，将龙鞭了数十下，方才驯伏。三人一同骑了乘空而行，到一高山茅庵之中，三人下了龙背，走入庵门，寂然无人。走入深处，方见昨日老道人坐于匡床之上，双足倚于壁间，离道人一丈之路。道人道："老夫久将双足卸下，盖不涉尘世久矣。今特为汝下榻。"遂把手招那双足，双足彳彳亍亍自走到道人床前，凑在道人膝上，道人方才下床，与张叙宾主之礼。礼毕，老道人命童子烹茶。童子烹茶而来，走到面前，身上无头。张金箔吃了一惊。老道人道："这童儿全然无礼，有佳客在此，怎生自家只图安便，连头也不戴在颈子上，像什么模样？可快去戴了这个头来。"童子遂把手去颈子上摸了几摸，方才身子上钻出头来，那头却又朝着背后而生。老道人道："不必如此。可照依朝转。"童子方把手去将头搓将转来，张金箔甚是吃惊。供茶已毕，老道人命童子屠龙作馔。童子走到灶下，牵出一条龙来，张牙舞爪，缚在柱上。童子把刀一挥挥去，断龙之首。龙蜿蜿蜒蜒，久之方死。张金箔心下好生慌张。那童子就像杀鳝鱼的一般，遂剖其腹，光耀夺目，满庭鲜血。童子将龙肉煮熟，放在桌上，五色光彩烂然。道人举起箸子，请张金箔吃。张金箔疑心，不敢下箸。道人大嚼数盘，余外的童子收拾去吃了。从此各谈道法，赌斗长技。张金箔怎生斗得道人的法过？遂留张金箔在茅庵中一连住了数月，得了道人许多奇异法术。将辞别而归，忽起大风一阵，播土扬尘，不能开目，及至风息开目，道人与茅庵、童子，都一齐不见矣。四围打一看时，都是平沙荒草，更不知是何地方。远远访问，乃是大同郊外。张金箔大惊，不知是何等仙人，作此怪事，只得徒步二旬而归。归来其法愈奇，尝与人游河上，见鱼游泳水中，那人道："此鱼可得作馔么？"张问道："你要几尾？"那人限了尾数。张就丸土投于水中，须臾，鱼浮水面，如数而得。遂到杭州，与冷启敬相处，闲时二人斗法玩耍，张将唾沫吐于水中，变成金色鲤鱼一尾；冷将唾沫吐于水中，变成大水獭吃那鲤鱼。张于冬日极寒之时，口中吐出赤气一口，满室如火一般炎热；冷亦于冬日取胡桃一枚掷去，变作霹雳之声，人人惊异。如此斗法，不一而足。

后洪武爷闻张金箔之名，召至京中，问有何术，回言答道："臣无他术，但能于水中顷刻开莲花，及瓶中出五色云为戏笑耳。"洪武爷就命为之。张于袖中取出一个铁瓶，注水，书五道符投于其中，用火四炙，瓶中气蒸蒸而出，渐渐结成五色彩云，布满于殿庭之上。又将莲子一把在手，请洪武爷登金水桥观莲花，遂将莲子撒于金水河中，霎时荷花竞发，菡萏交映，香风扑鼻，满金水河中尽是荷花。张复剪纸为舟，放于水面，变成采莲舟。张拿舟而登其上，奏道："臣能为吴歌。"遂举棹河中，往来间，复见张妻子、童婢都在舟中，张口唱采莲歌道：

> 荷叶荷花本异香，香风馥馥映池塘。
>
> 烟深花满无人识，飞入荷花是故乡。

歌儿唱完了，那妻子、童婢俱更迭而歌，情景如在仙境一般。洪武爷大悦，久之，歌声渐远，狂风骤起，人、舟与荷花一时不见，洪武爷甚以为异焉。有诗为证：

> 道人传法并屠龙，金水河中显异踪。
>
> 此等仙人真怪事，就中难识亦难逢。

只因洪武爷原是位圣人，所以诸佛菩萨、圣僧、神仙，都来拥护他，一则辅佐太平，一则簸弄神通，以见二教不可磨灭之意。昔日孔子手植桧树曰："后世有圣人，桧其生乎？"从来桧树不生一枝，直至我洪武爷降生，桧树方生一枝。可见我洪武爷是孔圣人之所授记者也，所以种种政事，超出古帝王之上，所以仙、佛二教，都来拥护。那仙人原有周颠仙，已曾说过。还有张三丰，一名玄玄，不知是何处人。洪武初，入武当山修炼，魁伟美髯，寒暑一衲，或处穷寂，或游市井，浩浩自如，旁若无人。时人称之为"张邋遢"。有问之者，终日不答一语。或与论三教经书，则吐词滚滚，都本于道德忠孝之经，凡过去未来，一一皆知。所啖升斗都尽，或数月不食，并无饿容，登山其行如飞，或冬日卧在雪中，鼾齁如常时。既入武当，往来于天柱、五龙、南岩、紫霄诸名胜。曾赋扬州琼花诗道：

> 琼枝玉树属仙家，未识人间有此花。
>
> 清致不沾凡雨露，高标犹带古烟霞。
>
> 历年既久何曾老，举世无双莫浪夸。

便欲载回天上去,拟从博望①借灵槎②。

张三丰闻知冷启敬,特来吴山相访,二人见了甚是相得,各以道法相证。两人俱静坐一室之中,都从顶门出神,到福建采荔枝而回。冷启敬尝画一幅《蓬莱仙弈图》,张三丰题诗其上。后来别了冷启敬,竟不知何往。冷启敬尝静坐出神,见海中一船将覆,船中人呼号求救,冷遂飞一道符,差伍子胥往救,船得不覆。曾有一个道士,八月中秋月色甚好,他便背了冷启敬自去赏月,冷飞一道符,变成一片黑云遮之。一日,路行求茶于一老妪,老妪道:“我洗了衣裳,要趁日色晒衣,那里有工夫烧茶?”仍口里骂道:“贼道!好不达时务。”冷启敬道:“我教你再忙一忙。”才走过数武,骤然洒下一阵雨,老妪所晒之衣尽数湿透。但只是老妪家有雨,邻家并无一点雨也。其年杭州亢旱,禾稻将坏,各处祷雨不应,百姓忧惶。冷启敬自写一道表文,申奏上帝,愿减自己寿命三年,祈一场雨泽,以救百万生灵。将表文焚化,登坛作法,踏罡步斗,敲起令牌,念了木郎、雷神二咒数遍,大呼风伯方道彰、雷公江赫冲,速速行云降雨,救吾百姓。那风伯方道彰、雷公江赫冲呼呼一阵风响,应命而来,禀道:“上帝恶杭州百姓好为奢侈,作践五谷,暴殄天物,杀生害命,奸狡贼猾,大斗小秤,瞒心昧己,作孽之人甚多,以此将四处水泉尽行封闭,要将百姓饿死。今览吾师章奏诚恳,救下九天应元雷声普化天尊,差我等并五方行雨龙王,即刻兴云布雨。”说罢,那雷公、电母、龙王一齐发作,这场雨非同小可。但见:

浓云似墨,大雨如倾。雷声响时,唿喇喇震开万层地轴,电光生处,金闪闪飞出千丈火蛇。舞爪张牙,鳞甲中藏成江海;雷轰电掣,烟雾里簇出蛟龙。天河水倒挂半空,钱塘江移来下地。

这一场雨过处,到处田禾俱足,救了这百万生灵。

那时第一个开国元勋青田刘伯温先生,与冷启敬相好,时常以道术互相参订。冷启敬尝于月下弹琴,琴声清雅,真是出尘之音,与俗工大不相同。刘伯温遂赋诗为赠,以赞其妙。洪武爷四年,厌元朝乐章淫乱鄙俚,失了古圣贤之元音,意欲变更其制,问刘伯温道:“谁人明于音律,可当此任?”刘伯温道:“臣浙江杭州有黄冠冷谦,隐于吴山顶上,其人精于音律,

---

① 博望——古县名。

② 灵槎——亦作“灵查”,指能乘往天河的船筏。

可办此事。"洪武爷就召冷谦为太常协律郎之职,并命尚书詹同、陶凯共理乐章。冷谦承命,改定九奏乐章:

《本太初》 《仰天明》 《民初生》 《品物亨》 《御六龙》
《泰阶平》 《君德成》 《圣道成》 《乐清宁》

冷谦史定了乐章,把五音六律之制尽数考订,分毫不差,率领一班协音律之人,奏于殿庭之间,果然有虞舜当年百兽率舞、凤凰来仪之意。天颜大悦曰:"礼以导敬,乐以宣和,不敬不和,何以为治? 元时古乐俱废,唯淫词丽曲,更迭唱和,又将胡虏之声,与正音相杂,甚者以古先帝王祀典神祇,饰为舞队,谐戏殿庭,殊非所以导中和、崇治体也。今卿等所制乐章,颇协音律,不失元音,有浑噩和平广大之意。自今一切流杂喧诙淫亵之乐,悉屏去之。"冷谦承命而退。因此冷谦在京,得日日与刘伯温谈笑。刘伯温赋《吴山泉石歌》以赠之:

君不见吴山削成三百尺,上有流泉发苍石。冷卿以之调七弦,龙出太阴风动天。初闻滑滑响林莽,悄若玄霄鬼神语。玲然穿崖达幽谷,竽籁飗飗振乔木。永怀帝子来潇湘,瑶环琼佩千鸣珰。女夷鼓歌交甫舞,月上九嶷鸣凤凰。还思娲皇补穹碧,排抉银河通积石,咸池泻浪入重溟,玉井冰斯相戛击①。三门既凿龙池高,三十六鳞腾夜涛,丰隆咆哮震威怒,鲸鱼捷②尾惊蒲牢。倏然神怪归寂寞,殷殷余音在寥廓,鲛人渊客起相顾,江白山青烟漠漠。伯牙骨朽今几年,叔夜《广陵》无续弦。绝伦之艺不常有,得心应手非人传。忆昔识子时,西州正繁华,笙笛沸晨暮,兜离僸侏③争矜夸。子独徜徉泉石里,长石松荫净书几。取琴为我弹一曲,似掬沧浪洗尘耳。否往泰来逢圣明,有虞制作超茎英④,和声协律子能事,罔俾夔挚专其名。

不说刘伯温赠他诗歌,赞他妙处。且说他一个相好的朋友姓孙名智,自幼与冷谦邻居,长大又与他同堂读书,争奈彻骨贫穷,无可为计。因见冷谦征聘做了协律郎之职,想穷官儿好如富百姓,俗语道:"肚饥思量冷

---

① 戛(jiá)击——敲击。
② 揵(qián)——扬起。
③ 兜离僸侏(jìn mèi)——我国古代各方少数民族音乐名称。
④ 茎英——《五茎》与《六英》的并称,皆古乐名。

碧粥。"走到南京来见冷谦,指望他周济。冷谦道:"你此来差矣。你不合相处了个姓冷的朋友,只好冷气逼人,怎生教我热得来? 如今又做了这冷官,手里又终日弄的是冰冷的乐器,到底是个冷人,虽有热心肠,无所用之,有得多少俸禄好资助你?"孙智道:"如今'肚饥思量冷碧粥',没极奈何走来见你,随你怎么周济周济。"冷谦被他逼不过,道:"我有一个神仙妙法在此,为你只得将来一用。我今指你一个去处,切勿多取,只略略拿些金银之类以济困穷便罢,休得贪多,以误大事。"孙智连声地道:"决不多取。"冷谦遂作起神仙妙法,于壁上画一门,又画一只仙鹤守着门,口中念念有词,念毕,叫孙智竟自敲门。门忽呀然大开,孙智走将进去,见金银珠宝到处充满,原来是朝廷内库。孙智一生一世何曾见这许多金银珠宝,取了银,又要金,取了金,又要明珠异宝。恨不得把这一库金银珠宝尽数都搬了回去,反弄得没法起来,思量道:"珠宝不可取。"遂把金银满满藏了一身,仍从门中走出,那门便扑的一声关上,孙智仍旧立于画壁之下。冷谦见他取得金银太多,怨怅道:"我教你少取些,你怎生取得多了,恐为太上知道,谴责非轻。"孙智道:"我也只此一次了。"冷谦道:"这是犯法之事,谁许你再做第二次?"说罢,孙智欣欣而去。怎知孙智进库取宝之时,袖中有引子一张,写有姓名在上,孙智只管搬取金银,心慌缭乱,那曾照料到此? 竟将这张引子遗失库内,连孙智也一毫不知。

后来库官进库查盘,见库中失了金银,却拾得这张引子,即时奏上。洪武爷差校尉将孙智拿去,孙智一一招出冷谦之故,并拿冷谦审问,冷谦将到御前,对校尉道:"我今日决然死矣,但口渴极,若得一口水以救我之渴,恩德非轻。"说罢,一个校尉寻得一个瓶子,汲了一瓶水与冷谦吃,冷谦一边吃水,一边将吕纯阳所传天遁之法默默念咒,把瓶子放在地下,先将左足插入瓶中,校尉道:"你做些什么?"冷谦道:"变个戏法与你们瞧一瞧。"又将右足插入瓶中,渐渐插进腰边,校尉叫声"作怪",恐他连身子钻入,便一把抱住,怎知这冷谦是个蹊跷作怪之法,随你怎么抱住,那身子便似浇油的一般,甚是滑溜,渐渐缩小,连身钻进。校尉慌张之极,见冷谦钻入瓶中,瞧瓶里时,其身子不过数寸之长。校尉大叫道:"冷谦,你怎生变做个小人儿钻进瓶里,可怎生去见驾?"冷谦在瓶里应道:"我一年也不出来了。"校尉甚是慌张,那瓶子不过尺余高,伸一只手进去摸,莫想摸得着,就如孙行者做的戏法一般。及至伸出手来瞧时,只叫得苦,连影子也通不见了。校尉大哭道:"冷谦,你怎生害我?你如今逃走了去,叫我怎生去见驾?我二人必然为你死了。"说毕,只听得瓶子里嘤嘤说道:"你二人不必心慌,我决不害你。你可竟将此瓶到御前禀道:'冷谦拿到。"洪武爷大怒道:"叫你拿冷谦来,怎生拿这瓶子来?"二校尉禀道:"冷谦在瓶里。"洪武爷大异道:"怎么在瓶子里?"二校尉把前事一一禀明,洪武爷不信,试问一声道:"冷谦何在?"瓶子里果然答应道:"臣冷谦有。"洪武爷道:"卿出来见朕,朕今赦汝之罪。"冷谦在瓶里答应道:"臣有罪,不敢出见。"洪武爷又道:"朕已赦卿之罪,不必藏身瓶内,卿可出来一见。"冷谦又应道:"臣有罪,不敢出见。"洪武爷命取瓶子上来,一看,瓶内并无踪影,一问一答,其应如响。洪武爷再三要冷谦出来,冷谦只是答应"臣有罪,不敢出见。"洪武爷大怒,将此瓶击碎,亦无踪影,就地拾起一片问道:"冷谦!"这一片就答应道:"臣冷谦有。"又问道:"卿可出来见朕。"这一片又答道:"臣有罪,不敢出见。"另拾一片来问,亦是如此,片片都应,终不知其所在,真神仙奇异之事。

> 风吹林叶,叶叶都风;月印千江,江江成月。瓶非藏身之地,身入瓶中,身乃变化之躯,瓶通身外。我蠢则物物俱蠢,身灵则处处通灵。左元放之变化无方,许真君之神奇更异。

话说冷谦用神仙法隐遁而去,在遁法中名为"瓶遁",顷刻之间,已遁去数千百里矣。洪武爷心中暗暗道:"这明明是汉朝之东方朔。昔日东方朔以岁星,十八年侍于武帝,而武帝不知。朕今亦如之矣。朕还要与他谈些变化之方,怎么就去了?"遂差人来到杭州,细细探访,竟无踪迹,后又遍天下行檄物色,竟不可得。

直到洪武爷末年,冷谦知杀运将临,北方真武荡魔天尊应运将登宝位,遂以道法传授程济。那程济是朝邑人。程济得冷谦传授道法之后,日日练习。他有一个好朋友高翔,好厉名节,终日要死忠死孝。见程济作此术法,教他不要练习此事。程济道:"子不识时务,天下正要多事,不多几时,北方便有兵起,不可不预先练习,以救日后之急。俗语道'闲时学得忙时用'。"高翔道:"如今天下正是太平之时,怎说此话?"程济道:"此非子之所能知也,汝亦当练习吾之法术以避难。"高翔道:"我愿为忠臣也。"程济道:"我愿为智士耳。"程济练成了法术,奇异不可胜言。后高翔为御史,程济为岳池教谕。那岳池去朝邑数千里,程济从空中飞来飞去,早晨到岳池去理事,晚间仍回朝邑。建文初年,荧惑守心。程济上书道:"北方兵起,期在明年。"朝廷大怒,说他妖言惑众,要将他杀死。程济仰面大叫道:"陛下且囚臣于狱中,至期无兵,杀臣未晚也。"遂囚程济于狱中。程济虽在狱中,却仍旧从空中飞来飞去。后永乐爷靖难兵起,人方知程济之奇,遂赦出为翰林编修,充军师,护诸将北行。徐州之捷,诸将立碑以叙战功,凡统军官尽数刻名于其上。程济一夜私自备了祭礼,悄悄走到碑下,披发仗剑,祭碑而回,人不知他什么缘故。后永乐爷统兵到于徐州,见碑大怒,叫左右取铁锤捶碎此碑,正捶得一二捶,便唤住道:"不要捶了,把碑上人名抄写来我看。"后登了宝位,将碑上所刻人名按名诛戮,无一人得脱者,独有程济姓名,正当捶碎之处,得免于难。

那时建文又发兵出战,出兵之日,忽有一个道人高声歌于市上道:

莫逐燕,逐燕自高飞,高飞上帝畿。

众人看这道人,却是协律郎冷谦。众人喧哗道:"冷神仙,冷神仙!"说毕,便忽然不见,果然师出大败。到壬午年六月十三日,永乐爷围了南京,事在危急。程济占验气色,见城中黑气如羊,或如马形。从气雾中下,渐渐入城,大惊道:"此天狗下,食血之凶兆也,城即刻破矣。"急忙入宫对建文爷道:"城即刻将破,天数已定,无可为计,唯有出城逃难耳。"霎时间,已破了金川门,建文爷放火烧宫。当下有个铁铮铮不怕死的内臣,情愿以身代建文爷之死,穿戴了建文爷冠服,将身跃入火中而死。程济急召主录僧溥洽为建文爷剃发,程济自扮作道人,从隧道逃难而出。先一日,神乐观道士夜被洪武爷差校尉拿去,见洪武爷红袍坐于殿上,大声吩咐道:"明日午时,皇长孙有难,汝可急急舣船以待。若不听朕言,朕砍汝万段死矣。"道士恍惚如见,醒来惊得魂不附体,急急舣船等待。到于午时,果然建文爷同程济君臣二人从隧道内逃出,得船渡了,逃得性命。从此一同行走,每遇险难,程济便将法术隐遁而去,或追兵将至,便以符画地变成江河,兵不能过;或变成树林草木遮蔽,或以法术变幻建文之相,或老或小,使人认不出真形;或到深山远野,无饭得吃,程济就从空飞行,寻饭而来。永乐爷后知建文不曾焚死,遂差官密访,程济都预先得知,用法遁去。那时他好友高翔果然尽忠而死,诛了三族,成就了他忠臣之愿。程济果然做了智士,相从建文四十年。那时已是正统庚午年了。程济知建文难期已满,劝建文归朝。建文遂依其所说,走到云南布政使堂上,南向而立道:"吾即建文帝也。彼已传四朝,事既定矣。我今年老,特怀首丘之念,故欲归耳。妆等可为奏闻。"因袖中出一诗道:

> 流落江湖四十秋,归来不觉雪盈头。
>
> 乾坤有恨家何在? 江汉无情水自流。
>
> 长乐宫中云影暗,昭阳殿里雨声愁。
>
> 新蒲细柳年年绿,野老吞声哭未休!

藩臣因奏送至京。那时旧人俱死,无从辨其真伪。独有旧人太监吴亮尚在,建文见了吴亮道:"汝吴亮也。"吴亮答道:"不是。"建文道:"你怎生不是? 我昔御便殿食子鹅,弃一块肉在地,你手执酒壶,遂狗䑏①之。怎生不是?"吴亮遂伏地大哭,不能仰视,复命毕,自缢而死。遂取入西内佛堂供养之,程济见建文爷取进了西内,事君之忠已毕,遂隐身而去,竟不知其所终。有诗为证:

> 冷谦道法实奇哉,钻入瓶中不出来。
>
> 程济传之辅少主,艰难险阻共危灾。

---

① 䑏(tiǎn)——探取。

第二十六卷
会稽道中义士

金轮夜半北方起，炎精未坠光先死。

青衣去作行酒人，泥马来为失乡鬼。

江头宫殿列巑岏①，湖上笙歌列燕安②。

鱼羹自从五嫂乞，残酒却笑儒生酸。

格天阁上烧银烛，申王计就蕲王逐。

累世内禅讳言兵，中兴之功罪难赎。

开边衅动终倒戈，师臣函首去求和。

木绵庵下新鬼哭，误国重逢贾八哥。

琉璃作花禁珠翠，上马裙轻泪妆媚。

朔风吹尘笳鼓鸣，天自山崩海潮避。

兴亡往事与谁论，亭亭白塔镇愁魂。

唯有栖霞岭头树，至今人说岳王坟。

这一首诗是钱塘瞿宗吉赋宋朝《故宫叹》，备述宋朝南渡以来之事，结末句道"唯有栖霞岭头树，至今人说岳王坟"，可见一朝宫殿不免日后有黍离③之悲，独是忠臣义士千古不朽。从来国家有成有败，有兴有亡，此是一定之理，全要忠臣义士竭力扶持。古语道"岁寒知松柏，国乱显忠臣"，但"普天之下，莫非王土，率土之滨，莫非王臣"，不论有官无官、有禄无禄，那一个不该与朝廷出力，那一个不该与王家争气？从来亡国唯有宋朝最惨，但三百年忠厚爱民，毕竟得忠臣义士之报。

话说宋朝到德佑年间，大势已去，无可奈何，一时死节之臣，如文天

---

① 巑岏(cuán wán)——山高峻的样子。

② 燕安——同"宴安"，逸乐。

③ 黍离——《诗经》篇名。诗序中说东周大夫出行至旧都镐京，见宗庙宫室毁坏，感伤而作此诗。

祥、汪立信、张世杰、陆秀夫、谢枋得、李庭芝、姜才、陈文龙、高应松、家铉翁等，这都是有爵有位、戴纱帽的官人，所谓"乐人之乐者忧人之忧，食人之食者死人之事"，这是不必说的了。独有无官无禄、赤心报国，尤为难得，所以千秋不朽、万载传名。

话说宋朝末年，恭宗只得六岁，元兵打破了独松关，到了皋亭山，次①于湖州墅，丙子二年三月，元伯颜入临安，以少帝、皇太后、谢全两后、福王与芮等北去，庶僚、三学诸生、内侍等尽皆从行，独有一个慷慨死义之人，一门死节，为宋朝争一口气。你道这人是谁？姓徐，讳应镳，字巨翁，衢州江山县人，是个太学是，平生读圣贤孔孟之书，怀忠臣孝子之志。他有两男一女，长名徐琦，是个乡贡士；次名徐嵩；女名元娘，都是赤胆忠心之人。徐应镳见少帝三宫北去，好生忿恨道："堂堂天朝，怎生以犬羊为君；难道我国家并无一个忠义死节之臣？"对两男一女道："我一家父子，断不可不死以尽我报国之心。"两男一女无不欢喜应允。那时太学是岳飞的第宅，中有岳飞之祠。徐应镳具酒肴奠于岳飞祠道："天不佑宋，社稷为墟，应镳以死报国，誓不与诸生降虏。"遂作祭文，有"魂魄累王，作配神主，与王英灵，永永无斁②"之语。又作诗道：

　　二男并一女，随我上梯云。

儿子琦亦赋诗以自誓。祭毕，遂以酒肉分与诸仆痛饮，待诸仆饭醉不知人事，急率两男一女入经德斋，登梯云楼，把各房书册周围布满，纵火自焚，那火刮刮杂杂地烧将起来。一个小仆不醉，听得火起，急急走到楼下穴窗窥视，见父子四人端坐于烈火之中，如泥塑的一般，一毫不动。小仆慌张，急叫诸仆一齐坏壁而入，扑灭了火。徐应镳求死不得，只得与子女走出，仓促莫知所之，遂四人一同投井中而死。诸仆急救，已都死矣，僵立瞪目，俨然如生。诸仆为具棺殓殡于西湖金牛僧舍。益王立于福州，知其忠节，遂赠朝奉郎秘阁修撰。后十年，同舍生五十余人，收其尸葬方家峪，谥"正节先生"。皇明正德间为建祠，赐号"忠节"，吏部虞德园先生作《忠节录序》。看官，你道这徐应镳不曾做宋朝之官，食宋朝之禄，只做得个太学生，只因自己为宋家臣子，不忍降元，情愿合门死节，岂不是天地正气

———————————

①　次——行军途中的停留驻扎。

②　斁(yì)——厌弃。

之所锺、世上的奇男子么？

　　还有一个忠臣是东莞县民，姓熊名飞，因自己是宋朝百姓，志图恢复，遂破散家资，招募兵士勤王，投在制置大使赵溍帐下，奋力大战，复了韶、广二州。不意韶州守将刘自立以城降元，熊飞遂率手下兵士巷战，怎当得元兵势大，熊飞战败，赴水而死。这又是一个忠臣了。看官，你道这熊飞不过是个庶民百姓，知君臣之大义，情愿力战而死，岂不可敬？有诗为证：

　　　　胡虏南来不可当，忠臣力战挽斜阳。

　　　　应镳死节高千古，说与今人做主张。

　　后来崖山之败，陆秀夫抱了祥兴帝于怀，把一匹绢束为一体，仍以黄金系于腰间，恐尸首浮起被元兵所辱，遂赴海而死。那时御舟上有白鹇一只，见了奋翼悲鸣，同笼坠于海中而死。看官，你道禽鸟之微，尚且有君臣之义、故主之思，怎么人在世上可以不如禽鸟乎？

　　话说元朝真是犬羊禽兽之俗，最喜西番僧，每每以宫中美人赐与西僧，名为供养。那时有西僧嗣占妙高曾统兵杀战，因而元世祖恩宠异常，言无不从。还有一个党类杨琏真伽，这个恶秃驴尤为厉害。你道他怎生样恶处？

　　　　没爷娘生长恶太岁，性似虎狼；不血肉产成鬼夜叉，毒如蛇蝎。铜铃大的两眼，只好放火杀人；铁帚硬般双眉，一味咬心嚼肉。见了金珠美玉，赤津津口角涎流，竟是黄泥冈劫杠的晁天王、赤发鬼；撞着美妇佳人，热腾腾淫心注射，活像瓦罐寺行凶的丘小乙、崔道成。就是鲁智深终久难近，假饶青面兽毕竟还轮。

　　话说这杨琏真伽非常之恶，那元世祖偏生听信他的说话。元世祖不信道教，说只有《道德经》是老子亲笔，其余都是说谎之经，遂诏天下，除《道德经》外，其余说谎道经，尽行烧毁，道士受佛经者为僧，不为僧者娶妻为民。遂封杨琏真伽这个恶秃驴为江南释教都总统，住于永福寺。那杨秃受封之后，一发无恶不作，凡是道士，尽要他削去头发，改作和尚，如有不遵依的，就拿来棚扒吊拷，加以刑法。一应道观改作寺院，共恢复佛寺三十余所，弃道为僧的共七八百人，都把道冠儿挂在永福寺帝师殿梁间。但见：

　　　　有发变成无发，毛头忽换光头。推倒三清像，真个是苦也天尊；脱下七星衣，叫不得急如律令。星冠法服，永福寺梁上高悬；咒水书符,四圣观壁间抛却。乍戴僧帽,还疑头上要加冠;初念如来,不觉口里称太上。至心朝礼,木鱼中敲出雷经;皈依南无,跪拜时误踏罡斗。

可怜那些道士,两头奔走无路,只得纷纷削发为僧。时当犬羊混浊之朝,连那元始天尊也无可奈何,只得付之一声长叹而已。鉴湖天长观一个道士削发为僧,将观献于杨秃驴,写张词状道:

贺知章倚托史弥远声势,将寺改观,乞复原日寺额。

这道士是故意呆那杨秃驴之意,杨秃一毫不知其意,竟从其请。人人笑倒,个个嘴歪。杨秃又将飞来峰玲珑剔透奇异的石峰尽都凿成佛像,丑头怪脑,甚是可恶,山灵有知,无不叫屈。王元章有诗道:

白石皆成佛,苍头半是僧。

又将自己身形凿于其上,直到皇明嘉靖年间,二十二年二月,杭州知府福清陈仕贤访知其事,将这秃驴的形像凿断了这颗驴头,以示枭斩之意,人人称快。这是后话。

话说杨秃驴生性凶恶,人称之为“杨如虎”,奸淫妇女,无所不至。见小户人家女子花轿做亲,他竟着门下四五十秃驴或百余人,手执器械,抢掳而来,纵意奸淫;自己奸淫之后,便分散与小秃驴奸淫。造一个快活台,凡是奸淫妇女之时,都抢到这快活台上,剥得赤条条地,小秃驴三五成群,将不便之处用力拆开,腰间取出秃驴之头,斩关而入,不论幼小女子当得起当不起,横行直撞,鲜血淋漓,弄得死而复苏。纵意奸淫之后,又要将银子来取赎,若是颜色好的,定要三五十金或百金,方与他赎去,若不与他银子,他便放在快活台上终年受用,或贩卖与他人为娼妓。受害之家,人人欲食其肉。只因那时是犬羊禽兽之时,谁与他讲论得个“理”字,有屈也没处叫。元朝臊羯狗之可恨如此,所以不满百年就失了天下,这是报应。后人有口号道:

元朝好佛喜西番,宫女分将秃饱餐。

元朝之君皆僧种,更有几个真儿孙?

不说杨秃驴奸恶,且说自恭宗少帝北去之后,江头宫殿,元朝有司官封锁而去。到次年,民间失火,飞烬及其宫室,焚毁都尽。宋朝高、孝、光、宁、理、度六帝陵寝在绍兴萧山,杨秃驴专好掘那古时坟墓以取金宝。一个天长寺和尚闻秃驴是闽人,要奉承那杨秃,遂把这座天长寺献与杨秃。原来天长寺是魏献靖王功德院,杨秃掘起魏献靖王之墓,其中珍宝甚多,杨秃取得心满意足，遂起发掘宋朝陵寝之心。又有演福寺一个泽秃驴是剡县人，逢迎这个杨秃，一力赞成其事。先教泰宁寺几个秃驴宗恺、宗允等，诈说杨侍郎、汪安抚二家侵了陵地，因而杨秃嗾出嗣占妙高上疏，要发掘宋朝陵寝，送与丞相桑哥表里为奸。桑哥矫制准奏，杨秃驴遂统领四五百名夜叉、罗刹一般的恶秃驴，到于萧山发掘陵寝，劫取宝玉，焚烧尸骸，所不忍言。遂将骨殖抛于草莽之间，是夜西山数十里都闻鬼哭神号之声，好生凄惨，人人无不下泪。列位看官，你道这恶秃驴可恨也不可恨！宋朝三百余年，皇帝个个忠厚爱民，并无一位残忍刻剥之君，与你有何宿世冤仇，直恁如此？就是一个平常人，尚且不可发其坟墓，有灵有感，何况一代帝王，岂无报应？那时天怨于上，人怨于下，明有人非，阴有鬼责，十八层地狱万万劫不得翻身，若是饶过了这贼秃，可不是皇天瞎了眼睛？这报应的事在后说明。

当时早感动了一位义士，果是岁寒知松柏，国乱显忠臣。这位义士诚然是：

　　救驾的廉颇，报仇的豫让①。

这位义士是谁？姓唐，单讳个"珏"字，字玉潜，是会稽山阴人。生性至孝，家事极贫，父亲先亡，只得母亲在堂。他教授数个村学生，将这些束脩之资供母亲朝夕之费。未有妻子，性喜读书。那时年三十二岁，是至元二十二年八月，杨秃驴作此恶逆之事，唐玉潜闻之，放声大哭道："我生为宋朝之民，死为宋朝之鬼。况我国朝三百余年，忠厚爱民，并无失德，只因天运已去，社稷丘墟，盖历数使然。今日陵寝，被贼秃发掘，我堂堂天朝受辱于犬羊禽兽，忠臣义士便当剖血刺心，以报我国之仇。我虽不食宋朝之禄，不沾宋朝之宠，但'普天之下，莫非王土，率土之滨，莫非王臣'，那一个不是朝廷的臣子？我若安坐而不救，坐视六帝骨殖抛掷于草莽之间，我心何忍？我定要将六陵帝后骨殖尽数收藏，以尽我忠义之念，虽死亦甘心也。"又自己忖量道："这事重大，非一人之所能为，必须得几个同心合志之人方才可做，然而非钱不行。"遂把家间衣被铜锡器皿之类，变卖得十

①　豫让——春秋战国间晋国人。初为晋卿智瑶的家臣。赵、韩、魏共灭智氏，他改换姓名，躲藏厕所，又有漆涂身，吞炭使哑，暗伏桥下，一再谋刺赵襄子，没有成功，被捕后，求得赵襄子衣服，拔剑击衣后自杀。

数两银子。他有一个好朋友林德阳,字景熙,是宋朝太学生,也是个赤胆忠心之人。唐玉潜密密与他说要收藏陵骨之事,林景熙道:"我正有此心,不意吾兄不约而同,可见忠义之念人人如此。"遂助数十两银子,又约了一个朋友郑朴翁,也助数十两银子,共有百金之数。遂斫文木为柜,黄绢为囊,要盛陵骨。一壁厢料理端正,一壁厢又去寻得数个少年有义气之人,遂杀鸡宰鹅,安排酒席,请这几个少年来饮酒。但见:

> 酒席丰隆,肴膳齐整。奇珍异果,不比穷措大①口中嚼出角微宫商。美酒佳肴,岂是村教授案头列着青黄碧绿。破塘嫩笋,满盘堆着玉簪;萧山樱桃,两案凝成琥珀。

话说众少年见酒席恁般齐整,都道:"唐先生,怎生今日酒这般盛?"唐玉潜道:"有事相烦。"说罢,便大杯将来奉劝,吃到将次酒阑之时,众少年都道:"唐先生有恁事相烦?说了再吃。"唐玉潜便放声大哭起来,众少年尽都吃惊,正不知什么缘故。林景熙并郑朴翁都一齐下泪,众少年一发慌张。唐玉潜哭毕,跪拜于地,众人也一齐跪下,久之方起,才将要收陵骨之事,细细说了一遍。众少年都一齐应允道:"这事何难!但杨秃驴其势甚是凶恶,明日没了骨殖,他难道不要查数?"唐玉潜道:"如今杨秃发掘枯骨甚多,将他人的骨殖移来此处,一副还他一副,便是谁辨得真假?"众人齐声道:"是"。唐玉潜因众人应允,又斟酒奉劝,众人都感唐玉潜忠义之心,一力承当。次日夜间,唐玉潜同众人悄悄将他人骨殖移来陵上,一副还他一副,遂将六帝、诸后之骨尽藏于木柜之中,黄绢包裹,各柜上一一写得明白:某陵某陵。唐玉潜将骨殖收完,次日遂渡过钱塘江,走到宋旧宫长朝殿基之下,掘深数丈,将六陵骨殖依次排列而葬。葬毕,种冬青树一株于其上,以为表识。次日,为文设祭而拜,拜毕回家,仍大排酒席,请众少年痛饮,又出白金为赠。三人各拜谢,诸位少年再三罚誓,不许泄漏,遂痛饮而散。

你道世上有这等凑巧的事,方才葬得七日,可恨那杨秃驴取了那些假骨殖,只道是真,又和些别样枯骨将来胡乱杂在一处,葬于宋故宫内,造个宝塔镇压于上,名曰"镇南",又名"白塔",又建五寺于其地:

> 报国寺　兴元寺　般若寺　仙林寺　尊胜寺

---

① 措大——亦称"醋大",贫寒的读书人,含有轻漫意。

那报国寺就是宋朝垂拱殿,兴化寺就是芙蓉殿,般若寺就是和宁门,仙林寺就是延和殿,尊胜寺就是福宁殿。其塔如壶瓶之形俗称"一壶塔",垩饰①如雪一般,故名"白塔"。杭州士民百姓见杨秃将塔压镇,家家无不痛哭流涕,悲愤之极,不能仰视,只道是真骨殖,不知六帝龙凤之骨早被唐义士迁葬,一毫无恙也。果然是宋朝"忠厚爱民"之报,若少迟七日便无救矣,亦是帝王之灵。那时造塔寺之时,唐玉潜只道有伤于所葬之处,胸中怀着鬼胎,悄悄走来看视,与造塔寺之处相去甚远,并无一毫妨碍,心中暗暗甚是欢喜,兼冬青树更加茂盛,愈觉心安而去。

且说那杨秃驴只道鬼神无知,恣意发掘,怎知那报应一毫无差。当时杨秃劫取珍宝之时,只取玲宝,其余金钱俱为尸气所蚀,如钢铁一般,众秃都弃而不取,往往为村民所得,或有遗簪弃珥,村民拾得,不是病就是死,以此尽数还归圹中,此以见帝王之有灵也。杨秃掘高宗尸首之时,那演福寺泽秃驴,把脚在高宗首上踏了一脚,便有奇痛一点起于脚心,非常疼痛,一步也走不动,遂搀扶而去。从此两脚溃烂,血肉淋漓,臭秽不堪,渐渐烂见骨,十指节节堕落,终日终夜号叫,一年而死。死的时节口口声声道:"我被宋朝皇帝拿去,滚汤泡脚孤拐,终日剖心刺血,受苦不过。"人人闻之,无不畅快。这是泽秃驴的报应了。那天长寺的闻秃驴倚杨秃之势,白夺乡民田产不计其数,仇家忿恨之极,聚集多人打得血肉狼藉,尸骸粉碎而死。这是闻秃驴的报应了。那泰宁寺宗恺、宗允与杨秃驴分赃不匀,宗恺、宗允腰藏利斧,乘着酒醉,一时大怒,将杨秃当头一斧,脑浆直冒,红的白的一齐流出,驴头碎裂而死,又将尸首劈做数十段,就像《水浒传》上李逵乔捉鬼的一般,砍得个畅快,二秃亦自刎而死。这是三秃驴的报应了。那杨秃驴未曾吃杀之前,所造镇南塔三次霹雳大震,最后乃焚其金裹之尖顶,尽数打坏,盖上天痛恶之也。杨秃死后,群小秃驴将杨秃碎劈死的尸首淋淋漓漓盛于棺木之内,埋葬于永福寺后地上,亦有三次霹雳大震,尽碎其骨如泥,人人称快。数个恶秃驴不上数年,尽数相继而亡,报应之妙如此。果是:

善恶到头终有报,只争来早与来迟。

话说杨秃驴等死了,除了一方大害,人人向空作礼,举酒庆贺。唐玉

---

① 垩(è)——用白垩涂饿。垩,白土子。

潜见杨秃驴受报而死,方才了完报国之心,又同前日众少年到陵上祭奠,告道:"臣等犬马之意尽矣。"那时冬青树分外发生,青青可爱,众人无不喜悦。唐玉潜遂赋《冬青树行》道:

冬青花,不可折,南风吹凉积香雪。

遥遥翠盖万年枝,上有凤巢下龙穴。

君不见,犬之年、羊之月,霹雳一声天地裂。

林景熙赋诗一首道:

马垂问骸形①,南面欲起语。

野麕②尚纯束③,何物敢盗取?

余花恰飘荡,白日哀后土。

六合忽怪事,蜕龙挂茅宇。

老天鉴区区,千载护风雨。

郑朴翁赋诗四首道:

珠忘忽震蛟龙睡,轩弊宁忘犬马情?

亲拾寒琼出幽草,四山风雨鬼神惊。

一杯自筑珠宫土,双匣亲传竺国经。

只有春风知此意,年年杜宇哭冬青。

昭陵玉匣走天涯,金粟堆寒起暮鸦。

水到兰亭转呜咽,不知真帖落谁家。

珠兔玉雁又成埃,班竹临江首重回。

犹怀年时寒食节,天家一骑奉香来。

三人诗赋完。每歌一首,则痛饮数杯。自此之后,每到春秋二节便来祭奠,真宋室之忠臣也。

---

① 骸(xiāo)形——枯骨暴露的样子。

② 麕(jūn)——兽名,即獐。《诗经·召南·野有死麕》:"野有死麕,白茅纯束。"

③ 纯(chún)束——缠束,包裹。

　　次年上元，唐玉潜出外观灯而回，忽然见门外两个黄衣吏人手指文书一纸道："皇帝有请。"唐玉潜随着吏人而走，走至一处，宫殿巍巍，黄衣吏领唐玉潜进于宫殿之中，立于丹墀之下，见冕旒之主坐在殿上，数十余黄袍贵人走下殿来迎接道："藉君掩骸，恩德深厚，今有以报。"遂揖唐玉潜而上，唐玉潜升阶而进到于殿上，冕旒之主开口道："朕乃宋太祖也，朕子孙三百余年，世代以忠厚爱民为主，虽间有失德，亦未尝为残忍刻剥之事。今气运已绝，此是天数。朕与元朝亦非世仇，渠听奸恶杨秃驴之言，发掘陵寝，朕之子孙亦有何罪而受此惨毒？朕断不与之干休。今已诉之上帝，上帝许朕报仇，将命娄金星下降，以取其天下。渠作此恶孽，亦自短其国祚，冥报昭昭，定不相舍。杨秃诸贼罪大恶极，虽受戮于阳世，未足报其万一。朕今追取诸秃之魂在此，已极剖心刺血、烧烹锉磨之苦。朕加罪已毕，然后到冥司受阿鼻之狱也。汝命中实窭①且贫，兼之无妻无子，今忠义动天，为上帝所知，帝命赐汝伉俪子三人，田三顷。林、郑二人与汝同心合德，为此义举，帝亦赐以康宁温饱、子孙繁衍之报。余人亦各有加厚之处，因汝诸人都系忠义立心，不愿为元朝臣子，食元朝之禄，因此亦不以元朝污秽之禄位赐汝也。"说罢，唐玉潜拜谢，降阶而出，仍命黄衣吏领回。回到家里，盖已死去半日矣，醒来历历如见。当时杨秃未死之前，瞒得铁桶相似，杨秃死后，人方才得知有唐玉潜埋陵骨之事，人人无不感叹，称其忠义焉。后有一个袁治中为子求师，有人将唐玉潜荐去。袁治中将唐玉潜置诸宾馆，也不知他就是埋陵骨之人。一日问道："吾渡江闻有唐义士埋宋诸陵骨，先生莫不是其宗族否？"左右指唐玉潜道："即此是也。"袁治中大惊。原来袁治中素慕唐义士之名，如轰雷贯耳，恨不曾识面，闻埋陵骨就是此人，不觉惊骇，拱手道："先生真义士，古豫让不能过也。吾久仰义士之名，恨不一见，谁知就是先生乎！"便拽过一张交椅，扯唐玉潜过来，叫仆从三四人，勉强一把抱住了唐玉潜于交椅之上，北面而坐，而亲自纳头四拜焉。自此礼敬有加，情款益笃，如敬神明一般相待。闻知唐玉潜家徒四壁，恻然嗟叹，对人道："世上有如此义士，而贫穷如此者乎？此天下人之罪也。吾当料理使有妻有田。"不上数月之间，此二事尽数与唐玉潜料理得端正，与他娶了一个极贤惠的妻子，是旧家儿女；又与他买了三

---

①　窭（jù）——贫寒。

百亩肥田，都是袁治中的银子，并不费唐玉潜一文钱。后来果生三丈夫子。凡梦中宋太祖之所许，无一不合。其林、郑诸人报应，亦无一毫差错，真义士之报也。越中既称唐玉潜，又称袁治中，人因名之为"双义"焉。当时有人赞道：

　　　　从来忠义报无差，唐珏埋陵志更嘉。

　　　　一片丹心贯日月，争教福禄不交加。

又有人道：

　　　　杨秃诸贼无好死，玉潜瘗骨福交加。

　　　　更有诸君能好义，姓名千载播天涯。

又有恨杨秃诗道：

　　　　一朝帝王福非轻，自有神灵护圣明。

　　　　贼秃自行还自受，劈头烂足更烧烹。

第二十七卷

洒雪堂巧结良缘

倾国名姝,出尘才子,真个佳丽。鱼水因缘,鸾凤契合,事如人意。贝阙烟花,龙宫风月,谩诧传书柳毅,想传奇、又添一段,勾栏①里做《还魂记》。　　稀稀罕罕,奇奇怪怪,凑得完完备备。梦叶神言,婚谐腹偶,两姓非容易。牙床儿上,绣衾儿里,浑似牡丹双蒂。问这番、怎如前度,一般滋味?

这只词儿调寄《永遇乐》。话说元朝延佑初年,有个魏巫臣,是襄阳人,官为江浙行省参政,夫人萧氏,封郢国夫人。共生三子:大者魏鸷,次者魏鸶,三名魏鹏。这魏鹏生于浙江公廨之中,魏巫臣因与钱塘贾平章相好,平章之妻邢国莫夫人亦与萧夫人相好,同时两位夫人怀着身孕,彼此指腹为婚。分娩之时,魏家生下男儿,名为魏鹏;贾家生下女子,名为娉娉。不期魏巫臣患起一场病来,死于任所,萧夫人只得抱了魏鹏,并大子魏鸷、次子魏鸶,扶枢而归于襄阳,遂与莫夫人再三订了婚姻之约,两个相哭而别。贾平章同莫夫人直送至水口,方才分别。萧夫人一路扶枢而回,渐渐到于家庭之间,发回了一应衙门人役,将丈夫棺木埋葬于祖坟之侧,三年守孝,自不必说。

不觉魏鹏渐渐长大,年登十八,取字寓言。聪明智慧,熟于经史,三场得手,不料有才无命,至正间不第,心中甚是郁闷。萧夫人恐其成疾,遂对他说道:"钱塘乃父亲做官之处,此时名师宿儒,多是你父亲考取的门生,你可到彼访一明师相从,好友相处,庶几有成。况钱塘山水秀丽,妙不可言,可以开豁心胸,不必在此闷闷。"说罢,袖中取出一封书来道:"你到钱塘,当先访故贾平章邢国莫夫人,把我这封书送与。我内中自有要紧说话,不可拆开。"吩咐已毕,遂取出送莫夫人的礼物交付。魏鹏领了母亲书仪,暗暗地道:"母亲书中不知有何等要紧说话在内,叫我不要拆开,我

---

① 勾栏——宋元时百戏杂剧的演出场所。

且私自拆开来一看何如?"那书上道:

> 自别芳容,不觉又十五年矣。光阴迅速,有如此乎!忆昔日在钱塘之时,杯酒笑谈,何日不同?岂期好事多磨,先参政弃世,苦不可言。妾从别后,无日不忆念夫人,不知夫人亦念妾否乎?后知先平章亦复丧逝,彼此痛苦,想同之也。恨雁杳鱼沉①,无从吊奠耳。别后定钟兰桂②,鹏儿长大,颇事诗书,今秋下第,郁郁不乐。遂命游学贵乡,幸指点一明师相从,使彼学业有成,为幸为感。令爱想聪慧非常,深娴四德,谅不负指腹为婚之约。今两家儿女俱已长成,不知何日可谐婚期?敬此候问夫人起居,兼致菲仪数十种,聊表千里鹅毛之意,万勿鄙弃。邢国夫人妆次不宣。妾魏门萧氏敛衽拜。

魏鹏看了书,大喜道:"原来我与贾小姐有指腹为婚之约,但不知人才何如,聪明何如,可配得我否?"遂叫小仆青山,收拾了琴剑书箱,一路而来,到于杭州地面,就在北关门边老姬家做了寓所。次日出游,遍访故人无在者,唯见湖山佳丽,清景满前,车马喧门,笙歌盈耳。魏鹏看了,遂赋《满庭芳》一阕以纪胜,题于纸窗之上。其词曰:

> 天下雄藩,浙江名郡,自来唯说钱塘。水清山秀,人物异寻常。多少朱门甲第,闹丛里、争沸丝簧。少年客,谩携绿绮,到处鼓凤《求凰》。
>
> 徘徊应自笑,功名未就,红叶谁将?且不须惆怅,柳嫩花芳。又道蓝桥③路近,愿今生一饮琼浆。那时节、云英觑了,欢喜杀裴航。

话说魏鹏写完此词,边姬人走来见了道:"这是相公作耶?"魏鹏不应。边姬人道:"相公又见老妇不是知音之人。大凡乐府蕴藉为先,此词虽佳,还欠妩媚。周美成、秦少游、黄山谷诸人当不如此。"魏鹏闻了大惊,细细询问边姬人来历,方知他原是达睦丞相的宠姬,丞相薨后,出嫁民间,如今年已五十八岁,通晓诗书音律,善于谈笑刺绣,多往来于达官家,为女子之师,人都称他为"边孺人"。魏鹏问道:"当日丞相与我先公参政

---

① 雁杳(yǎo)鱼沉——不通信息。鱼雁,书信的代称。
② 兰桂——比喻子孙。
③ 蓝桥——桥名,在陕西蓝田县上东南蓝溪之上。相传其地有仙窟,唐裴航在此遇仙女云英,结为夫妇。

并贾平章都是同辈人矣。"边妪人方知他是魏巫臣之子,便道:"大好大好。"因此酒肴宴饮。酒席之间,魏鹏细细问参政旧日同僚各官,边妪人道:"都无矣,只有贾氏一门在此。"魏鹏道:"老母有书要达贾府,敢求孺人先容。"边孺人许诺。魏鹏遂问平章弃世之后,莫夫人健否,小姐何如。边孺人道:"夫人甚是康健。一子名麟,字灵昭;小姐名娉娉,字云华,母亲梦孔雀衔牡丹蕊于怀中而生,貌若天仙,填词度曲,精妙入神,李易安、朱淑真之等辈也。莫夫人自幼命老妇教读,老妇自以为不如也。夫人家中富贵气象,不灭平章在日光景。"魏鹏见说小姐如此之妙,不觉神魂俱动,就要边孺人到贾府去。

　　这壁厢边孺人正要起身,莫夫人因见边孺人长久不来,恰好叫丫环春鸿到边孺人家里来。边孺人就同春鸿到贾府去见了夫人,说及魏家郎君,领萧夫人致书之意。莫夫人吃惊道:"正在此想念,恰好到此,可速速为我召来。"就着春鸿来请,魏鹏随步而往。到于贾府门首,春鸿先进通报,随后就着二个青衣出来引导,到于重堂。莫夫人服命服而出,立于堂中,魏鹏再拜。夫人道:"魏郎几时到此?"魏鹏道:"来此数日,未敢斗胆进见。"夫人道:"通家至契,一来便当相见。"坐罢,夫人道:"记得别时尚在怀抱,今如此长成矣。"遂问萧夫人并鸳、鸶二兄安否何如,魏鹏一一对答。夫人又说旧日之事,如在目前,但不提起指腹为婚之事。魏鹏甚是疑心,遂叫小仆青山解开书囊,取出母亲之书,并礼物数十种送上。夫人拆开书,从头看了,纳入袖中,收了礼物,并不发一言。顷间一童子出拜,生得甚秀。夫人道:"小儿名麟儿也,今十二岁矣,与太夫人别后所生。"叫春鸿接小姐出来相见。须臾,边孺人领二丫环拥一女子从绣帘中出,魏鹏见了欲避,夫人道:"小女子也,通家相见不妨。"小姐深深道了"万福",魏鹏答礼。小姐就坐于夫人之侧,边孺人也来坐了。魏鹏略略偷眼觑那小姐,果然貌若天仙,有西子之容、昭君之色。魏鹏见了,就如失魂的一般,不敢多看,即忙起身辞别。夫人留道:"先平章与先参政情同骨肉,尊堂与老身亦如姊妹,别后鱼沉雁杳,绝不闻信息,恐此生无相见之期。今日得见郎君,老怀喜慰,怎便辞别?"魏鹏只得坐下。夫人密密叫小姐进去整理酒筵,不一时,酒筵齐备,水陆毕陈。夫人命儿子与小姐同坐,更迭劝酒。夫人对小姐道:"魏郎长如你三月,自今以后,既是通家,当以兄妹称呼。"魏鹏闻得"兄妹"二字,惊得面色如土,就像《西厢记》说的光景,却又不敢作不悦之色,只得勉强假作欢笑。夫人又命小姐再三劝酒,魏鹏终以"兄妹"二字饮酒不下。小姐见魏郎不饮,便对夫人道:"魏家哥哥想是不饮小杯,当以大杯奉敬何如?"魏郎道:"小杯尚且不能饮,何况大杯?"小姐道:"如不饮小杯,便以大杯敬也。"魏郎见小姐奉劝,只得一饮而尽。夫人笑对边孺人道:"郎君既在你家,怎生不早来说?该罚一杯。"边孺人笑而饮之。饮罢,魏郎告退。夫人道:"魏郎不必到边孺人处去,只在寒舍安下便是。"魏郎假称不敢。夫人道:"岂有通家骨肉之情,不在寒舍安下之理?"一壁厢叫家仆脱欢、小苍头宜童引魏郎到于前堂外东厢房止宿,一壁厢叫人到边孺人家取行李。魏郎到于东厢房内,但见屏帏床褥、书几浴盆、笔砚琴棋,无一不备。魏郎虽以"兄妹"二字不乐,但遇此倾城之色,眉梢眼底,大有滋味,况且又住在此,尽可亲而近之,后来必有好处。因赋《风入松》一词,醉书于粉壁之上:

> 碧城十二瞰湖边,山水更清妍。此邦自古繁华地,风光好,终日歌弦。苏小宅边桃李,坡公堤上人烟。　绮窗罗幕锁婵娟,咫尺远如天。红娘不寄张生信,西厢事,只恐虚传。怎及青铜明镜,铸来便得团圆。

不说魏郎思想贾云华,且说贾云华进到内室,好生牵挂魏郎,便叫丫环朱樱道:"你去看魏家哥哥可曾睡否?"朱樱出来看了,回复道:"魏家哥哥题首诗在壁上,我隔窗看不出,明日起早,待他不曾出房,将诗抄来与小姐看看是何等样诗句。"看官,你道朱樱怎生晓得,原来近朱者赤、近墨者黑,朱樱日日服侍小姐,绣床之暇,读书识字,此窍颇通。次日果然起早,将此词抄与小姐看。小姐看了暗笑,便取了双鸾霞笺一幅,磨得墨浓,蘸得笔饱,也和一首付与朱樱。朱樱将来送与魏郎道:"小姐致意哥哥,有书奉达。"魏郎拆开来一看,也是一首《风入松》词,道:

> 玉人家在汉江边,才貌及春妍。天教吩咐风流态,好才调,会管能弦。文采胸中星斗,词华笔底云烟。　蓝田新锯璧娟娟,日暖绚晴天。广寒宫阙应须到,《霓裳曲》一笑亲传。好向嫦娥借问,冰轮怎不教圆?

魏郎看了,笑得眼睛没缝,方知边孺人之称赞一字非虚,见他赋情深厚,不忍释手,遂珍藏于书笈之中,再三作谢,朱樱自去。朱樱方才转身,夫人着宜童来请到中堂道:"郎君奉尊堂之命,远来游学,不可蹉跎时日。

此处有个何先生,大有学问之人,门下学生相从者甚多。郎君如从他读书,大有进益。赘见之礼,吾已备办在此矣。"魏郎虽然口里应允,他心中全念着贾云华,将"功名"二字竟抛在东洋大海里去了,还有什么"诗云子曰、之乎者也"!见夫人强逼他去从先生,这也是不凑趣之事,竟像小孩子上学堂的一般,心里有不欲之意。没奈何,只得承命而去,然也不过应名故事而已,那真心倒全副都在贾云华身上。但念夫人意思虽甚殷勤,供给虽甚整齐,争奈再不提起姻事,"妹妹哥哥"毕竟不妥,不知日后还可有婚姻之期否?遂走到吴山上伍相国祠中,虔诚祈一梦兆,得神报云:

　　洒雪堂中人再世,月中方得见姮娥。

魏郎醒来,再三推详不得,只得将来放过一边。一日,偶与朋友出游西湖,贾云华因魏郎不在,同朱樱悄悄走到书房之内,细细看魏郎窗上所题之词,甚是啧啧称赞。一时高兴,也题绝句二首于卧屏之上:

　　净几明窗绝点尘,圣贤长日与相亲。

　　文房潇洒无余物,唯有牙签伴玉人。

又一绝句道:

　　花柳芳菲二月时,名园剩有牡丹枝。

　　风流杜牧还知否,莫恨寻春去较迟。

话说魏郎抵暮归来,见了此诗,深自懊悔不得相见,随笔和二首题于花笺之上,道:

　　冰肌玉骨出风尘,隔水盈盈不可亲。

　　留下数联珠与玉,凭将吩咐有情人。

又一绝句道:

　　小桃才到试花时,不放深红便满枝。

　　只为易开还易谢,东君有意故教迟。

魏郎写完此诗,无便寄去。恰好春鸿携一壶茶来道:"夫人闻西湖归来,恐为酒困,特烹新龙井茶在此解渴。"魏郎见春鸿甚是体态轻盈,乘着一时酒兴,便一把搂抱过来道:"小姐既认我为哥哥,你认我为夫何如?"春鸿变色不肯,道:"夫人严肃,又恐小姐知道嗔怪。"魏郎道:"小姐固无妨也。"春鸿再三挣扎不脱,也是及时之年,假意推辞,见魏郎上紧,也便逆来顺受了。正是:

　　偶然仓促相亲,也当春风一度。

魏郎事完,再三抚息道:"吾有一诗奉小姐,可为我持去。"春鸿比前更觉亲热,连声应允,即时持去,付与小姐看了,纳入袖中,吩咐春鸿切勿漏泄。方才说罢,夫人着朱樱来请道:"莫家哥哥到。"贾云华走出相见,是外兄莫有壬来探望。夫人设宴相待,魏郎同宴。夫人因久别有壬,且悲且喜,姑侄劝酬,不觉至醉,筵毕各散。夫人早睡,独小姐率领丫环收拾器皿、锁闭门户。朱樱持烛伴小姐出来照料,见魏郎独立,惊道:"哥哥怎生还不去睡?"魏郎道:"口渴求茶。"小姐命朱樱去取茶,魏郎见朱樱去了,便道:"我有一言相告,母亲为我婚姻,艰难水陆,千里远来,今夫人并无一语说及婚姻之事,但称为'兄妹',怎生是好?"贾云华默然不言。适朱樱捧茶而至,贾云华亲递与魏郎。魏郎谢道:"何烦亲递?"贾云华道:"爱兄敬兄,礼宜如此。"魏郎渐渐挨身过来,贾云华退立数步道:"今夕夜深,哥哥且返室,来宵有话再说。"遂道了万福而退。次日,夫人中酒不能起,晚间小姐果然私走出来,到于东厢房,见魏郎道了万福,闲话片时,见壁上琴道:"哥哥精于此耶?"魏郎道:"十四五时即究心于此。闻小姐此艺最精,小生先鼓一曲,抛砖引玉何如?"就除下壁上这张天风环佩琴来,鼓《关雎》一曲以动其心。小姐道:"吟猱绰注,一一皆精,但取声太巧,下指略轻耳。"魏郎甚服其言,便请小姐试鼓一曲。云华鼓《雉朝飞》一曲以答。魏郎道:"指法极妙,但此曲未免有淫艳之声。"云华道:"无妻之人,其词哀苦,何淫艳之有?"魏郎道:"若非牧犊子之妻,安能造此妙乎?"云华无言,但微笑而已。此夕言谈稍洽,甚有情趣。忽夫人睡醒,呼小姐要人参汤。小姐急去,魏郎茫然自失,枕上赋《如梦令》词一曲道:

　　明月好风良夜,梦楚王台下。云散雨收难成,佳会又为虚话。误也,误也,青着眼儿干罢。

次日魏郎起早,进问夫人安否,出来早到清凝阁少坐,内室无人。那时云华正坐阁前低头着绣鞋,其双弯甚是纤小。魏郎闪身户外窥视,却被小丫环福福看见,急急报与小姐。小姐大怒,要对夫人说知。魏郎惶恐道:"适才到夫人处问安,迷路至此,兄妹之情,何忍便大怒耶?"小姐道:"男子无故不入中堂,怎生好直造内室? 倘被他人窥见,成何体面! 自今以后,切勿如此!"魏郎连连谢过不已。小姐笑道:"警戒哥哥下次耳,何劳深谢。"魏郎方知云华之狡猾也。

夫人一日遣春鸿捧茶与魏郎饮,魏郎又乘机得与春鸿再续前好,便求告春鸿道："你怎生做个方便则个?"春鸿道："你与小姐原有指腹为婚之约,况且郎才女貌,自然相得。我有白绫汗巾一条在此,哥哥,你写一首情词在上,看小姐怎生发付,便见分晓。"魏郎道："言之有理。"即忙提起笔来做首诗道:

> 鲛绡元自出龙宫,长在佳人玉手中。

> 留待洞房花烛夜,海棠枝上试新红。

诗题毕,付与春鸿。春鸿前走,魏郎随后,走至柏泛堂,小姐正在那里倚槛玩庭前新柳,因诵辛稼轩词道："莫去倚危栏,斜阳正在、烟柳断肠处。"魏郎遽前抚其背道："我更断肠也。"小姐道："狂生又来耶?"魏郎道:"不得不如此耳。"小姐命春鸿去取茶,春鸿故意将汗巾坠于地下。小姐拾起看了,怒道："何无忌惮如此?"魏郎道："我与你原自不同,指腹为婚,神明共鉴。不期夫人以'兄妹'相称,竟有背盟之意,全赖你无弃我之心,方可谐百年之眷。今你又漠然如土木相似,绝无哀怜之意,我来此两月,终日相对,真眼饱肚中饥也。若再如此数月,我决然一命休矣。你何忍心如此!"小姐闻言叹息道："哥哥之言差矣,我岂土木之人,指腹为婚,此是何等样盟誓!今母亲并不提起'婚姻'二字,反以'兄妹'相称,定因兄是异乡之人,不肯将奴家嫁与哥哥。奴家自见哥哥以来,忘食忘寝,好生牵肠割肚,比兄之情更倍。但以异日得谐秦晋①,终身为箕帚之妾,偕老百年,乃妾之愿。若草草苟合,妾心决不愿也。"魏郎道："说得好自在话儿,若必待六礼告成,则我将为冢中之人矣。"小姐闻之,心在狐疑之间,忽夫人见召,魏郎慌张而出。

次日,小姐着春鸿将一纸付与魏郎,魏郎拆开来看了,内一诗道:

> 春光九十恐无多,如此良宵莫浪过。

> 寄与风流攀桂客,直教今夕见姮娥。

魏郎见了,欢喜不胜,举手向天作谢。磨枪备剑,预作准备,巴不得登时日落西山,顷刻撞钟发擂。争奈何先生处一个不凑趣的朋友金在镕走来探望,强拉魏郎到湖上妓家秀梅处饮酒。魏郎假推有疾,那金在镕不顾死活,一把拖出,魏郎只得随了他去。到了秀梅之处,秀梅见魏郎风姿典雅,大杯奉着魏郎。魏郎一心牵挂着小姐,只是不饮,怎当得秀梅捉住乱

---

① 秦晋——春秋时,秦晋两国世为婚姻。后以"秦晋"代称两姓联姻。

灌，一连灌了数杯，魏郎大醉如泥，出得秀梅之门，一步一跌而回。走入东厢房门，便一跤睡倒在石栏杆地上。那时月明，小姐乘夫人睡熟，悄悄走出闺门来赴约，不意魏郎酣寝，酒气逼人，呼之不醒，乃怅然入室，取笔书绝句一首于几上道：

　　暮雨朝云少定踪，空劳神女下巫峰。

　　襄王自是无情者，醉卧月明花影中。

　　题毕而进。天明酒醒，魏郎见几上这首诗，懊恨无及。自恨为妓秀梅所误，赓韵①和一首道：

　　飘飘浪迹与萍踪，误入蓬莱第几峰。

　　凡骨未仙尘俗在，罡风吹落醉乡中。

　　魏郎懊恨之极，再无便可乘。适值平章忌辰，夫人往西邻姚恭恕长者家附荐佛事，以邀冥福，做三昼夜功德。夫人出门，吩咐小姐料理家事，锁闭门户。说罢，出门而去。

　　说话的，你道这夫人好生疏虞，怎生放着两个孤男寡女在家，可不是自开他一个婚媾的门户了！只因这小姐少年老成，一毫不苟言、不苟笑，闺门严肃，整整有条，中门之外，未尝移步，因此并不疑心到这件事上，然毕竟是疏虞之处。夫人方才出门，那魏郎就如热锅上的蚂蚁一般，一刻也蹲坐不牢，乘机闯入绣房，要做云雨之事。小姐恐为丫环等所知，不成体面，断然不肯道：“百年之事在此一旦，岂得草草？妾晚间当明烛启门，焚香以俟。”魏郎应允。至暮，小姐吩咐众仆道：“夫人不在，汝等各宜小心火烛早睡，男人不许擅入中堂，女人不许出外。”众人莫不拱听。又调开朱樱、春鸿另睡一处。朱樱、春鸿，也知小姐之意，各人走开，让她方便。魏郎更余天气蹑步而进，从柏泛堂后转过横楼，有两条路，不知何路可达。正在迟疑之间，忽然异香一阵扑鼻而来，魏郎寻香而往，但见绿窗半启，绛烛高烧，香气氤氲之中，立着那位仙子，上服紫罗衫，下着翠文裙，自拈沉香放于金雀尾炉中。闻得魏郎步履声，出户而迎，延入室内，室内怎么光景：

　　室中安黑漆罗钿屏风床，红罗圈金杂彩绣帐。床左有一别红矮几，几上盛绣鞋二双，弯弯如莲瓣，仍以锦帕覆其上；右有铜丝梅花

---

　　①　赓韵——续用原韵。

笼,悬收香鸟一只。东壁上挂二乔并肩图,西壁挂美人梳头歌。壁上犀皮韦相对,一放笔砚文房具,一放妆奁梳掠具。小花瓶插海棠一枝,花笺数幅,玉镇纸一枚。对房则藕丝吊窗,下作船轩,轩外缭以彩墙。墙内叠石为台,上种牡丹数本。桂花异草,丛错相间。距台二尺许,砖甃①一方池,池中金鱼数十尾,护阶草笼罩其上。

　　说不尽那室中精致。魏郎哪有闲心观玩,便推小姐入于彩帐之内,笑解罗衣,态有余妍,半推半就,花心才折,桃浪已翻,娇声宛转,甚觉不堪。事毕,以白绫帕拂拭道:"真可为'海棠枝上试新红'也。"小姐道:"贱妾陋躯,今日为兄所破,甚觉惭愧。因原有指腹为婚之约,愿以今日之事,始终如一,偕老百年,毋使妾异日为章台之柳,则万幸矣。倘不如愿,当坠楼赴水以死,断不违背盟言也。"魏郎道:"今日之事,死生以之,不必过虑。"遂于枕上口占《糖多令》一阕以赠道:

　　深院锁幽芳,三星照洞房。蓦然间、得效鸾凰。烛下诉情犹未了,开绣帐,解衣裳。　　新柳未舒黄,枝柔那耐霜?耳畔低声频付嘱,偕老事,好商量。

小姐亦依韵酬一阕道:

　　少小惜红芳,文君在绣房。幸相如赋就《求凰》。此夕偶谐云雨事,桃浪起,湿衣裳。　　从此退蜂黄,芙蓉愁见霜。海誓山盟休忘却,两下里,细思量。

　　从此往来频数,无夕不欢。只有朱樱未曾到手,魏郎恐怕他漏泄了这段春光,也把他摸上了。从此三人同心,只瞒得老夫人。况且老夫人老眼昏花,十分照料不着,更兼日在佛阁之内诵经念佛,落得这一双两好,且自快心乐意。

　　不期光阴易过,夏暑将残,萧夫人及二兄书来催回乡试,彼此好生伤叹。魏郎道:"我要这'功名'二字何用?"小姐道:"'功名'二字,亦不可少,倘你去得了驷马高车而来,我母亲势利,或者将奴家嫁你,亦未可知。"次日,夫人备酒筵饯行,小姐亦在座上。晚间待夫人睡熟,走出来与魏郎送别。好生凄楚,絮絮叨叨,泪珠满脸。魏郎再三慰安道:"切勿悲啼,好自保重。"小姐道:"兄途中谨慎,早早到家,有便再来,勿为长往。

---

　　①　甃(zhòu)——砖。

妾丑陋之身,乃兄之身也,幸念旧盟。"说罢而别。次日遂叫春鸿送出青红绺丝履一双、绫袜一緉①为赠,并书一封道:

> 薄命妾娉再拜寓言兄前:娉薄命,不得奉侍左右为久计。今马首欲东,无可相照,手制粗鞋一双、绫袜一緉,聊表微意,庶履步所至,犹妾之在足下也。悠悠心事,书不尽言。伏楮②缄词,涕泪交下。不具。

魏郎览毕,堕泪而已,遂锁于书笈之中。一边收拾起身,把日前窗上所题诗句尽数涂抹。一路回去,凡道中风晨月夕,水色山光,触目伤心。到家之日,已将入试之时,遂同二兄进场。他一心只思量着贾云华小姐,哪里有心相去做什么文字,随手写去,平平常常,绝无一毫意味,恨不得写一篇"相思经"在内,有什么好文字做将出来?怎知自己极不得意文字,那试官偏生得意,昏了眼睛,歪了肚皮,横了笔管,只顾圈圈点点起来。二兄用心敲打之文,反落榜后。果是:

> 着意栽花花不活,无心插柳柳成荫。

魏鹏领了高荐,势利场中,贺客填门,没一个不称赞他文字之妙,说如此锦绣之文,自然高中。魏鹏自己心上明白,暗暗付之一笑而已。同年相约上京会试,魏郎托病不赴,只思到杭州以践宿约,怎当得母亲、二兄不容,催逼起身,魏郎不得已恨恨而去。会场中也不过随手写去,做篇应名故事之文。偏生应名故事之文,瞎眼试官得意,又圈圈点点起来,说他文字稳稳当当,不犯忌讳,不伤筋动骨,是平正举业之文,竟中高第。廷试又在甲榜,擢应举翰林文字。魏郎虽然得了清要之官,争奈一心想着云华,情愿补外官,遂改江浙儒学副提举,甚是得意。归到襄阳,拜了母、兄,径付钱塘,需次待阙。首具袍笏拜夫人于堂,夫人叫儿子灵昭,并小姐出来拜见,魏郎见了小姐,两目相视,悲喜交集,却又不敢多看。夫人对小姐道:"魏兄高第显官,人间盛事,汝既是妹,当以一杯致贺。"小姐遂酌酒相劝,极欢而罢。夫人道:"幸未上官,仍旧寓此可也。"这一句说话,单单搔着了魏郎胸中之念,好生畅快。才到得一二日,又是朱樱、春鸿二人做线,引了魏郎直入洞房深处,再续前盟,终日鸾颠凤倒,连朱樱、春鸿二人一齐

---

① 緉(liǎng)——双。

② 楮(chǔ)——树名。树皮可造纸,故代称纸。亦代指书信。

都弄得个畅哉。

一日，后园池中有并蒂荷花二朵，一红一白。夫人因有此瑞，遂置酒池上，命魏郎、灵昭、小姐三人赏荷花，且对灵昭道："并蒂荷花是人世之大瑞，莫不是你今秋文战得捷之兆？可赋一诗以见志。魏郎如不弃亦请赋一首。"二人俱赋一首，夫人称赞魏郎，要小姐也赋一首。小姐遂口占《声声慢》一词，魏郎看了道："风流俊媚，真女相如也。"小姐连称不敢而散。魏郎愈加珍重，遂为《夏景闺情》十首，以寄云华道：

> 香闺晓起泪痕多，倦理青丝发一窝。
> 十八云鬟梳掠遍，更将鸾镜照秋波。
>
> 侍女新倾盥面汤，轻装雪腕立牙床。
> 都将隔宿残脂粉，洗在金盆彻底香。
>
> 红绵拭镜照窗纱，画就双蛾八字斜。
> 莲步轻移何处去？阶前笑折石榴花。
>
> 深院无人刺绣慵，闲阶自理凤仙丛。
> 银盆细捣青青叶，染就春葱指甲红。
>
> 薰风无路入珠帘，三尺冰绡怕汗黏。
> 低唤小鬟推绣户，双弯自濯玉纤纤。
>
> 爱唱红莲白藕词，玲珑七窍逗冰姿。
> 只缘味好令人美，花未开时已有丝。
>
> 雪为容貌玉为神，不遣风尘浣此身。
> 顾影自怜还自叹，新妆好好为何人？
>
> 月满鸿沟信有期，暂抛残锦下鸣机。
> 后园红藕花深处，密地偷来自浣衣。

明月婵娟照画堂，深深再拜诉衷肠。
怕人不敢高声语，尽是殷勤一炷香。

阔幅罗裙六叶裁，好怀知为阿谁开？
温生不带风流性，辜负当年玉镜台。

　　魏郎与小姐终日暗地取乐，争奈好事多磨，乐极悲生，忽萧夫人讣音到。魏郎痛哭，自不必说，一边要回家去丁忧，思量一去三年，就里变更不一，急急要说定了小姐亲事，遂浼边孺人转说道：“昔日魏郎与小姐两家指腹为婚，一言已定，千古不易，前日萧夫人书来，专为两家儿女长大，特来求请婚期。从来圣人道：‘自古皆有死，民无信不立’。天地鬼神，断不可欺。今魏郎既已登第，与小姐宜为配偶，一个相公，一个夫人，恰是天生地长的一般。如今萧夫人虽死，盟言终在。魏郎要回家守制，一去三年，愿夫人不弃前盟，将小姐配与，回家守制。如其不然，一言约定，待彼三年服满而来成亲亦可。夫人以为何如？”夫人道：“我非违弃前盟，奈山遥水远，异乡不便。我只此一女，时刻不见，尚且思念，若嫁他乡，终年不得一见，宁死不忍。前日萧夫人书来，我难以回答，在魏郎面前，亦绝口不谈及此事，只以兄妹之礼相见，今魏郎高科，宦途升转，必要携去，我老人家怎生割舍？况我年老，光阴有限，在我膝下有得几时？不如嫁与本处之人，可以朝朝夕夕相见，不消费我老人家悬念。况且魏郎年少登科，自有佳人作配，魏郎不愁无妻，我却愁无女也，烦孺人为我委曲辞之可也。”边孺人对魏郎说了，惊得魏郎面色如土，只得跪告边孺人道：‘指腹为婚，更与冰人月老议亲之事不同。夫人岂以母亲已死，便欲弃盟誓耶？望孺人为我再三一言，不忘结草衔环报。”边孺人只得又对夫人再三劝解，夫人执意不回。魏郎大哭道：“死生从此别矣。”只得收拾起身。一边小姐得知这个消息，哭得死而复生，几番要寻自尽，被春鸿二人苦劝，走出相别。哭得两目红肿，声音呜咽，一句也说不出，连春鸿二人都哽塞不住。小姐停了一会，方才出声道：“平日与兄一日不见，尚且难堪，何况守制三年、远离千里？既不谐伉俪，从此便为路人。吾兄节哀顺变；保全金玉之躯，服阕上官，别议佳偶，宗祧为重，勿久鳏居。妾自命薄，不能与兄长为夫妇，但既以身与兄，岂能异日复事他人？妾以死自誓而已，勿以妾为深念。”次日，乃破匣中鸾镜，断所弹琴上冰弦，并前时手帕，付与魏郎。果是：

情到不堪回首处,一齐吩咐与东风。

魏郎接了,置于行李之中。夫人置酒饯别,命小姐出送。小姐哭得两目红肿,出来不得,托言有疾。魏郎亦不愿云华出来,愈增伤感,垂泪而去。

不说魏郎归到襄阳守制。且说灵昭是年果中浙江乡试,明年连捷春榜,授陕西咸宁知县,遂同母亲、姐姐上任。那云华自别魏郎之后,终日饮恨,染成一病,柳憔花悴,玉减香消,好生凄惨。况且一路上道途辛苦,到县数十日,奄奄将死。夫人慌张,不知致病之由,将春鸿细细审问,方知是为着魏郎之故,懊恨无及,早知如此,何不配与魏郎,屈断送了这块心头之肉。只得好言劝解道:"待你病好,断然嫁与魏郎罢了。"怎知病入膏肓,已无可救之法,果然是《牡丹亭记》道:

怕树头树尾,不到的五更风。和俺小坟边立断肠碑一统,怎能够月落重生灯再红!

不数日,竟一病而亡了。夫人痛哭,自不必说,灵昭把小姐棺木权厝于开元寺僧舍,期任满载归。

适值县有大盗,逃到襄阳,官遣康铧到彼捕盗。春鸿遂出小姐所作之诗,遗命叫人寄去与魏郎,遂乘便付与康铧。灵昭得知,拆开来一看,乃集唐诗成七言绝句十首,与魏郎为永诀之词也。夫人看了道:"人都为他死了,生前既违其志,死后岂可又背其言乎?"遂命寄去。魏郎接了康铧寄来之诗,拆开来一看,其诗道:

两行情泪雨前流,千里佳期一夕休。
倚柱寻思倍懊恨,寂寥灯下不胜愁。

相见时难别亦难,寒潮唯带夕阳还。
钿蝉金雁皆零落,离别烟波伤玉颜。

倚阑无语倍伤情,乡思撩人拨不平。
寂寞闲庭春又晚,杏花零落过清明。

自从消瘦减容光,云雨巫山枉断肠。
独宿孤房泪如雨,秋宵只为一人长。

纱窗日落渐黄昏，春梦无心只似云。
万里关山音信断，将身何处更逢君。

一身憔悴对花眠，零落残魂倍黯然。
人面不知何处去，悠悠生死别经年。

真成薄命久寻思，宛转蛾眉能几时？
汉水楚云千万里，留君不住益凄其。

魂归冥漠魄归泉，却恨青娥误少年。
三尺孤坟何处是？每逢寒食亦潸然。

物换星移几度秋，鸟啼花落水空流。
人间何事堪惆怅，贵贱同归土一丘。

一封书寄数行啼，莫动哀吟易凄惨。
古往今来只如此，几多红粉委黄泥。

魏郎看了，得知凶信，哭得死而复生，遂设位祭奠，仰天誓道："子既为我捐生，我又何忍相负。唯有终身不娶，以慰芳魂耳。"作祭文道：

呜呼！天地既判，即分阴阳；夫妇假合，人道之常。从一而终，是谓贤良；二三其德，是曰淫荒。昔我参政，暨先平章，僚友之好，金兰其芳；施及寿母，与余先堂，义若姊妹，闺门颉颃①。适同有妊，天启厥祥，指腹为誓，好音琅琅。乃生君我，二父继亡。君留浙水，我返荆襄，彼此阔别，各天一方。日月流迈，逾十五霜，千里跋涉，访君钱塘。佩服慈训，初言是将，冀遂囊约，得偕姬姜。姻缘浅薄，遂堕荒唐，一斤不复，竟尔参商。呜呼！君为我死，我为君伤！天高地厚，莫诉衷肠。玉容月貌，死在谁旁？断弦破镜，零落无光，人非物是，徒有涕滂。悄悄寒夜，隆隆朝阳，佳人何在？令德难忘。何以招子？谁为巫

---

①　颉(xié)颃(háng)——语出《诗经》。鸟飞上下的样子。引申为不相上下。

阳？何以慰子？鳏居空房！庶几斯语，闻于泉壤。岘山郁郁，汉水汤汤，山倾水竭，此恨未央！呜呼小姐！来举予觞。尚飨。

不觉光阴似箭，转眼间已经服满赴都，恰好升陕西儒学正提举，阶奉议大夫。那时贾灵昭尚未满任，魏郎方得相见，升堂拜母，而夫人益老矣。彼此相见，不胜悲感，春鸿、朱樱益增伤叹。魏郎问小姐殡宫所在，即往恸哭，以手拍棺叫道："云华知魏寓言在此乎？想你精灵未散，何不再生以副我之望耶？"恸哭而回。是夕宿于公署，似梦非梦，仿佛见云华走来，魏郎忘记他已死，便一把搂住。云华道："郎君勿得如此！妾死后，阴府以我无过，命入金华宫掌笺奏之任，今又以郎君不娶之义，以为有义，不可使先参政盛德无后，将命我还魂，而屋舍已坏。今欲借尸还魂，尚未有便，数在冬末，方可遂怀，那时才得团圆也。"说毕，忽然乘风飞去。魏郎惊觉，但见淡月浸帘，冷风拂面，四顾凄然而已。遂成《疏帘淡月》词一阕道：

> 溶溶皓月，从前岁别来，几回圆缺？何处凄凉，怕近暮秋时节！花颜一去终成诀，洒西风，泪流如血！美人何在？忍看残镜，忍看残玦！
>
> 忽今夕梦里，陡然相见，手携肩接。微启朱唇，耳畔低声儿说：冥君许我还魂也，教我同心罗带重结。醒来惊怪，还疑又信，枕寒灯灭。

魏郎到任，不觉已到冬天。有长安丞宋子璧，一个女子，姿容绝世，忽然暴死，但心头甚暖，不忍殡殓。三日之后，忽然重活起来，不认父母，道："我乃贾平章之女，名娉娉，字云华，是咸宁县贾灵昭之姊，死已二年，阴司以我数当还魂，今借汝女之尸，其实非汝女也。"父母见他声音不类，言语不同，细细盘问，那女子定要到咸宁县见母亲、哥哥，父母留他不住。那咸宁县与长安公廨恰好相邻，只得把女子抬到县宇，女子径走进拜见夫人、哥哥，备细说还魂之事。夫人与哥哥听他言语声音、举止态度，无一不像，呼叫春鸿、朱樱，并索前日所遗留之物，都一毫不差，方信果是还魂无疑。宋子璧与妻陈氏不肯舍这个女子，定要载他回去。女子大怒道："身虽是你女儿身体，魂是贾云华之魂，与你有何相干？妄认他人女为女耶？"宋夫妇无计，只得叹息而回。夫人道："此天意也。"即报与魏郎。魏郎即告诉夫人梦中之事，于是再缔前盟，重行吉礼。魏郎亲迎，夫人往送，春鸿、朱樱都随小姐而来。

一女变为二女，旧人改作新人。

　　宋子璧夫妻一同往送，方知其女名为"月娥"。提举廨宇后堂旧有匾额名"洒雪堂"，盖取李太白诗"清风洒兰雪"之义，为前任提举取去，今无矣。方悟当日伍相祠中梦兆，上句指成婚之地，下句指其妻之名。魏郎遂遍告座上诸人，知神言之验。此事喧传关中，莫不叹异。魏郎与月娥产三子，都为显官。魏郎仕为太禧宗禋院使兵部尚书，年八十三卒。月娥封郡国夫人，寿七十九而没。平昔吟咏赓和之诗共千余篇，题曰《唱随集》。有诗为证：

　　《还魂记》载贾云华，尽拟《娇红》意未嘉。

　　删取烦言除剿袭，清歌一曲叶琵琶。

第二十八卷

天台匠误招乐趣

夫人在兮若冰雪，夫人去兮仙迹灭。

可怪如今学道人，罗裙带上同心结。

当日江西临川地方，有座仙观，名曰"魏坛"，是女仙魏夫人经游之地。这座观里，聚集着许多女道姑。世上有得几个真正修行的女人？终日焚香击磬，踏罡礼斗，没有滋味。又道是古来仙女定成双，遂渐渐生起尘凡之念，不免风前月下，遇着后生男儿，风流羽客，少年才子，"无欲以观其妙，有欲以观其窍"，像石道姑说韶阳小道姑道："你昨日游到柳秀才房儿里去，是窍是妙？"她既有了这"窍妙"二字，还说什么星冠羽衣、东岳夫人、南斗真妃。那魏坛观中这些女道姑要寻人配对坎离、抽添水火，传几个仙种在于世上，谁肯寂寂寞寞守在这观中？比如那梅花观中石道姑，自说水清石见，无半点瑕疵，唯其石的，所以能如此，若是水的，断难免矣。所以宋朝陈虚中为临川太守，亲见这些女道姑不长进，往往要做那"窍妙"二字，因作此诗以讥诮之。又有宋朝一个得道的洪觉范禅师，见一个女道姑年纪后生，心性不大老实，不守那道家三清规矩，遂做首词儿取笑她道：

十指嫩抽春笋，纤纤玉软红柔。人前欲展强娇羞，微露云衣霓袖。

最好洞天春晚，《黄庭》卷罢清幽。无心无计奈闲愁，试捻花枝频嗅。

话说唐朝咸通年间，西京有个女道士鱼玄机，字幼微，原是补阙官李亿的姬妾，极其得意。后来李亿死了，遂出家于咸宜观中。虽然如此，那时只得三十余岁，原是风流生性，俗语道："宁可没了有，不可有了没。"免不得旧性发作，况且熟读《道德经》那句"玄牝①之门，是谓天地根，绵绵

---

① 玄牝（pìn）——玄，微妙；牝，雌性。老子认为"道"就像微妙的母体一样，生殖万物。这里做庸俗化的理解。

若存,用之不勤",要在那玄牝门里做工夫,不住的一出一入,用之不勤,方才合那"窍妙"二字。因是诗才高俊,不肯与那一种带道冠儿的骚道士往来,专一与文人才子私通,把一座咸宜观竟改做了高唐云雨之观。不念那《黄庭》、《道德》之经,只念的是阴阳交媾、文武抽添、按摩导引、开关通窍之经。所以在观里做的诗句,都是风月之词,做得甚妙:

　　绮陌春望远,遥徽秋兴多。

　　殷勤不得语,红泪一双流。

　　云情自郁争同梦,仙貌长芳又胜花。

　　蕙兰销歇归春圃,杨柳东西绊客舟。

　　那诗句之妙,果是清俊。他身边有个女童,名为绿翘,颇有几分颜色。一日,鱼玄机在施主人家做法事祈祷,有个秀才来相访。那秀才是与鱼玄机极相好之人,绿翘因鱼玄机不在,回复了去。鱼玄机法事毕了回来,疑心那秀才与绿翘偷情,做了替身,甚是吃醋。柳眉倒竖,杏眼圆睁,将星冠除下,羽衣脱去,拿了一条鞭子,把绿翘剥得赤条条的,浑身上下打了数百皮鞭而死,埋在后园树木之下。后来事发,监禁狱中,还做首《相思》诗道:

　　易求无价宝,难得有情郎。

　　那日常里与她做"窍妙"之人,都来替她说人情,要出脱她。争奈京兆尹温璋执法不容,将鱼玄机偿了绿翘性命。

　　看官,你道这鱼玄机既出了家,做了女道士,却又凡心不断,吃醋拈酸,争风杀人,这样出家的,可不与出家人打嘴头子么? 这一回是说尼姑作孽之事,奉劝世上男子将自己妻子好好放在家间,做个清清白白、端端正正的闺门,有何不好? 何苦纵容她到尼庵去,不干不净。说话的好笑,世上有好有歹,难道尼庵都是不好的么? 其中尽有修行学道之人,不可一概而论。说便是这样说,毕竟不好的多如好的。况且那不守戒行的谁肯说自己不好? 假至诚假老实,甜言蜜语,哄骗妇人。更兼她直入内房深处,毫无回避,不唯"窍"己之"窍"、"妙"己之"妙"还要"窍"人之"窍"、"妙"人之"妙"。那些妇人女子心粗,误信了她至诚老实,终日到于尼庵烧香念佛,往往着了道儿。还有的男贪女色、女爱男情,幽期密约,不得到手,走去尼庵私赴了月下佳期,男子汉痴呆懵懂,一毫不知。所以道三姑六婆不可进门,何况亲自下降,终日往于尼庵,怎生得不做出事来? 何如安坐家间,免了这个臭名为妙。大抵妇女好入尼庵,定有奸淫之事,世人不可不察,莫怪小子多口。总之要世上男子妇人做个清白的好人,不要踹在这个浑水里。倘得挽回世风,就骂我小子口孽造罪,我也情愿受了,不独小子,古人曾有诗痛戒道:

> 尼庵不可进,进之多失身。
> 尽有奸淫子,借此媾婚姻。
> 其中置窟宅,黑暗深隐沦,
> 或伏淫僧辈,或伏少年人。
> 待尔沉酣后,凶暴来相亲,
> 恣意极淫毒,名节等飞尘。
> 传语世上妇,何苦丧其真,
> 莫怪我多口,请君细咨询。

且说两个故事,都在尼庵里做出事来,说与看官们知道。当时有个阮三官,是个少年之人,精于音律,吹得好箫。因是元宵佳节,别人看灯散了,他独在月下吹第一曲,早惊动了斜对门陈太尉的一位小姐。那小姐正在及时之年,一连听了数日,便起无耻之心,思量要与阮三官结巫山云雨之好,除下手上一个金镶宝石的戒指儿来,叫丫环送与阮三官,以为表记。唤阮三官进来,以目送情。正要开口说话,忽然陈太尉喝道而回,阮三官惊慌而出,从此短叹长吁,害了相思病症。他两个相好的朋友见他手上带着这个金戒指儿,细细审问来历。这两个朋友要救阮三官性命,遂把阮三官这个戒指儿除去,思量要在这戒指上做针线。两个走到陈太尉门首探听,见有一个王尼姑出入其门,因而走入尼庵,与她两锭银子,恳告王尼姑,要她成就此段姻缘。尼姑见了大银,即便应允。假以望太尉奶奶为名,乘便走入小姐卧房内解手,伸手去取粗纸之时,故意露出这个戒指来。小姐惊问,尼姑说阮三官害病之故,要小姐来庵中烧香,假以要睡为名,私相会合。两边约得端正,先将阮三官藏于庵中窝凹之处。陈奶奶与小姐同来,彼此成就了此事。不意阮三官久病之人,云雨方浓,脱阳而死。小姐惊慌无措,急忙把阮三官尸首推落于里壁而去。谁知一度云雨之后,小姐便怀了身孕,肚儿日渐高大起来。父母惊异,审出来历,懊悔到尼庵去做出丑事,然已无可奈何矣。列位看官,就这件事看将起来,你道这尼庵该去也不该去？

还有一个狄氏，是贵家宅眷，生得美貌无比，名动京师。一个滕生，见狄氏这般美貌，魂飞天外，思量要贪图狄氏。访得狄氏与个尼姑慧澄相好，滕生乘狄氏丈夫不在家之时，遂费了若干金银布施慧澄，因而与慧澄计较，要奸骗这狄氏。适值狄氏托慧澄要买好珠，滕生取了一串好珠付与慧澄，故意减少些价钱，以取狄氏之欢，遂设计在慧澄庵中，吃滕生骗上了手，两个成就了奸淫之事。后狄氏丈夫回家，访知风声，禁住了狄氏，不容她到慧澄庵中去。狄氏心心念念，记挂着滕生，遂郁郁而死。列位看官，再将这件故事看将起来，你道尼庵该去也不该去？有诗为证：

> 阮三丧命在尼庵，滕狄奸淫藉佛龛。
>
> 好笑世上痴男子，纵容妻子去喃喃。

话说杭州三天竺飞来峰之下，有一座集福讲寺，当时弘丽，两山无比，曾有三池九井、月桂亭、金波池，还有宋理宗御容一轴、燕游图一轴。怎见得妙处？曾有诗为证：

> 半生三宿此招提，眼底交游更有谁？
>
> 顾恺谩留金粟影，杜陵忍赋《玉华》诗。
>
> 旋烹紫笋犹含箨，自摘青茶未展旗。
>
> 听彻洞箫清不寐，月明正照古松枝。

看官，你道这座集福讲寺是何代建造？话说宋朝自高宗南渡以来，历传光宗、孝宗、宁宗，传到理宗皇帝，共是五代。这理宗坐了四十一年天下，改了八个年号：

> 宝庆　绍定　端平　嘉熙　淳佑　宝佑　开庆　景定

这理宗起于侧微，始初因史弥远有拥立之功，百务都听史弥远处分，后来史弥远死了，方亲理朝事。端平初年，励精为治，听信儒者真德秀、魏了翁之言，时号"小元佑"。后来在位日久，嬖宠日盛，倡优傀儡皆入禁中，内里宠着一位阎贵妃，外有佞臣丁大全、马天骥，表里为奸，时有无名子题八字于朝门之上道：

> 阎马丁当，国势将亡。

理宗大怒，着京兆尹遍处缉访，不得其人。

看官，你道这阎贵妃是何处人？她是鄞县人，生得体态轻盈，明艳绝伦，真是西子复生、杨妃再出，三宫六院，为之夺宠。淳佑十一年，阎贵妃遂建造这座集福讲寺为功德院，那寺额都是理宗御书，巧丽冠于诸刹。敕建之日，内司分买材木，凡是郡县，无不受累。内司奉了理宗旨意，生事作恶，无所不为，望见树木的影儿，都去斫伐。不论树大树小，斫伐一空，谁敢道一个"不"字，鞭笞追逮，竟至鸡犬不宁。不要说是庶民百姓，就是勋臣元辅之墓，都不能保全；子孙无可奈何，只得对坟墓恸哭而已。有人作诗讥讽道：

> 合抱长林卧壑深，于今唯恨不空林。
>
> 谁知广厦千斤斧，斫尽人间孝子心。

后来阎贵妃之恩宠日甚一日，奉行之人其恶越凶，就是御前五山亦所不逮。凡是净慈、灵隐、天竺等处，若有一颗大树，只当是一颗祸祟一般，左右之家都受其累，定要拆屋坏墙，破家荡产，方才罢休。内司监督甚是厉害，一日，忽于法堂鼓上得大字一联道：

> 净慈灵隐三天竺，不及阎妃好面皮。

内司禀了理宗，理宗大怒，行下天府缉捕其人，竟不可得。那时服役的工匠若少缓时刻，便枷锁责罚，受累不浅。整整造了三年，方得完工。

内中有个张漆匠，是天台人，终日在于寺中，灰麻油漆，胶矾颜料，日日辛苦不了。偶于春夜出外洗浴回来，肩上搭了一条浴巾，那时将近黄昏时候，星月昏暗，忽然撞着一个老妪。那老妪问这张漆匠道："你是何等样之人？到何处去？"张漆匠道："我就是集福寺做工之人，今晚洗了浴回来。"老妪道："我有一件事要劳动你，有钱重重相谢。"那张漆匠喜的是个钱字，便道："老人家有什么事要劳动我？我是个漆匠，只会得油漆门户家火什物等件，其余不会。"老妪道："我家里有些家火要油漆，你来得正好。"张漆匠道："我没有得闲工夫，内司牢子日日在此监督，好生厉害，若迟了时刻，便要责罚，谁敢怠慢？如何得有闲工夫与你油漆家火？"老妪道："不要你目下来做，只要你如今同我走到家里看一看家火，要买多少颜料胶矾，估价定了，待你有工夫的时节接你来做就是。工钱比他人加厚便是，不必推辞。"张漆匠连忙接应道："这个说得有理，我只恐内司催督，不是我不要趁钱。"说罢，跟着老妪便走，走了几个转弯，老妪拖了张漆匠的手，走进一个小门之中，并无一点灯光，黑魆魆的。张漆匠跟了老妪而走，把手摸着两边，但觉都是布帏遮护，脚高步低，张漆匠有些疑心，问这老妪道："这是什么所在？要我到此。"老妪道："休得多言，自有好处。"张漆匠越发疑心道："有何好处？"老妪道："不要只管絮絮叨叨，包你定有好处，若没有好处，我也不领你进来了。"一边说，一边脚下摸摸索索，已不知走过了多少弯弯曲曲之处。正是：

　　青龙与白虎同行，吉凶事全然未保。

　　话说这张漆匠跟了老妪走入黑暗地狱之中，不知东西南北，转弯抹角走了好一会，方才走到一间室中。老妪道："你在此坐着，略等一等不妨。"老妪进去，不见出来。张漆匠黑天摸地，心下慌张道："不知是怎缘故，叫我到此？又不知此处是什么所在？"委决不下。少顷，见暗中隐隐一点灯光射来，从远而近，渐渐走至面前。张漆匠打一看时，但见：

　　头上戴一顶青布搭头，身上穿一件缁色道袍，脚下僧鞋僧袜，俗名师姑，经上道是"优婆夷"。只道她是佛门弟子，谁知是坏法的祖师。

　　话说点着灯火出来的不是别人，却是一个半老年纪的尼姑，手里拿着一个烛台。方才照见室中都用青布遮护，遮得不通风，还有或青或赤之衣四围遮蔽，竟不知是何地。张漆匠心下慌张，问这尼姑道："师父，这是什么所在，叫我进来？"尼姑把一只手摇着道："莫要做声，自有好处。"张漆匠便不敢开口，却似丈二长的和尚摸不着头脑。尼姑拿着烛台先走，叫张漆匠随后进来。转弯抹角又走了数处，方才走到一间密室之中。张漆匠四围打一看时，但见：

　　酒筵罗列，肴膳交陈。酒筵罗列，摆着器皿金银；肴膳交陈，烹成芬芳鱼肉。虽不能烹龙庖凤，请得过胜客嘉宾。

　　话说那张漆匠一见桌上摆列酒筵，非常齐整，兼之金银酒器，室中陈设之物，都不是中等以下人家所有。张漆匠甚是心惊，一喜一惧：喜的是生平做了一世漆匠，眼睛里并不曾见此富贵之景；惧的是我是何等样人，今日骤然到于此地，不知做出什么事来，恐不免有些干系，却又不敢问这尼姑是什么缘故。那尼姑却叫这张漆匠："你且坐地。"尼姑吩咐了这张漆匠，自持烛而去。去了一会，领出一个妇人来。张漆匠打一看时，但见：

　　朱唇一点红，翠眉二道绿。三寸窄金莲，四体俱不俗。身材是五长，心性纵六欲。七情乃嗜淫，八字生何毒。寻夫到九街，十度还嫌促。

　　话说张漆匠见这妇人出来，生得容貌非常，美如天仙一般，只是不戴冠儿，不十分妆饰，就如平常一样打扮，走来坐于酒席之上。张漆匠见了这个美人，甚是吃惊，不敢近前。尼姑再三叫这张漆匠坐于酒席之上，与美人对面而坐。那张漆匠依尼姑所说，也只得坐了。尼姑坐于美人之下，又叫那老妪也来坐于桌横，却是老妪斟酒。张漆匠虽然与美人对面而坐，自知贵贱不敌，不敢十分多看那个美人，美人却又再不言语。张漆匠酒量甚好，酒到便一饮而尽，一连大杯饮过二十余杯。老妪却不多斟，恐怕误了大事，要留着他全副精神用在那件事上。老妪进内里不住搬出肴馔来，共饮了半日。尼姑道："这时候将近二鼓矣，娘娘请睡了吧。"美人不做声。张漆匠暗暗自忖道："我身边并无一文钱，这个光景，明明是要我在这里宿歇的意思了。明日清早起来，倘要我的钱钞，怎生是好？事不三思，必有后悔。"遂悄悄对这尼姑道："我是个贫穷之人，身边并无一文钱，怎生好在此地？"尼姑"咄"的一声喝道："你人也不识，谁是要你钱的人？明日反有得钱与你！"张漆匠方才放下了心，便胆大起来。老妪拿汤水出来与张漆匠净手脚，张漆匠道："适才已洗过浴了。"老妪道："与花枝般贵人同睡，必须再三洁净，休得粗糙！"张漆匠只得又净了一番手脚，又取面汤来洁净了口齿。尼姑方领张漆匠到于内室床边，揭起罗帐，那被褥华丽，都是绫锦，异香扑鼻。尼姑笑嘻嘻地对张漆匠道："你好造化，不知前世怎生念佛修行，今日得遇这位美人受用。"张漆匠不敢做声。尼姑推这位美人上床，又笑嘻嘻地拿了灯出外，反锁上了门而去。那张漆匠似做梦的一般，暗暗地道声："怪异！怎生今日有这样造化之事？"钻入被内，那被异常之香，遂问这美人道："娘娘是何等样人？怎生好与小人同睡？"那美人只是不言不语。张漆匠见美人不应，也不敢再加细问，伸手去那美人身上一摸，其光滑如玉一般，只觉得自己皮肉粗糙。也管不得，遂腾身上去，极尽云雨之乐。怎见得妙处？

　　一个是闺阁佳人，一个是天台漆匠。闺阁佳人，肌香体细，如玉又如绵；天台漆匠，皮粗肉糙，又蠢又极笨。那佳人是能征惯战之将，好像扈三娘马上双飞刀；这漆匠是后生足力之人，宛然唐尉迟军前三夺槊。那佳人吞吐有法，这漆匠鲁莽多能。虽然人品不相当，一番鏖战也堪敌。

　　话说那张漆匠不费一文钱钞，无故而遇着这个美人，好生侥幸，放出平生之力，就像油漆家火的一般，打了又磨，磨了又打，粗做了又细做，胶矾颜料,涂了又刷,刷了又画,如扳主顾的相似。不住的手忙脚乱,真个是舍命陪君子上落,一夜不曾放空,一夜不曾合眼。那美人也颇颇容受得起,并不推辞,手到奉承,上下两处俱开口而受之,整整的弄了一夜。果然是:

　　欢娱嫌夜短,寂寞恨更长。

　　不觉已是五更天气,集福寺钟声发动。张漆匠还要再兴云雨,只听得门外有人走来开锁,推进门来,不拿灯烛,仍旧是昨晚尼姑之声,走到床边,急急唤张漆匠走起。张漆匠只得穿了衣服起身,那尼姑黑暗之中递两贯钱与张漆匠道:"拿去买酒吃,可速速出去。"仍旧叫昨晚老妪领出。张漆匠跟了老妪,也摸着布壁而行,弯弯曲曲行了几处,送出一门,又不是昨晚进来的门户。老妪道:"从此到街上数里之路,可到工作之处。"说罢,老妪便转身闭门进去。张漆匠黑暗之中认不得仔细,一步步摸将出来,摸了半日,走了数里之路,渐渐天明。仔细想那出来之路,已如梦寐一般,一毫都记不出。渐渐走到街上,到集福讲寺还有二里之路,遂拿了这两贯钱随步回寺。监工的因张漆匠来迟,要加责罚,张漆匠只得细细禀以晚间之事。监工的叫人在数里内外遍处踪迹,竟不得入门出门之路。

　　此时传满了寺中,众人三五成群聚说。有的说道是妖怪鬼魅,有的说道是神仙下降。中间一个老成有见识地道:"据我看将起来,也不是什么神仙,也不是什么妖怪鬼魅,定是人家无廉耻的妇人,或是人家姬妾,因丈夫出外,淫心动荡,难以消遣;或是无子,要借种生子,不论高低贵贱,扯拽将来凑数。不过是这两样,若不是无耻好淫的妇人,就是为固宠之计,思量借种生子。这个既是尼姑来做马泊六①,这定是尼庵之中。恐人认得道路出,所以都将布帏四围遮蔽,把人认不出。况且这妇人一夜并不言不语,难道是哑子? 若说出言语,恐人听得,所以一夜竟不言语。况且晚间是尼姑拿灯照引进去,关门上锁,五鼓又是尼姑开锁来唤,不是尼庵是什么去处? 这妇人在自己家中耳目众多,难以偷闲养汉,假以烧香念佛看经为名,住于尼庵之中,做这般勾当,或是自己香火院亦未可知。只要有钱,通同了尼姑,瞒过了家中丈夫、众多耳目,却不是件最隐秀最方便的事么?"说罢,众人都拍掌大笑道:"此事千真万真。"

---

①　马泊六——旧时俗称引诱男女搞不正当关系的人。

只见门槛上坐着一个卖盐之人，听了此语，笑起来道："此事果然千真万真。"众人都道："怎见得便是千真万真？"那卖盐的道："我是五年前经过之事。"众人听了都道："怎生是你经过之事？"那卖盐的立起身来，对众人指指点点，一五一十地说道："我五年前挑盐贩卖，一日遇着一个尼姑，有五十余岁，问我买盐道："我庵里正要盐用，你可随我到庵中，我要买你这一担盐腌菜。"说罢，我便随了她去。到于庵中，称了斤数，她分外又多加我几分银子，又道我路远，留我酒饭，甚是齐整。庵中又走出几位少年的尼姑来，都是二十余岁之人，且是生得标致，青的是发，白的是肉，光头滑面，衣上都熏得松子、沉速之香。遂留我在庵中权宿一宵。我见她意思有些古怪，料得自己颇有精神，也颇颇对付得过，不愁怎的，遂大胆宿于庵中。吃了酒饭，先是老尼与我同睡，事完之后，少年尼姑轮流而来，共是五个，一夜轮流上下，并不曾歇。独有老尼姑更为厉害，真是色中饿鬼，就如饿虎攒羊的一般，不住把身子凑将上来。次日早起，安排酒饭，请我吃了，又与我数两银子做本钱，叫我可时时担盐到庵中来，又叫我切莫到外边传说。吩咐已了，送我下山。谁知弄了一夜，精神枯竭，挑了空盐箩下山，头晕眼花，不住的身子要打跎蹰。勉强地挨到家里，跌到床上，再动不得。从此整整病了三个月，把这数两银子赎药调理完了，方才走得起。至今望见尼姑影儿，魂梦也怕，若再走这条路，便性命断送在她手里了。"这正是：

云游道士青山去，日出师姑白水来。

话说这卖盐的说罢，一个人问道："这庵在什么所在？"卖盐的道："我对你说了，只恐你这两根骨头，不够埋在她那眼孔儿里！留你这条性命，再吃碗薄粥饭罢。休去寻死！"说罢，内中一个人道："这尼姑果不可去惹她，真个厉害。曾有一个游方和尚，惯会采阴补阳，养得这龟儿都成活的一般，会得吹灯吸酒，自以为举世无敌。后来遇着一个尼姑，那尼姑却惯会采阳补阴。两个撞着了，却不道棋逢敌手，将遇良才，两个都要争雄比试。先是和尚试起，拿一大盆火酒，把阳物取出来，七八寸之长，如薛敖曹剥兔之形，龟眼如圆眼核大，放阳物于大盆之内，如饮酒的一般，渐渐吸尽。随后尼姑取一个洗浴盆，倾火酒于内，满满一盆，然后脱得赤条条的坐于盆内。那阴物竟如药碾之形，吐开一张血盆大口，咕嘟嘟地将这一大盆火酒一吞一吐，一气吸尽，面上并无一点之红。和尚见了，惊得魂不附体,不敢与尼姑比试,抱头鼠窜而逃,真强中又有强中手也。"众人都拍掌大笑道:"厉害厉害,不知怎生学得这般方法?"其中一个老成人知因识果的,不住叹息道:"什么采阴补阳,采阳补阴!佛门弟子不守三皈五戒,破坏佛法,做了佛门的魔头。你不见佛经上道:"袈裟误袈裟,永劫堕阿鼻",独有此罪,高过于须弥山,随你怎么样忏悔,这罪孽可也再忏不去。两个造了这阿鼻之业,永劫不得翻身。佛菩萨在那里痛哭流涕,金刚韦驮在那里摩拳擦杵,他还全然不醒,说什么强中又有强中手!"众人闻此言,都合掌当胸,向佛作礼,道声"罪过",遂一哄而散。此事传满了杭州,人人都当新闻传说。所以当时饶州有个少年尼姑,不守清规,与一个士人姓张的私偷,竟嫁了他。乡士戴宗吉作首诗嘲笑道:

> 短发蓬松绿未匀,袈裟脱却着红裙。
>
> 于今嫁与张郎去,赢得僧敲月下门。

第二十九卷

祖统制显灵救驾

汉江北泻,下长淮,洗尽胸中今古。楼橹横波征雁远,谁见鱼龙夜舞? 鹦鹉洲云,凤凰池月,付与沙头鹭。功名何处? 年年唯见春暮。

非不豪似周瑜,横如黄祖,亦随秋风度。野草闲花无限数,渺在西山南浦。黄鹤楼人,赤乌年事,江汉庭前露。浮萍无据,水天几度朝暮!

这一首词儿调寄《念奴娇》,是白玉蟾武昌怀古之作。世上富贵功名,都是草头之露、石中之火,霎时便过,只看南北两峰、西湖清水,不知磨灭过了多少英雄! 何况头上戴得一顶纱帽,腰边攒得几分臭钱,便要装腔作势,挺起肚子,大摇小摆,倚强凌弱,好高使气,不知有得几时风光、几时长久! 还是做个好人,怀正直忠义之气,光明磊落之心,生则为人,死则为神,千古不朽,万载传名,天下的人哪一个不仰赖他! 连后代帝王也还靠着他英灵。比着"纱帽钱财"四字,还是那个风光,那个长久? 就是戴纱帽、趁钱财的人,还要在他手里罚去变猪变狗、变牛变马,填还人世之债。在下这一回说"祖统制显灵救驾",未入正回,在下因世上人不知道金龙四大王的出迹之处,略表白一回,多少是好。

话说这位大王姓谢,单讳一个绪字,是晋朝太傅谢安次子琰之裔也。住于台州,一生忠孝大节,谢太后是他亲族。那时金虏猖狂,其势无可奈何,谢太后又被奸臣贾似道所制。谢绪以亲戚之故,不胜愤恨,遂建望云亭于金龙山顶,读书其中。后甲戌秋天,霖雨大作,天目山崩,洪水泛溢,临安百姓溺死者无数。谢绪破散家资,赈济贫穷,死者都与葬埋,因对众人涕泣道:"天目山乃临安之主山,天目山崩,此宋亡之兆也。"后果元伯颜丞相破了临安,少帝出降,谢太后随北虏而去。谢绪哭声震天地道:"生不能报朝廷,死当奋勇以灭胡虏。"临终作诗自悼道:"立志平夷尚未酬。"赋此诗完,即投水而死。水势汹涌,高丈许,有若龙斗之状,尸立水中,一毫不动,颜色如生,人无不叹异焉。

到元朝末年,托梦于乡人道:"胡虏乱华,吾在九泉之下,恨入骨髓,今幸有圣主矣。但看黄河北徙,此吾报仇之时也。汝辈当归新君,明年春天吕梁之战,吾当率领阴兵助阵,以雪吾百年之恨。"到丙午春日,黄河果然北徙,众人无不以为奇。九月,我洪武爷取了杭州。丁未二月,傅友德与元兵大战吕梁,见金甲神人在空中跃马横槊,阴兵助阵,旗上明明有"谢公之神"四字,元兵惊慌,大败而逃。从此时时见其形状,直杀到元顺帝弃了大都,逃于漠北。后永乐爷议海运不便,复修漕运。他又竭力暗中护佑,凡是河流淤塞之处,便力为开通,舟船将覆溺之时,便力为拯救,神灵显赫,声叫声应。嘉靖中奉敕建庙在鱼台县。隆庆中,遣兵部侍郎万恭致祭,封"金龙四大王"。看官,你道这位大王死了百年,不忘故主之思,毕竟报仇雪耻,尽数把这些臊羯狗驱逐而去,辅佑我皇家,你道可敬也不可敬!比"纱帽钱财"四字果是何如?

在下再说一个奇异古怪的事。话说唐朝元和年间,常州义兴县一个人,姓吴名堪,少丧父母,并无兄弟,家道贫穷,无力娶妻,秉性忠直,一毫不肯苟且,做了本县一个吏员,一味小心,再不做那欺心瞒昧之事,不肯趁那枉法的钱财。衙门中一班伙计,见吴堪生性古撒,不入和讲,起他个绰号叫做"拗牛儿吴堪"。又见不肯趁钱,都取笑他道:"你在衙门中一清如水,朝廷知你是个廉吏,异日定来聘你为官。"因此又取名为"待聘吴堪"。吴堪被朋友如此嘲笑,他只是立心不改,一味至诚老实。家住于荆溪,那荆溪中水极是洁净,吴堪生性爱惜这水,常于门前以物遮护,再不污秽。晚间从县衙回来,临水看视,自得其得。

一日,从县衙回来,见水边一个白螺,大如二三斤之数,吴堪见这个白螺大得奇异,拾将回来,养于家中水缸之内,吴堪每日清早起来,梳洗已毕,便至诚诵一卷《金刚经》,方进县衙理事。至晚间回家,见桌上饮食酒肴之类,都安排得端端正正,热气腾腾,就像方才安排完的一般。吴堪见了心惊道:"难得隔壁邻母张三娘这片好心,可怜见吴堪只身独自,夜晚归家,无人炊爨,却便替我安排端正,难得她老人家如此费心。"这夜吃了酒饭,上床便睡,次日自到县堂去办事。晚间回家,饮食酒肴之类又早安排端正,一连十余日都是如此。吴堪心中甚是过意不去。次日诵《金刚经》之后,便走到邻母张三娘处,再三作谢道:"难得老母直如此费心,教吴堪怎生消受得起?"那张三娘呵呵大笑道:"吴官人瞒心昧己,自己家中私自娶了娘子,也不叫老身吃杯喜酒,却如此藏头露尾,反来作谢老身,明是奚落老身。就是不公不法,收留迷失子女为妻,料道瞒贴邻近舍眼不得,却怎生故意如此?"那吴堪听了这张母的话,好似丈二长的和尚摸不着一毫头脑,答应道:"张母,你怎生说这等的话?念吴堪一生至诚老实,不会吊谎,什么'家中自娶了娘子,不叫老身吃杯喜酒'这句话,吴堪一毫也理会不出。"张三娘又笑道:"明人不做暗事,你日常里委实不吊谎,今日却怎生吊谎?现在房中藏了一位小娘子,特瞒着老身,反来作诨!"吴堪道:"念吴堪不是这般藏头露尾之人,有什么房中藏了一位小娘子,这小娘子从何而来?就有小娘子,怎生瞒着张母?况我一身贫穷,那得钱来娶妻?"张三娘又道:"吴官人,你不须瞒我。你这十来日内每日出门之后,老身便听得房中有响动之声。老身只道是偷盗之人,走到壁缝里瞧时,见一位小娘子,十七八岁,生得容貌无双,撩衣卷袖,在厨下吹火煮饭,酒肴完备,便走进房中,再不见出来。这不是你新娶的娘子,却来瞒谁?"吴堪大叫怪异道:"莫不是张母眼花!"张三娘道:"老身一连见了七八日,难道都是眼花?"吴堪诧异道:"奇哉怪事!莫不是哪里逃走出来的迷失女子,怎生悄悄藏在我家中,做将出来?这干系非浅,却不道是知法犯法!"急急转身走入家中,细细搜索,不见一毫踪影,暗暗道:"毕竟是张母眼花,这女从何而来?且试一试看,委是有无?"遂假说到县里去,仍旧把门上锁,悄悄走入张母宅中,暗暗道:"今日我不到县里去,且躲在这里瞧一瞧。"张三娘连声道"是"。吴堪坐在壁缝边,不住瞧着家里,瞧了多时,渐渐将晚,只听得房中有窸窣之声,果然见一位小娘子从房中走出,婷婷袅袅,貌似天仙,不长不矮,雅淡梳妆,走到厨下,撩衣卷袖,吹火煮饭。吴堪清清瞧见,暗暗指与张母道:"奇哉怪事!"急忙转身,走到自己门首,悄悄把门开了锁,蓦地推将进去,竟到厨下。那女子正在那里淘米,见了吴堪,躲闪不得,放下了双袖,深深道个"万福"。吴堪连忙答礼道:"小娘子从何而来?怎生在寒家做炊爨之事?"那小娘子徐徐答应道:"妾非人间人也。上帝因官人一生忠直,不做一毫苟且之事,不趁一毫枉法之财,力勤吏职,至心诵经,又能敬护泉源,特命妾嫁君以供炊爨之事,托身白螺以显其奇。官人切勿疑心,此是上帝之命也。"吴堪大叫道:"奇哉怪事!念吴堪是一介小人,有何德行上通于天,蒙天帝如此见怜,折杀小人。小人如此敢受？"那小娘子道："此是帝命，休得固执。"吴堪信其老实，就请过张母来，当下备了些花烛，拜谢了天地，成其夫妇之礼。一夜恩爱，自不必说。次日吴堪自到县衙办事，小娘子自在家间做针指女工。

自此之后，一人传两，两人传三，都道拗牛儿吴堪得了个绝色的妻子，遂鼎沸了一个义兴县，没一个不来张头望颈，探头探脑来瞧。此事传闻到知县相公耳朵里去，那个知县相公却是个搽花脸之官，一味贪财好色。知得吴堪有个绝色的妻子，便不顾礼义，要图谋他的妻子起来，要把这吴堪以非理相加。争奈吴堪自入衙门，并无过犯赃私，奈何他不得。知县心生一计，一日出早堂，吩咐吴堪身上要取三件物。哪三件？

第一件升大鸡蛋　第二件有毛虾蟆　第三件鬼臂膊一只

知县吩咐道："晚堂交纳。如无此三物，靠挺三十板！"吴堪做声不得，暗暗叫苦道："这三件走遍天下，哪里去讨？却不是孙行者道'半空中老鸦屁，王母娘娘搽脸粉，玉皇戴破的头巾'么？"出得衙门，眼泪汪汪，一步不要一步。走到家间，见了妻子放声大哭道："我今日死矣！"妻子道："莫不是知县相公责罚你来？"吴堪摇头，道其缘故。那妻子笑嘻嘻地道："这三件何难？若是别家没有，妾家果有这三件。如今就到家间去取了来，官人晚堂交纳，休得啼哭！"吴堪收了眼泪，妻子出门而去。不知哪里去了半日，取了这三件异物而来，付与吴堪。吴堪将来盛了，晚堂交纳。知县见了，果是这三件，暗暗诧异道："俺明系故意难他，将来重重责罚他三十，待他悟了俺的主意，就将这个绝色妻子献与俺，俺便千休万休。如今他却拿了这三件来，难道俺便放过了你不成？俺定要将你妻子属了俺便罢！"想了一晚，次日早间出堂，又吩咐道："今日晚堂要一物，蜗斗一枚，晚堂交纳。如无此物，靠挺三十。"吩咐已了，吴堪又做声不得，回到家间，又放声大哭。妻子道："敢是知县相公出难题目，又要些什么来？"吴堪道："昨日感得贤妻交纳了这三件，今日晚堂又要交纳什么'蜗斗'一枚。我生平也不知道什么叫做'蜗斗'。"那妻子又笑嘻嘻地道："这蜗斗别家没有，妾家果有蜗斗一枚。如今就到家间去取了来，晚堂交纳，休得啼哭。"吴堪收了眼泪，妻子不知哪里又去了半日，牵了一只兽来。吴堪一看，却似一只黄犬之状，与犬一般样大。妻子道："这是蜗斗。"吴堪道："这是黄犬，怎生叫做'蜗斗'？"妻子道："果是蜗斗，妾怎敢欺着官人？"吴堪道："此物有何用处？"妻子道："此物能食火，食火之后，放出粪来也是火。若知县相公要责罚你时,你连叫'蜗斗救我'三声,管情无事。"

吴堪依妻子之言,牵了这只犬献与知县。知县大怒道:"俺叫你取蜗斗,你却牵了一只黄犬来胡乱搪塞,深为可恶。此物要它何用!"吴堪道:"这蜗斗会得食火,食火之后,放出粪来也是火。"知县拍案大怒道:"若不会食火,靠挺三十板。"吩咐衙役将炭火烧红,投在黄犬面前,黄犬取而食之,如食粥饭相似,炭火食完,放出粪来都成通红火块。知县又拍案大怒道:"俺叫你取蜗斗,不曾叫你取黄犬,就是食火粪火,有何妙处?胡乱将来搪塞!"一边叫皂隶扫火,一边叫皂隶扳翻吴堪在地,要加刑罚。吴堪连叫"蜗斗救我"三声。那蜗斗大吼一声,惊天动地,堂上知县、两旁众多人役一时撅仆在地;吼声未了,口内吐出火光高数十丈,烟焰涨天,把县堂墙屋烧起,知县妻子老小一家走投没路,顷刻之间尽被烧死。火焰罩满了一城,火光之中都见吴堪并妻子坐于火光之上,冉冉升天而去。众人大惊,后来遂把县迁于西数步,今之城是也。有诗为证:

　　吴堪忠直不欺,感得天仙下降。

　　知县贪财好色,害得阖门遭丧。

看官,你道吴堪忠直不欺,连玉帝也把个仙女嫁他,升了天界。可见人在世上,只是一味做个好人,自有好处。如今说一个正直为神的与列看官一听。

话说宋太祖朝,这位神道姓祖,单讳一个"域"字,字真夫,曾为殿前统制官,先前原是闽人,后来徙于明州奉化之松溪。这真夫生将出来便聪明智慧,正直无私。长大成人,一心忠孝大节,好读古书。后来渐学武艺,有百步穿杨之妙,十八般件件精通,遂有文武经济之才。少年之时,曾在人家园中读书,内中有一个韩慧娘,其夫出外做生意,一去十年不回。这韩慧娘只得二十八岁,正在后生之时,房中清冷,甚是难守。又值春天艳阳之际,花红柳绿,事事关心。果然是早晨里只听疏辣辣寒风吹散了一帘柳絮,晌午间只见淅零零细雨打坏了满树梨花,一霎时啭几对黄鹂,猛可地叫几声杜宇,不免伤春,好生愁闷。有《望海潮》词为证:

　　侧寒斜雨,微灯薄雾,匆匆过了元宵。帘影护风,盆池见日,青青柳叶柔条。碧草皱裙腰。正昼长烟暖,蜂困莺娇。望处凄迷,半篙绿水斜桥。　　孙郎病酒无聊,记乌丝酬语,碧玉风标。新燕又双,兰心渐吐,佳期趁取花朝。心事转迢迢。但梦随人远,心与山遥,误了芳音,小窗斜日到芭蕉。

话说这韩慧娘因丈夫外出十年,见此春光明媚,百鸟都有和鸣之意,甚是动心。若是这韩慧娘是个丑陋的便罢,只因这韩娘好生美貌,如花枝般颜色,红红白白,真有出群之姿。日日对镜,见了自己形容,不住暗暗地喝采道:"可惜奴家这般颜色,这般年纪,错嫁了这个做生意行中的人,一去十年不归。今日这般好春光,都错断送了,岂不可惜!人生有得几个十年,人家都有个丈夫在家,偏奴家盼丈夫就像忘了妻子的一般,教奴家终日眼巴巴盼望,怎生得到?"果是:

莫作商人妇,金钗当卜钱。

朝朝江口望,错认几人船。

若是这韩娘是个贫穷的,朝来愁柴,暮来愁米,日日啼哭过日,哪有心情思着那事?偏是这韩娘家道殷实,身穿绫锦,口厌肥甘,满头珠翠,越打扮得一天丰韵。从来道:"家宽出少年",韩娘虽然二十八岁,只当二十以内之人,愈觉后生。一则是饱暖思淫欲,一片春心,怎生按捺得住,渐渐害下一场伤春之病。

春,春。景艳,情新。朝雨后,好花晨。独坐无伴,与谁为亲?看取檐前色,羞观镜里身。春睡恹恹不醒,芳心癫癫增颦。无情无意难度日,轻寒轻暖恨生嗔!

话说这韩慧娘害了伤春之病,好生难过,长吁短叹,闷闷不乐。想起园中读书之人,堂堂一表,年少无妻,正是医奴家伤春病的一帖好药,却不强如吃那黄芩、山栀那苦辣辣的药。遂时时步入后园,闲游耍子,看水折花,打莺捉蝶,不住在那花丛之中穿东过西,步苍苔,印弓鞋,笑嘻嘻,花簇簇,般般耍子,等候那祖小官出来,思量要与他两个亲而热之,爱而惜之,趋而近之,搂而抱之,权做夫妻。怎知那祖小官是天生的一尊活神道,铁石心肠,哪里晓得"邪淫"二字,虽然年纪后生,却倒像陈最良说的"六十来岁并不曾晓得伤个春。"那韩娘屡入后园,几番与祖小官相遇,她便放出妖娆态度,笑容可掬,走近前来,以目送情,如笑如迎,大有勾引之意。祖小官见了,只是低着头,再也不瞧一瞧,若是狭路相逢,就把身子矬转。韩娘偏生走拢一步,挨肩擦背,祖小官只是不理。韩娘几番见祖小官如此,暗暗道:"他年纪幼小,不曾尝着其中滋味,所以不来兜揽奴家。难道见奴家这般颜色全不动念?我自今以后越打扮得标致,越妆饰得华丽,下些着实工夫去勾引他,看他怎生躲避? 奴家尝见世上的人,外面假装老实,其中尽多奸诈,有的始初老实,见色不好,后来放倒旗枪,竟至无色不好,就像讲道学先生相似。祖小官外面虽则如此,安知不是讲道学的一派,休的信他老实!" 从此之后,淫心愈觉荡漾。一日晚间,吃了一二斤酒,酒兴发作,便胆大起来。从古道:

茶为春博士,酒是色媒人。

话说韩慧娘这晚多吃了几杯酒,一时酒兴发作,淫情勃勃,按捺不住,假以取灯为名,竟闪入祖小官书房之中,要与祖小官云雨。祖小官变了面皮,勃然大怒道:"汝为妇人,不识廉耻,贪夜走入书房,思欲作此破败伦理、伤坏风俗之事,我祖域生平誓不为苟且行止。况汝自有丈夫,今日羞人答答坏了身体,明日怎生见汝丈夫之面? 好好出去,不然我便叫喊起来,汝终身之廉耻丧矣。"说罢,把韩慧娘连推而出。偏生韩娘金莲甚小,踏着门槛一绊,几乎跌了一跤。羞得满面通红,好生惭愧,只得缓步归房,极是扫兴。真叫做乘兴而来,败兴而去,有诗为证:

深夜出兰房,淫奔心欲狂。

祖生痛呵叱,羞耻实难当。

话说这祖真夫却了这韩慧娘的淫奔,次日就收拾书箱,搬移他处读书。祖真夫搬移三日,韩慧娘的丈夫刚刚回来,韩娘口中不说,心下甚是惭愧,暗暗道:"若不是祖小官铁石心肠,我生平之名节丧于一旦,怎生见我丈夫?"暗暗感激不尽。从此再不发一毫邪淫之念,保了她一生节操。这是莫大的阴骘,天地神鬼都知。

后来祖真夫曾于金陵旅店之中,遇着一个曹龙江,是越州人氏。祖真夫因他是乡里,又因曹龙江是个心直口快之人,与他甚是相得。曹龙江虽做生意,幼年也曾业儒,因父母亡后家道零替,只得抛了书本,出外学做生意。祖真夫遇着了他,日夕谈笑不倦。不意曹龙江在寓中染了一场伤寒症,祖真夫亲自与他煎药调理,灌汤灌药,就如亲骨肉一般。旁边人都道:"这伤寒症是个时病,善能缠染。若是亲骨肉,这是该的了;你又不是他亲,又不是他眷,何苦如此? 倘或缠染,为害不浅。况且你不过是与他一面之识,怎生担着这干系?"祖真夫道:"我与他虽是一面之识,一则是同乡里之情,一则是同读书之人。古人一言相得,便生死相托,况在旅店相处已经数十日,他今患病,我便弃而去之,于心何忍? 未病而相交,一病而弃去,我断不忍为也。若是时病缠染,此亦天数矣。"说罢,众人都无不暗暗笑祖真夫之愚。真夫凭人笑话,只是一心调理,再无厌倦之心,便是屙屎溺尿,也不嫌其臭秽。曹龙江渐渐病到二十四日,甚是危急,流涕对祖真夫道:"我与仁兄不过是一面之识,承仁兄如此调理,竟如嫡亲骨肉一般,此恩德天高地厚,万世难报。我今将死,有一言奉告:我床下有白银五百两,愿仁兄将我殡殓之余,兄得其半,将一半付与家间老妻,我有一男一女,愿仁兄好为看管。但死作他乡之鬼,妻子不能一面,虽死亦不瞑目也。"说罢,便哽咽而去了,果然双目炯炯,再也不瞑。祖真夫再三把手去摸他的眼眶道:"四海之内,皆为兄弟。我断不负今日之言,吾兄听我此言,便可瞑目,切勿记念。"说毕,喉中隐隐有声,便双目紧紧闭去。祖真夫痛哭了一场,遂与他买了棺木盛殓了,拣一块朝南向日之地,权厝于上,就把曹龙江的银子原封不动将来悄悄埋于棺木之下,一毫不露踪影。葬埋已毕,急急赶到越州,报与他家知道。遂率领了他的儿子同到金陵,发起棺木,并前日所藏银子账目,原封不动,交与他的儿子。那儿子只得十五岁,一毫世事不知,祖真夫又同他扶柩而归。妻子感恩无尽,号泣拜谢。祖真夫不受其拜,竟拂袖而归。有诗为证:

> 旅邸相逢非至亲,一言相托便为真。
> 封金藏墓诚千古,胜似当年管鲍人!

后来祖真夫做了殿前统制官,就把曹龙江的儿子举荐他为官,把他女子也择一个好人家嫁了,真千古义气人也。

但祖真夫性气一味刚直,再不肯阿谀曲从于人,凡遇冤枉不平、贪官污吏,他便暴雷也叫将起来,要与之厮挺。常常拍着一口宝刀大叫道:"宝刀哥,汝是我之知己,我若有些不是,你便杀了我罢。"后来性气太直,人世上毕竟难容,以此官星不显,归到田间,专一以济人利物为心。常常说道:"我见做官的人,不过做了这篇括帖策论,骗了一个黄榜进士,一味只是做害民贼。掘地皮,将这些民脂民膏回来,造高堂大厦,买妖姬美妾,广置庄园,以为姬妾逸游之地,收畜龙阳、戏子、女乐,何曾有一毫为国为民之心! 还要诈害地方邻里,夺人田产,倚势欺人,这样的人,狗也不值!"所以他每遇饥荒之岁,便自己发出米粮以救饥饿之人。又搭造篷厂,煮粥于十字路口,使饥者都来就食。又恐怕饥饿过火之人,一顿吃上十余碗,反害了性命,只许吃三五碗便住,吃三五碗之后,又要他暂时行走数步，以消腹中之食，行走之后，方许再吃。费了一片心，方得饥饿之人无患。如此设法救饥，不知救活了多多少少百姓。如有死者，又与他葬埋骸骨。乡里之中，如有倚势欺人或不便百姓之事，他便对府县官员说，定要革去了不便之事，锄强扶弱，断不许有钱有势之人得以害民。里中如有婚丧不能成礼之人，都周之以财帛。人家子弟贫穷不能读书者，立一个义学，请一个先生在内，终日教这些子弟。凡遇人，只劝人以"孝悌忠信"四字。祖真夫后来无疾而终。终之日，邻里见他门首车马、旌旗、甲兵之人甚多，只道他那里赴任去做官。次日方知其死，没一个不磕头礼拜，号啕痛哭，如丧考妣一般。

皇祐二年，乡人感其恩德，遂建造庙宇在忠义乡之福庆里。凡祈祷者无有不应。若是有病的祈祷，即时病愈；有火起的祈祷，即时返风灭火。种种灵效，不可胜言。元祐年间，一个邓琪，一个徐宝，泛舟海外，不意狂风骤起，黑云如墨一般，簸浪掀天，舟中之人几为鱼鳖。邓琪、徐宝只是望空祈祷，大叫："祖统制救命。"只听得半空中应了一声，忽然见一块斗大的火从桅上坠将下来，狂风顿息，黑云如洗。起视所在，已在祖统制庙下矣，遂救了这一船人的性命。

话分两头，且说一件前定事。话说宋徽宗皇帝听信宣和六贼，害尽天下苍生，以致金兵打破了汴京，徽、钦二帝被金鞑子抢掳而去。幸得高宗不在围中，逃了性命。那高宗始初在潜邸之时，曾遇着一个道士徐神翁，有未卜先知之术。高宗甚是礼敬，徐神翁临别之时献首诗道：

牡蛎滩头一艇横，夕阳西去待潮生。

与君不负登临约，同上金鳌背上行。

高宗看了这首诗，不知诗中之意。不意遇着金鞑子之难，高宗急走忙奔，避于海岛。一日船到了章安镇地方，把船泊在沙滩之上，以避晚潮，问船夫道："这是什么滩？"船夫禀道："这是牡蛎滩。"高宗遥望前面有一阁甚是巍峨，问居民道："前面是什么阁？"居民禀道："此是金鳌阁。"高宗遂走到阁上一游。见壁上有诗一首，其字甚大，墨痕如新，就是徐神翁昔年所献之诗。高宗毛骨悚然，方知事皆前定，遂沿海而行。高宗御舟到于崎头，金兵探听得消息，提兵数千沿海追来。将近御舟，喊声动地，旗鼓喧天。高宗惊惶无措，正在危急之间，金兵忽然见红旗数万蔽于海上，旗上都有"祖师"二字，金兵知是埋伏之兵，恐遭毒手，登时拨转船头，吹风胡哨而去。高宗见金兵将到，甚是慌张，忽然见金兵拨转船头而去，不知是何缘故，有此侥幸，心中测摸不出。是夜睡于舟中，梦见一红袍金甲将军，腰悬弓矢，手执宝刀，跪于帐下自称道："臣太祖时殿前统制祖域也。上帝以臣能守忠孝大节，封臣为神，以救灾捍害。今陛下有难，臣统阴兵数万特来救驾。"高宗梦中点头许他道："朕明日便当加封官爵。"那尊神道叩谢而去。次日，高宗感其功德，问领海舟张公裕道其神异，遂敕封为"文惠侯"，赐庙额为"景祐庙"。把像都塑过了，蟒袍玉带，极其庄严，猪羊祭祀。后高宗经苗、刘二贼之难，二贼正要下手，祖统制现出真形，腰悬弓矢，手执宝刀，杀气腾腾，立于帐前。苗、刘二贼惊惧而遁。

从此到元大德十二年，明州瘟疫竞起，死者枕藉①，百姓不堪其苦。祖统制附神在人身上，教百姓尽饮庙内小井中之水，饮者瘟疫即时而愈。次年瘟疫又来，居民都见祖统制率领阴兵与瘟疫之鬼大战，瘟疫之鬼战败而逃，竟保平安。一年蝗虫蔽天，官府捕捉蝗虫，日日限定斗斛，不及数的便加责罚。居民苦不可言，遂到庙中泣诉，霎时间，大风呼呼数阵，蝗虫飞积庙前，其高数丈，并不飞动。居民遂尽数搬去输与官府，得免其责罚，余外蝗虫自投海水而死。至正十一年，海盗群起，将来抢掳。祖统制显灵，大风扬沙，咫尺不能辨视，海盗尽迷失道路而退。过了几时，海盗又来，抢掳民财，竟无所得，海盗大怒，要放火烧毁其庙。走到庙边，闻得庙里有弦诵之声，海盗惊骇，相顾而不敢犯；才出庙门，又见金盔金甲、青脸獠牙阴兵数百，从庙中一直杀将出来。海盗慌张，自相蹂践而死，从此再不敢犯其地方。二十二年，又有妖蝴蝶大如巴斗，螫着身体，即时昏晕而死，死者无数。百姓遂事之如神明，把这个妖蝴蝶迎到庙中，香花灯烛，供养虔诚，若少不虔诚，便立刻螫死。祖统制附身在太保身上，把手扑而死之，从此百姓平安。地方耆老卓在明等将此事奏闻，元朝遂敕封"昭烈侯"。

至我洪武爷登基，以为凡神之封爵宜命于天，非人所敢与，海内诸神一概都用本色称呼。遂诏礼部易祖统制为"故义士祖公之神"。看官，你道这位神道可不与金龙四大王一样么！宋景濂学士有诗赞道：

　　鋋舆狩南济大川，追者十万犬羊膻。

　　身率以君将楼船，赤帜塞岛虏愕然。

---

① 枕藉(jiè)——人交错地躺、倒在一起。

玺书褒忠礼弥虔，坐秉躬珪冠貂蝉。
疠鬼跳踉民告癫，以药投井饮辄痊。
飞蝗蔽野祸大田，神气一嘘舞翩翩。
如蛾赴火积成山，立使凶岁为有年。
海盗操矛口垂涎，扬沙扑面慑以还。
巨蝶为妖大如鸢，家趋巷祭陈豆笾。
以掌击之民害蠲，疾害不作福祐绵。
公名不朽同坤干。

第三十卷

马神仙骑龙升天

太乙初分何处寻？空留历数变人心。

九天日月移朝暮，万里山川换古今。

风动水光吞远峤，雨添岚气没高林。

秦皇谩作驱山计，沧海茫茫转更深。

这首诗是神仙马自然题杭州秦望山之作。这山在杭州府东南，秦始皇曾登此望海。在下且未说马自然的出处，先说叶神仙的故事。那叶神仙名法善，字道玄，是浙江处州松阳县人。曾游于括苍白马山，石室内遇着三个神人，都带着锦冠，穿着锦衣，对叶法善道："我奉太上之命，以密旨告子。子本太极紫微左仙卿，以校录不勤，谪于人世，速宜立功济人，辅佐国家，功成行满，当复旧任。"遂以"正一三五之法"传授，说毕，三神人腾空而去。

叶法善自受此法之后，神通广大，变化不测，出有入无，坐见万里，擒妖捉怪，降龙伏虎，无所不能。蜀川张尉的妻子死而再生，与张尉复为夫妇。叶法善叹息道："这是尸媚之疾，若不早除，张尉死矣。吾当救取。"遂书符一道焚化，那张尉的妻子即时变做一团黑气而去，张尉方得无恙。宰相姚崇之女患病而死，姚崇甚是钟念，痛哭不舍，闻得叶法善有起死回生之术，遂恳求叶法善。法善先书朱符一道，未见还魂。后书黑符一道，女子即时苏醒道："已到鬼门关上，被鬼使刚催进关，见数个仙官执简而至，鬼使还不肯放。后得太乙真人下降，鬼使惊慌，释放而回。"姚崇方知叶法善之奇，感谢不尽。那时钱塘江有巨蜃为祟，兴风作浪害人。叶法善投一道符于江中，见数个神人拥着雷霆霹雳，把这巨蜃斩为两段，从此江波清静，并无患害。

叶法善厌世上尘凡，请符请法者终日纷纷不绝，遂入洪州西山养性存神。景龙四年辛亥三月九日，前番那括苍三个神人又降，传太上的命道："汝当辅我睿宗及开元圣帝，未可隐迹山岩，以旷委任。"言毕，腾空而去。

那时二帝未立,庙号年号都已先知了。其年八月,果有圣旨征叶法善进京,凡吉凶动静,预先奏闻。

吐蕃外国遣使者进一个宝函,层层封好,奏道:"此宝函请陛下自开,中有机密重事,勿令他人知觉。"朝廷默然,叶法善奏道:"这是凶函,请陛下勿开,可令蕃使自开。"玄宗即令蕃使自开,果然中间藏着毒弩,蕃使一开,函中弩发,果中蕃使而死。玄宗大惊,遂授叶法善银青光禄大夫鸿胪卿、越国公,住于上阳宫观。

正月上元之后,玄宗道:"何处灯景最盛?"叶法善道:"西凉府灯最盛。"玄宗道:"卿何从知之?"叶法善道:"臣适在西凉府观灯而回。"玄宗道:"西凉府去此其遥,往返怎生如此之速?"法善道:"臣行道法,千里如在目前。"玄宗道:"朕可去否?"法善道:"可去,但闭目与臣同行,即可去也。"玄宗闭目,但闻得耳边呼呼之风,顷刻到地。法善道:"陛下可开目矣。"玄宗纵观灯景,果然最盛。三市六街观玩了半日,君臣二人同入酒店饮酒。玄宗遂以镂铁如意质酒。出了店门,仍旧闭目而回。次日命人到西凉府酒店取镂铁如意,后果然取回。玄宗方知是真。

八月中秋,月色甚佳,玄宗道:"可到得天上看月否?"法善道:"去得。"遂于阶前化出一条白玉桥,君臣二人同登,渐渐近于月宫,见桂树婆娑,月宫中有金书"广寒清虚之府"六字,有数个嫦娥素衣吹《紫云曲》,舞《霓裳羽衣》之舞。玄宗精于音律,遂尽记其曲。至半夜,叶法善道:"可归矣。"时月光如昼,玄宗意欲吹笛,那时玉笛在寝殿中,叶法善向空长啸一声,玉笛即应声而至。玄宗遂于桥上吹笛一曲,看那下界地方,正是潞州城。玄宗探袖中金钱数文投于城中,遂缓步而归。到得宫中,那白玉桥便随步而隐。旬日,潞州奏,八月中秋有天乐临城,兼获金钱数文上进。玄宗视之,果自己之金钱也。遂把《紫云曲》、《霓裳羽衣舞》流传于世。

叶法善一日请燕国公张说饮酒,并无他客。法善道:"此处有个曲处士,久隐山林,性颇谨讷,极善饮酒,招他来同来饮何如?"张说道:"最好。"即时请到曲处士。张说看那曲处士时,其形不及三尺,腰大数围,坐于下席,拜揖之礼亦甚鲁朴。酒到面前,便一饮而尽,再不推逊,却不知倒了多少的酒。叶法善忽然拔出剑来,指着曲处士道:"汝曾无高谈广论,一味饮酒,这样沉湎的人,要他何用!"一剑砍将过去,乃一个大的酒榼①而已。张说大笑而散。

那时玄宗宫中供敬着张果老。那张果老出入每每骑着一匹纸驴儿,要骑之时,喷一口水,便变成真驴子;不骑之时,仍旧是张纸,折叠将来藏在箱中。玄宗疑心他是神仙,道:"若果是神仙,吃了野葛汁也不死。"便将野葛汁倾在酒内与张果老吃。张果老一吃下口,便道:"此酒非佳品也。"把镜子将牙齿一照,那牙齿已是通黑了。袖中取出铁如意把牙齿个个击落,又取出一包白药,将来敷在牙根上。睡了一会,走起来把镜子一照,满口中另生了一口新牙齿了。玄宗甚是疑心他的年纪,教视鬼魅的视张果老,也视不出他多少年纪。那时有个邢和璞,也是个神仙,精于算法,凡是神仙鬼魅,把算子一算,便知他多少年代。玄宗命邢和璞算张果老,不知怎么却再算不出。叶法善道:"只有臣知他出处,但臣一说,臣即死矣。"玄宗定要叶法善说他出处。叶法善道:"臣死之后,望陛下屈九五②之尊,哀告求救,臣方敢说。"玄宗应允。叶法善方才开口道:"张果老乃混沌初开时一个白蝙蝠精也。"说罢,便九窍流血而死。玄宗大惊,哀告张果老求救。张果老道:"小儿多嘴,救他做甚!"玄宗再三恳告,张果老用水一喷,叶法善方活。

那时有个李北海太守,做得好文章,写得好字。叶法善为其祖叶国重求李北海做篇碑文,其文已完,并要他写字,李北海不肯。叶法善遂具纸笔,夜遣神将追摄其魂写字,与日间所写之字一毫无差。李北海惊骇,世间谓之"追魂碑"。

显庆年间奉命修黄箓斋醮于天台山,打从广陵经过,明日将渡瓜洲,江边船夫预先整集船只伺候。那时正是春晚,浦溆③晴暖,月色甚明。水波之中,忽然钻出二个老叟,一黄一白,坐于沙上,向水中大叫"冥儿"数声。只见水波中又钻出一个垂髻的童子,衣无沾湿。这黄白二叟吩咐道:"可取棋盘与席子来。"童子入水,取了棋盘与席子来,布在沙上。黄白二

---

① 榼(kē)——古时盛酒的器具。

② 九五——此指帝王。九五,《易经》中的卦爻位名。言九五阳气盛于天,故飞龙在天。就像圣人有龙德,飞腾而居天位。后因以"九五"指帝位。

③ 浦溆——水边。

叟道:"若是赢的,明日便吃那个北边来的道士。"两个说罢大笑,方才下子。下了一会,那个穿白的老叟拍手大笑道:"你输了,明日那个道士该是我口中之食,你不要夺我的美味。"说罢,两人大笑,取了棋盘席子,一齐跳入波心。江边之人无一个不见,晓得是个吃人的怪物,个个慌张道:"闻说叶天师惯会降妖捉怪,明日便是张天师吃鬼迷也。"次日清早,便有内官驰马先到,督催船夫。船夫就把此事禀知内官,内官害怕,说与叶法善。法善笑道:"竟自开船,不必忧虑。"船夫只得开船,担上一把干系。开得一箭之地,狂风大作,波浪如山,船中人都惧怕。叶法善书一道符,叫人走出船头,投在江中,顷刻便就风平浪静,安然无恙渡过了江。吩咐船夫道:"可聚集渔户在那芦苇边沙滩上打网,决有异常大鱼可得。"渔户依言,一网打将下去,果然得一个大白鱼,数丈之长,头脑上有刀痕一大条,脑脂流出。众人方悟就是昨夜白衣老叟作怪,被神将击死者也。

叶法善在天台之东数年,五月一日,忽有老人号哭求救道:"我东海龙王也,天帝命我主八海之宝,一千年一换,若无失脱,便超登仙品。我今已守了九百七十年,有一妖僧逞其幻法,住在海峰,日夜禁咒,积三十年矣。其法将成,海水如云卷在天半。五月五日,海将竭矣。统天镇海之宝,上帝制灵之物,决为妖僧所取,小神受责非轻。五日午时,乞赐丹符垂救。"至期,叶法善飞丹符往救,海水复旧,妖僧羞愧,赴海水而死。龙王遂辇明珠、宝贝来报,叶法善道:"村野之中,要珠宝何用?但此崖石之上,去水甚远,能致一泉即惠也。"是夕只听得风雨之声,次日绕山麓四面成一道石渠,泉水流注,终冬不竭,人称之为"天师泉"。有诗为证:

> 神仙有妙用,谈笑见奇功。
>
> 能救天人祸,下及水晶宫。

在下这一回小说,两回做一回说。首先说了叶法善,如今说马自然。这位神仙单讳一个"湘"字,是钱塘人。他世代都为小吏,马自然独不肯为吏,好读书赋诗做文章。及至长大,又专好学神仙一派法术。早丧父母,只得哥嫂二人。他哥哥也在县里做吏,马自然劝哥哥道:"衙门中钱不是好赚的,都是歪摆布没天理趁来的,怎生明日得消受?人趁钱财来,不过是为着子孙,若趁了没天理的财,反折罚了子孙。不如出衙门本分营生,若是命里该有钱财,少不得定有,何苦在衙门?倘是失时脱节犯了刑法,连性命也不由我做主,那时悔之迟矣。"哥哥道:"吾弟之言,甚是有理。但公庭里面亦好修行,从来有四句道:'人言公门不可入,我道公门好修行。若将曲直无颠倒,脚底莲花步步生。'如有冤枉的,我便与他出脱;不好的人,我便不肯轻放了他。我决不去趁那没天理的钱财。"果是:

> 当权若不行方便,如入宝山空手回。

马自然道:"哥哥如此,便是子孙之福。"又对嫂嫂劝哥哥在衙门中行方便之事,休得狐假虎威,倚势欺人,只顾钱财,不顾天理。后来马自然学道心坚,定要出外参访,遂别了哥嫂,遍游天下。闻得叶法善道法神妙,遂到长安参拜叶法善为师。叶法善一见,知他山林骨起,具神仙之相,遂传马自然以炼丹之法并"六丁玉女"之术。那六丁玉女?

> 丁卯玉女,名文伯,字仁高。
>
> 丁丑玉女,名文公,字仁贵。
>
> 丁亥玉女,名文通,字仁和。
>
> 丁酉玉女,名升通,字仁恭。
>
> 丁巳玉女,名庭卿,字仁敬。

叶法善道:"汝在山中修炼此法,若是六丁玉女,鼻上有黄珠一颗;若鼻上无此珠,便是山精鬼怪来试汝,不可信也。修炼之时,定有妖魔娆乱左右,或是龙虎诸神咆哮蹢躅,亦不可有畏惧之心,或有顶天立地天神手持枪刀来刺汝之心,汝一心修炼,不为所动,诸景实时消灭。"

马自然受了此法,入深山修炼金丹并役使六丁。初时修炼之日,安了八卦,配了坎离。夜静更深,忽有美女一人,衣服华丽,缓步而前,手持名花,异常馥郁,笑容可掬,走到马自然面前。这美人生得如何?有《西江月》为证:

> 秋水妆成眼目,朱砂点就红唇。一天丰韵俏佳人,好对金莲三寸。
>
> 手执异花馥郁,衣飘翠带轻尘。数声歌管笑相闻,走到跟前厮混。

马自然暗暗道:"昔日许真君门下学道之人,共有三千,许真君难分真假,遂把炭变成三千美人去迷这些学人。学人道心不坚,都被炭鬼所迷,次日走到许真君面前,衣上都染了黑炭之迹,不染炭迹者只得三人。诸学人羞愧而散,后来只此三人成道,可见此一关最难打破,若打得破此关,修仙便也容易。仙人道得好:

'子有三般精气神，方能修之可长存。'

今乃夜静更深，此美人从何而来，此真炭鬼之类也。况鼻上又无黄珠，断是小鬼坏我道法无疑。"遂大声喝道："吾入山修道，秉性坚贞，生死尚且置之度外，何况粉骨骷髅？汝是何等邪魔外道，敢来乱吾正法？"那美人还是笑嘻嘻的不肯退步，却又莺声燕语吟首诗道：

谪居蓬岛别瑶池，春媚烟花有所思。

为爱君心能洁白，愿操箕帚奉庭帏。

马自然大怒，拔起手中七星宝剑，望美人劈头砍将过去，遂化清风一阵而散。曾有吕纯阳先生诗道：

六幅红裙绕地绷，就中显设陷人坑。

多少王侯遭此衰，留得先生独自醒。

马自然方才喝退得这个妖怪，又见青龙腾跃，白虎咆哮，好不怕人。马自然识破了，寂然不动。那龙虎盘旋了半日，见马自然不睬，也便寂然而去。少顷之间，只见风雨猎猎之声，好是倒天关、塌地轴的一般震响，吹得根根毫毛都直竖起来。一阵冷风过处，就中闪出一尊妖魔。怎生模样？有《西江月》为证：

恶狠妖魔鬼怪，顶天立地狰狞。三头六臂骋威灵，一见登时丧命。

红眼圆睁如电，朱须骨肉崚嶒。一声哮吼过雷霆，震得天昏地暝。

那马自然见了这般一个恶魔，暗暗道："我只怕适才那个美人软缠，有些缠她不过，你这般一个硬汉，我怕你怎的？"凭他把那六只手中兵器并举，刀来枪刺，火烧雷打，马自然全然不动一念。过了一会，那恶魔弄得没兴没头，也只得去了。少顷之间，又只见阎罗天子带领一群牛头马面鬼卒，手执钢叉、铁索、枷锁之类，口口声声道："马贼道这厮罪大恶极，却在这里兴妖作怪，可拿他去落油锅。"那些牛头马面纷纷地走将拢来，要把铁索套在头上。马自然凭他啰唣，也只是不动。忽然间，见太上老君在面前"咄"的一喝，那阎罗天子并众鬼使，都走得没影。马自然从此炼就了金丹，六丁侍卫，变成了一个神仙之体，再无损伤。果是《丹经》上道：

从此变成乾健体，潜藏飞跃总由心。

话说马自然炼就了丹法，那降龙伏虎之事，与叶天师都差不多，在下也不必再说。但马自然极有一种戏法,最为好笑。曾醉堕于湖州雪溪之中,众人只道他已死。过了一日,只见他从水里走将起来,衣不沾湿,又坐于水面上说道:"适才项羽接我吃酒,遂吃得大醉,所以来迟。"溪边之人观者甚多,只见他酒气冲人,面色甚红。又时时把拳头塞入鼻孔之中,你道那鼻孔有得多少大,可不是孙行者的鼻孔,撞着赛太岁的沙,摸两块鹅卵石塞住鼻孔之意。马自然把拳头塞将进去,又取将出来,拳头又不见小,鼻子又不见大,仍旧是好端端的鼻孔。他若把手指着溪水,那溪水便逆流上去,滔滔不住,歇了手指,那溪水便如旧了。若指着柳树,那柳树便随溪水来去,就像活的一般,住了手指,柳树仍在依旧之处。若指那大桥,大桥就分开做二段,众人都走不得,住了手指,仍是一条石桥,又并无一毫断的痕迹。口中吃着饭,把那饭糁喷将出来,颗颗都变成蜜蜂乱飞,薨薨有声,飞入口中,又仍是饭糁。

马自然往婺州过,他的母姨娘已死。后来在灵座之中说起言语,就像活的一样,日日要儿子媳妇供给饮食,若少有怠慢,便骂大骂小,或是吩咐儿子鞭笞奴婢,儿子不敢不依。马自然将到之日,那姨娘已知,便吩咐门上人道:"明日马家外甥来,切不可放他进来见我。这小儿忒厉害,他有些要歪厮缠。"马自然到了门首,门上人不肯放进,马自然问其缘故,大笑道:"这姨娘不是真的,是个妖精假变的,所以怕得见我。你们休得被他骗了,待我进去便见分晓。"那些门上人日日受了鞭打,心里正有些着恼,听得这话,便放他进去。马自然不由他分说,竟闯到灵座下作揖道:"外甥特来拜见姨娘,姨娘怎么死了又会得显灵,会得说话,会得料理家中事体?"说罢,灵座中并不见则声。马自然道:"姨娘日日说话,今日怎么见了外甥倒不说话?姨娘若不说话,外甥终日也不去。"灵座中方才叹息了一声道:"今日见外甥来,心中甚是悲苦,所以不言不语。"说罢,便哭将起来,果是姨娘的声音,一毫无二。那儿子、媳妇也便一齐哭将起来。马自然又问道:"姨娘怎生得还魂转来,又在阳世?"姨娘道:"阴府因我阳寿未尽,所以放我转来。我因儿子、媳妇年纪尚小,所以日日在此料理。"马自然道:"姨娘既会得说话,何不现出形貌,把我外甥一见,以慰我之情。"姨娘道:"阴阳各别,怎生好现得形貌见你?"马自然道:"不必现出全身,或露头脸,或露一手,等我外甥见见便是。"姨娘再三不肯。马自然道:"若姨娘不肯见我,我便住在这里一年,一定要见一面方才罢休。"姨娘被马自然催逼不过,只得从灵座中伸出一只手来,果是姨娘的手,一毫无二。儿子、媳妇又哭将起来。马自然便一把捏住,那姨娘大叫:"外甥无礼。"马自然捏住手着实扑了几扑,一扯扯将出来,却是一个白面老狐,遂扑死在地。可不是《西游记》内金角怪、银角怪的压龙洞中老奶奶么?有诗为证:

> 压龙洞中老奶奶,灵座当中老姨娘。
>
> 唯有妖狐能狡狯,好抬香轿坐中堂。

话说马自然除了这个老狐精,后游于常州。那时宰相马植谪官为常州刺史,素闻马自然之名,遂请相见,认为同宗。马自然道:"世为杭州小吏,如何得有贵族?"其不肯攀高认贵如此。一日,在马植席上,把磁器盛土种瓜,顷刻间引蔓生花结实,众宾取而食之,其香美异常。他用手在身上并袜上四围一摸,只见索琅琅的铜钱滚得满地,就把这些铜钱撒在井里,少顷叫声"出来",那些铜钱一个个都从井底飞将出来,若有人抢他铜钱,私自放在袖里的,转眼间摸索,一个也通没有了。人羡慕他的道:"我若得马神仙这只手,摸将出来,千千万万,终日在钱堆里过日,便不愁贫穷了。"马自然大笑道:"钱财都自有分限,若不是你的钱财,便一文也不可强求。"马植道:"此城中甚多耗鼠,把文书都咬坏了,甚是可恶。"马自然遂书一符贴在南壁之下,把箸敲着盘子,长啸数声,鼠便成群聚拢,走到符下俯伏不动。马自然遂呼一个大鼠到阶前吩咐道:"汝这孽畜,只寻觅些食吃便罢,怎生咬坏了相公之书,可作急出城而去。"大鼠如叩首状,群鼠都一齐叩首,回转身成群作队出城而去,城中遂无鼠患。

马自然曾同道士王知微、弟子王延叟三人,南游越州,走到洞岩禅院。那时和尚三百人都在那斋堂内一齐吃斋,见这三个道人走进门来,三百和尚并没一个来睬着,只把三碗饭抛在三个道人面前,如待乞丐之意。马自然暗暗地道:"释、道二教虽然不同,我与你都是一样之人;僧来看佛面,道不得个'道来看太上老君面'么?竟如此轻薄我道教,可恨可恨!我不免取笑他一场,也知我道教之妙,不可受他的轻薄,被他作贱了去,说我道教无人。"马自然遂颗粒不沾,那王知微、王延叟却吃饭,马自然对二人道:"你们快快吃完了饭走路,休得在此停留。"王知微二人见说,遂放下饭碗,急急出门。那时三百个和尚都还未曾吃完。马自然出得院门,又催促二人快走,不可停留。二人都不知其故,"敢问怎生急急忙忙行走?"马自然道："自有妙处，走到前路便知分晓。"马自然急急去店中买了几个烧饼吃了，与二人上路，脚不停地，飞走如云。走到诸暨县南店中投宿，那时已离禅院七十里路了。三人吃了夜饭，上床便睡。

不说他三人在店中投宿，且说那禅院从这三个道人出门之后，变出一个跷蹊作怪的事。怎见得？

　　三百个僧，有如泥塑；六百只腿，就似木雕。浑身绑缚交加，遍体
枷杻做就，人人都似面壁汉，个个齐学坐禅僧。

可怜那三百个和尚就像钉在地上的一般，一动也动不动，不言不语，如醉如痴，与杭州西湖净慈寺殿内泥塑的五百尊阿罗汉无异。幸有两个和尚手里做着活，未曾吃饭，以此不曾着手。看了这一堂和尚，只叫得苦，知道是适才怠慢了那三个道士之故，是他们用的法术。急忙出门，要追着这三个磕头谢罪，求他们救解。怎知这三个已去得远了。两个和尚只得不顾性命往前追赶，逢人便问道："曾见三个道士么？"路上人道："去得远了。"两个和尚叫苦不迭道："怎生救得这三百个？"不住脱脱地哭，直赶到夜深，才赶得着，敲着店门问道："里面可有三个道士么？"店中答应道声"有"，两个和尚叫声"救命"，店主人开得门。两个和尚一步一拜拜到床前，跪在地下大哭道："日间实是不识尊师，有失恭敬，如今院中三百个和尚至今就像泥塑木雕的一般，一步也动不得，万乞吾师哀怜救解则个。"马自然只是鼾睡，再也不则声。王知微、王延叟二人大笑，方知是马自然用的定身法。两个和尚见二人大笑，一发慌张，发急地磕头礼拜。马自然方才开口道："我与你同是出家之人，虽然教门各别，也该见人恭敬，怎生如此轻薄？难道我道家便不如你释家不成！你既好轻薄，便受些轻薄的亏也不为过。如今也奈何得够了，你们二位回去，断然动得，不必疑心。"和尚遂拜谢而去，星夜赶回，进得院门，果然解了法术，都走得起。有诗为证：

　　为人切莫太心高，心若高时受恼蒿。

　　怠慢他人人怠慢，此间相去仅分毫。

再说马自然一路南行，那时正值春天，见一家园中菘菜甚好，马自然问园主人要化数株菜将来吃。那园主人不唯不肯，反臭骂了一顿"贼道"、"狗道"，喃喃地骂个不停。马自然微微而笑，走到前路，叫王知微匣里取出纸笔，王知微道："园主人不与我们菘菜也是小事，就是被他骂一

顿,我们道家只得忍耐,难道取出纸笔,要写状子告他不成?"马自然道:
"不是告他,做个戏法取笑他一取笑。"遂于纸上画一只白鹭,用水一喷,
变成真白鹭一只,飞入他菜畦之中,长一嘴,短一嘴,啄那菘菜。园主人赶
来,那白鹭便飞起,略略走开,又飞下啄个不停。这园主人跑来跑去,连脚
也跑酸。马自然又画一只小哈巴狗儿,用水一喷,也变成一只真哈巴狗
儿,赶那白鹭,白鹭乱飞,狗儿乱跑,把几畦好菘菜尽数踏坏。园主人疑心
是这道士缘故,恐怕又作什么法术害他,只得走到前路哀哀求告。马自然
道:"我不是要你的菜,只是做个戏法取笑一场耳。"遂呼那只白鹭、哈巴
狗儿投入怀中。及至看那地上之菜,又是好端端的,一株无损。

　　后来游到霍洞山,入长溪县界,夜间投宿。那店主人道:"店中人多,
并无宿处。道人若有本事在壁上睡,便好相留。"那时已昏黑,王知微料
前途并无可宿,只得落于此店之中。马自然道:"只你们有了宿处便罢,
莫要管我。"遂把身子一跳,以一只脚挂在梁上,倒头而睡。店主人夜里
起来寻火,见了大惊道:"梁上尚且睡得,何况壁上?"马自然遂把身子走
进壁里,再不出来,歇了半会,方才从壁里走出来。店主人大惊,方才拜
谢,遂移他三人入内室净处安宿。天明起来,店主人见其奇异,正要款连,
面前已不见了马自然。王知微二人只得出了店门,前行数里,各处寻觅,
只见马自然已在前途等候了。遂自霍洞山回到永康县东天宝观驻泊。观
中有大枯松一株,马自然道:"此松已三千年,今夕即当化为石也。"果然
夜间风雨大作,就化为石,松文犹在。

　　马自然善于医病,凡有疾病之人求他医治,但以竹柱杖打其痛处,其
病即愈。腹内之病,以杖指之,口吹杖头,腹中便如雷鸣,数年之病,即时
便愈。或有腰驼脚折之人,挂杖而来,马自然以竹杖打之,叫那人放开了
杖,应手伸展,真神效也。凡病好之人赍钱帛来送,马自然坚执不受。那
人哀求不过,只得略受些许,就分散与贫穷孤苦之人,道:"我神仙家要钱
财何用!从来没有贪财的神仙。修行之人专以济人利物为第一功德,就
是物命尚且要救,何况人乎!若遇网罟人捕鱼鳖、飞禽、走兽之属,但至心
诵'南无多宝如来',捕者终日无所获,则功德大矣。人能于缓急生死之
间、争斗之际,三言两语与人解纷息讼,使人能保全其性命,功德最大。若
是至亲骨肉,尤当为之调停,不可因而离间,伤其天性。"尝对马植道:"你
们做官的人,一发要存阴骘,笔尖上功德非轻,断不可任一己之喜怒、一时

之喜怒,尤不可听信小人之言,要细细体察下情。若以是为非、以非为是,害人非浅,冥冥之中定有报应,远在儿孙近在身。尝见做官的子孙后代不昌,或生出不肖的子孙,好嫖好赌,破败家事,毁坏祖宗的声名,或是斩绝后嗣,都是枉法得钱之报。若是人命强盗,非同小可,断不可轻用夹棍拶子。从来道'捶楚①之下,何求不得',屈打成招,妄害平人,那冤魂在九泉之下,少不得要报仇索命,就是一世、二世、三世、五世,到底定不相饶。若不是真正人命强盗,断不可轻下在牢狱之中,使他受无穷的苦楚。尝言道'若知牢狱苦,便发菩提心',那牢头狱卒,就是牛头马面一般凶狠,谁管你生死,只是有钱者生,无钱者死。做官的人哪里得知备细,真个是'有天没日头'的所在。若是刑罚略轻得一分,则民受无穷之福。做官府的只是念及冤对,念及自己儿孙,便断不作恶也。总之,衙门人之言不可轻信,他那张利嘴横说竖说,变幻不测,其中事体,腾那走趱,藏头露尾,飞烧诈害,捉生替死,或是倒提年月,洗补文书,只要得了'孔方兄',他便无所不为。真有鬼神不测之机,就似我神仙家做戏法儿也没他那般巧妙。做官府的都是读书之人,哪里识得其中情弊。他又通同作弊,朋党为奸,只要瞒得你这一人,有何难事?还有积年书吏,真是老奸巨猾,还要把官府置之掌握之中。兼他子子孙孙生长在衙门里,奸盗诈伪之事从胎里带来,所以在衙门中人忠直的少,欺诈者多。我家世代为小吏,所以备知这些弊端,我今发愿不肯为吏,弃家学道,到处济人利物为事,功成行满,自当上升天界。《丹经》上道:'人欲地仙,当立三百善;欲天仙,当立千二百善。'又人身上有三尸②之神,上尸名'彭倨',在人头中,使人好嗜欲;中尸名'彭质',在人腹中,使人贪财好喜怒,浊乱真气;下尸名'彭矫',使人爱衣服,耽酒好色。三尸为人之大害,常以庚申之日,以人之罪恶,上告天帝,欲绝人生籍,减人禄命,令人速死,此尸便得作鬼,自放纵游行,飨人祭祀。又月晦之夜,灶神姓张,名禅,字子郭,一名隗,亦上告无帝,说人罪恶,大者夺纪,纪者,三百日也;小者夺算,算者,三日也。昔许真君为旌阳令,一以济人利物为心。若有贫穷之人,出不起钱粮的,他便以炼就金银摄入彼

---

① 捶楚——杖击,鞭打。
② 三尸——道家称在人体内作祟的神有三,叫"三尸"或"三尸神",每于庚申日向天帝呈奏人的过来。

所耕垦之地，使彼无钱粮之累。后又斩蛟救人，到处广积阴功，以净名忠孝之书传世，后来遂一家四十余口拔宅飞升，鸡飞天上，犬吠云中，遂证真君之位。你们做官的肯行阴骘方便之事，比我们道家尤为容易。"说罢，马植深服其言。自此之后，力为好官。马自然因时年荒歉，山中之人没得饭吃，奄奄将死，遂传一个避难大道丸以救其死。

　　黑豆一升，去皮；贯仲、甘草各一两，茯苓、苍术、砂仁各五钱，锉碎，用水五盏，同豆熬煎。文武得中，直至水尽。去药，取豆捣如泥，作芡实大，磁罐盛封。每嚼一丸，可以服食松柏并百草，甘甜与进饭粮同。食之并无毒害，可以度荒年。

传此一法，救活之人甚多。有因食松柏而竟得长生不死者。

入岭南，见岭南蛊毒害人，遂传此法：

　　凡在外饮食，先默诵七遍，则其毒不行。咒曰：姑苏琢，摩耶琢，吾知蛊毒生四角。父是穹窿穹，母是舍耶女，眷属百千万，吾今悉知汝，摩诃萨摩诃。如饮食上有蜘蛛丝，便莫吃。又法：每遇所到之处，念药王万福七遍，亦可辟之。又一法：明矾生末，夹好茶，水调，解百毒。又一法：大甘草节，以真麻油浸，年岁愈多愈妙，取甘草嚼，或水煎服，神效。并治虫蛇诸毒。

自此岭南无蛊毒之害。

又传一喉闭之法甚妙：

　　喉闭饮食不下者，用真正鸭嘴胆矾研细，以酽醋调灌下咽，即大吐去胶痰顿愈。

又因杭州多火灾，遂传辟火三方，道：

　　回风息火之术，其法用绯红绢帛，五尺至一丈皆可，剪作幡形，悬竹竿上，当风火中投之，风回火息矣。猝急无幡，只以绯红衣服悬竿上，投当风火中，亦可。火起之际，或急拆府州县牌匾，投当风火中，亦能回风息火。又凡府州县城及人家，九月内，于戌地掘坎深三尺，或九尺以上，埋炭九斤，或九十斤、九百斤，火库于戌，自无火灾。

杭州人用其法者，多无火灾。又传辟兵咒，道：

　　唵，阿游阿哒，利野婆诃。每日清晨，诵一百二十遍，可以辟兵。又神仙辟五兵冠军武威丸，能辟疾疫百病、虎狼蛇毒。凡白刃兵戈盗贼，一切凶害，不能近身。雄黄二两，雌黄二两，矾石二两半，烧过，鬼箭削去外皮,萤火一两,用夜光木代之亦可,白蒺藜一两,铁槌柄一两半,煅灶中灰一两,羖羊①角一两半,烧焦黑,各为末,如细粉,以鸡子黄并赤雄鸡冠上血和为丸,如杏仁、尖样三角,绛囊盛五丸带左臂上,从军者系腰间,居家悬当门上,一切盗贼凶恶兵自解去。

又传开井救瞽目之方,道:

唐寿州刺史张士平夫妇双瞽,日日祈天,忽有一书生,为渠开井,汲新水洗目,实时并愈。之曰:"吾太白星官也。"升天而去,遂传开井之法。其要以子午年,用五月酉戌、十一月卯辰;丑未年,用六月戊亥、十二月辰巳;寅申年,用七月亥子、正月巳午;卯酉年,用八月子丑、二月午未;辰戌年,用九月申未、三月寅丑;巳亥年,用十月申酉、四月寅卯,取其方位年时效。

又传破木匠造房魇镇之法,道:

凡木匠造房魇镇之法,极其灵验。破之之术,于造房完日,用杨柳枝四围洒水,口念木郎咒曰:"木郎木郎,一去何方。为者自受,作者自殃。吾奉太上老君急急如律令敕。"绕宅念转,则魇镇再不灵矣。

又传浴儿免痘之法,道:

除夕黄昏时,用大乌鱼一尾,小者二三尾煮汤,浴儿,遍身七窍俱到。不可嫌腥,以清水洗去也。若不信,但留一手或一足不洗,遇出痘时,则未洗处偏多也。又一法:以冬至日收乌鱼挂干,俟儿落地时浴之。

马自然尝对人道:"人断不可食牛肉,瘟疫之鬼每以岁除夜行瘟,若不食牛肉,则善神守护,瘟疫之鬼必不敢入其门。我尝见不食牛肉之家,虽天行时疫,四围传染,此家曾不受害。如入瘟疫之家,男子病则立其床尾,妇人病则立其床首,便不传染。先以自己唾沫涂于鼻下隔孔之中,或以雄黄为末,用水调涂其鼻,或以舌抵上腭闭气,则不染邪气。不可谋财,如起念,必招之。"又常以鸡鸣时存四海神名三七遍曰东海神阿明,南海神祝良,西海神巨乘,北海神禺强,辟百邪恶鬼,令人不病疫。每入病人室,存心念三遍,口勿诵也。又说道:"人决不可向北方尿屎唾骂,盖天神

---

① 羖(gǔ)羊——公羊。

天将都在北方,犯者魁罡之神责之,其罪非轻。"又说道:"人不可不着《太上感应篇》,若是恶口两舌,造言生事,好说人家闺门私事,鬼神之所深恶,断要减福减寿。总之光明正大,便是阳明天上之人,若是刻剥奸险,便是阴暗酆都之鬼。天堂地狱,只在面前。"又尝对修行的人说道:"入山修道,当持明镜九寸以上,则山精鬼怪不敢近人。那山精鬼怪能变为人形,以眩惑人目,若将明镜一试便见真形。入山口念'仪方'二字,不怕蛇虫;念'仪康'二字,不怕虎狼;念'林兵'二字,不怕百邪。入山至山脚,先退数十步方上山,山精无敢犯。入山将后衣裾折三指,挟于腰,蛇虫不敢近。山中子日,忽有人来自称为'社君'的,便是鼠精;称'神人'的,便是伏翼精。丑日称'书生'的,便是牛精。寅日称'虞吏'的,是虎精;称'当路君'的,是狼精;称'令长'的,是老狸精。卯日称'丈人'的,是兔精;称'东王父'的,是麇精;称'西王母'的,是鹿精。辰日称'雨师'的,是龙精;称'河伯'的,是鱼精;称'无肠公子'的,是蟹精。巳日称'寡人'的,是社中蛇精;称'时君'的,是龟精。午日称'三公'的,是马精;称'仙人'的,是老树精。未日称'主人'的,是羊精;称'吏'的,是獐精。申日称'人君'的,是猴精;称'九卿'的,是猿精。酉日称'将军'的,是鸡精;称'捕贼'的,是雉精。戌日称'人姓字'的,是犬精;称'成阳公'的,是狐精。亥日称'妇人'的,金玉之精;称'神君'的,是猪精。但知其物名,便不能为害。又有山精如鼓,赤色,一足,其名曰'晖',知而呼之,便不敢犯人。又或如人,长九尺,衣裘戴笠,名曰'金累',或如龙而五色,赤角,名曰'飞','飞'又曰'飞龙',以名呼之,即不敢为害。山中见大蛇,头戴冠帻者,名曰'升乡',呼之即吉。山中有大树能说话者,非树能语也,其精名曰'云阳',呼之则吉。山中夜见火光者,皆久久枯树之精,勿怪也。甲子之神名曰'弓隆',呼之入水不溺。甲戌之神名曰'执明',呼之入火不烧。船神名曰'冯耳',下船三呼其名,除百忌。凡渡江河,朱书'禹'字,佩之吉。写'土'字于手心,下船无恐怖。"其说修仙之法甚多,不能悉记。

马自然凡游山水宫观,多好题诗句于其上。后来回到杭州,适值哥哥不在,马自然对嫂嫂道:"我今回来,要与哥哥分住,我要住在东园。"嫂嫂道:"小叔怎说这话?多年出外游方,今日回来,正好与哥哥同住,怎说这分居的话?"马自然道:"哥哥今日回家么?"嫂嫂道:"明日方回。"马自然道:"我特来要见哥哥一面,哥哥明日方回。今日日子好,我等不得哥哥回家，我就要出门去了。"嫂嫂道："多年不见，等哥哥明日回家见一见去也好。"马自然道："我等不得了。"说罢，便闭目而死了。嫂嫂大惊。次日，哥哥回来见了，大哭道："吾弟回来要住在东园，是要我葬他在东园之意。但他劝我在衙门中做阴骘方便，我果依其说。他自己修行，本要长生，今反速死，只得三十五岁。难道世上有这样的短命神仙？日日说升天，今日倒入地矣。"遂痛哭了一场，葬埋于东园之内。

马自然死后数年，那时是唐大中十年，东川奏，剑州梓桐县有一道士骑着一条白龙升天。升天之时，对众人道："我浙江马自然也。众人努力修行，广积阴功，人人都可升天。"宣宗皇帝因此颁下敕书，命浙西道验视埋葬之处尸首有无。浙西道亲到葬所，发起棺木来一看，并无尸骸，只有青竹杖一根而已，浙西道回奏。宣宗又命浙西道并视叶法善葬处何如，也发起来验视，又只得宝剑一口、履鞋一双而已。方知二位神仙都是尸解而去，非真死也。后来马自然兄嫂也都成了道，连那马植也都做了仙官。有诗为证：

试看当年马自然，修行功满上升天。

人人有个修行路，不可蹉跎度岁年。

第三十一卷
忠孝萃一门

为子死孝,为臣死忠,死又何妨。自光岳气分,士无全节;君臣义缺。谁负刚肠？骂贼睢阳,爱君许远,留得声名万古香！后来者,无二公之操,百炼之刚。　　嗟哉人生翕欻①云亡,好烈烈轰轰做一场！使当时卖国,甘心降虏,受人唾骂,安得流芳？古庙幽沉,遗容俨雅,枯木寒鸦几夕阳。邮亭下,有奸雄过此,仔细思量！

这一首词儿名《沁园春》,是宋朝忠臣文天祥题双忠庙张巡、许远之作。文天祥尽忠宋室,力战勤王,怎奈天不佑宋,崖山舟覆。天祥被擒,誓不降元,十二月情愿一刀受斩于燕京柴市,南向再拜而死。夫人欧阳氏亦自刎而亡。天祥三子:道生、佛生、环生,先死于颠沛道途之间,遂遗命以弟璧之子叔子为嗣子。他弟璧后竟归附于元朝。当时有人作诗叹息道:

江南见说好溪山,兄也难时弟也难。

可惜梅花有心事,南枝向暖北枝寒。

那叔子名升,到皇庆中也仕元,为集贤学士,奉使赣州,死于道路。当时也有人作诗叹息道:

地下修文同父子,人间读史各君臣。

看官,你道文天祥尽忠宋朝而死,他兄弟儿子偏生仕于元朝,只怕集贤学士这顶封君纱帽,文天祥未必要戴。话说文天祥受死之时,大风扬沙,天地尽晦,咫尺不辨,城门昼闭。自此连日阴晦,宫中皆秉烛而行,群臣入朝,亦爇炬前导。元世祖问张真人,方知是文曲星下降,甚是懊悔。遂赠文天祥特进金紫光禄大夫、太保、中书平章政事、庐陵郡公,谥"忠武"。命王积翁书神主,洒扫柴市,设坛祭祀。丞相孛罗行初奠礼,忽狂风旋地而起,吹沙滚石,不能启目,俄卷其神主于云霄中,轰轰隐隐,雷鸣如怨恶之声,天色愈暗。元世祖悟其意不欲受本朝之官,乃改前宋少保、

----

① 翕欻(xī xū)——迅疾。

右丞相、信国公,天果开霁。这般看将起来,儿子这顶封君纱帽,他不是踏碎,就是丢在粪坑里,断然不要戴的了。但一家父子骨肉心事不同如此,信乎一门死节之难也。

小子这一回要说个一门忠孝之人,做个后来榜样。且未入正回,话说文安县一个人,姓王名珣,家道甚贫,苦于里役,只生一子,名唤王原,尚在襁褓。王珣被里役受累不过,对妻张氏道:"吾独自一身,支撑门户不来,家中虽有薄田数十亩,反被里役受累,吃苦不过。我要出外逃难,你母子二人在家守着薄田,辛苦度日,我今出去,切勿记念。"张氏苦留不得,王祎飘然出门而去,并不说到何处去。可怜张氏茕茕①一人,守着儿子过活,不觉已经二十个年头。王原问母亲道:"我父亲存亡何如?"母亲道:"你父亲只因家穷,不能过活,竟不顾我母子,弃家避差,今已二十年矣。"说罢,放声大哭,涕下如雨。王原大叫大哭,死而复生。及冠,娶妻段氏方才一月,跪告母亲要去寻父。母亲道:"你去寻父,这是孝心,但父亲出外之时,并不说到何处去,今经二十年,并无音信,何处去寻?"王原仰天大哭道:"我无父亲,何以为人?"断然要寻回来方才罢休,遂与母亲哭别而去。但茫茫世界,海角天涯,从哪一处寻起?王原一点孝心,只要寻父,哪里管天南地北万国九州岛,只是一心向前而去。先到涿鹿,寻了几时,转而东行,寻到山东地方,共是数年。他日不成日,夜不成夜,饥不知食,寒不知衣,无刻不是思亲之念。一日到田横岛,那时日已斜西,海中飓风掀天揭地,遂投宿于土神祠中。王原叩首神前,哭诉缘由,求神明指示寻亲之路。夜间得其一梦,梦走入古庙,正是日午,见廊下一僧煮饭;王原就而乞食,那僧与他一盂饭道:"这是莎米饭,其味甚苦,我与你浇一杯肉汁。"浇完道:"如来如来,来好去好。"忽然祠门"呀"地一声推开,方才梦醒。只见一个白发老人手携一条柱杖,进来问道:"你是何人,来此做些什么?"王原跪拜,哭诉以寻亲之事,并告以梦中之话。那老人道:"日午是南方之位也;莎草根是附子也,附子者,父子也;把肉汁浇饭上者,是父子脍也;如来者,佛也。可急去,当于山寺中求之。"说毕,便忽然不见。王原知是神明指示,向空礼拜,遂依其言到清源,渡淇水,昼行夜祷,走了数月,入于辉县。县有辉山,访得山中有一梦觉寺。王原闻了这寺名,不觉

---

① 茕茕(qióng)——形容孤孤单单,无依无靠。

有些心动起来，遂乘着一天大雪，不顾寒冷，夜造其寺，宿于门外。那寺中有个住持，名为法林，是个久修行得道之人。夜中打坐入定之时，观见门外有孝子寻亲，天明之时，即命一个行童开门访问道："少年是何方人氏，何为雪夜来此？"王原道："文安人，为寻父亲而来。"行童道："曾识父亲面貌么？"王原道："不曾识得面貌。"行童领他进去，到了禅堂，参了住持。住持赞道："贤哉孝子，可与他早饭吃。"谁知他父亲王珣果然在此寺中做火工道人，正在那厨房里煮早饭。住持便唤过王珣来问道："你认得这少年么？"王珣道："素不相识。"住持道："他是文安人，你也是文安人，即同乡里，何不一问？"王祎细细审问，果是父子，相抱大哭。那王珣绝无回来之意，道"我抛家撇子，已经二十余年，有何面目回家再见汝母亲之面？终为辉山下鬼矣！"王原磕头流血，牵住父亲之衣死也不放。住持劝道："汝可回归，以尽孝子之心。况原系佛力，岂可不遵！"住持一边劝行，一边命取常住钱送行，又口占七言诗为赠：

丰干岂是好饶舌？我佛如来非偶尔。
日曾闻吕尚之，明时罕见王君子。
借留衣钵种前缘，但笑懒牛鞭不起。
归家日诵《法华经》，苦恼众生今有此。

王珣只得拜别了住持，同儿子回到文安，那时王祎年已六十四矣。王原感佛力护佑，终日诵《法华经》以报德。王原后生六男、十五孙、二十二个曾孙，俱业耕读，人无不称其孝感焉。有诗赞道：

王原孝子实堪哀，走向辉山寻父回。
自是孝心能感动，如来如来果如来！

如今说一个一门忠孝的与列位看官们一听。话说金华府义乌县，一名"乌伤"，只因一个孝子颜乌，父亲死了，颜乌负土筑坟，群乌都衔土来助，口脗皆伤，遂以名县。可见孝道之妙如此。那义乌县生出一个顶天立地的汉子，姓王，单讳一个"祎"字，字子充，自幼秀爽奇敏，及至长大，长身山立，气度瑰玮。一生以忠孝为心，圣贤为学，从翰林学士黄溍读书。那黄溍是元朝极有文才之人，也是义乌人，极称赞王祎有不群之才。戊子之年，王祎见元朝政乱，国事日非，渐有危亡之意，君臣淫佚，全不修省，贪官污吏，无处不是。王祎心中气愤不过，做成一封书，备细说时事日非，怎生当变更，怎生当防闲，恐有不测之变。说得历历可见，共有七八千言之多,上于右丞相别儿怯不花。那别儿怯不花胸中何曾通一窍,眼前何曾识一字,见王祎上书,大怒,说这书生甚是狂妄可恶,朝廷哪里少你这个书生这几句疯话?遂把书掷之于地。幸而翰林学士危素是个通文理之人,知王祎甚有见识,遂立荐王祎为官。怎奈别儿怯不花这个蠢材,只是不肯。王祎遂隐于青岩山,著书自乐。谁知不上数年,果然干戈四起,群雄纷纷割据,尽应了王祎书上之言。元顺帝虽下诏罪己①,而事已不可为矣。正是:

不听好人言,必有凄惶泪。

话说那时四方纷纷反乱,红巾贼杀人如麻,民不聊生,我洪武爷避兵濠城,遂有安天下、救生民之志,收纳豪杰。那时猛将如云,谋臣如雨,遂起兵取了滁州、和阳、太平、金陵、镇江等处,应天顺人。天兵所到之处,席卷如飞,乘胜谋取浙东,遂克了婺州,就是如今的金华府,擒了元治书帖木烈思等,下令军中无得侵暴。洪武爷抚定了婺州,于城楼上立大旗二面,亲书对联道:

山河奄有中华地,日月重开一统天。

就这对联看将起来,我大明一统气象见于此矣。遂一以收罗贤才为意,大将胡大海遂荐青田刘基、浦江宋濂、龙泉章溢、丽水叶琛,洪武爷以白金文币征聘。那时李文忠守金华,访得王祎是个有意思的人,即以奏闻。洪武爷亦以白金文币征聘。王祎见了道:"方今元祚垂尽,四方鼎沸,豪杰之士,势不独安。夫有勇略者乃可驭雄才,有奇识者然后能知奇士。阁下欲扫除僭乱,平定天下,非收揽英雄难与成功。"洪武爷大喜,即署中书省椽,每商略机务,无不当意。洪武爷称为子充而不名,其得圣眷如此。有诗为证:

元朝丞相弃贤才,流落多年未是灾。

一遇圣明天子贵,草茅声价重如雷。

话说王祎遭际了圣天子,言听计从,因命彩故实为四言诗授太子。后平了江西,遂进《平江西颂》。洪武爷大喜道:"吾固知浙东有二儒,卿与宋濂耳。学问之博,卿不如濂;才思之雄,濂不如卿。"遂授江西儒学提举司。丙午,升同知南昌府,收罗贤士,搜除奸蠹,南昌大治。赐黄银带以宠

---

① 罪己——责备自己。

之。王祎因刑罚太严，恩威不测，遂上疏道：

臣闻自古帝王定天下成大业者，必祈天永命，以为万世无疆之计。所以祈之者，在乎修德而已。君德既修，则天眷自有不能已者。人君修德之要有二：忠厚以存心，宽大以为政。二者，君德之大端也。是故周家以忠厚开国，故能垂八百年之基；汉室以宽大为政，故能成四百年之基。简册所载，不可诬也。夫人君莫先于法天道，莫急于顺人心。上天以生物为心，故春夏以长养之，秋冬以收藏之，皆所以生物也。其间雷霆霜雪，有时而搏击，有时而肃杀，然皆暂而不常。向使雷霆霜雪无时而不有焉，则上天生物之心息矣，臣愿陛下知法天道也。夫民待君以为生，故人君视民之休戚①，必若己之休戚。诚以君民同一体耳，取之有节，则民生遂而得其所。今浙西既平，租税既广，科敛之当减，犹有可议者，臣愿陛下之顺人心也。法天道，顺人心，则存于心者自然忠厚，施于政者自然广大，祈天永命之道，未有越此者也。

洪武爷嘉纳其言，只因要革元朝姑息之政，行"乱国用重典"之法，刑罚太重，致干天和。到庚申五月甲午日，雷震谨身殿，洪武爷亲见霹雳火光，自空中下，绕宫而追。洪武爷乃再拜道："上帝赦臣，臣赦天下。"雷始升天而去。洪武爷方忆王祎之言有征，遂下大赦之诏于天下，这是后话。

始初修《元史》，命王祎、宋濂为总裁官，遂征山林隐逸之士共十六人。

汪克宽	胡 翰	宋 僖	陶 凯
陈 基	赵 增	曾 鲁	高 启
张文海	黄 篪	赵 汸	傅 恕
王 锜	傅 著	谢 徽	徐尊生

命这十六人为纂修官，开局于天界寺中。王祎擅长史事，删烦削秽，日夜辛苦。一日口渴之甚，对宋景濂道："得昨上所赐梨浆，可以解吾之渴矣。"内官闻之，禀了洪武爷，即命赐之。其体悉臣子如此，真圣主也。有诗为证：

圣主如天万物春，梨浆解渴赐文臣。

---

① 休戚——欢乐和忧愁。

　　酸寒得遇君王宠,敢爱区区七尺身!

　　话说王祎修成了《元史》,遂拜翰林待制、同知制诰、兼国史院编修官。自此天恩日重,召对殿廷,必赐以坐,从容宴笑,与家人父子一样。

　　那时天下一统,独有云南为故元遗孽梁王把匝剌瓦尔密所据,恃着险远,尚未臣服。洪武爷要起兵征剿,念其险远,遂遣王祎招谕道:"今天下一统,俱以臣服,独云南未奉正朔。今欲起兵征剿,念云南百万生灵,恐伤于锋镝。今遣卿至云南,为朕作陆贽①,说彼来降,免云南生民涂炭可也。"王祎对道:"天命所在,谁敢抗违?臣奉陛下威德,示以厉害,彼必俯首归顺。若倔强不从,兴师未晚。"洪武爷遂命参政吴云同往。王祎那时有子王绅,年方十三岁,颖敏过人,忠孝出于天性。宋景濂一见便奇之,道:"王子充有子矣。"王绅见父亲奉使云南,好生依依不舍,送父亲出门,便放声恸哭,数日不止,旁人无不称其至性。

　　不说王绅思念父亲,且说王祎奉着圣旨,同吴云出使云南。那吴云是宜兴人,字友云,生性敏达,善于词赋,与王祎同是赤胆忠心、铁铮铮不怕死的好汉。同着左右随从人等,从湖广一路而去,免不得饥餐渴饮,夜住晓行。不则一日,来于云南地面,见了梁王,面谕道:"我皇上聪明神圣,隆辟大业,作君万邦,皆天理人心之所归。今天下一统,莫不臣服,惟尔有众,僻在西南,久阻声教,故遣使者来谕意。今能只若明命,亟奉版图归顺,则尺地一民,安堵②如故,高爵厚禄,身名俱全。奈何以一隅为中国抗哉?"王祎说罢,梁王不听,送王祎于馆驿安歇,礼意甚是疏简。王祎对吴云道:"我等奉诏远来,要掉三寸之舌,使彼归顺。今彼倔强,不肯听从,我等亦何颜归国!朝廷大事,在此一举,明日须以力争,便当致性命于度外矣。"二人计议已定。数日之后,复面谕梁王道:"予等将命远来,非为身谋。朝廷以云南百万生灵,不欲歼于锋刃耳。曾不闻元纲解纽,陈友谅据于荆湖,张士诚据于吴会,陈友定据于闽广,明玉珍据于全蜀,天兵下征,不四五年,悉膏铁钺。唯尔元君北走已死,扩廓帖木儿之属或降或窜,曾无用武之地。不烦一刃,而天下大定。当是时,先服者赏,后者戮及宗族。乃今自料勇悍强犷孰愈陈、张?土地甲兵孰愈中国?度德量义孰愈

---

　　① 陆贽——唐苏州嘉兴人。德宗时任翰林学士,参与机谋。

　　② 安堵——安定,安居。

天朝？天之所废,谁能兴之! 不然,皇上命将,将龙骧①百万,会战于昆明池,尔如鱼游釜中,不亡何待? 那时悔之晚矣。"王祎、吴云这一席话,说得慷慨激烈,声色俱厉。梁王君臣彼此面面厮觑,都有降顺之意。遂迁王祎二人于别馆,厚其礼貌,君臣计议,正思量为投顺之事。适值元太子自立沙漠,遣使者脱脱到云南来征粮,又欲连兵相为犄角之势以拒我。脱脱知梁王有归顺我国之意,要杀王祎二人以绝其念。梁王尚在两可之间,遂把王祎、吴云二人悄悄藏于民居。脱脱知道,大骂梁王,梁王不得已,请出王祎、吴云与脱脱相见。脱脱左右俱带刀侍立,欲屈王祎二人。二人知不免,遂大骂道:"天绝汝元命,我朝应天顺人,以代汝国。汝如爝火②余烬,安敢与我日月争光耶! 我将命远来,岂为汝屈,有死而已!"对梁王道:"汝今杀我,大兵旦夕至,尔国为齑粉,那时悔之晚矣。"说罢,二人遂大骂而死,时洪武六年十二月也。史官有诗赞道:

> 王祎忠心不可当,吴云矢志赴云阳。
> 梁王倔强诚何益? 看取天兵到即亡!

话说王祎、吴云骂贼而死,左右随去之人,尽为刀下之鬼。只因路远,中国不知信息。直至三年不还,洪武爷命人探访,方知王祎、吴云骂贼而死,不胜嗟叹。他儿子王绅时年十六岁,闻知父亲死于云南,哭得死而复生,从此以后,蔬食长斋,更不茹荤血。洪武爷因梁王杀了我使臣,从此大怒,遂有下云南之意。九年,因命颍川侯傅友德巡行川蜀、永宁、雅、播等处,修葺城池关梁,兵威大振。于是金筑、普定、中坪、干溪等寨土夷都相率投降。至十四年九月,遂命颍川侯傅友德为征南将军,永昌侯蓝玉、西平侯沐英为征南副将军,列侯吴复、金朝兴、仇成、张龙、王弼、都督张铨等率领精兵三十万往讨云南。洪武爷面谕傅友德三将军道:"梁王倔强不臣,杀我使臣,深可痛恨。今命卿等往讨其罪。但云南僻在遐方,行师之际,当知其山川险易,以窥进取。朕尝览舆地图,咨询众人,得其扼塞。取之之计,当自永宁先遣骁将别将一军以向乌撒,大军继自辰、沅以入普定,分据要害,乃进兵曲靖;那曲靖乃云南之咽喉,彼必并力于此,以抗我师,审察形势,出奇制胜,正在于此。攻破了曲靖,三将军以一人提兵向乌撒

---

① 龙骧(xiāng)——泛指勇猛的军队。
② 爝(jué)火——小火把。

应永宁之兵,大军直捣云南,彼此牵制,破之必矣。云南既克,宜分兵径趋大理,先声已振,势将瓦解,其余部落,可遣人招谕也。"傅友德等顿首受命。洪武爷乃亲洒宸翰赋诗宠赠道:

> 大将南征胆气豪,腰悬秋水吕虔刀。
> 雷鸣甲胄乾坤静,风动旌旗日月高。
> 世上麒麟真有种,穴中蝼蚁竟何逃。
> 大标铜柱归来日,庭院春深听伯劳①。

傅友德等谢恩而出。出师之日,洪武爷亲到龙江关饯行,旌旗蔽江而上,好生雄壮。曾有古风一首赞道:

> 大明天子降天兵,扫除胡虏万国平。
> 燕冀臣妾讵敢争?秦豫荆蜀俯首迎,
> 若崩厥角褫②冠缨。云南僻远妄峥嵘,
> 擅奋螳臂昧死生,杀我使臣只取烹。
> 戈甲耀日烁旗旌,士饱马腾军声轰,
> 貔貅虓虎③雷霆惊。泰山压卵问罪征,
> 滇南不日要歇倾。

话说傅友德统领三十万雄兵来征云南,二十日到了湖广,遂拨五万精兵付与都督胡海洋、郭英、陈桓等从四川永宁向乌撒,自领大军浩浩荡荡从辰、沅、贵州进发。十一月进攻普安,只一阵便擒了土酋安瓒罗鬼,那苗蛮仡佬等闻知天兵威武,都望风投降。乘机攻破了普安,席卷而来,势如风雨,直抵曲靖。那梁王把匝剌瓦密得知天兵一到,所向无敌,满朝文武百官惊得面如土色,君臣懊悔当日杀了二位使臣,致有此祸。司徒平章达里麻道:"如今悔之无及,从来道:'水来土压,兵至将迎',且商议抵敌之计。"梁王只得差精兵十余万着达里麻前来迎战。达里麻统了精兵屯于曲靖,西平侯沐英道:"他道我万里远来,不敢骤然深入。我出其不意,一战可擒也。"傅友德遂叫三军倍道而进,将到白石江,忽大雾四塞。傅友德乘雾而进直到江口,霎时间雾霁,则已两军相望矣。达里麻见了大惊,

---

① 伯劳——鸟。这里指鸟的叫声。

② 褫(chǐ)——革除。

③ 虓(xiāo)虎——咆哮怒吼的虎。

以为神兵从天而下,身子不颤自摇,魂胆都怯。达里麻列阵在南面,我兵列阵在北面。傅友德用沐英之谋,悄悄着一支兵从下流而渡,出其阵后,吹铜角、多张旗帜为疑兵于山谷间,这边故意摇旗呐喊,假作渡江之势。达里麻刀枪弓箭如林的一般列在江口,不提防阵后闪出一支兵来,旗帜遍满山谷,铜角乱鸣,达里麻心下慌张,急拨阵后一支兵迎敌。军心先乱,阵脚乱动,一时扎不住。傅友德命识水军士手持长牌遮箭,乘机而渡,矢石炮铳齐发,喊声震动天地。友德自领敢死之士捣其中坚,杀得他大败亏输。达里麻生擒活捉而来,死者不可胜计,尸横十余里,生擒二万余人。傅友德巧妙之极,把这二万余人尽数释放回去,土夷见诸人回来,欢声满路,自此之后,解甲抛戈,争先投顺。友德自领一支兵击乌撒,分遣沐英领兵攻打云南。梁王自达里麻出兵之后,不知胜负如何,好生心焦,遂夜夜梦见王祎、吴云二人立在面前索命,心下甚是慌张之极。达里麻败报一到,梁王惊得手足无措,遂弃城而逃走到滇池岛中,先把嫔妃缢死,自饮毒药,不死,只得又投水而死。满城百姓争先走到金马山,焚香迎拜王师。沐英入城,秋毫无犯,斩了梁王首级,收梁王金印并官府符信图籍,抚安居民,时十二月二十四日也。自出师至此,只得百日而云南平矣,真天兵也。有诗为证:

　　杀我忠臣计甚憨,天兵汹涌下云南。

　　沐英友德输奇计,百日功成定笑谈。

　　话说沐英、蓝玉攻破了云南,傅友德击破乌撒,会同胡海洋、郭英、陈桓等击平东川乌蒙芒部,斩首三万余级,余蛮威畏,尽数归顺,云南悉平。捷书一到,洪武爷大喜。那时王祎儿子王绅,蜀王闻其贤,礼聘去教授蜀郡。王绅日日痛哭,父亲骸骨未返丘陇,好生凄怆。今闻我兵平了云南,斩了梁王首级,报了父亲之仇,遂要到云南去寻取父亲骸骨而回,启请蜀王知道,自到云南而去。见了傅友德,恸哭不止。傅友德访问王祎尸骸当日埋于何处,左右道:“埋在地藏寺北。”王绅遂一步一哭而去,哭到地藏寺,祭奠已毕,然后发掘,但见:

　　茫茫衰草,泛泛黄沙。茫茫衰草,掩覆着一片忠魂,泛泛黄沙,盖藏着多少白骨! 老幼尽为荒野鬼,八九年酒饭何浇? 贵贱同作一坑尘,一生世英灵谁语? 骷髅满地,知他是何姓何名;腐骨交加,谁识得是彼是我。

　　那王祎死后已经九个年头,当日并随行人等都死于此地,还有彼国乱骸成群堆积，不知哪一具尸骸是王祎的骨殖。王绅痛苦之极，无计可施，只得将指头刺血而滴，日夜睡于其地，将滴过的移在一处。十指刺尽，几于无血可滴，身体赢瘦，有如鬼形，十分之中，不上滴得三分。旁人都解劝道："若要都滴过，你身上有多少血？恐身体不可保，亦将埋于此地矣。"王绅执意不回道："吾死于此地，亦所甘心。父子一处死，吾之愿也。"孝心虔诚之极。夜梦父亲星冠霞帔，羽衣云履，左右二童子执着幡节侍卫，道："上帝怜吾不辱君命，尽忠骂贼而死，今隶在孝弟明王部下，位列仙官，吾之骨殖在大石块之下。努力忠孝，则吾死之日，犹生之年，不必痛苦。"说毕而醒。次日寻至石块下，果有骨殖一具，一毫无损，一滴就入。王绅捧了此骨，仰天一号，死而复生。云南人无不称其孝感，都称为王孝子。有诗为证：

万里寻亲觅乱骸，刺将指血渐排挨。

忠臣孝子千秋事，试看遗编泪满怀。

话说王绅寻着了父亲骸骨，用棺木盛了，每食必祭，从万里而回，葬于坟墓之上。每发声一号，则山中百鸟为之助其凄恻，人人无不下泪。后为国子博士。建文元年，王绅上言父死节状道：

陛下首隆孝治，而明诏又有旌表节义之条，正微臣得展情事之时，先臣志节获旌之日也。

遂下翰林定议，特赠王祎翰林院学士、奉节大夫，谥"文节"。开国以来，文臣有谥，自王祎始也。后又改谥"忠文"；吴云赠刑部尚书，谥"忠节"，并立祠于云南，皆王绅之力也。王绅有子王稌，也是个孝子。王绅痛念父亲，食不兼味，王稌遵父之志，子孙相承，数十年不变。父母没，三年酒肉不入口。王稌从方孝孺读书，靖难之后，尝欲与方孝孺表侄郑珣至聚宝门外，负其骸骨归葬不可得，系于狱中。永乐爷念王祎之忠，特宥其罪。且欲用王稌。王稌辞疾，终其身读书青岩山下。三代忠孝，真前古之所难也。有诗为赞：

非忠无君，非孝无亲。

王祎子孙，能子能臣。

凛如日月，千古不湮。

山高水深，勖①我后人。

———————————

① 勖（xù）——勉励。

第三十二卷

薰莸不同器

汉朝博物东方朔,淹贯①经书张茂先。

第七车人知浴女,侯囊元绪恪知焉。

从来我孔夫子极其博物,无所不知,次则郑国子产,称为博物君子。汉朝有东方朔,他原是神仙,所以奇奇怪怪之事无不知道。汉武帝之时,外国有献独足鹤者,东方朔道:"此非独足鹤也,《山海经》之所谓'毕鸾'也。"武帝一日宴于未央宫,忽闻有人说话道:"老臣冒死自诉。"但闻其声,不见其形,寻觅良久,梁上见一老翁长八九寸,面目颓皱,须发皓白,柱杖偻步,甚是老耄。武帝道:"叟何姓名,居于何处,有何病苦而来诉朕?"老翁缘柱而下,放杖稽首,默而不言,因仰头视殿,俯指帝足,忽然不见。帝召东方朔问之,方朔道:"此名为'藻廉',乃水木之精也。夏巢幽林,冬潜深河,陛下频年造宫殿,斩伐其居,故来诉耳。仰头看殿而俯指陛下足者,足于此也。愿陛下宫殿足于此也。"武帝因此停止工役,后幸鲍子河,见前老翁及数人绛衣素带,各执乐器,为帝奏乐作歌。又献帝一紫螺壳,其中有物,状如牛脂。帝问道:"此是何物?"老翁道:"东方生知之。"帝曰:"可更以珍异见贻。"老翁命取洞穴之宝,一人投于渊底,得一大珠,径数寸,明耀绝世。老翁等遂隐,帝问方朔:"紫螺壳中何物?"方朔道:"是蛟龙之髓,以傅面,令人好颜色,又女人在孕,服之产之必易。"后果有难产者,试之立效;以涂面,果然悦泽。帝问:"此珠何以名洞穴?"方朔道:"河底有一穴,深数百丈,中有赤蚌,蚌生珠,因名洞穴。"武帝幸甘泉宫,经过长平坂,见有虫如盘覆于地,色如生肝,头目口鼻皆具。问于东方朔,方朔道:"此虫之名为'怪哉',昔时将无罪之人拘系,仰首叹恨道'怪哉怪哉',是怨愤之气感动上天所生也。此地必秦狱处。"即按地图,果如其言。帝又问:"何以消之?"对道:"积忧者得酒而解,以酒数斗浸之当消。"

---

① 淹贯——深入贯通。

于是取虫置于酒中,果然消化。

晋朝尚书张华。字茂先,性好读书,徙居之时,载书三十乘。博物洽闻,世无与比。武库中封闭甚密,其中忽然有只雄鸡,晋帝甚以为异。张华道:"武库之中安得有雄?此必蛇所化也。蛇能化雄。"试观雄侧,果有蛇蜕,方知是蛇所化。吴郡临平山崩,出一石鼓,捶之无声。帝以问张华,张华道:"可取蜀中桐木刻为鱼形,叩之则鸣矣。"于是如其言,果声闻数里。陆机尝饷张华以鱼鲊①,那时宾客满座,张华发器便道:"此龙肉也。"众人都未之信。张华道:"汝辈不信,试以苦酒灌之,必有奇异。"果浇以苦酒,便有五色光起。陆机还问鲊主:"此鱼何自而来?"鲊主道:"此鱼非从水中得来,园中茅积之下,忽然得一白鱼,形质异常,因以做鲊,见其味美,遂以相献。"众人方知其果龙所化也。张华望见斗牛之间尝有紫气,知是宝剑之精上达于天。察其气在豫章之丰城狱中,遂补雷焕为丰城令。雷焕到丰城掘狱屋基,入地四丈,得一石函,光芒射人,中有双剑,并刻题一曰"龙泉",一曰"太阿",其夕斗牛间气遂不复见。雷焕留一剑自佩,以一剑送与张华。张华细看剑文,知有二剑,写书与雷焕道:

　　详观剑文,乃干将也,莫邪何复不至? 虽然,天生神物,终当复合。

雷焕看书,方知张华之不可欺也。后张华死,两剑都化为龙而飞去。有一种燃石,出瑞州高安县,色黄白而疏理,水灌之则热,置鼎于其上,可以热物。雷焕入洛,持以示张华,华道:"此燃石也。"晋惠帝时,有人得鸟毛,长三丈,以示张华。张华惨然不乐道:"此海凫毛也,出则天下大乱。"洛下山上有一洞穴,其深无底,有一妇人要谋死丈夫,将丈夫推堕此穴之中。其人自分必死,行走数里,渐渐明亮,其路渐大,别是一个洞天。见有宫殿人物,共是九处,其人如神仙之状,身长数丈,衣羽衣,至最后所到之处,见仙人在树下弈棋。此人饥饿,告诉以仙人堕落之故,并说腹饥求食之意。仙人指庭中柏树下一大羊,其羊大如人间之羊,令跪于地,将羊之须,每一捋得珠一颗,三捋共得三珠,教这人将这第三颗珠吃了,余二珠仙人收取。这人服珠之后,便觉不饥,仙人另指一穴,命其寻穴而出,却是交州地方。人问张华,华道:"此地仙九馆仙人也,仙人为九馆大夫。大羊

---

① 鲊(zhǎ)——腌鱼;糟鱼。

非羊也，名为'痴龙'。第一珠食之寿与天齐，第二珠食之延年，第三珠食之不饥而已。"其博物如此。

哪知浴女的是张宽。汉武帝时，张宽为侍中，从汉武帝祀甘泉，行至渭桥。武帝见一女人浴于渭水之中，其乳长至七尺，武帝怪而问之。女人道："后第七车中张侍中知我。"言毕不见。那时张宽在第七车中，对道："此天星主祭祀者，斋戒不洁，则女人星见。"武帝甚以为奇，而心服焉。

那识傒囊的是吴国诸葛恪。诸葛恪同僚属出猎于驹骊山，在句容县东北，见有物如小儿，伸手引人。诸葛恪令人移去故地，即时而死。僚属问此是何物，恪道："此事在《白泽图》，曰：'两山之间，有精如小儿，名曰傒囊'也。'那时有人入山，见一大龟径尺，其人担之而归，欲献与吴王。夜宿于越里，泊船于桑树下，将龟缚于船头之上。夜半桑树忽作人言，呼那龟的名号道：'元绪元绪，你何为在此？'"龟也口吐人言道："我被无知之人拿来拘系，方要献与吴王，有烹煮之苦。虽然如此，就尽南山之薪，其如我何哉！'桑树道：'你虽然如此，但诸葛恪博物，必致相苦，倘求与我一样之徒来奈何你，你却怎生逃避？'"龟也称桑树的名号道："子明子明，勿要多说，恐祸及于你也。"桑树遂寂然而止。其人一一听得，大惊，将龟献于吴王。吴王果命煮之，焚柴万车，龟活如故。吴王问诸葛恪，恪道："煮以老桑树乃熟，须得千年之桑方可。"献龟之人遂说夜间桑树化作人言，与龟一对一答之故。吴王就叫献龟之人砍那株说话的桑树来，果然一煮便烂。至今烹龟必用桑树，野人遂呼龟为"元绪"焉。所以当时道：

老龟煮不烂，贻祸于枯桑。

看官，在下这一回怎生说这几个博物君子起头？只因唐朝两个臣子都是杭州人，都一般博物洽闻，与古人一样。只是一个极忠，一个极佞；一个流芳百世，一个遗臭万年；人品心术天地悬隔，所以这一回说个"薰莸不同器"。那薰是香草，莸是臭草；薰比君子，莸比小人。看官，你道那薰是何人？是褚遂良。莸是何人？是许敬宗。

先说褚遂良那位君子，他是杭州钱塘人，字登善。父亲褚亮，与杜如晦等十八人并为学士，号"十八学士登瀛洲"者此也。官至散骑常侍，唐太宗甚是亲倚，封阳翟县侯，告老于家。遂良自少怀忠孝之心，博涉文史，工于隶楷，初学虞世南，晚造王羲之的妙处，累迁起居郎侍书，唐太宗精于字学，常叹息道："虞世南为字中之圣，今世南已死，无可与论书者。"魏征奏道："唯有褚遂良可与论书。"及见褚遂良之书，大加惊异，以为不减虞世南也，优待异常。唐太宗酷好王羲之的帖，千方百计购求得来，有的说真，有的说假，真假莫辨。褚遂良细细看了，一缘二故论其所出，一毫无差。

　　后迁谏议大夫。那时太宗遣大将李靖连那颉利可汗都擒了来，自阴山北至大漠，一望无人，九夷八蛮无不归顺。太宗大喜，遂请上皇置酒未央宫，上皇命颉利可汗起舞，又命南蛮酋长冯智戴咏诗，已而笑曰："胡越一家，自古未有也。"太宗奉觞上寿，因而赋诗道：

　　　　雪耻酬百王，除凶报千古。

　　自此之后，志得意满，便要封禅泰山。适有星孛之变①，褚遂良进谏道："此必天意有未合者，乞更缓之。"太宗悟而止。

　　迁起居注，太宗道："卿记起居，人主可得观之乎？"遂良道："今之起居，即古之左右史也，善恶必记，庶几人君不敢为非，未闻自取而观之也。"太宗道："朕有不善，卿亦记之耶？"遂良道："臣职当载笔，不敢不记。"太宗一日又道："昔舜造漆器，谏者十余人，此何足谏？"遂良对道："奢侈者，危亡之本。漆器不已，将以金玉为之。忠臣爱君，必防其渐，若祸乱已成，无所复谏矣。"太宗深叹美之。

　　十八年，太宗要亲征高丽，道："盖苏文杀其君，残虐其民，今又违诏命，朕当亲讨其罪。"遂良奏道："陛下指挥则中原清宴，顾盼则四夷詟服②，威望大矣。今乃渡海远征小夷，万一蹉跌，伤威失望，更兴忿兵，则安危难测矣。"乃上疏切谏，太宗不听。因要遂良同在军中议论，恐褚亮年老不舍其子，遂手诏褚亮道：

　　　　畴日③师旅，卿未尝不在中。今朕薄伐，卿已老，俯仰岁月，我劳
　　如何！以遂良行，想君不惜一子于朕耳。善居加食。

　　褚亮顿首而谢，太宗因同遂良而行，每每于军中计议征伐大事，并论古今学问。遂良胸中如倾江倒海而出，辩论不穷，太宗大喜。征辽而回，褚亮年老，因念子而死矣。遂良恸哭，太宗道："此朕陷尔于不义也。"遂

----

①　星孛（bèi）之变——意为彗星出现，旧时以为不祥之兆。孛，指彗星。

②　詟（zhé）服——畏惧服从。

③　畴（chóu）日——昔日，从前。

赠褚亮为太常卿,恩礼加等,敕陪葬于昭陵。遂良因父亲念己而死,三年庐墓①,不饮荤血,极其悲苦。太宗念其纯孝,道:"此孝子也,必忠臣哉。求忠臣必于孝子之门,朕安能舍之而复求忠臣乎?"服满之日,授太子宾客,进黄门侍郎。

时有飞雉数数集于宫中。太宗问道:"此是何祥也?"遂良道:"昔秦文公时,有童子二人化为雌雄二雉,雌者鸣于陈仓,雄者鸣于南阳。一童子曰:'得雄者王,得雌者伯②'。文公得其雌,遂伯诸侯,始为宝鸡祠;汉光武得其雄,遂起南阳,广有四海。陛下本封于秦,故雌雄并见,以告明德。"太宗大悦道:"人之立身,不可以无学,遂良所谓多识君子哉!"后殿庭之中,忽见残獐一脚,细视之,乃是兽食之余。询问宿卫之人,莫知所以来。太宗惊异,遂良道:"昨暮乃狼星值日耳,不足怪也。"太宗叹服。有人得鼠如豹文,荧荧光泽,太宗不识,以问臣,莫群能知者。遂良道:"此鼶鼠也。"太宗道:"何以知之?"遂良道:"见《尔雅》。"试按秘书,果如其说。人无不称其博学焉。

那时太子承乾既废,魏王泰侍于太宗之侧,太宗许立为太子。次日,因谓大臣道:"昨日泰投我怀中云:'臣今日始得为陛下子,此臣更生之日也。臣唯有一子,百年之后,臣当杀之而传国与晋王。'朕闻其语甚怜之。"遂良奏道:"陛下失言矣,安有为天下主而杀其爱子,以其国授晋王者乎?陛下昔以承乾为嗣,复宠爱泰,嫡庶不明,故纷纷至此。若必立泰,非别置晋王不可。"太宗大悟泣下,道:"我不能。"就诏国舅长孙无忌、房玄龄、李勣与遂良等定策,立晋王为皇太子。一言之下,国本不摇,皆遂良之力也。拜褚遂良为中书令。

太宗寝疾,召遂良、长孙无忌二人到御榻前吩咐道:"汉武帝寄霍光,刘备托诸葛亮,朕佳儿佳妇,今委卿二人矣。太子仁孝,其尽诚辅之!"谓太子道:"无忌、遂良在朝,汝不必忧也。"因命遂良草诏立晋王为帝,是为高宗。高宗即位,封遂良为河南县公,进郡公。无忌与遂良在朝,同心辅政,高宗亦恭己以听,政治颇好。怎当得一个恶人在朝搅乱世界。有分

---

① 庐墓——古人于父母或老师死后,服丧期间在墓旁搭盖小屋居住,守护坟墓,叫"庐墓"。

② 伯——同"霸"。

教:乾坤翻覆,变成浊乱之朝;阴阳错行,化为污秽之地。女主作朝间道,唐室悚惧恐惶。把一个唐朝天下轻轻地断送了。果是:

善人一心为善,恶人只是作恶。

同是父精母血,怎生这般差错?

这恶人是许敬宗,字延族,杭州新城人,隋朝礼部尚书许善心之子。敬宗广读诗书,善于作文,只是心性有些古而怪之。怎生古怪?

金木水火土,个个皆同;礼智信义仁,字字独少。读圣贤之书,精盗贼之事。开口处尧舜周孔,梦寐时共鲧苗骧①。不孝不忠,从来性格造就;为奸为恶,一味天巧生成。笔尖头能舞能飞,都是杀人的公案;眉毛上一操一纵,无非刺心的箭刀。暗地腾那②,几回要夺纯阳剑,心中恶煞,终日思斫释迦头。

话说那许敬宗的父亲许善心,虞世南的哥哥虞世基,因隋朝之乱,同被李密拿去,都要杀死。虞世南见哥哥要杀,情愿以身代哥哥之死,许敬宗见父亲要杀,他也不顾父亲,只是一味磕头,自己求活而已。李密将二人杀死,虞世南不顾死活,一肩负了哥哥尸首将来埋葬,许敬宗弃了父亲尸首,竟自逃回。其不孝可恨如此。当时内史舍人封德彝在贼中亲见二人之事,不胜叹息,所以做两句口号道:

世基被戮,世南匍匐以请代;

善心之死,敬宗舞蹈以求生。

许敬宗闻之,遂恨封德彝切骨。太宗贞观年间,除敬宗为著作郎兼修国史。敬宗是个不肖之人,做了著作郎,不胜欣幸之至,扬扬自得,腆起肚子,头摇尾摆地对人道:"仕宦若不做著作郎,无以成立门户。我心里要做此官,这官便就随我心愿而来,可见有福之人事事如意,若是他人怎生能够?"人无不笑之。太宗驻跸③破山贼,命敬宗马前草诏,爱其文词华丽,从此专掌诰令,一发扬扬得意,将人看不在眼里。高宗即位,迁礼部尚书。

---

① 共鲧(gǔn)苗骧——共工、鲧、三苗、骧兜的并称。相传是古代舜所流放的四人或四族首领,谓之四凶。

② 腾那——腾挪。

③ 驻跸——古代帝王出行,在中途停留暂住。

敬宗的第二个儿子娶尉迟敬德的孙女,许敬宗奉承敬德公无所不至。太宗尝以《威凤赋》赐长孙无忌,敬宗修国史便移在尉迟敬德身上,道帝以《威凤赋》赐尉迟敬德,其说谎如此。高宗幸长安城,按跸徘徊,视故区处,问侍臣道:"秦汉以来,几君建都于此?"敬宗道:"秦都咸阳,汉惠帝始城之。其后苻坚、姚苌、宇文周居之。"高宗复问汉武帝开昆明池实自何年,敬宗道:"元狩三年,将伐昆明夷,故开此池以习战耳。"高宗见其博学,遂诏敬宗为弘文馆学士,讨论古宫室故区,具条奏闻。高宗至东都,到于濮阳,问窦德玄道:"濮阳谓之'帝丘',何也?"德玄不知来历,对答不出。敬宗自后跃马而前对道:"臣能知之。昔帝颛顼始居此地以王天下,因颛顼所居,故曰'帝丘'。"高宗称善。敬宗退而扬扬得意道:"大臣不可无学问。窦德玄不能对,吾甚耻之。"其小器矜夸如此。性喜钱财,若见了那金银珠宝,便不顾礼义廉耻,一味强要。若是个财主,就不论他高低贵贱,娼优隶卒,都如兄若弟的一般相待;若是至亲忽然贫穷,他便睬也不睬一睬,连饭也没得一碗与他吃。只因贪财之极,连亲生女儿也都不顾,嫁与蛮酋冯盎之子。冯盎下了千万贯的聘礼,指望许敬宗的陪嫁。谁知敬宗只收聘礼,并无妆奁,女儿出嫁之时,只得随身衣服,痛哭出门而已。冯盎因此有言,遂为有司劾奏,说:"大臣不当与蛮夷结亲,况婚姻论财,夷虏之道。今许敬宗多私所聘,为蛮夷所轻,非怀远之道。"许敬宗随人谈论,只是老着面皮并无羞耻之意,只当把这个女儿卖与外国便罢。这是他第一个女儿了。第二个女儿又将来嫁与钱九陇的儿子。那钱九陇原是高宗牵马隶奴,他也不论贵贱、门第、骨气,只是收了百千万贯聘礼,又无陪嫁。其贪财不顾廉耻如此。有诗为证:

见了金银珠宝,不论贵贱高低。

果然人中夷虏,随他儿女号啕。

不说敬宗的无耻,且说那武则天皇后出身。武则天初生之夕,雌鸡皆鸣,生的龙瞳凤颈,右手中指有黑毫左旋如黑子,引之可长尺余,机敏奸恶无比。十四岁在太宗宫中选为才人,赐号"武媚娘",侍太宗寝席共十三年。那无道的高宗与隋炀帝一样,为太子时入侍太宗之疾,见武媚娘而悦之,遂即东厢烝①焉。太宗崩,武媚娘与诸嫔御都削发为比丘尼,高宗既

---

① 烝(zhēng)——古代同母辈通奸。

即位,立王氏为皇后。王皇后久无子,萧淑妃有宠,王皇后甚是嫉妒。太宗忌日,高宗诣寺行香,武媚娘见高宗而大哭。高宗心中甚动,王皇后得知,暗暗教武媚娘长发纳之后宫,要夺萧淑妃之宠。武媚初入宫之时,屈体以事王皇后,王皇后极其称赞,后遂大幸,拜为"昭仪"。王后与萧妃之宠都衰,因而共潜武媚娘,高宗只是不信。武媚娘生女,适王皇后来宫,怜而弄之。你道武媚娘好恶! 俟王皇后出宫,就把此女掐杀,仍旧放在被下。高宗进宫,武媚娘佯为欢笑之意,及至揭起被来,女已死矣。高宗大惊,问左右,左右道:"皇后适来此。"武媚娘即悲咽而不言。高宗哪知此意,即大怒道:"后杀吾女,往常与萧妃谗潜,今又如此耶!"武媚因细数其罪。高宗遂立意要废皇后,又恐大臣不从,乃与武媚同幸长孙无忌之第,酣饮极欢,拜无忌宠姬子三人都为朝散大夫,又载金宝缯锦一车以赐无忌。高宗因从容说皇后无子,要立武昭仪之意。无忌正色而不对,高宗与武昭仪都不悦而罢。怎当得误国贼臣许敬宗,逢迎高宗要立武昭仪,高宗意遂决。

一日退朝,内臣传旨召长孙无忌、李勣、于志宁、褚遂良进内殿。遂良与众官商议道:"今日之召,多为宫中。"或谓无忌当先谏。遂良道:"不可,太尉国之元舅,有不如意,使上有弃亲之讥。"又谓李勣上之所重,当进谏。遂良道:"亦不可,司空国之元勋,有不如意,使上有弃功臣之嫌。吾奉遗诏受顾托之命,今日若不以死争,何以下见先帝?"同进于内殿,高宗顾无忌道:"罪莫大于绝嗣,皇后无子,武昭仪有子,今欲立昭仪为后,何如?"遂良奏道:"皇后本名家子,先帝为陛下娶之,临崩执陛下手谓臣曰:'朕佳儿佳妇,今以付卿。'且德音犹在陛下耳,何遽忘之? 皇后无他过,不可废也。"高宗不悦而罢。明日又召进官,遂良道:"陛下必欲改为皇后,请更择贵姓,何必武昭仪? 且武昭仪昔日经事先帝,在宫中一十三年,众所共知,天下耳目,安可蔽也,今立昭仪为后,万代之后谓陛下为何如!愿留三思。"高宗甚是羞惭,满面通红。遂良将笏置于殿阶,叩头流血道:"臣今忤陛下意,罪当死,还陛下笏,乞放归田里。"高宗大怒,命左右扶出。武昭仪在帘中大呼道:"何不扑杀此獠①?"无忌道:"遂良受先朝顾命,有罪不可加刑。"于志宁不敢言。侍中韩瑗因间奏事,泣涕极谏,高宗

---

① 獠(liǎo)——古时骂人的词语。

都不纳。他日李勣入见,高宗私自问道:"朕欲立武昭仪为后,遂良固执以为不可,遂良既顾命大臣,事当且已乎?"李勣道:"此陛下家事,何必更问外人?"高宗大悦,因不顾廉耻,不顾人言,决欲立武昭仪为后。许敬宗见李勣有先入之言,暗暗的道:"这一篇好文字,却被李勣做去,我便没得做了。不趁此时着实一帮,谁知我胸中这一段忠孝之心? 我若今日不说,便道我与褚遂良是一般样无见识之人了。"便慷慨大呼于朝堂道:"世上一个田舍翁,若多收了十斛麦,便欲易妇。况天子立一后,与诸人何干,而妄生议论如此?"武昭仪闻之大悦,命左右赐许敬宗金银锦绣一车。即日贬遂良为潭州都督。许敬宗从中吩咐,不许遂良稽迟,即日就道。侍中韩瑗见贬了遂良,心中不忿道:"遂良是先朝顾命之臣,吾不可以不谏。"遂上疏为遂良讼冤道:

  遂良体国忘家,风霜其操,铁石其心,社稷之旧臣,陛下之贤佐。无罪斥去,内外咸嗟。愿鉴无辜,稍宽非罪!

高宗不听其言,遂立武昭仪为后,废王皇后、萧淑妃为庶人。

武昭仪立后,便就放出狠手,把王皇后、萧妃二人囚于别院,又断去了手足,投酒瓮中而死。萧妃将死,恨极发愿道:"我愿世世为猫,武氏世世为鼠,我扼其喉,永远不放足矣。"武后闻之,宫中再不畜猫。许敬宗遂请削后家官爵,武后大喜,遂以敬宗兼太子宾客,进中书令。许敬宗做着了这一篇文字,果然得了便宜,还要奉承武后,又诬奏褚遂良与韩瑗潜谋不轨。武后就贬韩瑗为振州刺史,褚遂良为爱州刺史。韩瑗先死于道。褚遂良在爱州岁余,武后差人杀死,时六十三岁,籍没其家。遂良有二子褚彦甫、褚冲甫在于爱州,亦被杀死焉。

  忠臣奋不顾身,只是流芳千载!

话说敬宗用计害了褚遂良一家,又诬奏长孙无忌谋反。高宗道:"朕之元舅,将若之何! 朕不忍加刑于无忌。"敬宗奏道:"汉文帝,汉之贤主也,其舅薄昭止坐①杀人,帝使公卿哭而杀之,后世不以为非。今无忌谋危社稷,其罪与昭不可同年而语,陛下少更迁延,臣恐变生肘腋,悔无及矣。"高宗听信其言,竟不引问,诏削无忌官爵,黔州安置,后竟杀死,籍没其家。贼臣之一网打尽,可恨如此。

---

① 坐——定罪。

　　高宗始初见武后能屈体奉顺，故不顾廉耻，排群议而立之为后。那武后得志之后，便极其放肆，无恶不作，连高宗一毫也动不得，无可奈何，不胜忿忿。上官仪窥见高宗之意，悄悄奏道："后专恣之极，请废之何如？"高宗大悦，即命上官仪草诏。左右报知此事，奔告武后。武后急走到高宗面前自诉，高宗惧怕之极，不敢声言，只得道："我初无此心，皆上官仪教我也。"武后大怒，即时追出诏书，扯得粉碎，遂叫那只狗一般惯会咬人的许敬宗，诬奏上官仪与太子忠谋大逆，将上官仪杀死，太子忠赐死。高宗眼睁睁地看上官仪、太子忠杀了，并不敢则一则声。朝士流贬者甚多，从此满朝之上，都箝口结舌，不敢道一个"不"字。后来武后竟代唐朝天下，杀害唐朝宗室子孙殆尽，改国号为"周"，自称"则天金轮皇帝"。此从古所无之事，皆贼臣之误国也。使满朝皆褚遂良，亦无可如何矣。有瞿宗吉《题则天故内》诗为证：

　　　　堪恨当年武媚娘，手持唐玺坐明堂；
　　　　不思仙李方三叶，却爱莲花似六郎。
　　　　废苑荆榛来雉兔，故宫禾黍没牛羊；
　　　　尚余数仞颓垣在，遥对龙门山色苍。

　　不说武则天后竟代了唐朝天下，且说那误国贼臣许敬宗，自杀死多人之后，人人畏之如虎，势焰通天。武则天日有赐、月有赏，恩宠无比。杭州人因他害了褚遂良一家，无不忿恨，无不笑骂。许敬宗道："我只图自己的功名富贵，管人笑骂做甚！"从来道：

　　　　笑骂由他笑骂，好官自我为之。

　　许敬宗自己扬扬得意，富贵已极，遂多买姬妾，日日取乐，造连楼数百间，飞楼画阁，缥然出于云汉之间。又置骏马百匹，命诸姬各骑骏马在连楼上驰走，以此为乐。年纪渐老，心性不甚防闲，姬妾往往与人通好，他也全不在心上。所以当时杭州人嘲笑道：

　　　　最是五更留不住，向人头畔着衣裳。

　　敬宗又宠一个丫环，名为柔花，正妻死后，就把柔花立为继室。他长子名许昂，不忿柔花做了继室，思量要烝淫柔花，使他声张不起；柔花年纪后生，又不忿伴这老子，况且原是极淫滥的一个丫环，那里便肯收心。见许昂年纪后生，心中也有几分看相许昂之意，不时将眉眼言语来勾引许昂，正中许昂之意。两人一拍就上，就与高宗、武媚娘事一样。一日，二人正在烝淫之时,却被敬宗撞见了,大怒之极,将儿子奏于高宗,斥之岭外,直至多年方才表还,人人无不知此丑事。杭州人因此称之为"贼臣老龟",其报应之妙不爽如此,八十一岁而死,真贼臣老龟也,所当以桑树煮之者耳。太常博士袁思古议道:"许敬宗生平不忠不孝,闺门污秽,人伦不齿。弃子于远方,嫁女于蛮夷,无一可取。"遂谥曰"缪①",人无不快心焉。

褚遂良至德宗之时,知其忠直,追赠太尉。曾孙褚璆亦有祖上之风,拜监察御史里行。先天中,突厥围北庭,诏璆持节监督诸将破之,迁侍御史,拜礼部员外郎。至今杭州人因其忠直,所居之地遂称为"褚堂"。地以人重如此,至今香火不绝。若说到许敬宗,便人人厌秽,个个吐口涎沫,凡姓许者,不敢认敬宗为祖上焉。有诗为证:

> 再拜遗词念昔贤,忠臣为国岂徒然。

> 敬宗遗臭甘千古,说与来人何学焉。

---

① 缪——通"摎"(jiū),绞之意。

第三十三卷
周城隍辨冤断案

肃肃清风獬豸①衣，一生守法并无违。

丹墀拜罢寒威彻，万古千秋烈日辉。

从来只有冤狱难断，俗语道："宋朝阎罗包老，曾断七十二件无头事。"我朝也有一人与阎罗包老一样。在下未入正回，先说一件事，几乎枉冤。奉劝世上做官的不可轻忽，人命关天，非同小可，切须仔细，果是死者不可复生，若屈杀了他，九泉之下，死不瞑目，毕竟有报。

话说万历丙戌年，京师有一刘妇人，先前与一个罗长官通奸，邻里都知此事。后来罗长官有事出外，竟不相往来。刘妇人的丈夫在外佣工，经年不回。这刘妇人是个极淫之人，见丈夫经年不回，欲心如火一般，罗长官又长久不来，好生难过，遂取胡萝卜一根如阳物长大者，放在被窝之中，每到夜间，先将萝卜润之以唾沫，插入阴门之内，一出一入以为乐。心心念念想着罗长官，到那乐极之处，口里咿咿呀呀只管哼着"达达罗长官"。每夜如此哼罗长官不绝声，邻人都听得，只道罗长官又来仍修旧好，那里得知，这个罗长官不是那个罗长官。有个江虎棍，一向看上这刘妇人，又见此妇与罗长官通奸，屡屡要来踹浑水。此妇再三不从，江虎棍甚恨，道："你既与罗长官通奸，怎生不肯与俺通奸，难道俺不如罗长官？"常要杀这两个奸夫奸妇，以泄胸中之忿。一日，这刘妇人的丈夫佣工回来，带了些佣工钱而回，买了些烧刀子，吃了上床而卧。云雨之后，鼾鼾睡去。江虎棍在门边窃听，不闻得哼罗长官之声，也不知道他的真正丈夫归来，暗暗的道："这骚根子夜夜哼罗长官，今夜不哼，想是罗长官不在，定是独睡，俺挨进求奸，如再不允，先杀了这骚根子，后再杀罗长官未迟。"想了一会儿，回到家，取了尖刀一把，潜身跳入这妇人宅内，听得有两人鼻息鼾睡之

---

① 獬豸(xiè zhì)——古代传说中的异兽，能辨曲直，见人争斗就用角去顶坏人。古代都御史、按察使的官服上都绣有獬豸图案。

声,江虎棍认定是罗长官,大怒之甚,拔出刀来,连杀二人而去。次日巡城御史拘左右邻里审问夫妇被杀之故,邻人一齐都道:"先前此妇原与罗长官通奸,近日这妇人每夜呼罗长官,然但闻其呼罗长官,并没有见罗长官的踪迹。今日夫妇一齐杀死,或是罗长官妒奸之故,亦未可知。"御史就拿罗长官来究问,不容分辩,竟问成死罪。罗长官哀诉道:"日前委有奸情,近来有事,绝不相往来,已隔了七年余矣,怎生还有这杀死之事?"御史道:"邻人都说这妇人每夜呼罗长官,不是你是谁?"罗长官竟辩不得,问成妒杀之罪,秋后处决。临刑之时,罗长官大声喊叫,极口称冤,官府暂免行刑。这日江虎棍见要处决罗长官,心中有些不安,走到市上,看着这罗长官将杀,暗暗嗟叹不已。不知不觉,天理昭昭,走回对妻子道:"世间有多少冤枉事!俺杀了人,反将罗长官抵罪,真是捉生替死。"妻子问道:"是怎么缘故,你怎生杀了这男女?"江虎棍将始末根由一一说出。不意他这妻子也与一个人通奸,那日奸夫正走进门,与他妻子行奸,正在得意之际,不意江虎棍回来,奸夫慌张躲入暗处。江虎棍说话之时,被这奸夫一一听得明白。这奸夫正要摆布这个江虎棍,驱除了他,便与他妻子一窝一被,安心受用。今日可可的落在他手里,便与他妻子计较端正,要乘此机会断送了江虎棍,做永远夫妻,遂教他妻子到官出首此事。江虎棍活人活证,怎生抵赖?一一招承,遂一刀决了,方才出脱了罗长官之罪。果是:

　　近奸近杀古无讹,恶人自有恶人磨。

　　小子单说这一件事,可见折狱之难,不知古来冤枉了多少!看官,你道浙江城隍爷爷姓甚名谁?这尊神原是广东南海人,姓周,单讳一个"新"字,初举乡荐,为御史弹劾敢言,贵戚畏惧,与宋朝包拯是一样之人。那包拯生平再不好笑,人以其笑比之黄河清,又道:"关节不到,有阎罗包老。"所以人称之为"阎罗包老"。我朝这尊活神道人都称他为"冷面寒铁周公"。永乐爷亦知其名,命他巡按福建及永顺、保河,凡所奏请,无有不从,后擢云南按察使,又改浙江按察使。

　　不说这尊活神道来做官,且说浙江金华府有个冤枉的人系于狱中,这人名王可久,家中颇有田产。王可久收了些货物,到福建漳州做生意,他一个伙计却去下海。时海禁甚严,那伙计贪图海外利息,指望一倍趁十倍。正到海边,不期被巡兵拿住,下在狱中。那些牢头狱卒叫他妄扳平人,以为诈害之端,遂连王可久也监禁在狱中受苦,一连七年不得回来。

王可久的妻子耿氏，年纪后生，甚有颜色，见丈夫一连七年不回，心中焦躁，闻得市上有个杨乾夫，会得推命，就走到杨乾夫家，将丈夫八字推算。杨乾知得王可久七年不回，见这耿氏又生得标致，并无儿女牵缠、伯叔主张，况且广有田产，一边推算，便起奸谋之心，假意惊慌道："这个八字，是十恶大败之命。据前岁流年看将起来，日犯岁君，又无吉星救护，死已三年矣，还算什么来？"这耿氏听得说丈夫死了，便掉下泪来。杨乾夫又劝住道："且莫要哭，恐一时心粗，看差了亦未可知。将这八字放在这里，待我慢慢细细加意与你推算，隔数日来讨实信。"耿氏便手上除下一个金戒指来，送与杨乾夫道："劳先生细细与奴家丈夫推算则个。"说罢自去。隔了数日，耿氏走来讨实信。杨乾夫不住叹息道："我始初只道推算不细，还有差错之处，一连几日，细细与你查流年、月建度数，并无一毫生气。寅申相冲，太岁当头，准准在前年七月间死矣。如今这两个流年，都是入木之运，久已作冢中枯骨了。但不知娘子命运如何，待在下再与你细推，便知分晓。"耿氏说了八字，杨乾夫算道："娘子这八字大好，不是前夫的对头。但前年七月间丧门、白虎星动，必生刑伤克夫之祸，又无儿女，若肯再嫁，倒有收成结果。今年红鸾、天喜吊照，必主有招夫之喜。"耿氏见说，大动其心而去。杨乾夫自此之后，每夜深之时，悄悄走到耿氏墙门之外假装鬼叫，或抛掷砖瓦以惊惧耿氏，耿氏果然心慌。一边就叫心腹媒人到耿氏处说亲。耿氏只道丈夫果死，将错就错，嫁了这杨乾夫。杨乾夫又精于房中之术异常，与耿氏恣为淫乐，耿氏甚喜。杨乾夫中了耿氏之意，便把他家产尽数占而有之。王可久十年受累，方才放回，身边并无一文，叫化而回。走到家里，妻子、田产已并属别人了，访问是杨乾夫娶去。只得走到他门首探访信息，恰好耿氏在于门首。王可久衣衫百结，况狱中监禁多年，其人如鬼一般模样，连耿氏也十分认不出了。王可久见了自己妻子，正哭诉其事。杨乾夫一见，将王可久毒打一顿，筋骨俱伤，反说他泛海漏网，竟将他告府。你道杨乾夫好狠，就将王可久前时家中积下的钱财费了数百金买上买下，尽数用透了。王可久一句也辩不得，问成泛海之罪，下在狱中，就要暗暗安排死他。幸而天可怜见，这尊活神道来，已知这件冤枉之事，急提这一干人犯来审。——审出真情，将杨乾夫即时打死，其作法书吏并强媒一并问罪，耿氏知情不救，杖卖，其田产悉判归王可久。若周爷迟来数日，王可久已为狱中冤鬼矣。即日逐去了这个糊涂知府，从此纪法肃然。

　　他初来浙江之时，道上忽有苍蝇数千，薨薨的飞到他马前，再赶不去。他道定有冤枉，叫皂隶跟着这苍蝇，看集于何处，遂就地掘将起来，得一个死尸，却是死不多几日的尸首，身边只有一个小小木布记在上。周爷叫把这个小木布记解下，带到任上，悄悄叫人到市上去买布，看布上有这个记号的，即便拿来，细细审问，道："你这布是谁人发卖与你的？"那店主人转转说出，遂将那人拿来一审，果是打劫布商之人。追出原赃，召布商家领去。家中方才得知死于劫贼之手，将劫贼问成死罪。

　　一徽客，到于富阳道旁，见一粘鸟鹊之人，竿上缚着二鹊，二鹊见徽客不住悲鸣，有求救之意。徽客甚是哀怜，把二分银子付于粘竿之人，买此二鹊放生。徽客不老成，一边打开银包之时，其中银两甚多，散碎者不计其数，当被驴夫瞧见，遂起谋害之心。走至将晚幽僻之处，从驴上推将下来，用石块打死，埋于道旁，取其银包而去，竟无人知其事。怎知那二鹊感放生之恩，一直飞到按察使堂上。周爷正在坐堂之时，那二鹊直飞到案桌边悲鸣不已，似有诉冤之意。皂隶赶起，又飞将下来，其声甚是悲哀。周爷吩咐二鹊道："汝莫不有冤枉之事伸诉？如果有冤枉，可飞到案桌之上鸣叫数声。二鹊果然飞到案桌上鸣叫数声，头颠尾颠。周爷又吩咐二鹊道："果有冤枉，吾命皂隶随汝去。"就叫一个皂隶随二鹊而去。二鹊果然通灵，一路飞鸣，似有招呼之意，直到富阳谋死处飞将下来，立于土堆之上，鸣噪不住。皂隶扒开土来一看，果有一个谋死尸首，头脑打碎，身边却有马鞭子一条。皂隶取了这条马鞭来报与周爷。周爷夜间睡去，见一人披头散发跪而哭道："小人的冤家非桃非杏，非坐非行，望爷爷详察。"说罢而去。次日坐堂，想这一条马鞭定是驴夫谋死失落之物，即命富阳县尽将驴夫报名查数。富阳县将驴夫名数送来，中有李立名字。周爷见了悟道："非桃非杏，非坐非行，非'李立'而何？"登时把李立拿来。李立见了周爷，不打自招承，果系谋死。追出原银，已用去一半，问成死罪；徽客尸首着亲属埋葬。有诗为证：

　　　　二鹊感恩知报冤，急来堂上乱鸣喧。

　　　　若无此位灵神道，谁洗千年怨鬼魂？

　　话说当年艮山门外，有座翠峰寺，是五代时建造，去城甚远。其中和尚多是不守本分之僧，虽然削去头发，其实广有田园桑地，养猪养羊，养鸡养鸭,看蚕杀茧,畜鱼做酒,竟是一个俗家便是,只是夜间少一个标致妇人伴宿。从来道:"饱暖思淫欲。"这些和尚日日吃了安闲茶饭,又将肥肉大酒将养得肥肥胖胖,园里有的是嫩笋,将来煮狗肉吃。像鲁智深说得好:"团鱼腹又大,肥了好吃。狗肉俺也吃。说什么'善哉'?"虽然如此,却没有鲁智深这种心直口快之性。这些和尚只因祖代传流,并不信因果报应之事,吃荤酒惯了,只道是佛门中的本等。不说自己不学好,倒怨怅父母将来把在寺中,清清冷冷,夜间没有妻子受用。有诗为证:

　　　僧家只合受清贫,若果赢余损自身。

　　　何不看经并念佛,贪他荤酒受沉沦!

　　就中有两个小和尚,尤为不好,一发是个色中饿鬼,一个叫做妙高,一个叫做慧朗。

　　不说这两个不好,且说村中一个妇人霍四娘,丈夫务农为生。霍四娘年纪二十八岁,颇有几分颜色。一日要回娘家去,因娘家住得颇远,不免起早梳洗,穿了衣服走路。因起得太早,况且是乡村野地,路上无人行走,霍四娘一路行走,不觉倦将上来,打从这寺前经过,且到山门前略略坐地。这霍四娘千不合、万不合,单身独自坐在山门前。你道这冷清清之处,可是你标致妇人的坐处么?恰好这两个冤家出来,劈头撞着,看见他标致,暗暗道:"我的老婆来矣。"便假作恭敬上前道:"大娘请到里面奉茶。"霍四娘道:"不消得。"两个和尚道:"大娘到哪里去?"霍四娘道:"到娘家去。"两个道:"大娘恁般去得早!"霍四娘道:"路途遥远。"两个道:"既是路途遥远,怎生不进小寺奉一杯茶去,接一接力?"霍四娘道:"就要起身。"说罢,便要移步。两个不舍得,见路上并无行人,便一把抱住,拖扯而进,要强奸这霍四娘。霍四娘不从,大骂"该死秃驴",骂不绝声。两个和尚大怒之极,把厨刀登时杀死,将尸首埋在一株大冬青树之下,更无人知觉,连本寺和尚也不知道。因寺中宽大,各房住开,这房做事,那房并不知道。况且起早,谁疑心有这件事来?冤魂不散,自有天理。一日周爷坐堂,忽然旋风一阵,将一片大树叶直吹到堂上案桌边,绕而不散,其风寒冷彻骨,隐隐闻得旋风中有悲哭之声,甚是凄惨。周爷道:"必有冤枉。"叫左右看视此叶,都道城中并无此大叶,只有艮山门外翠峰寺有此一株大冬青树,去城甚远。周爷悟道:"此必寺僧杀人埋其下,冤魂来报我也。"即时带了多人,来到翠峰寺大冬青树下发掘,不上掘得数尺,掘出妇人尸首,尚是新杀死的。周爷将和尚一一审过,审到这两个和尚,满面通红,身子不摇自颤,一一招出杀死情由。先打八十,问成死罪。细搜寺中,猪羊鸡鸭成群,房房都是酒池肉林。大怒之极,将每个和尚各责三十,押还原籍,将寺尽行拆毁,田产俱没入官,变卖以济贫民。有诗为证:

　　猪羊鸡鸭闹成群,释氏魔头此是君。

　　更有两名淫色鬼,活将妇女杀之云。

又有一个做经纪之人,名石仰塘,出外多年生意,趁得二百两银子。未曾到家,看见天色将暮,恐自己孤身被人谋害,在晏公庙走过,悄悄将来藏在香炉底下。夜深归去,敲开了门,妻子见了道:"出外多年,趁得多少银子?"石仰塘道:"趁得二百两,我要拿回来,看天色已晚,孤身拿了这二百两银子,恐有失所,我将来悄悄藏在晏公庙石香炉底下,并无人得知,明日清早去取来。"说罢,吃了夜饭,上床而睡。次日清早,到晏公庙石香炉底下一摸,只叫得苦,不知低高。原来被人知觉,早已替他拿去了。石仰塘只得到周爷处具告,诉说前由。周爷道:"你放银子之时,黑暗中可有人瞧见?"石仰塘道:"并无一人。"周爷道:"你可与谁说来?"石仰塘道:"只回家与妻子说,并无他人知道。"周爷笑道:"定是你妻子与人通奸,被奸夫听得,先取去了。"即拿妻子来当堂审问,果系与人通奸。其日石仰塘回时,奸夫慌张,躲入床下,石仰塘说时,奸夫一一听得明白。石仰塘走出外面,妻子乘机放奸夫从后门逃走,那奸夫就走到晏公庙,香炉底下取了这二百两银子,欣欣而去。果是:

　　隔墙须有耳,床下岂无人?

遂问以淫妇奸夫之罪,追出原银。尚未出脱。

又有一个杭府中狱囚,已经多年,忽然讦告①乡民范典曾与同盗。周爷知是诈,遂叫范典到官,细细审问。范典称冤不已,道:"与盗曾不识面,如何得有同伙之事?"周爷深知其受诬,遂叫范典穿了皂隶衣服、头巾,立于庭下,叫皂隶却穿了范典的衣服,跪于庭中,叫他不要则声。骤然出其不意,取出这个狱囚来与这假范典同跪一处。周爷问道:"你告他同盗,他却不服。"狱囚看了这假范典道:"你与我同盗,今日如何抵赖?"假范典低着头,只不则声。周爷又故意问道:"莫非不是他!"狱囚又看了一

────────────

①　讦(jié)告——揭发。

遍道:"怎生不是他?他叫做范典,住在某处,某年与小的同做伙计,某年月日同盗某家,分赃多少,某月日又盗某家,分赃多少。小的与他同做数年伙计,怎生不是他?"说得一发凿凿可据。周爷笑道:"你与范典初不相识,将我皂隶指成同伙,其间必有主使之人。"用起刑法,果是一个粮长与范典有仇,买盗妄扳。周爷大怒,遂将二人打死。自此之后,再无狱囚妄扳平民之害。有诗为证:

> 狱囚往往害平民,必有冤家主使人。
>
> 此等奸顽须细察,莫将假盗认为真。

话说湖州一个百姓洪二,腰了重资,要到苏州置办货物,到湖州发卖,叫了一只船。洪二在船中等候小厮,久而不至,艄公王七见洪二行囊沉重,独自一个在船,小厮又不来,况且地僻无人看见,遂起谋害之心。把洪二一耸推落水中而死,把这行囊提了回去,反走到洪二家里敲门问道:"怎么这时还不下船?"洪二妻子吃一惊道:"去了半日了。"王七道:"我道这时候怎生还不下船,定是又到别处去了。"霎时间,只见小厮走回道:"我到船中去,并不见主人,不知到哪里去了,又不见行李。"妻子道:"他拿了行李,自然到船中去,难道有闲工夫到别处去?"王七道:"我因等不见官人下船,只得走来寻官人下船。"彼此争论不已,竟无下落。告官追寻,彼此互推,杳无影响。告在周爷手里,周爷看王七之相甚是凶恶,密问洪二妻子道:"船家初来问时,怎么的说话?"洪二妻子道:"丈夫将行李去了多时,船家来敲门,门还未开,便叫道:'娘子,怎么官人还不下船来?'"周爷又拘洪二两邻来问道:"你可曾听得王七敲门时怎么的说话?"两人都道:"听得王七敲门道:'娘子,怎么官人还不下船来?'"周爷拍案大骂道:"洪二,是你杀死了,你已是招承了,怎敢胡赖?"王七还强辩。周爷道:"你明知官人不在家,所以敲门开口称娘子,若不是你谋死,怎么门还未开,你不先问官人,开口便叫娘子?不是你谋死是谁谋死?"王七被说着海底眼,神魂都摄,满脸通红,浑身自颤起来,一发知得是他谋死。遂一一招承,追出洪二行李,一一无差,问成死罪。有诗为证:

> 从来折狱古为难,声色言词要细看。
>
> 若把心思频察取,可无冤狱漫相奸。

有两人争雨伞的,打将起来。张三道:"是我的。"李四道:"是我的。"两人争论不决。周爷便将伞劈破,各得一半,暗暗叫人尾其后。张三道:

"我始初要把你二分银子，你干净得了二分银子有何不好？如今连这二分银子都没了。"李四道："原是我的伞，怎生强抢我的！"遂把张三拿进，责罚二十，仍照数买伞与李四。

又有二人争牛，彼此不决。周爷大怒："将此牛入官，令人牵去。"一人默默无言。一人喧忿，争之不已。周爷即判与喧忿之人，道："此必尔之牛也，所以发极忿争；此牛原与彼无与，所以默默无言。"即责治其人。其发奸摘伏之妙，种种如此，不能尽述。

那时衙门中有个积年老书手，名为莫老虎，专一把持官府，窥伺上官之意，舞文弄法，教唆词讼，无所不至。周爷访其过恶多端，害人无数，家私有百万之富，凡衙门中人无不与之通同作弊。周爷道："此东南之蠹薮①也。衙蠹不除，则良民不得其生。"遂先将莫老虎毙之狱中，变卖其家私，籴谷于各府县仓中，以备荒年之赈济。凡衙门中积年作恶皂快书手，该充军的充军，该徒罪的徒罪，一毫不恕。自此之后，良民各安生理，浙江一省刑政肃清，皆周爷之力也。周爷尝道："若要天下太平，必去贪官。贪官害民，必有羽翼，所谓官得其三，吏得其七也。欲去贪官，先清衙门中人役，所以待此辈不恕。"

那时有钱塘知县叶宗行，是松江人，做官极其清正，再不肯奉承上司，周爷甚是敬重。后来叶宗行死了，周爷自为文手书以祭之，盖重其清廉，且将以风各官也。每巡属县，常微服，触县官之怒，收系狱中，与囚人说话。遂知一县疾苦。明日所属官往迎，乃自狱中出，县官恐惧伏谢，竟以罪去。因此诸郡县吏，闻风股栗，莫敢贪污。始初入境之时，有暴虎为害，甚是伤人。周爷自为文祷于城隍之神，那虎自走到按察司堂下伏而不动，遂命左右格杀之。有诗为证：

> 周新德政，服及猛虎。
>
> 今之城隍，昔之崔府。

同僚一日馈以鹅炙，悬于室中。后有馈者指示之。周爷原是贫家，夫妻俱种田为生，及同官内宴②，各盛饰，惟周爷夫人荆钗裙布以往，竟与田

---

① 蠹(dù)薮(sǒu)——坏人坏事聚集的地方。

② 内宴——即内宴，宫廷宴会。

妇一样,盛饰者甚是惭愧,更为澹素①,其风节如此。所以当时周宪使之名震于天下,虽三尺童子莫不称其美焉。那时锦衣尉指挥纪纲有宠,使千户到浙江来缉事,作威受赂,害民无比。周新将来痛打了一顿,千户即时进京哭诉于纪纲,纪纲奏周新专擅捕治,永乐爷差官校拿周新至殿前,周新抗声陈说千户之罪,且道:"按察使行事与在内都察院同,陛下所诏也。臣奉诏擒奸恶,奈何罪臣?臣死且不憾!"其声甚是不屈,永乐爷大怒,命杀之。周新临刑大呼道:"生为直臣,其死当为直鬼。"是夕太史奏文星坠,永乐爷悟其冤枉,甚是懊悔,即将千户置之死地,以偿其命。顾问左右侍臣道:"新何处人?"侍臣对道:"广东人。"永乐爷遂再三叹息道:"广东有此好人,枉杀之矣。"悼惜者久之。自后尝见形于朝。一日,忽见一人红袍立日中,永乐爷大声呵斥,遂对道:"臣浙江按察使周新也。奉上帝命,以臣为忠直,为浙江城隍之神,为陛下治奸臣贪吏。"言讫,忽然不见。永乐爷遂再三叹息。后来周新附体在浙江城隍庙前的人道:"吾原是按察使周新,上帝以吾忠直,封吾为城隍神。可另塑吾面貌,吾生日是五月十七也。"众人见其威灵显赫,遂一新其庙貌,移旧城隍像于羊市里。有诗为证:

　　威灵显赫是城隍,未死威灵即有光。

　　直臣直鬼无二直,总之一直便非常。

又有诗赞道:

　　于谦死作北都神,周新死作浙江神。

　　人生自古谁无死,死后仍为万古身!

---

　　① 澹素——即淡素。

第三十四卷
胡少保平倭战功

附紧要海防说并救荒良法数种

东海小明王,温台作战场。

虎头人最苦,结局在钱塘。

这四句是嘉靖初年杭州的谣言。从来谣言是天上荧惑星精下降,化为小儿,倡布谣言。始初人不解其意,后便句句应验。"东海小明王"者,徐海作乱于东海,称"小明王"也。"温台作战场"者,那时倭乱,温、台无不残破也。"虎头人最苦"者,应募之人多处州,"处"字是"虎"字头也①,其杀死尤多。"结局在钱塘"者,贼首王直被胡少保擒来斩于钱塘市也。

话说嘉靖三十一年起,沿海倭夷焚劫作乱,七省生灵被其荼毒,到处尸骸满地,儿啼女哭,东奔西窜,好不凄惨。直到三十六年十一月被胡少保用尽千方百计、身经百十余战,剪灭了倭奴,救了七省百姓,你道这功大也不大! 如今现现成成享太平之福,怎知他当日勘定祸患之难,不知费了多少的心血! 后来鸟尽弓藏,蒙吏议而死,说他日费斗金。看官,那《孙武子》上道:"兴师十万,日费千金。"又说道:"重赏之下,必有勇夫。"征战之事,怎生铢铢较量,论得钱粮? 又说他是奸臣严嵩之党。从来道,未有权臣在内,而大将能立功于外者,所以岳飞终死于秦桧之手,究竟成不得大功。英雄豪杰任一件大事在身上,要做得完完全全,没奈何做那嫂溺叔援②之事,只得卑躬屈体于权臣之门,正要谅他那一种不得已的苦心,隐忍以就功名,怎么絮絮叨叨,只管求全责备! 愿世上人大着眼睛,宽着肚肠,将就些儿罢了,等后来人也好任事。有诗为证:

---

① "处"的繁体字为"處"。

② 嫂溺叔援——语出《孟子·离娄上》:"男女授受不亲,礼也;嫂溺,援之以手者,权也。"后比喻根据实际情况变通做法。

　　鸟尽弓藏最可怜,到头终有恶因缘。

　　扫除七省封疆乱,听我高歌佐酒筵。

　　这一回事体繁多,看官牢记话头。话说那倡乱东南骚扰七省的是谁?姓王名直,号五峰,徽州歙县人,少时有无赖泼撒之气,后年渐大,足智多谋,极肯施舍,因此人肯崇信他。相处一班恶少,叶宗满、徐惟学、谢和、方廷助等,都是花拳绣腿,好刚使气,三十六天罡,七十二地煞之人。王直一日说道:"如今都是纱帽财主的世界,没有我们的世界! 我们受了冤枉,那里去叫屈? 况且糊涂贪赃的官府多,清廉爱百姓的官府少。他中了一个进士,受了朝廷多少恩惠,大俸大禄享用了,还只是一味贪赃,不肯做好人,一味害民,不肯行公道。所以梁山泊那一班好汉,专一杀的是贪官污吏。我们何如到海外去,逍遥欢哉之为乐也呵!"众人都拍掌笑道:"此言甚是有理。"因此大动其心。王直因问母亲汪妪人道:"我生之时,可有些异兆么?"汪妪人道:"有异兆。生你之时,梦大星入怀,旁边有个峨冠的大叫道:'此弧矢星也。'已而大雪,草木皆冰。"王直欢哉乐也的笑道:"天星入怀,断非凡胎。草木皆冰,冰者,兵象也,上天要把兵书战策与我哩!"因而遂起邪谋。

　　嘉靖十九年,遂与叶宗满这一班儿到广东海边打造大船,带硝黄、丝绵违禁等物,抵日本、暹罗、西洋诸国,往来互市者五六年,海路透熟,日与沿海奸民通同市卖,积金银无数。只因极有信行,凡是货物,好的说好,歹的说歹,并无欺骗之意。又约某日付货,某日交钱,并不迟延。以此倭奴信服,夷岛归心,都称为"五峰船主"。王直因渐渐势大,遂招聚亡命之徒徐海、陈东、叶明等做头领,倾资勾引倭奴门多郎、次郎、四助、四郎等做了部落。又有从子王汝贤、义子王滶做了心腹。从此兵权日盛,威行海外,呼来喝去,无不如意。那时广东有一伙海贼陈四盼,自为一党,王直与他有仇,遂用计杀了陈四盼这一党,因而声言:"我宣谕本朝,请开互市。"官府不许他开互市,只叫将官馈米百石以为犒赏之资。王直大怒,大惊官府,将米投之海中,遂激怒众倭奴道:"俺请开互市,彼此公平交易,都有利息,并不扰害你中国。你不许俺开互市,是绝俺们生意。俺们不免杀入中国抢掳罢。"众倭奴一齐欢哉乐也。踊跃从命。

　　三十一年二月,王直遂吩咐倭奴杀入定海关,自己提大兵泊在烈港,去定海水程数十里。沿海亡命之徒,见倭奴作乱,尽来从附,从此倭船遍海为患。是年四月,攻破游仙寨,百户秦彪战死。又寇温州,破台州黄岩县,杀掠极惨,苦不可言,东南震动。三十二年四月,倭犯杭州,指挥吴懋宣率领僧兵战于赭山,尽被杀死。又陷昌国城,百户陈表战死。从此倭船至直隶、苏、松等处,登岸杀掠。参将俞大猷率领舟师数千,围王直于烈港,王直以火箭突围而走,从此怨中国益深,又看得官兵不在眼里。遂打造大海船联舫,方一百二十步,每船可容二千人。栅木为城,为楼橹四门,城上可以跑马往来,屯聚在萨摩洲的松浦津,称为"京城",自称为"徽王",分布各头目控制要害之地,共有几处:

丰前　丰后　筑前　筑后

肥前　肥后　萨摩　日向

大隅　九州　前平　马肥

飞兰　乌渊　沉马　美美

花脚踏　太津村　何马　屈沙

他家是　辛之毛儿　空居止

通明　巨甲　庙里　日高

共有三十六岛,都是他部下,听其指挥。遂分兵四面杀掠,攻陷临山城。六月,寇嘉兴、海盐、澉浦、乍浦、直隶、上海、淞江、嘉定、青村、南汇、金山卫、苏州、昆山、太仓、崇明等处,或聚或散,出没不常,凡吴越之地,经过村落市井,昔称人物阜繁,积聚殷富之处,尽被焚劫。那时承平日久,武备都无,到处陷害,尸骸遍地,哭声震天。倭奴左右跳跃,杀人如麻,奸淫妇女,烟焰涨天,所过尽为赤地。柘林、八团等处都作贼巢。三十三年二月,又分兵入掠,贼从赭山、钱塘至曹娥,涉三江、沥海、余姚,直走定海之王家团。复有一支盘据普陀山,焚劫海盐、龙王塘、乍浦、长沙湾、嘉兴、嘉善等处。又有一支攻昆山、苏州、松江等城。既又奔萧山,分寇临山、沥海、上虞,转攻嘉兴。官兵与贼战于孟家堰,指挥李元律、千户薛绷、宋应兰战死。又贼四十余人突入百家山,百户赵轩、梁喻战死。又寇沈家河、智扣山、黄湾等处,都司周应祯战死。又寇蒲门、壮士所,乘舟遁出金山洋,突入松门关,薄于灵门、台州。又贼二百余人登自海门港,直攻台州、仙居、新昌、嵊县,屯于绍兴柯桥村。又贼二千余人,焚劫嘉善,广西领兵百户赖荣华战死。三十四年正月,领兵佥事任环与贼战于吴松江采掬港,杀贼二百余人,被他埋伏一支兵杀来,我兵败了一阵。四月,贼众四千攻围金山城,寇常熟。

且说海上一支最盛的贼兵是徐海，混名"明山和尚"，自称为"小明王"，原是徐惟学的侄子。先前徐惟学把徐海做当头，当在大隅州夷人之处，借钱使用。后来徐惟学到广东南岙，被守备指挥杀了，大隅州夷人问徐海取讨原银。徐海道："待俺抢掳来还你便是。"遂同倭酋辛五郎聚舟结党，多至数万人，入南京、浙西诸路，屯据柘林、乍浦。率数千人，水陆并进，声言先攻嘉兴，次及杭州。那时无兵可恃，军民汹汹，好生慌张。

虽然兵势多汹涌，幸有持危勘乱人。

这勘定祸乱之人姓胡，双讳"宗宪"，号梅林，乃徽州之绩溪人也。嘉靖戊戌年进士。其人有倜傥之才，英雄之气，机变百出，胸藏韬略，智谙孙、吴。初作余姚知县，朝廷知其有才，即钦取为浙江监察御史。那时胡公正巡浙东台、温诸郡，见了这报，连日夜到于嘉兴地方。适倭奴从嘉善杀来，迤逦近城外，城中百姓震恐。胡公道："兵法攻谋为上，角力为下，况且如今无兵，何以处之？"因暗暗取酒百余瓶，将泥头钻通，放毒药于酒中，仍旧塞好，载了两船，选有胆量机警、走得快的兵士假扮解官，解酒赐军。船头上挂了号牌，故意载到贼人所过之处，见贼人杀来，即忙解去冠带逃走。贼人遂不疑心，走报倭酋。倭酋正在口渴之际，见了此酒，都欢哉乐也的笑。打开泥头，一阵馨香扑鼻，遂开怀放量而饮之，却不是《水浒传》道"倒也，倒也"！胡公又命村市酒家，都放了毒药，偿以酒价；民家所有之米，浸以药水，潜地逃去。贼人争先饮酒，取米煮饭，食者都死。四五停中死了一停。虽然如此，争奈贼人甚多，我兵甚寡，兼且每每战败之余，人心畏惧。适值宣慰司彭荩臣领土兵数千到，甚是雄壮可用。胡公恐其恃勇轻进，有犯禁忌，叫人对彭荩臣说道："贼人甚是狡猾，但可用智，不可力敌；最善于埋伏，且知分合之势，我兵常为其所诱。宜分奇正左右翼击，防其冲围，切须仔细。"彭荩臣不听胡公之言，到于石塘湾，两军相接，彭荩臣恃勇轻进，果被伏兵杀败，堕贼之计，始大懊悔，遂有溃志，远近震骇，众人失望。胡公道："如此则我处无兵，其事立败矣。"遂亲到军营宣谕慰安道："胜败兵家之常，何足介意？你因不知地利，误中贼计。我闻贼人头目多死，众无统领，况久不得食息，此必败之道，甚不足畏。"胡公见苗兵多无衣甲器械，遂命各当铺出旧衣颁给，又赐钱帛牛酒饮食，又叫各工打造器械，特悬重赏。苗兵感激思奋。胡公见苗兵可用，遂指画石塘地形曲折，吩咐道："你把兵分为三队，一队为前锋，从塘路进；一队为奇兵，伏于道左；一队为水兵在船，环列道右，防其奔逸，都在前锋数里之后。前锋迎敌，诈败佯输而走，走到伏兵之处，放炮一声，伏兵尽起，三面合围剿贼，无有不胜之理。"仍令土人引导，彭荩臣一听胡公之计，贼果大败而逃，逃到平望。又别有苗兵一支屯在平望，适值总督张经从松江兼程而来，又永顺宣慰彭翼南复从泖湖西来，胡公得知两路有兵，遂檄参将卢镗与总兵俞大猷统浙直狼土兵，躬穿甲胄，亲自激励，驰马趋出，四面合围，军声大振。贼人大败，逃还王江泾，被我兵斩倭首三千余级，溺水死者不计其数，因改名为"灭倭泾"。盖前此以来战输者心胆俱丧，只道倭奴如鬼神一般不可犯。自此之后，方知贼甚可杀，人人有斗志矣。此初出茅庐第一功也。

　　余外败残倭贼，一支走崇德到省城，一支寇苏州、常熟，都是内地奸民为之向导。常熟知县王铁与致仕参政钱泮被杀；又攻围江阴，连月不解，府援兵不至，知县钱𬭸死之；又寇唐行镇，游击将军周璠战死。又有贼九十三人自钱塘白沙湾入奉化仇村，经金峨突七里店，宁波百户叶绅战死；从宁波走定海崇丘乡，又到鄞江桥，历小溪、樟村，宁波千户韩纲战死。又走通明坝，渡曹娥江，时御史钱鲸便道还慈谿，被贼杀死。慈谿无城，知县负印而走，杀乡宦副使王熔、知府钱焕、焚劫士民，极其惨毒。又过萧山，渡钱塘，入富阳、严州，寇徽州之绩溪，参将卢镗以劲兵出油口溪扼住。贼奔太平府，渡采石江，逼南京城下，京营把总朱襄、蒋陛被杀，城门昼闭。贼又东掠苏州，到处焚劫。朝廷遂把总督张经拿进京去，因胡宗宪有才略可大任，遂进都御史提督军务。

　　胡公到任八日，闻幕府麾下募卒只得三千人，又俱老弱之人，原旧所征四川、湖广、山东、河南诸兵又罢去所恃缓急者，唯容美土兵千人及参将宗礼所领河朔兵八百人而已。南北诸倭共有万数之多，众寡不敌。胡公细细想道："贼人进退纵横，都按兵法，决然是王直坐中军帐调拨人马无疑。如今骚扰的都是王直部落，毕竟要着人到王直处说他投降中国，封以官爵，然后离散他的党羽，渐渐可擒也。"计议已定，先前曾把王直的母亲、妻子监禁金华府狱中，如今便即时放出，与以好衣食，把他好宅子居住。遂上本请朝廷移谕日本国王，要他禁戢部落，其实察王直消息也。朝廷从其请。胡公遂选两个能言舌辩的秀才，一名蒋洲，一名陈可愿，充为市舶提举官以行。胡公授密计于两个秀才道："王直越在海外，难与他角胜于舟楫之间,要须诱而出之,使虎失其负嵎之势,乃可成擒耳。"又说道:"王直南面称孤,身不履战阵,而时遣部落侵轶我边疆,是直常操其逸,而以劳疲中国也。要须宣布皇灵,携其党羽,则王直势孤,自不能容,然后劝之灭贼立功,以保亲属,此上策也。"蒋洲二人领计而行。这两个生员不比南安府学生员陈最良腐儒没用。有分教:

> 海外国王做了一字齐肩王,徽州王直做了法场上王直。荡平三十六岛烽烟,扫除三十六年血迹。

有《牡丹亭记》曲为证:

> 兵如铁桶,一使在其中。将折简,去和戎,你志诚打的贼儿通。虽然寇盗奸雄,他也相机而动。你这书生正好做传书用。仗恩荤一字长城,借寒儒八面威风。

不说这两个生员正要起身。军中拿到一个倭酋董二,细细审问,果尽是王直调拨,不出胡公所料。朝廷知胡宗宪灼见祸本,降玺书褒劳,遂命胡宗宪总制七省,将灭贼之事尽以委之。另升阮鹗为浙江都御史,协力剿贼。御史金湅、陶承学上本请立赏格,有能主设奇谋生擒王直者,封伯爵,赏万金。诏从其说。三十四年十一月,两生员到于五岛,遇王直义子王激,说道移谕日本国王之事。王激道:"怎生要去见国王?这里有一位徽王,是三十六岛之尊。只要他去传谕便是,见国王有何益哉!"明日,果然王直到客馆来,见这两位生员。这王直怎生打扮?

> 头上戴一顶束发飞鱼冠,身上穿一件窄袖绛龙袍,腰间系一条怪兽五丝碧玉钩,脚下蹬一双海马四缝乌皮靴。左日月,右五星,或画钚瓶花胜之形,或书左轮右轮之字。宝刀如霜雪,羽扇似宫旗。果然海外草头王,真是中国恶罗刹。

王直出来相见,左右带刀簇拥之人甚多,真有海外国王气象。分宾主而坐,坐定,序说乡曲之情,次后便开口道:"总督公与足下同乡里,今特遣我二人来,敬问足下风波无恙否?"王直谢道:"我乃海外逋①臣,何足挂齿?今蒙总督公念乡里之情,远来问讯,感谢感谢!"蒋洲道:"总督公说,足下称雄海曲,何等雄伟,却怎生公为盗贼之行?"王直怒道:"总督公之言差矣。我为国家驱盗,怎生反说我为盗?"蒋洲二人齐声道:"足下招集

---

① 逋(bū)——此为逃亡之意。

亡命，纠合倭夷，杀人抢掳，就如坐地分赃一般。即使足下未必如此，然为天子外臣，自当为天子捍卫沿海封疆，以见足下忠义之心。今任部落杀人抢掳，骚扰中国，足下即非为盗，不可不谓之纵盗也。"王直方才语塞。陈可愿道："总督公念同里之情，不然统领数十万雄兵，益以镇溪麻寮大刺土兵数万，扬帆而来，足下欲以区区弹丸小岛与之抗衡，何异奋螳螂之臂以当车辙也。"蒋洲道："总督公推心置腹，任人不疑，将足下太夫人、尊阃夫人俱拔出于狱中，待以非常之隆礼，美衣好食，供给华美，则总督公以同乡里之心可知矣。何不乘此时立功以自赎，保全妻子，此转祸为福之上策也。"王直省悟，大动其心。始初王直闻母亲、妻子被杀，心甚忿忿，每欲入犯金华，以报母妻之仇。如今听得蒋洲三人说母亲、妻子活到现在，心中遂欢哉乐也，因有渡海之谋。就与部下心腹计议，谢和等道："今日之事，岂可便去？俺这里差一个至亲到那边效力，以坚其心。待那边不疑，然后全师继进，方成事体。不然，他便看得俺们不在心上了。"王直欢哉乐也的笑道："妙算妙算。"遂假以宣谕别岛为名，留蒋洲在岛，先叫叶宗满、王汝贤、王滶同陈可愿到于宁波。

先是陈可愿进见，胡公一一问了备细，方才叶宗满等进见，道："王直情愿归顺中国，今宣谕别岛未回，所以先遣叶宗满等投降，情愿替国家出力。成功之后，他无所望，只愿年年进贡，岁岁来朝，开海市通商贾而已。"胡公道："开市之事何难，吾当奏请。"遂上本乞通海市，朝廷许之。胡公大喜道："虏在吾掌中矣。"先前曾有零星小贼百余人，屯于舟山为乱，胡公遂遣叶宗满协同官兵剿贼。叶宗满初来，要立头功，耀武扬威，把这百余人杀尽。胡公上本称功犒劳，叶宗满、王滶等大笑道："这何足为功？若吾父至，当取金印如斗大也。"胡公大加称赏。

三十五年三月，徐海统精兵万余人逼乍浦城，登岸焚舟，令人死战。又招柘林贼陈东所部数千人并力攻乍浦城，声息甚急。胡公故意与王滶计议道："你能与我杀此贼否。"王滶始初杀这百余人不过是假献殷勤之意，那徐海正是同伙心腹，怎生肯杀？便道："这事我做不来，要我父亲来方好。"遂留夏正、童华、邵岳辅、王汝贤在军门自以招父亲为名，与叶宗满开帆而去。王滶去后，忽探事人来报，说徐海要分兵掠江淮，截住救兵，徐海自要屯据乍浦，下杭州，席卷苏、湖，以窥南京。胡公遂分遣兵屯于澉浦、海盐之间，为掎角之势，自引兵到塘栖。徐海闻得新总督就是前日巡按,大有智谋,曾在王江泾被他战败,心里有些忌惮,遂罢乍浦之围,不敢复窥杭州。遂略峡石,到皂林,出乌镇而来。胡公度苏、湖之间,唯莺湖为四战之地,遂檄河朔兵自嘉兴入驻胜墩,又以吴江水兵当其前,湖州水兵在其后,胡公自引麾下募卒及容美土兵纵横击杀。贼人大败而走。又战,又大败而走。贼人大怒,都鼓噪而来,浙江都御史阮鹗见势汹涌,遂乘小舟入保桐乡。参将宗礼、霍贯道是河朔第一骁将,能征惯战之人,大呼"杀贼"力战,矢炮如雨,无不一以当百,杀贼数百。宗礼、贯道二将军各手刃十余人,徐海中炮而去。贯道对宗礼叹息道:"再得火药数斗,便可以了此贼矣。"贼知火药俱无,复来战,贯道、宗礼遂力战而死,众兵大败,贼人乘胜围了桐乡。

那时胡公领兵将到崇德,闻得此报,出涕道:"河朔之兵既败,此处甚危。贼既围桐乡,倘分兵来攻崇德,两处都围,怎生策应?"遂急回省城,调各路官兵去救桐乡。一边计议道:"王直与徐海相为唇齿,王直既已投顺,徐海独不可说他投顺乎?"又遣陈可愿生员到徐海营中道:"王直既已遣子来投顺,朝廷已赦其罪犯矣,公何不乘此时解甲自谢,投顺中国,异日名标青史。不然,恐日后不可保也。"徐海果听其言,叫一个酋长过来说:"情愿投顺中国,愿解桐乡之围,只要多少货物,送与别个倭酋,劝他解围。"胡公就以银牌衣币之类,极其繁盛,赐予来酋。一边将金银交付,一边叫军士都刀出鞘、弓上弦,层层围拢,摆了密札札的干戈,盔甲鲜明,耀武扬威,以见其盛。酋长得了这若干货物而去,又见兵强将勇,好生厉害,心里有些忌惮,一一与徐海说知,劝他投顺。徐海另叫一个酋长来谢,胡公亦如此礼待。那酋长心里亦有忌惮之意,徐海方才死心塌地情愿投顺。独陈东疑心徐海得了胡公货物,不肯解围。徐海再三劝他解围,陈东只是不肯,以此两个有些不和。徐海劝陈东不转,遂自到桐乡城下,招呼城上的人道:"我已听总督胡爷之命,解围而去,独东门这一支,是陈东统领,他不听吾言,不肯解围,你们可自用心提防。"说罢,解了桐乡之围,吹风胡哨而去。陈东一边做造楼橹,用撞竿撞城,几乎撞坏。幸得一人献计,做就极粗壮绵索,等撞竿来时,把绵索垂下,牵挽而上斩之,那撞竿都用不着。又叫铁匠熔成铁汁,灌于城下,贼人尽皆焦烂而死,不敢近城。陈东连日夜攻城不破,又见徐海解围而去,算得单丝不成线、孤掌岂能鸣,只得也解围而去。都御史阮鹗方才脱得重围,时五月二十三日也。

　　方才解得重围，忽探事人来报，上海贼寇万余，要从吴淞江而来，将到嘉善地方。胡公计议道："倘徐海与上海贼寇又合为一，怎生区处？狼子野心，未可尽信。况且他前日焚舟死战，纵使要到海外去，已无舟可渡，何如多赏他些金帛，要他剿杀上海这一支贼寇，等他抢了那些船只，方才可以渡海而去。"遂着人多赍金帛赏劳徐海，要他如此而行。徐海见了金帛，果然欢哉乐也，大动其心。就统领部下各酋预先走到朱泾，大杀一阵，斩首数千，上海贼慌张，连夜逃走，徐海以此不曾夺得那些船只。上海贼正要逃走出海，被胡公预先差参将俞大猷暗伏一支精兵于海口，杀得个罄尽。原来倭酋交战之时，左手持着长刀杀战，却不甚利便，其右手短刀甚利，官兵与他交战，只用心对付他左手长刀，却不去提防他右手短刀，所以虽用心对他长刀之时，而右手暗暗掣出短刀，人头已落地矣。胡公细细访知此弊，却叫军士专一用心对付他右手短刀，因此得利。自此便有杀手之处，所以杀得罄尽。徐海得知这个消息，心中甚是感激胡公，又见他兵强将勇，难与争锋，一发的死心塌地情愿归顺，遂把自己所戴飞鱼冠并海兽皮甲、名剑数十种稀奇之物，献与胡公，遣弟徐洪来随侍。

　　胡公访得徐海部下一个书记叶麻，最是狡猾，若不先除去，恐败大事。兵家莫妙于用间，又访得徐海帐中一个压寨夫人王翠翘，原是山东妓女，姿色绝世，善于歌舞，被徐海抢来做了压寨夫人，极是宠爱，言听计从，就像当日李全的妻子杨妈妈一般，同坐于中军帐中。还有一个妓女名绿珠，也是抢来做压寨夫人，虽比不得王翠翘的宠爱，却也能添言送语。胡公却要在这两个女人身上做那离间的妙法，着一个原系王翠翘识熟之人，前日曾被徐海抢去，徐海吩咐砍头，王翠翘在于座上认得是旧时熟识之人，忙叫"刀下留人"，救其性命。因此胡公就着这个人去，赍了许多金银财宝、珠花彩币、奇巧簪花锦绣之类，送与王翠翘、绿珠二人，要他二人在徐海面前添言送语，说叶麻、陈东二人不可信用，恐误大事，当缚送胡爷军前，以见投顺真切之心。徐海果是枕边之言一说就听。从来道：

　　　　随你乖如鬼，也吃洗脚水。

　　话说徐海听信王翠翘二美人之言，便绑缚叶麻送与胡公。胡公大喜，厚加金银赏赐，又要他绑缚陈东来献。那陈东是萨摩王兄弟帐下的书记，徐海难以绑献，还在孤疑之间。胡公心生一计，狱中取出叶麻来待以酒食，假以恩义结他，教他诈写一封书付与陈东，要陈东暗地用计杀害徐海。

这一封书却不明明付与陈东,故意将来泄漏于徐海。徐海拆来看了,怒气冲天,恨陈东入骨,将这封书把与王翠翘看。王翠翘一发添言送语,故意激怒徐海,徐海大怒,从此决要骗陈东来绑缚献与胡公。

那时嘉靖爷见海贼荼毒生灵,连年不已,自虔祷于斋坛之中,又着工部尚书赵文华提督军务,统领涿州、保定、河间及河南、山东、徐、沛等兵南来杀贼。浩浩荡荡,杀奔前来,斩获甚多,兵威大振。赵文华要同胡公一齐进剿,胡公已知徐海十分之中倒有九分要杀陈东之意,若一齐进剿,恐两人仍旧同心合力,反为不美,待他从容图了陈东,再杀徐海,未为迟也。赵文华遂停住进击之兵,一边就遣前日胡公所遣游说之人,吩咐道:"你与我去宣谕徐海,他连年入犯中国,侵我边疆,罪不容于死。今朝廷命我统二十万雄兵,要来剿灭,若不绑缚陈东,斩千余首级来献,教我怎生回奏朝廷?若果如此,我与督府胡爷上本赦其罪犯。不然,雄兵二十万,四面剿杀,将尽为齑粉,那时悔之晚矣。"这使人到徐海营中,将赵尚书话说了一遍,徐海甚是恐惧,遂取出抢掳来的金珠货物一二千金之数,送与萨摩王兄弟,只说要请陈东代署书记。陈东一来,徐海连夜绑缚了献与胡公。胡公大喜,赏赐非常。

自徐海献了叶麻,如今又献了陈东,从此各酋长汹汹,心下不服。徐海见各酋长心怀不服,从此不敢回到巢穴,恐各酋长乘机剿杀;若要抢掠船只出海,又恐官兵在海口截住厮杀,不容出海;欲要列营仍拒官兵,想既投顺中国,怎生又好变更?事在两难之际,日与王翠翘商议。那王翠翘是忠于我国之人,不比李全的杨妈妈,宋朝封了讨金娘娘,还要去做海贼。学他范蠡载西施故事,力劝丈夫一心投顺中国,休得二心三意,把前功尽弃。胡公也知徐海事在两难,又着人说他道:"我要宽你之罪,争奈赵尚书说你连年抢劫,杀掠居民,罪大恶极。须要建功立业,替我出力,斩千余首级来谢,赵爷方才可以奏本封你官爵。"徐海思量背又背不得,逃又逃不得,王翠翘又日日催他投顺,没极奈保,只得设一计道:"我于十七日引众倭酋出海,你官兵伏在乍浦城中,不要走漏消息。我离乍浦城半里,列成阵势,假号召众人,抢到海船之上,我自执大旗一面,麾将起来。官兵在乍浦城中放起号炮,从城中抢将出来,两边夹击,包你一战成功。"约得端正,果然十七日,徐海引了各酋长离乍浦城半里之路,摆成阵势。各处倭奴都趋到海边,争先抢掳船只,果然徐海手执大旗一面,麾将起来。官兵在城上望见号旗麾动,即便放起号炮,开了城门,乘机杀出。那时倭奴都争先走到海岸,官兵从后面一齐掩杀过去,出其不意,杀了他数百人,没水死者不计其数,官兵得胜而回。徐海用计勾引官兵,暗暗袭杀了这一阵,自以为莫大之功,叫人来说,愿率领部下各酋长到辕门投降。胡公应允,约定八月初二日来辕门投降。

那时胡公统兵在平湖城中。你道徐海好狡,约定八月初二日,他却暗暗算计,恐怕这日有变,预先一日率领倭酋五六百人,都是戎装披挂,戴甲持刀,摆列在平湖城外,军势极其雄壮,自己率领百余倭酋,甲胄而入平湖城中以求款,胡公道:"受降如受敌,此非轻易之事。"遂叫兵士林立于辕门内外,方才大开辕门,放徐海等百余人进来参见。徐海俯伏丹墀之下,叩首谢罪。胡公大声吩咐道:"你不守王法,骚扰沿海居民,罪大恶极,今既内附,朝廷尽赦汝等之罪,当与朝廷出力,慎勿再为恶逆也。"徐海叩首称:"天皇爷爷,死罪死罪。"遂赐银牌彩缎犒劳,徐海百余人叩首而出。胡公见徐海不依日期而来,又甲胄而进,晓得他明是狼子野心,若不剿除,终为后患。只是手下尚有千余人,甚是狡猾,难以驱除。况且永保之兵尚未调到,只得隐忍,叫徐海自择一个便地屯扎。徐海看得沈家庄宽阔,甚可屯扎。那时是八月八日,胡公又恐肘腋之间一时生变,难以扑灭,遂星夜着人催促永保这一支兵来。又恐徐海疑心,时时将金银酒食犒劳。遂与赵文华计议道:"吾闻善用兵者莫妙于用间,待其自相残杀,可以不劳而定。如今陈东之党,本与徐海不和,只因事迫,所以合而为一。若彼二人同心,非我之利也。今沈家庄有东西两处,中隔一条大河,如叫他分为两处屯开,彼此参差,久之自然有变生于其间。我因其变而图之,省多少气力!"计议端正,果是:

计就月中擒玉兔,谋成日里捉金乌。

话说胡公与赵文华计议妙策,就着人宣谕徐海,叫徐海自己屯于东沈家庄,陈东一支屯于西沈家庄。徐海不知是计,尽依胡公之说,彼此分屯开了。那时永保这支兵已取到。胡公见永保兵到,心中胆壮,便日日算计思量要图这徐海。恰好徐海送二百金于胡公要买酒米,胡公乘机暗将慢发毒药藏于酒米之中,送与徐海;又狱中取出陈东来,待以恩礼,叫陈东诈写一封书付与其党道:"海已约官兵夹剿汝辈矣,汝辈须好生防备,休得有失。"陈东之党得了这一封书,各人吃了一惊,都做准备。那时是八月二十五日,陈东之党遂夜夜埋伏几个巡哨之人,在于东沈家庄侧,探听消息。那时徐海心中颇觉疑惧,也恐陈东之党暗暗来图,遂着两个酋长一个背了王翠翘、一个背了绿珠,悄悄从小海而走,要托付于胡公,以见托妻献子,决无二心之理。谁知两个酋长背了王翠翘、绿珠二人出来正走,却被伏路巡哨之人窥见,登时报于陈东之党。陈东之党大惊,就勒兵前来,邀夺了王翠翘、绿珠二人;到于徐海之庄,大喊道:"你瞒俺们做得好事,你要杀俺们,俺们难道只是自死,大家同死罢!"正是:

> 金风未动蝉先觉,暗送无常死不知。

说罢,便拈枪来刺徐海。徐海急急躲时,腿上中了一枪。众贼大乱起来,喊声大举,互相杀伤。官兵报了消息,胡公亲自穿了甲胄,率领官兵四面合围拢来,保靖兵当先,河朔兵继后。胡公厉声叱永保兵奋勇杀人,令各兵人持一束火放火焚烧,铳炮如雷,矢石如雨一般射将进去。徐海走投没路,只得投河而死,并陈东之党数千人尽为刀下之鬼。其中还有被毒酒药死的,遍身乌黑,就如黑鬼模样,共有三四百人。永保兵拿住王翠翘二人,问他徐海在于何处,王翠翘指河中道:"已死于此矣。"永保兵就河中捞起徐海尸首,斩其驴头,献与胡公,胡公将来号令。果是:

> 喜孜孜马敲金镫响,笑吟吟人唱凯歌回。

话说胡公斩了徐海、陈东这两支贼,这日大赏三军,犒劳有加,辕门摆设酒筵,大吹大擂,共宴文武将吏。因王翠翘二人用计除了徐海,是大有功之人,这日就着王翠翘二人侑酒。胡公开怀畅饮,饮得大醉,遂戏将王翠翘楼抱怀中为乱。这日便满座喧哗,不成规矩。次日胡公酒醒,甚是懊悔,遂把王翠翘指与帐下一个军官配他。那军官叩头谢恩,领了王翠翘到于船上。王翠翘再三叹息道:"自恨平生命薄,堕落烟花,又被徐海掳去。徐海虽是贼人,他却以心腹待我,未曾有失。我为国家,只得用计骗了他,是我负徐海,不是徐海有负于我也。我既负了徐海,今日岂能复做军官之妻子乎?"说罢,便投入水中而死。军官来禀了胡公,胡公不胜叹息,遂把绿珠另配了一人。

再说那徐海部下倭酋辛五郎,见徐海已死,遂率领余党,乘舟逃到烈港。胡公差一支兵急去邀截,俘斩三百余人。辛五郎正要投海而死,被官兵一挠钩搭住,绑缚了来。胡公命与叶麻、陈东等同囚到京师,献俘告庙,碎剐其尸枭示。叛臣逆贼,到此一场春梦,又何苦而为之乎!果是:

善恶到头终有报，只争来早与来迟。

话说胡公用计诛了徐海这一伙逆贼，恐形迹彰露，变了王直之心，遂将王汝贤等极其抚视，如同嫡亲儿子一般，对叶宗满的兄弟都厚加礼遇，时常与彼同榻而寝，使彼无一毫疑忌之心。又时时对将吏道："王直与徐海不同，他从来不曾侵我边疆，原非反贼。但是他倔强，不一来见我，若来见我，我定有以全之也。"王直闻得此言，说胡公是个条直爽快之人，可以欺瞒，不若乘机渡海，以全亲属。况且徐海败没之事，王直尚然不知，便道："我若去见他时，他待得我好便罢，若待得我不好，或不肯全我亲属，我仍旧与徐海为掎角之势，自有救援，怕他怎的！"遂放大了胆，决意渡海而来。先遣前番来的生员蒋洲回来报了信息。胡公大喜。王直遂着王滶、叶宗满等统领大小海船，锐卒千余，蜂拥而来，执无印表文，诈称丰洲王入贡。先把海船泊于岑港，据形胜之地。四围分布已定，王直与谢和、方廷助这一班儿多年作恶之人慷慨登舟，洒酒誓众道："我昔年泊船烈港之战，被俞大猷领一支兵来围我，幸以火箭突围而走，如今泊船在此，莫信直中直，须防仁不仁，须要谨守提防，休的挫了锐气。"吩咐已毕，众倭酋喏喏连声。胡公晓得俞大猷曾与他有烈港之战，恐生不测，便预先把俞大猷这支兵调到金山去了，遂命总兵卢镗代其任。那卢总兵旧曾与王滶同在舟山饮酒，抚循倭酋，极其体恤，众倭酋都与之相好。所以王直坦然不疑，只是日聚众倭酋，磨刀备剑，砍伐竹木，为开市之计，且索母亲、妻子，要求官爵做指挥而已。胡公心中已有定算，便一概应允，仍上疏以安其心。朝廷已知王直为釜中游鱼，智力俱非胡宗宪之敌，遂降下诏书道：

王直既称投顺，却挟倭同来，以市买为词。胡宗宪可相机设谋擒剿，不许疏虞。致堕贼计。

胡公奉了这纸诏书，却暗暗藏过，不露一毫踪影，遂到宁波地方，亲自与之对敌。秘密调遣兵将，遂着参将戚继光、张四维等统领一班能征惯战之将，保靖、河朔、永保等处之兵，四面远远埋伏。凡水陆要害之处，星罗棋布，刀枪戈戟，成林布列，围得水泄不通，鸦鸟难飞。方着夏正等数人到于王直营中，以死说他道："你要保全家属，开市求官，这是极大之事，难道不到辕门去亲自纳款投降，可有安坐而得的道理么？俗语道'脱了裤儿放屁’,怎生得有如此自在之事？若是带甲陈兵在此,说道,‘我来纳款①’,谁人肯信？今你有大兵千余在此,你到辕门去参见,总督胡爷敢留得你住么？况且死生有命,命里该死,战也要死,降也要死,总之一样都是死,若死于战,不如还死于降。降还有可生之机,不如降的为妙!”王直听了此言,甚是不悦。

不说这边夏正说他投降,且说胡公好计,因王滶、叶宗满来见,便与他一同卧起,极其相好。遂假以众将官请战的书,共有十余篇之多,都放在案上,故意隐隐露将出来与王滶看。王滶暗暗看了,甚是吃惊。一日晚间,胡公假装大醉睡去,梦中说话道:“我要活你,所以止住他们,不许他们擅自进兵。你若再不来见我,休得怨我也。”说罢,含含糊糊,大吐满床。王滶与叶宗满都一齐听得,恐怕胡公发兵进剿,遂悄悄写了一封密书,暗暗付与王直。王直终是疑心,不肯前来。胡公又叫他的儿子王澄啮指血写书与他父亲道:

> 军门数年恩养我辈,惟愿汝一见,使军门有辞于朝廷,即许眷属相聚。汝来,军门决不留汝;藉令不来,能保必胜乎？空害一家人耳。男澄顿首百拜啮血书。

胡公又叫邵岳辅、童华等往来游说。王直心中只是狐疑,不肯前来。胡公见王直执恋岑港,已逾五十日,察其神情,终是观望,未肯来见,只得开关扬帆,一面分调军兵,四围进兵。王直细细叫人探视,见四面官兵围得铁桶一般,插翅难飞,又知徐海、陈东俱已败没,孤立无倚,只得来见。因叹息道:“昔汉高祖见项羽鸿门,怎当得王者不死？纵使胡公骗我,我自有天命,他怎奈何得我!”遂差酋长来传说道:“兵不可一日无将,部兵无统,要得王滶来营中管领。”胡公秘密计议道:“海上诸贼,只有王直狡猾多智,习于兵战,且得众倭酋之心,最为难制,其余都如鼠子一般,不足为虑,以一犬易一虎,有何不可？”遂遣王滶起身。胡公又极其礼待,称赞他许多好处,杯酒饯行。又赠以许多金银彩币宝物之类,王滶甚是感激。到于岑港,遂将胡公腹心相待之意说了一遍。王直放心,遂将部落交付与王滶,自己轻身而来见,时嘉靖三十六年十一月也。胡公一见大怒,便将王直绑缚,拿付按察司狱中,遂同巡按周斯盛并三司各官定罪道:

---

① 纳款——投诚。

王直始以射利之心，违明禁而下海，继忘中华之义，入番国以为奸。勾引倭夷，比年攻劫，海宇震动，东南绎骚。虽称悔祸以来归，仍欲挟倭以求市。上有干乎国禁，下贻毒于生灵，恶贯滔天，神人共怒，问拟斩罪，犹有余辜！

这一本奏上，不日倒下圣旨，将王直斩首，枭示海滨，妻子给功臣之家为奴，王汝贤、叶宗满等俱从未减，边远充军。可怜倔强海贼，终作无头之鬼，亦何苦而为此乎？正是：

从前做过事，今日一齐来。

话说胡公枭了海贼王直之头，那些海上余贼，闻知这个消息，惊得魂不附体。果然蛇无头而不行，鸟无翅而不飞，都一齐乱蹿起来，纷纷逃走性命，奔聚于山谷之间。胡公亲督官兵，四下里搜剿，不上一年，杀得个干净，荡平了沿海数十年之患。后来平江西的袁三，平福建的山寇，平广西的张琏，所到之处，如汤浇雪一般，立刻成功。只因功高权重，人人嫉妒，蒙吏议拿进京师，削了籍，死于狱中，人人叹息。后来万历爷二十一年间，兵科给事朱凤翔慨叹道："于忠肃之功，功在社稷，子孙虽爵之侯伯，亦未为过。胡宗宪之功，功在东南，子孙亦宜优恤。"遂将于忠肃同胡宗宪奏上一本，其中论胡宗宪道：

嘉靖时奸民外比，岛夷内讧，东南盖岌岌也。先臣少保胡宗宪，以监察御史出而定乱，使数省生灵获免涂炭，其功亦岂寻常耶！他如平袁三于江西，平山寇于福建，平张琏于广西，皆其余事勿论。时当王直桀骜①，诸酋各拥数万，分道抄掠，督、抚、总兵皆以偾事②论罪，朝廷愚万金伯爵之赏，向微③宗宪悉力荡平，则堤防不固，势且滔天。今黄童野叟，谓国家财赋，仰给东南，而东南之安堵无恙，七省之转输不绝，九重之南顾无忧者，则宗宪之功，不可诬也。宗宪虽视于谦少逊，然以驾驭风霆之才，吞吐沧溟之气，揽英雄，广间谍，训技击，习水战，凡诸备御，罔不周至，故能铲数十年盘结之倭，拯六七省焚劫之难。历阵大战以百十计，捕获俘斩以千万计，此其功岂易易者！若乃

----

① 桀骜（jié ào）——性情倔强不驯服。

② 偾（fèn）事——败事。

③ 微——如果不是。

高踞谩骂,挥掷千金,以罗一世之俊杰;折节贵人,调和中外,以期灭房而朝食①。此正良工茹荼②,心知其苦,口不能言者,而竟以此诖③吏议④。吁! 亦可悲矣! 盖于谦之功,功在宗社;宗宪之功,功在东南。于谦之品,白玉无瑕;宗宪之品,瑕瑜不掩。然视之猥琐龌龊,以金缯为上策,一切苟且冀幸者,相去径庭。临事而思御侮之臣,安得起若人于九原而底定之也! 肃皇帝曰:"朕若罪宗宪,后日谁与国家任事!"庄皇帝复其原官赐祭,迨我皇上,又全与祭葬,是宗宪之勤劳,皇祖知之,皇考知之,皇上亦知之矣。宗宪遭酷吏残破之后,庐舍丘墟,子孙孱弱,吴越士民谈及于此,每扼腕而不平。伏望将胡宗宪功次仍加优叙,补以谥荫,此亦激劝人心之一机也。

朝廷降下旨意,授胡宗宪后裔世袭锦衣卫指挥同知。今杭州吴山下忠庆巷内建有"报功祠",亦不朽之香火也。当日山阴才子徐文长先生有诗为证:

> 量兼沧海涵诸岛,身作长城障一方。
> 讵止芳名流简策,还将伟绩着旂常⑤。

今将要紧海防开列于后:

倭奴入寇,随风所之。东北风猛,则由萨摩或五岛至大小琉球;而仍视风之变,北多则犯广东,东多则犯福建。澎湖岛分船,或之泉州等处,或之梅花所、长乐县等处。若正东风猛,则必从五岛,历天堂官渡水而视风之便,东北多则至乌沙门分艅,或过韭山海闸门而犯温州,或由舟山之南而犯定海,经大猫洋入金塘蛟门。犯象山奉化,由东西厨北湖头渡。犯昌国,入石浦明。犯台州,入桃渚、海门、松门诸港。正东风多,则至李西岙下陈钱分艅,或由洋山之南而犯临观,过渔阳山、两头洞三姑山入栖浦则犯绍兴之临山、三山,过霍山洋五岛,

---

① 灭房而朝食——消灭敌人后再吃早饭。形容斗志坚决,要立即消灭敌人。
② 良工茹荼(tú)——犹"良工心苦",技艺高明的人都是苦心构思经营的。又泛指用心良苦。茹荼,吃苦。荼苦菜。
③ 诖(guà)——欺骗。
④ 吏议——官吏的拟议。
⑤ 旂常——王侯的旗帜。

列表平石则犯宁波之龙山、观海。犯钱塘,过大小衢、徐山,入鳖子门、赭山,薄省城。或由洋山之北而犯青村、南汇,过马迹潭而西。犯太仓,过马迹潭而西北。或过南沙而入大江。过茶山,入瞭月嘴,涉谷桩山、而犯瓜、仪、常、镇。若在大洋、而风俟东南也,则犯维扬、登莱。过步州洋乱沙,入盐城口则淮安、入庙湾港则犯扬州,再越而北则犯入登莱。若在五岛门洋而南风方猛,则趋辽、阳、天津。大抵倭船之来,在清明之后,多东北风且积久不变。过五月,风自南来,不利于行矣。重阳后,风亦有东北者。过十月,风自西北来,亦非所利。故防海者,以三四月为大汛,九十月为小汛,盖有备而无患也。谨按:我洪武爷最恶倭奴,尝欲命将出师,剿灭其国,倭奴遂畏威服罪,进金叶表文投降,始赦其罪。然而海禁最严,今奸商嗜利,闵不畏死,竞以违禁等物至彼贩卖,深可痛恨。近日竟有以《大明一统志》及《武备志》渡海求利者,罪不容于死。此等奸商即宜枭示海滨,虽加以赤族之诛,不为过也。当事者其知之。

今将救荒良法数种开后:读者广为流传,真大功德事也。

区田图

辟谷方　又传写方　又服苍术方

山谷救荒法　避难止小儿啼法

区田法

务本书谓汤有七年之旱,伊尹作区田,教民粪种负水浇稼。按旧说,地一亩阔一十五步,每步五尺,计七十五尺。每一行占地一尺五寸,该分五十行,长十六步,计八十尺。该分五十三行,长阔相折。通二千六百五十区。空一行,种一行,于所种行内,隔一区,种一区。除隔空外,可种六十二区。每区深一尺,用熟粪一升,与区土相和,布谷匀覆,以手按实令土种相着。苗出,看稀稠存留,锄不厌频。旱则浇灌;结子时,锄土深壅①其根,以防大风摇摆。每区可收谷一斗,每亩可收六十二石。今人学种,可减半计。其区当于闲时旋旋掘下。区种之法,本为御旱,如山原地土高

---

①　壅——培土。

仰,岁岁如此种菽,则可常熟,唯近家濒水为上。其种不必牛犁,但锹钁垦劂,又便贫难。大率一家五口,可种一亩,已自足食。家口多者,随数增加。男子兼作,妇人童稚,量力分工,各务精勤。粪治得法,浇灌以时,用省而功倍,田少而收多,实救贫之捷法,备荒之要务也,名伊尹井田图。常见一守教民行之,每地三五亩周之以垣①,垣下树桑,中穿一井,沟渠四达,桔槔②俱备,嘉谷嘉□,种植中满,一夫一妇,尽力灌溉,虽遇凶年,而数口之家,可以无饥,不愈于流亡转死乎!

辟谷方

　　此方出于晋惠帝时,黄门侍郎刘景先遇太白山隐士所传,曾见石本,后人用之多验。今录于此:晋惠帝永宁二年,黄门侍郎刘景先表奏,臣遇太白山隐士,传济饥辟谷仙方。上进,言臣家大小七十余口,更不食别物,惟水一色。若不如斯,臣一家甘受刑戮。今将真方镂板广传。见下:

　　大豆五斗,淘洗净,蒸三遍,去皮。又用大麻子三斗,浸一宿,漉出蒸三遍,令口闭。疑作开。右二味,豆黄捣为末,麻仁亦细捣,渐下豆黄同捣,令匀,作团子如拳大,入甑内蒸。从初更进火,蒸至夜半子时住火,直至寅时出甑,午时晒干,捣为末,干服之,以饱为度,不得食一切物。第一顿得七日不饥,第二顿得四十九日不饥,第三顿得三百日不饥,第四顿得二千四百日不饥,更不服,永不饥也。不问老少,但依法服之,令人强壮,容貌红白,永不憔悴。渴即研大麻子汤饮之,转更滋润脏腑。若要重吃物,用葵子三合许,末煎冷服取下,其药如金色,任吃诸物,并无所损。前知随州永顺,教民用之有验,序其首尾,勒石于汉阳军大别山太平兴国寺。

又:传写方

　　用黑豆五斗,淘净,蒸三遍晒干,去皮,细末。秋麻子三升,温浸一宿,

---

①　垣(yuán)——墙。

②　桔槔(jié gāo)——井上汲水的一种工具,井旁高挂一杠杆,一端系水桶,一端坠石块,一起一落,汲水可以省力。

去皮,晒干为细末。细糯米三升,做粥熟,和捣前二味为剂。右件三味,合捣如拳大,入甑中蒸一宿。从一更发火,蒸至寅时日出,方才取出甑,晒至日午令干,再捣为末。用小枣五斗,煮去皮核。同前三味为剂,如拳头大,再入甑中蒸一夜。服之一饱为度。如渴者,淘麻子水饮之,便更滋润脏腑。芝麻汁无无字误白汤,亦得少饮。不得别食一切物。

又:服苍术方

用苍术一斤,好白芝麻香油半斤。右件将术用白米泔浸一宿,取出,切成片子,前香油炒令熟。用瓶盛取,每日空心服一撮,用冷水汤咽下。大能壮气驻颜色,辟邪,又能行履。饥即服之。

山谷救荒法

黑豆一升,贯仲一斤。右贯仲细剉,与豆相拌,斟酌着水,慢火煮熟,去贯仲,日干翻覆,展尽余汁。空心日啖五七粒,食松柏草木枝叶,皆有味,可饱。

避难止小儿啼法

绵为小球,随儿大小为之。以甘草煎浓汁,或熟枣膏渍过,有甜味。随身带之,临时以唾津润透,置儿口中,过则去之。